Sarah Beth Durst
Die Geisterkönigin

D1719870

Durst, Sarah Beth:
Die Geisterkönigin. - 1. Auflage. - Penhaligon, [2019]
  ISBN 978-3-7645-3211-6 kt. : EUR 15.00

Die Königinnen Daleina und Naelin herrschen einträchtig über
Aratay. Doch dann werden Naelins Kinder von unbekannten
Geistern entführt. Naelin vermutet sofort die Königin des
Nachbarreichs Semo dahinter und fordert ihre Kinder zurück -
doch zu welchem Preis? Die Königinnen von Renthia, Band 3.
IK: Fantasy

SARAH BETH DURST

DIE GEISTERKÖNIGIN

ROMAN

Deutsch von Michaela Link

penhaligon

Die Originalausgabe erschien 2018 unter dem Titel
»*The Queen of Sorrow (The Queens of Renthia 3)*«
bei HarperVoyager, New York.

Verlagsgruppe Random House FSC® N001967

1. Auflage
Copyright der Originalausgabe © 2018 by Sarah Beth Durst
Published by arrangement with HarperVoyager, an imprint of
HarperCollins Publishers, LLC.
Copyright der deutschsprachigen Ausgabe © 2019 by Penhaligon
in der Verlagsgruppe Random House GmbH, Neumarkterstr. 28,
81673 München
Redaktion: Waltraud Horbas
Umschlaggestaltung und -illustration: © Isabelle Hirtz, Inkcraft
Karte: © Andreas Hancock
HK · Herstellung: sam
Satz: Vornehm Mediengestaltung GmbH, München
Druck und Bindung: CPI books GmbH, Leck
Printed in the Czech Republic
ISBN 978-3-7645-3211-6

www.penhaligon.de

Für Lynne und David

Kapitel 1

Schon bald wird alles wieder besser, dachte Daleina.

Sie war hoch hinauf in die Wipfel geklettert und balancierte jetzt auf zwei dünnen Ästen. Unter ihr breiteten sich die Wälder Aratays in all ihrer Herrlichkeit aus. Bunte Blätter in Rot, Orange und Gelb leuchteten wie Kerzenflammen im Licht des späten Nachmittags.

Von hier oben konnte sie den gesamten Westen Aratays überblicken, bis hin zu den ungebändigten Landen jenseits der Grenze. Die ungebändigten Lande waren in dichten Nebel gehüllt und erweckten den Eindruck, als würden sie kochen. Während Daleina hinübersah, stieß ein Berg aus dem dichten Dunst hervor, um sogleich wieder zu zerfallen. Jenseits der Grenzen der Welt war alles so kurzlebig und vergänglich wie eine Sandburg, die von den Wellen davongespült wurde.

Solange Aratay eine Königin hatte, würde es hier niemals so sein.

Und jetzt haben wir sogar zwei!

Es war ein erhebender Gedanke, denn mit zwei Königinnen … *Wir können alles wieder heil machen, was zerstört worden ist.*

Unter sich hörte sie Naelin – die zweite Königin Aratays – keuchend den Baum heraufklettern. Daleina hätte ihr am liebsten geraten, sich doch von einem Geist in die Baumwipfel hinauffliegen zu lassen, aber sie sparte sich die

Mühe. Sie wusste, wie Naelin darüber dachte. Die andere Königin mochte es nicht, Geister »unnötig« einzusetzen. *In Wahrheit hat sie Angst vor ihnen*, dachte Daleina.

Und, ganz ehrlich, es war vernünftig, so zu empfinden.

Doch heute wollte Daleina nicht vernünftig sein. Sie schloss die Augen und atmete tief die süße, frische Luft ein. *Heute fangen wir an!*

Die Zweige gerieten in Bewegung, und Naelins Kopf tauchte zwischen den Blättern auf. »Und warum können wir das alles …«, sie schnappte keuchend nach Luft, »… nicht weiter unten, auf halber Höhe des Waldes, erledigen?«

Daleina legte den Kopf in den Nacken, um die Strahlen der Sonne auf dem Gesicht zu spüren. Sie waren so warm wie Hamons Liebkosungen. Doch sie schob diesen angenehmen Gedanken beiseite, für später, wenn sie nicht mehr mit Naelin zusammen war. »Weil es hier oben wunderschön ist.«

»Schönheit.« Naelin stieß einen abfälligen Laut aus und zog sich nun ganz nach oben. »Sicher, es ist schön. Aber es ist auch *leichtsinnig*, und wir verfügen über keine Thronanwärterinnen, die uns gegebenenfalls ersetzen könnten.«

Daleina zuckte zusammen – sie war die Letzte, die an diese Tatsache erinnert werden musste –, doch sie würde sich davon nicht die gute Laune verderben lassen. Sie öffnete die Augen und zeigte auf ein kahles Loch im dichten Grün der Bäume. Ganz wie sie gehofft hatte, war es von so hoch oben aus leicht, die versehrten Bereiche auszumachen. »Wir fangen mit dieser Stelle dort an.«

Früher einmal hatte ein Baum dieses Loch ausgefüllt, wahrscheinlich ein sehr großer mit weit ausladenden Ästen und dichtem Blattwerk, aber jetzt … Die verödete Stelle sah aus wie eine schwarze Insel in einem Meer aus Grün. Merecot hatte im Zuge ihres feindlichen Einfalls in das

Land zahllose Todeszonen hinterlassen. *Noch etwas, was ich ihr nicht verzeihen kann.* Sie hatte mit ihrem Angriff Daleinas geliebtes Aratay tief verwundet – das Töten seiner Geister tötete das Land selbst. Mit vereinten Kräften hatten sie die Königin von Semo wieder zurückgetrieben, aber ihr zerstörerisches Wirken war immer noch überall im Land sichtbar.

Die Zeit des Kämpfens war vorüber. Jetzt war die Zeit des Heilens.

»Kommt mit.« Daleina ließ sich herabgleiten und huschte über den Ast, bis sie einen Drahtpfad fand. Sie klinkte einen Karabinerhaken in den Draht ein. »Je näher wir dran sind, umso leichter ist es.«

»Können wir nicht einfach …«

Daleina stieß sich ab und segelte durch die Blätter hindurch. Sie stieß einen Freudenschrei aus, und was immer die andere Königin noch sagte, verlor sich im Rauschen des Windes. Im Dahinsausen riss sie gelbe Blätter von den Zweigen, und sie erfüllten die Luft, so dass es ihr vorkam, als flöge sie durch einen Wirbelsturm aus Gold.

Schnell hatte sie den nächsten Baum erreicht und landete dort auf einem terrassenartigen Aufbau. Sie hakte sich vom Draht los und wartete auf Naelins Eintreffen.

»Ihr quält mich mit Absicht«, klagte Naelin, als sie nun neben ihr landete. Sie schwitzte, und ihr braungraues Rehhaar klebte ihr an der Stirn. Ihre Wangen waren gerötet.

»Nein, nicht mit Absicht.« Daleina ging in die Hocke und spähte durch die Bäume hindurch. »Es ist einfach ein glücklicher Zufall.« Sie warf Naelin ein Lächeln zu, zum Zeichen, dass sie nur scherzte. Allerdings war sie sich nicht so ganz sicher, ob Naelin überhaupt Sinn für Humor hatte. Sie hatten bisher nicht viel Zeit miteinander verbracht, zumindest nicht, ohne dass entweder Naelins Kinder oder Ven dabei waren.

Egal. Ich fand es jedenfalls witzig.

Eine Seilbrücke führte von dem Aufbau hin zu der verödeten Stelle im Wald – sehr praktisch. Sie fragte sich, warum wohl … *Ah. Hier muss einmal ein Dorf gewesen sein.* Ihr wurde schwer ums Herz. Mit dem Absterben des Baumes waren auch die Häuser der Dorfbewohner zerstört worden. Vielleicht waren auch Tote zu beklagen gewesen. Daleina verlangsamte ihr Tempo und ging voran, vom Baum auf die Brücke. Sie gab sich alle Mühe, nicht daran zu denken, wie viele Menschen hier gelebt haben mochten.

Ich habe mein Bestes getan, rief sie sich nicht zum ersten Mal ins Gedächtnis.

Wie gewöhnlich fühlte sie sich dadurch nicht besser.

Ihre Nation war nicht das Einzige, was der Heilung bedurfte.

Die Seile waren moosbewachsen und zerfasert, und die Brücke schwankte und schaukelte, als Daleina und Naelin sie überquerten. Von der nächsten Terrasse aus konnten sie die verödete Stelle sehen: ungefähr kreisförmig, mit dem Umfang einer der gewaltigen Eichen, deren Zweige für gewöhnlich Wohnhäuser beherbergten. Unter ihnen, ganz weit unten, war der Boden trocken und grau, ohne Leben. Der leblose Kreis war umgeben von dichtem Unterholz, das jedoch keinen Zentimeter weit in die Todeszone vordrang … *Nicht, bis wir alles wieder in Ordnung gebracht haben.*

Daleina griff in das Bündel, das sie bei sich trug, und zog eine Seilrolle heraus. Sie wählte einen stabilen Ast und knotete das Seil fest. Dann schwang sie sich auf das Seil und ließ sich daran am Stamm des Baumes herab.

»Muss das sein?«, kam es von Naelin.

»Wir könnten auch einen Geist beschwören und fliegen.«
Mit einem Seufzen seilte sich die andere Königin nun
ebenfalls ab.

Auch wenn es sie schmerzlich an all die Verluste erinnerte, die ihr Land erlitten hatte, war es doch schön, einmal aus dem Palast herauszukommen, weg von den Höflingen und Beratern, weg von all den täglichen Kleinigkeiten
der Verwaltung Aratays. Nur mit einem einzigen Problem
hatte sie es heute zu tun: das Land wieder heil zu machen.
Und das kann ich auch.

Sie hätte es aus der Ferne tun können – als Königin besaß
sie die Macht dazu. Und Naelin verfügte ohne Zweifel über
mehr als genug Macht. Die andere Frau verströmte förmlich Kraft und Energie. Aber bei diesem ersten verödeten
Gebiet wollte Daleina die Sache persönlich erledigen, um
Naelin zu zeigen, wie so etwas gemacht wurde. »Es ist eine
notwendige Übung zu ihrer weiteren Ausbildung«, hatte sie
Ven erklärt. Als Meister konnte er keine Einwände gegen
eine zusätzliche Ausbildung der neuen Königin erheben,
vor allem, da Naelin nahezu ohne jegliche Unterweisung
von einer einfachen Waldbewohnerin zur Königin geworden war.

Er hatte Daleina natürlich sofort durchschaut. »Ihr wollt
doch nur eine Erholungspause nehmen, weit weg vom
Thron.«

»Es ist ein unbequemer Stuhl«, hatte sie ihm recht gegeben.

»Während Ihr fort seid, werde ich mich auf die Suche
nach ein paar zusätzlichen Kissen machen.« Und um es zu
demonstrieren, hatte er einen Pfeil in seinen Bogen eingelegt und ihn in das nächste Sofa geschossen. Daunenfedern
waren durch die Luft gestoben.

Auf halbem Weg den Baum hinunter wechselten Daleina

und Naelin vom Seil auf eine Leiter, die in den Stamm hineingebaut worden war, wahrscheinlich für die Dorfbewohner, damit sie zum Waldboden hinabsteigen konnten, um dort nach Beeren zu suchen oder Rotwild zu jagen. Es war einfacher, die Leiter hinunterzuklettern, und schon bald erreichten sie den Boden und bahnten sich durch die Büsche einen Weg zu der verödeten Stelle.

Sie war so leblos, wie Daleina vermutet hatte. Oder eigentlich sogar noch lebloser. Sie hatte erfahren, was Dürre anrichten konnte, aber selbst dann war da doch immer noch *irgendetwas* im Boden spürbar. Jetzt jedoch fühlte sie nichts als den Staub, der im Weitergehen um ihre Füße wirbelte. Sie kniete sich hin, schöpfte eine Handvoll trockener Erde und ließ die toten Körnchen durch ihre Finger rinnen. Naelin setzte sich auf einen Stein und trank aus ihrer Feldflasche. Einige Tropfen fielen auf den Boden und wurden schnell von der Erde aufgesogen.

»Als der Geist oder die Geister, die zu diesem Baum gehörten, gestorben sind, ist auch das Land gestorben«, erklärte Daleina. »Wenn wir es ins Leben zurückholen wollen, müssen wir mehr tun, als nur einem Wassergeist aufzutragen, Regen zu bringen, oder einem Baumgeist, ein paar Saatkörner zu pflanzen. Wir müssen Geister mit unserer Macht an das Land binden – anderenfalls bleibt es entweder eine tote Zone, oder, was noch schlimmer wäre, die Geister toben wild darauf herum wie in den ungebändigten Landen. Das Problem ist nur, dass alle nahen Geister bereits an ihre eigenen Bäume oder Bäche oder Erdflecken gebunden sind, daher müssen wir sie dazu ermuntern, neue Gefilde für sich zu beanspruchen.« Aus dem Augenwinkel bemerkte sie Naelins Gesichtsausdruck. Die Lippen der anderen Königin zuckten amüsiert. »Was ist?«

Sie lachte, ohne jede Frage. »Nichts.«

»Das ist eine ernste Angelegenheit. Hier könnte es Häuser gegeben haben. Vielleicht sind sogar Menschen gestorben.«

»Ich weiß. Es ist nur … Für einen Moment habt Ihr Euch angehört wie Direktorin Hanna.«

Daleina seufzte. »Obwohl ich noch so jung bin, dass ich Eure Tochter sein könnte?« Sie war halb so alt wie Naelin und nur ein Jahr länger Königin gewesen als ihre Mitregentin, aber sie war trotzdem erfahrener. Sie hatte die Nordost-Akademie besucht, hatte monatelang mit Meister Ven trainiert und beim Krönungsmassaker gegen die Geister gekämpft. Es war schwer, gegenüber der älteren Königin nicht mit diesen Beweisen ihrer Qualifikation anzugeben.

Naelin fuhr zusammen. »Ich wollte es nicht gar so unverblümt ausdrücken, aber – ja.« Sie legte ihre Feldflasche zurück in ihr Bündel und stand auf. »Es tut mir leid, Euer Majestät. Bringt mir bei, wie ich das Land heilen kann.«

»Beschwört die Geister, die sich in der Nähe aufhalten. Lasst sie hierherkommen. Und übergebt ihnen dann das Land. Sie sehnen sich danach, mit Renthia verbunden zu sein. Aber dafür brauchen sie eine Königin.«

»Wisst Ihr, das klingt ja ganz nett, aber es ergibt irgendwie keinen richtigen Sinn.«

»Als Ihr Königin geworden seid und die Geister Euch erwählt haben, was habt Ihr da gefühlt?«

»Von Bedauern einmal abgesehen?«

Daleina widerstand dem Drang, entnervt die Augen zu verdrehen. »Ja.«

»Macht. Jede Menge Macht. Als hätte ich mein Leben lang nur geflüstert und könnte nun plötzlich schreien.«

Gut. Ja. »Und …?«

»Und ich habe die Geister gefühlt, jeden Einzelnen, in ganz Aratay. Ich konnte ihre Gedanken sehen und ihre

Gefühle spüren. Als wären sie auf einmal … ein Teil von mir.« Naelin schauderte.

»Genau. Ihr seid mit ihnen verbunden. Mit ihnen vernetzt. Das sind wir beide. Das ist der Unterschied zwischen den Königinnen und, nun ja, allen anderen. Also müsst Ihr sie jetzt auf die gleiche Weise mit dem Land verbinden, wie sie mit uns verbunden sind.« Wenn Daleina sich sehr konzentrierte, konnte sie spinnwebartige Fäden spüren, die sie mit den Geistern verbanden. Um die verödete Stelle wieder heil zu machen, brauchte eine Königin diese Fäden nur zwischen einigen der Geister und dem öden Land zu spannen. Das einzige Problem war, dass sie es nicht besser erklären konnte. Entweder Naelin spürte es ebenfalls, oder sie spürte es eben nicht. Daleina vertraute jedoch auf die Fähigkeiten der älteren Frau – sie war sich der gewaltigen Macht der anderen Königin bewusst. Naelin war von Anfang an viel stärker gewesen als Daleina. Und als sie Königin geworden war, hatten sich ihre beeindruckenden Fähigkeiten noch um ein Hundertfaches verstärkt. »Versucht es einfach. Tut, was ich tue.«

»Aber …«

»Habt keine Angst. Hier gibt es nichts, was durch Euch Schaden nehmen könnte.« *Alles, was hier sterben konnte, ist bereits tot*, ging es ihr durch den Kopf. »Kommt. Wir machen es zusammen.«

Auf den Knien liegend, tauchte Daleina ihre Hände in die trockene Erde. Sie konzentrierte sich und tastete mit ihren Sinnen nach den Geistern in ihrer Nähe. Sie fühlte sie direkt hinter dem Rand des verödeten Kreises: Da war ein winziger Erdgeist, der sich mit den Würmern durch den Untergrund grub, da war ein Baumgeist, der sich in der Nähe zwischen zwei Wurzeln versteckte, und da war ein Wassergeist, der durch einen Bach huschte. Behutsam rief sie nach ihnen. *Wollt ihr spielen kommen? Hier spielen?*

Und dann fühlte sie ein gewaltiges Brausen.

Auweia.

»Daleina?«

»Ihr habt zu viele gerufen«, erklärte Daleina brüsk. Es war nicht das erste Mal, dass so etwas geschah. Ven hatte mit Naelin hart an der Kontrolle ihrer Kräfte gearbeitet. Doch offensichtlich bestand das Problem noch immer.

»Ja. Sieht ganz so aus.«

»Zu viele« war noch eine ziemliche Untertreibung. Die Geister überschwemmten die verödete Stelle förmlich: Winzige Luftgeister, flauschig wie Pusteblumen, erfüllten die Luft, andere Luftgeister, riesengroß und mit Adlerschwingen, verdunkelten den Himmel, schlammbedeckte Erdgeister wühlten sich aus dem Boden, und allerlei Baumgeister – manche klein wie Eicheln, andere von der Größe eines Menschen oder eines Wildschweins – liefen über die Äste auf sie zu. Daleina spürte, wie ihr die Regentropfen der Luftgeister ins Gesicht schlugen, und ein kalter Wind ließ sie frösteln, als ein einzelner Eisgeist an ihr vorbeizischte.

»Beschwichtigt sie!«, rief Daleina.

»Aber sie verbinden sich mit dem Land! Ist es nicht genau das, was wir wollen?«

Sie hatte recht – Daleina spürte, wie Dutzende von Geistern die Luft und den Erdboden durchdrangen ... *Nein! Halt!* Es waren zu viele, die da versuchten, einen viel zu kleinen Raum für sich zu beanspruchen! Sie würden nur ...

Die Geister griffen sich gegenseitig an.

Ein Luftgeist zerfetzte mit seinen Klauen einen gefiederten Geist. Knurrend sprangen die Erdgeister einander an. Ein Geist in Bärengestalt, der aus Felsen bestand, drosch mit seinen Steinfäusten auf einen mit Rinde bedeckten Baumgeist ein.

Sie spürte, wie der geballte Zorn der Geister durch sie hindurchfloss, und für einen Moment war sie wieder *dort*, in dem Hain, während ihre Freundinnen um sie herum starben, und Daleina merkte, dass sie laut schrie, und sie konnte nicht damit aufhören.

Töten. Verletzen. Zerstören.

Die Geister schrien in ihrem Kopf und wandten sich gegen sie. Sie spürte, wie ihr weißglühender Hass sie versengte, und sie spürte den Schmerz, als sie sich in ihre Haut gruben. In ihren Erinnerungen gefangen, konnte sie keinen klaren Gedanken formen, um …

AUFHÖREN!

Von außen, von Naelin kam das Wort, das nun durch sie hindurchdrang – Daleina spürte, wie es in all den Geistern widerhallte, genauso wie in ihr, und gleichzeitig hielten alle Geister in ihrem Tun inne, als wären sie eingefroren. Sie spürte, wie sich Arme um ihre Schultern legten, als Naelin sie nun an sich drückte und sie an der Brust wiegte, als wäre sie ein kleines Kind. Sie wehrte sich nicht. Für einen Moment ließ sie sich trösten.

Aber nur für einen Moment. Sie war immer noch Königin, und sie hatte eine Pflicht zu erfüllen. Daleina zwang sich, die Augen zu öffnen. Tief und langsam atmete sie durch, während sie die Erinnerung von sich wegschob, sie wieder in der versteckten Schublade ihres Geistes verstaute, wo sie sie aufbewahrte – die Erinnerung an den Tag, an dem sie ihre Welt gerettet, aber ihre Freundinnen nicht zu retten vermocht hatte. »Wählt einige wenige von ihnen aus«, krächzte sie, »und den Rest schickt Ihr wieder fort.«

»Und wie mache ich das?«

»Ergreift das Band, das Euch mit ihnen verbindet. Fühlt es, als wäre es ein Seil, das Euch an sie kettet, und stellt Euch dann vor, Ihr würdet dieses Seil an die Erde und an die Luft binden. Was die übrigen Geister betrifft, schwärmt ihnen von ihrem Zuhause vor. Erweckt das Verlangen in ihnen, zurückkehren zu wollen. Denkt an den Wald, die Flüsse, die Felsen, den Himmel und weckt in ihnen den Wunsch, dort zu sein.« Während sie sprach, spürte sie, wie sich ihr Herzschlag wieder auf seine normale Geschwindigkeit verlangsamte.

Daleina fühlte, dass die Geister Naelin gehorchten, und versuchte währenddessen, ihr eigenes Bewusstsein so klar und ruhig wie möglich zu halten. Sie ließ Naelin das alles tun – und hielt Abstand. Die Geister wehrten sich erst und gaben dann klein bei. Naelin pflegte einen anderen Stil im Umgang mit den Geistern: Sie befahl mehr, als dass sie sie lockte. Aber es funktionierte.

»Ich bekomme es hin!«, rief Naelin.

»Wunderbar. Jetzt ruft Euch ein Bild des Waldes vor Augen und sagt den Geistern, sie sollen ihn an dieser Stelle auf genau diese Weise wachsen lassen.«

Sie spürte Regentropfen auf den Wangen. Immer stärker und dichter wurde der Regen, der auf die trockene Erde und die beiden Königinnen herabströmte. Die Erde unter ihr wurde weicher, und sie spürte, wie sich Erdgeister hindurchschlängelten und neues Leben ins Erdreich hineinzogen.

Ein Luftgeist huschte über ihren Kopf hinweg, ließ Samenkörner in die feuchte Erde fallen, und drei Baumgeister eilten zu den Körnern hin. Grün spross überall aus dem verödeten Gelände. Moos breitete sich aus, und Farne gediehen zwischen den Felsen. Ranken krochen mit rasender Geschwindigkeit über den Waldboden auf die Königinnen zu. Daleina fühlte, wie sie sich um ihre Handgelenke und ihre Knöchel wanden. »Ähm, Naelin?«

Aber Naelins Augen waren geschlossen, ihr Gesichtsausdruck selig.

Daleina beschloss, nichts zu sagen.

Sie sah zu, wie sich die Ranken Naelins Beine hinaufwanden. Ganz langsam, um keinen Lärm zu machen, schüttelte sich Daleina eine Ranke vom Arm. Eine weitere Ranke wickelte sich um ihren Bauch, und Blumen erblühten um ihre Hüfte. Sie unternahm nichts dagegen.

Schon bald war der Hain von Farben überzogen: violette Blumen, Ranken voller gelber und weißer Blüten und ein tanzender Bach, der über grüne, moosbewachsene Steine hüpfte. Der üppige Duft von Geißblatt erfüllte die Luft.

Daleina sah Naelin die Augen öffnen und sich mit einem Lächeln umschauen.

Und dann sah sie, wie Naelin die Ranken bemerkte, die sie beide fesselten.

Daleinas Lippen zuckten. *Nicht lachen.* Sie tastete die Umgebung mit ihren Sinnen ab und machte einen winzigen Luftgeist mit Zweigarmen und einem vogelähnlichen Schnabelgesicht auf sich aufmerksam. Er hüpfte zu ihr herüber und pickte mit dem Schnabel an den Ranken, während er sie ihr zugleich mit seinen langen Stockfingern vom Leib löste.

Naelins Blick traf sich mit ihrem.

Und sie brachen beide in Gelächter aus.

Ich glaube … wir können das schaffen, dachte Daleina. Mit der Kraft zweier Königinnen würden sie heilen, was zerstört worden war, die Ernte wieder sichern und ihren Untertanen eine Zeit des Friedens und des Wohlstands bringen.

Sofern Naelin es irgendwie schafft, nicht alles kaputt zu machen.

Kapitel 2

»Ich bin wieder zu Hause!«, rief Naelin und blieb dann gedankenverloren unter einem der wunderschönen Bogen aus geschnitzten hölzernen Blättern stehen, in die geschliffene blaue Flusssteine eingelegt waren. *Wann genau habe ich eigentlich angefangen, den Palast als »zu Hause« zu betrachten?* Offenbar, wurde ihr bewusst, kam er einem Zuhause mittlerweile schon sehr nahe.

»Zu Hause« war, wo ihre Kinder waren.

Und seit einiger Zeit lebten sie alle im Weißbaumpalast im Herzen der Waldstadt Mittriel, der Hauptstadt Aratays – weit weg von ihrem im äußeren Wald versteckten kleinen Häuschen. *Das Leben nimmt mitunter schon sehr seltsame Wendungen*, dachte Naelin. »Erian? Llor? Ich bin zu Hause!«

»Sie sind bei ihrem Vater«, sagte Ven, der gerade aus dem Schlafzimmer kam. Er hatte sich ein Handtuch um die Hüfte geschlungen, und Tröpfchen von Wasser hingen an den Narben auf seiner Haut, um dann auf seine Muskeln zu tropfen. Mit einem zweiten Handtuch trocknete er sich das Haar. Einzelne, vom Wasser zusammengeklebte Strähnen standen ihm kreuz und quer vom Kopf ab. »Ich wollte eigentlich unten beim Tor auf dich warten, aber ich wusste nicht, wann ihr zurückkehren würdet – tut mir leid.«

Naelin ging zu ihm hin, nahm ihm das zweite Handtuch aus der Hand, trocknete ihm damit den Hals ab und bändigte sein Haar. »Wir sind durch den Turm hereingekommen, also hättest du uns so oder so verpasst.« Sie atmete den Duft seiner Seife ein, als er ihr nun den Arm um die Hüfte legte und sie an sich zog. Er war immer noch nass, aber das störte sie nicht. Sie lächelte – er schien irgendwie immer ein Lächeln auf ihre Lippen zu zaubern, auch wenn er nichts Besonderes sagte oder tat, was eines Lächelns würdig gewesen wäre.

Doch jetzt im Moment, wo sie ihm so nahe war, hatte sie reichlich Gründe zu lächeln.

»Alles in Ordnung?« Zärtlich liebkoste er ihre Wange.

Mehr als nur in Ordnung, dachte sie. Sie küsste seinen Hals unterhalb seines Bartes. »Ja.« Ihre Finger glitten zu dem Knoten im Handtuch hinunter. »Daleina und ich haben zwölf verödete Landstriche wieder heil gemacht. Bei den letzten ist es mir sogar gelungen, keinerlei Gewalttaten auszulösen.«

»Großartig. Gewaltvermeidung ist immer gut.« Ven strich ihr mit den Fingern durchs Haar und küsste sie. Er schmeckte nach Kieferntee und Pfefferminze, und sein Bart war so weich wie Moos. Sie löste das um seine Hüfte gebundene Handtuch – und hörte dann den Wachposten an der Tür rufen:

»Eure Hoheiten.« *Die Kinder waren zurück!* »Herr Renet.« Und ihr Exmann. »Königin Naelin ist vor Kurzem zurückgekehrt«, informierte der Wachposten die Ankommenden. »Sie wird sich freuen, Euch zu sehen.«

Naelin drückte Ven das Handtuch in die Hand und scheuchte ihn zurück ins Badezimmer. »Schnell! Komm wieder heraus, wenn du dich sehen lassen kannst.« Er grinste sie an und lachte lautlos, als sie die Tür hinter ihm schloss. Sie wusste, dass sie selbst das gleiche alberne Lächeln im Gesicht hatte. Rasch strich sie sich das Haar und die Bluse glatt, dann drehte sie sich zur Tür um.

Die Tür schwang auf, und Erian und Llor, ihre beiden Kinder, kamen hereingestürmt. Sie rannten auf sie zu – Erians Beine waren länger, aber Llor war schnell wie ein Pfeil. Er warf sich an ihre Hüfte und schlang die Arme mit so viel Wucht um sie, dass sie ein lautes »Uff!« ausstieß. Erian, im Alter von zehn Jahren in ihrem Betragen nur geringfügig würdevoller, beugte sich über Llor hinweg, um die Mutter zu umarmen.

Llors Worte sprudelten aus ihm heraus wie Wasser aus einem Hahn. »Mama, Mama, Mama! Vater hat versucht, uns aus der Stadt rauszubringen, aber die Wachen wollten es ihm nicht gestatten, nicht ohne deine Erlaubnis, deshalb sind wir stattdessen zum Schatzpavillon gegangen, aber dort war es langweilig, also sind wir in die Waffenkammer gegangen, aber die Wachen haben mich nicht mit den Schwertern spielen lassen, obwohl ich versprochen habe, vorsichtig zu sein, und dann sind wir weiter in die Küche und haben Kuchen gegessen. Ich mag keinen Kirschkuchen, der ist schleimig. Wie Nacktschnecken. Kirschkuchen ist roter Schneckenkuchen.«

»Das ist eklig, Llor«, schimpfte Erian. »Außerdem, woher weißt du denn, wie Nacktschnecken schmecken? Hast du je eine gegessen?«

»Ich mache das, wenn du meinst, dass ich mich nicht trauen würde.«

»Dann trau dich doch. Mach schon.«

»Wetten, dass ich es mache? Dann musst du aber auch eine essen«, sagte er und brach in ein vergnügtes Kichern aus. »Du musst eine Schnecke essen! Du musst eine Schnecke essen!«

»Muss ich gar nicht.«

Renet war mit einem sehnsüchtigen Ausdruck im Gesicht in der Tür stehen geblieben. Naelin wusste, dass er sich wünschte, von ihr hereingebeten zu werden, aber sie wollte mit Erian und Llor allein sein. Der Terminplan, den der Palasttruchsess für sie festlegte, sowie Daleinas Wünsche an sie ließen ihr herzlich wenig Zeit für ihre Kinder. »Danke, Renet«, sagte sie und hoffte, dass er verstand.

Er machte einen vorsichtigen Schritt in den Raum hinein.

»Ich werde dir die Kinder morgen wieder vorbeibringen. Du kannst jetzt gehen.« Innerlich verkrampfte sie sich. Es war eine schreckliche Art, mit dem Mann zu reden, der ihre Kinder gezeugt hatte. Später, wenn sie mehr Zeit hatte, würde sie es ihm erklären … *Nur, dass es keine gute Art und Weise gibt, jemandem zu sagen: »Danke, aber ich will dich nicht mehr in meinem Leben haben.«* Dass sie ihn verlassen hatte, hätte eigentlich genügen sollen, um ihm das verständlich zu machen. Sie sollte es nicht immer wieder von Neuem aussprechen müssen. *Vielleicht wird es eines Tages einfacher werden.*

Ja … vielleicht.

Es wäre schön, wenn sie … wenn schon nicht Freunde, dann doch zumindest zwei Menschen sein könnten, die, wenn sie einander begegneten, nicht immer dieses Gewirr aus Kummer, Schuldgefühlen und Reue über das heraufbeschworen, was hätte sein können, nun aber eben nicht so war. Das war jedoch leichter gesagt als getan. So viel gemeinsame Lebensgeschichte konnte nicht ohne Weiteres umgeschrieben werden. Sie ging davon aus, dass das Ganze seine Zeit brauchen würde.

Sie ließ die Worte ungesagt, als die Palastwache ihn nun hinausgeleitete und er einen letzten verzweifelten Blick auf sie, Erian und Llor warf. Naelin schob das Thema Renet vorläufig erst einmal beiseite und zog ihre Kinder noch fester an sich. »Ich habe euch heute vermisst!«, verkündete sie ihnen.

»Es gefällt uns gar nicht, wenn du fortgehst«, erwiderte Erian ernsthaft.

»Ihr seid hier in Sicherheit. Alle Wachen wissen, dass sie auf euch aufpassen sollen, und sollten sich einmal irgendwelche Geister … danebenbenehmen, würden Königin Daleina und ich es spüren und sofort zurückeilen. Ihr braucht euch keine Sorgen mehr zu machen. Euch passiert schon nichts.«

Llor verdrehte die Augen – er beherrschte diesen Gesichtsausdruck noch nicht ganz, und seine Augen huschten hin und her, bevor sie sich dann auf eine übertriebene Weise nach oben rollten. Naelin setzte einen Ausdruck nichtssagender Ernsthaftigkeit auf, damit er nicht auf den Gedanken kam, dass sie sich womöglich über ihn lustig machte. »Wir haben keine Angst«, betonte Llor. »Wir vermissen dich!«

»Dann habe ich gute Neuigkeiten für euch: Wie würde es euch gefallen, mich auf einen kleinen Ausflug zu begleiten?«

Erians Gesicht leuchtete auf wie eine Feuermooslaterne. »Du willst uns mitnehmen?« Sie umarmte Naelin noch einmal. »Ja bitte!«

Naelin lachte. »Ihr habt gar nicht gefragt, wohin es gehen soll.«

Hinter ihr öffnete sich die Badezimmertür. Sie drehte sich um und sah Ven herauskommen, voll bekleidet, sein Haar immer noch feucht, aber schlampig zur Seite gebürstet. Ven und Llor hatten ungefähr die gleiche Aufmerksamkeit für ihr Haar übrig. »Dann mache ich das«, meldete Ven sich zu Wort. »Wohin soll es denn gehen?«

Llor stürzte sich quer durch den Raum in Vens Arme.

Ven fing ihn geschickt auf und wirbelte ihn im Kreis herum. »Hallo, Tiger.«

»Brüll, brüll!«, knurrte Llor.

»Zu den Dörfern in den äußeren Wäldern«, erklärte Naelin. »Es ist Königin Daleinas Idee gewesen. Sie glaubt, dass die Menschen sich besser fühlen werden, wenn sie mich kennenlernen. Ich kann ihnen versichern, dass der feindliche Einfall vorüber ist, dass wir Frieden haben und wir ihnen helfen werden, damit die Ernte gut ausfällt und sie ihre Häuser vor dem Winter wieder aufbauen können. Außerdem kann ich sämtliche verödeten Landstriche fruchtbar machen, auf die ich unterwegs stoße.« Insgeheim war sie überzeugt, beim Heilen der Todeszonen von größerem Nutzen zu sein, als wenn sie sich vor dem Volk zur Schau stellte, aber sie hatte nicht widersprochen. Zumindest nicht allzu sehr. Doch immerhin hatte sie darauf bestanden, kein Gefolge mitzunehmen. Nur sie, Ven, die Kinder und Renet (der keine ideale Wahl war, aber sie brauchte jemanden, der auf die Kinder aufpasste, wenn sie und Ven arbeiteten). Außerdem sollte sie noch der Wolf Bayn begleiten (der nun wieder durchaus eine ideale Wahl war – die Kinder waren ganz vernarrt in ihn, und Naelin fühlte sich sicherer, wenn der Wolf in der Nähe war).

Llor zupfte an Vens Ärmel. »Ven, Ven, Ven! Wenn man mit jemandem wettet und dieser Jemand die Wette nicht einlösen will, was macht man dann?«

»Ihn zum Duell fordern.« Ven packte Llor, drehte ihn der Länge nach um und stürmte mit ihm auf Erian zu. Dabei hielt er Llor, als wäre er ein Rammbock. Llor kreischte vor Vergnügen, brüllte wie ein Löwe, bog die Finger zu Krallen und schlug damit durch die Luft, während Erian über einen Tisch mit herrlichen Blumenschnitzereien kletterte und dann über ein Sofa mit goldbestickten Kanten, bis sie den Kamin erreichte. Sie schnappte sich ein Schüreisen und schwang es wie ein Schwert.

Naelin machte einen Satz dazwischen und fing das

Schüreisen ab. »Auf gar keinen Fall.« Sie ersetzte das Schüreisen durch ein Kissen. »So ist es besser.« Dann schnappte sie sich ein eigenes Kissen, und beide zusammen griffen sie Ven und Llor mit ihren Kissen an.

»Rückzug!«, rief Ven und rannte mit Llor in den Armen ins Badezimmer.

Naelin und Erian ließen sich lachend auf das Sofa fallen. »Gut gemacht«, lobte Naelin ihre Tochter.

»Du willst uns wirklich mitnehmen?«, fragte Erian. »Uns nicht wieder zurücklassen, so wie heute?« Naelin sah in den Augen ihrer Tochter einen Hauch von Angst – sie hatte seit Merecots Invasion dort gelauert und schien nie ganz zu verschwinden.

Naelin umfasste Erians Gesicht mit beiden Händen. »Es mag Tage geben, an denen ich Sachen zu erledigen habe und die Menschen meine Hilfe brauchen. Aber ich werde euch niemals verlassen«, versicherte sie und wollte, dass Erian es ihr auch glaubte, wollte diesen Hauch von Angst für immer verjagen. »Niemals.«

Ven kniete neben dem Wolf und zerzauste ihm das Fell im Nacken. »Bereit für eine neue Reise, alter Freund?« Er musste über Bayns Gesichtsausdruck lachen, der so deutlich wie laut ausgesprochene Worte ausdrückte: *Viel bereiter als du, alter Mann.*

Er stand auf, und Bayn trabte die Brücke hinunter, die vom Palast wegführte. Ven sah ihm nach und machte sich nicht die Mühe, ihn zur Vorsicht zu mahnen – der Wolf kannte den Wald genauso gut wie er selbst. Er würde seinen eigenen Weg nach Nordosten finden und sie höchstwahrscheinlich beim ersten Dorf auf ihrer Liste bereits erwarten und voll Ungeduld über diese langsamen Menschen mit dem Schwanz auf den Boden klopfen.

Hinter sich hörte Ven seine Reisegefährten – Erian und Llor neckten einander, Naelin sorgte sich darum, ob sie auch genug Socken eingepackt hatten, und Renet prahlte mit seinen Fähigkeiten als erfahrener Mann des Waldes.

Vielleicht hätte ich Bayn sagen sollen, er soll uns einen Vorsprung geben.

Naelin gesellte sich zu ihm. »Ich glaube, wir haben alles.«

Er begutachtete ihr Gepäck. Ihre Bündel quollen aus allen Nähten. »Bist du sicher?«, fragte er milde. »Vielleicht können wir noch eine Matratze hineinquetschen. Oder ein Dutzend Gewänder?«

Sie starrte ihn mit finsterem Blick an. »Das ist nicht meine Schuld. Die Palastdiener haben darauf bestanden.«

Ven liebte diesen finster funkelnden Blick. Er weckte in ihm den Wunsch, sie in die Arme zu schließen und zu küssen, bis sie wieder lächelte. Den finsteren Blick in ein Lächeln zu verwandeln war sein neuer Lieblingszeitvertreib. *Später.* »Also schön. Gehen wir. Wir sollten den Nordwesten Aratays in vier Tagen erreicht haben.«

Sie brauchten acht Tage.

Naelin genoss jede Sekunde des Weges, selbst mit ihren übervollen Rucksäcken, selbst in Begleitung von Renet mit seinen traurigen Welpenaugen und selbst wenn Erian und Llor sich gegenseitig zu immer neuen lächerlichen Kletterabenteuern anstachelten und Ven sie immer wieder retten musste.

Acht Tage lang war sie einfach Naelin, eine ganz gewöhnliche Waldbewohnerin, die mit ihrer Familie durch den Wald wanderte.

Und dann erreichten sie das erste Dorf im Nordwesten Aratays. Bayn erwartete sie direkt vor dem Dorf. Er sah besonders wohlgenährt aus – nach den Hühnerfedern zu schließen, die in seinem Fell klebten, hatte er sich weidlich an der Gastfreundlichkeit des Dorfes gütlich getan. Sie nahm sich vor, die Bewohner für alles zu entschädigen, was immer er gefressen hatte.

»Setz deine Krone auf«, wies Renet sie an.

»Ich bin nicht im Palast«, erwiderte Naelin. Sie wusste, dass er im Grunde recht hatte: Sie sollte sich den Menschen schließlich als deren neue Königin vorstellen, was entsprechende Gewänder und die Krone mit einschloss. Aber sie konnte es nicht ausstehen, wie sie ihr in die Kopfhaut stach.

Gib es ruhig zu, sagte sie sich. *Du kannst nicht ausstehen, wofür sie steht.*

Sie tat mit einer Handbewegung ab, was immer er sagen wollte, um ihr zu widersprechen, holte die Krone aus ihrem Bündel und setzte sie sich auf den Kopf. Erian brachte ihr das Haar unter der Krone in Ordnung, und Llor reichte ihr mit feierlichem Ernst eine Blume. Sie steckte sie mitten in die silbernen Filigranarbeiten auf ihrer Krone.

»Du kriegst das hin«, murmelte Ven.

Mit leiser Stimme, so dass nur er sie hören konnte, fragte sie: »Was ist, wenn sie mir nicht glauben, dass ich die Königin bin?« Auch wenn sie im Palast lebte, alle Geister in Aratay spüren konnte und obwohl sie von dem Moment an, in dem die Geister sie als ihre Königin akzeptiert hatten, ein unglaubliches (und ziemlich beängstigendes) Anwachsen ihrer Macht verspürte, fühlte sie sie sich immer noch nicht königlich. Sie war einfach eine Waldbewohnerin, mit zwei Kindern, ergrauendem Haar, knochigen Ellbogen und Schwielen an den Handflächen, die vom jahrelangen Ausbessern der Schindeln auf ihrem eigenen Dach und dem Schrubben ihrer eigenen Fußböden herrührten. *Was ist, wenn diese Leute das spüren?* Ihre Aufgabe war es, sie zu beruhigen, ihnen zu versichern, dass alles gut war in Aratay, aber wie konnte sie das tun, wenn sie selbst nicht beruhigt war? Tatsächlich kam sie sich jetzt, wo sie hier war, in der Nähe eines Dorfes, das sich nicht allzu sehr von jenem Dorf Ost-Immertal unterschied, in dem sie früher gelebt hatten, mehr denn je wie eine Hochstaplerin vor.

Jahrzehntelang hatte sie genau gewusst, wer sie war – und es hatte ihr auch gefallen, dieser Mensch zu sein –, und jetzt sollte sie jemand Neues sein. Sie fühlte sich wieder wie ein halbwüchsiges Mädchen, doch hatte sie keinerlei Interesse, diese Lebensphase noch einmal zu durchleben. *Es ist schon schlimm genug, dass ich Kindheit und Jugend in Gestalt meiner Kinder Erian und Llor noch einmal durchleben muss.*

Ven zuckte die Achseln. »Befiehl den Geistern doch einfach, ein paar von ihnen aufzufressen. Dann werden sie nicht mehr an dir zweifeln.«

Sie warf ihm einen vernichtenden Blick zu.

Er grinste sie nur an.

»Du bist unmöglich«, ließ sie ihn wissen.

»Ich glaube, das Wort, nach dem du suchst, ist ›urkomisch‹. Du könntest dich aber auch für ›eine große Hilfe‹ entscheiden. Oder für ›von schroffer Schönheit‹? ›Ein wahres Kraftpaket‹?«

Llor kicherte. »›Ein großer Quatschkopf‹?«

Ven nickte ernst. »Außerdem auch ›kitzlig‹.«

»Wirklich? Du bist kitzlig?« Llor klappte die Kinnlade herunter.

Ven stupste ihm den Ellbogen in die Rippen. »Genau da.«

Sowohl Llor als auch Erian fielen über ihn her. Er brach übertrieben dramatisch zusammen, krümmte sich auf dem Boden und heulte vor Lachen.

Naelin sah den dreien eine Weile lang zu. Aus dem Augenwinkel bemerkte sie, dass Bayn sie ebenfalls beobachtete, einen leidgeprüften Ausdruck auf dem wölfischen Gesicht. *Alberne Menschen*, schien dieser Ausdruck zu besagen. *Spielen wie Welpen, wo doch Arbeit zu erledigen ist.* Naelins Lippen zuckten amüsiert, und sie und Bayn wechselten Blicke.

Naelin, Königin von Aratay und der großen Wälder Renthias, ließ Ven mit den Kindern und Renet zurück und betrat, nur mit einem Wolf an ihrer Seite, das Dorf.

Niemand zog in Zweifel, wer sie war.

Sie wanderten weiter, und in jedem Dorf, in das sie kamen, beeilte sich das Volk von Aratay, sie willkommen zu heißen. Die Dorfbewohner bestanden darauf, sie und ihre Begleiter in ihrem schönsten Haus zu beherbergen, sie mit wahren Festmählern zu bewirten und sie mit Geschichten und Liedern zu unterhalten. Immer weiter eilte ihnen die Kunde ihrer Ankunft voraus, so dass die Dorfbewohner ihre Königin überall bereits voller Ungeduld erwarteten, um dann sogleich um sie herumzuscharwenzeln – und ihr in unendlich langen Versammlungen mit den Dorfoberhäuptern all ihre Wünsche zu präsentieren.

Als sie das achte Mal Einkehr hielten, in einem winzigen Dorf namens Rotblatt, hatte sie jeden Tag kaum noch einige Sekunden mit Erian und Llor allein, bevor sie von ihnen fortgezerrt wurde, um alle im Dorf zu begrüßen und sich ihre Litanei von Klagen anzuhören. »Lass mich mit den Kindern ein Picknick machen«, bettelte Renet. »Sie brauchen eine Pause. Du kannst nicht von ihnen verlangen, noch eine weitere lange Sitzung durchzustehen, während der sie nicht in der Nähe ihrer Mutter sein können und sich zu Tode langweilen.«

Naelin verbot es ihm. Sie wollte die Kinder nicht aus den Augen lassen.

Aber es stimmte, dass Erian und Llor sich langweilten. Nachdem Llor die Vorstellung der Hälfte der Bevölkerung des Ortes über sich hatte ergehen lassen, begann er zu betteln und zu flehen, zu schmeicheln und zu drohen, um sich mit allem, was er konnte, für den Vorschlag seines Vaters einzusetzen. »Wenn du uns nicht gehen lässt, werde ich das Abc-Lied singen. Laut. Und immer wieder. Damit kein Erwachsener mehr reden kann.«

Sie fühlte sich versucht, ihn genau das machen zu lassen, unterdrückte ein Lächeln und schaute zu Ven hinüber. Wenn er die Kinder begleitete, würde sie sich keine Sorgen machen …

Er schüttelte den Kopf. »Ich bleibe bei dir. Es ist meine Aufgabe, dich zu beschützen.« Er brauchte nicht laut auszusprechen, wie wichtig Naelin für Aratay war, vor allem, solange es keine tauglichen Thronanwärterinnen gab.

»Ich werde sie unter Einsatz meines Lebens bewachen«, gelobte Renet.

»Gib ihnen Bayn mit«, schlug Ven vor, ohne Renet Beachtung zu schenken. »Er kann sie vor allen normalen Bedrohungen schützen, und da du in der Nähe bist, wird kein Geist es wagen, sie anzugreifen.«

»Du kannst die Geister über uns wachen lassen!«, warf Llor ein.

»Auf keinen Fall. Das lenkt nur ihre Aufmerksamkeit auf euch.« Doch während sie sprach, beschäftigte Naelin die Bitte der Kinder, einen Ausflug machen zu dürfen, unvermindert weiter. Sie musterte Llors große Augen und verschränkte Hände. Sah die Hoffnung in Erians Blick. Selbst Renets Gesichtsausdruck ging ihr zu Herzen. *Es ist nicht gerecht, sie alle darunter leiden zu lassen, dass ich die Königin bin.* »Na schön. Nehmt Bayn mit, und wagt euch nicht zu dicht an die Grenze heran. Wir sind nahe an Semo im Norden und an den ungebändigten Landen im Westen. Achtet auf eure Umgebung. Tut nichts, was die Geister aufregen könnte, und passt auf, dass ihr nicht auf irgendwelche allzu dünnen Äste tretet.«

Erian küsste sie auf die Wange. »Du machst dir zu viele Sorgen, Mama. Wir können auf uns selbst aufpassen. Und wir werden auch nicht zulassen, dass Vater etwas zustößt.«

Sie zwang sich zu einem Lächeln, obwohl sie am liebsten geantwortet hätte: *Mir gefällt die ganze Sache nicht.*

Nein, es ist nicht das Picknick, das mir gegen den Strich geht. Es ist die Tatsache, dass ich nicht bei ihnen sein kann. Ich weiß nicht, wie ich gleichzeitig eine gute Königin und eine gute Mutter sein soll.

Irgendetwas musste sie ändern, wenn sie alle ihre Aufgaben mit Erfolg bewältigen wollte. Aber im Augenblick erst einmal …

»Ihr dürft gehen.«

Kapitel 3

Der Wolf hatte niemals, nicht ein einziges Mal, den Wunsch verspürt, die Kinder der Königin aufzufressen, nicht einmal an jenem Tag, als Llor versucht hatte, ihn wie ein Pony zu reiten, und Erian ihm (unbeabsichtigt) einen Pfeil in die Schwanzspitze geschossen hatte. Doch hatte er Lust zu fressen, was sie zum Picknick dabeihatten. Also schob er mit der Nase den Deckel zur Seite und zog behutsam den gebratenen Vogel aus dem Korb. Dann legte er ihn auf den Ast und nagte daran – die Knochen knirschten, und das Fleisch schmeckte nussig. Nach all seiner Zeit mit den Menschen hatte er eine Vorliebe für geschmortes Fleisch entwickelt. Er mochte es beinahe genauso gern wie die Menschen selbst.

Was natürlich nicht hieß, dass auch alle Menschen ihn mochten – Renet zum Beispiel zeigte keinerlei Liebe für den wölfischen Beschützer seiner Kinder. Gelegentlich amüsierte sich Bayn damit, Renet zu erschrecken. Aber heute ließ er ihn in Ruhe, weil die Kinder so glücklich darüber waren, mit ihrem Vater zusammen zu sein – und weil der Tag allzu kurz sein würde, wenn Renet ins Dorf zurückkehren musste, um sich eine frische Hose anzuziehen; der Wolf verstand genug von menschlichem Benehmen, um Renets Reaktionen vorhersehen zu können.

Er verstand viel mehr, als das bei einem gewöhnlichen Wolf der Fall sein sollte. Andere Wölfe schienen sich daran zu stören, wenn sie ihm begegneten, aber ihm selbst hatte es nie etwas ausgemacht.

Was ihm jedoch etwas ausmachte, waren die Signale, die er von den Geistern in den nahen Bäumen auffing. In diesem Moment befanden sich drei Baumgeister auf halber Waldhöhe und einer oben im Blätterdach, außerdem war da ein Erdgeist, der unter den Wurzeln des Baums grub, an dessen Stamm sie ihr Picknick machten. In so großer Nähe zu den ungebändigten Landen benahmen sich die Geister immer merkwürdig – waren launisch und unberechenbar –, aber das jetzt fühlte sich irgendwie ... nach *mehr* an. Er spürte sie wie ein Jucken in seinem Fell, und sie wirkten zunehmend erregt, was ihn schließlich dazu veranlasste, seine Mahlzeit zu unterbrechen und eingehend die Bäume ringsum zu begutachten.

Der Wald war still.

Nur eine leichte Brise, die durch die dürren Blätter raschelte.

Nur ein Eichhörnchen hoch oben auf einem Baum, das beim Anblick des Wolfs einen keckernden Laut ausstieß.

Die Herbstsonne war immer noch warm und durchdrang die Äste wie auch Bayns Fell, und die Luft war geschwängert vom säuerlichen Duft überreifer Beeren, vom Dunst des regendurchweichten Mooses und vom vertrauten Geruch seiner Menschen.

Er schnupperte wachsam. In der Nähe zeigte Erian ihrem Vater gerade die neuen Techniken im Kampf mit dem Messer, die Meister Ven ihr beigebracht hatte. Sie tat so, als ramme sie das Messer einem Geist ins Auge, ein Ziel, das Bayn guthieß. Es war immer klug, auf die empfindlichen Körperteile zu zielen. Er selbst bevorzugte einen Biss in die Kehle, aber dafür fehlte dem Mädchen die Kieferkraft. Ihr Vater gab sich alle Mühe, beim Anblick seiner zehnjährigen Tochter, die mit einem Messer in die Luft stach und in unbekümmertem Tonfall über Augäpfel redete, nicht allzu entsetzt zu wirken. *Ich würde einen besseren Vater für sie abgeben,* dachte Bayn bei sich.

Llor, der nun fast sieben Jahre alt war, wetteiferte mit seiner Schwester um Renets Aufmerksamkeit, indem er auf Zehenspitzen auf einen Ast hinausging, bis er immer dünner wurde. »Schau her, Vater! Sieh dir das mal an!«

»Llor, komm zurück!«, rief Renet. »Erian, das ist gut. Du bist sehr schnell. Weiß deine Mutter, dass Meister Ven dir so etwas beibringt?«

»Es ist ihre eigene Idee gewesen«, antwortete Erian. »Sie meint, selbst Menschen, die klug, freundlich und vorsichtig sind, müssen manchmal irgendwelche Dinge durchbohren.«

»Das hat deine Mutter gesagt?«, fragte Renet mit schwacher Stimme.

Bayn fand, dass er um die Augen herum ein wenig verstört wirkte, als wäre er ein Kaninchen, das am liebsten sogleich in sein hübsches, sicheres Loch zurückhoppeln wollte ... ähnlich wie es auch den Geistern um sie herum erging.

Der Geist oben in den Baumwipfeln schwang sich weg, indem er sich wie ein Affe von einem Ast herabbaumeln ließ und dann einen Sprung machte, um den nächsten zu packen. *Irgendetwas macht ihnen Angst,* schoss es Bayn durch den Kopf. Er schnupperte erneut und ließ seine Zunge die Gerüche um ihn herum schmecken. Die drei Baumgeister auf halber Waldhöhe fegten auseinander – einer eilte flink den Stamm hinab, einer wand sich wie ein Wurm in den Baum hinein, und der dritte floh zum nächsten Baum. Tief unter ihnen grub sich der Erdgeist durch die Wurzeln, während sich seine Krallen hektisch durch eine Schicht toter Blätter wühlten.

Bayn erhob sich vom Boden und knurrte.

Renet warf dem Wolf einen raschen Blick zu und sagte, nun in schärferem Tonfall: »Llor, komm auf der Stelle zurück.«

»Aber, Vater, es ist alles bestens! Ich kann das gut …«

Ein Luftgeist brach durch das Blätterdach. Seine lederartigen Flügel schlugen gegen die Äste und rissen dabei leuchtend rote, orangefarbene und gelbe Blätter herunter, die hinter ihm herabwirbelten. Bayn sah einen langen scharfen Schnabel aufblitzen und stürmte über den Ast auf Llor zu.

Llor schrie auf, als Bayn in ihn hineinraste und ihn im Bauch traf, so dass der Junge über ihn purzelte und auf dem Rücken des Wolfs landete. Bayn spürte den Wind von oben, als der Geist auf sie zugesaust kam. Er machte einen Satz nach vorn und krachte mit Schwung auf das Ende des Astes.

Knick, knack …

Krach!

Sie stürzten.

Die Klauen des Geistes streiften sein Fell und verfehlten sie nur knapp. Der Junge brüllte, aber Bayn landete zusammengekauert auf dem Ast unter ihnen und rannte schon eine Sekunde später weiter.

Doch über ihnen war das Mädchen in Gefahr.

Bayn hoffte, dass der Junge genug Verstand hatte, sich festzuhalten – der Klammergriff um seinen Hals schien diese Hoffnung zu bestätigen –, und sprang von Ast zu Ast, bis er wieder dort angelangt war, wo sie ihr Picknick abgehalten hatten. Erian stach mit ihrem Messer auf den Geist ein, während ihr Vater mit einem Ast von der Größe seines Arms auf dessen Rücken einschlug.

Der Geist drehte den Kopf und schnappte mit seinem

messerähnlichen Schnabel nach Renet. Der Mann stolperte zurück, und dann trat sein Fuß hinter dem Ast ins Leere. Mit rudernden Armen stürzte er in die Tiefe und schrie den Namen seiner Tochter. Im gleichen Moment drehte sich der Luftgeist wieder zu Erian um.

Bayn musste eine schnelle Entscheidung treffen: das Mädchen retten oder den Mann.

Die Wahl fiel ihm leicht.

Man rettet Welpen.

Man rettet immer die Welpen, denn sie können sich nicht selbst retten.

Er schoss auf Erian zu. Sobald sie sie erreicht hatten, glitt Llor von Bayns Rücken und hinein in die Arme seiner Schwester, während sich der Wolf auf den Luftgeist stürzte.

Der Geist war doppelt so groß wie er, hatte Klauen und diesen grässlichen Schnabel. Aber Bayn war stark und schnell und viel intelligenter. Er tat so, als wolle er nach seinem Hals schnappen, dann biss er fest in die Sehnen eines seiner Flügel und riss den Kopf zurück, als der Luftgeist zurückwich. Er schmeckte das Blut des Geistes – frische Bergluft, das würzige Aroma von Kiefern und die beißende Schärfe von sehr steiniger Erde. Nicht der übliche Geschmack der Geister von Aratay.

Es blieb keine Zeit, darüber nachzudenken, was der seltsame Geschmack zu bedeuten hatte. Hinter ihm rief Erian: »Bayn, pass auf!« Als er den Kopf drehte, sah er, dass sie zum Himmel hinaufzeigte.

Fünf weitere Geister schossen auf sie zu. Allein hätte er gegen sie kämpfen können, aber er konnte Königin Naelins Kinder nicht gefährden. Also bleckte er die Zähne, duckte sich und ruckte mit dem Kopf, in der Hoffnung, dass die Kinder verstanden, was er wollte.

Sie verstanden. Llor und Erian kletterten auf seinen

Rücken. Während der Luftgeist, den er verletzt hatte, den anderen Geistern irgendetwas zuschrie, spannte Bayn alle Muskeln an und sprang vom Ast. Er flog in elegantem Bogen durch die Luft und landete gewandt auf einem Ast des nächsten Baums – hätte jemand zugesehen, er wäre erschrocken gewesen zu beobachten, wie ein Wolf auf diese Weise die Bäume durchquerte, aber sowohl Erian als auch Llor waren zu jung und zu verängstigt, um sich daran zu stören. Er spürte sie auf seinem Rücken, fühlte, wie angespannt sie waren, wie sie zitterten und Angst hatten, aber er wagte es nicht stehen zu bleiben, um ihnen Trost zu spenden.

Er sprang von Ast zu Ast, während die Geister durch die Luft hinter ihnen herflitzten. Sofort wusste er, dass er einen Fehler gemacht hatte – wäre er nach Osten geflohen, wo Königin Naelin gerade das Dorf in der Nähe des Ortes besuchte, an dem Königin Daleina ihre Kindheit verbracht hatte, hätte Naelin gemerkt, dass ihre Kinder in Gefahr waren, und sie hätte die Geister zwingen können, in ihrem Tun innezuhalten, aber stattdessen war Bayn nach Westen gelaufen.

Oder, genauer gesagt, er war nach Westen gejagt worden.

Vielleicht sind sie gar nicht so dumm, wie ich gedacht habe.

Und genau das stellten sie nun unter Beweis. Wann immer er versuchte, die Richtung zu wechseln, schnitt ihm einer der Geister den Weg ab. Er raste den Stamm eines umgestürzten Baums hinab, bis er den Waldboden erreichte. Er erhöhte sein Tempo, schlängelte sich zwischen Büschen und Wurzeln hindurch. Die Geister jagten ihn, flogen über die Büsche und im Zickzack zwischen den Baumstämmen hin und her, während sie sich immer wieder durch Zurufe verständigten. Aus den Augenwinkeln sah er einen von ihnen, wie er ihn verfolgte.

Die Kinder hatten inzwischen zu schreien aufgehört und wimmerten nur noch in sein Fell hinein. Er roch die Angst in ihrem Schweiß, und das veranlasste ihn, noch schneller zu rennen. Eine Meile weit lief er, dann zwei, dann drei, und entfernte sich immer weiter und weiter von Naelin.

Die Geister, begriff er, versuchten, ihn an die Grenze zu den ungebändigten Landen zu treiben und in die Falle zu locken. Er hatte diese Jagdtechnik zuvor schon erlebt. Ja, er hatte sich ihrer sogar selbst bedient.

Niemand begab sich je in die ungebändigten Lande. Nicht einmal, wenn ihm der Tod drohte. Er hatte Beutetiere verfolgt, bis sie nur noch Zentimeter von der Grenze entfernt gewesen waren, und sie in Fetzen gerissen, als sie dann voller Panik dort stehen geblieben waren – ihre tief verwurzelte Angst vor den ungebändigten Landen hatte sich als stärker erwiesen als ihre Furcht vor dem Raubtier.

Und jetzt war er selbst die Beute.

Er spürte die Geister, die ihm zu beiden Seiten folgten, und wich nach rechts aus. Die Kinder klammerten sich weiter an ihm fest, als er um den Stamm einer Eiche bog und sich dann einen Weg durchs Unterholz bahnte. Zwei Geister kamen ihm von vorn entgegengeflogen. Er rannte nach links. Ein weiterer Geist schoss heran und zwang ihn erneut zum Ausweichen.

Ich bin nicht schnell genug, begriff er.

Bald würden sie ihn in der Zange haben.

Vor ihm konnte er schon die Grenze zu den ungebändigten Landen ausmachen. Durch die Äste sah es aus wie der Dunstschleier über einem Wasserfall. Die Nebelwand schimmerte und verdunkelte sich, und Bayn hatte eine ebenso brillante wie schreckliche Idee. Er wechselte die Richtung und tat, was kein normales Tier tun würde: Er rannte direkt auf die Grenze zu.

Durch sein Manöver überrumpelt, zögerten seine Verfolger für einen Moment, bevor sie ihre Jagd nach ihm wieder aufnahmen.

Noch einmal hörte er Erian und Llor wimmern. Er spürte das Rascheln des gefallenen Herbstlaubs unter seinen Pfoten. *Wenn ich die Grenze erreichen kann, werden die Geister mir nicht zu folgen wagen ...* Vor sich sah er den Nebel flattern und wabern, während drüben, jenseits der Grenzen der bekannten Welt, Berge aufstiegen und wieder in sich zusammenfielen, Bäume in die Höhe sprossen und tot zerfielen, sich Bäche mit Fluten füllten und wieder austrockneten. Er hörte Erian rufen: »Bayn, nein!«

Aber noch ehe er die Grenze erreichen konnte, lösten sich zwei der Geister von den übrigen und griffen ihn von oben her an. Er spürte, wie ihm Erian und Llor vom Rücken gerissen wurden, und hörte sie schreien. Bayn wirbelte herum und machte knurrend einen Satz in die Höhe, aber die anderen vier Geister umzingelten ihn.

Er wurde zurückgetrieben, während die beiden Geister die schreienden Kinder zu den Baumwipfeln emportrugen. Kämpfend versuchte er, hinter ihnen herzurennen – doch es war unmöglich. Die anderen Geister schnitten ihm den Weg ab. Er musste zurückweichen, verlor Zentimeter um Zentimeter an Boden, während er den ungebändigten Landen immer näher kam.

Als die beiden Geister, die Erian und Llor mit sich trugen, durch das Blätterdach brachen und verschwanden, wusste er, dass er verloren hatte. *Oh, Große Mutter,* betete er, *es tut mir leid, dass mein Bestes nicht gut genug war.* Und dann dachte er, an die Kinder gerichtet: *Bleibt am Leben. Bis wir uns wiedersehen.*

Bayn hörte zu kämpfen auf und machte das Undenkbare. Er wandte sich um und rannte los, ohne stehen zu bleiben, ohne sein Tempo zu verlangsamen, ohne auch nur eine Sekunde lang zu zögern. Hinter ihm stellten die Geister ihre Verfolgung ein und blickten ihm nach, wie er in die ungebändigten Lande stürzte.

Und der Nebel schloss sich um ihn.

Kapitel 4

Eine andere Königin hätte Ja gesagt.

Aber Königin Naelin hatte keinerlei Probleme damit, Nein zu sagen – nicht zu ihren Kindern, wenn sie um etwas Lächerliches baten (wie zum Beispiel: »Mama, dürfen wir, *bitte*, ohne Sicherungsseile oder Begleitung eines Erwachsenen nach ganz oben in die Wipfel klettern, um dort unser Leben in Gefahr zu bringen, indem wir leichtsinnig die Schwerkraft herausfordern, bis wir unweigerlich in die Tiefe stürzen und uns an zahllosen Ästen alle Knochen brechen, ehe wir auf den Waldboden knallen, um dann von Wölfen, Bären oder Vielfraßen verschlungen zu werden? *Bitte*, Mama?«).

Und ganz bestimmt hatte sie kein Problem damit, den Dorfbewohnern ein Nein zur Antwort zu geben, wenn sie sie baten, Geister zu beschwören, damit diese ihnen eine neue Bibliothek bauten.

»Ihr könnt euch selber eine bauen«, beschied sie. »Ihr besitzt Hämmer und Nägel.«

Die Dorfbewohner rutschten auf ihren Stühlen hin und her und tuschelten miteinander. Naelin sah sie mit hochgezogenen Augenbrauen an und wartete darauf, dass sie Einspruch einlegten. Sie hatte die ganze weite Reise in den hintersten Winkel von Aratays Nordwesten nicht deshalb gemacht, um hier Verbesserungen an den schon jetzt sehr hübschen Bäumen der Leute vorzunehmen.

»Die Beschwörung von Geistern erregt deren Aufmerksamkeit«, erklärte sie zum gefühlt hundertsten Mal.

»Euer Majestät, vergebt uns, aber …«, begann eine Frau – sie war jünger als Naelin und hielt einen in Windeln gehüllten Säugling gegen ihre Hüfte gedrückt. Nach ihrer gebügelten Schürze und dem um ihr Haar geschnürten gestärkten Schal zu urteilen, war es wohl die Dorfwäscherin. Rotblatt war größer als Naelins altes Heimatdorf, was nicht viel heißen wollte: Ost-Immertal war nie mehr gewesen als einige wenige verstreute Hütten in den Bäumen. Rotblatt war immerhin groß genug, um überhaupt eine Wäscherin zu haben – und darüber hinaus sogar einen Bäcker und einen eigenen Schullehrer. Alle waren sie in zahlreichen Bäumen untergebracht, die die Kandidatinnen während ihrer letzten Thronprüfung hatten wachsen und Form annehmen lassen, bevor sie dann fast alle beim Krönungsmassaker ihr Leben gelassen hatten. Heute zwängten sich fast hundert Dorfbewohner in die Versammlungshalle des Ortes, die in die Mitte des größten Baums gehöhlt worden war. »… aber die Geister wissen bereits, dass wir hier sind. Warum sollten wir sie da nicht zu etwas Gutem nutzen?« Die Wäscherin neigte den Kopf und machte einen angedeuteten Knicks. Der Säugling an ihrer Hüfte gab ein Lallen von sich. »Bitte vergebt uns die Anmaßung unserer Frage.«

Naelin winkte ab. »Da gibt es nichts zu vergeben.« Sie würde sich niemals daran gewöhnen, dass Menschen unterwürfig vor ihr zu Kreuze krochen. Es war lächerlich. Bis Meister Ven sie aus ihrem stillen, glücklichen Leben herausgerissen hatte, war auch sie genauso gewesen wie diese Menschen hier.

Jetzt jedoch sorgte die Krone auf ihrem Kopf für einen Abstand zwischen ihnen und ihr.

Und genauso auch die Macht, die ihr zur Verfügung stand.

Aber Macht äußerte sich in vielen verschiedenen Formen, und in diesem Fall war es wichtiger, Zurückhaltung an den Tag zu legen, als diesen lächerlichen Forderungen nachzugeben. Sie musste nur eine Ausdrucksweise finden, die etwas … königlicher war.

»Es wäre unverantwortlich von mir, den Geistern aus irgendeinem anderen Anlass als einem ernsten Notfall Befehle zu erteilen«, erklärte Naelin geduldig. »Sie sind denkende Wesen, keine Werkzeuge, und wenn wir uns ihrer als Werkzeuge bedienen, schürt das nur ihren Hass auf uns. Wollt ihr wirklich, dass euch alle Geister im Umkreis noch mehr hassen?« Naelin richtete den Blick auf den plappernden Säugling, ein kleines Mädchen. »Dass sie eure Kinder noch mehr hassen?«

Die Wäscherin drückte das Baby enger an sich.

Einer der Waldbewohner, ein ergrauter älterer Mann mit einer Narbe, die seine linke Augenbraue spaltete, zuckte die Achseln. »Ich bitte Eure Majestät um Vergebung, aber wir leben doch jetzt schon in dauerhafter Gefahr. Da wäre es nett, auch in dauerhaftem Luxus zu leben. Außerdem können wir weder die Arbeitskraft noch die nötigen Materialien und sonstigen Utensilien erübrigen, um die Bibliothek selbst zu erbauen. Wir sind hier keine Städter. Jeder tut bereits, was er kann. Wir wollen nur ein bisschen etwas Besonderes für unsere Kinder.« Er deutete nun seinerseits auf den Säugling, der jetzt laut krähte, ohne ahnen zu können, dass er zum symbolischen Stellvertreter für alle Kinder von Rotblatt erkoren worden war. »Ihr könntet das alles vollbringen, wie wir gehört haben. Ihr habt keine Probleme damit, wie die andere Königin.«

Naelins Augenbrauen schossen in die Höhe, und sie

starrte ihn mit dem gleichen Blick an, mit dem sie auch ihre Kinder bedachte, wenn ihre Münder zu plappern anfingen, ohne zuvor Rücksprache mit ihrem Gehirn gehalten zu haben.

Die Dorfbewohner, die dem Mann am nächsten waren, brachten ihn sofort zum Schweigen.

»Lang lebe Königin Daleina!«, rief einer. Und fügte dann schnell hinzu: »Lang lebe Königin Naelin!«

Naelin fühlte, wie sich tief in ihrem Schädel Kopfschmerzen bemerkbar machten. »Ich werde darüber nachdenken.«

Einige applaudierten. Andere wirkten besorgt. Naelin rauschte aus der Versammlungshalle hinaus und floh mit so viel königlicher Anmut, wie sie nur aufbringen konnte. Draußen, vor dem Herzen des Baums, füllte sie ihre Lunge mit frischer Luft. Ven wartete auf sie – er hatte draußen Wache gehalten, während sie sich mit den Dorfbewohnern getroffen hatte.

»Ist es gut gelaufen?«, fragte er mit sanfter Stimme.

»Halt den Mund«, beschied sie ihm.

Er grinste sie an. »Du bist ihre Königin. In ihren Augen wirkst du vor dem Frühstück ein Dutzend Wunder und verspeist zum Mittagessen ein paar wild gewordene Geister – auf einem Bett aus frischem Salat.«

»Ich hätte dieses Verhalten in der Hauptstadt erwartet, wo sie sich jederzeit an eine Königin wenden können, aber hier draußen? So weit vom Palast entfernt, so dass gar keine schnelle Hilfe kommen kann?« Sie schritt von der Versammlungshalle weg und passierte die Läden und Marktstände, die sich auf einer Hochterrasse in der Mitte des Dorfes zusammendrängten. In wenigen Minuten hatte sie das Ortszentrum hinter sich gelassen und befand sich draußen auf den dünneren Ästen – auch von ihnen hingen Häuser herab, einige aus Holz gebaut, während die meisten direkt aus dem Baum gewachsen waren –, aber zum Glück war es hier viel ruhiger.

»Ich hatte den Eindruck, dass du die Sache mit ihnen gut gemeistert hast.« Ven wirkte immer noch belustigt, und sie hätte ihm dieses leise Feixen am liebsten aus dem Gesicht gewischt. Er fand es witzig, wenn die Dorfbewohner sie wie eine Art allmächtige Erfüllerin ihrer Wünsche behandelten.

»Ich bin nicht standhaft geblieben.« Als sie sich weit genug entfernt hatte, dass sie das Stimmengewirr aus der Versammlungshalle nicht mehr hören konnte, ließ sie sich auf einen Ast fallen. Ihr Seidenkleid bauschte sich um sie herum. Sie strich die Röcke glatt und wünschte, sie hätte praktischere Kleider angezogen. Aber die Palastdiener hatten darauf bestanden, dass sie diese lächerlich weiten Kleider einpackte. Röcke würden eine Botschaft aussenden, hatten sie gemeint; die Botschaft nämlich, dass die Königin keine Angst habe und vor Gefahr nicht fliehen werde. Die Menschen mussten ihre Königin im vollen Staat sehen, damit sie sich sicher fühlten. *Lächerlich*, dachte sie. *Überhaupt niemand ist in Renthia wirklich sicher.*

Erstaunlicherweise hatte der oberste Palastaufseher die Königin irgendwie umzustimmen vermocht, und jetzt saß sie hier und kam sich wie eine Idiotin vor. Benahm sich wie eine Idiotin.

»Du hast gehört, was ich gesagt habe. Ich weiß nicht, was in mich gefahren ist, als ich ihnen zugesichert habe, ich würde darüber nachdenken. Ein ganz typischer Fehler.«

»Du könntest auch einfach machen, was sie von dir wollen, weißt du«, sagte Ven und setzte sich neben sie.

Sie warf ihm einen bösen Blick zu.

Er grinste noch breiter.

Und Naelin musste lachen.

Sie wusste nicht einmal, *warum* ihr plötzlich zum

Lachen zumute war. Ven konnte sie einfach fröhlicher machen, allein indem er bei ihr war. Sie lehnte sich an ihn und küsste ihn. Er drückte sie an sich und schlang die Arme fest um sie, und sie verschränkte die Hände in seinem Nacken. Sie spürte seinen Herzschlag durch sein und ihr Hemd hindurch. Sein Mund wanderte über ihre Lippen und an ihrem Hals hinunter, während sie sein Haar streichelte. Schließlich, als sie damit fertig waren, sich zu liebkosen, schmeckte die Luft süßer, die Sonne wirkte wärmer, und der ganze Tag erschien ihr besser.

Manchmal hatte Naelin den Eindruck, dass Ven über seine ganz eigene, spezielle Magie verfügte.

»Ich könnte ihnen tatsächlich eine Bibliothek bauen«, räumte sie ein. »Es ist zumindest keine ganz dumme Bitte.«

»Das letzte Dorf wollte ein Karussell«, rief ihr Ven ins Gedächtnis.

»Oh ja, weil es ja so supervernünftig ist, Fünfjährige schwindlig zu machen, wenn sie sich dreißig Meter hoch über dem Waldboden befinden.« Zu diesem Ansinnen hatte sie sehr schnell Nein gesagt. *Die Menschen sind lächerlich.* »Sobald Erian und Llor zurück sind, werde ich es machen. Aber nur ein ganz einfaches, funktionelles Gebäude. Keine Türmchen. Kein Schnickschnack.« Erian und Llor sollten in etwa ein oder zwei Stunden mit Renet zurückkehren. Das würde ihr vor Einbruch der Nacht noch genug Zeit geben, die Bibliothek zu errichten.

Ven schaute mit zusammengezogenen Brauen in die Bäume hinaus, als könne sein Blick die Äste durchdringen, um die Kinder bei ihrem Picknick zu beobachten. »Wie weit sind sie gegangen?«

»Keine Ahnung«, antwortete Naelin. Sie war unbeirrt bei ihrer Entscheidung geblieben, die Kinder nicht von Geistern bewachen zu lassen – das hätte nur zusätzliche Aufmerksamkeit der Geister auf Erian und Llor gelenkt, und das wollte sie nicht. Außerdem waren die Wälder Aratays jetzt, wo es zwei Königinnen gab, die die Geister in Schach hielten, sicherer als je zuvor. Und mit allen anderen Bedrohungen würde Bayn spielend fertigwerden.

Natürlich war es schwer, sich nicht trotzdem Sorgen um sie zu machen.

Sie würde ein besseres Gefühl haben, sobald sie wieder nur eine Armeslänge von ihr entfernt waren. »Ich habe sie gebeten, in der Nähe zu bleiben.« Sie hatte ihnen sogar eine Karte gezeichnet, auch wenn Renet behauptet hatte, genau zu wissen, wo sie waren. Sie war sich ziemlich sicher, dass sie Bayn bei dieser Äußerung die Augen hatte verdrehen sehen.

Ven küsste sie auf die Stirn. »Hör auf, dir Sorgen zu machen.«

»Das kann ich nicht.«

»Deine Kinder haben großes Glück.«

Sie tätschelte ihm die Wange. »Oh, um dich mache ich mir ebenfalls Sorgen.«

»Du weißt, dass ich auf mich selbst aufpassen kann.«

»Das hat nichts damit zu tun.« Sie küsste ihn wieder. Es hatte auch Vorteile, dass ihr Exmann und ihre Kinder für einige Stunden fort waren. Es war schon schwer genug, die Rolle der Königin und Mutter unter einen Hut bringen zu wollen, und dann kam zu allem Überfluss auch noch die liebende Frau hinzu. Sie hatte das Gefühl, in drei verschiedene Richtungen gezogen zu werden und dabei immer irgendjemanden zu enttäuschen. Sie wünschte, sie wüsste einen Weg, alles gleichzeitig sein zu können. *Früher bin ich nur dieser eine Mensch gewesen, eine Frau, die allein von ihrer Familie gebraucht wurde.* Wie sie diese Frau sein konnte – die Mutter für ihre Kinder –, hatte sie gewusst, aber nun wusste sie nicht, wie sie die Mutter für sie *und* zugleich auch die Mutter für die ganze Welt sein konnte. Naelin sank in Vens Arme …

Hinter ihnen wurden Schritte laut.

Seufzend löste sich Naelin von ihm, stand auf und strich sich den Rock glatt. *Noch so ein Dörfler, der von mir ein Wunder will,* dachte sie. *Ich habe es langsam satt, ständig Nein sagen zu …*

»Euer Majestät!« Eine Frau kam auf Naelin und Ven zugelaufen. Sie gehörte zur Waldwache, war in Braun und Grün gekleidet, hatte ein Messer an ihre Hüfte gegürtet und eine Armbrust auf dem Rücken.

Vens Hand fuhr ans Heft seines Schwertes, während Naelin mit ihren Sinnen ihre Umgebung überprüfte und die Geister in der Nähe berührte. Alle wirkten ruhig. Sie spürte keine Zunahme an Feindseligkeit unter den einheimischen Geistern.

Die Frau von der Waldwache rief über ihre Schulter zurück: »Sie ist hier! Kommt hierher! Ich habe die Königin gefunden!«

»Was ist denn passiert, dass …«, begann Ven.

Dann fiel Naelins Blick auf Renet. Gestützt auf zwei Waldbewohner, kam er auf sie zugehumpelt. Sein vor Blut leuchtend rotes Haar klebte ihm an der Stirn. Seine Hose war zerrissen, und er hatte eine klaffende Schnittwunde am Bein. Naelin schrie auf. »Erian? Llor?«

»Fort«, keuchte Renet. »Der Wolf … Geister haben angegriffen …«

Es war, als bohre sich ihr ein Messer in den Leib. *Fort, verschwunden? Oder fort im Sinne von … tot?*

»Wo sind sie denn verschwunden?«, fragte Ven.

»Im Westen.« Renet deutete in die entsprechende Richtung. »Ich weiß nicht …«

Mehr hörte Naelin nicht. Ihre Gedanken glitten bereits

weg vom Dorf, nach Westen. Sie berührte die Geister, tauchte in ihre Köpfe ein, stöberte in ihren Gedanken und suchte nach Erinnerungen an ihre Kinder. Verzerrt sah sie durch die Augen der Geister, dass Ven bereits in westliche Richtung losgelaufen war, das Dorf inzwischen verlassen hatte und durch den Wald setzte.

Ein Geist, so klein wie ein Singvogel, mit einem Holzkörper, Flügeln aus Blättern und nur sehr wenigen Gedanken im Kopf bescherte ihr ein einzelnes plastisches Bild: ihre Kinder und der Wolf auf einem Ast. Sie übernahm die Kontrolle über den kleinen Geist und zwang ihn, zu Ven zu fliegen und ihn weiter nach Westen zu führen, dorthin, wo der Geist ihre Kinder gesehen hatte. Durch die Augen des vogelähnlichen Luftgeistes sah sie, wie Ven dem Geist folgte, und wusste, dass er verstanden hatte.

Sie weitete ihr Bewusstsein aus, um mit anderen Geistern in Kontakt zu treten. Es waren einige in der Nähe, aber – dort! Ein Erdgeist! Sie spürte sein Entsetzen. Die Quelle seiner Angst konnte sie jedoch nicht wahrnehmen. Nur … *andere*. Innerlich wiederholte der Geist das Wort »andere« wieder und wieder.

Andere? Andere *was*?

Sie berührte Dutzende von Geistern gleichzeitig, und nach und nach fügte sie die Bilder zusammen: ein Luftgeist mit lederartigen Flügeln und einem Schnabel, scharf wie ein Schwert, wie er angreift, der Wolf, wie er Llor rettet, Erian, die versucht, sich zu verteidigen, und Renet, der versucht, ihr zu helfen; Bayn, der Erian und Llor rettet, als weitere Luftgeister angreifen; Bayn, wie er davonrennt … Sie spürte ihnen nach, verfolgte sie durch die noch frischen Erinnerungen von Baum- und Erdgeistern. Die kleinen Geister Aratays hatten sich vor den »anderen« Geistern versteckt, aber sie hatten zugeschaut.

Bayn war mit Erian und Llor auf dem Rücken nach Westen gelaufen, und die unbekannten Luftgeister hatten sie gejagt … *Und was ist dann passiert?* Sie sandte einen weiteren ihrer Geister zu Ven, mit dem Befehl, ihn noch schneller vorwärtszubefördern, dann bedrängte sie die Geister in der Nähe weiter.

Sie spürte ihren Widerstand, aber sie war bei Weitem stärker, und sie zwang sie nach Westen, in Richtung der *anderen*. Und sie teilte ihr Bewusstsein und versuchte, die Geister aufzuspüren, die ihre Kinder angegriffen hatten. Wenn sie sie finden konnte, wenn sie sie aufhalten und vernichten konnte …

Ihre Sinne streiften vier Luftgeister, aber sie konnte nicht in sie eindringen. Ihre Gedanken glitten über sie hinweg, als wären die Geister aus Glas. Sie hämmerte gegen sie. *Wo sind meine Kinder?* Es war ebenso sehr Frage wie Befehl, doch sie bekam keine Antwort. Mit den Augen ihrer eigenen Geister sah sie die fremden Geister aus einer Handvoll verschiedener Richtungen, in Bruchstücke zersplittert, als schaue sie durch Glasscherben hindurch. Dahinter schien sich der Wald in Nebeldunst aufzulösen.

Dies waren nicht ihre Geister. Sie stammten nicht aus Aratay. Naelin war nicht ihre Königin.

Dennoch bemühte sie sich, ihnen ihren Willen aufzuzwingen, entschlossen, ihren mentalen Widerstand zu brechen.

In den Momenten, bevor Naelin die fremden Geister ausfindig machte, während sie noch die Erinnerungen verstreut umherschweifender Baum- und Luftgeister durchstöberte, rannte Ven mit nur einem einzigen Gedanken im Kopf durch den Wald: *Schneller!*

Er weigerte sich, darüber nachzudenken, was mit Erian

und Llor womöglich geschehen war oder was wohl gerade jetzt mit ihnen passieren mochte. Weigerte sich, daran zu denken, welche Folgen es haben würde, wenn er zu spät kam. Weigerte sich, sich Erian vorzustellen, wie sie sich stolz in die Brust warf, wenn sie in seinem Unterricht wieder eine neue Kampfbewegung zu beherrschen gelernt hatte. Oder Llor, wie er Ven mit großen Augen und voller Heldenverehrung ansah. Weigerte sich, sich daran zu erinnern, wie Naelin ihre Kinder abends zu Bett brachte und wie sie inzwischen angefangen hatten, darum zu bitten, auch ihm Gute Nacht sagen zu dürfen. Er hatte ihnen bisweilen Geschichten erzählt. Hatte Llors Knie verbunden, wenn er es sich aufgeschürft hatte. Hatte eine Messertasche für Erian angefertigt, die zu ihren neuen Prinzessinnenkleidern passte. Er wusste, dass Llor manchmal schnarchte wie ein Dachs im Winterschlaf und dass Erians Schlaf unruhig und bewegt war. Er wusste, dass Llor Nüsse nicht ausstehen konnte, es sei denn, sie waren zermalmt und in Keksform, und dass Erian händeweise Blaubeeren essen konnte.

Wenn ich nur rechtzeitig zu ihnen gelangen kann …

Er musste darauf bauen, dass Bayn bei ihnen war, sie verteidigte und Ven dadurch die notwendige Zeit verschaffte, um sie retten zu können. *Sorg dafür, dass ihnen nichts zustößt, alter Freund. Ich komme!*

Ein kleiner vogelähnlicher Geist mit hölzernen Flügeln huschte vor ihm her, flog voraus und dann wieder zurück, als warte er auf etwas.

Naelin hat ihn hergeschickt, begriff er. »Flieg!«, brüllte er dem Geist zu.

Er wechselte die Laufrichtung, folgte ihm, sprang von Baum zu Baum und lief über die Äste. Nachdem er das nun schon so viele Jahre lang getan hatte, konnte er jeden Sprung in Sekundenschnelle abschätzen. Er wusste, wie er sich an die Rinde klammern musste, wie er von seinen Messern Gebrauch machen konnte, als wären es Klauen, wie er sich von einem dünnen Ast herabbaumeln lassen musste, um auf dem nächsten zu landen. Er setzte alle seine Fähigkeiten ein, um schneller zu laufen, als er je gelaufen war.

Aber nicht schnell genug. Ich …

Ich komme zu spät.

Er wusste es tief in seinem Innersten. Die Tatsache, dass Renet ins Dorf zurückgekehrt war, durch die Beinverletzung zwar verlangsamt, aber nicht getötet, bedeutete, dass der Angriff längst vorüber war. Was immer den Kindern zugestoßen war, es war bereits passiert. Zu viel Zeit war vergangen. *Nicht einmal Bayn ist so stark oder so schlau, dass er die Kinder derart lange gegen sechs Geister verteidigen kann.*

Denk nicht darüber nach.

Doch es war unmöglich, das nicht zu tun.

Seine Sinne meldeten eine Bewegung über ihm, und er zog sein Schwert. Einige welke Herbstblätter fielen kreiselnd zu Boden, als ein Luftgeist durch die Äste über ihm brach. Er hatte die Gestalt einer Frau, aber mit Adlerflügeln und Klauen statt Füßen. Ven ging in die Hocke und hielt das Schwert bereit, aber dann sah er, dass der Geist mit den Klauen langsam zu ihm herabsank …

Noch einer von Naelins Geistern, durchzuckte es ihn.

Er senkte sein Schwert und ließ sich von dem Geist in die Lüfte hinaufziehen.

Vens Lederrüstung fest im Griff, trug ihn der Geist durch den Wald. Äste klatschten schmerzhaft gegen seine Beine, und er zog die Knie an die Brust. Der Geist stieß einen schrillen Schrei aus, der nicht aus einer menschlichen Kehle hätte stammen können. In der Ferne sah Ven die Grenze Aratays, die gleichzeitig die Grenze von Renthia überhaupt war: Dahinter wallte der Nebel der ungebändigten Lande wie ein Waldbrand am Horizont.

Sie flogen näher heran.

Vor ihm, nur wenige Meter von der Grenze entfernt, entdeckte Ven eine Gruppe von Geistern – vier Luftgeister, die sich gekrümmt um einen Ast wanden, als brenne ein Feuer um sie herum. »Dort! Bring mich dorthin!« Sein Luftgeist ließ ihn los, und er krachte zu Boden, das Schwert kampfbereit.

Die vier Geister sahen anders aus als die gewöhnlichen Geister Aratays. Ihre Flügel waren lederartig, statt mit Federn bedeckt zu sein, und ihre Leiber waren mit Muskeln bepackt, die von einer geschmeidigen, schlangenartigen Haut überzogen waren. Ihre rasiermesserscharfen Schnäbel waren geöffnet, und sie heulten vor Schmerz. *Naelin*, schoss es ihm durch den Kopf. Sie versuchte, sie dazu zu zwingen, ihr zu gehorchen, und sie leisteten Widerstand.

Er sprang zwischen sie und hieb mit seinem Schwert auf sie ein.

Angesichts der neuen Bedrohung kam wieder Leben in sie, und er wirbelte herum, trat und schlug nach ihnen, hoffte, dass das genau die Ablenkung war, die Naelin brauchte.

Was auch der Fall war.

Während Ven mit den fremden Geistern kämpfte, drang Naelin in ihr Bewusstsein ein. Sie konnten nicht gleichzeitig gegen ihn kämpfen und Naelins Zugriff abwehren.

Sie sah Bilder: Erian und Llor auf Bayns Rücken, während er durch den Wald rennt. Sie spürte den Hunger der Geister, ihren Hass, ihre *Not*. Und sie sah mit deren Augen zu, wie zwei Geister – zwei, die mit den anderen gekommen waren, aber jetzt nicht mehr bei ihnen waren – Erian und Llor von Bayns Rücken zogen und mit ihnen dann gen Norden flogen, während die anderen Geister Bayn über die westliche Grenze trieben.

Naelin riss ihre Sinne von den Geistern los. Und sie hörte sich selbst, zurück in ihrem eigenen Körper, die Namen ihrer Kinder schreien. »Erian! Llor!«

Die Geister hatten sie nach Norden gebracht.

Nach Semo.

Lebend.

Naelins Sinne erfassten erneut ihre weitere Umgebung, bemächtigten sich eines großen Luftgeistes und zogen ihn näher heran. Er hatte die Gestalt eines Reihers, mit einem sehnigen Hals, weißen Federn und breiten Flügeln. Sie schwang sich auf seinen Rücken und zwang ihn Richtung Norden.

Während sie flog, warf sie ihre Sinne aus wie ein Netz, fing damit jeden Geist in einem Umkreis von fünfzig Meilen ein und trieb ihn Richtung Semo. *RETTET MEINE KINDER!*

GREIFT AN!

In der Hauptstadt von Aratay, weit entfernt von der Grenze, spürte Königin Daleina den Aufschrei der Geister im Nordwesten. Naelins Befehl bebte durch Daleina hindurch, und die wütende Raserei der anderen Königin traf Daleina so schnell und so heftig, dass sie zu Boden sank.

»Euer Majestät!« Der Truchsess eilte an ihre Seite.

Auf ihrer anderen Seite streckte ihre Schwester Arin die Hände nach ihr aus, strich ihr über den Arm, über die Stirn. »Passiert es schon wieder? Daleina, kannst du mich hören?« An den Truchsess gewandt, blaffte sie: »Geht Heiler Hamon holen!«

»Nicht ... ich«, brachte Daleina hervor. »Naelin.« Sie

spürte, wie ihre Geister nach Norden rasten, voller Blutgier – in Richtung der Grenze von Semo.

Was macht sie da? Naelin!

Sie hatten endlich Frieden! Königin Merecot war geschlagen worden. Eine Zeit der Heilung hatte begonnen! Wenn Naelin Semo angriff … Sie würde einen Krieg vom Zaun brechen!

Als die erste Angriffswelle die Grenze traf, krachten die Geister Aratays in eine Reihe fremder Geister. Die Geister von Aratay waren eine bunt zusammengewürfelte Truppe: einige größere Erdgeister aus Steinen und Moos, unter die sich winzige, zweigähnliche Baumgeister und Luftgeister mischten, die flauschig wie Pusteblumen waren. Die an der Grenze postierten Geister von Semo jedoch waren Riesen aus Granit und Drachen aus Obsidian. Sie stellten sich den Waldgeistern entgegen, sobald sie die Grenze überschritten, und rissen sie in Stücke.

Daleina spürte, wie ihre Geister starben – und mit ihnen Teile von Aratay.

Pflanzen verwelkten.

Flammen verschlangen Bäume.

Flüsse trockneten aus.

Nein! Was dachte sich Naelin dabei?

Daleina zwang ihre Gedanken nordwärts und hielt die Geister auf, bevor sie über die Grenze nach Semo stürmen konnten. *Nein! HALT!*

Die Sinne und Gedanken der beiden Königinnen krachten gegeneinander.

Kapitel 5

Daleina wusste, dass Naelin stärker war als sie. Sie war von Anfang an begabter gewesen als die meisten anderen Thronanwärterinnen, und dass sie Königin geworden war, hatte ihre Kraft nur noch vermehrt. Bis zum heutigen Tag hatte Daleina das als Segen für Aratay betrachtet: zwei Königinnen, eine mit der nötigen Ausbildung und eine andere mit der Macht, ihr Volk zu beschützen. Gemeinsam konnten sie eine neue Zeit des Friedens in ihren Wäldern einläuten und ihr Land gegen die Bedrohungen von innen wie von außen schützen. Sie hatte Naelin für eine vernünftige und verlässliche, ja sogar weise Königin gehalten.

Nie hatte sie die Möglichkeit in Betracht gezogen, dass Königin Naelin die Kontrolle über sich verlieren könnte.

Es war wie ein Tornado. Als Daleina die Sinne der Geister berührte, spürte sie, dass deren Gedanken wie ein wilder Sturm durcheinanderwirbelten, gefangen in einem tosenden Gewoge aus Angst und Zorn. Sie brausten nordwärts, mitgerissen vom Sog von Naelins Raserei.

Daleina versuchte, sie zu packen, aber sie entglitten ihren Befehlen. Es kam ihr vor, als schreie sie in den heulenden Wind hinein, der ihre Worte sofort wieder verschlang. Sie stemmte die Fäuste gegen den Boden, konzentrierte sich – und ihr ganzes Wesen war erfüllt von einem einzigen Befehl:

Halt! Überquert die Grenze nicht!

Sie tastete sich mit ihren Sinnen weiter, stellte sich vor, dass ihre Gedanken eine Mauer waren, die den Weg über die nördliche Grenze versperrten.

Die von Naelin vorwärtsgetriebenen Geister knallten gegen ihre Mauer. Daleina zuckte am ganzen Körper zusammen, als wäre sie getreten worden, aber sie gab nicht nach. Dabei half ihr, dass die Geister ihr auch gehorchen wollten. Sie wollten Aratay nicht verlassen, vor allem nicht, nachdem die Ersten von ihnen gestorben waren.

Also gab sie diesen Wünschen zusätzliche Nahrung. *Bleibt hier, bleibt in Sicherheit, bleibt hier,* wiederholte sie beständig. Sie ließ den Befehl in die Geister hineinfließen und unterlief damit Naelins blinden Schrei der rohen Naturgewalt. Daleina konnte Naelins Vorwärtsdrängen nicht stoppen – so viel Kraft besaß sie nicht –, aber sie konnte es abmildern und die Geister hoffentlich lange genug aufhalten, bis irgendjemand Naelin erreicht hatte.

Von ferne hörte sie Stimmen nach ihr rufen.

Hamon: »Daleina, kannst du mich hören? Antworte mir, Daleina!«

Arin: »Geht es ihr gut? Was geschieht mit ihr? Hamon, wird sie sterben? Was stimmt nicht mit ihr? Sorg dafür, dass sie aufwacht!«

Und dann Garnah, Hamons Mutter: »Lasst sie in Ruhe. Seht ihr nicht, dass sie sich konzentriert? Wobei ich allerdings keine Ahnung habe, wie sie das schafft, während ihr wie zwei Hennen um sie herumgackert.« Daleina hörte Glas splittern und Garnah blaffen: »Das darfst du ihr nicht geben! Idiot.«

Sie blendete sie aus – Garnah hatte recht, sie musste sich konzentrieren. Naelin schrie und schlug auf sie ein … Daleina kam es so vor, als versuche sie mit den Armen eine Flutwelle zurückzuhalten. Naelins Sinne krachten so heftig gegen ihre, dass Daleina aufschrie. *Ich kann sie nicht aufhalten, nicht für immer.* Aber das war ohnehin nicht ihre Hoffnung gewesen …

Ven, dachte sie.

Sie stürzte sich in die Sinne und Wahrnehmungen der Geister und suchte nach ihm.

Sobald er die ersten Geister nach Norden strömen sah, wusste Ven, dass etwas nicht stimmte. Das hatte er keiner genialen Eingebung zu verdanken. Es war vielmehr sehr offensichtlich, dass etwas nicht stimmte. Überall um ihn herum hasteten die Geister Aratays in einem unkontrollierten Strom gen Norden.

»Naelin!«, rief er. »Was machst du da? Hör auf damit!«

Aber ob sie ihn durch die Ohren der Geister hören konnte oder nicht, es machte keinen Unterschied. Schreiend klammerten sich die Geister an das Land, versuchten, sich an den Ästen festzuhalten, und dann ließen sie plötzlich los und stürzten mit voller Geschwindigkeit gen Norden.

Noch einmal attackierte er die fremden Geister – die Einzigen, die von dem, was auch immer Naelin da machte, unberührt geblieben waren –, dann rannte er los und folgte dem Strom der Geister. Für einen kurzen Moment hielt er bedauernd inne: Er ließ die fremden Geister entkommen. Aber es drohte eine Gefahr, die unmittelbarer war. Überall um ihn herum war der Wald voll von den Geistern Aratays, die heulten und kreischten, während sie gegen ihren Willen nach Norden flogen, rannten, schlitterten, krochen. Er schlängelte sich zwischen ihnen hindurch, wich aus und sprang zur Seite, versuchte, sich einen Vorsprung vor ihnen zu verschaffen. »Naelin! Halt!«, brüllte er.

Über sich sah er einen Luftgeist aus dem Strom der Geister ausbrechen. Er schoss auf ihn herab – er hatte einen Hermelinkörper und Fledermausflügel, genau die Art von Geist also, die Daleina bevorzugt ritt. *Du solltest mich besser nicht angreifen,* dachte er. Aber der Geist näherte sich ihm auf die gleiche Weise wie zuvor Naelins Geist, als er ihn davongetragen hatte, und so sprang er empor und packte ihn an den Beinen, und statt Ven abzuschütteln, flog der Geist in die Lüfte hinauf und schoss durch die Blätter der Baumkronen.

Überall im Wald sah Ven Bäume in Flammen aufgehen, als wären sie vom Blitz getroffen worden, er sah Flüsse über die Ufer treten, er sah Blätter dunkel werden, sah sie binnen Sekunden schwarz werden und verwelken.

Und im Norden, an der Grenze zu Semo ... sah er die Geister von Aratay sterben.

Seit Königin Merecots gescheitertem Einfall in Aratay hatte sie ihre mächtigsten Geister an der Grenze postiert, weil sie Vergeltung fürchtete. Sämtliche Grenzwachen hatten darüber Bericht erstattet. Und jetzt sah er es mit eigenen Augen.

Naelin sollte es doch auch wissen! Was denkt sie sich nur?

Die Geister Aratays zielten auf eine Öffnung in der Grenze und krachten gegen die Geister von Semo – und starben zu Dutzenden. Selbst aus dieser Entfernung hörte er ihr Schmerzensgeheul, und er konnte sehen, wie der Wald unter dem Sterben der Geister litt.

»Schneller!«, trieb er den Hermelingeist an.

Er entdeckte Naelin auf dem Rücken eines anderen Luftgeistes, mitten im Kampfgetümmel. Ven wusste nicht, welche Befehle sie erteilte, aber sie erweckte den Eindruck, als würde sie einfach nur wild um sich schlagen und versuchen, so viel Schaden wie möglich anzurichten, indem sie die Geister einsetzte, als wären sie ihre Fäuste und Schwerter.

Aber die Geister von Semo hielten die Stellung.

Ven hob sein Schwert und drängte den Hermelingeist

vorwärts, auf die Königin zu. Sie schützte sich selbst in keiner Weise, verschwendete nicht einen Gedanken an ihre Verteidigung. Sie dachte allein an den Angriff. *Ich muss sie erreichen, bevor ...*

Er war nur noch wenige Schritte von ihr entfernt, als die steinerne Faust eines Erdgeistes gegen Naelins Kopf krachte. Sie kippte von ihrem Geist, und Ven machte einen Satz auf sie zu. Im Fallen wirbelte ihr Körper durch die Luft. Um sie herum flohen die Geister Aratays nach Süden, zurück über die Grenze, aber der Geist, auf dem Ven ritt, gehorchte ihm weiterhin – er sandte Daleina ein stummes Dankeschön zu, als er nun mit seinem Geist zu einem Sturzflug ansetzte.

Er fing Naelin mit den Armen auf, gerade als ein drachenähnlicher schwarzer Geist auf sie zugeschossen kam. Seine Königin fest an die Brust gedrückt, hob er das Schwert.

Es traf die Haut des Drachen mit einem Klirren.

In Mittriel spürte Daleina, dass Naelin das Bewusstsein verlor.

Es war, als wäre alles Wasser in einem Wasserfall plötzlich stehen geblieben. Daleina schnappte nach Luft, und mit einem Mal konnte sie wieder atmen, wieder sehen, hören, fühlen. Hamon hielt sie in den Armen. Ihre Schwester Arin kniete vor ihr und umfasste ihre Hände.

Sie fühlte ein leises Schwächerwerden in ihrem Inneren, als sich ihr Körper nun an den Machtverlust gewöhnte, der mit dem Tod ihrer Geister einherging. Es war nur eine geringfügige Veränderung – sie spürte noch immer die große Kraft der gewaltigen Geisterzahl von Aratay, Geister, die sie stützten –, aber diese kaum merkliche Schwächung wurde mehr und mehr zu einem niederschmetternd vertrauten Gefühl.

Garnah, Hamons Mutter, hatte sich auf den Banketttisch plumpsen lassen und sich ein paar Weintrauben genommen. »Also, das ist jetzt alles sehr aufregend gewesen. Ihr habt Euren Lieben einen gehörigen Schreck eingejagt. Gut, sie sind auch ungefähr so schreckhaft wie Streifenhörnchen, aber trotzdem …«

»Das war ich nicht«, antwortete Daleina, vorwiegend an Hamon und Arin gerichtet. »Das ist Naelin gewesen. Ihren Kindern ist etwas zugestoßen. Da hat sie jede Kontrolle verloren. Nicht über die Geister. Über sich selbst.« Sie schauderte – eine außer Kontrolle geratene Königin war ein wahres Albtraumszenario. Wenn es Ven nicht gelungen wäre, sie aufzuhalten …

»Na, wie entzückend«, gab Garnah zurück. »Eine Frau mit beinahe unbegrenzter Macht, die emotional völlig aus dem Gleichgewicht ist. Wollt Ihr, dass ich sie umbringe?«

»Nein!«, riefen Daleina, Arin und Hamon wie aus einem Munde.

»Schade«, sagte Garnah und stopfte sich eine weitere Weintraube in den Mund. »Der Tod löst so viele Probleme. Wollt Ihr nicht zumindest darüber nachdenken? Ich habe da ein neues Mittelchen, das ich wirklich *zum Sterben gern* einsetzen würde – Wortspiel durchaus beabsichtigt …«

»Auf gar keinen Fall«, ging Daleina dazwischen. Es waren bereits genug Menschen gestorben. *Ich muss mich orientieren und versuchen herauszufinden, wie viel Schaden Naelins unbedachter Angriff angerichtet hat.* Aber zuerst musste sie sich wieder etwas erholen. Ihr Kopf fühlte sich an, als habe ihn jemand durch eine Käsereibe gerammt. Außerdem musste sie ihre Kräfte schonen, falls Naelin wieder erwachte und auf den Gedanken kam, erneut in Raserei zu verfallen. *Sie ist einfach zu stark*, überlegte Daleina. *Diese Kraftentladung hat sie wahrscheinlich nicht einmal erschöpft.*

»Mutter, könntest du uns bitte allein lassen?«, fragte Hamon.

»Natürlich.« Garnah rutschte vom Tisch herunter und rauschte zur Tür. »Arin, komm mit mir. Du musst heute noch deine Essenz brauen.«

Arin rührte sich nicht vom Fleck.

Garnah befahl: »Arin, komm mit. Das Schlimmste ist jetzt vorüber.«

Arin wich ihrer Schwester nicht von der Seite und drückte Daleinas Hände. »Ist es wirklich vorüber?«

Daleina tastete sich mit ihren Sinnen bis zum nordwestlichen Winkel Aratays vor – *so viel schaffe ich, ohne mich völlig auszulaugen,* sagte sie sich. Trotzdem spürte sie, wie ihre Kräfte schwanden, als sie sich bemühte, die Grenzen zu berühren. Ihre Geister waren geflüchtet und versteckten sich so tief und so weit südlich im Land wie möglich. Alles war still. Daleina zog ihre tastenden Sinne zurück und nickte Arin zu. »Ich glaube schon.«

Arin ließ sie nicht los. Die Besorgnis stand ihrer Schwester so deutlich ins Gesicht geschrieben, als wäre sie dort hineingemalt worden, und ein Stich durchzuckte Daleina – Arin war noch so jung. Noch keine fünfzehn. Sie sollte jetzt in ihrem Heimatdorf sein und ihrem Traum nachjagen, eines Tages ihre eigene Bäckerei zu haben, sollte sich Klarheit darüber verschaffen, wer sie war und was ihr am Herzen lag. Vielleicht würde sie jemanden finden, der Joseis Platz einnehmen konnte, des Jungen, den sie eines Tages zu heiraten geträumt hatte … Stattdessen befand sie sich nun hier im Palast und musste sich um allerlei Katastrophen sorgen, und Josei war tot, eines der ersten Opfer, die Daleinas Thronbesteigung gekostet hatte. Arin sah ihr mit durchdringendem Blick in die Augen. »Wirst du mich rufen, falls sich irgendetwas ändert? Sobald du mich irgendwie brauchst?«

»Das werde ich«, versprach Daleina, auch wenn sie Arin am liebsten einfach wieder nach Hause zurückgeschickt hätte. Doch war der Höhepunkt einer Krise nicht die richtige Zeit, um einen Streit mit ihrer Schwester vom Zaun zu brechen. *Später*, nahm sie sich vor, *werde ich einen Weg finden, sie außer Gefahr zu bringen.* Daleina warf Garnah einen Blick zu und hoffte, dass dieser Frau klar war, dass, falls Arin auch nur das Geringste zustieß …

Garnah hielt ihrem Blick stand, ohne mit der Wimper zu zucken, und Daleina war sich sicher, dass sie sie ganz genau verstanden hatte. Hamons Mutter besaß einen ausgezeichneten Überlebensinstinkt. Doch mangelte es ihr an Mitleid und an anderen normalen menschlichen Gefühlen. Schließlich schob Garnah Arin vor sich her und verließ mit ihr den Raum.

Daleina und Hamon blieben allein zurück.

»Du musst dich ausruhen«, mahnte Hamon.

Daleina schüttelte den Kopf. »Ich muss wachsam bleiben, falls es noch einmal geschieht.« Aber sie ließ den Kopf an seine Schulter sinken. »Alles hätte jetzt eigentlich besser werden sollen. Einfacher.« Sie hatten einen feindlichen Einfall aufgehalten, die Pläne einer Meuchelmörderin durchkreuzt und eine zweite mächtige Königin gefunden, um Aratays Wälder zu beschützen. Dadurch hätten sie eigentlich imstande sein sollen, ihrem Land zumindest eine kleine Verschnaufpause zu verschaffen, bevor die nächste Katastrophe hereinbrach. *Offenbar eben nicht*, musste sie sich eingestehen. »Ich werde als die schlechteste Königin von ganz Renthia in die Geschichte eingehen.«

Er küsste sie auf die Stirn. »Nichts von alledem ist deine Schuld.«

So viel immerhin stimmte. »Dann als die Königin, die am meisten vom Pech verfolgt worden ist.«

»Das vielleicht, ja.« Er löste sich von ihr. »Ich weiß, es war Königin Naelin, aber darf ich dich trotzdem untersuchen?« Sobald sie ihm dazu die Erlaubnis erteilt hatte, öffnete er seine Heilertasche, dann überprüfte er Daleinas Temperatur, ihren Blutdruck, ihren Herzschlag. Er ließ sie in eine Phiole spucken und unterzog ihren Speichel einem Test, indem er einen Tropfen einer violetten Flüssigkeit hineingab – die Flüssigkeit färbte sich weiß, als er die Phiole schüttelte.

»Muss ich heute nicht sterben?«, fragte sie.

»Heute nicht«, bestätigte er mit einem Lächeln. Hamons Lächeln war eines der schönsten Dinge ihrer Welt. Es war warm wie eine Daunendecke im Winter und so tröstlich wie eine Umarmung. Es gab ihr das Gefühl, als mache sie alles richtig und alles würde sich zum Besten wenden. Er stand auf, streckte die Hand aus und half ihr auf die Beine. Ihre Knie waren wacklig, und sie holte einige Male tief Luft, bis sie ihre Fassung wiedererlangt hatte. Daleina war sich nicht sicher, ob sie die Kraft haben würde, es durchzustehen, sollte Naelin irgendwann in nächster Zeit als zweite Königin wegfallen. Es würde sie völlig aufreiben. *Aber ich habe vielleicht keine andere Wahl*, dachte sie. Es war ihre Verantwortung, Aratay zu beschützen. *Und es sollte auch Naelins Verantwortung sein.*

»Was ist passiert?«, fragte Hamon, während er ihr auf ihren Thron half. Sie ließ sich dankbar darauf nieder, strich ihre Röcke glatt und richtete ihre Krone. Hamon half ihr bei ihrem Haar und steckte die losen rotgoldenen Strähnen wieder auf.

»Was die Geister mir melden, ist verworren, aber nach dem, was ich spüren kann, ist Königin Naelins Kindern etwas zugestoßen, und sie hat darauf reagiert. Auf schlimme Weise. Sie hat die Geister nach Norden getrieben, über die

Grenze nach Semo, und sie gezwungen anzugreifen. Aber es war kein kontrollierter Angriff. Er war wild, ungeplant. Es … es war alles völlig sinnlos. Ich weiß nicht, warum sie so reagiert hat, ohne nachzudenken, ohne die Konsequenzen im Auge zu haben.« Sie schüttelte den Kopf. »Ven wird uns eine Nachricht zukommen lassen, wenn er kann – er ist auch dort gewesen«, fügte Daleina hinzu. »Hoffentlich kann er helfen, die ganze Sache zu erklären.« Doch sie war sich nicht sicher, ob das überhaupt wirklich eine Rolle spielte. Was immer die Ursache war, sie musste sich jetzt darauf konzentrieren, mit den Konsequenzen zurechtzukommen.

Sie würde den Kontakt zu Königin Merecot suchen müssen, um irgendeine Art von diplomatischem Kanal aufrechtzuerhalten. Sie hatten ihren Friedensvertrag noch nicht formell verabschiedet. Die neuen Vorfälle würden das Ganze nun tausendmal schwieriger machen. Merecot würde die Geschehnisse als Vertrauensbruch verstehen, wenn nicht gar als offen kriegerischen Akt. *Warum hat Naelin das nur getan?*, fragte sich Daleina zum x-ten Mal.

Wie dem auch sei, es würden nun in Bälde Schadensberichte aus ganz Aratay eintreffen. Sie musste das Gesamtausmaß dieser Krise abschätzen und dann Befehle erteilen, damit Notfallhilfe geleistet werden konnte. Gebiete in der Nähe der nun neu verödeten Areale würden auf die Aufnahme von Flüchtlingen vorbereitet werden müssen – sie würden Behelfsunterkünfte und eine Notfallversorgung mit Nahrung und anderen Vorräten benötigen –, und dann würde sie sich um dauerhafte Lösungen bemühen müssen. Jetzt, wo der Winter bevorstand, war ihr Volk sowohl auf warme Unterkünfte als auch auf eine hinreichende Nahrungsversorgung angewiesen.

Die Sache war nur: Was Daleina jetzt wirklich brauchte,

das war Naelin. Aber die stand ihr im Moment nicht zur Verfügung, und Daleina war schließlich immer noch eine Königin.

»Truchsess!«, rief sie.

Der Mann platzte so schnell durch die Tür herein, dass sich Daleina sicher war, dass er bereits das Ohr an das Holz gedrückt gehabt hatte. In Anbetracht der besonderen Umstände störte sie das nicht weiter. »Ja, Euer Majestät?«

»Ruft die Minister aus dem westlichen Aratay herbei. Nennt ihnen keinen Grund – ich werde alles erklären.« Sobald sie sich hinreichend erholt hatte, würde sie die exakten Orte, wo es die schlimmsten Schäden gegeben hatte, selbst schneller bestimmen können als irgendein Berichterstatter, und Hilfe konnte vor Ort sein, bevor die unschuldigen Opfer auch nur darum gebeten hatten. *Sie brauchen vielleicht Heiler,* schoss es ihr durch den Kopf. »Hamon ...«

»Ich bleibe hier«, erklärte er energisch. »Aber ich werde meine Kollegen benachrichtigen lassen.«

»Das reicht mir.« Sie drückte seine Hände. »Lass nichts über die genauen Ursachen verlauten, sondern halte dich einfach streng sachlich an die medizinischen Erfordernisse – wir brauchen Heiler, die konzentriert, aber nicht panisch ihre Arbeit machen. Ich werde bis morgen früh die exakten Orte angeben können. Und jetzt geh.«

Er verließ den Raum, und sie wartete darauf, dass der Truchsess mit den Ministern zurückkehrte. Sobald die Rettungskräfte mobilisiert worden waren, würde sie eine Ansprache halten müssen. Als sie so darüber nachdachte, ging ihr auf, dass sie bereits beschlossen hatte, ihr Volk zu belügen, zumindest vorläufig. Sie hatten bereits genug durchgemacht, genügend Ängste ausgestanden.

Die Bewohner von Aratay brauchten nicht zu wissen, dass sie einer ihrer beiden Königinnen nicht vertrauen konnten.

Kapitel 6

Naelin erwachte allein in einem unvertrauten Bett. Sie starrte zur Decke empor. Ihr Bettlaken roch nach Kräutern: Rosmarin und Salbei. An den Dachsparren hingen weitere getrocknete Kräuter. *Ich bin in Rotblatt,* fiel ihr ein. Ihr war schwummerig im Kopf, und es fiel ihr schwer, sich daran zu erinnern, warum sie hier war und selbst wo *hier* überhaupt war. Die Gedanken entglitten ihr immer wieder, wie zappelnde Fische in einem Bach.

Meine Kinder sind fort, schoss es ihr durch den Kopf.

Und dann: *Nein, das kann nicht stimmen.*

Erian und Llor lagen in ihren Betten in einem anderen Raum. Wenn sie zur Tür ging, würde sie ihre Atemzüge hören – der Atem Erians leise und gleichmäßig, derjenige Llors mit einem leichten Schnarchen untermischt, weil er sich eine leichte Erkältung eingefangen hatte. Vor dem Schlafengehen hatte sie ihn bestimmt den Dampf von einem Becher Kiefernholztee inhalieren lassen.

Sie stand auf und ging in Llors Zimmer hinüber. Auf dem Weg dorthin schwankte sie, es hämmerte in ihrem Schädel, und immer wieder trübten ihr schwarze Punkte die Sicht. Und dann war sie für einen Moment ganz klar im Kopf: *Sie sind nicht hier. Sie sind fort. Ich habe sie verloren.* Die Erinnerung ließ sie aufkeuchen, als hätte man ihr einen Dolchstoß versetzt.

Llors Lieblingskuscheltier, ein Stoffeichhörnchen, das er

Bubu nannte, lehnte an seinem Kissen. Erian hatte es aus alten Bettlaken für ihn gemacht und hatte schief versetzte Knöpfe als Augen angenäht. Einer der Knöpfe war von einem Riss durchzogen. Naelin setzte sich auf das Bett und drückte sich das Eichhörnchen an die Brust.

Es roch nach ihm.

Sie legte sich auf sein Kissen und hielt dabei das Eichhörnchen fest im Arm.

Während sich ihre Gedanken langsam wieder zusammenfügten, war sie sich über eine wichtige Einzelheit völlig im Klaren: Sie wusste, wen sie töten musste.

Natürlich würde es nicht einfach werden, Königin Merecot von Semo zu töten. Sie war mächtig, möglicherweise genauso mächtig wie Naelin, und sie war mit Sicherheit besser ausgebildet. Sie hatte über mehrere Jahre hinweg die gleiche Akademie wie Daleina besucht und war schon länger Königin als sowohl Daleina wie auch Naelin.

Aber es musste sein. Es war keine Frage, dass jene Geister – die Luftgeister, die ihre Kinder entführt hatten – aus einem anderen Land stammten. Sie waren einer anderen Königin treu ergeben. Und die logische Antwort auf die Frage, welche Königin das war, lautete »Merecot«. Die Geister waren schließlich nach Norden geflohen.

Vielleicht hatte sie die Kinder aus Rachsucht entführen lassen. Naelin hatte Alet getötet, Merecots Schwester, auch wenn es ein Akt der Selbstverteidigung gewesen war. Außerdem hatte Naelin eine entscheidende Rolle bei der Vereitlung von Merecots Invasionsplänen gespielt. Vielleicht war der Angriff aber auch Teil einer weiter reichenden Intrige mit dem Ziel, erneut in Aratay einzufallen – schließlich bestand noch immer das Problem, dass es in Semo zu viele Geister gab. Vielleicht trachtete Merecot danach, eine von Aratays Königinnen zu schwächen, um eine weitere Schlacht vorzubereiten.

Doch Naelin war es ganz egal, was die Beweggründe der anderen Königin waren. Es gab keinen Grund, den sie hätte akzeptieren können.

Und es gab nichts, absolut nichts, was Merecot tun oder sagen konnte, das Naelin davon hätte abhalten können, sie zu vernichten und sich ihre Kinder zurückzuholen.

Während sie gegen den Nebel in ihrem Kopf ankämpfte, versuchte sie, ihre Vorgehensweise systematisch zu überdenken: Sie würde Königin Daleinas Hilfe brauchen. Die Katastrophe an der Grenze hatte gezeigt, dass ein offener Angriff sinnlos war. Merecots Grenzen waren zu gut gesichert. Naelin wünschte sich außerdem Vens Unterstützung. Mit einem ausgebildeten Krieger an ihrer Seite hätte sie bessere Chancen. Es könnte allerdings womöglich schwierig werden, ihn zum Verlassen des Waldes zu überreden. Er war ein vereidigter Meister. Seine Pflicht galt Aratay und der Ausbildung einer neuen Thronanwärterin.

Nun gut, auch sie selbst hatte ihre Pflicht.

Naelin ließ Bubu im Bett liegen, setzte sich die Krone auf und betrachtete sich im Spiegel. Die dunklen Ringe unter ihren Augen hätten sie vielleicht beunruhigt, hätte sie da nicht in die Augen einer völlig Fremden geschaut. Sie presste die Hand auf den Spiegel, über ihr eigenes Spiegelbild.

Ihr Gesichtsfeld trübte sich erneut, und die schwarzen Punkte zerplatzten wie kleine Bläschen.

An einem gewöhnlichen Morgen hätte Llor nun lautstark nach Hilfe beim Schnüren der Zugbänder an seiner Hose verlangt, und Erian hätte versucht, an ihr vorbeizuschlüpfen, um sich so vorm Bürsten zu drücken. Erian konnte es nicht ausstehen, sich das Haar zu bürsten, und hätte tagelang darauf verzichtet, wenn sie damit durchgekommen wäre, bis es völlig verfilzt war und mehr einem Vogelnest glich. Naelin hätte es dann Strähne für Strähne ausbürsten müssen und dabei Witze darüber gemacht, wie viele Vögel wohl auf Erians Kopf wohnten.

Ganz von ihren chaotischen Gedanken eingenommen, bemerkte Naelin nicht, dass sie immer fester und fester gegen den Spiegel drückte, bis sie das Glas aus seinem Rahmen gestoßen hatte. Mit einem Satz nach vorn versuchte sie, es aufzufangen, aber es schlug gegen die Wand und zersprang in ihren Händen.

Sie zog die Hände zurück. Eine Scherbe hatte eine ihrer Handflächen aufgeschlitzt. Blut sammelte sich in der Schnittwunde, und sie starrte gebannt auf den leuchtend roten Fleck auf ihrer hellen Haut. Es tat nicht weh, jedenfalls nicht gleich, aber dann schmerzte es doch.

Ihre verletzte Hand von sich gestreckt, ging sie in die Küche, drehte das Wasser auf und zuckte zusammen, als die Kälte auf die Wunde traf. Blut mischte sich mit Wasser und sammelte sich auf dem Grund des Waschbeckens. Sie schlang sich ein Handtuch fest um die Hand und verknotete es mit der anderen Hand. Die Schnittwunde war nicht tief, aber sie war lang. Naelin schaute von der Küche zum Schlafzimmer zurück und sah die Blutstropfen, die sie wie eine Spur hinter sich hergezogen hatte. Sie kniete sich auf den Boden und schrubbte die Flecken mit einem weiteren Handtuch weg.

Erneut verlor sie jegliches Gefühl dafür, wer sie war und warum sie hier war.

So fand das Dorfoberhaupt die Königin von Aratay vor: auf Händen und Knien, während sie mit einer Hand über den Boden wischte und sich die verbundene andere an die Brust drückte.

»Euer Majestät!«

Sie hörte den Schock in seiner Stimme, kümmerte sich jedoch nicht darum.

»Seid Ihr verletzt? Lasst mich nach dem Arzt schicken …«

Die Erinnerung und das Bewusstsein ihrer Position kehrten schlagartig zurück, und Naelin stand auf. »Es geht mir gut.«

Das war jedoch eine Lüge. Und nicht etwa wegen der Wunde.

Es wird mir nie wieder »gut« gehen. Ich habe meine Kinder in Gefahr gebracht. All das ist meine Schuld. Wenn ich nicht Königin wäre, wären sie niemals entführt worden. »Meister Ven und ich werden in Kürze in die Hauptstadt zurückkehren«, erklärte sie. »Ich danke Euch für Eure Gastfreundschaft.«

Sie starrte auf das Tuch in ihrer Hand und fragte sich, was sie da gerade getan hatte – sie hatte den Boden gewischt, obwohl sie doch jetzt eigentlich längst auf dem Weg nach Mittriel sein sollte. Sie verschwendete kostbare Zeit, während Erian und Llor in Gefahr waren. Aber es war so schwer, bei all dem Pochen in ihrem Kopf einen klaren Gedanken zu fassen.

»Die Dorfbewohner … das heißt, *wir* haben den Wunsch, eine Gedenkzeremonie für Eure Kinder abzuhalten, wenn Ihr einverstanden seid. Wir sind ein kleines Dorf, und es könnte nichts so Aufwendiges sein wie in Mittriel, aber wir möchten zeigen, wie hoch wir Euren Verlust …«

»Nein.«

Er wirkte ratlos. »Vergebt mir, Euer Majestät …«

»Sie sind nicht tot.«

»Natürlich nicht.« Seine Stimme verriet ihr, dass er ihr keinen Glauben schenkte, zugleich fürchtete er sich aber auch davor, sie gegen sich aufzubringen. »Bitte, wir wollten wirklich nicht respektlos erscheinen …«

Naelin schob sich an ihm vorbei, außerstande, die Kraft für Höflichkeiten aufzubringen. Sie verließ sein Haus und begab sich zur Dorfmitte. Schon jetzt wimmelte es dort von Menschen, die ihren täglichen Verrichtungen nachgingen, als wäre dies einfach ein ganz gewöhnlicher Tag, und es kam ihr so vor, als wäre sie in einen bizarren Traum geraten. Wie konnten diese Menschen ihr Leben leben, als wäre alles normal, wenn Naelins Kinder verschwunden waren? Wie konnte die Sonne scheinen, der Wind wehen, das Leben weitergehen? So viel Zorn und Angst und Schmerz und Schuld tobten in ihrem Inneren, dass sie das Gefühl hatte, das alles müsse aus ihr hervorquellen und überall seine Spuren hinterlassen.

Die Menschen blieben stehen und sahen ihr nach, als sie vorbeiging. Sie hörte sie aus weiter Ferne, als sprächen sie unter Wasser zu ihr. *Tiefstes Mitgefühl. Unser Beileid ausdrücken. Solch eine Tragödie. Wir wissen, was Ihr empfindet. Auch wir haben unsere Lieben verloren …*

Kinder.

Väter.

Mütter.

Brüder.

Schwestern.

Freunde.

Auch wir haben Verluste erlitten. Die Zeit wird helfen. Die Zeit heilt alle Wunden. Ihr müsst die Zeit des Lebens mit Euren Kindern feiern. Ihr könnt Euch glücklich schätzen, dass Ihr sie überhaupt so lange hattet. Sie werden immer ein Teil von Euch sein. Seid stark. Alles geschieht aus einem bestimmten Grund. Alles ist vergänglich.

Sie nahm sie nicht zur Kenntnis, sagte ihnen nicht einmal, dass sie falschlagen – Naelins Kinder waren nicht tot! Sie war viel zu sehr auf die vor ihr liegende Aufgabe konzentriert, um sich darum zu scheren, was die Menschen dachten oder sagten. *Zuerst muss ich Ven finden, und dann werden wir aufbrechen, in die Hauptstadt zurückkehren und einen Plan austüfteln, wie wir meine Kinder am besten aus Semo retten können.* Sie würde jede Hilfe annehmen, die sie bekommen konnte – wenn sie Merecot angriff, wollte sie sich sicher sein, dass ein Scheitern ausgeschlossen war.

Ich habe meinen Kindern gegenüber versagt, als es am wichtigsten war; ich werde nicht noch einmal versagen. Ich werde sie vor Merecot retten, ganz gleich, welcher Einsatz dazu erforderlich sein mag.

Ein Mann versperrte ihr den Weg.

Er kam ihr bekannt vor – vielleicht einer der Dorfbewohner, mit denen sie schon einmal gesprochen hatte? »Ich weiß, warum Ihr Nein gesagt habt«, erklärte er. »Ihr hattet Angst. Um Eure Kinder. Ihr wolltet die Geister nicht auf Eure Kinder aufmerksam machen, und deshalb habt Ihr von Eurer Macht keinen Gebrauch gemacht. Die Furcht hat Euch dazu gebracht, Nein zu sagen. Aber Ihr habt sie trotzdem verloren, denn so grausam ist das Leben, und ganz gleich, wie vorsichtig wir sind, manchmal geschehen schlimme Dinge. Man kann die schlimmen Dinge nicht verhindern, ganz gleich, wie sehr man sich zu verstecken sucht.«

»Warum sagt Ihr mir das?« Das war nicht das übliche mitfühlende Geschwätz, das die anderen Dorfbewohner von sich gegeben hatten. Tatsächlich klang er beinahe feindselig, so als wäre er drauf und dran, ausfällig zu werden.

»Weil Ihr nichts mehr zu verlieren habt. Also könnt Ihr genauso gut auch Gebrauch von Eurer Macht machen. Wir haben gehört – wir alle haben es gehört –, was Ihr getan habt. Ihr habt die Geister nach Semo und in den Tod geschickt und dadurch neue verödete Gebiete entstehen lassen. Ihr habt offensichtlich kein Problem damit, Schaden anzurichten, also solltet Ihr auch keine Angst davor haben, Gutes zu tun. Ihr solltet die Mutter von ganz Aratay sein, wisst Ihr, nicht nur die Mutter von zwei Kindern.«

Bevor er noch etwas hinzufügen konnte, drängten sich die anderen Dorfbewohner um sie, brachten ihn zum Schweigen und zogen ihn von ihr weg. Zugleich entschuldigten sie sich und verneigten sich tief vor ihr. Sie stand nur mit weit aufgerissenen Augen da, während er in eines der umliegenden Ladengeschäfte geführt wurde, außer Sicht.

Wie konnte er es nur wagen?, dachte sie.

Er hat recht. Das dachte sie ebenfalls.

Natürlich nicht, was die Bibliothek betraf – die Herzlosigkeit, sich ihrer Gefühle zu bedienen, um eine solche Nichtigkeit durchzusetzen, weckte in ihr den Wunsch, dem Kerl die Augen auszukratzen. Aber was ihre Macht ganz im Allgemeinen betraf …

Solange Erian und Llor nicht wieder bei mir sind, habe ich nichts. Und so habe ich auch nichts zu verlieren. Niemand kann mir ein Leid antun, denn es gibt für mich kein schlimmeres Leid als das, das ich bereits erlitten habe. Niemand kann mich töten, denn ohne die beiden bin ich bereits tot.

Sie hielt sich an diesem Gedanken fest, so wie sich Llor an Bubu festgehalten hatte, schloss die Augen und rief nach den Geistern. Sie spürte … keinen Zorn … sondern Furcht, die Angst der Geister vor ihr, und sie schmeckte metallisch wie Blut in ihrer Kehle. Sie schluckte diese Angst herunter, nahm sie in sich auf und hüllte sie in ihre eigene Angst um ihre Kinder. Die Geister kamen näher an sie heran.

Sie wollten keine Angst vor ihr haben, vor ihrer auserwählten Königin, das spürte sie, aber sie hatten Naelins letzten Befehl gefühlt, hatten das Sterben ihrer Brüder gefühlt, als sie mit den Geistern Semos aneinandergeraten waren. Sie spürte die Anspannung der Geister, fühlte, wie sie hin- und hergerissen waren zwischen dem Wunsch, sich zu verstecken, und dem Bedürfnis, zu fliegen und zu rennen, zu bauen und zu zerstören. *Kommt*, wandte sie sich an die Geister. *Baut.* Sie führte sie heran, hin zum Herzen des Dorfes, und dann formte sie ein Bild in ihrer Vorstellung und drängte es ihnen auf: eine Bibliothek mit himmelhohen Türmchen, im Inneren Wendeltreppen mit gewundenen Geländern und lange Regalreihen voller Schnitzarbeiten, die Ranken und Rosen zeigten. Sie wählte die extravaganteste Bibliothek, die sie sich vorstellen konnte – eine wahre Burg von einer Bibliothek, hoch oben in den Bäumen, ein Gebäude, bei dessen Anblick Erian vor Freude aufgekreischt hätte, während Llor darum gebeten hätte, zu dessen höchster Spitze hinaufklettern zu dürfen –, und dann versetzte sie den Befehl in die Köpfe der Geister.

Sie spürte einen Windhauch auf dem Gesicht, er war warm und roch nach Frühlingsblüten – so spät im Herbst eigentlich eine Unmöglichkeit, aber sie atmete ihn ein und öffnete die Augen, hob den Kopf, um zu sehen, wie die Geister durch die Äste des Baums über ihr in die Höhe aufstiegen. Die Baumgeister versenkten sich im Stamm eines der Bäume von Rotblatt, und dessen Rinde begann zu pulsieren und Bläschen zu werfen. *Ja, genau dort*, beschied sie ihnen und lenkte und leitete sie, während die Blase wuchs und sich ausdehnte und Türmchen aus ihr hervorplatzten.

Naelin ließ die Geister die Türmchen aushöhlen und Löcher ausweiten, um Fenster zu bilden. Aus einem anderen Ast ließen sie Treppen wachsen und Ranken, die sich umeinanderschlangen, um Geländer zu formen. Sie ließ den Zeigefinger kreiseln und teilte ihnen mit, dass sie die

Enden zu Schnörkeln zwirbeln sollten, und dann hob sie die Arme in die Höhe, um sie anzuleiten, damit sie Banner aus Blättern anfertigten, die aus den Turmspitzen herausragten. Um sie herum hörte sie das ehrfürchtige Raunen der Dorfbewohner, aber sie ließ sich davon nicht ablenken. Sie dirigierte die Geister wie ein Kapellmeister sein Orchester und schuf ihre eigene Art von Musik.

Füllt das Haus mit verschiedenen Etagen für all die vielen Geschichten, befahl sie den Geistern. Sie spannte ein Dutzend Geister für diese Aufgabe ein – ein Dutzend der klügsten Geister, die einen komplexen Befehl verstehen konnten. *Etagen für Geschichten, die die Menschen dazu bringen werden, zu lachen und zu weinen und sich ganz bei sich zu fühlen. Geschichten, die zerstören, und Geschichten, die heilen. Findet Geschichten für die Menschen, um ihnen in der Zeit der größten Trostlosigkeit Hoffnung zu schenken.* Sie prägte ihnen das Bild von Büchern ins Gedächtnis. *Durchquert ganz Aratay. Geht zu den Schreibern und Verseschmieden.* Die würden sie mit Büchern versorgen, illustriert und gebunden. *Als Gegenleistung für ihre Bücher werdet ihr ihre Dächer instand setzen, ihre Türen reparieren, wenn Bedarf besteht, und ihre Brücken in Ordnung bringen.*

Als sie damit fertig war, den Geistern ihre Befehle zu erteilen, entließ Naelin sie aus ihrem Dienst und sank wieder in ihren eigenen Körper zurück. Einen Moment lang hatte sie das Gefühl, an etwas Wunderbares und Schönes gerührt zu haben – einen Moment lang hatte sie vergessen, was geschehen war.

Sie hatte vergessen, dass ihre Kinder entführt worden waren.

Sie hatte vergessen, dass sie tot sein könnten, dass das durchaus wahrscheinlich war, dass Geister Menschen nicht entführten – sie töteten sie.

Sie hatte vergessen, dass sie ihre Kinder nicht zu retten vermocht hatte.

Und als dieses Wissen sie wieder mit voller Gewalt traf, hatte sie das Gefühl, nicht mehr atmen zu können. Sie fiel auf die Knie. Um sich herum hörte Naelin Freudenrufe, erstauntes Nach-Luft-Schnappen, all die bewundernde Ehrfurcht in den Stimmen der Männer, Frauen und Kinder von Rotblatt.

Sie spürte Arme um ihren Leib – vertraute Arme –, und da ließ das Pochen in ihrem Kopf endlich nach, und das diffuse Chaos ihrer durcheinanderwirbelnden Gedanken legte sich. Sie war wieder sie selbst, mit klarem Geist und gebrochenem Herzen.

Ven.

»Sie haben sie mitgenommen«, erklärte Naelin. »Erian und Llor. Die Geister haben sie nach Norden gebracht. Und sie haben Bayn nach Westen getrieben, in die ungebändigten Lande hinein.« Sie spürte, wie er sie fester an sich drückte, während er ihre Neuigkeiten verarbeitete.

Dann flüsterte er ihr ins Ohr: »Atme einfach weiter. Ein Atemzug und dann der nächste.«

»Und das wird es dann besser machen? Dann werde ich akzeptieren können, dass sie fort sind? Mir eingestehen, dass ich ihnen gegenüber versagt habe und die Geister sie getötet haben und dass keine Hoffnung auf Rettung besteht?« Ihr selbst fiel die Verzweiflung in ihrer Stimme auf. Jetzt, wo ihr Verstand wieder klar war, erinnerte sie sich daran, wie Ven ihr zugeschrien hatte, dass sie aufhören solle, und wie sich Daleina in ihren Angriff eingemischt hatte. Der Zorn begann an ihrem Schmerz zu nagen, und sie hätte am liebsten laut geschrien und getobt.

Es ist nicht hoffnungslos! Die Geister haben sie nach Semo gebracht. Lebend!

Er schwieg für einen Moment. Dann erst räumte er ein: »Nein. Ich glaube nicht, dass es dann besser wird.«

Seltsamerweise war das genau die richtige Antwort. Sie hätte nicht geglaubt, dass es überhaupt eine richtige Antwort gab. *Atme weiter. Es wird nicht besser. Atme trotzdem weiter.* Ihre Welt würde erst wieder in Ordnung kommen, wenn sie ihre Kinder in den Armen hielt und Merecot tot war.

Kapitel 7

Königin Merecot von Semo gestattete den Geistern, einen Berg zu zerstören. Durch die Augen eines Luftgeists schaute sie von oben zu, während Erdgeister an den Granitwänden nagten und Eisgeister die Bergbäche gefrieren und wieder auftauen ließen, so dass sich die Risse auf der Bergoberfläche verbreiterten. Feuergeister warfen geschmolzene Felsen über den zuvor schlafenden Vulkankrater, wie Kinder, die Fangen spielten. Sie spürte ihre Freude, eine wilde Art von Glück, die in Merecots Adern brannte.

Hinter ihr, Meilen von der Zerstörung entfernt, aber keinen Meter von ihr selbst weg, hörte sie das vertraute Klopfen eines Gehstocks – es war die ehemalige Königin von Semo, Königin Jastra. Merecot hatte sie nicht gerufen, und die alte Königin hatte nicht angeklopft. Sie schritt einfach in Merecots Gemächer, als wäre sie dort jederzeit willkommen. Die Wachen, daran gewöhnt, der ehemaligen Königin zu gehorchen, waren nicht auf die Idee gekommen, sie aufzuhalten.

Ich muss mit ihnen darüber sprechen. Streng, deutlich und mit einigen wenigen, wohl gewählten Drohungen.

Sie erwog, ein Schloss für die Tür anzufordern, wusste aber, dass das nicht klug wäre – ihre Wachen mussten sie stets schnell erreichen können, falls einmal ein Anschlag auf Merecots Leben verübt wurde. Bei all ihren bisherigen Erfahrungen … Nun gut, sie wusste, dass Menschen manchmal versuchten, Königinnen zu töten. Und wenn sie ein Angriff im Schlaf überraschte, würde sie die Wachen brauchen – die Geister verteidigten sie nicht, wenn sie nicht wach war, um sie herbeizurufen. Stattdessen würden sie fröhlich und vergnügt zusehen, wie sie ermordet wurde. *Und dabei höchstwahrscheinlich noch ein paar Häppchen naschen und jubeln, als handele es sich um eine Sportveranstaltung.*

Jastra ergriff das Wort. »Früher habe ich gedacht, sobald die mit der Krone verbundenen Lasten von mir genommen wären und die Fülle meiner Macht endlich geringer geworden ist, würde ich mir nichts mehr wünschen als ein friedliches Leben, wo ich in einem Rosengarten vor mich hin werkeln und mich in das Leben meiner Enkelkinder einmischen kann. Aber dann ist es doch so viel befriedigender gewesen, hierzubleiben und mich in Euer Leben einzumischen.«

Merecots Lippen zuckten, aber sie fuhr fort, sich auf die weit entfernten Geister zu konzentrieren. *Worauf will die alte Frau hinaus?* Zumindest war das Wort »einmischen« genau zutreffend. Jastra schreckte nie davor zurück, eine Meinung zu äußern oder Ratschläge zu erteilen.

»Euch als Königin auszuwählen, war die beste Entscheidung, die ich je getroffen habe.«

Sie meint es ernst, dachte Merecot schockiert.

Die Aufrichtigkeit und die Wärme in Jastras Stimme waren unleugbar. Merecot verspürte einen Kloß in der Kehle, und Tränen brannten ihr in den Augen, während sie sich zu konzentrieren versuchte, was eine ärgerliche und peinliche Reaktion war. Noch nie zuvor hatte jemand sie wirklich zu schätzen gewusst. Nicht ihre Lehrer an der Nordost-Akademie – sie hatten sie trotz ihrer Fähigkeiten von der Schule verwiesen. Und ganz bestimmt nicht ihre Eltern – sie hatten ihr schon die bloße Tatsache ihrer

Geburt verübelt. »Vorsicht«, mahnte Merecot. »Ihr weckt Gefühle in mir, die zu verarbeiten ich nicht das Zeug habe. Wie zum Beispiel Dankbarkeit.«

Jastra kicherte. »Dann sollte ich mir am besten eine Beleidigung ausdenken.«

Auf dem Berg tauchten die Feuergeister in den Krater hinein und flogen dann in einer wallenden Wolke aus Asche und Flammen in die Höhe. Merecot befahl den Luftgeistern, den giftigen Rauch hoch nach oben zu befördern, bevor er sich ausbreiten konnte.

Sie hörte, wie sich Jastra in einem der Polstersessel niederließ. Er knarrte unter ihr. »Oder ich könnte stattdessen auch Eure Schwester beleidigen. Wenn sie nicht versagt hätte, wäret Ihr inzwischen Königin von Aratay, und es wäre nicht mehr nötig, mit irgendwelchen Luftgeistern Fang-die-Lava zu spielen.«

All die warmen, wohligen Gefühle lösten sich in Luft auf. Sie hätte wissen sollen, dass der Moment zu nett gewesen war, um von Dauer zu sein. »Nett« war nichts für Merecot; »nett« war etwas für andere Menschen und deren Leben. *Und das ist auch gut so. Ich brauche nichts Nettes. Nicht von Jastra und auch von sonst niemandem.*

»Gebt es zu: Eure Schwester hat töricht gehandelt. Sie hat sich von Gefühlsduseleien die Hände binden lassen.«

Lava kroch an den Berghängen hinab. Merecot brauchte die Eisgeister nicht erst anzuweisen, sie gefrieren zu lassen – sie stürzten sich mit wilder Freude auf die Aufgabe. Heulend spien die Feuergeister neue Lava aus. Innerlich heulte sie mit ihnen. Nach außen hin schwieg sie.

Jastra klang selbstgefällig. »Ihr habt gelernt, Euch zu beherrschen. Gut. Vor einem Jahr hättet Ihr einen Wutanfall bekommen, wenn ich es gewagt hätte, so etwas zu sagen. Es ist erfreulich, Euch reifen zu sehen. Nicht viele

Königinnen haben die Gelegenheit, mitzuverfolgen, wie ihre Nachfolgerin wächst und gedeiht. Ich bin wirklich vom Glück gesegnet.«

Könnte ich mich nicht »beherrschen«, wärst du jetzt tot. »Es wäre klug von Euch, wenn Ihr Euch daran erinnert, dass Ihr nicht Eures Glückes wegen hier seid, ob Ihr nun vom Glück gesegnet seid oder nicht.« Merecot warf der älteren Frau einen bedeutungsschweren Blick zu. Königinnen, die abdankten (und da gab es nur sehr wenige), wurden stets von den Geistern ins Visier genommen, die sie früher befehligt hatten, und lebten normalerweise nicht mehr lange, bis sie irgendeine Art von »Unfall« erlitten. Der zusätzlichen Macht einer Königin beraubt, konnten sie sich nicht mehr gegen all die Geister verteidigen, deren Hass sie auf sich gezogen hatten. Merecot beschützte Jastra – das war die Abmachung gewesen, die sie bei Merecots Krönung geschlossen hatten, und sie hatte sich an ihr Versprechen gehalten. Bisher. »Ihr stellt meine Geduld auf eine harte Probe. Das ist unklug.«

Die alte Frau lachte erneut. »Vielleicht stelle ich Euch nur auf die Probe, um zu sehen, ob Ihr nicht etwa unter der Belastung zerbrecht, so dass ich die Zügel der Macht wieder an mich reißen kann.«

»Unwahrscheinlich. Ihr seid in Eurem hohen Alter zu einem senilen Feigling geworden, der sich damit zufriedengibt, im Hintergrund zu bleiben und von dort aus Kritik zu üben. Würdet Ihr wieder Königin werden, würden sich die Menschen womöglich daran erinnern, dass Ihr der Grund für all ihre Probleme seid.« Zwei Feuergeister stürmten den Berg hinunter und zogen einen Lavastrom hinter sich her, und so sandte Merecot drei Luftgeister aus, um sie in den Krater zurückzublasen. Die Lava verfestigte sich, und die Erdgeister sprengten sie von unten her in Stücke.

»Oh, mein Kind, ich bin so stolz auf Euch.«

Merecot wusste nicht, ob die alte Königin von ihrer Macht über den Vulkan beeindruckt war oder von ihrem Vermögen, die Schwachen und Alten mit Beleidigungen zu bedenken. *Und, nicht zu vergessen, die Nervigen.* Aber Merecot konnte nicht lange auf Jastra wütend sein. Niemand hatte die ehemalige Königin gezwungen abzudanken. Sie hatte es aus freien Stücken getan, zum Wohl ihres Volkes, und sie hatte Merecot persönlich als ihre Nachfolgerin auserkoren – in Semo wählte jede Königin nur eine einzige Thronanwärterin aus. Nur Merecot allein war es gestattet gewesen, sich in den verborgenen Hain zu begeben, um die Macht für sich zu fordern.

Die Tatsache, dass Merecot durch geschicktes Taktieren in diese Position gelangt war, tat jetzt nichts zur Sache.

Jastra hatte an sie geglaubt. *Und trotz meines Versagens in Aratay glaubt sie immer noch an mich.* Wieder verspürte Merecot den ekelhaften Kloß in ihrer Kehle und entschied, ihm keine Beachtung zu schenken.

»Warum genau seid Ihr hier?«, fragte Merecot.

Sie meinte eigentlich, warum Jastra Merecots Gemächer aufgesucht hatte, aber die ehemalige Königin beschloss, die Frage allgemeiner zu verstehen. »Um Wiedergutmachung für vergangenes Unrecht zu leisten, um mein Schicksal zu vollenden, um Euch dabei zu helfen, das Eure zu vollenden – sucht Euch etwas davon aus. Vielleicht bin ich aber auch einfach nur hier, weil die Palastköche ein so wunderbares Soufflé machen.« Jastra stemmte sich aus ihrem Sessel hoch, machte einen Schritt vorwärts und schwankte dabei. Rasch packte Merecot den juwelenübersäten Gehstock der alten Königin und hielt ihn ihr hin. Jastra tätschelte der Jüngeren herablassend die Wange – in einer Geste, die Merecot als »Jastras Gehabe« bezeichnete.

»Was für ein braves Mädchen. Macht Euch keine Sorgen. Es wird sich alles fügen.« Auf ihren Gehstock gestützt, watschelte sie durch Merecots Gemach. »Lasst es mich wissen, wenn Ihr bereit seid für unseren nächsten Schritt.«

»*Meinen* nächsten Schritt«, korrigierte Merecot. »Ihr seid kein Puppenspieler, und ich bin nicht Eure Marionette.«

»Natürlich bin ich das nicht.« Jastra sah sie an, als wäre sie ganz entsetzt bei dem Gedanken, ein Gesichtsausdruck, der Merecot eine Spur übertrieben erschien. »Ich biete Euch lediglich meinen weisen Rat an. Es ist das Vorrecht von senilen Feiglingen in ihrem hohen Alter.«

»Ich weiß selbst, was getan werden muss«, versetzte Merecot, aber sie konnte sich ein leises Lächeln nicht verkneifen. *Du bist mir eine schöne senile Alte*, dachte sie. Jastra mochte einen Gehstock benötigen, aber ihr Verstand war wacher und schärfer als der der meisten Menschen, denen Merecot je begegnet war. *Klar, die meisten Menschen sind sowieso Schwachköpfe, aber trotzdem …*

»Ich weiß, dass Ihr das tut, meine Liebe«, entgegnete Jastra. Alle Anzeichen von Spott und Herablassung waren aus ihren Augen verschwunden. Stattdessen zeigte ihr Gesichtsausdruck eine Mischung aus Stolz und Traurigkeit, und Merecot kam es vor, als sehe sie nun die wahre Jastra vor sich, nicht die königliche Larve, die sie anderen präsentierte.

Merecot wollte irgendetwas darauf antworten. Wie zum Beispiel: *Danke, dass Ihr an mich glaubt.* Aber sie befürchtete, dass es sentimental klingen könnte. Oder für eine Königin ungebührlich. Jastra würde sie womöglich dafür verspotten, dass sie Gefühle zeigte, und das konnte Merecot nicht riskieren. *Ich gelte hier schließlich als die unbarmherzige Königin, die die Bedürfnisse Semos – die Bedürfnisse ganz Renthias – über ihre eigenen stellt.*

Jastra umfasste Merecots Kinn mit ihrer runzligen Hand. »Ich habe ernst gemeint, was ich gesagt habe: Ich habe eine gute Wahl getroffen, als ich Euch erwählt habe. Ihr könnt es schaffen. Ihr könnt vollbringen, was mir nicht gelungen ist. Ihr könnt die Welt verändern.«

Merecot schluckte. »Ich werde Euch nicht enttäuschen.«

»Ich weiß.« Jastra schenkte ihr ein sanftes Lächeln, ein Lächeln, das signalisierte, dass sie es auch ernst meinte. Dann schlug sie mit dem Gehstock an die Tür, und diese wurde aufgeschwungen.

Die Wachen verneigten sich, als die alte Königin an ihnen vorbeihumpelte, und dann verbeugten sie sich erneut vor Merecot, als sie die Tür wieder schlossen. Für einen Moment wollte Merecot die alte Königin zurückrufen, damit sie ihr Gesellschaft leistete, sich mit ihr unterhielt, ihr Selbstbewusstsein ein wenig aufpäppelte. Aber sie tat es nicht.

Es genügte ihr zu wissen, dass es immerhin einen Menschen in Semo gab, der auf ihrer Seite stand.

Nachdem sie sich auf ein Sofa voller Kissen hatte sinken lassen, sah Merecot wieder nach den Geistern auf dem Vulkan. Alles schien in Ordnung zu sein. Die Hälfte des Kraters war von der Lava weggefressen worden, und der Berg war von Rissen und Spalten durchsetzt. Aber es stieg kein Rauch mehr auf, und auch der Lavafluss schien aufgehört zu haben. Baumgeister huschten über die abkühlende Erde und ließen trotzige kleine Pflanzen aus den Spalten sprießen. In wenigen Stunden würde der Vulkan wieder schlafen, und sie würde die zahmen Geister entlassen können, die sie gezwungen hatte, die wilden zu bewachen. *Ich habe Tausende von Leben gerettet, wieder einmal, und niemand ahnt etwas davon. Ich bin die Heldin, von der niemand spricht und über die keine Lieder gesungen werden. Vielleicht sollte ich ein paar Musikanten anheuern, damit sie meine Heldentaten aufzeich-*

nen. Und Bildhauer. Bisher hatte sie noch keine Künstler in Dienst genommen, um ihre Herrschaft unsterblich zu machen. Irgendwie erschien es ihr passender, sie erst zu engagieren, *nachdem* sie die Welt gerettet hatte.

Aber ich werde es schaffen.

Jastra glaubt, dass ich es schaffen kann.

»Das geht zu langsam«, erklärte Naelin.

Ven band ein Seil an einen Baum – die Brücke vor ihnen war beschädigt. Er hatte bereits einen Pfeil, an dem ein Seil befestigt war, in den nächsten Baum geschossen, der sich tief in den Stamm gegraben hatte.

Naelin drang drei Baumgeistern ins Bewusstsein, die sich gerade in der Nähe befanden, und schickte sie zur Brücke. *Repariert sie.* Sie formte das Bild einer fertigen Brücke in ihrer Vorstellung. Die Geister gehorchten und ließen Äste aus den Bäumen wachsen und sie sich ineinander verweben.

»Das ist aber auch nicht unbedingt schneller«, bemerkte Renet. »Wir können doch einfach das Seil nehmen.«

»Trotzdem muss die Brücke repariert werden. Aber egal, wir nehmen die Brücke nicht. Wir fliegen.« Sie schloss die Augen und suchte mit ihren Sinnen nach den drei nächsten großen Luftgeistern.

»Neee, Naelin, du weißt, dass ich es nicht leiden kann, wenn ich durch die Lüfte reisen muss und …«

»Dann komm eben nicht mit«, fiel sie ihm ins Wort. Sie verstand nicht, wie er solche Bedenken haben konnte, wo doch ihre Kinder verschwunden waren. *Je mehr Zeit wir verlieren …* Sie entschied, den Gedanken nicht zu Ende zu denken. *Je schneller, desto besser.*

Sie hob den Kopf und sah drei Luftgeister durch das Blätterdach brechen. Blätter bebten, fielen um sie herum zu Boden und ließen das herabströmende Sonnenlicht flackern. Die Luftgeister, die sie gerufen hatte, erinnerten an Jaguare, mit schwarzen Flecken auf orangefarbenem Fell, aber zusätzlich besaßen sie in Blau und Violett schimmernde Flügel wie Pfaue.

Ven gesellte sich nun wieder zu Naelin und Renet, legte die Hand über die Augen und blickte zu den Geistern hinauf. »Hast du die kommen lassen?«

»Wir kommen zu langsam voran.«

»Ganz wie Ihr wünscht, Euer Majestät.«

Renet trat neben ihr von einem Fuß auf den anderen, als die drei Geister landeten. »Naelin, können wir die Sache vielleicht besprechen?«

Da gibt es nichts zu besprechen. Je länger es dauerte, umso länger waren Erian und Llor in Gefahr. Sie schritt auf die Geister zu. »Wenn wir weiter zu Fuß gehen, brauchen wir fünf Tage, bis wir Mittriel erreicht haben.« Sie schwang sich auf den Rücken des nächsten Geistes. Er fauchte wie eine zornige Katze, als sie ihr Gewicht auf seinen Körper verlagerte und die Hand in sein Nackenfell grub. »Wenn wir fliegen, können wir morgen schon dort sein.«

»Naelin …«

Ven legte Renet die Hand auf die Schulter. »Es ist keine Schande, wenn Ihr zu Fuß weitergeht. Ich werde Euch genug Vorräte dalassen.« Er hielt Naelins Exmann ein Seil und ein zusätzliches Messer hin.

Renet lehnte beides ab. »Ich werde doch nicht allein reisen. Seid Ihr wahnsinnig?«

»Eure Entscheidung.« Ven kletterte über die Äste und stieg auf einen zweiten Luftgeist, der neben dem von Naelin wartete. Er schlang sich ein Seil um die Hüfte und wickelte es auch um den Hals des Geistes. »Willst du dich nicht auch sichern?«, bot er Naelin an.

»Ich werde nicht herunterfallen«, erwiderte Naelin. *Und wenn doch, was soll's?* Sie würde sich von einem anderen Geist auffangen lassen. Verschwunden waren all ihre Bedenken, möglichst keine unnötige Aufmerksamkeit der Geister auf sich zu lenken. All ihre Vorsicht hatte die beiden Menschen, die ihr am meisten bedeuteten, nicht zu beschützen vermocht.

»Tu es trotzdem«, bat Ven.

Naelin rief sich ins Gedächtnis, dass sie keinen vernünftigen Grund hatte, auf Ven wütend zu sein – hätte er sie nicht vom Kampfplatz weggetragen, wäre sie jetzt tot, und die Geister hätten ihre Kinder trotzdem entführt –, und so band sie sich nun auch an ihrem Geist fest.

Renet fluchte leise, kletterte auf den Rücken des dritten Geistes und band sich ebenfalls fest. Der Jaguargeist knurrte und wedelte mit seinem dicken Schwanz. »Das ist eine ganz schlechte Idee«, murmelte Renet. »Ich will das nur mal klar und deutlich gesagt haben.«

Sie hatte außerdem auch keinen vernünftigen Grund, auf Renet wütend zu sein. Er war kein Krieger. Es war nicht seine Schuld, dass er nicht die Kraft gehabt hatte, die Kinder zu beschützen.

Doch Logik hielt sie nicht davon ab, ihn anknurren zu wollen.

»Ist pflichtschuldigst vermerkt«, zischte sie knapp, dann befahl sie den Geistern: *Fliegt!*

Mit einem Ruf, der wie ein Brüllen war, schwangen sich die Geister vom Ast empor. Naelin spürte den Wind im Gesicht, als sie zwischen den Ästen aufstiegen. Gelbe und orangefarbene Blätter zischten wie verschwommene Kleckse an ihnen vorbei, bis sie schließlich durch das Blätterdach brachen und über ihnen die strahlende Sonne war.

Sie hatte ein Gefühl im Bauch, als wäre ihr Magen in

Wirklichkeit unten in den Ästen hängen geblieben. Aber sie knirschte nur mit den Zähnen und hielt sich fest. Der Wind zerrte an ihrem Haar und wehte es ihr in die Augen, und sie strich es zurück, damit sie etwas sehen konnte.

Unter ihnen wirkte der Wald wie eine Kinderzeichnung: Auf einem Hintergrund von Dunkelgrün waren überall bunte Farben verspritzt, Rot, Orange und Gelb. Die Sonne tauchte sie alle in ihre Strahlen, und sie schien so grell herab, dass sie selbst das Blau des Himmels ausbleichte. Hätte Naelin sich umgedreht, hätte sie hinter sich den Nebeldunst der ungebändigten Lande gesehen, wo Bayn vielleicht noch am Leben war, vielleicht aber auch nicht. Hätte sie nach Norden geschaut, hätte sie die Berge Semos gesehen, wo ihre Kinder vielleicht oder vielleicht auch nicht …

Sie schaute nicht hin.

Sie flogen, bis die Sonne unterging und die ersten Sterne durch das immer dunkler werdende Blau schimmerten. Naelin spürte, wie die Flügelschläge des Geistes unter ihr sich verlangsamten. Sie berührte die Sinne der Geister und nahm deren Erschöpfung wahr. Sie durchdrang auch ihre eigenen Knochen und Muskeln.

Sosehr es ihr gegen den Strich ging, eine Pause einlegen zu müssen, führte sie die Geister doch hinunter in die Bäume. Sie landete auf einem breiten Ast, ließ sich vom Rücken des Geistes gleiten und sackte gegen den Baumstamm. Ihre Beine waren weich und zittrig, als hätten sie vergessen, wie man steht. Neben ihr saßen auch Ven und Renet ab. Renet ließ sich sofort in die Hocke fallen und steckte den Kopf zwischen die Knie.

Lasst uns allein, befahl sie den Geistern.

Die geflügelten Jaguargeister gehorchten, stießen sich vom Ast ab, glitten zwischen den Bäumen davon und verschwanden in den dichter werdenden Schatten.

»Ein vernünftiger Ort, um ein Lager aufzuschlagen«, bemerkte Ven.

Er setzte sein Bündel ab und zog ein verheddertes Seil hervor. Während Ven Hängematten an die Äste schnürte, sicherte Renet ihr Gepäck am Stamm. »Ich kann ein Feuer machen«, erbot sich Renet. Seine Stimme klang rau, als hätte er tagelang keinen Gebrauch mehr von ihr gemacht. Er sah ihr auch nicht in die Augen, was Naelin ganz recht war. Würden ihre Blicke sich treffen, hätte sie in seinen Augen all die Erinnerungen gesehen, die sie miteinander teilten: erste Schritte, erste Wörter, der Tag, an dem Erian das erste Mal aus ihrem eigenen Bett getapst gekommen und in ihres geklettert war; Llor, wie er sich aus Schachteln, Kisten, Töpfen und Pfannen Trommeln gebaut hatte …

»Ich erledige das«, sagte Naelin, bevor er sich daranmachen konnte, Holz zu sammeln. Sie versuchte es wie eine Art Friedensangebot klingen zu lassen. Sicherlich durchlitt er jetzt die gleichen Qualen wie sie und klammerte sich verzweifelt an den Glauben, dass es noch nicht zu spät war, dass ihre Kinder immer noch gerettet werden konnten.

Ven reichte ihr einen Stock zum Feuermachen, aber sie lehnte ab. Stattdessen sandte sie ihre Sinne aus und ergriff die Kontrolle über einen in der Nähe befindlichen Feuergeist. Sie zwang ihn in ihr Lager und erteilte ihm den Befehl, in einer Astgabel am Stamm des Baumes zu brennen.

Nicht weit von ihrem Lager entfernt schrie ein Baumgeist auf.

Naelin brachte den Schrei zum Verstummen, indem sie den Baumgeist mit der Macht ihrer Gedanken festhielt, ganz als umklammere sie ihn mit den Händen. Gleichzeitig zwang sie den Feuergeist, die Feuergrube nicht zu verlassen. Dieser Feuergeist sah aus wie eine Eidechse mit roten, orangefarbenen und blauen Flammen als Schuppen.

»Ven, haben wir etwas fürs Abendessen?«

Ven schnappte sich seinen Bogen und wählte drei Pfeile aus. »Ich besorg uns was.« Dann sprang er über die Äste davon, während er bereits den ersten Pfeil an die Sehne legte.

Naelin packte einige Kräuter aus. Sie hatte keinen Appetit, war sich aber darüber im Klaren, dass sie ihren Körper mit Nahrung versorgen musste, damit er weiter funktionierte. Was ganz genau ihren gegenwärtigen Zustand beschrieb: einfach funktionieren. Doch schon bald würde das allein nicht mehr ausreichen – wenn sie die Königin eines anderen Landes angreifen wollte, brauchte sie jedes Quäntchen ihrer Kraft.

»Ich frage mich immer, ob es Arroganz ist, dass er nicht mehr Pfeile mitnimmt, oder ob er einfach weiß, dass er eben so gut ist«, bemerkte Renet, während er beobachtete, wie Ven von Ast zu Ast sprang.

»Er ist sehr erfahren.«

»Das bin ich auch, aber ich nehme einen ganzen Köcher mit.«

»Deine Vorstellung von Jagd beinhaltet unter anderem auch einen Besuch im nächsten Ort sowie ein Nickerchen. Außerdem kann ich ihm ja helfen.« Sie richtete ihre Aufmerksamkeit auf die Stelle, zu der Ven sich gerade vorpirschte, mehrere Äste über ihnen. Er kroch an ein Loch im Ast heran, und Naelin packte einen nahen Baumgeist und ließ ihn den Kobel eines Eichhörnchens zum Einsturz bringen.

Das Eichhörnchen kam herausgeflitzt.

Ven schoss ihm direkt zwischen die Augen.

Es fiel vom Ast, und Naelin wies einen habichtartigen

Geist an, es zu bergen. Der Geist glitt von den oberen Ästen herab, nahm das tote Tier in die Krallen, dann warf er es Naelin in die Hände. Sie zog den Pfeil heraus, reichte das Tier an Renet weiter und säuberte die Pfeilspitze. »Du bist richtig unheimlich, wenn du so etwas machst«, meinte Renet. »Das weißt du, nicht wahr?«

»Du hast es gewollt. Dass ich von meinen Kräften Gebrauch mache. Dass ich Gebrauch von den Kräften einer Königin mache.«

»Schon, aber …« Er brach ab, und sie wusste, was er hatte sagen wollen: nicht um den Preis ihrer Kinder. Doch er sprach seinen Gedanken nicht aus, und ihre Wut auf ihn verebbte. »Vergiss es.«

Sie hätte sich am liebsten bei ihm dafür entschuldigt, dass sie ihn angeblafft hatte, dass sie sich wie ein Vulkan kurz vor dem alles vernichtenden Ausbruch fühlte. Er hatte das nicht verdient. Niemand verdiente es. *Niemand außer Merecot.*

Er beugte sich über das Eichhörnchen, häutete es und bereitete es zum Braten vor. Dann warf er die Überbleibsel am Baumstamm hinunter, damit sich die Aasfresser tief unter ihrem Lager daran gütlich tun konnten. »Du brauchst mir nicht zu verzeihen. Ich verzeihe mir ja auch selbst nicht.«

Sie wusste, was sie jetzt eigentlich sagen sollte: *Es ist nicht deine Schuld, du hättest nicht gegen die Geister kämpfen können, du hast dein Bestes gegeben.* Aber sie konnte sich nicht dazu überwinden, das laut zu sagen. Ven erlegte noch zwei weitere Eichhörnchen, jedes mit einem einzigen Pfeil, und Naelin wiederholte die Prozedur, ließ sich die toten Tiere von einem Geist bringen und reichte sie Renet, damit er sie häutete. Dann spießte sie das Fleisch auf einen Ast und brachte den Ast über dem Feuergeist in Stellung. Flammen züngelten zum Fleisch empor.

Als Ven in ihr Lager zurückgeklettert kam, fragte er: »Du hast sie aus ihren Kobeln getrieben, nicht wahr? Eigentlich unfair, so was.« Er nahm seine Pfeile wieder an sich und überzeugte sich davon, dass die Spitzen sauber waren, dann steckte er sie in seinen Köcher zurück. Anschließend verstaute er auch den Bogen.

»Ich will Mittriel so schnell wie möglich erreichen«, antwortete Naelin. »Wir essen, wir schlafen, wir brechen auf. Was immer du jetzt sagen möchtest, ich will es gar nicht erst hören.« Sie rieb das Eichhörnchenfleisch mit Kräutern ein, drehte den Stock und wies den Feuergeist an, wie er die Flamme halten und wie stark deren Feuer lodern sollte.

Sie warteten schweigend, bis das Fleisch gar geworden war, und verzehrten es dann, immer noch schweigend. Naelin sah zu, wie sich der Feuergeist in der Astgabel zusammenzog und wieder auseinanderrollte. Bei jeder Bewegung stoben glühende Funken. Wenn sie ihn nur lange genug anblickte und dann die Augen schloss, begann das Licht hinter ihren Lidern wirbelnde Kreise zu bilden – ein Tanz, der erst sichtbar wurde, nachdem sie aufgehört hatte hinzuschauen. Es war hilfreich, den Feuergeist zu haben, statt ein echtes Feuer machen zu müssen. So erinnerte es sie schon einmal nicht an das Feuer daheim im Kamin, das Erian und Llor in kühlen Herbstnächten wie dieser warm gehalten hatte.

»Du wirst ihn aber doch wohl nicht dort an Ort und Stelle belassen, wenn wir schlafen, oder?«, erkundigte sich Renet.

»Er wird es nicht wagen, dir etwas anzutun«, gab Naelin zurück. Sie kletterte in ihre Hängematte. Die Seile schmiegten sich um sie. *Schlafe fest*, befahl sie sich selbst. *Bitte keine Träume.*

»Aber wenn du schläfst …«

»Schrei, wenn er dich beißt. Dann wache ich schon auf.«
Sie schloss die Augen und versuchte sich dazu zu zwingen
einzuschlafen. Neben sich hörte sie, wie auch Renet und
Ven in ihre Hängematten kletterten.

Dann flüsterte Renet: »Ich weiß nicht, ob sie es ernst
meint oder nur Scherze macht.«

»Unklar«, bestätigte Ven.

»Was immer Ihr tut, fragt sie besser nicht«, meinte Renet.

»Euch ist aber schon klar, dass sie mitbekommt, was Ihr
sagt, nicht?«, kam es von Ven. Naelin hörte, wie er sich in
seiner Hängematte herumwälzte und ein Ast knarrte. Sie
hörte alle Geräusche des nächtlichen Waldes: den Wind,
der die Blätter rascheln ließ, die Eulen, die einander zurie-
fen, das Quaken der Frösche tief unter ihnen. Der Wald
war unerträglich laut.

»Entschuldige, Naelin«, murmelte Renet. »Es ist nur …
Du bist doch sonst nicht so. Einen Geist so nahe bei dir zu
haben.«

Ich werde niemals wieder so wie früher sein. Das konnte
sie ganz objektiv erkennen, so wie ein Heiler, der einen
Menschen mit Knochenbrüchen untersucht. *Ich habe bei
der einzigen Aufgabe versagt, die je gezählt hat: meine Kinder
zu beschützen. Ich bin ein gebrochener Mensch.* »Er wird uns
heute Nacht warm halten, ohne dass sich jemand um das
Feuer kümmern muss.«

»Es wäre keine große Sache, noch einen Stock hineinzu-
werfen«, gab Renet zu bedenken. »Könntest du nicht einfach …«

»Na schön.« Mit der Kraft ihrer Gedanken stieß Naelin
den Feuergeist aus ihrem Lager. Er kreischte auf, dann entfaltete er die geschwärzten Flügel auf seinem eidechsenar-
tigen Rücken und flog pfeilgerade zum Himmel hinauf, um
zwischen Wolken und Sternen zu verschwinden, während

er eine glitzernde Funkenspur hinter sich herzog. Renet kletterte aus seiner Hängematte und kümmerte sich um das Feuer, bis es wieder hell loderte.

Sie versuchte sich dazu zu zwingen, sich zu entspannen, gab ihrem Körper den Befehl, ihr zu gehorchen, als wäre er ein widerspenstiger Geist. Nacheinander ging sie alle ihre Körperteile einzeln durch, spannte jeden Muskel an und entspannte ihn dann wieder, befahl ihm, ganz ruhig zu werden. So hatte sie es schon früher gemacht, als Kind, nachdem die Geister ihre Familie ermordet hatten. Sie erinnerte sich daran, nachts allein dagelegen zu haben, umgeben von den Geräuschen des Waldes, und sie hatte zuerst ihren Beinen und dann ihren Armen gut zugeredet, schwer und müde zu werden, bis sie schließlich in Schlaf gesunken war. Sie hatte seit langer Zeit nicht mehr daran gedacht – an jene ersten Nächte, in denen sie solche Angst gehabt hatte, die Geister in ihren Albträumen wieder zu sehen und wieder zu hören.

Sie hatte nicht damit gerechnet, all das jemals wieder tun zu müssen.

»Ich will auch gar nicht über sie reden«, meldete sich Renet unvermittelt zu Wort. »Das kommt mir irgendwie falsch vor.«

Tief unter ihnen riefen die Frösche einander quakende Laute zu. Llor hatte den Lärm der Frösche immer gemocht. *Wie ein Orchester. Aber eines, das nicht geübt hat,* hatte er gesagt. *Wie in der Schule. Die sind auch ganz schrecklich.* »Die ganze Sache kommt mir falsch vor«, entgegnete Naelin. »Bitte, lass mich schlafen. Du kannst morgen wieder reden.« *Oder nachdem ich sie gerettet habe.* Sie verzichtete darauf, sich seine Antwort anzuhören – stattdessen sandte sie ihre Sinne aus, mischte sich unter die Geister, tauchte ein in den tröstlichen Strudel ihrer Wut und ihres Hasses.

Irgendwann schlief Naelin doch noch ein, ständig verbunden mit den Geistern, und als sie erwachte, war ihr, als sähe sie den Wald mit tausend Augen gleichzeitig. Ihr wirbelte der Kopf. Sie lag ganz still und unbewegt da und konzentrierte sich, lenkte ihre Sinne Stück um Stück zurück in ihren Körper, spürte ihre Beine, Arme, ihren Rücken, das Gesicht. Ven und Renet waren bereits wach, rollten ihre Hängematten zusammen und löschten das Feuer. Zurück blieb nur eine verkohlte schalenförmige Vertiefung in der Beuge des Baums. Naelin lag einfach nur da und wollte sich nicht bewegen, wollte nicht denken, sich nicht der Welt stellen, und dann stemmte sie sich doch aus der Hängematte. Sie wickelte ihre Seile zusammen und band sie oben auf ihr Bündel.

»Llor hat es immer gemocht, mich mitten aus dem Schlaf zu reißen«, sagte Renet, und die Erinnerung gab seiner Stimme einen warmen Klang.

Sie zuckte zusammen, als hätte sie einen Schlag auf die Fingerknöchel erhalten.

»Er hatte eine Feder, die hat er mir ins Ohr gesteckt und dann hin und her bewegt, aber lange bevor er zur Tat schreiten konnte, habe ich ihn schon über die Bretter kommen hören – sie knarrten. Ich habe dir immer wieder versprochen, das in Ordnung zu bringen. Hätte es tun sollen. Aber es war nicht das Knarren, das mich immer geweckt hat, es war das Gekicher.«

Sie erinnerte sich nur zu gut. Llor hatte es sich einfach nicht verkneifen können, voller Vorfreude zu lachen. Als er noch jünger gewesen war, hatte er das auch getan, wenn ihn jemand zu kitzeln versuchte – schon der bloße Anblick seiner Schwester, wenn sie ihre Finger krümmte und Kitzelbewegungen machte, hatte bei ihm einen Lachanfall ausgelöst. Sein Gelächter war das schönste und beste Geräusch auf der Welt gewesen. »Ich kann noch immer nicht reden«, sagte Naelin. Sie hatte einen Kloß in der Kehle, dick und schwer, und konnte kaum schlucken. »Aber tu, was du nicht lassen kannst.« Es war auch sein Schmerz. Sie konnte es ihm nicht verbieten. Aber sie konnte weghören.

Und aufhören zu denken.

Ich werde nicht in Erinnerungen an sie schwelgen, als wären sie für immer verloren.

Sie leben noch. Sie müssen noch leben.

Mit ihren Sinnen rief sie drei neue Luftgeister herbei – einer war ein flaumiger Wirbel aus Federn, und die beiden anderen hatten Menschenleiber, Schwanenflügel und glatte Gesichter ohne Nase, Augen und Mund. Sie bestieg den Flaumgeist, und Ven und Renet folgten ihrem Beispiel und schwangen sich auf die beiden anderen Geister.

Während sie flogen, drang Naelin mit ihren Sinnen in die Geister von Aratay und bereitete sie auf den Kampf vor. Sie zog Baumgeister aus ihren Behausungen und sandte sie nach Norden, zur Grenze von Semo. Sie leitete Luftgeister hoch über das Blätterdach und ließ sie sich drehen, bis Wirbelwinde entstanden. Sie fütterte die Erdgeister, zog sie durch die Erde und die Felsen hindurch, bis sie kräftiger wurden, von ihrer Verbundenheit mit der Erde erfüllt. Die Geister saugten Naelins Zorn in sich auf wie ein Schwamm das Wasser, dennoch kam es ihr nicht so vor, als würde er sich verringern – stattdessen wuchs er nur noch und breitete sich über alle Geister Aratays aus, bis Naelin sie alle wie ein Feuer in den Adern spürte. Das Brennen dieses Feuers schmerzte, aber es war ein guter Schmerz.

Heute würden sie die Hauptstadt erreichen, und dann würde sie all dieses Feuer auf Semo richten.

In der Ferne sah Ven, wie sich Mittriel in all seiner Pracht über den Wald erhob. Die Bäume der Stadt waren weiße Türme, die sich durch das Grün der Kiefern und das Gold der Herbstblätter bohrten. Wasserfälle rauschten zwischen den Bäumen in die Tiefe, und Brücken, auf denen es nur so von Menschen wimmelte, spannten sich zwischen den gewaltigen Stämmen.

Wir können nicht einfach in die Stadt fliegen, dachte er. *Nicht ohne gesehen zu werden.*

Im Moment war das das Letzte, was sie wollten. Wenn auch nur die leiseste Chance bestand, dass Erian und Llor noch lebten, wie Naelin glaubte … und Ven wollte es ebenfalls glauben … dann könnte es die beiden gefährden, wenn Naelin und ihre Begleiter Aufmerksamkeit auf sich zogen. *Bis wir wissen, wer sie hat wegbringen lassen und warum, müssen wir vorsichtig sein.*

Er trieb den Geist an und versuchte, Naelin nahe genug zu kommen, um ihr etwas zurufen zu können. Sein Geist legte die Flügel an und schoss vorwärts, was Ven nach hinten riss. Er packte das Seil, das ihn festhielt, um nicht in die Tiefe zu stürzen, und schließlich schloss sein Geist zu Naelin auf.

Sie war ganz auf die Stadt vor ihnen konzentriert und schaute ihn nicht an.

»Naelin, wir müssen landen! Wir können nicht auf diese Weise in der Hauptstadt Einzug halten – wenn du auf dem Rücken von Geistern in die Stadt gerast kommst, werden alle erschrecken. Wir lösen eine Massenpanik aus!«

Sie warf ihm einen Blick zu, runzelte die Stirn und öffnete den Mund, als wolle sie sagen: *»Was?«*

Er deutete mit übertriebenen Gesten auf den Wald unter ihnen.

»Landen! Sofort!«

Das schien sie nun zu verstehen. Vens Geist verstand es ebenfalls und tauchte hinab, und Ven konnte nichts anderes tun, als sich an seinen Hals zu klammern, während er in die Bäume unter ihnen rauschte. Für einen kurzen Moment sah Ven das Gewirr von Brücken, da stürzte der Geist auch schon zwischen ihnen hindurch. »Lande!«, schrie er ihm zu. Er schlug auf den Hals des Geistes. »Lande, du dummes Ding!«

Er sah den Waldboden unter sich – und er kam näher, näher, näher … Der Geist schoss nach oben und glitt dann auf eine leere Brücke. Schnell löste Ven das Seil und sprang von seinem Geist herunter. Er warf dem Geist einen bösen Blick zu. Angesichts der Tatsache, dass der Geist keine Augen hatte, konnte Ven nicht erkennen, ob der Geist die vernichtende Wut seines Blickes auch gebührend zu würdigen wusste. »Dir sollte klar sein, dass ich ein Schwert habe«, ließ Ven das Ungetüm wissen, nur für den Fall des Falles.

Neben ihm stieg Renet mit weichen Knien von seinem eigenen Geist. »Ihm ist auch klar, dass Ihr in die Tiefe stürzen würdet, wenn Ihr ihn im Flug angreift.« Er knotete sein Sicherheitsseil auf und trat einen Schritt von seinem Geist weg. »Igitt, ich hasse diese Geschöpfe.«

Einige Meter von ihnen entfernt saß Naelin ab, tätschelte den gefiederten Hals ihres Geistes und hob dann die Hände. Auf ihren stummen Befehl hin flogen alle drei Geister in die Bäume hinauf.

»Gut, dass wir die los sind«, meinte Renet, und Ven war geneigt, ihm recht zu geben. Beim Reisen vertraute er viel lieber auf sein Glück und auf seine eigenen Fähigkeiten, als sich von einem Wesen abhängig zu machen, das ihn hasste. Das Einzige, was den Geist daran hinderte, ihn eine Meile hoch oben in der Luft einfach abzuwerfen, war Naelins

Gewalt über den Geist, und auch wenn Ven ihr vertraute, gefiel es ihm trotzdem nicht.

Er hatte ein ganzes Leben mit den Geistern als seinen Feinden verbracht, und das alles löste sich nicht einfach in Luft auf, nur weil es praktisch war, sich der verdammten Kreaturen bedienen zu können.

Ven sah Naelin stirnrunzelnd die Bäume mustern und die Entfernung zum Palast abschätzen, und es überraschte ihn nicht, als sie sich nun zu ihm umdrehte und mit scharfer Stimme fragte: »Warum haben wir hier haltgemacht?«

»Ich habe versucht, es dir in der Luft zu erklären, aber … Es gibt zwei Gründe dafür: Erstens, die Nerven der Menschen sind bereits zum Zerreißen gespannt. Würden sie sehen, wie ihre Königin Wochen früher als erwartet durch die Luft auf den Palast zugerast kommt, müssten sie denken, dass eine weitere Schlacht unmittelbar bevorsteht. Wir würden sie in Panik versetzen. Schlimmstenfalls einen Aufstand auslösen. Und bestenfalls Menschen erschrecken, die bereits genug Angst ausgestanden haben.« Er ließ den Blick über die nähere Umgebung wandern. Sie befanden sich in einem Außenbezirk der Stadt, einem ruhigen Wohnviertel. Zu dieser Tageszeit war es fast verlassen – die Kinder waren in der Schule und die Erwachsenen bei der Arbeit, in einer der Werkstätten oder im Palast oder sonstwo, um den Betrieb der Stadt am Laufen zu halten. Das Entscheidende jedenfalls war, dass sich niemand in der Nähe befand. *Gut.* Als er sich jedoch zu Naelin umdrehte, war es mit jedem Gefühl von Erleichterung vorbei. Da war etwas in ihren Augen. Dann traf ihn schlagartig die Erkenntnis.

Sie erinnerten ihn allzu sehr an die Augen eines Geistes.

»Zweiter Grund«, fuhr er leicht verunsichert fort, »wir wissen nicht, wer Erian und Llor entführt hat und was die betreffenden Leute wollen. Wenn die Kinder noch am

Leben sind, wissen wir also nicht, womit wir ihnen helfen können und wodurch wir sie nur noch weiter in Gefahr bringen.« Er dachte an Bayn. Zumindest durfte er hoffen, dass Bayn für sich selbst sorgen konnte. Was die Kinder betraf, besaß Ven diese Zuversicht nicht, erst recht nicht, solange sie sich in den Fängen der Geister befanden.

»Sie sind natürlich noch am Leben, und wir wissen selbstverständlich, wie wir ihnen helfen können, und außerdem stimmt es ja, dass eine weitere Schlacht unmittelbar bevorsteht«, versetzte Naelin schroff. »Sobald ich Königin Daleina informiert habe, werde ich mich auf die Jagd nach Königin Merecot von Semo machen und meine Kinder retten.«

Und genau das war es, wovor er Angst hatte. Oh, er hatte nicht genau gewusst, welche Gedanken ihr im Kopf herumgingen, aber er hatte die konzentrierte, kampfbereite Ausstrahlung bemerkt, die sie umgab. *Sie gibt also Merecot die Schuld* ... Angesichts all der Dinge, die sie mit Merecot erlebt hatte, konnte er Naelin keinen Vorwurf daraus machen, aber es gab keinerlei Beweis dafür. »Naelin ...«, setzte er erneut an.

»*Sie* steckt dahinter?«, fiel ihm Renet ins Wort. »Bist du dir sicher?«

»Ja. Die Geister stammten nicht aus Aratay.«

»Naelin ...«, versuchte Ven es noch einmal.

»Erzähl mir nicht, dass ich das nicht kann oder nicht tun sollte. Ich will es nicht hören. Ich habe ihr gegenüber Gnade walten lassen! Und so vergilt sie es mir?« Ihr Gesicht war gerötet, und ihre Fäuste waren geballt. Er ließ seinen Blick über die umstehenden Häuser schweifen und wünschte, dass sie dieses Gespräch weiter von der Hauptstadt entfernt geführt hätten. Gut war immerhin, dass sie in ihren Reisekleidern nicht aussahen wie eine Königin und ein Meister. *Wir sind einfach nur gewöhnliche Reisende, die ein hitziges Gespräch führen*, beruhigte sich Ven. *Hier gibt es nichts Besonderes zu sehen.*

»Ich sage dir nicht Nein oder Ja und will dir auch sonst nicht irgendetwas vorschreiben, meine Königin«, erwiderte Ven und hielt die Stimme ruhig und beschwichtigend. Doch innerlich hätte er am liebsten laut herausgebrüllt: *Nein!* Es gab keinen Beweis dafür, dass die Königin von Semo die beiden Kinder entführt hatte. Renthia hatte noch andere Länder mit anderen Königinnen. Allein die Tatsache, dass die Geister nach Norden geflohen waren, bedeutete noch nicht, dass Semo die Schuld an dem Geschehenen hatte – es bedeutete nur, dass der Norden der nächste Fluchtweg gewesen war.

Außerdem würde sie getötet werden, wenn sie ohne einen Plan nach Semo gestürmt kam. Er würde sie bis zum letzten Atemzug verteidigen, wenn es sein musste. Aber wie konnte er sie vor sich selbst schützen? »Ich sage nur, dass wir unsere Absichten nicht allen in Mittriel offen kundzutun brauchen. Begib dich zum Palast, als wäre alles in bester Ordnung. Sprich mit Königin Daleina. Und dann entscheiden wir, und zwar alle gemeinsam, wie es am besten weitergeht.«

Er war ziemlich stolz auf seine kleine Ansprache. Ein sehr wohlausgewogener und vernünftiger Ratschlag. Und hoffentlich würde Daleina in der Lage sein, Naelin zu bremsen. Zusammen würden sie sich für ein vernünftiges, machbares Vorgehen entscheiden können, das weder die Kinder noch Aratay oder seine beiden Königinnen in Gefahr brachte.

»Na schön«, knurrte sie. »Wir gehen zu Fuß. Einfach drei gewöhnliche Bürger an einem ganz gewöhnlichen Tag.«

Naelin schulterte ihr Bündel und marschierte über eine der Brücken.

Ven und Renet sahen ihr einen Moment lang nach. »Das nimmt keinen guten Lauf«, bemerkte Renet. »Ich weiß, wie sie sich fühlt – ich fühle mich genauso. Hilflos. Zornig. Aber so habe ich sie noch nie erlebt. Einmal vielleicht, als wir Ratten im Haus hatten. Da ist sie genauso entschlossen gewesen.«

»Ich nehme an, die Sache hat für die Ratten keinen guten Verlauf genommen.«

»Für das Haus aber auch nicht.«

Sie beobachteten sie noch ein Weilchen länger, bis sie sich umdrehte und ihnen einen Blick zuwarf. Der Blick sagte deutlicher als alle Worte: *Setzt euch endlich in Bewegung.* Also nahmen sie die Beine in die Hand und eilten hinter ihr her. »Wir werden ihr ein wenig Vernunft eintrichtern müssen«, erklärte Ven. »Sie handelt blind aus ihren Gefühlen heraus. Das wird Erian und Llor nicht helfen.«

»Auf mich wird sie mit Sicherheit nicht hören«, antwortete Renet. »Es liegt ganz bei Euch. Ihr seid es, dem sie vertraut. Zudem werdet auch nur Ihr zugegen sein, wenn sie sich mit Königin Daleina trifft.«

Ven musterte Renet. *Er hat recht.* Naelin hatte keine hohe Meinung von ihrem Exmann, und auch wenn sie es nicht laut ausgesprochen hatte, konnte die Tatsache, dass sie die Kinder ausgerechnet verloren hatten, während sie in Renets Obhut gewesen waren, nicht ohne Wirkung auf sie geblieben sein. *Auch mir hat sie noch nicht verziehen, dass ich die beiden nicht habe beschützen können. Allerdings habe ich mir selbst ja auch nicht verziehen.* Wenn er nur mit ihnen gegangen wäre … Wenn er sichergestellt hätte, dass sie das Dorf nicht verließen, statt ihnen zu erlauben, zu diesem verdammten Picknick in den Wald zu gehen … Wenn er Bayn nicht so viel Verantwortung übertragen hätte … *Oh, alter Freund, ich hoffe, du hast überlebt.*

Aber er wusste, dass es da nur sehr wenig Hoffnung gab. Niemand überlebte die ungebändigten Lande. Sie bedeuteten Tod, Zerstörung und rasenden Schmerz. Das hier war die Welt, und die ungebändigten Lande befanden sich *jenseits* aller Welt. Kein Mensch, kein Tier und kein Geist begaben sich jemals dorthin. Denn diese Grenze zu überschreiten bedeutete, niemals zurückzukehren. *Trotzdem, Bayn ist nicht wie andere Wölfe.*

Beinahe hätte er über seinen eigenen absurden Optimismus lachen müssen. »Entschuldigt bitte«, wandte Ven sich an Renet. »Es tut mir leid. Was passiert ist. Mit Erian und Llor.«

»Sie will nicht einmal über die beiden reden«, antwortete Renet.

Ven nickte. Das konnte er verstehen. Ihr eigener Schmerz war zu groß, als dass da noch Platz für Renets Schmerz gewesen wäre.

»Glaubt Ihr …« Renet versagte die Stimme. »Glaubt Ihr wirklich, dass sie noch leben könnten? Sie sind von Geistern fortgeschleppt worden. Wie könnte da … Ist es denn möglich …«

»Für Naelin ist es wichtig, dass ich daran glaube. Also tue ich es.« Zumindest würde er glauben, dass es möglich war, dass sie noch lebten.

Während des ganzen Weges zum Palast ließ er Renet reden, ihn eine Geschichte nach der anderen über Erian und Llor erzählen. Während er mit halbem Ohr zuhörte, hielt er den Blick auf Naelin gerichtet. Den Rücken durchgestreckt, das Kinn hoch erhoben und die Fäuste geballt, schritt sie vor ihnen her, und er fragte sich, ob er sie wohl daran würde hindern müssen, einen Krieg anzuzetteln, oder ob er ihr umgekehrt dabei helfen sollte, genau das zu tun.

Kapitel 8

Königin Daleina ließ den Kopf auf den wunderschönen Tisch herabsinken – ein Krönungsgeschenk der Königin der Inseln von Belene, aus seltenem Sukaholz gefertigt und mit eingelegten Perlmuttmosaiken verziert – und schlug sacht mit der Stirn auf die Tischplatte.

»Euer Majestät?«, fragte einer ihrer Minister zaghaft.

Sie hob nicht den Kopf. Das Perlmuttmosaik war so schön kühl. »Wie schlimm wird die Ernte genau ausfallen? Ungefähre Zahlen, bitte.«

Ein anderer Minister räusperte sich. »Wir haben im Nordwesten fünfundzwanzig Morgen in voller Reife stehender Bäume verloren, einhundertfünfzig Bäume pro Morgen. Der Sturm hat die Bäume so schlimm in Mitleidenschaft gezogen, dass die Früchte heruntergefallen sind. Die Erntekräfte haben gesammelt, so viel sie konnten, aber die Früchte waren größtenteils noch nicht reif, und der langfristige Schaden an den Bäumen selbst ... Nun, offen gesagt, er ist verheerend. Wenn Ihr Geister aussenden könntet, damit sie neue Bäume ...«

»Truchsess, setzt das bitte auf die Liste.« Sie hob den Kopf wieder. »Der Nächste?«

Der für das westliche Aratay zuständige Minister erhob sich. »Wie Ihr wisst, hat es auch beträchtliche Schäden infolge von Königin Naelins, ähm, Reaktion gegeben ...«

»Ja, ich weiß. Was benötigt Ihr?«

»Häuser. Als die Geister starben, haben wir viele Häuser verloren. Eurem Truchsess liegt unsere Liste mit den Hilfsanträgen vor, aber ich wollte mit Euch über das gegenwärtige Problem sprechen: In den letzten vierundzwanzig Stunden haben wir einen deutlichen Anstieg an Angriffen durch Geister zu verzeichnen. Das Verhalten der Geister war ungewöhnlich aggressiv, und es ist zu zahlreichen Verletzungen gekommen, einige davon ziemlich ernst. Verzeiht mir meine Dreistigkeit, Majestät, aber könnte es da womöglich einen kausalen Zusammenhang geben zwischen …«

Daleina fiel ihm ins Wort. »Ich werde der Sache nachgehen. Danke. Wenn das alles ist …« Sie sah ihren Truchsess an. *Bitte lass das alles sein.* Ihr Kopf dröhnte so heftig, dass sie meinte, ihr könne jeden Moment der Schädel zerspringen.

Die Minister setzten zu Protestrufen an, aber der Truchsess nickte, und damit war die Sitzung beendet. »Wenn Ihr mir jetzt bitte folgen wollt, meine Damen und Herren …« Er führte die Minister zur Tür des Ratssaals. Daleina erhob sich. Alle verneigten sich vor ihr, bevor sie einer nach dem anderen hinausgingen, und sie antwortete einem jeden von ihnen mit einem ernsten Nicken, von dem sie hoffte, dass es die Botschaft übermittelte: *Ich habe die Sache im Griff, und bald ist alles wieder gut.* Der Truchsess schloss die Tür hinter sich und ließ sie allein.

Sie sank wieder auf ihren Thron vor dem Mosaiktisch zurück, gestattete es sich aber nicht, sich auszuruhen. Stattdessen sandte sie ihre schmerzenden Sinne nach außen – wieder einmal –, um mit den Geistern um die Hauptstadt herum in Kontakt zu treten. Auch wenn sie Königin Naelins Gedanken nicht direkt vernehmen konnte, spürte sie doch die Spur der Erregung, die Naelin hinterließ. Diese

Frau war ein Sturm, der ohne jede Rücksicht auf den angerichteten Schaden durchs Land fegte.

Es gibt einen Grund, warum ich den Geistern keinen Zugang zu meinem Bewusstsein gewähre. Und das war nicht etwa mangelnde Macht oder Angst vor dem Tod, auch wenn diese Faktoren ebenfalls eine Rolle spielten. *Die Geister brauchen nicht jedes meiner Gefühle zu erfahren.* Sie hob die Stimme: »Truchsess?«

Er streckte den Kopf so schnell wieder in den Raum, dass sie wusste, dass er an der Tür gelauscht hatte. »Ja, Euer Majestät?«

»Sobald Königin Naelin im Palast eintrifft, sorgt bitte dafür, dass man sie zu mir geleitet.« Noch ein weiterer Gedanke ging ihr durch den Sinn: Es war möglich, dass Naelin als die Ältere nicht auf die Rügen einer jüngeren Königin hören würde. »Außerdem, könntet Ihr Direktorin Hanna aus der Nordost-Akademie bitten, sich zu uns zu gesellen?« Vielleicht konnte die Direktorin Naelin eine zusätzliche Ausbildung zuteilwerden lassen – Naelin war in einer Zeit der Not Königin geworden, hatte alle Lektionen in Magietheorie und Geschichte übersprungen und war stattdessen direkt zur praktischen Machtanwendung übergegangen. *Diesen* Teil hatte sie schnell zu meistern gelernt.

Zu schnell, fand Daleina.

»Und lasst bitte Heiler Hamon mit seiner Heilertasche kommen – aber jagt ihm keine Angst ein. Es ist nur ein Anflug von Kopfschmerzen. Vielen Dank.«

Er verneigte sich. »Ich werde Euch auch etwas zu essen und zu trinken bringen lassen, für Eure Gäste.«

»Ihr denkt an alles, Belsowik.« Sie nannte ihn absichtlich beim Namen – er bestand zumeist darauf, dass sie ihn nur mit seinem Titel anredete, gleichwohl wollte sie ihn wissen lassen, dass sie ganz speziell ihn zu schätzen wusste. Nicht einfach jedermann konnte so tüchtig und so gründlich sein wie er. »Eure Königin ist Euch sehr dankbar.«

Für ihr Lob wurde sie mit einem Erröten belohnt. Das hinderte ihn jedoch nicht daran, sie zu tadeln. »Meine Königin muss besser auf sich achtgeben. Für heute werden all Eure abendlichen Aktivitäten abgesagt, und Ihr werdet Euch erst einmal ausruhen, nachdem Ihr Euch mit Königin Naelin getroffen habt.«

Falls ich das kann, dachte sie. »Das werde ich tun«, versprach sie ihm.

»Ruht Euch jetzt schon einmal etwas aus.«

Gehorsam legte sie den Kopf auf den Tisch, die Arme unter ihrer Wange verschränkt. Dann schloss sie die Augen. Es kam ihr so vor, als wären nur wenige Sekunden vergangen, da spürte sie eine warme Hand auf der Schulter und öffnete blinzelnd die Augen – ihre Lider waren verklebt, und sie hatte einen Geschmack im Mund, als wäre er voller Spinnweben. Hamon stand neben ihr und zerdrückte Kräuter in einem Weinkelch. »Das wird dir helfen, einen klaren Kopf zu bekommen, aber danach musst du schlafen.«

»Mein Truchsess hat mir gesagt, das stehe auch auf meinem Terminplan.« Daleina fuhr sich mit der Zunge über die Zähne und strich sich durchs Haar. Dann nahm sie den Kelch von Hamon entgegen und trank. Es schmeckte wie Kiefernsaft mit einem Hauch von Apfelwein und Zimt, ganz und gar nicht wie Medizin. »Lecker.«

»Ein Trank, den meine Mutter gebraut hat.« Er hob die Hand, um jeder Bemerkung ihrerseits zuvorzukommen. »Ich habe ihn selbst probiert, und er hat keine außergewöhnlichen Nebenwirkungen. Er soll einfach nur deinen Kopf frei machen und vielleicht deine Sehkraft und deine Knochendichte ein wenig verbessern – es ist eine Reihe von Vitaminen darin.«

Sie trank auch den Rest. »Wie geht es ihr?« Eigentlich hätte sie fragen wollen: Wie geht es dir *mit* ihr? Hamon hatte eine angespannte Beziehung zu seiner Mutter. *Und das ist noch milde ausgedrückt. Wenn sie mir und Arin nicht das Leben gerettet hätte …*

Er lächelte, doch es war ein bittersüßes Lächeln. »Sie hat in letzter Zeit immerhin niemanden umgebracht. Oder wenn doch, dann ist sie noch geschickter darin geworden, die Leichen zu verstecken.«

»Du glaubst ihren Versprechungen nicht, dass sie sich zum Besseren bekehrt habe.«

»Nicht mehr, als ich glaube, dass ein Geist mein bester Freund werden kann.« Er nahm den leeren Kelch wieder an sich, dann beugte er sich nach kurzem Zögern zu ihr hin und küsste sie rasch auf die Wange.

Sie lachte. »Das soll ein Kuss gewesen sein?«

»Du sitzt auf dem Thron. Mehr schien mir da nicht angemessen.«

Daleina krallte die Finger in sein Hemd und zog ihn so schnell an sich heran, dass er auf die Knie fiel, dann küsste sie ihn gründlich. Er streichelte und liebkoste sie, bis ihnen beiden der Atem schneller ging und Daleina sich kein bisschen mehr müde fühlte.

Sie hörte, wie sich der Truchsess an der Tür räusperte, und Hamon sprang rasch auf die Beine. Er zog Daleinas Rock zurecht und glättete ihr Haar, dann strich er ihr ein paar lose Strähnen hinter die Ohren. Sie grinste ihn an und genoss noch für einen Moment seinen hübschen Anblick. »Danke für deine liebevolle Fürsorge, Heiler Hamon. Ich fühle mich schon viel besser.«

Noch einmal küsste er sie sanft. »Du hast gesagt, dass der Truchsess deine Termine für heute Abend von deinem Terminplan gestrichen hat?«

Ihr Lächeln wurde breiter. »Ja, ist das nicht schön?«

Er hob ihre Hand an die Lippen und küsste die Knöchel ihrer Finger. »Du bist schön.«

»Charmeur«, murmelte sie. Und dann verflog ihre gute Laune mit einem Schlag, als sie daran dachte, was sie erst noch hinter sich bringen musste, ehe sie frei hatte und wieder mit Hamon zusammen sein konnte.

Er bemerkte ihren Stimmungswechsel. »Daleina, was ist los?«

Kurz wanderten ihre Sinne durch den Palast und streiften die Gedanken der anwesenden Geister. Sie spürte, dass sie aufgewühlt waren wie das Wasser in einem Wasserfall. »Ich habe noch eine Begegnung vor mir.«

»Worum geht es?« Sie hörte die Sorge in seiner Stimme.

Sie schätzte, dass die andere Königin nur noch eine Treppe entfernt war, und spürte mehr, als dass sie es sah, dass die Kerzen im Saal heller aufflammten – eine Reaktion der Feuergeister auf Naelins Näherkommen. »Ich muss einer Mutter sagen, dass sie sich nicht so sehr wegen des Verschwindens ihrer Kinder grämen soll.«

Ihr Verschwinden und ihren nahezu sicheren Tod, dachte sie.

Er verließ sie mit einem letzten Kuss, und Daleina wartete auf ihrem Thron auf Naelins Eintreffen. Sie war sich des zweiten Throns neben ihrem nur zu bewusst. Ein Thron, auf dem Naelin seit Beginn ihrer ungewöhnlichen Doppelregentschaft erst wenige Male gesessen hatte. Es gab kein bekanntes Regelwerk, das geklärt hätte, wie man mit einer solchen Situation umzugehen hatte. Allen Überlieferungen zufolge hatte es etwas Ähnliches noch nie zuvor gegeben, und bis zu den jüngsten Ereignissen hatte Daleina den Eindruck gehabt, dass sie ganz gut damit zurechtkamen – zwei Königinnen zu haben hätte eigentlich auch doppelten Schutz für Aratay bedeuten sollen.

Jetzt wünschte sie, Naelin wäre einfach nur eine mächtige Thronanwärterin gewesen, der Daleina hätte befehlen können zurückzutreten, statt eine Königin. Sie würde sich nun auf Naelins Bereitschaft, mit ihr zusammenzuarbeiten, verlassen müssen, und darauf konnte sie nicht zählen. »Truchsess, könntet Ihr mir bitte helfen, die Schadensberichte auf dem Tisch auszubreiten und ebenso die Anfragen um Unterstützung?«

»Selbstverständlich, Euer Majestät.« Er kam herbeigeeilt und legte den Stapel Papiere vor sie hin. Sie stand auf und machte sich daran, die Blätter nebeneinander auf dem Tisch aus Holz und Perlmutt auszulegen. Häuser, Schulen, Werkstätten, Läden, Bibliotheken, Felder, Obstgärten, Brücken, Marktplätze ... Sie spürte Naelins Ankunft draußen vor der Tür – Baumgeister krochen über die Tür, als wollten sie sie in Stücke reißen. Sie hörte ihre Krallen über das Holz scharren.

Der Truchsess machte einen Satz vom Tisch weg, bereit, zur Tür zu eilen, aber Daleina legte ihm eine Hand auf die Schulter, um ihn aufzuhalten. »Ich habe den Verdacht, dass sie einen dramatischen Auftritt hinlegen wird. Es wäre mir lieber, wenn Ihr nicht verletzt würdet, Belsowik.«

Angespannt wartete er an ihrer Seite.

Die Tür, eine schwere Eichentür, sprang auf und krachte gegen die Wand. Geister huschten über die Wände und zur Decke hinauf, sie keckerten wie Eichhörnchen. Daleina ließ sie gewähren – sie hatte keine Angst, dass sie ihr etwas zuleide tun würden; schließlich waren sie auch ihre Geister, ganz gleich, wie stark die andere Königin war, und sie konnte ihnen Einhalt gebieten, wenn es sein musste.

Ich bin mir fast sicher, dass ich das kann ...

Eidechsenartige Feuergeister versengten die Holzdecke und tauchten dann in den kalten Kamin. Funken stoben auf, als sich die Eidechsengeister im Inneren krümmten und wanden. Ein Eisgeist in Menschengestalt, hochgewachsen und geschmeidig, eilte an der Decke entlang. Er ließ seine langen Finger über die Tischkante gleiten, so dass sich Eis in den Blumenmustern ausbreitete, dann wehte er zum Fenster hinüber und rollte sich auf dem Sims zusammen, fester, als das irgendein Mensch vermocht hätte. Dutzende von Baumgeistern, keiner größer als Daleinas Hand, huschten um ihre Füße herum.

»Geht«, befahl sie Belsowik.

Er eilte zur Tür hinaus. Sie wusste, dass er, zusammen mit den Wachen, direkt hinter der Tür stehen bleiben würde, bis sie ihn wieder hereinrief. Daleina nahm all ihre Kraft zusammen und stellte sich den Neuankömmlingen.

Ven zuerst: Er sah wettergegerbt aus wie ein altes Hemd, das beim Waschen allzu oft geschrubbt worden war. Sie fragte sich, ob er in den letzten Tagen überhaupt geschlafen hatte. *Wahrscheinlich nicht.*

Daleina trat zuerst auf ihn zu und umarmte ihn herzlich. »Meister Ven.« Dann drehte sie sich zu Naelin um. Für gewöhnlich war die andere Königin eher unauffällig und sah ganz wie die mütterliche Waldbewohnerin aus, die sie früher gewesen war – stämmig, nüchtern, vernünftig. Aber jetzt wirkte sie wild, fast animalisch. Ihr Blick flackerte unstet durch den Raum, hin zu den Geistern, zu den Papieren auf dem Schreibtisch, zum Feuer, das, gespeist von den Feuergeistern, jetzt plötzlich im Kamin brüllte. Ihr ungekämmtes Haar bildete einen wallenden Kranz um ihren Kopf, und sie hatte einen Rußfleck auf der Wange. Sie trug noch immer eines der weit geschnittenen Gewänder der Palasthöflinge, aber der Rock war zerrissen – *mit Absicht*, schoss es Daleina durch den Kopf, *damit er ihre Bewegungsfreiheit nicht einschränkt.* Sie war offensichtlich ohne alle weiteren Überlegungen vom Dorf direkt hierhergekommen.

Ich hoffe, dass das Volk sie nicht so gesehen hat. Das würde eine Panik auslösen. Nicht, dass sich Daleina sonderlich um Naelins Gewand oder um ihre Frisur scherte. *Es ist nur so, dass die Aufgabe der Königin manchmal darin besteht, Menschen das beruhigende Gefühl zu geben, nicht gleich heute sterben zu müssen.*

Doch in diesem Moment war rein gar nichts Beruhigendes an Naelin.

»Königin Naelin, ich bedaure Euer Leid zutiefst. Seid versichert, dass wir alles in unserer Macht Stehende tun werden, um Näheres über das Schicksal Eurer Kinder in Erfahrung zu bringen.«

Naelin machte Anstalten, sich zu verneigen, dann hielt sie inne, als erinnere sie sich plötzlich daran, dass das nicht mehr vonnöten war. »Vielen Dank, Euer Majestät. Ich zähle darauf.«

Daleina wusste nicht recht, was sie als Nächstes sagen sollte. Sie kannte die andere Frau nicht gut genug, um abschätzen zu können, was sie hören wollte, auch wenn sie durchaus abschätzen konnte, was sie wohl lieber nicht sagen sollte. »Ganz Aratay trauert mit Euch. In der Tat, ganz Aratay hat Euren Schmerz gefühlt.« Sie holte tief Luft – Naelins Gesicht war so ausdruckslos wie Stein. Wäre da nicht die Erregung der Geister gewesen, hätte Daleina nicht erkennen können, ob sie überhaupt irgendwelche Gefühle verspürte. »Ich weiß, Ihr habt einen schrecklichen Verlust erlitten …«

»Ich bin nicht in Trauer«, blaffte Naelin. »Es gibt keinen ›Verlust‹. Sie sind entführt worden.«

Daleina hatte genug Angriffe von Geistern miterlebt, um zu wissen, dass Geister keine Kinder entführten. Sie töteten. Aber wenn Naelin das Bedürfnis verspürte, das Geschehene zu leugnen, so war das in Ordnung. Schließlich hatte die Nachricht, die ihr Ven übersandt hatte, die Kinder als »vermisst« vermeldet, und sie beabsichtigte, das auch zu respektieren. »Wäre die Situation eine andere, würde ich nicht im Traum daran denken, Euch zu bitten …«

Von der Tür her ertönte Direktorin Hannas abgehackte, sachlich nüchterne Stimme: »Was unsere höfliche Königin Euch zu sagen versucht, ist: Es muss jetzt endlich Schluss damit sein.«

Sie kommt zum perfekten Zeitpunkt, dachte Daleina.

Naelin wirkte wie vor den Kopf gestoßen.

Daleina warf der Direktorin einen dankbaren Blick zu, als der Truchsess sie nun hereinrollte, um sich dann wieder zurückzuziehen. Seit dem Kampf mit Merecot waren die Beine der Direktorin gelähmt, und sie war zur Fortbewegung auf einen speziellen Stuhl angewiesen. Er war so gestaltet, dass man ihn auf Seilrutschen und an Flaschenzügen einhängen konnte, um ein Vorwärtskommen zwischen den Bäumen zu ermöglichen, außerdem war er mit herausklappbaren Rädern versehen, um auf dem Boden und über Brücken zu fahren. In diesem Stuhl wirkte Direktorin Hanna, als könne sie mehrere Dutzend Geister unter den Rädern zerquetschen, während sie zugleich in aller Seelenruhe unzähligen anderen den Kopf abschlug. Wie Daleina wusste, hatte Ven darauf bestanden, dass in den Armlehnen eine Reihe von Messern versteckt war. *Wir leben in schwierigen Zeiten*, war alles, was er dazu gesagt hatte.

Die ältere Frau war sehr förmlich und ernst gekleidet und trug ein schwarzes Gewand, das von einer Schließe an ihrem Hals zusammengehalten wurde. Ihr weißes Haar war zu einem Knoten aufgesteckt. Von Kopf bis Fuß sah sie ganz so aus wie die strenge Schullehrerin und Kriegerin, die sie auch war. »Selbst in Euren Träumen habt Ihr den Geistern Zugang zu Eurem Innersten gewährt«, fuhr Hanna fort, »und Eure Gefühle haben die Geister durchtränkt. Ganz Aratay leidet mit Euch. Als Königin seid Ihr mit den Geistern auf eine Weise verbunden, die anders ist als bei einer Thronanwärterin – die Geister nähren Euch, geben Euch die besondere Kraft einer Königin, aber Ihr habt umgekehrt auch großen Einfluss auf sie. Ihr müsst Euch vor ihnen verschließen, ehe Ihr noch größeren Schaden anrichtet. Ich werde Euch zeigen, wie Ihr das tun könnt.«

Naelin straffte die Schultern und schien sich zusammenzunehmen, und Daleina fragte sich, ob sie ablehnen würde. *Das kann sie nicht tun*, dachte Daleina, *und sie wird es auch nicht tun – nicht, sobald sie begriffen hat, was passiert ist.* Um das auch sicherzustellen, deutete Daleina auf den Tisch, bevor die andere Königin das Wort ergreifen konnte. »Ich habe Berichte aus ganz Aratay gesammelt, Naelin. Es hat Angriffe von Geistern gegeben. Menschen sind gestorben. Häuser und Ernten wurden zerstört.« Sie klopfte mit dem Finger auf die Liste und zeigte auf die Gebiete, die am schlimmsten betroffen waren. »Wenn wir zusammenarbeiten, können wir einen großen Teil des Schadens beheben, aber wir haben vor dem Winter nur begrenzt Zeit. Ich weiß, Ihr habt all dies nicht gewollt …«

Naelin unterbrach sie. »Ich habe meine Kinder retten wollen, und das wäre mir vielleicht auch gelungen, wenn Ihr Euch nicht eingemischt hättet.« Jedes Wort stieß sie abgehackt hervor, als halte sie ihren Zorn nur mühsam zurück.

Daleina zuckte zusammen. So hatte sie es noch nicht betrachtet – sie hatte versucht, eine Katastrophe zu verhindern, aber Naelin nicht davon abhalten wollen, ihre Kinder zu retten. Sie sah Ven an. Er wirkte besorgt, was kein gutes Zeichen war.

»Ihr wisst genauso gut wie ich, dass diese Geister aus Semo gekommen sind«, fuhr Naelin fort – falls sie die zwischen ihrem Meister und Daleina gewechselten Blicke bemerkt hatte, gab sie es jedenfalls nicht zu erkennen. »Sechs Luftgeister aus Semo – sie hätten keinen Grund gehabt, ohne Befehl nach Aratay zu kommen. Geister bleiben bei ihrer Königin. Was bedeutet, dass Merecot sie zu dem Angriff gezwungen hat …« Ihr versagte die Stimme, und sie schluckte, bevor sie fortfuhr: »Sie haben auf ihren Befehl hin gehandelt, was bedeutet, dass sie Erian und Llor entführt hat.«

Das war … möglich, vermutete Daleina. »Ich konnte von unseren Geistern nur in Erfahrung bringen, dass diese Geister vom Gefühl her irgendwie ›anders‹ waren«, antwortete sie daher irritiert. Sie war davon ausgegangen, dass es sich um wild gewordene Geister gehandelt hatte – es kam manchmal, wenn auch selten, vor, dass es einem Geist gelang, sich für kurze Zeit dem Willen seiner Königin zu entziehen und Tod und Verderben zu bringen. Wild gewordene Geister mussten häufig vernichtet werden, ungeachtet des Schadens, den das für das Land bedeutete. Genau das hätte sie womöglich auch getan, wäre Naelin bei ihr gewesen, um ihr zu helfen. Sie sprach den Gedanken aus. »Ich habe nach ihnen gesucht. Ohne Erfolg.« Tatsache war allerdings, dass sie angesichts all der anderen Krisen, mit denen man sie konfrontiert hatte – Krisen, die Naelin, wenn auch unbeabsichtigt, ausgelöst hatte –, dieser Suche weder so viel Zeit noch so viel Energie hatte widmen können, wie sie es gern getan hätte. »Die Sache ist nur die, dass wir nicht wirklich wissen, ob sie aus Semo stammen. Tatsächlich bezweifle ich stark …«

Naelin schüttelte den Kopf. »Sie spielen keine Rolle. Sie sind nur Marionetten mit Zähnen im Mund. Nur diejenige, die an den Schnüren zieht, zählt. Und wenn wir zusammenarbeiten, können wir sie stürzen und Erian und Llor retten, aber ich brauche Eure Hilfe, um ...«

»Nein«, sagte Daleina, so behutsam sie konnte.

Naelin prallte zurück, als hätte Daleina sie geschlagen.

Daleina streckte die Hand nach ihr aus und ließ sie dann wieder sinken. »Naelin ... Königin Naelin ...« Sie suchte nach den richtigen Worten. *Ich muss sie dazu bringen, dass sie endlich versteht!* »Ich weiß, dass Ihr schlimmen Kummer erduldet, aber wir müssen an ganz Aratay denken. Einen Krieg gegen Semo vom Zaun zu brechen ...«

»Nur gegen seine Königin.«

Kopfschüttelnd versuchte Daleina, so bestimmt wie möglich zu klingen. »Ihr könnt eine Königin nicht angreifen, ohne ihr Land anzugreifen. Unschuldige werden sterben, und Ihr habt keinerlei Beweis, dass sie hinter dem Ganzen steckt.« Und Daleina bezweifelte stark, dass es einen solchen Beweis überhaupt geben konnte. Wenn Merecot Geister ausgeschickt hatte, um die Kinder der Königin anzugreifen, so war das eine dumme Unternehmung gewesen – und Merecot war vieles, aber »dumm« war sie ganz gewiss nicht. Sie war durchtrieben, hinterhältig und erbarmungslos ehrgeizig, aber nie dumm.

Sie sprach es äußerst ungern aus, aber das einzige Wesen, das im Moment dumm handelte ...

»Natürlich steckt sie dahinter!«, rief Naelin. »Sie hatte ein Motiv! Jede Menge sogar. Rache und Ehrgeiz.« Bei jedem ihrer Ausbrüche stürzten sich die Geister mit Feuereifer auf die Decke und nagten an dem Holz. Ranken schossen aus dem Gesims und wanden sich um die Wandleuchter. Feuergeister jagten in ihren Flammen im Kreis herum und ließen Funken auf den Boden regnen.

Daleina sandte ihnen beschwichtigende Gedanken zu

und versuchte, sie zu beruhigen. Das war jedoch nicht einfach, da sie ihre Gedanken leise und unauffällig halten musste, um Naelin nicht noch weiter aufzubringen. »Motive sind keine Beweise, und ich kann keinen Angriff gutheißen, der ...«

»Ihr könnt ihn nicht verhindern«, warnte Naelin. Oder vielmehr sie *drohte* ihr.

Daleina richtete sich kerzengerade auf, das Kinn erhoben, die Haltung so königlich, wie sie es überhaupt zuwege bringen konnte. Sie mochte nicht so mächtig sein wie Naelin, aber sie wusste, was es bedeutete, bedroht zu werden, und sie würde niemandem gestatten, ihr gegenüber einen solchen Tonfall anzuschlagen.

Ven spürte die im Raum liegende Spannung und legte Naelin die Hand auf den Arm. »Naelin, tu das nicht. Du würdest Aratay in einen Bürgerkrieg stürzen. Unschuldigen Menschen den Tod bringen.«

Naelin trat einen Schritt von ihm weg. »Du auch?«, flüsterte sie. »Du gibst alle Hoffnung auf, sie zu retten? Nur weil du die Konsequenzen fürchtest?«

Daleina wünschte, sie könnte sie trösten. *Das alles muss ihr wie ein Verrat vorkommen. Wir alle gegen sie.* Aber Daleina konnte nicht zulassen, dass die andere Königin einen Krieg anzettelte. *Wir haben uns noch nicht einmal von der letzten Schlacht erholt.* Der Wald litt noch immer unter den Narben.

Und Naelins wegen litt er jetzt nur noch mehr.

Direktorin Hanna schnalzte missbilligend mit der Zunge. »Ihr würdet durch einen solchen zum Scheitern verurteilten Versuch, Eure Kinder zu retten, die Kinder anderer töten. Ihr habt keinen Beweis dafür, dass Eure Kinder überhaupt noch am Leben sind, geschweige denn, dass sie sich bei der Königin von Semo befinden.«

»Sie leben noch! Und wir können unser Volk beschützen, wenn wir zusammenarbeiten«, rief Naelin mit schriller Stimme. Daleina musterte die immer noch erregten Geister an der Decke mit besorgten Blicken. »Ihr könnt Aratay verteidigen, während ich Merecot angreife.«

»Gehen wir mal davon aus, du greifst an und gewinnst auch«, schaltete sich Ven ein. »Was ist, wenn Merecot doch nicht dahintersteckt? Was ist, wenn du sie umbringst und Erian und Llor nicht bei ihr sind – niemals bei ihr gewesen sind? Was, wenn der Angriff auf sie dich davon abhält, denjenigen zu finden, der in Wirklichkeit dafür verantwortlich ist?«

Während sie den Geistern weiterhin beschwichtigende Gedanken zukommen ließ, übernahm nun wieder Daleina: »Ihr müsst einen Moment innehalten, die Lage abschätzen, und dann – wenn die unmittelbare Krise vorüber ist und wir genau wissen, wer an alledem schuld ist –, dann werden wir handeln. Gemeinsam. Ich schwöre es. Wir werden Eure Kinder nicht vergessen. Aber zuallererst tragen wir die Verantwortung für *alle* Kinder Aratays.«

Ven ergriff Naelins Hände. »Wenn es kein völlig willkürlicher Angriff oder ein wild gewordener Geist war, dann werden wir herausfinden, was es damit auf sich hat, und uns schnappen, wer auch immer dahintersteckt. Das schwöre auch ich dir.«

Direktorin Hanna kam herbeigerollt und blieb vor den beiden Thronen stehen. Ihr Rücken war durchgedrückt, ihr Kinn hoch erhoben, und für einen Moment fühlte sich Daleina wieder so wie vor Jahren, direkt vor ihrem Eintritt in die Akademie – als kenne die Direktorin alle Antworten. »Sobald ich Königin Naelin die Ausbildung habe zukommen lassen, die sie benötigt, will ich als Botschafterin nach Semo gehen. Es ist höchste Zeit, eine Ebene des vernünftigen Dialogs zwischen Semo und Aratay zu finden. Wenn ich dort bin, werde ich mich auf die Suche nach Beweisen machen, ob Königin Merecot irgendetwas mit dem Angriff auf Bayn und die Kinder zu tun hat.«

Das war nun wirklich nicht das, was Daleina von ihr zu hören erwartet hatte. Sie starrte die Direktorin an – jene Frau, die ihr ganzes Leben ihren Schülerinnen gewidmet hatte, um künftige Thronanwärterinnen auszubilden; jene Frau, die bei der Verteidigung dieser Schülerinnen bleibende Schäden davongetragen hatte. »Ihr würdet das tun? Aratay verlassen? Aber die Akademie …«

»Wird auch ohne mich bestens zurechtkommen«, sprach Hanna ihren Satz zu Ende. »Und mir wäre eine Veränderung ganz lieb. Wenn man noch die Tatsache hinzunimmt, dass ich Merecot als Schülerin gekannt habe, lässt sich, glaube ich, sagen, dass ich die ideale Wahl für diese Aufgabe bin.«

Daleina dachte darüber nach und ging im Kopf schnell die Vor- und Nachteile durch – Hanna war hier von sehr hohem Wert, sowohl wegen ihrer großen Erfahrung an der Akademie als auch wegen ihrer stets so klugen Ratschläge. Sie war eine der wenigen unter ihren Verbündeten, die über alles Bescheid wusste, was Daleina getan hatte, sowohl über das Gute wie über das Schlechte, und Daleina vertraute ihr vorbehaltlos. Sie würde es vermissen, eine derart vertrauenswürdige Freundin in der Nähe zu haben. Und wenn Merecot tatsächlich vorhatte, Aratay zu schaden, würde Daleina die Direktorin zudem mitten in die Gefahrenzone schicken. Andererseits kannte und respektierte Merecot die Direktorin, jedenfalls soweit sie überhaupt irgendjemanden respektierte, und Direktorin Hanna machte sich auch keine Illusionen, was Merecots Charakterschwächen betraf. Hanna kannte die Geschichte der verschiedenen Länder, besaß ein ausgeglichenes Temperament, war diplomatisch und würde, kurz gesagt, eine ideale Botschafterin abgeben.

Es könnte genau das Richtige sein, um einen friedlichen Dialog zwischen beiden Ländern in Gang zu …

Die Feuergeister verließen unter Knistern und Knacken den Kamin, als Naelin nun ihre Stimme zu einem Schreien erhob: »Meine Kinder leben noch! Und sie sind in Gefahr! Und Ihr redet von Botschaftern und Ernten und … versteht Ihr denn nicht? Wir müssen jetzt handeln, ehe es zu spät ist!«

Daleina spürte den Schmerz, den Naelin ausstrahlte, in die Geister hineinfließen. In dem Versuch, diese Flut einzudämmen, sandte sie ihre Botschaft in die wirbelnden Gedanken der Geister. *Beruhigt euch! Bleibt ganz ruhig! Ihr dürft nicht …*

Aber sie heulten auf, mitten aus dem tiefsten Schoß der Erde heraus.

Sie spürte, wie sie in Bewegung gerieten, um sich griffen, ihre Krallen in den Untergrund gruben, schrien.

Und dann kam das Erdbeben.

HALT!

Naelin hörte, wie das Wort in ihr aufstieg – aber sie konnte es nicht aussprechen. Hatte die Macht erst einmal aus ihr zu fließen begonnen, strömte sie rasch immer schneller und schneller, bis sie zu einer Flut wurde. Sie spürte, wie sie gegen die Geister krachte, die ihr am nächsten waren, spürte deren Schreie und merkte, wie der Untergrund in Bewegung geriet, als sich nun sämtliche Erdgeister unter der Stadt gleichzeitig krümmten und aufbäumten.

Erst jetzt rief sie ihnen zu: *Nein! Halt!*

Aber es blieb ohne Wirkung.

Sie zog und zerrte an ihrer Macht, versuchte, sie wieder unter Kontrolle zu bekommen, doch nun begann der Thronsaal um sie herum zu beben. Sie fiel auf die Knie. Vage war sie sich der anderen bewusst, wie sie aufschrien, zu Boden stürzten. Kacheln lösten sich von den Wänden und zersprangen. Ein Kronleuchter fiel von der Decke und traf den Tisch aus Holz und Perlmutt in der Mitte – der Tisch zerbrach in zwei Hälften.

Ich kann nicht aufhören. Ich weiß einfach nicht, wie!

Sie tat Menschen weh. Verletzte sie schlimm. Menschen würden sterben. Unschuldige. Sie sah im Geiste die Papiere vor sich, die Daleina ihr gezeigt hatte, Listen, die sie kaum eines Blickes gewürdigt hatte. *Ich greife mein eigenes Volk an!*

Ich bin schlimmer als Merecot.

Sie spürte, wie sich die Wogen des Zorns in ihr nun nach innen richteten.

Sie verdiente es nicht ... konnte doch nicht einfach ... Bevor sie den Gedanken hatte zu Ende denken können, spürte sie Arme um sich, warm und vertraut. Sie fühlte Vens Atem in ihrem Haar, als er ihren Namen flüsterte, fühlte, wie er ihr den Rücken streichelte, sie sanft hin und her wiegte, wie ein Kind, das einen Albtraum gehabt hatte – so, wie sie selbst spätnachts Erian und Llor in den Armen gewiegt hatte, wenn sie schweißdurchnässt aufgewacht waren und nach ihr geschrien hatten.

Nur seine Arme und das Flüstern ihres Namens, wieder und wieder.

Naelin erschauderte, und keuchend riss sie sich für einen Moment zusammen – lange genug, um einen Blick um sich werfen zu können.

»Was habe ich getan?«

»Befehlt ihnen, damit aufzuhören!«, blaffte Daleina. »Helft mir!«

Neben sich hörte sie Direktorin Hanna ruhig und in sachlichem Tonfall sagen: »Ihr müsst eine Mauer in Euch errichten. Stellt sie Euch so deutlich vor, als befände sie sich direkt vor Euch. Jeden einzelnen Ziegelstein. Jede Ritze dazwischen. Gießt den Mörtel darüber. Streicht ihn glatt.«

Sie befolgte, was die Direktorin sagte.

»Denkt an nichts anderes als an die Mauer. Spürt die Vertiefungen in den Ziegelsteinen. Riecht den Lehm. Legt nun, Reihe um Reihe, Eure Mauer um Euer Bewusstsein. All Eure Gedanken und Gefühle bleiben im Inneren. Erlaubt keine Öffnung, keinen Einfall von Sonnenlicht, auch nicht den leisesten Windhauch – baut sie höher, so hoch, wie es notwendig ist.«

Naelin baute im Geiste, Stein für Stein. Es fiel ihr nicht schwer – sie besaß durchaus die nötige Macht dafür –, doch es war trotzdem anstrengend, so harte Arbeit, als baue sie tatsächlich eine Mauer. Sie plagte sich, und der Schweiß rann ihr übers Gesicht.

Ven murmelte ihr etwas zu, doch sie hörte ihn nicht. Sie sah nur die Ziegelsteine. Spürte nur sie unter den Fingern. Sie goss im Geiste den Mörtel hinein, dick, damit nichts durch die Mauer hindurchgelangen konnte. Sie sperrte das Sonnenlicht aus, sie dämmte die Flut, sie schottete sich ganz im Inneren der Mauer ab.

Und dann öffnete sie die Augen.

»Es tut mir leid«, sagte sie leise.

Ven küsste sie auf die Stirn, die feucht vor Schweiß war. »Wenn sie noch leben, werden wir sie finden. Irgendwie. Ich verspreche es. Aber du musst sicherstellen, dass sie auch ein Zuhause haben, in das sie zurückkehren können.«

Drei Minuten vor dem Erdbeben und in einem anderen Flügel des Palastes maß Arin, Königin Daleinas Schwester, einen Teelöffel Ervosaft ab. Sie goss die Flüssigkeit in das Reagenzglas und atmete durch. *Jetzt zum heiklen Teil.* Sie musste genau drei Tropfen hinzufügen, nicht mehr und nicht weniger, und das in Intervallen von jeweils fünf Sekunden zwischen den einzelnen Tropfen. Nur so würde sich das Ganze in der richtigen Geschwindigkeit mischen. Alle Zutaten mussten in einer speziellen Reihenfolge und zum jeweils richtigen Zeitpunkt gemischt werden, sonst würde das Mittel an Wirksamkeit verlieren. Sie hatte zuvor bereits einmal ein nicht ganz optimales Elixier gemischt, und jetzt hüpfte im Palastgarten ein Frosch mit gelb-lila Fell herum.

Richtig gemischt, sollte dieses Gift in der Lage sein, einem Geist die Haut vom Leib zu ziehen.

Falsch gemischt waren die Ergebnisse … nun ja, weniger beeindruckend. Und pelziger. Das Mittel war ihr eigenes Gebräu, angefertigt unter der Leitung von Lehrmeisterin Garnah. Arin hatte schnell Fortschritte gemacht, die über die bloßen Grundlagen hinausgingen, und in ihrem Studium mehr und mehr ihre eigene Richtung eingeschlagen. Sie hatte kein Interesse daran, eine Giftmischerin wie Lehrmeisterin Garnah zu werden, aber sie war in hohem Maße an Pulvern und Elixieren interessiert, die eine Wirkung auf Geister ausüben konnten.

»Langsam und gleichmäßig«, riet ihr Lehrmeisterin Garnah. »Betrachte es als einen Tanz, mit einem Partner, der dich vielleicht oder vielleicht auch nicht tötet, wenn du ihm auf die Füße trittst.«

»Klingt nach einem Tanz, den man vernünftigerweise lieber ausschlägt.« Arin tauchte die Pipette in das destillierte Wasser und bereitete sich darauf vor, die erste Ingredienz hinzuzufügen – Wasser, für sich allein genommen, wirkungslos, aber Träger aller anderen flüchtigeren Inhaltsstoffe.

»Ach, aber es ist der aufregendste und schönste Tanz,

den es gibt! Wenn du ihn nicht tanzt, hast du nicht gelebt.«
Lehrmeisterin Garnah hielt die Arme ausgestreckt, als
hielte sie einen unsichtbaren Partner umfangen, und wirbelte durch den Raum. Sie tänzelte an den anderen Tischen
vorbei, an dem Haufen mit allem möglichen Zubehör und
an dem Stapel toter Frösche. Sie hatten mit Ratten als Ver-
suchsobjekten begonnen, aber Lehrmeisterin Garnah hatte
die Mittel auch an Tieren erproben wollen, die keine Säu-
getiere waren. »Der Tanz mit dem Schicksal! Oder mit dem
Tod. Der Unsterblichkeit. Was auch immer. Such dir etwas
Poetisches aus.« Garnah rauschte an Arin vorbei und rief:
»Drei Tropfen, meine Liebe!«

Arin hielt die Pipette über das Reagenzglas und fügte
drei Tropfen hinzu. Dann ging sie weiter zum nächsten
Bestandteil, der dafür bekannt war, äußerst explosiv zu
sein. Fünf Tropfen. *Fast fertig.*

Die letzte Ingredienz.

Sie spürte das Rumoren unter ihren Füßen, dann begann
der Tisch zu zittern. Ihre Hand mit dem letzten hinzuzu-
fügenden Wirkstoff in der Pipette erbebte.

Glasröhrchen und Flaschen klirrten gegeneinander. Eine
Schale rutschte vom Tisch, und die Flüssigkeit ergoss sich
über den teuren Teppich. Arin spürte ein Zerren an ihrem
Arm, als Lehrmeisterin Garnah sie wegzog. Sie drehte sich
um und rannte los, während der Untergrund hin und her
schwankte und bebte.

Lehrmeisterin Garnah stieß einen der anderen Tische
um und zog Arin zusammen mit sich dahinter. »Runter!«

Arin gehorchte und hockte sich hin, während die Welt
ringsum bebte und zitterte. Risse taten sich in den Wänden
auf, und ein Geräusch ertönte, als würde der ganze Palast
auseinanderbrechen …

Peng!

Die Essenz explodierte, und die Glasscherben schlugen gegen die Wände. Arin sah, wie sie sich über ihrem Versteck in das Holz bohrten.

Und so plötzlich, wie es begonnen hatte, endete das Erdbeben wieder.

Alles lag still.

Arin starrte auf die Glassplitter, die in der Wand steckten.

Lehrmeisterin Garnah stand auf und klopfte sich die Knie ab. »Sehr anregend«, bemerkte sie. »Komm, du musst noch schneller lernen. Es gibt noch viele weitere Mixturen, die du kennenlernen solltest.«

»Aber das Erdbeben …« Sie musste sich vergewissern, ob es Daleina auch gut ging. Hatten die Geister das Erdbeben verursacht? Was war passiert? Hatte es einen Angriff gegeben? Wieder von Seiten Semos?

»Mittel und Tränke«, sagte Lehrmeisterin Garnah und kletterte über einen umgekippten Stuhl. Glas knirschte unter ihren Schuhen. »Wir haben keine Zeit zu verschwenden. Verstehst du denn nicht?«

»Was soll ich verstehen?« Arin kletterte hinter dem Tisch hervor und machte sich daran, die zerbrochenen Flaschen einzusammeln. Allerlei Pulver hatten sich auf dem Boden verteilt – sie waren jetzt nicht mehr zu gebrauchen. *Ich brauche einen Besen.*

»Eine Königin ist eigentlich dazu da, uns zu beschützen«, erklärte Lehrmeisterin Garnah. »Und eine zufriedene, in sich gefestigte Königin macht auch genau das. Aber eine Königin des Kummers … Du musst schnell lernen, Mädchen. So schnell wie nur möglich solltest du in der Lage sein, ganz allein auf dich aufzupassen« – sie zog eine Glasscherbe aus der Wand und winkte damit in Arins Richtung –, »oder du wirst in Stücke gerissen. Also – lass die Sauerei hier einfach Sauerei sein und mach dich ans Lernen!«

Kapitel 9

»Ihr müsst über und über mit Diamanten beladen sein, meine Königin. So verlangt es die Tradition«, erklärte die Hofdame. Merecot hatte sich nicht die Mühe gemacht, ihren Namen in Erfahrung zu bringen, aber die Dame trug eine Reihe von Juwelen an der Ohrmuschel, und goldene Strähnen waren in ihr Haar eingeflochten. »Wenn Ihr mir gestatten wollt ...«

Merecot wedelte mit der Hand. »Überladet mich, so viel Ihr wollt.«

Vorsichtig näherte sich ihr die Dame, und Merecot hätte am liebsten die Zähne gebleckt und sie angeknurrt, nur um zu sehen, ob sie zusammenzucken würde. Aber sie widerstand dem Drang, schließlich war sie kein fünfjähriges Kind mehr. *Ach, aber es ist doch allzu verlockend!* Merecot unterdrückte ein Grinsen, hielt vor dem Spiegel still und ließ sich von der Hofdame Ketten um den Hals legen, die Arme von oben bis unten in Armbänder hüllen und Juwelen in ihr schwarzes Haar flechten. Während sie ihre Königin schmückte, begann die Hofdame mit wachsendem Selbstbewusstsein über die jeweiligen Juwelen zu plaudern. »Diese Kette wurde der Krone von der Stadt Erodale geschenkt, das war während der Herrschaft von Königin Eri von Semo. Meisterjuwelier Hoile hat sie in seinem letzten Lebensjahr geschaffen. Es heißt, sein Augenlicht sei damals zurückgekehrt, nachdem er zuvor erblindet war, und er hätte die Kraft seiner Hände für genau die Zeitspanne zurückerlangt, die er brauchte, um die sechsunddreißig Blütenblätter in der Form einer vollkommenen Rose zu formen. Als er fertig war, trug er sein Meisterwerk zur Königin und präsentierte es ihr. Als sie es um den Hals legte, kehrte seine Blindheit zurück, seine Hände begannen wieder zu zittern, und sein Herz versagte ihm den Dienst. Er starb zu ihren Füßen.«

Sie hatte für jedes einzelne dieser albernen Schmuckstücke eine solche Geschichte parat.

Merecot hätte ihr Schweigen geboten, doch sie kannte eine bessere Methode, ihre Geschichtsstunde zu schwänzen. Statt dem Geplapper der Hofdame zu lauschen, stahl sie sich also mit ihren Sinnen hinaus aus ihren Gemächern, hinaus aus dem Palast und über die Berge, hüpfte von Geist zu Geist, wie ein Stein über die Oberfläche eines Teichs springt.

Sie sandte ihr Bewusstsein noch weiter aus, über die Grenze hinüber nach Aratay. Die meisten Königinnen hätten nicht die geistige Kraft besessen, diese Entfernung zu überwinden. *Aber andererseits kommen die meisten Königinnen noch nicht einmal entfernt an mich heran.* Das unangenehme Gefühl, sich so dünn zu machen und sich so weit auszubreiten, dass sie die Wälder Aratays streifen konnte, hatte für Merecot zugleich auch etwas seltsam Tröstliches.

Nicht, dass ich die Wälder vermissen würde. Das war nicht der Fall. *Überall ist es schattig. Man muss sich immerzu Sorgen machen, dass diese dummen Brücken einstürzen könnten.* Sie war genug Leitern hinaufgestiegen und war an genügend lächerlichen Seilen herabgebaumelt, dass es für mehrere Leben reichte. Außerdem hatte sie zwischen diesen Ästen ihre schlimmsten Erinnerungen zurückgelassen, und sie bedauerte das keine Sekunde lang. Aber sie hatte den Großteil ihres Lebens über dem Waldboden verbracht, mit

Blättern über ihrem Kopf, und manchmal war es seltsam, ihre Füße auf dem Boden zu spüren und den freien Himmel über sich zu sehen, ohne dass da etwas Braunes oder Grünes den Blick auf die Sonne versperrte. Und die Berge – oh, die herrlichen Berge! Sie waren der Grund, warum sie Semo gewählt hatte und nicht das flache Ackerland von Chell, die eisigen Gletscher Elhims oder die ständige salzdurchtränkte Schwüle der Inseln von Belene.

Die Berge waren Fäuste, die sich gen Himmel reckten, großartige Gesten, die der Welt ihr »Wir gehören euch nicht!« entgegenriefen. Ihre Lieblingsgipfel lagen im Westen, mit ihren spitzen Kämmen und steilen Felswänden, aber sie bewunderte auch die Berge im Süden mit ihren Felsen, die eine ganze Stadt zerquetschen konnten. Und sie bewunderte die Menschen, die in ihnen lebten, die ihr Leben den steinigen Felshängen abtrotzten und ein ärmliches Dasein fristeten, indem sie sich von den Pflanzen und Tieren nährten, die zäh und genügsam genug waren, um dort überleben zu können.

Ich passe gut hierher, dachte sie.

Wenn es nur keine Geister gäbe, die versuchen, alles zu zerstören, das schön und gut ist.

Merecot flog mit dem Wind über einen schneebedeckten Gipfel und schwebte dann auf der anderen Seite hinab. Sie war sich ihres Körpers nur vage bewusst, daheim in ihren Gemächern, wo die Hofdame ihr Haar neu flocht, damit noch mehr Diamanten hineinpassten, die aus den Tiefen der Berge geschürft worden waren.

Ein Schaudern überlief Merecot, und sie strengte sich noch stärker an, ließ ihr Bewusstsein über die Geister Aratays streichen, die sich so seltsam *anders* anfühlten. Sie bewegten sich wie Insekten durch ihre Gedanken und verursachten ihr einen Juckreiz, bis sie schließlich die Sinne von Geistern berührte, die sich vertraut anfühlten. Sie hatten sich in den Schatten versteckt, wo die Geister von Aratay sie nicht bemerken würden – die Berührung ihrer Geister war ein Gefühl, als atme sie frische Bergluft ein.

Ihre Geister, die, die sie in den Wald ausgesandt hatte.

Und das mit einer ganz bestimmten Aufgabe.

Sie berührte sie in Gedanken. *Seid ihr erfolgreich gewesen?*

Die Bilder waren verschwommen … goldene Bäume, blauer Himmel … und dann ein Wolf, der mit den Kindern der Königin durch den Wald lief … und dann ein Wolf, der allein davonlief …

Habt ihr sie gefangen?

Habt ihr ihn getötet?

Von der anderen Seite der Grenze aus war es schwierig, das Gewirr der Erinnerungen der Geister zu durchdringen. Aber dann sah sie ein Bild, so scharf, als hätte sie das Geschehnis selbst direkt vor ihren Augen: Der Wolf lief allein in die ungebändigten Lande hinein.

Merecot lachte laut auf. Von fern hörte sie die erschrockene Hofdame sprechen, aber ihr Bewusstsein war zu weit entfernt, um verständliche Wörter zu vernehmen. Sie spürte die Verwirrung der Geister, dann Enttäuschung, dann Angst. Angst vor Merecots Zorn über ihr Versagen.

Sie tröstete sie. *Aber ihr habt nicht versagt!* Sicher, der Beschützer der Königinnen war nicht tot, wie sie es befohlen hatte, aber letztlich hätte er genauso gut auch tot sein können. Er konnte nicht aus den ungebändigten Landen zurückkehren, nicht aus eigener Kraft. *Er ist so gut wie tot. Aber was ist mit den Kindern?*

Die Geister wuselten verwirrt durcheinander. Sie wussten es nicht. Sie … Merecot begriff plötzlich, dass sie nur mit *vier* Geistern in Kontakt war. *Wo sind die beiden anderen?*

Im Norden, lautete die Antwort.

Merecot erteilte ihren vier Geistern den Befehl, nach Hause zurückzukehren, heimlich und vorsichtig, dann lenkte sie ihre Gedanken wieder über die Grenze, über die Berge Semos, zu der Burg. Sie erstreckte ihre Sinne über das Land und fand die beiden fehlenden Geister. Zusammen mit ihrer Beute befanden sie sich nicht nur in ihrem Land, sie kamen auch schnell näher.

Fast schon da!

Sie zog ihre Sinne ab und kehrte ruckartig wieder in ihren Körper zurück. Dann schlug sie die Hände der Hofdame zur Seite. »Das reicht«, knurrte sie sie an. Merecot schaute starr in den Spiegel. Sie glitzerte über und über. Tatsächlich sah sie so aus, als wäre sie in ein Fass mit Glasscherben gefallen.

»Geht jetzt. Und schickt Jastra zu mir.«

Sie schritt im Raum auf und ab, was in all den vielen Schichten zeremonieller Röcke keine einfache Leistung war. Der bauschige Stoff raschelte und rauschte, während sie in einem engen Kreis in der Mitte ihrer Gemächer auf und ab ging. *Bin ich bereit? Ich muss bereit sein!*

Kurze Zeit später schwangen die Wachen die Türen auf, und Jastra trat ein. Auch sie hatte sich für das Herbstfest angekleidet und war geschmückt mit Rubinen, Smaragden und Saphiren – Edelsteine galten als Früchte der Erde, passend zum Fest der echten Früchte der Erde und des Feldes. Jastra trug nicht weniger als sechs Halsketten, zudem einen Saphir von der Größe von Merecots Faust, der auf ihrem Scheitel saß. Er hob sich strahlend blau von Jastras dünnem weißem Haar ab.

»Meine Liebe, Ihr seht wunderhübsch aus«, sagte Jastra. »Ihr gereicht unserem Volk zur Ehre.«

»Lasst uns allein«, befahl Merecot den Höflingen und den Wachen.

Die Höflinge verneigten sich und eilten hinaus, und die Wachen schlossen die Türen hinter sich. Jastra schnalzte mit der Zunge. »Ihr macht einen nervösen Eindruck. Dazu gibt es keinen Anlass. Auf beiden Seiten von Euch wird einer der höfischen Historiker stehen, und sie werden Euch all die rituellen Formeln vorsagen. Sie kennen sie rückwärts, vorwärts und auf den Kopf gestellt. Manchmal kommt es mir so vor, als wären sie schon mit all dem Wissen geboren ...«

Merecot schüttelte den Kopf und strahlte Jastra an. Sie war nicht nervös. Ihr war nach Tanzen zumute. Schließlich packte sie die Hände ihrer Mentorin und drückte sie aufgeregt. »Der Beschützer ist fort, und unsere Gäste sind fast da!«

»Großartig!«, rief Jastra und strahlte sie mit liebevollem Elternstolz an. »Euch ist doch klar, dass sie höchstwahrscheinlich weinen werden. Oder sogar schreien. Das tun Kinder oft.«

»Ich werde schon dafür sorgen, dass sie hier glücklich und zufrieden sind«, versprach Merecot. »Semo ist das schönste Land in ganz Renthia. Voller Freuden und wunderschöner Dinge. Sie werden ihren Aufenthalt genießen.«

Jastra tätschelte ihr die Hand.

Und Merecot fügte hinzu: »Und wenn sie Glück haben und beide Königinnen Aratays Vernunft annehmen, werde ich vielleicht nicht einmal ihre Mutter töten müssen.«

»Ich bewundere Euren Optimismus aufrichtig«, erwiderte Jastra voller Zuneigung.

Erian hatte schreckliche Angst.

Oder zumindest hatte sie zu Anfang Angst gehabt, als die Geister mit ihren schrecklichen Schnäbeln sie und Llor angegriffen und sie gejagt hatten, während sie beide zusammen auf Bayn geflohen waren. Als die Geister sie dann von dem Wolf weggerissen hatten, hatte sie gemeint, vor lauter Panik sterben zu müssen. Sie hatte so heftig geschrien, dass hinterher ihre Kehle wund gewesen war und es ihr die Stimme verschlagen hatte. Als die Geister sie und Llor nach Norden getragen hatten, hatte sie nur noch gewimmert.

Aber sie konnte nicht ewig Angst haben. Oh natürlich, sie fürchtete sich nach wie vor. Sie war nicht dumm. Sie wusste, was wild gewordene Geister mit den Menschen machten, die sie fingen.

Nur, dass diese Geister sie und Llor eben nicht in Stücke rissen.

Oder sie fraßen.

Oder sie häuteten.

Oder sie zerquetschten.

Oder sie zu Boden fallen ließen.

Und nach einigen Stunden wurde das Angsthaben … nun ja, langweilig. Sie merkte nun, dass sie zwischen Bergen hindurchflogen, ganz außerordentlichen Bergen, deren Gipfel so hoch waren, dass sie zwischen den Wolken verschwanden, und mit Felswänden, die so steil in die Tiefe abfielen, dass sie aussahen wie versteinerte Wasserfälle. Und dann die Farben! Der Stein war nicht einfach grau wie auf dem Waldboden. Er war von schimmerndem Schwarz oder so rot wie der Sonnenuntergang oder von glitzernden weißen Streifen durchzogen.

Tief unter ihnen lag Schnee auf den Bergkämmen und Gipfeln, und noch tiefer unten sah sie Flüsse – große, schnell strömende Flüsse, auf denen sich weiße Gischt türmte, wenn das Wasser gegen die Wände der Schluchten brandete.

Die beiden Geister trugen sie zwischen den tief eingeschnittenen Wänden der Schluchten hindurch, und das einzige Geräusch war das Rauschen des Windes. Aber dieses Geräusch war so laut, dass es wie ein ständiger Schrei klang. Erian fragte sich, ob sie überhaupt noch etwas anderes würde hören können, wenn der Flug endete.

Und zu guter Letzt war ihr Flug tatsächlich zu Ende.

Als die Sonne am Himmel immer tiefer sank, taten die Geister das Gleiche und glitten in eine der Schluchten hinab. Sie sah einen dunklen Fleck auf einer der Felswände, der immer größer wurde, je näher sie heranflogen – eine Höhle. Und ihre Panik kehrte zurück, als sie nun hineinflogen, mitten in die Dunkelheit.

Jetzt werden sie uns umbringen!

Der Geist, der sie trug, ließ sie einige Zentimeter über dem felsigen Boden fallen, und sie landete mit einem dumpfen Aufprall. Kurz tat es weh, aber sie war nicht tief gefallen. Sie rappelte sich hastig hoch, um schleunigst wegzurennen – wohin, das wusste sie nicht. Die Höhle lag auf halber Höhe einer glatten Felswand. Aber alles in ihr schrie: *Weg, weg, weg!*

Sie klatschte gegen einen kühlen, ledrigen Körper – der Geist!

Schreiend rannte sie in die andere Richtung und stolperte dann über etwas Weiches. Sie fiel der Länge nach hin, versuchte, sich abzufangen, und schürfte sich dabei die Hände an den Felsen auf.

»Erian?«

Sie war über Llor gestolpert. Erian kroch zu ihm hin und schlang die Arme fest um ihn. Er weinte, ein heftiges, nach Luft ringendes Schluchzen, das seinen ganzen Körper erbeben ließ. »Scht«, murmelte sie in sein Haar. »Alles in Ordnung. Es geht uns beiden gut.«

»Müssen wir jetzt sterben?«

»Nein«, antwortete sie ohne Zögern.

»Ich will nicht sterben. Das tut bestimmt weh. Und ich werde dich vermissen.«

Sie pflichtete ihm von ganzem Herzen bei.

»Geht es Bayn gut?«

Das weiß ich nicht, dachte sie. Aber was sie sagte, war: »Bestimmt.«

Stundenlang hielten sie einander in der dunklen Höhle in den Armen. Einige Male versuchte Erian, auf das zuzukriechen, was sie für den Eingang zu der Höhle hielt, aber die beiden Geister versperrten ihr den Weg. Schließlich schliefen die beiden Kinder ein, eng umschlungen.

Als der Morgen heraufdämmerte, trennten die Geister sie gewaltsam voneinander, hoben sie wieder in die Lüfte empor und flogen weiter. Nachdem die anfängliche Panikattacke abgeklungen war, begann ein Gefühl von Taubheit Erians Glieder zu durchziehen. Und sie hatte Hunger. Und Durst. Und sie musste pinkeln.

Irgendwann konnte sie es nicht mehr zurückhalten, und sie musste weinen, als ihr nun das Pipi das Bein hinabrann. Bei Sonnenuntergang jedoch war ihr alles andere egal geworden, und sie konnte nur noch daran denken, wie durstig sie war. Sie hing von den Krallen des Geistes herab und nahm die Berge unter sich kaum noch wahr.

Die beiden Geister krächzten einander etwas zu, und endlich hob sie den Kopf.

Und sah die Burg.

Sie war wunderschön: ganz aus weißem Stein und in den Berghang hineingehauen, mit großen Türmen und schmalen Türmchen, mit Brücken und fantastischen Wasserfällen. Sie funkelte in der untergehenden Sonne. Erian blinzelte ungläubig, wusste nicht, ob sie sich das alles womöglich nur einbildete. *Vielleicht sehe ich Dinge, die es gar nicht gibt. Vielleicht passiert so etwas, bevor man verdurstet.*

Aber die beiden Geister flogen hin zu einem Balkon und dann durch ein breites offenes Fenster. Sie setzten Erian und Llor auf einem weichen weißen Teppich ab, der dicker als ein Rasen war. Erian lag einen Moment lang nur da und versuchte, ihre Arme und Beine daran zu erinnern, wie eine Bewegung funktionierte. Sie hörte eine Frauenstimme. »Willkommen in Semo.«

»Ihr seid es«, sagte Llor. »Die gemeine Königin.«

Erian hob den Kopf und sah Juwelen, die heller glitzerten als der Sternenhimmel. Die Königin von Semo war ganz und gar mit Diamantketten behangen, die ihr bis über ihre gewaltigen Röcke herabhingen. Weitere Diamanten waren in ihr schwarzes Haar geflochten, so dass sie wie Sterne am Nachthimmel glitzerten. Sie hatte eine weiße Strähne in ihrem Haar, genau wie Alet. *Sie sind Schwestern gewesen*, erinnerte sich Erian. Neben der Königin befand sich eine alte Frau, die ganz genauso vor Saphiren und Rubinen strotzte. Ihre runzligen Wangen waren rot bemalt worden, damit sie zu den Rubinen passten, so als versuchte sie, sich selbst in ein Juwel zu verwandeln. Es war ein Anblick, der für Erians müdes Hirn keinerlei Sinn ergab.

Aber sie wusste, dass Llor die Königin nicht »gemein« hätte nennen sollen.

Die alte Frau rümpfte die Nase. »Ihr solltet sie baden lassen.«

»Unverzüglich«, stimmte Königin Merecot zu. Sie verzog die Lippen zu einem Lächeln – es sah bei ihr nicht normal aus. Vielmehr wirkte es, als quetsche jemand ihre Wangen zusammen, so dass sich ihre Lippen nach oben zogen. »Und wie wäre es mit etwas zu essen und zu trinken? Kuchen vielleicht? Alle Kinder lieben Kuchen.«

Erian rappelte sich vom Boden hoch, straffte die Schultern und reckte das Kinn. Ihr war bewusst, wie dreckig und stinkend sie war, aber sie beschloss, sich nicht darum zu kümmern. Es gefiel ihr nicht, wie die Königin »Kinder« sagte, obwohl sie selbst nicht allzu alt aussah. Bestimmt jedenfalls nicht so alt wie Mama. »Wir würden gern nach Hause gehen, Euer Majestät. Bitte schickt uns dorthin zurück.«

Königin Merecot wandte sich an die runzlige Frau. »Sie hat doch tatsächlich ›bitte‹ gesagt.«

Die alte Frau presste die Lippen aufeinander und fixierte Merecot mit einem missbilligenden Blick, der Erian an Mama erinnerte. »Treibt keinen Spott mit ihnen.«

Königin Merecot akzeptierte die Zurechtweisung und schenkte Erian und Llor ein weiteres übertrieben strahlendes Lächeln. »Habt keine Angst, Kinder. Ich will euch nichts Böses, und euer Aufenthalt hier ist nur vorübergehend. Ich werde dafür sorgen, dass ihr es während eures Besuches bequem und schön habt.«

Die alte Frau nickte Königin Merecot zu und klatschte in die Hände, als wäre das alles sehr aufregend. »Ihr werdet euer eigenes Zimmer haben und Spielbereiche für euch ganz allein. Spiele, Kleider, Essen, Süßigkeiten, ihr könnt alles haben, was ihr wollt!«

Ich will nach Hause, dachte Erian, machte sich aber nicht die Mühe, es noch einmal auszusprechen.

»Ihr seid keine Opfer«, erklärte Königin Merecot, als wolle sie sie beruhigen. »Ihr seid ein Pfand.«

Erian fühlte sich nicht beruhigt.

»Ihr seid ein schlechter Mensch«, ließ Llor die Königin wissen. Erian rutschte näher an ihn heran und stieß ihm den Ellbogen in den Bauch. *Mach sie nicht böse*, wollte sie damit sagen.

Aber Königin Merecot lächelte nur – diesmal war es ein echtes Lächeln. »Ja, das bin ich«, pflichtete sie ihm bei, ohne auch nur einen Hauch von Ärger in der Stimme. »Aber ich bin eine sehr gute Königin.«

Was es so schwer machte, Merecot als ihre Feindin zu sehen, war die Tatsache, dass Daleina sie immer noch als ihre Freundin betrachtete.

Selbst nach ihrem Einfall in Aratay.

Selbst nach dem Giftanschlag auf sie.

In gewisser Weise verstand sie, was Merecot dazu getrieben hatte, und so sah sie Merecot immer noch als das Mädchen im Nebenzimmer an der Akademie, das Mädchen, das ihr bei ihrem Unterricht in Geisterbeschwörung geholfen und ihr Schlafzimmer unter Wasser gesetzt hatte, nachdem Daleina es versehentlich in Brand gesteckt hatte. *Ich kann sie nicht hassen. Vielleicht kann ich ihr nicht verzeihen, aber ich kann sie auch nicht hassen.*

Daleina stand auf ihrem Balkon und ließ Ranken im Geländer wachsen, die sich langsam um ihre Hände wanden. Ein Baumgeist huschte über ihre Finger, doch sie schenkte ihm keine Beachtung – sie musste ihre Kräfte schonen. Ihre erste Aufgabe bestand darin, die Geister zu beschwichtigen und den willkürlichen Angriffen ein Ende zu setzen, und dann konnte sie sich Möglichkeiten überlegen, die Häuser und Obstgärten in Ordnung zu bringen. Sie sandte besänftigende Gedanken aus, so weit sie reichen konnte.

Ruhe. Ruhe. Ruhe.

»Unser Volk wird hungern, wenn die Ernten schlecht ausfallen«, bemerkte Meister Havtru hinter ihr.

Sie riss sich aus ihren Gedanken, holte tief Luft und rief sich ins Gedächtnis, dass er gekommen war, um zu helfen. »Wir haben Notfallvorräte. Wenn es sein muss, werden wir die Lager öffnen.«

»Das wird nicht genügen. Es wird ein karger Winter werden.«

»Aber karge Kost ist nicht dasselbe wie verhungern.« Ein Baumgeist, der wie ein Brombeerrankenknäuel von der Größe eines Streifenhörnchens aussah, knabberte an Daleinas Fingerspitzen. Sie warf ihm einen bösen Blick zu und scheuchte ihn mit ihren Gedanken davon. Er huschte weg. »Ich werde mein Bestes geben. Und ich bin mir sicher, dass auch Königin Naelin helfen wird, sobald sie bereit ist.« *Falls sie jemals bereit ist.* Ven zufolge hatte sich Naelin, nachdem Daleina einen gut formulierten, diplomatischen Brief an Königin Merecot geschrieben hatte – in dem sie sich für den »Übergriff« entschuldigte und sich erkundigte, ob Merecot irgendetwas über Naelins Kinder wisse –, in ihrem Zimmer eingeschlossen, wo sie mit der Unterstützung von Direktorin Hanna nun vollauf damit beschäftigt war, möglichst keine weiteren Erdbeben mehr zu verursachen.

Daleina wollte nicht gefühllos sein, aber ein wenig Hilfe wäre schön gewesen. Verantwortung endete nicht dort, wo sich Tragödien ereigneten. *Ich hatte gedacht, sie wäre stark.* Und dann fühlte sich Daleina sofort schuldig, weil sie das gedacht hatte – in Wahrheit waren erst wenige Tage vergangen, und Naelin glaubte noch immer, dass ihre Kinder am Leben waren. *Und dafür gibt es ebenso wenig einen Beweis wie für die Behauptung, Merecot wäre für die Entführung verantwortlich.*

»Oh, natürlich, Euer Majestät! Ich wollte Euch nicht kritisieren. Ich finde nur, dass sich Königin Naelin die ungelegenste Zeit des Jahres ausgesucht hat, um die Geister in Aufregung zu versetzen.«

Daleina wollte ihm da nicht widersprechen, aber sie konnte es nicht laut sagen. Also beschloss sie, das Thema zu

wechseln. »Havtru, verratet mir, wie würdet Ihr die Hilfs-
anfragen nach Vordringlichkeit ordnen?« Sie trat wieder ins
Innere und deutete auf die Papiere, die der Truchsess für sie
dagelassen hatte. Bisher hatte sie sie noch nicht angerührt.
Ihre vordringliche Pflicht war es gewesen zu verhindern,
dass heute Menschen starben; das war wichtiger gewesen,
als zu verhindern, dass in der Zukunft welche starben. Sie
sah ihn an und bemerkte, dass er seinen Hut in den Händen
hin und her drehte, als wäre der Hut ein nasser Putzlum-
pen. Zugleich warf er immer wieder Blicke in Richtung der
Tür, als wolle er lieber überall sonst sein, nur nicht hier.
Sie wusste, dass er nicht gehen würde – Ven hatte darauf
bestanden, dass neben den üblichen Palastwachen auch ein
Meister sie bewachte, zumindest so lange, bis sich die Geister wieder beruhigt hatten, und er hatte Meister Havtru für
diese Aufgabe ausgewählt –, aber es war klar, dass Havtru
hier nicht in seinem Element war.

*Irgendwann einmal sollte ich Euch davon erzählen, wie es
ist, Königin zu sein.*

Er schluckte. »Euer Majestät, ich fühle mich nicht befä-
higt, in dieser Frage …«

»Ihr habt im äußeren Wald gelebt. Als Beerenpflücker,
nicht wahr? Das ist doch Euer früherer Beruf gewesen?«

»Ja, Euer Majestät, aber es gibt doch bestimmt Minister,
die …«

»Die Minister geben stets ihren jeweils eigenen Regionen
den Vorrang. Ich will die Meinung eines Menschen hören,
der auch ein Ohr für jene hat, die keine Stimme haben.«

Er verneigte sich und griff nach dem Stapel Papiere,
wenngleich er nicht glücklich darüber zu sein schien. *Es
darf mich nicht interessieren, ob er sich unbehaglich fühlt oder
nicht*, ging es ihr durch den Kopf. *Ich brauche Hilfe!* Das
alles war zu viel – der Schaden, den Naelin angerichtet

hatte, war überwältigend, und das Land hatte sich noch immer nicht von dem erholt, was zuvor Merecot ihnen allen angetan hatte, als sie mit ihren Geistern aus dem Norden über Aratay hergefallen war. Daleina rieb sich ihre müden Augen und fragte sich, ob dieses Gefühl, sie müsse sich die Lösungen für alle auftauchenden Probleme immer erst Schritt für Schritt aus dem Ärmel schütteln, jemals nachlassen würde. Sie konnte sich nicht vorstellen, dass Königin Fara jemals so empfunden hatte. *Vielleicht hat sie es einfach besser verbergen können.*

Eine der Wachen an ihrer Tür rief: »Meister Ven, Euer Majestät!«

»Lasst ihn herein«, sagte sie.

Sie hörte Vens vertraute Schritte – die leisen, bedächtigen Schritte eines Mannes, der immer auf der Hut war –, dann trat er auf den Balkon heraus. Er nickte Meister Havtru zu und verbeugte sich vor ihr. »Euer Majestät, es ist eine Nachricht von der Königin von Semo eingetroffen. Sie hat sie mit einem Geist geschickt, der die Farben eines Botschafters trägt.«

»Seit wann sind Meister dafür zuständig, die Post auszutragen?« Aber die schnippische Frage sollte vor allem die Tatsache überspielen, dass ihr Herz schneller schlug – es war das erste Mal, dass sie etwas von Merecot hörten, seit Naelins Kinder angegriffen worden waren, und was die Königin von Semo zu sagen hatte, würde über das Schicksal vieler Menschen entscheiden.

Ven ließ sich auf einen Stuhl fallen und fuhr sich mit den Fingern durchs Haar. Daleina fand, dass er mehr wie eine Vogelscheuche aussah denn wie ein schneidiger Soldat. Sie fragte sich, wann er wohl das letzte Mal geschlafen hatte. »Seit Übervorsichtigkeit zu einer unverzichtbaren Eigenschaft geworden ist.« Er verschränkte die Hände, als wolle er sich dazu zwingen, still zu sitzen. »Ich bin gekommen, um zur Vorsicht zu mahnen.«

»Ich bin immer vorsichtig.«

»Das Schreiben befindet sich momentan bei den Wachen. Ihr solltet Hamons Mutter bitten, es zu überprüfen, bevor Ihr es öffnet.« Er hob die Hand, um jedweden Einwänden zuvorzukommen. »Ich weiß, sie ist nicht gerade der vertrauenswürdigste Mensch, aber sie ist die Kenntnisreichste. Königin Merecot hat schon einmal zu Gift gegriffen. Ich weiß, Ihr würdet gerne darauf vertrauen, dass Eure Barmherzigkeit sie verändert hat, aber tut es bitte mir zuliebe.«

Vom Gedanken her war es vernünftig. Aber sie wollte der königlichen Giftmischerin nicht noch mehr Gefälligkeiten schulden, als das bereits der Fall war. Es war schlimm genug, dass diese Frau bei der Rettung ihres Lebens eine entscheidende Rolle gespielt hatte. »Meine Wachen untersuchen immer …«

»Bitte, Daleina.«

Er nannte sie inzwischen nur noch sehr selten Daleina, erst recht nicht vor anderen Menschen. Havtru fuhr angesichts dieser Vertraulichkeit kurz zusammen, dann vertiefte er sich wieder in die Lektüre der Hilfsanträge.

Daleina hob die Stimme. »Truchsess? Bitte, fragt Königin Naelin, ob sie uns nicht in das Laboratorium der Meistergiftmischerin begleiten möchte, und lasst das Sendschreiben der Königin von Semo auch dorthin bringen. Aber vorsichtig. Als enthalte es ein Nest von Giftschlangen.«

»Weil das nämlich durchaus auch der Fall sein könnte«, ergänzte Ven.

Daleina warf ihm einen raschen Blick zu. »Sie ist auf eine funktionierende Diplomatie angewiesen. Ihr Volk braucht das.«

»Nur solange Ihr noch am Leben seid.«

Daleina rauschte aus ihren Gemächern, ohne seine Worte einer Erwiderung zu würdigen – denn natürlich hatte er recht; sie mochte eine Mitregentin haben, aber es gab immer noch keine Thronanwärterinnen. Die Palastwachen umringten sie in eng stehender Formation und flankierten sie rechts und links, als sie nun die Flure entlangschritt. Feuergeister flatterten von Wandleuchter zu Wandleuchter, folgten ihr, beobachteten sie, hassten sie. Sie berührten sämtliche Kerzen, eine nach der anderen, und die flammten auf, bis sie die Decken versengten. *Ruhig*, sprach sie in Gedanken zu ihnen. *Ruhig.*

Sie wünschte, es würde auch bei ihr selbst funktionieren. *Ganz ruhig.*

Daleina wartete draußen vor Garnahs Zimmer, während die Palastwachen den Raum nach Bedrohungen absuchten. Aus dem Inneren hörte sie Garnah mit sanfter Stimme sagen: »Ihr solltet das da vielleicht lieber nicht berühren.«

Und dann zirpte Arin, Daleinas Schwester: »Ihr dürft es auf keinen Fall berühren! Und das da auch nicht. Und … nein, das auch nicht, es sei denn, ihr wollt euch einen heftigen Juckreiz einfangen. Und Blut spucken … Das dort könnt ihr berühren. Es riecht einfach nur lustig.«

Eine weitere vertraute Stimme wurde laut – Hamon: »Ich kann mich für die beiden verbürgen. Für den Augenblick jedenfalls. Aber wir danken Euch für Eure gewissenhafte Gründlichkeit.«

»*Wir* bedanken uns nicht bei ihnen«, stellte Garnah richtig. »Diese Trampel.«

Das genügte. Daleina rauschte in den Raum hinein. Sie wusste, dass sie königlich aussah – sie trug ein Diadem aus gewundenen Ranken sowie ihr silbernes Gewand, das sie ausgewählt hatte, weil es sie älter aussehen ließ und sie die Minister mit dem würdigen Ernst ihres Auftretens hatte beeindrucken wollen – und sie wurde dafür auch belohnt: Garnah, Hamon und Arin verstummten alle drei, verneigten sich und knicksten vor ihr. Sie spielte mit dem Gedanken, ihrer Schwester zu verstehen zu geben, dass sie nicht vor ihr knicksen solle, aber im Moment war es wichtiger, dass Garnah Daleina als die Königin Aratays wahrnahm und nicht als eine bloße Spielfigur bei dem, was auch immer sie gerade im Schilde führte. »Wir bedürfen Eurer Hilfe«, erklärte Daleina.

Garnah räusperte sich. »Ist das jetzt die Mehrzahl oder nur der Majestätsplural der Königin?«

Kommt darauf an, wie königlich sich Naelin gerade fühlt, dachte Daleina.

Ven trat vor. »Die Königin von Semo hat Ihrer Majestät eine Nachricht geschickt. Es ist unser Wunsch, dass Ihr diese Nachricht untersucht, bevor die Königinnen sie lesen.«

»Ah, Ihr denkt an Gift?«, fragte Garnah. »Unwahrscheinlich, da der Versuch schon einmal gescheitert ist. Nun gut, es ist nicht ohne Grund ein Klassiker, und ich kann nicht umhin, mich geschmeichelt zu fühlen, dass Ihr zu mir kommt, Euer Majestät. Es sei denn, Ihr habt mich eher meiner Entbehrlichkeit wegen ausgewählt als wegen meiner Sachkompetenz.«

»So ist Königin Daleina nicht, Mutter«, meldete sich Hamon zu Wort.

»Sie ist eine Königin«, konterte Garnah. »Sie *sollte* so sein: Habt keine Angst, Euer Majestät, es ist mir eine Freude, Euch in jeder mir möglichen Weise zu dienen. Ich brenne darauf, meine Loyalität und Treue zu beweisen, auch wenn manch einer wohl sagen würde, das hätte ich längst schon getan.«

»Diese Menschen haben dich einfach noch nicht kennengelernt«, murmelte Hamon vor sich hin.

Garnah lachte. »Mein entzückender Junge.« Sie streckte die Hand aus und tätschelte seine Wange. Hamon zuckte zusammen. Daleina blickte von einem zum anderen und fragte sich, worüber sie gesprochen haben mochten, bevor sie eingetreten war. Hamon besuchte seine Mutter nicht freiwillig.

Das Gästezimmer war zu einem Laboratorium umfunktioniert worden, mit langen Tischen an den Wänden und Dutzenden von Bechergläsern, Teströhrchen und anderen Glasgefäßen. Unter einem der Tische stapelten sich Behälter mit Pulver, die in Arins ordentlicher Handschrift etikettiert worden waren, und alle Teppiche waren zusammengerollt und weggeschafft worden. Man hatte sogar die Vorhänge entfernt. Bis auf einen Diwan waren die Möbel im Raum allesamt praktischer Natur: Tische, Bänke, Hocker und eine Tragbahre. Glücklicherweise lag kein Toter darauf. Oder, schlimmer noch, ein lebendiger »Patient«. Hamon hatte Daleina viel über die früheren Experimente seiner Mutter erzählt. Garnah hatte hoch und heilig geschworen, dass sie sich nun nicht mehr mit einer derartigen »Grundlagenforschung« beschäftige, und Daleina hatte Arin das Versprechen abgenommen, ihr Bescheid zu geben, falls ihr etwas moralisch Fragwürdiges unterkam. Aber trotzdem … *ich bin inzwischen genauso übervorsichtig geworden wie Ven.*

Es vergingen nur einige wenige unangenehme Minuten, bis Königin Naelin eintraf, was das Unangenehme des Ganzen gleichwohl nicht verringerte. Tatsächlich verstärkte die Anwesenheit der Königin des Kummers (wie Daleina einige Höflinge Naelin hatte nennen hören) die Anspannung im Raum nur noch, und zwar so sehr, dass es Daleina vorkam, als könne sie sie schmecken: etwas Dickes, Bitteres.

Königin Naelin schob den Rollstuhl mit Direktorin Hanna vor sich her, die versucht hatte, der älteren Königin neue Techniken beizubringen, um ihre Gedanken und Gefühle unter Kontrolle zu bekommen. Hanna hatte Daleina in einem Gespräch unter vier Augen berichtet, dass es ihr so vorkam, als versuche sie, einen Felsblock zu unterrichten – Naelin hörte ihr zu, aber sie war in ihren Gewohnheiten so festgefahren, dass Hanna nicht wusste, ob sie überhaupt irgendetwas von alledem aufnahm. Trotzdem versuchte Hanna, ihr so viel Unterricht wie irgend möglich zu geben, für den Fall, dass Daleina zustimmte, sie nach Semo zu entsenden. *Aber noch habe ich nicht zugestimmt*, dachte Daleina. *Es hängt davon ab, was mir Merecot zu sagen hat.*

»Euer Verlust tut mir leid, Euer Majestät«, wandte sich die königliche Giftmischerin mit einer Verbeugung an Naelin. »Ihr sollt wissen, dass ich und meine Fähigkeiten zu Eurer Verfügung stehen, solltet Ihr ihrer bedürfen.«

»Mutter«, knurrte Hamon.

Garnah blinzelte ihn an. »Was denn? Was habe ich denn gesagt?«

»Es ist überhaupt nicht sicher, dass sie tot sind«, schaltete Ven sich ein. Da war eine Härte in seiner Stimme, die Daleina noch nie zuvor gehört hatte. Es war, als wolle er etwas oder jemanden damit schlagen.

Naelin zischte: »Sie sind *nicht* tot.«

»Wir sind auf der Suche nach diplomatischen Lösungen«, erklärte Daleina entschieden.

»Aaah«, sagte Garnah. »Deshalb also lasst Ihr mich den Brief untersuchen? Weil ›Diplomatie‹ auch den möglichen Tod beinhaltet?«

»Eine Vorsichtsmaßnahme«, betonte Daleina und wünschte, die Leute mit dem Brief würden endlich eintreffen. Sie sah Naelin an und dachte unwillkürlich, dass sie noch nie einem Menschen begegnet war, der so abgespannt und eingefallen ausgesehen hatte. Sie fragte sich, ob es helfen würde, wenn Havtru mit ihr redete – er hatte seine Frau bei einem Geisterangriff verloren, bevor er Meister geworden war –, oder ob es irgendetwas in Garnahs Auswahl an Giften gab, das Naelins Schmerz zu lindern vermochte. Auch nach Hannas improvisierter Unterrichtseinheit während des Erdbebens konnte sie spüren, dass sich ihre Wut und Verzweiflung noch immer auf die Geister übertrug.

Königin Naelin sagte kein Wort mehr.

»Euer Majestät …« Arin zögerte, öffnete den Mund und schloss ihn dann wieder, schreckte zurück, als hätte sie ihre Meinung geändert.

»Sag nur, was du sagen willst«, wandte sich Hamon ermutigend an sie, freundlich wie immer. Daleina schenkte ihm ein Lächeln.

Daleina lächelte ihre Schwester ebenfalls an, und aus Arin sprudelte es hervor: »Erian und Llor sind zwei der tapfersten Kinder gewesen, die mir je begegnet sind. Zwei der tapfersten Menschen. Und ich finde einfach … Ich meine, ich kann mir einfach nichts anderes vorstellen, als dass sie, *wenn* sie überlebt haben können, auch …« Sie schluckte. »Ich wollte einfach sagen, dass ich Euch glaube. Ich glaube, sie sind noch am Leben.«

»Damit wären wir also zu dritt«, antwortete Naelin. »Du, Ven und ich. Der Rest von Aratay scheint sie bereits abgeschrieben zu haben.«

Behutsam näherte sich Daleina mit ihren Sinnen den nahen Geistern, um sicherzustellen, dass sie nicht wieder gewalttätig werden würden, aber sie wirkten kleinlaut und gedrückt, als würden sie eher Trauer als Zorn in sich aufnehmen. Sie begegnete Vens Blick und sah den Kummer in seinen Augen. Das Schweigen im Raum war bedrückend.

Endlich trafen zwei Palastdiener und zusätzliche Wachen

ein, die der düsteren Stimmung, die über dem Raum lag, dankenswerterweise ein Ende setzten. Die Diener trugen eine schmale, schwarz lackierte Schatulle mit sich, die aus einem einzigen Stück Holz geformt zu sein schien. Sie war ganz glatt und wies keinerlei Fugen auf, nur oben hatte sie einen Deckel. Die Diener stellten die Schatulle auf einen der Arbeitstische, verneigten sich und zogen sich wieder zurück.

Das muss der Brief sein. Und ... ein Geschenk?

Garnah trat vor. Sie griff in die Taschen ihres Rocks, zog allerlei Pulver hervor und machte sich daran, sie über der Schatulle zu verstreuen. Sie untersuchte die Schatulle aus allen Winkeln und murmelte dabei vor sich hin. Daleina sah, wie mitten im Staub Fingerabdrücke erschienen – dann goss Garnah einige Tropfen einer Flüssigkeit darüber, und das Pulver zerstob in einer Wolke über der Schatulle und löste sich in der Luft auf. »Von außen ist alles in Ordnung«, verkündete Garnah.

»Hast du denn untersucht, ob ...«, hob Hamon zu sprechen an.

»Natürlich.«

»Aber was ist mit ...«

»Sei kein Idiot.«

»Du kannst nicht wissen, ob ...«

»Es ist alles sicher.« Sie öffnete den Deckel und nahm ein Stück Pergament aus der Schatulle. »Das Geschenk selbst ist in Samt eingehüllt, und hier ist der Brief.« Sie schnupperte daran, dann streute sie eine Auswahl unterschiedlicher Pulver darüber, die sich zuerst lila und dann weiß verfärbten. Sie strich sie auf den Boden. »Der Brief an sich bietet keinen Anlass zur Beunruhigung. Ihr könnt ihn lesen.« Sie streckte ihn Daleina hin.

Hamon nahm ihn seiner Mutter aus der Hand und reichte ihn dann an Daleina weiter, die zu lesen begann.

»Der Brief ist an Königin Naelin adressiert, nicht an mich.«
Seltsam, dachte sie.

»Lest ihn laut vor«, sagte Naelin, ohne sich umzudrehen. Ihr Blick blieb starr auf den Kamin geheftet, wo sich zwei Feuergeister zwischen den Scheiten zusammenrollten.

»An Königin Naelin von den Wäldern Aratays, lange möget Ihr in Renthia herrschen.«

Garnah murmelte: »Ein hübscher Anfang.«

»Ruhe«, verlangte Hamon.

»Ich tue lediglich meine Meinung kund.«

»Lest weiter«, forderte Naelin.

Daleina sah zwei eidechsenartige Feuergeister Flammen auf den Ofen speien. Direktorin Hanna bemerkte es ebenfalls, denn sie flüsterte Königin Naelin etwas ins Ohr. Die Feuergeister zogen sich in die Holzscheite zurück, wo sie weiter vor sich hin schwelten. Ihre schwarzen, glühenden Augen funkelten die Menschen an, als wollten sie ihnen bei lebendigem Leib die Haut abziehen. *Was sie natürlich auch tatsächlich wollen*, dachte Daleina. *Fliegen und brennen und beißen und sich in Fleisch krallen.*

Daleina las vor: »Bitte, akzeptiert meine aus tiefstem Herzen kommende Entschuldigung für die …«« Sie verstummte, während sie rasch die nächsten Zeilen überflog. *Oh.*

Oh nein.

Sie hob den Kopf und sah Naelin an.

»Es scheint, dass *ich* mich bei Euch zu entschuldigen habe«, sagte Daleina und versuchte, ihre Stimme weiterhin ruhig klingen zu lassen und auch ihre Hände ruhig zu halten, damit niemand bemerkte, wie sie zitterten. »Eure Kinder leben. Das hier ist im Wesentlichen ein Erpresserbrief.«

Auf der anderen Seite des Raums stieß Naelin einen erstickten Laut aus.

»Ich glaube, Merecot selbst hat den Brief geschrieben und kein Schreiber.« Daleina hielt Direktorin Hanna das Pergament hin, damit sie es in Augenschein nehmen konnte.

»Ja«, bestätigte Hanna. »Ich erinnere mich an ihre Handschrift. Sie hat schon immer so gekritzelt. Lausige Klaue.«

Daleina fuhr fort, laut vorzulesen: »Bitte, akzeptiert meine aus tiefstem Herzen kommende Entschuldigung für die Unannehmlichkeiten und den Schmerz, den ich Euch durch meine Handlungsweise zugefügt habe.«

Naelin zischte: »Unannehmlichkeiten?«

Die Feuergeister knisterten und krächzten.

»Haltet Eure Gefühle im Zaum«, mahnte Hanna.

Naelin warf der Direktorin einen grimmigen Blick zu, aber sie schien sich tatsächlich wieder zu beruhigen – zumindest jedenfalls war das bei den Geistern der Fall.

»Die Tatsache, dass ich zu solchen Methoden habe greifen müssen, erschreckt mich selbst, aber ich bin gezwungen, die Bedürfnisse meines Volkes über meine persönlichen Ansichten zu stellen. Lasst mich Euch die Wahrheit enthüllen: Ich habe sechs Luftgeister nach Aratay entsandt und ihnen zwei Aufgaben erteilt: erstens, den Beschützer der Königinnen zu töten, den Wolf, der als Bayn bekannt ist und der mit Sicherheit meinen Zielen im Weg gestanden hätte.‹«

»Bayn?«, fragte Ven.

Daleina ließ den Brief sinken. »Weiß irgendwer, was sie mit ›Beschützer der Königinnen‹ meint?« Sie hatte den Ausdruck noch nie zuvor gehört, geschweige denn, dass er auf ihren Wolf angewandt worden wäre, um den sie sich nicht einmal wirklich zu trauern gestattet hatte. *Er ist mein Freund gewesen, aber* »Beschützer«?

»Was ist mit meinen Kindern?«, begehrte Naelin zu wissen.

Daleina las weiter. »Und zweitens, Eure Kinder an mich zu bringen, um sie als Druckmittel einzusetzen, das Euer gutes Betragen garantiert. Ich habe so gehandelt, um sicherzustellen, dass Ihr auch wahrmacht, was Ihr bereits versprochen habt. Es ist niemals meine Absicht gewesen, auch nur einem einzigen Menschen in Aratay ein Leid zuzufügen, geschweige denn Euren Kindern. Und ich habe ihnen auch lediglich ein Haar gekrümmt.«

Hamon runzelte die Stirn. »Heißt es nicht, ›jemandem *kein* Haar krümmen‹?«

»Anscheinend hat die Königin von Semo einen wirklich entzückenden Sinn für Humor«, bemerkte Garnah. Sie hob ein Büschel Haare aus der Schatulle. »Aber Feinsinnigkeit ist nicht so ganz ihre Stärke, oder?« Daleina vermutete, dass das Haar von einem der Kinder Naelins stammte.

Naelin stieß einen Laut aus, der halb ein Knurren, halb ein Stöhnen war. Sie machte den Eindruck, als wolle sie die Welt mit ihren bloßen Händen in Stücke reißen. Ven legte ihr die Hände auf die Schultern und flüsterte ihr aufgeregt etwas ins Ohr. Auch Direktorin Hanna rollte sich nun auf sie zu und redete mit schnellen Worten auf sie ein.

Daleina wartete auf das nächste Erdbeben.

Es blieb aus.

Sie lernt, sich zu kontrollieren. Daleina war beeindruckt. *Dieser Brief weckt sogar in mir das Verlangen, ein Erdbeben zu entfesseln.* Wie hatte sie Merecot so falsch einschätzen können? Sie war überzeugt gewesen, dass Merecot hierfür nicht verantwortlich sein konnte, dass sie so dumm einfach nicht sein würde.

Sie hatte sich geirrt.

Daleina fasste schnell den Rest des Briefs zusammen. »Sie verlangt, dass eine von uns nach Semo kommt und ihr dabei behilflich ist, mit der ›Überfülle von Geistern‹

in ihren Landen fertigzuwerden. Sie behauptet, sie hätte die Kinder nur entführt, um einen Anreiz zu schaffen, und dass sie auf spektakuläre Aktionen habe zurückgreifen müssen, um unsere Aufmerksamkeit zu erregen. Des Weiteren verspricht sie, dass die Kinder wie Ehrengäste behandelt würden und dass sie sie zurückgeben wird, sobald die Verhandlungen abgeschlossen sind.«

»Es ist eine Falle«, erklärte Ven.

Garnah schnaubte. »Offensichtlich.«

»So offensichtlich nun auch wieder nicht«, widersprach Hanna. »Sie ist verzweifelt. Ihre Verzweiflung war so groß, dass sie unser Land überfallen und versucht hat, Königin Daleina zu töten. Und jetzt ist ihre Verzweiflung groß genug, um Naelins Kinder zu entführen. Sie will Semo retten, und da wir ihr dabei bisher nicht geholfen haben …«

»Wir haben Aratay geheilt! Das Land von *ihren* Untaten geheilt!« Daleina hatte bereits zuvor vorgehabt, einen Botschafter auszusenden, aber in Anbetracht des nahenden Winters und der gefährdeten Ernte … »Es gab dringlichere Dinge.«

»Nicht für sie«, stellte Hanna fest.

Daleina schloss die Augen und zerknüllte den Brief in ihrer Hand. Sie wusste, dass sie eigentlich nicht mehr darunter leiden sollte, sich von Merecot verraten zu fühlen – schließlich hatte ihre ehemalige Freundin sie vergiften lassen –, aber das jetzt war eine neue Überraschung. *Ich hätte Naelin nicht daran hindern sollen, sie anzugreifen.* Sie hätte sich der anderen Königin anschließen, alle Geister Aratays gegen die Grenze werfen und ins Land einfallen sollen. »Wenn Ihr einmarschieren wollt, Naelin, so bin ich einverstanden.«

Naelin antwortete nicht.

Daleina öffnete die Augen.

Sie sah, dass Naelin an die Schatulle getreten war, die die Locken ihrer Kinder enthielt. Sie hatte Garnah eine Strähne aus der Hand genommen und streichelte sie. »Ein Angriff würde Erian und Llor gefährden. Ven, du hattest recht. Wir mussten erst wissen, wer dahintersteckt und warum es geschehen ist.«

»Jetzt, da wir es wissen, wie wollt Ihr weiter vorgehen?«, erkundigte sich Daleina. »Hier handelt es sich nicht nur um eine Aktion gegen Eure Kinder – ein Angriff auf unserem Boden ist eine direkte Herausforderung unserer Herrschermacht. Wir müssen darauf entsprechend reagieren.« Sie fragte sich, ob Naelin das verstand. Hier ging es nicht nur um Naelins Kinder; es ging um alle Kinder Aratays. Wenn Merecot glaubte, sie könne die Kinder der Königin einfach entführen …

Das kann nicht zugelassen werden. Es ist ein kriegerischer Akt.

»Ich gehe nach Semo«, entschied Naelin, als wäre es das Selbstverständlichste auf der Welt. »Ich helfe ihr mit den Geistern, und dann bringe ich meine Kinder zurück.«

Garnah stieß einen tiefen Seufzer aus. »Habt Ihr nicht mitbekommen, dass die ganze Sache eine Falle ist? Sobald Ihr einen Fuß auf den Boden von Semo setzt, wird sie Euch töten. Sie hat bereits gestanden, dass sie versucht hat, den Wolf zu töten, den sie Euren ›Beschützer‹ nennt … was, wie ich vielleicht hinzufügen darf, ein wenig verrückt ist.«

Hanna rollte ein Stück nach vorn. »Nehmt mein Angebot an, als Botschafterin zu ihr zu gehen. Dann kann ich mir einen Überblick über die Situation verschaffen und feststellen, ob die Sache tatsächlich eine Falle ist und ob die Kinder wirklich dort und am Leben sind. Merecot wird eine Botschafterin nicht ablehnen – es ist ein deutliches Zeichen, dass wir sie ernst nehmen, und außerdem eine logische Vorsichtsmaßnahme. Ich werde meine Einschätzung der Lage so schnell wie möglich abschließen, und wenn mir Merecot aufrichtig erscheint, werde ich Königin Naelin die Nachricht zukommen lassen, dass sie sich auf den Weg nach Semo machen soll.«

»Dadurch bringt Ihr Euch selbst in Gefahr«, wandte Ven ein.

»Ich arbeite mit Geistern«, gab Hanna zurück. »Ich bin schon immer in Gefahr gewesen. Außerdem sind mir diese Kinder das Risiko wert.«

Es ist eigentlich keine schlechte Idee. Hanna würde nicht nur in Erfahrung bringen können, ob Merecots Bitte um Hilfe aufrichtig war, sie konnte vielleicht auch Informationen sammeln, die eine erfolgreiche Rettung ermöglichten. »Wenn Merecot wirklich unsere Unterstützung will, dann wird sie unserer Botschafterin nichts antun.« Daleina richtete ihren Blick auf Naelin.

»Wenn«, betonte Ven.

»Ich sollte auf der Stelle hingehen«, sagte Naelin. »Ich bin ihre Mutter.«

Du bist auch eine Königin, hätte Daleina gern erwidert, aber sie unterließ es, weil sie nicht glaubte, dass es helfen würde. Naelin hatte nicht vergessen, dass sie Königin war und dass sie beide keine Thronanwärterinnen hatten. *Es kümmert sie einfach nicht. Ihre Kinder kommen für sie an erster Stelle.* »Direktorin Hannas Vorschlag ist die sicherste Vorgehensweise, sowohl für die beiden als auch für Aratay.«

Naelin hatte noch nie zuvor gehasst.

Nicht so wie jetzt.

Dieses Gefühl in ihrem Inneren … es war wie der Hass der Geister. Sie hätte am liebsten die Berge selbst aus dem Boden gerissen und Merecot unter ihnen begraben. Aber sie wusste, dass Daleina recht hatte. Und Direktorin Hanna hatte recht. Selbst Garnah hatte recht.

Das Ganze könnte eine Falle sein.

Und wenn sie sich ohne irgendeinen Plan oder entsprechende Vorbereitungen nach Semo begab, konnte sie getötet werden, und dann waren ihre Kinder verloren. Aber wenn sie Geduld hatte und der Aussendung einer Botschafterin zustimmte ... dann würde sie vielleicht einen Weg finden, um Erian und Llor zu retten, ohne in die Falle zu tappen, die die Königin im Norden ihr womöglich stellen wollte.

Und doch schrie alles in ihr: *Rette sie jetzt!*

Sie wünschte es sich mit aller Macht. Wünschte sich, den Menschen zu schnappen, der glaubte, es wäre in Ordnung, ihre Kinder zu entführen und ihnen ihr Haar zu rauben, und dann wollte sie diesem Menschen zeigen, wie genau es sich anfühlte, wenn einem etwas Lebenswichtiges geraubt wurde.

Indem sie ihm ganz einfach das Blut entzog, das in seinem Körper floss.

Aber sie musste klug und umsichtig sein. Sie hatte Beweise dafür, dass sie noch lebten, zumindest war das jedenfalls annähernd sicher. Und es wäre dumm, überstürzt nach Semo zu reisen und damit ihr Überleben zu gefährden.

Selbst wenn sie sich noch so sehr versucht fühlte ...

»Wir schicken Direktorin Hanna hin«, stimmte Naelin letztendlich zu. »Sie soll sicherstellen, dass sie wirklich dort sind, und uns so schnell wie möglich ihren Bericht schicken – in der Sekunde, in der sie erfährt, dass sie noch leben. Dann gehe ich hin und rette sie, entweder indem ich helfe, mit den überzähligen Geistern in Semo fertigzuwerden, falls das Ganze keine Falle ist, oder, wenn es eine Falle ist, mit Gewalt und Tücke.«

Garnah klatschte in die Hände wie ein vergnügtes Kind. »Und dann tötet Ihr Königin Merecot?«

»Ja«, sagte Naelin und sah Daleina in die Augen. *Sie muss einsehen, dass wir diesmal keine Gnade walten lassen können. Was Merecot getan hat, hat sich nicht nur gegen mich, sondern gegen ganz Aratay gerichtet. Es war ein kriegerischer Akt, und wie Daleina selbst gesagt hat, er muss entsprechend beantwortet werden.*

Sie sah die Schultern der jüngeren Königin kurz herabsacken, doch dann strafften sie sich wieder. Naelin wartete und hielt ununterbrochen den Blickkontakt. Endlich sagte Daleina: »Ja, dann töten wir sie.«

Kapitel 10

Die Luft schien reglos. Keinerlei Windhauch war zu spüren.

Der Regen hing als Schleier in der Luft, ohne zu fallen. Das leichte Nieseln befeuchtete lediglich die Baumkronen, ohne den Waldboden zu erreichen. Der Himmel war grau und verhangen.

Es war schwer, Feuer zu machen. Selbst die geschicktesten Waldbewohner mussten immer wieder Funken schlagen, bis endlich einer zündete, was eigentlich nicht der Fall hätte sein sollen, da es ja gar nicht richtig regnete.

Früchte verfaulten, bevor sie reiften, oder sie reiften überhaupt nicht.

Überall in Aratay zählten die Menschen ihre Behälter mit eingemachtem Obst, ihr konserviertes Fleisch und ihre Mehlsäcke – und dann zählten sie alles noch einmal, in der Hoffnung, dass sie vielleicht etwas übersehen hatten, das ihnen, wenn es kalt wurde, helfen konnte, ihre Familien durch den Winter zu bringen. Aber sie wussten, dass es nicht reichen würde und dass das Zählen nichts an der Tatsache änderte, dass es eine schlimme Missernte gegeben hatte.

Und dass die Königinnen gescheitert waren.

Während sie als die neue Botschafterin für Semo nach Norden reiste, spürte Hanna den Kummer, der das Land als ein modriger Dunst bedeckte, der alle Freude dämpfte und die Farben verdunkelte. Bevor sie aufgebrochen war, hatte sie Naelin noch so viel beigebracht, wie sie konnte, aber die neue Königin war allzu mächtig und in ihren Gewohnheiten, ihre Macht einzusetzen, bereits zu festgefahren. Genau deshalb wurden Thronanwärterinnen sonst immer schon als Mädchen ausgesucht: damit sie ausgebildet wurden, solange sie geistig noch formbar waren. Nachdem sie bereits ein halbes Leben gelebt hatte, konnte Naelin nicht einfach die Grundfesten erschüttern, auf denen sie ihr ganzes Wesen aufgebaut hatte und die sie zu dem Menschen gemacht hatten, der sie jetzt war. Und doch waren ebendiese Fundamente ihres Seins erschüttert worden – nämlich ihr Glaube an ihre Fähigkeit, ihre Kinder beschützen zu können –, und jetzt übertrugen sich ihre Gefühle, wann immer sie sie nicht bewusst ausblendete, selbst im Schlaf.

Während sie sich grämte, grämte sich auch das Land.

Hanna musste sich ehrlich eingestehen, dass es auch ihrer eigenen Stimmung entsprach. Sie wollte ja glauben, dass das Ganze keine Falle war, dass lediglich die Sorge um ihr Volk Merecot zu verzweifelten Maßnahmen zwang, dass die Kinder noch lebten und unversehrt waren und dass sie ihrer Mutter gesund und munter zurückgegeben werden würden … aber nach allem, was sie gesehen hatte, und nachdem so viele gestorben waren, fiel es ihr schwer zu glauben, dass alles wieder gut werden würde. Dass es überhaupt eine Rolle spielte, was Merecots wahre Absichten waren. Sie hatte das Gefühl, als hätte sie die letzten Reste ihres Optimismus während des feindlichen Überfalls durch die Königin von Semo aufgebraucht. *Mein Optimismus ist gestorben, als ich Kinder habe sterben sehen.* Im Laufe der Jahre hatte sie allzu viele sterben sehen, und doch war das nun irgendwie sogar noch schlimmer.

Weil Verrat immer mehr wehtut als willkürliche Gewalt.

Ganz von ihren grüblerischen Gedanken eingenommen, reiste Hanna nach Norden, ohne mit den vier Wachen, die sie begleiteten, über viel mehr als über die praktischen Alltagsdinge zu reden: ob sie in einer Hängematte bequemer schlief als auf einem Aufbau, ob sie glaubte, sich über diese oder jene Brücke rollen zu können, ob sie so lange würde warten können, bis sie den Sicherungsgurt an ihrem Stuhl befestigt hatten, ob sie sich gedulden würde, bis sie den Korb geholt hatten, in dem sie durch die Bäume gleiten konnte. Sie war sich bewusst, dass es nicht einfach war, mit einer alten Frau, die nicht gehen konnte, durch die Bäume zu reisen, selbst in einem Stuhl, der für den Wald angepasst war, und sie hielt es sich zugute, dass sie sämtliche Klagen über die zu erduldenden Unannehmlichkeiten für sich behielt und mit ihren Schmerzen und Wehwehchen nach bestem Vermögen selbst fertigwurde.

Meister Ven hätte ihr gesagt, dass sie sich nicht zur Märtyrerin machen solle. *Aber ich bin doch so überaus gut im Märtyrertum*, hätte Hanna dann erwidert.

Sie bemerkte, dass der Wald sich zu verändern begann und die stämmigen Eichen zunehmend von dürren grellweißen Birken ersetzt wurden. Mit ihrem goldenen Herbstlaub hoben sie sich wie leuchtende Kerzen vor dem Hintergrund der dunklen Kiefern ab. Nach einem weiteren Reisetag hielten die Wachen an, um Hanna unter respektvollen Verneigungen zu fragen, wie sie weiterreisen wolle: unten auf dem Waldboden – über den sie leichter hinwegrollen konnte, da es hier nicht die riesigen Wurzeln des tieferen Waldes gab, wo sie aber andererseits weniger vor den Angriffen von Bären, Wölfen und anderen am Waldboden jagenden Raubtieren geschützt waren – oder auf den Brücken, die fast den ganzen Weg bis zur Grenze führten, aber häufig bestenfalls primitiv zu nennen waren. Der Stuhl war

gut geeignet für die Hauptstadt, aber so weit draußen …
»Ich überlasse die Entscheidung Euren tüchtigen Händen«, erklärte Hanna ihren Begleitern. »Das hier ist nicht mein Fachgebiet.«

Tatsächlich war sie, selbst als sie den Stuhl noch nicht gebraucht hatte, seit vielen Jahren nicht mehr aus der Hauptstadt herausgekommen, und selbst die Akademie hatte sie kaum je verlassen – für gewöhnlich nur, wenn sie in den Palast gerufen worden war. Als sie den Weg nun über die Brücken fortsetzten, stellte sie fest, dass sie sich allmählich darauf freute, Semo kennenzulernen. Sie hätte nie gedacht, einmal die Möglichkeit zu erhalten, in Gebiete außerhalb der Wälder zu reisen. »Ich hoffe sehr, dass diese Erfahrung nicht zugleich meinen Tod bedeutet«, sagte sie.

»Wie bitte, Botschafterin?«, fragte eine ihrer Wachen, während sie sie über eine hin und her schwingende Seilbrücke trug. Eine weitere Wache trug ihren Stuhl.

»Ich habe nur mit mir selbst gesprochen«, erwiderte Hanna mit einer knappen Handbewegung. »Es ist eine der Freuden, die man erst entdeckt, wenn man älter ist: das Vergnügen, das einem die eigene Gesellschaft bereitet.«

»Ich verstehe, Botschafterin.«

Sie tätschelte die wettergegerbte Wange des Mannes, als er sie nun wieder in ihren Stuhl sinken ließ. »Nein, das tut Ihr nicht. Aber Ihr seid höflich, was wichtig für unsere neue Funktion ist.« Sie ließ den Blick über all ihre Wachen schweifen. Königin Daleina hatte ihr vier ihrer persönlichen Wachen abgetreten, zwei Männer und zwei Frauen. Als Hanna eingewandt hatte, dass das zu viele seien, hatte Daleina geantwortet: *Vergesst nicht, dass wir es hier womöglich mit einer Falle zu tun haben. Ich will nicht die Nachricht erhalten, dass Ihr ermordet worden seid, und mir von allen anhören müssen: »Ich hab's Euch ja gleich gesagt.«* Hanna schürzte die Lippen und hoffte, dass sie sich alle überflüssige Sorgen machten und dass Merecots Brief aufrichtig gemeint gewesen war. »Also, damit wir uns verstehen: Ich erwarte nicht, dass sich irgendwer von Euch für mich ein Messer in den Bauch rammen lässt. Viel besser wäre es nämlich, die Klinge zuvor abzuwehren. Seid auf der Hut. Wir wissen nicht, was uns erwartet, wenn wir in Semo ankommen.«

Sie alle pflichteten ihr bei, schließlich war es ein vernünftiger, naheliegender Ratschlag, dennoch fühlte sich Hanna besser, nachdem sie es ausgesprochen hatte. Sie musste darauf vertrauen, dass ihre Begleiter erfahren genug waren, um offensichtliche Fehler zu vermeiden. *Und ich muss hoffen, dass auch ich keinen derartigen Fehler begehe.*

Sie hatte Wert darauf gelegt, sich die Namen der Wachen genau einzuprägen, und sich Vorwürfe gemacht, weil sie so sehr mit sich selbst beschäftigt gewesen war, dass sie es nicht gleich am Anfang getan hatte: Evenna, Serk, Tipi und Coren.

Evenna, die Anführerin der Wachen, hatte einen Mann daheim in Mittriel, außerdem eine Narbe auf ihrer linken Wange und Haut, die so dunkel war wie die von Heiler Hamon. Sie war bereits mittleren Alters und seit vierundzwanzig Jahren Palastwache. Serk, der Älteste, war kahl bis auf einen blauen Pferdeschwanz. Er hatte früher zur Grenzwache gehört, bevor er in die Hauptstadt gezogen war, um sich um seine betagten Eltern zu kümmern. Tipi war jung und energiegeladen und hatte eine Zuckung in der rechten Hand, die sie aber beim Klettern unter Kontrolle hatte. Coren, mit neunzehn Jahren der Jüngste der Wachen, zappelte ständig herum, was vor allem daran lag, dass er eben erst neunzehn war. Sie alle waren viel jünger und fitter als Hanna und schienen ihre Rolle als Hannas

Wachen sehr ernst zu nehmen. *Das verheißt Gutes, was ihre Überlebenschancen betrifft,* dachte Hanna. *Oder zumindest jedenfalls meine.*

Als sie der Grenze näher kamen, stellte sie fest, dass sie häufiger über das Bevorstehende nachdachte als über das, was sie hinter sich gelassen hatte. Sie spürte auch häufiger die Sonne auf dem Gesicht, da der Wald nun zunehmend lichter wurde. Das Blätterdach über ihr war jetzt keine dichte Decke mehr, sondern ein filigranes Muster von Blättern, welche das Licht in goldenen Strahlenbündeln durchließen. Doch wirklich erstaunlich war, dass sie noch immer Wipfelsänger hoch oben hörte, obwohl die oberen Äste inzwischen so dünn wie Kinderarme waren.

Während die Wachen ihr Lager auf einer Terrasse aufschlugen, die sich über drei Bäume erstreckte, lauschte Hanna den Wipfelsängern. Es waren zwei: ein Bariton und ein Sopran, einer im Osten und einer im Westen, und sie lösten einander im Wechselgesang ab.

Es war ein altes Lied über die Große Mutter, die gestorben war, um Menschen vor den Geistern zu retten. In einigen Geschichten tauchte sie als Kleinkind oder als junges Mädchen auf, aber diese Ballade hier behandelte sie, als wäre sie eine erwachsene Frau gewesen. Gerade sang der Sopran seine Strophen. Hanna ließ sich von der Melodie durchdringen, die mit dem Wind zwischen den Blättern zum Nachthimmel hinaufschwebte.

»Worum geht es da?«, fragte Serk.

»Sie singt von ihrer Traurigkeit, weil sie weiß, dass sie sich opfern muss, wenn die Menschen überleben sollen«, antwortete Hanna. »Zu Anfang war ganz Renthia so wie die ungebändigten Lande, mit wilden Geistern, die die Erde, auf der wir stehen, formten und zerstörten, und auch die Luft, die wir atmen. Der Tod der Großen Mutter war erforderlich, um uns die Macht zu geben, uns zu verteidigen. Davor hat es noch keine Königinnen gegeben. Horcht – im nächsten Teil richtet die Große Mutter ihren Gesang an die erste Königin.«

Der Bariton fiel ein und übernahm jetzt den Part der Großen Mutter:

Du allein im Sturm
voll Hunger und unvollendetem Schmerz
musst die Sinne ungehindert berühren
und der Fluch der Geister sein.

Der Sopran antwortete, ein Ruf der Einsamkeit, der durch den Wald drang und höher war als die Laute der Grillen und der Abendvögel:

Ich kann keinen weiteren Atemzug tun
ohne dich.
Ich kann den Himmel nicht sehen
mit Abendsternen und dem goldenen Mond,
ihre Schönheit ist eine Lüge;
lass mich nicht allein wandeln …

Und der Bariton fiel mit ein und teilte der ersten Königin mit, dass sie zwar allein mit den Geistern in Kontakt treten müsse, man sie aber nicht vergessen habe. Die Große Mutter habe einen Beschützer geschickt, der ihr nicht von der Seite weichen sollte und sie vor allem Übel bewahrte, während ihre Sinne die Wildnis überall um sie herum zähmten.

Hanna äußerte ihre Verwunderung über das Wort »Beschützer«.

»Der erste Meister«, antwortete Evenna.

Das war die wahrscheinlichste Interpretation, da pflichtete Hanna ihr bei. Das war plausibler, als einen Wolf als irgendeine Art von speziellem Beschützer zu haben. Sie fragte sich jedoch, was sich Merecot bei alledem gedacht hatte. Sie musste einen triftigen Grund dafür gehabt haben, Bayn zu verfolgen. *Vermutlich werde ich es bald genug herausfinden.*

Es war ein passendes Lied für die Wipfelsänger, in einer Zeit, da sich die Traurigkeit der Königin über den Wald gelegt hatte. Das Lied zeugte von Kummer, aber auch von Hoffnung. Hanna wünschte, Naelin wäre hier und könnte es hören, doch da sie weit fort war, war Hanna fest entschlossen, selbst so viel an Bedeutung aus dem Lied zu ziehen, wie sie nur konnte.

Selbst wenn wir uns am einsamsten fühlen, sind wir nicht allein. Selbst wenn alles völlig trostlos zu sein scheint, wird es wieder besser werden. Es gibt immer Hoffnung. Eine wunderbare, wenn auch grob vereinfachte Sicht. Hanna lauschte auf den herrlichen Gesang, und fast hätte sie angefangen zu glauben, dass es wahr sein könnte.

Kapitel 11

Ven beanspruchte den Trainingsbereich im Palast für sich. Nicht, dass er anderen untersagte, ihn zu benutzen – es war einfach nur so, dass er ihn ganz beherrschte, wenn er dort seine Übungen absolvierte, und das bedeutete, dass er ihn für sich allein hatte.

Hinter den prunkvollen Palastbäumen versteckt, enthielt der Trainingsbereich eine Hindernisbahn aus Ranken, Seilen, Netzen, Leitern und Balken, die ein extrem schwieriges Waldgelände nachahmten.

Ven begann mit den Ranken, sprang von einem Ast und schwang sich mit einer Hand zur nächsten Ranke. Er packte sie, schwang sich wiederum zur nächsten und dann zur übernächsten, und dann direkt auf eine Wand mit fünf Zentimeter breiten Haltegriffen zu, die sich in sechs Fuß Entfernung voneinander befanden. Er kletterte hinauf, wobei er sich wie ein Pendel hin und her schwingen ließ, um den jeweils nächsten Griff zu erreichen, bis er beim Wasserfall anlangte.

Mithilfe eines Wasserrads und eines Systems von Seilzügen liefen ständig große Mengen von Wasser aus der Höhe herab, um so seitlich an einem Baum einen tosenden Wasserfall entstehen zu lassen. Die Haltegriffe befanden sich innerhalb des Wasserfalls – man musste in das fließende Wasser greifen und es sich ins Gesicht prasseln lassen, während man, um klettern zu können, blind durch das Wasser tastete.

Ven schaffte es in weniger als dreißig Sekunden hinauf.

Dann sprang er vom oberen Ende des Wasserfalls auf eine weitere Ranke und schwang sich hinüber zu einer Terrasse. Er atmete schwer, war aber ansonsten in bester Verfassung. Meister Havtru, der ihn auf der Terrasse erwartet hatte, reichte ihm einen Becher Wasser, und Ven leerte ihn in einem Zug.

»Kein Sicherungsgurt?«, fragte Havtru.

»Ich habe diesen Parcours schon Hunderte von Malen absolviert.« Er füllte sich Wasser aus einem Krug nach und trank noch einmal. »Außerdem bleibe ich wachsamer, wenn es keinen Gurt gibt.«

»Ihr lasst alle Übrigen von uns schlecht aussehen.«

Ven griff nach dem Krug, um sein Glas erneut aufzufüllen, überlegte es sich dann jedoch anders und trank stattdessen direkt aus dem Krug. Wasser troff seine Wangen hinunter, doch sein Hemd war ohnehin bereits vom Wasserfall durchnässt. »Ich muss eben immer bereit sein.«

»Bereit wofür?«

Für was auch immer, dachte er. *Für alles.* »Für morgen. Oder vielleicht auch übermorgen. Wer weiß.«

»Ihr rechnet mit dem Schlimmsten.«

»Immer. Nur deshalb bin ich auch immer noch am Leben.«

Havtru schüttelte den Kopf. »Das könnte ich nicht. Ich muss immer denken, dass alles besser wird, versteht Ihr? Aber das ist nicht der Grund, warum ich hier bin – ich wollte Euch wegen des Mädchens fragen, das ich als meine neue Kandidatin in Erwägung ziehe. Ich glaube, sie zeigt echtes Talent, aber sie ist so sanft und duldsam wie ein junges Häschen. Fürchtet sich vor jedem Schatten.«

Ven griff nach einem Handtuch und trocknete sich Hals und Haar. »Sie hat ganz recht, sich zu fürchten.«

»Stimmt, aber das ist nicht hilfreich.«

Ven lächelte trübselig, dann zuckte er nur die Achseln.

»Wie dem auch sei, ich habe gehofft, Ihr könntet vielleicht mit ihr reden ...«

»Nein.«

Havtru öffnete und schloss den Mund wie ein Fisch. Schließlich entwich ein »*Was?*« seinen Lippen.

»Weiß irgendjemand, dass Ihr beschlossen habt, sie zu erwählen? Ich nehme an, sie ist an der Akademie – habt Ihr es ihrer Direktorin erzählt? Hat sie sich schon mit der Königin getroffen? Mit einer von beiden?«

»Ähm, nein. Ich habe mich erst vor wenigen Tagen entschieden, sie zu erwählen.«

»Vielleicht bin ich ja allzu vorsichtig.« *He, wem mache ich hier etwas vor? Natürlich bin ich besorgt.* Die Frage war nur: War seine Sorge unbegründet? Er glaubte es nicht. Aratay besaß zwei Königinnen, jedoch keine Thronanwärterinnen – und wenn der Angriff von Merecots Geistern irgendetwas deutlich gemacht hatte, dann die Tatsache, wie prekär ihre Situation war. Sie brauchten Thronanwärterinnen. *Speziell solche, die nicht Gefahr laufen, ermordet zu werden.* »Aber ich gebe Euch einen Rat: Erzählt niemandem von ihr«, fuhr er fort. »Bringt sie nicht zum Palast. Stellt sie nicht der Königin vor und redet auch nicht mit den anderen Meistern über sie. Bildet sie im Geheimen aus. Falls nämlich ein Meuchelmörder anfängt, Kandidatinnen aufs Korn zu nehmen, dann wird er nichts von ihr wissen.«

Havtru schüttelte den Kopf. »Aber der Meuchelmörderin ist doch das Handwerk gelegt worden. Sie wurde getötet. Und Königin Merecot von Semo hat um Frieden gebeten – ich habe gehört, dass Direktorin Hanna in der Rolle einer Botschafterin nach Norden reist.«

»Ihr habt richtig gehört«, bestätigte Ven. »Und ich sage, dass das nichts ändert.«

Havtru zupfte an den Abzeichen an seiner Jacke, die ihn als königlichen Meister auswiesen. Vens Rat gefiel ihm offensichtlich nicht, und Ven fühlte sich deswegen unwohl – aber er würde sich noch viel schlimmer fühlen, wenn sich herausgestellt hätte, dass er recht gehabt und nicht gehandelt hatte und die Kandidatinnen wieder einmal alle starben. »Ihr glaubt, die Königin von Semo …«, begann Havtru.

»Oder die Geister selbst. Einige von ihnen sind klug genug, um diejenigen Mädchen ins Visier zu nehmen, die als Kandidatinnen bekannt sind. Und wenn die Königinnen die Kontrolle verlieren …«

»Das wird bestimmt nicht geschehen. Wir haben zwei Königinnen! Und der Tod von Königin Naelins Kindern – es war ein Schock, aber es war außerdem ein einmaliges Ereignis. Sie wird sich wieder erholen. Sie wird nicht mehr dieselbe sein – das ist nach so einer Erfahrung unmöglich –, doch der Schock des ersten Augenblicks ist verstrichen.«

Ven gab sich alle Mühe, nicht zusammenzufahren, als Havtru auf den vermeintlichen Tod der Kinder zu sprechen kam. Sie waren gemeinsam übereingekommen, nicht durchsickern zu lassen, dass Königin Merecot die Kinder entführt hatte. Ja, nicht einmal, dass sie überhaupt etwas damit zu tun hatte. »Nur eine Vorsichtsmaßnahme, Havtru. Tut es einem überängstlichen alten Mann zuliebe.«

Der andere Mann hätte fast lächeln müssen. »Wenn Ihr alt seid, bin ich ein Greis. Aber, ja, ich werde mich daran halten. Sie soll ihrer Direktorin gegenüber behaupten, dass sie nach Hause geht, um ihre Familie zu besuchen, und ich bringe sie dann nach …«

»Sprecht es nicht laut aus. Nicht hier. Nicht einmal mir gegenüber.« Ihm waren im Trainingsbereich keine Geister aufgefallen, aber im Palast wimmelte es nur so von ihnen.

Es war besser, kein Risiko einzugehen. Ven brauchte nicht zu wissen, wo Havtru seine Kandidatin ausbilden würde.

»Macht Ihr das Gleiche mit Eurer Kandidatin?«, erkundigte sich Havtru.

Ven warf einen Blick über den Parcours und fragte sich, ob er ihn noch ein weiteres Mal absolvieren sollte. Er litt sehr unter seiner Hilflosigkeit, wenn es darum ging, Naelin zu unterstützen, und er musste ständig daran denken, wie sehr er Bayn und den Kindern gegenüber versagt hatte – nicht nur hatte er nicht verhindern können, dass Erian und Llor entführt worden waren, auch die Luftgeister, die sie angegriffen hatten, waren entkommen, und sie hatten Bayn verloren. Alles an diesem Tag war ein einziger schlimmer Albtraum gewesen. Ven war zu spät gekommen, genau wie an jenem Tag, an dem Graubaum, das Dorf, in dem Daleina ihre Kindheit verbracht hatte, zerstört worden war. *Ich werde nie wieder zu spät kommen*, gelobte er sich. »Ich habe noch keine neue Kandidatin angenommen«, antwortete er auf Havtrus Frage.

Hatte noch nicht einmal darüber nachgedacht.

Wollte es auch gar nicht.

Havtru wirkte überrascht, sogar schockiert. »Aber Ihr seid der Beste! Ihr müsst unbedingt eine neue Kandidatin ausbilden – die Königinnen brauchen eine Thronanwärterin, und zwar eine gute.«

Naelin braucht mich jetzt. Und Daleina auch. Ich habe die letzten drei Königinnen auf die eine oder andere Weise enttäuscht. Ich weiß nicht, ob ich das noch einmal ertragen kann. Aber ich kann ihnen möglichst viel Zeit verschaffen, um die Nächste zu finden. »Bildet Eure Kandidatin aus. Aber haltet sie geheim, zu ihrem eigenen Schutz«, unterstrich Ven noch einmal.

»Das werde ich tun«, versprach Havtru.

Statt das Gespräch fortzusetzen, sprang Ven von der Terrasse direkt auf eine der Ranken. Er begann den Parcours noch einmal von vorn und versuchte, jeden Anflug von Zweifel auszublenden, all seine Ängste, all seine Gefühle.

Er gab sich alle Mühe, schneller zu sein als jemals zuvor.

Damit er nie wieder zu spät kommen würde.

Nach einer Stunde beendete Ven sein Training, wischte sich mit einem Handtuch den Schweiß vom Gesicht und aus den Achselhöhlen und stapfte dann zurück in den Palast. Er machte einen Bogen um die Palastdiener in ihren blauen Gewändern, die ihn umschwärmten und versuchten, ihn zu den Bädern zu geleiten, und stieg die Wendeltreppe zu Naelins Gemächern hinauf.

Ihr wird es ganz gleich sein, ob ich sauber oder schmutzig bin. Ihre praktische Veranlagung war eine ihrer besten Eigenschaften. Sie wusste, dass Menschen manchmal schwitzten und rochen, bluteten und weinten und sich im Wesentlichen eben einfach wie Menschen benahmen. Bei ihr brauchte er kein anderer zu sein als der, der er war. *Und wenn sie toben und weinen und menschlich sein will, bin ich für sie da.*

Mehr konnte er im Moment nicht tun.

Nicht, dass er sich nicht gewünscht hätte, mehr tun zu können. *Etwa in Semo einzufallen und Erian und Llor heimlich zurückzuholen.* Es war schwer erträglich für ihn, darauf warten zu müssen, dass jemand anders handelte.

Aber das war nicht seine eigene Entscheidung.

In diesem Teil des Palasts waren die Wände aus weißem Holz, wie das weiche Kernholz eines Baums, aber so poliert, dass es glänzte. Feuergeister sorgten dafür, dass die Wandleuchter brannten, indem sie von Docht zu Docht tanzten, und ihre Schatten schlängelten sich über die Wände.

Durch das Holz der Gänge liefen Risse, wie von Messern eingeritzte Narben. *Wahrscheinlich rühren sie von Naelins Erdbeben her.* In friedlicheren Zeiten hätte Daleina längst Baumgeister beauftragt, die Schäden zu beseitigen. *Das ist jetzt nicht gerade das Vordringlichste.* Wenn den Rissen überhaupt eine Bedeutung zukam, so waren sie eine wichtige Erinnerung daran, dass Aratay im Moment alles andere als sicher war.

Vor allem, solange das Land ohne Thronanwärterinnen war.

Draußen vor Königin Naelins Gemächern waren Palastwachen postiert. Er nickte ihnen zu, aber bevor er sie bitten konnte, ihn zu melden, wurde er von einem Mann ein Stück weiter unten im Flur angesprochen. »Sie hat eine Birne und eine Scheibe Brot gegessen.« Es war Renet, der zusammengesunken an der Wand lehnte. »Zumindest hungert sie sich nicht zu Tode.«

»Wie lange seid Ihr schon hier?«

»Ich wollte mich nur davon überzeugen, dass sie wohlauf ist.«

Ven wandte sich an eine der Wachen. »Und? Ist sie wohlauf?«

Der Wachposten nickte heftig. »Ja, Meister. Heiler Hamon war heute Morgen hier und hat sie gründlich untersucht. Sie hat Nahrung zu sich genommen und geschlafen. Aber sie hat darum gebeten, allein gelassen zu werden.«

Ven spielte mit dem Gedanken, wieder zu gehen, ohne sich bei ihr melden zu lassen – wenn sie in Ruhe gelassen werden wollte, sollte er das akzeptieren; aber er wollte sie auch wissen lassen, dass er vorbeigeschaut hatte. *Falls sie beschließt, nicht mehr allein sein zu wollen, soll sie wissen, dass ich in der Nähe bin. Wir können zusammen ungeduldig sein.* »Sie braucht mich nicht zu empfangen, wenn sie es nicht will, aber könntet Ihr ihr bitte mitteilen, dass ich vorbeigekommen bin, um nach ihr zu sehen?«

Der Wachposten klopfte an die Tür und übermittelte die Nachricht.

Ven hörte Naelins Stimme aus dem Inneren der Gemächer, zu gedämpft, um einzelne Wörter verstehen zu können, aber der Wachposten hatte das Ohr an die Tür gelegt. »Sie sagt, ich soll Euch ausrichten, dass sie beschäftigt sei, und Euch bitten, Herrn Renet irgendwo anders hinzubringen.«

Naelin schritt auf und ab, von dem einen Ende des übertrieben prunkvollen Schlafgemachs zum anderen. Sie wusste, dass sie die richtige Entscheidung getroffen hatte, sowohl für ihre Kinder als auch für Aratay. *Trotzdem sollte ich diejenige sein, die nach Semo reist, die die Risiken auf sich nimmt und nach Erian und Llor sucht.*

Von dem Moment an, als Direktorin Hanna nach Norden aufgebrochen war, hatte sie ihre Entscheidung hierzubleiben sechsmal pro Stunde aufs Neue hin und her gewälzt. Sie war es eigentlich nicht gewohnt, einmal getroffene Entscheidungen noch einmal zu hinterfragen. Und schon gar nicht, es ein drittes, viertes und fünftes Mal zu tun.

Aus dem Augenwinkel nahm sie ein Flackern im Kamin wahr. Sie warf ihm einen bösen Blick zu, und der Feuergeist schrumpfte zusammen, bis er ganz klein war. Es war ohnehin ein winziger Geist, mit der Gestalt einer Eidechse, deren Schuppen rußig waren. Seine Zunge war aus Feuer, ein weißglühender Streifen brannte auf seinem Rücken und endete in einer blauen Flamme an der Spitze seines Schwanzes. »Bist du gekommen, um deinen Spott mit meinem Schmerz zu treiben, Geist? Deinesgleichen muss so etwas ja sehr genießen.« Sie lebten schließlich dafür, Menschen leiden zu sehen.

Zu ihrer Überraschung antwortete er. Sie hätte nicht gedacht, dass ein so kleiner Geist sprechen konnte. Seine Stimme war ein knisterndes Zischen. »Ich will für Euch brennen und verbrennen.«

Sie wollte ihn gerade wieder wegschicken, da hielt sie inne. »Ach ja? Und was willst du für mich verbrennen?« Sie spürte seinen Eifer, ein Kribbeln in ihrer eigenen Wahrnehmung.

»Irgendjemanden. Alle.«

Naelin musterte den kleinen Geist. Er schlängelte sich auf einem kalten Stück Holz und bohrte einen verkohlten Kreis in die Rinde. *Vielleicht kann ich ja momentan wirklich nichts tun, um Erian und Llor zu helfen … aber vielleicht kann ich bereit sein, wenn es an der Zeit ist.* »Würde es dir gefallen, ein Spiel zu spielen?«

Die Feuereidechse zappelte aufgeregt.

Sie riss ihren Kleiderschrank auf, zog eines von ihren lächerlicheren Kleidern heraus, ein gebauschtes Machwerk, das sie an einen überladenen Pfirsichkuchen erinnerte, und hängte es dann an den Baldachin ihres Bettes. Sie nahm sich vor, sich später bei den Palastdienerinnen dafür zu entschuldigen – sie würde eine Möglichkeit finden, die Sache wiedergutzumachen. »Tun wir mal so, als wäre das hier ein feindlicher Geist.«

Stumm erteilte sie den Befehl:

Verbrenn es.

Tu ihm etwas an.

Mit diebischer Freude sprang die Eidechse aus dem Kamin. Sie hüpfte aufs Bett, tanzte um den Saum des Kleides herum und leckte ihn mit ihrer Feuerzunge ab. Der Stoff begann zu qualmen.

Höher, befahl Naelin und ließ die Eidechse über den Rock und das Mieder des Kleides hinauflaufen. Sie wollte die Geister aus Semo nicht foltern; sie wollte sie besiegen. Da war es nützlich zu wissen, welche Befehle am wirkungsvollsten waren.

Schon bald spürte sie, dass weitere Feuergeister durch den Schornstein herabgekrochen waren und sich um ihren Kamin scharten – einige ähnelten der Eidechse, andere waren eher wie winzige Drachen, und wieder andere sahen aus wie kleine, aus Flammen gemachte Menschen. Sie sandte ihre Sinne nach ihnen aus und befahl ihnen, sich zusammenzutun und über das arme, unschuldige Kleid herzufallen.

Dicker Rauch legte sich über das Schlafzimmer, und Naelin beschwor Luftgeister, um den Qualm durchs Fenster und den Abzugsschacht hinauszubefördern. Und sobald sie dann die Luftgeister um sich herum versammelt hatte, ließ sie sie einen schön gezimmerten Tisch zerstören.

Sie stand gerade inmitten eines Sturms der Verwüstung und fühlte sich besser als seit etlichen Tagen, als ein Wachposten an ihre Tür klopfte. »Euer Majestät«, rief er von draußen. »Meister Ven ist gekommen, um sich nach Eurem Wohlergehen zu erkundigen. Außerdem befindet sich Herr Renet immer noch auf dem Flur und wartet, dass Ihr ihm die Ehre erweist.«

Sie hatte vergessen, dass Renet draußen war – sie hatte dem Wachposten bereits mitgeteilt, dass sie ihn im Moment nicht sehen wollte. Sie blickte sich im Raum um und kam zu dem Schluss, dass sie immer noch nicht bereit für Besucher war, wenn auch aus ganz anderen Gründen. »Lasst Meister Ven bitte wissen, dass ich … beschäftigt bin.« Neben ihr durchbohrte gerade ein Baumgeist mit nadelartigen Speeren, die ihm aus den Knöcheln wuchsen, ein Kissen. »Und bittet ihn, Renet irgendwo anders hinzubringen.«

Ich habe meine eigene Methode gefunden, mit dem Warten zurechtzukommen. Das muss er auch schaffen.

Sie richtete ihre Aufmerksamkeit wieder auf die Geister und übte sich darin, sie in Gruppen einzuteilen und sie anzuleiten, ein Sofakissen aus mehreren Richtungen zugleich anzugreifen.

Das Kissen überlebte es nicht.

Er war nicht gekränkt. Er wusste, dass jeder Zeit für sich allein brauchte. Und sie sollte alle Zeit bekommen, die sie wollte, ohne dass sowohl ihr derzeitiger als auch ihr früherer Geliebter in der Nähe herumlungerten. »Wenn sie nach mir fragt, lasst mir bitte eine Nachricht zukommen«, wies Ven den Wachposten an. An Renet gewandt, sagte er: »Kommt mit.«

»Wohin?«, fragte Renet. Er rührte sich nicht von der Stelle.

Einer der Wachposten warf ihm einen finsteren Blick zu. »Wenn der Meister der Königin einem einen Befehl erteilt, stellt man diesen Befehl nicht in Frage.« Der andere gab Renet einen Tritt in die Kniekehlen. Es war nur ein leichter Tritt, aber er reichte, um Renet in Bewegung zu setzen.

In Wahrheit hatte Ven keine Antwort auf Renets Frage – er glaubte nicht, dass es Naelin interessierte, an welchen Ort im Palast sich Renet begab, solange es nur in ausreichender Entfernung zu ihr war. Ven machte sich auf den Weg in Richtung Treppe. Er hörte, dass Renet ihm folgte, wenn auch nur langsam.

»Ich habe sie geliebt, ehe sie Königin geworden ist«, sagte Renet, als er hinter Ven die Treppe hinunterstieg.

»Ich weiß.« Er wusste nur nicht, warum Renet das gerade jetzt zur Sprache brachte.

»Ich habe erkannt, welches Talent in ihr steckt, bevor Ihr auch nur von ihrer Existenz erfahren hattet. Sie war die Königin meines Herzens, bevor sie Königin dieses Landes wurde. Eines Tages werde ich sie für mich zurückgewinnen.«

Ven versuchte, etwas Mitgefühl für ihn aufzubringen, aber es gelang ihm nicht. Momentan war nicht der richtige Zeitpunkt für Eifersucht – Naelin brauchte alle Unterstützung, die sie beide ihr zukommen lassen konnten. Er stieß ein nichtssagendes Brummen aus.

Im Jammerton fragte Renet: »Glaubt Ihr, es wird mir jemals gelingen, sie zurückzugewinnen?«

Ven unterdrückte einen Seufzer. »Ich weiß nicht, ob gerade ich der Geeignete bin, um diese Frage zu beantworten.«

»Ich verdiene sie nicht. Habe sie wahrscheinlich nie verdient. Aber ein Mensch kann sich ändern. Nicht wahr?«

Ven bemerkte mit Erleichterung, dass ihn seine Füße in eine Richtung führten, von der er gar nicht gewusst hatte, dass er sie eingeschlagen hatte: hin zum östlichen Thronsaal, wo Königin Daleina war. Wenn er nämlich der einen Königin nicht dienen konnte, so konnte er immerhin der anderen von Nutzen sein. Er blieb nicht stehen, als die Wachen die Türen vor ihm aufrissen, sondern schritt direkt hindurch, ohne sein Tempo zu drosseln.

Daleina und der Truchsess schauten von den Papierhaufen auf, die sie auf dem Ratstisch ausgebreitet hatten. Er sah die dunklen Ringe unter ihren Augen und die Haarsträhnen, die sich aus ihrer Krone befreit hatten. Hinter sich hörte er Renet abrupt stehen bleiben.

»Euer Majestät«, grüßte Ven und verneigte sich, »entschuldigt die Störung. Das hier ist Renet, der Vater von Erian und Llor. Er braucht irgendeine nützliche Beschäftigung. Eine Ablenkung von seiner … gegenwärtigen Situation.«

Daleina wirkte nur einen kurzen Moment lang verblüfft,

dann unterdrückte sie die Regung. »Willkommen, Renet, und lasst mich bitte mein Mitgefühl für Eure gegenwärtige Situation zum Ausdruck bringen. Wir würden uns sehr über Eure Hilfe freuen, wenn das Eurem Wunsch entspricht.« *Sie hat in letzter Zeit bereits allzu häufig Überraschungen erlebt,* dachte Ven.

Renet klappte die Kinnlade herunter. »Ähm ...« Verspätet verfiel er in eine Verbeugung, die so tief war, dass er beinahe nach vorn umgekippt wäre. Dann sammelte er sich und richtete sich wieder auf. »Euer Majestät, ich ... Das heißt ... Ohhh ...«

»Meister Havtru hat mir geholfen, die Hilfsgesuche zu sichten.« Daleina deutete auf die Papiere. »Aber heute hat er darum gebeten, sich um seine Meisterpflichten kümmern zu dürfen. Ihr könntet seinen Platz einnehmen. Die Anfragen müssen nach Dringlichkeit geordnet werden. Unmittelbar drohender Tod hat die oberste Dringlichkeitsstufe; reine Schönheitsreparaturen nehmen die unterste Stufe ein. Ich werde sie dann durchsehen, sobald Ihr fertig seid. Truchsess, würdet Ihr Renet bitte zeigen, was er zu tun hat?«

Der Truchsess verbeugte sich vor ihr. Er war ein dünner, großer Mann, größer als die meisten anderen, mit einer Habichtsnase, die einmal gebrochen worden war, und weißen Brauen, die die Hälfte seiner Augen verdeckten. Seine Uniform war wie immer frisch gebügelt. Ven erinnerte sich daran, dass sein Name Belsowik war, auch wenn er genau wie seine Vorgänger darauf bestand, nur unter seinem Titel bekannt zu sein. Seine Pflichten waren dem Truchsess teurer als seine persönlichen Bedürfnisse. Das wusste Ven zu schätzen. »Selbstverständlich, Euer Majestät.«

Königin Daleina kam um den Tisch herumgerauscht und legte Renet die Hand auf die Schulter. »Ich danke Euch.«

Die Worte kamen von Herzen, und Ven wusste, dass er heute zumindest eines richtig gemacht hatte.

Renet wirkte, als würde er gleich ohnmächtig werden. Ven verkniff sich ein Grinsen und schaffte es, ganz wie der gestrenge Krieger zu wirken, der er auch war, während die junge Königin an dem überwältigten Mann vorbeiglitt und dann Ven unterhakte. Er führte sie aus dem Thronsaal. Leise sagte Daleina: »Wenn ich auch nur noch ein einziges Blatt Papier sehe, werde ich es in Fetzen reißen.«

»Ich glaube, dagegen kenne ich ein Heilmittel.«

»Hamon ist gerade nicht …«

»Keine Medizin vonnöten.« Er führte sie die Palasttreppe hinauf, höher und höher.

Geister huschten um sie herum, mehr als gewöhnlich. Ein winziger Luftgeist mit Libellenflügeln und menschenähnlichem Gesicht schwebte eine Weile neben Daleinas Schulter und streichelte ihr das Haar, ehe er davonhuschte. Baumgeister streckten die Köpfe durch Ritzen und Knoten im Holz, um ihr zuzusehen, wie sie vorbeischritt.

Ein Feuergeist, der sich in einem Wandleuchter zusammengerollt hatte, sprang auf die Beine und krümmte sich, als wolle er Daleinas Aufmerksamkeit erregen. Ven sah sie stutzen und sich auf den Geist konzentrieren. Wieder schlang sich der Geist um seinen Docht und schien wie eine Katze zu schnurren, die gestreichelt worden war.

»Wollt Ihr mir nicht sagen, was mit ihnen los ist?«, fragte Ven. Er hatte Geister nie zuvor so … so wenig mordgierig erlebt. *Es ist beinahe so, als würden sie Daleina mögen.*

»Ich glaube, was mit Naelin geschehen ist, hat sie durcheinandergebracht«, meinte Daleina. »Sie tun freundlich, damit ich sie nicht über eine feindliche Grenze treibe, wie sie es getan hat. Oder damit ich sie beschütze, falls Naelin es noch einmal versucht.« Sie traten auf einen Balkon hinaus, und sie streckte die Hand aus. Ein Geist, der die Form von Baumwollflöckchen hatte, ließ sich auf ihrem Zeigefinger nieder. »Ich wusste gar nicht, dass sie überhaupt verängstigt sein können.« Sie wiegte den Geist in den Händen, als wolle sie ihn trösten, dann ließ sie ihn wieder fliegen. Er umkreiste einmal ihren Kopf, um dann zu den Wolken aufzusteigen.

»Ihr dürft nicht so viel Mitleid mit ihnen haben, dass Ihr anfangt, ihnen zu vertrauen«, mahnte Ven.

»Das werde ich niemals tun. Vergesst nicht, wer mich ausgebildet hat.« Sie lächelte, aber in ihrem Lächeln lag auch eine Spur Traurigkeit.

Er wusste, dass sie an ihre Freundinnen dachte, die bei dem Krönungsmassaker gestorben waren. Er konnte die Schatten auf ihren Zügen deuten – er wusste, dass er die gleichen Schatten auch auf seinem eigenen Gesicht trug. Im Laufe all der vergangenen Generationen waren so viele unter den Klauen und Zähnen von Geistern gestorben. Aber dennoch sah selbst er, dass die Geister auch eine gewisse Schönheit besaßen.

Er lehnte sich an das Balkongeländer und beobachtete zwei Baumgeister, die über einen Ast rannten. Sie sahen aus wie Eichhörnchen, die in Farbfässer getunkt worden waren. Aus den Körpern der beiden sprossen Blätter in den Farben des Herbstes. Zwitschernd verschwanden sie in einem Loch im Baum.

»Also, was ist das für ein Heilmittel?«, fragte Daleina.

Ven sprang auf das Balkongeländer und reckte die Arme, um einen Einhängehaken von einem Draht zu lösen. Der Drahtpfad verband diesen Teil des Palastes mit einem Baum im Herzen Mittriels. Er wurde nicht häufig benutzt, weil die Königinnen normalerweise mit einem Gefolge von

Wachen reisten. Er wedelte mit dem Haken in ihre Richtung. »Ihr müsst durch die Lüfte schweben.«

Sie versuchte, ihm einen finsteren Blick zuzuwerfen, dann aber gab sie es auf und grinste ihn an. Er hockte sich auf das Geländer und streckte die Hand aus. Mit einer Hand raffte Daleina ihre Röcke, und mit der anderen griff sie nach seiner Hand. Oben auf dem Geländer hakte sie sich in den Drahtpfad ein. Auch er machte sich an dem Draht fest.

Sie stießen sich gemeinsam ab und segelten über ihre Stadt hinaus.

Kapitel 12

Nahe der Nordgrenze von Aratay verließen Hanna und ihre Wachen die Bäume, um die letzten Meilen nach Semo unten auf dem Boden zurückzulegen – die Stämme der Bäume waren zu dünn geworden und standen zu weit voneinander entfernt, und außerdem lebte die Bevölkerung hier zu sehr verstreut, so dass es nicht genug Brücken für Hanna und ihr Gefolge gab, um auf mittlerer Waldhöhe weiterzureisen. Allerdings gefiel es ihr recht gut, sich Semo von so tief unten zu nähern. Es machte den Moment, nun ja, besonders.

Keine Frage, die Aussicht ist großartig. Vor ihr, zwischen den letzten Bäumen, waren die Berge.

Schneebedeckte Gipfel ragten in einer gezackten Linie über den Horizont. Es sah aus, als hätten riesige Krallen das Blau des Himmels weggekratzt. Die Felswände der Berge waren in Mischtönen aus Grau und Schwarz gefärbt, und Hanna verspürte den Drang, Bilder von ihnen zu malen, obwohl sie noch nie im Leben gemalt hatte. Wie die Wälder Aratays waren die Berge Semos in ihrer außergewöhnlichen Schönheit atemberaubend.

»Überaus beeindruckend«, verkündete sie.

Die Wache, die ihr am nächsten stand, Serk, schnaubte – höflich, aber unüberhörbar, und so sah sie ihn mit gerunzelter Stirn an. Der Mann zog den Kopf ein und murmelte: »Ich vermisse den Wald jetzt schon.«

»Auch in Semo gibt es Bäume.« Sie zeigte auf eine Gruppe von Fichten, ein Klecks aus wunderschönem Dunkelgrün, umrahmt von einschüchternden Bergen. Neben den Bäumen ergoss sich ein gewaltiger Wasserfall in einen See, der im Sonnenlicht glitzerte wie tausend Edelsteine.

»Es ist nicht dasselbe.«

Das stimmte natürlich. Während Aratay ein ununterbrochenes Meer aus Wäldern war, waren die Bäume in Semo weit verstreut und wirkten schütter, von der Pracht der Berge förmlich erdrückt. Doch auch hier gab es Schönheit.

»Kommt schon, Berge sind belebend!« Hanna rollte sich nach vorn, hinaus aus dem Wald, bis sie es spürte: die nahe Grenze. Es überraschte sie, dass sie sie fühlen konnte, da sie ja keine Königin war, aber ihre Haut kribbelte, und es juckte ihr in der Nase, als müsse sie gleich niesen. Selbst die Luft schmeckte anders, als hätte jemand ein besonderes Gewürz hineingegeben.

Es lag, da war sie sich sicher, am Wechsel der Geister. Innerhalb der Bäume des Waldes waren die Geister an Naelin und Daleina gebunden, genau wie ganz Aratay selbst, aber hier draußen war die gesamte Natur mit Königin Merecot verknüpft. Hanna war überrascht, dass die Veränderung so tiefgehend war, dass selbst sie, die nicht für alle Arten von Geistern empfänglich war, es fühlen konnte.

Seltsamerweise machte sie diese Erkenntnis ganz aufgeregt; ein Gefühl, das in ihrem Leben noch einmal zu erleben sie nicht erwartet hätte. »Das wird ein neues Abenteuer!« Hanna drehte die Räder ihres Stuhls und rollte weiter, auf eine Wiese mit Wildblumen zu, die mit Steinhaufen durchsetzt war.

Die Hand auf ihren Schwertgriff gelegt, kam Evenna hinter ihr hergelaufen. »Aufpassen, alle miteinander! Nehmt Euch vor den Geistern in Acht.«

Die Wachen waren sofort ganz angespannt, und auch Hanna hielt aufmerksam Ausschau nach den Grenzschützern von Semo. *Ja … wo sind sie?*, fragte sie sich.

Sie hatte den Gedanken kaum zu Ende gedacht, als sich die Steinhaufen auf der Wildblumenwiese zu regen begannen – und sie erkannte, dass es überhaupt keine wahllos übereinandergetürmten Haufen waren.

Es waren Erdgeister, Steinriesen.

Einer nach dem anderen erhoben sie sich zu ihrer vollen Größe, bis sie Hanna und ihre Wachen um Längen überragten. Ein jeder war mindestens sieben Meter hoch und hatte Arme und Fäuste aus Stein.

Zwei ihrer Wachen zückten Schwerter und traten schützend vor Hanna hin, während die beiden anderen Pfeile in ihre Bogensehnen spannten. Hanna legte die Hände auf die Messer, die in den Armlehnen ihres Stuhls versteckt waren, auch wenn ihr nicht klar war, was Pfeile und Stahl überhaupt gegen Stein ausrichten können sollten.

Sie fragte sich, wie schnell sie und ihre Wachen wohl fliehen konnten. Sicherlich würden ihnen die Geister aus Semo nicht nach Aratay zurück folgen. *Aber ich kann unmöglich fliehen – ich habe diese ganze weite Strecke nicht zurückgelegt, nur um an der Grenze umzukehren.* »Weicht nicht zurück, es sei denn, sie greifen an«, befahl Hanna ihren Wachen.

»Botschafterin …«, begann Evenna vorsichtig.

»Senkt Eure Waffen und weist Euch aus!«, donnerte eine Stimme – sie kam aus einem Steinhaufen, der sich bisher nicht bewegt hatte. Hanna schielte zu den Steinen hin. Konnte das ein Mensch sein?

Wenn sich ein menschlicher Wachposten vor Ort befindet … kommen wir vielleicht doch noch um eine Katastrophe herum.

Ohne ihren Bogen zu senken, rief Evenna zurück: »Weist Ihr Euch doch aus!«

Hanna hob die Hand, um sie zum Schweigen zu bringen, dann rief sie: »Ich bin Botschafterin Hanna von Aratay, auf dem Weg zu Verhandlungen mit Königin Merecot von Semo. Diese Männer und Frauen hier sind meine Begleitmannschaft.« Während sie sprach, gingen ihre Sinne auf die Suche nach einem Luftgeist – auch wenn sie nicht die umfassende Macht einer Königin oder auch nur einer Thronanwärterin besaß, verfügte sie doch über eine gewisse Geschicklichkeit im Umgang mit den Geistern der Luft – und fand einen gleich in der Nähe, der zwischen den Wildblumen umherhuschte. *Sorg dafür, dass er sich zu erkennen gibt*, befahl Hanna dem Geist.

Es war ein kleiner spitzbübischer Geist – ein flüchtiges Lüftchen von der Form eines durchsichtigen Schmetterlings –, und er leistete ihr keinen Widerstand. Leise kichernd huschte er hinter den Steinhaufen.

Evenna beugte sich zu Hanna herab und riet: »Wir sollten uns zurückziehen. Kein Geist aus Semo würde es wagen, Euch zwischen den Bäumen ein Leid anzutun.«

»Sie werden mir auch hier nichts antun«, sagte Hanna mit mehr Zuversicht in der Stimme, als sie wirklich empfand. Die Tatsache, dass die Steinriesen sie nicht angegriffen hatten, bedeutete noch lange nicht, dass sie in Sicherheit waren. Es konnte sein, dass sie den Befehl hatten, nur jene anzugreifen, die die Grenze ein gewisses Stück weit überschritten. »Ich stehe unter diplomatischem Schutz und reise unter der Flagge des Friedens, zumindest im übertragenen Sinne … auch wenn wir vielleicht eine echte Flagge hätten mitnehmen sollen.« Königin Daleina hatte die Nachricht nach Semo übersandt, dass man dort das Eintreffen einer Botschafterin erwarten solle, aber wenn diese Neuigkeit sich noch nicht bis zu den Grenzwachen herumgesprochen hatte …

Hanna hörte einen Aufschrei hinter den Steinen und, von

dem Luftgeist überrascht, sprang der Sprecher auf. Sie sah etwas golden und schwarz aufblitzen, und das genügte. Sie entspannte sich ein ganz klein wenig. »Es ist ein menschlicher Wachposten. Gut.« Mit einem Menschen konnte man einigermaßen vernünftig reden. Mit erhobener Stimme rief sie dem Grenzwächter aus Semo zu: »Ich habe einen Brief von meiner Königin dabei. Vielleicht möchtet Ihr ihn Euch ansehen?«

Der Grenzposten kam hervor, trat auf sie zu und untersuchte ihre Papiere. Es war ein junger Mann mit einem dünnen Schnurrbart und einer schwarz-goldenen Uniform, die aus der Nähe betrachtet ziemlich staubig war. Die Schwertscheide an seinem Gürtel war zerschunden und abgenutzt, als mache er täglich von ihr Gebrauch. Schließlich schien er den Brief als echt anzuerkennen. »Bleibt auf den Straßen«, mahnte er. »Nicht alle Berge sind so sicher und stabil, wie sie es früher einmal gewesen sind.«

»Oh?« Hanna schlug jenen Tonfall an, mit dem es ihr immer am besten gelungen war, Schülerinnen zum Sprechen zu bringen.

»Man könnte sagen, dass Semo in den letzten Jahren einschneidende Veränderungen erlebt hat.«

»Und warum könnte man das sagen?«

Der Grenzposten schaute zu den Steinriesen hinüber, die immer noch reglos zwischen den Blumen warteten. Hanna fragte sich, ob sie den Befehl hatten, seinem Kommando zu gehorchen – und sie fragte sich, wie der junge Mann damit wohl zurechtkam.

Aber er gab Hanna ihre Papiere zurück, ohne ihre Frage zu beantworten. »Bleibt auf den Straßen. Und lagert nicht in Gebieten mit sehr spärlicher Vegetation. Nackte Felsen kennzeichnen oft einen Bereich, in dem es häufig zu Lawinen kommt.«

»Klingt bedrohlich«, bemerkte Hanna, um einen freundlich-gelassenen Tonfall bemüht. »Derart aufregende Dinge gibt es bei uns in Aratay nicht.«

»Es ist ein geringer Preis dafür, dass wir nicht in wucherndem Unkraut leben müssen.« Der Wachposten aus Semo deutete mit dem Kopf zur Grenze zu Aratay hin. »Wenn Ihr die Bemerkung entschuldigt, Botschafterin.«

Neben ihr setzte eine ihrer Wachen, Tipi, zu einer Antwort an, doch die Direktorin legte ihr die Hand auf den Arm, um sie zum Schweigen zu mahnen. »Wir danken Euch für die Warnung«, sagte Hanna.

Sobald der Mann aus Semo ihnen das Zeichen gegeben hatte, dass sie jetzt ihren Weg fortsetzen durften, rollten ihre Wachen Botschafterin Hanna einen Schotterpfad hinunter, weg von der Grenze. »Wucherndes Unkraut«, murmelte Tipi. Sie stammte aus der Zitadelle des Südens, die für ihre verschlungen wachsenden, prächtigen Magnolienbäume bekannt war. »Besser als diese Steinhaufen.« Sie warf einen bösen Blick auf die *lebenden* Steinhaufen – die riesenhaften Erdgeister –, die ihnen mit flachen Augen aus Schiefer nachsahen.

»Schweigt«, mahnte Hanna. »Jedes Land hat seine eigene Schönheit. Außerdem wollen wir doch unsere Gastgeber nicht beleidigen.« Sie war sich sicher, dass die Steinriesen nicht nur Wächter, sondern auch Spione waren und dass sie Königin Merecot von ihrer Ankunft berichten würden, daher zwang sie sich zu einem freundlichen Lächeln und betrachtete die Landschaft mit strahlenden Blicken.

Doch schon bald hatten sie die Grenze und die Erdgeister hinter sich gelassen.

Gelbe und weiße Blumen drängten sich büschelweise zwischen den hohen Gräsern und ließen am Fuß der Berge eine wunderschöne Flickendecke entstehen. *Ich sehe noch keinen Grund zur Besorgnis,* dachte Hanna. *Das ist alles sehr hübsch.*

Als der Pfad sie weiter nach oben hinaufführte, entdeckte Hanna Blaubeersträucher und bat um eine Pause, um einige Beeren zu pflücken. Die Sträucher hingen noch immer dicht voller hochreifer Beeren der letzten Erntezeit – in Aratay waren die Beeren nicht so reif geworden. *Ein zusätzlicher Beweis dafür, dass die schlechte Ernte in Aratay vor allem auf unglückliche Geister zurückzuführen ist und nicht auf die natürlichen Wetterbedingungen,* überlegte sie. Nicht, dass sie einen Beweis gebraucht hätte. Gerade im Moment schien Semo ein sichererer Ort zu sein als Aratay.

Als sie an einem der Sträucher vorbeikamen, tauchte Hanna die Finger zwischen die Blätter, um ein paar Beeren zu pflücken. Sie steckte sich eine davon in den Mund. In Sonnenlicht gebadet, schmeckte sie wie ein letztes Überbleibsel von Sommer. »Köstlich«, verkündete sie. »Macht hier Halt.«

Serk förderte einen Sack zutage, und sie alle machten sich daran, so viele Beeren wie möglich von den Büschen zu sammeln. Dabei gaben sie acht, keine Zweige oder Blätter zu verletzen und dadurch etwaige nahe Baumgeister zu alarmieren. Hanna war entzückt – sie hatte seit Jahren kein Picknick mehr gehabt. *Ich kann mir gerne noch eine schöne Zeit machen, bevor …*

»Achtung! Oben am Himmel!«, rief Tipi.

Auf einmal zielten alle vier Wachen mit ihren Bögen nach oben, die Pfeile eingelegt. Eine beeindruckende Reaktion, schließlich hatten sie gerade eben noch Beeren gepflückt.

Hanna legte den Kopf in den Nacken, hielt die Hand über die Augen und sah, wie sechs Geister mit Lederflügeln auf sie zugeflogen kamen. Zusammen trugen sie einen Streitwagen durch die Lüfte.

... bevor Merecot uns ausfindig macht, beendete Hanna ihren Gedanken.

Von Edelsteinen überzogen, glitzerte der Streitwagen im Licht der Sonne. Hanna sah zu, wie die Geister in der Luft einen Kreis zogen und dann zum Pfad hinabflogen. Auf Hannas Befehl hin ließen ihre Wachen die Bogen sinken, blieben jedoch aufmerksam und angespannt. Sie hatte auch nicht erwartet, dass sie sich nun entspannten.

Einer der Geister kam auf sie zu. Er hatte die Gestalt eines Pferdes, nur dass er zusätzlich mit lederartigen Fledermausflügeln ausgestattet war. Als er nun das Wort ergriff, wirkte sein Mund, als könne er Felsen zermalmen. »Königin Merecot heißt Euch im herrlichen Land Semo willkommen und lädt Euch ein, Eure Reise mit allen Annehmlichkeiten fortzusetzen und Euch unsere Schönheiten von oben anzusehen.«

Neben Hanna wurde ihre jüngste Wache, der neunzehnjährige Coren, unruhig. Fest umklammerte seine Hand den Schwertgriff. »Ich werde *nicht* mit Geistern reisen.«

»Du machst, was die Botschafterin sagt«, blaffte Evenna ihn an. »Wenn sie den Wunsch hat, mit den Geistern zu reisen, reisen wir mit Geistern. Wenn sie den Wunsch hat, mit Tanzbären zu reisen, dann sind es eben Tanzbären.« Sie drehte sich zu Hanna um und fügte hinzu: »Botschafterin, wie möchtet Ihr Eure Reise fortsetzen?«

Hanna überlegte. Es hatte seinen Grund, warum niemand mit Geistern reiste, es sei denn, es handelte sich um einen echten Notfall. Man machte sich von ihren Launen abhängig und musste darauf vertrauen, dass deren Königin sie auch fest in ihrer Gewalt hatte. Und hier handelte es sich um fremdländische Geister, die unter der Kontrolle einer anderen Königin standen – einer Königin mit Motiven, die ... bestenfalls eigennützig waren. Hanna wusste, dass sie auch nicht ansatzweise die Macht besaß, Merecot die Kontrolle über die Geister abzuringen, falls die Königin ihnen Böses wollte. Sie würde darauf vertrauen müssen, dass Merecot wirklich den Wunsch nach diplomatischen Lösungen hegte. Doch das ging in Ordnung.

Ich bin schließlich genau deshalb hergekommen, weil ich herausfinden will, wie es darum bestellt ist.

»Zu Fuß ist es eine dreitägige Reise über die Berge«, schaltete sich Serk ein. »Tückisches Gelände, mit allen Gefahren, die damit verbunden sind. Wenn man diesen Geistern trauen kann …«

»Man kann Geistern nicht trauen«, setzte Coren dagegen.

Hanna war ganz seiner Meinung. Aber es ging gar nicht darum, ob man den Geistern vertrauen konnte. Es ging darum, Merecot zu vertrauen … Hanna musste sich eingestehen, dass sie nicht wusste, was tödlicher war.

Die Geister warteten. Einer von ihnen scharrte mit den Hufen. Der Streitwagen war groß genug für sie alle, und seine Sitze waren mit Samt gepolstert. Wenn sie ihn ablehnte, wäre das eine Beleidigung gegenüber Merecot, was vielleicht gerade der Grund war, warum die Königin den Wagen geschickt hatte – um herauszufinden, wie sie reagieren würden. »Sie will uns auf die Probe stellen«, entschied Hanna. *Sie prüft, ob wir wirklich Frieden wollen. Oder sie will feststellen, wie leichtgläubig wir sind.* »Wenn jemand von Euch nach Aratay zurückkehren möchte, so werde ich demjenigen eine Nachricht mitgeben, die ihn oder sie von jeder Verantwortung für dieses Verhalten freispricht. Aber ich werde einsteigen.«

Evenna schnaubte. »Unsere Aufgabe ist es, Euch zu schützen.« Ohne zu zögern, hob sie Hanna aus ihrem Stuhl und in den Streitwagen hinein, dann warf sie den anderen Wachposten unmissverständliche Blicke zu. Die anderen luden nun Hannas Rollstuhl und ihre sonstige Ausstattung ein und folgten dann selbst nach, zwängten sich auf die Polstersitze. Sie stellten ihre Bündel auf dem Boden ab, hielten aber ihre Waffen in Reichweite, auch wenn es wenig gab, was sie noch würden tun können, sobald sie einmal in der Luft waren.

Hanna hoffte, dass sie die richtige Entscheidung getroffen hatte, hoffte es für sie alle.

Die Geister stürmten mit ausgebreiteten Flügeln den Pfad hinauf, stießen sich dann vom Kiesboden ab und erhoben sich in die Lüfte. Der Streitwagen neigte sich jäh zur Seite, und Hanna hielt sich an der Seitenwand fest. Der Wind peitschte ihr die Wangen und brauste ihr ins Gesicht, sodass ihr die Augen brannten, aber sie hielt den Blick unbeirrt geradeaus gerichtet, als sie nun auf die Berge zuflogen.

Sie flogen immer höher, stießen durch die Wolken, bis um sie herum alles weiß war, unterbrochen nur von Berggipfeln. Dann sausten sie wieder in die Tiefe und flogen zwischen den Bergen hindurch. Nach außen hin ganz ruhig und gelassen, umklammerte Hanna auch weiterhin mit festem Griff die Seitenwand des Streitwagens und ließ ihren Blick über die vorbeirauschende Landschaft schweifen.

An einem Berghang entdeckte sie eine Lawine: Erdgeister bewarfen einander mit Felsen, wie Kinder, die Völkerball spielten. Es klang wie Donner, wenn die Felsbrocken in die Tiefe stürzten. Sie sah Baumgeister, die einen Felsblock in Stücke sprengten, indem sie ihn mit Wurzeln durchdrangen, die immer dicker wurden und den kompakten Stein spalteten. Über einem anderen Berg wirbelten Luftgeister mit den Sturmwolken umher.

In Semo, wurde ihr rasch klar, wimmelte es nur so von Geistern. Sehr geschäftigen Geistern.

Vielleicht ist es hier ja doch nicht so sicher.

Unten in den Tälern erblickte sie Dörfer, die sich neben Flüssen an die Hänge schmiegten. Sie waren ringsum umgeben von breiten Streifen aus nackten Felsen und Steinen, als seien hier wieder und wieder Lawinen auf die Dörfer herabgerollt, aber stets in ihrer Bahn abgelenkt worden. Felder und Ackerland der Menschen waren mit Felsblöcken übersät.

Sie prägte sich das alles ein und fertigte im Geiste eine Liste für ihren ersten Bericht an Daleina an.

Stundenlang flogen sie, während die Sonne von einem Gebirgszug zum nächsten über den Himmel wanderte. Bis Hanna endlich eine Stadt entdeckte, die in den Hang eines weißen Berges gehauen war. Sie erstrahlte im Licht des späten Nachmittags, und ihre Türmchen funkelten, als wären ihre Wände mit Diamanten überzogen – was wahrscheinlich auch tatsächlich der Fall war. Strahlend blaue Wasserfälle sprudelten über die vielen Ebenen der Stadt hinab, und auf den Türmen wehten goldene Fahnen. Es war ein überaus eindrucksvoller Anblick, und Hanna stellte sicher, dass sie sich auch entsprechend beeindruckt gab. Merecot würde das gewiss erwarten. Höchstwahrscheinlich hatte sie den Geistern sogar die Anweisung gegeben, sie aus einer Richtung in die Hauptstadt zu bringen, die Merecots Regierungssitz von ihrer schönsten Seite zeigte.

So jedenfalls hätte es Hanna gemacht.

Die Geister flogen höher hinauf und brachten den Streitwagen zum Gipfel des Berges, wo sich eine Steinterrasse in einem Kreis um die schneebedeckte Bergspitze zog. Hanna spürte die kalte Luft und die Erschütterung in ihren Knochen, als die Luftgeister sie nun auf den Pflastersteinen absetzten.

Die Pferdegeister falteten die Flügel und warteten, bis

Hannas Wachen hinausgeklettert waren und dann Hanna in ihren Stuhl geholfen hatten. Für einen kurzen Moment gestattete sie sich den Luxus, Zorn zu empfinden.

Ich sollte aus eigener Kraft aus diesem Streitwagen steigen, und es ist Merecots Schuld, dass ich das nicht kann.

Doch sie schob diesen Gedanken beiseite, so wie sie es immer tat. Andere hatten ihr Leben verloren. Sie hatte nur ihr Bewegungsvermögen verloren. Trotzdem, dieses Wort »nur« nagte an ihr.

Nachdem die Wachen das gesamte Gepäck aus dem Wagen genommen hatten, stellten sie sich links und rechts von ihr auf wie Ehrenwachen. Sie wünschte, sie hätte die Gelegenheit gehabt, sich umzuziehen. Nach der langen Reise hatte sie den Eindruck, wie ein zerquetschtes Pausenbrot auszusehen, das jemand von ganz unten aus seiner Tasche hervorgezogen hatte.

Und auch das war wahrscheinlich genau das, was Merecot beabsichtigte.

Der Streitwagen mit seinen Geisterrössern setzte sich wieder in Bewegung, fuhr zum Ende der Terrasse und dann darüber hinaus in die Lüfte, um von dort den Wolken entgegenzuschweben. Hanna sah ihnen nach, bis sie verschwunden waren.

»Eine angenehme Art und Weise zu reisen, meint Ihr nicht auch, Botschafterin?«, ertönte hinter ihr eine Frauenstimme. Hanna ließ ihren Stuhl herumwirbeln und sah, dass Merecot – *Entschuldigung, Königin Merecot*, korrigierte sie sich; sie sollte das hier auf keinen Fall vergessen – zu ihnen auf die Terrasse getreten war.

Sie sah aus wie … Nun ja, sie sah nicht ganz so aus, wie Hanna sie in Erinnerung hatte. Sie hatte nach wie vor das schlaksige, arrogante Kind vor Augen, das bei seinen Prüfungen geschummelt hatte. Jetzt hatte sich diese

Schlaksigkeit zu königlicher Größe gestreckt, und Merecot trug ihr juwelenbesetztes Gewand, als wäre sie darin geboren worden. Um ihren Hals lagen goldene Reife, und ihre Oberarme waren mit Armbändern bedeckt, die mehr wert waren als die Hälfte der Häuser in Mittriel. Ihr Kleid war schwarz, mit einem einzelnen weißen Streifen in der Mitte – passend zu ihrem Haar, das von Diamanten übersät war. Rechts und links war Merecot von einem Gefolge aus Wachen umgeben, die allesamt Stahlrüstungen trugen.

Die Wachen aus Semo und die Wachen aus Aratay fassten einander ins Auge, und Hanna musste für einen flüchtigen Moment an Hunde denken, die einander beschnupperten.

»Direktorin«, rief Merecot mit einem Anflug von Überraschung in der Stimme. Dann lachte sie kurz auf, ein Laut, in dem jedoch keine Spur von Belustigung lag. »Daleina hat mir nicht verraten, wen genau sie als Botschafter ausgewählt hat, sondern nur das mutmaßliche Ankunftsdatum genannt. Ob sie wohl glaubt, dass Ihr mich benoten werdet? Bestehe ich die Prüfung, oder falle ich durch?«

Hanna neigte höflich den Kopf. »Euer Majestät.« Sie fragte sich, ob Merecot wohl so töricht sein würde, den Rollstuhl zu erwähnen, oder ob sie geistesgegenwärtig genug war, um zu erraten, warum Hanna wohl mittlerweile im Rollstuhl saß. Nein, Merecot würde das Thema nicht zur Sprache bringen – sie war schon immer schlau gewesen. Nicht subtil und raffiniert, aber doch schlau. Sie würde die Verhandlungen nicht damit beginnen, dass sie sich in eine Situation brachte, die eine Entschuldigung erforderlich machte.

Stattdessen lachte Merecot abermals, diesmal wärmer, mit etwas mehr Herzlichkeit in der Stimme. »Wisst Ihr, ich hatte nicht erwartet, dass sich meine ehemalige Direktorin jemals vor mir verneigen würde. Wenn ich gewusst hätte, dass das einer der Vorzüge meines Amtes ist, hätte ich alles in Bewegung gesetzt, um es mir schon früher zu sichern.«

»Königin Daleina und Königin Naelin wünschen, dass ich Euch zur Begrüßung allerlei Höflichkeiten vortrage«, antwortete Hanna. »Wollt Ihr diese Begrüßungsworte unbedingt hören, oder können wir einfach so tun, als hätte ich sie bereits gesagt, und lieber gleich zu dem Teil der Begrüßung kommen, in dem es um die Versorgung der Gäste geht?«

»Sie haben Euch gar keine speziellen Höflichkeitsgrüße aufgetragen, nicht wahr? Sie haben Euch einfach nur angewiesen, irgendwas zu erfinden.«

Wie gesagt – schlau. »Das stimmt, ja.«

»Dann wollen wir uns beide die Mühe sparen. Ich habe Euch viel zu zeigen und viel mit Euch zu besprechen, und Ihr habt bereits eine lange Reise hinter Euch. Ich will wirklich nicht, dass Ihr mir einschlaft, während wir über das Schicksal unserer Nationen entscheiden.«

Kein Wunder, dass Merecot im Diplomatiekurs durchgefallen ist, dachte Hanna. »Bevor ich ein einziges Wort von dem glaube, was Ihr sagt, muss ich erst Königin Naelins Kinder sehen.«

»Natürlich«, antwortete Merecot. Einen ihrer Wachmänner wies sie an: »Geht die Kinder holen. Wir werden unser Gespräch in meinem Audienzsaal fortsetzen.«

Hanna verkniff sich all die vielen weiteren Fragen: Ging es den Kindern gut? Wie schnell konnten sie zurückgebracht werden? Was hatte sich Merecot dabei gedacht, etwas so Idiotisches zu unternehmen? Stattdessen setzte sie einen Ausdruck höflichen Interesses auf und folgte, von ihren Wachen geschoben, Königin Merecot von Semo in deren Burg.

Daleina hat einen boshaften Sinn für Humor, dachte Merecot. *Das ist eine Überraschung.* Sie setzte ein herzliches
Lächeln auf – das ihr so falsch erschien wie das Lächeln
einer Maske – und führte Direktorin Hanna ins Innere der
Burg.

Botschafterin Hanna, berichtigte sie sich.

Also wirklich! Merecot glaubte nicht, dass Daleina
irgendjemanden sonst hätte auswählen können, der sie
stärker verärgert oder nervöser gemacht hätte. Es juckte
ihr zwischen den Schulterblättern, als hätte ihr jemand
eine Messerspitze auf die Haut gesetzt, aber das war nur
der Blick der Botschafterin. *Voller Missbilligung, gar kein
Zweifel.* Halb erwartete Merecot, gleich mit einem ganzen
Stapel von Prüfungen und Zeugnissen konfrontiert und
sodann über all ihre akademischen Versäumnisse belehrt
zu werden.

Ich hätte bestanden, wenn ich es darauf angelegt hätte,
dachte sie. Sie hatte es einfach als Zeitverschwendung
betrachtet, sich damit abzugeben. *Es war klug von Daleina,
mir nicht mitzuteilen, wen sie schicken würde.* Das Sendschreiben hatte nur die Nachricht enthalten, dass im Laufe
der Woche ein Botschafter eintreffen würde. Als nun die
Direktorin ihrer ehemaligen Akademie aus dem Streitwagen gehoben worden war und mit ihrem verblüffend weißen Haar und den tausend Runzeln im Gesicht ungefähr
hundertfünfzig Jahre alt ausgesehen hatte, war Merecot
folglich ... überrascht gewesen. Sogar schockiert. Vielleicht
verärgert. *Regelrecht sauer,* dachte Merecot.

Und sie hatte sich schuldig gefühlt.

Es war schwer, diese Gefühle beiseitezuschieben, während sie neben dem Gefährt der Direktorin herging. Sie
ließ sich natürlich nicht anmerken, was sie empfand – sie
war entschlossen, die perfekte Gastgeberin und vollendete

Königin abzugeben –, aber es ärgerte sie trotzdem, als sie ihre Gäste nun majestätisch durch die juwelenübersäten Spiegelflure zum Audienzsaal führte, einem wunderschönen, prunkvollen Raum voller roter Samtsofas, schwarzer Basaltstatuen und Kristallkronleuchter. Sie wies ihre Diener an, eine Auswahl ihrer feinsten Weine und Delikatessen aus Semo aufzuwarten, dann ließ sie Musikanten rufen, die einige der weniger nervtötenden Bergmelodien spielen sollten.

»Die Kinder werden bald eintreffen«, teilte sie ihrem Gast mit. »Bis dahin wäre es mir eine Ehre, schon einmal mit unserem Gespräch zu beginnen, wenn Ihr einverstanden seid. Ich weiß, Ihr habt eine lange Reise hinter Euch, aber die Situation in Semo macht rasches Handeln erforderlich. Wenn Ihr Eure Ruhepause so lange hinausschieben könntet, bis ich Euch das Problem geschildert habe, so würde ich das sehr zu schätzen wissen.« *Seht Ihr, ich kann genauso reizend und zuvorkommend sein wie Daleina.*

Hanna musterte sie aus schmalen Augen und recht herablassend – ein Ausdruck, wie ihn Merecot so viele Male in der Akademie an ihr gesehen hatte. »Ihr seid nicht glücklich darüber, mich zu sehen.«

Merecot lächelte unbeirrt weiter. »Natürlich bin ich regelrecht begeistert und fühle mich geehrt. Ich habe um einen Botschafter gebeten, und die Königinnen von Aratay haben mir eines ihrer bevorzugten Schoßhündchen geschickt.«

Botschafterin Hannas Augenbrauen schnellten in die Höhe, und Merecot fühlte sich wieder wie damals als Fünfzehnjährige, als sie nach der Aufnahmeprüfung im Büro der Direktorin gestanden und zugehört hatte, wie diese Frau sie wegen ihrer angeblich eigensüchtigen Ambitionen zur Rechenschaft zog und ihre Hingabe bezweifelte.

»Schlechte Wortwahl?«, erkundigte sich Merecot.

Zwei Diener rollten einen Wagen herein, darauf ein Tablett mit Pasteten und Gebäck – unter anderem ein Kuchen, aus dessen Mitte Dampf aufstieg –, außerdem Kristallkaraffen, die mit unterschiedlichen Weinen gefüllt waren, deren Farbe zwischen Perlmutt und Blutrot schwankte. Sie stellten den Wagen vor dem Stuhl der Direktorin ab. Hanna wählte eine der kleineren Pasteten aus, gefüllt mit Lammfleisch und Kräutern, ohne aber zu essen. »Ich bin mir sicher, Ihr habt genau das Wort gewählt, von dem Ihr auch Gebrauch machen wolltet. Aber um die Sache klarzustellen: Ich habe mich freiwillig für diese Aufgabe angeboten. Wenn wir schon ehrlich zueinander sein wollen: Ich fand, der Diplomatie würde am besten durch eine Botschafterin Genüge getan, die Euch als das Kind sehen kann, das Ihr einst gewesen seid, statt als die Mörderin, zu der Ihr geworden seid. So viel zum Thema Wortwahl meinerseits. Was meint Ihr dazu?«

Um sie herum schnappten die Diener und Wachen, all ihrer Ausbildung zum Trotz, hörbar erschrocken nach Luft. Merecot faltete die Hände und versuchte zu entscheiden, ob sie nun beleidigt oder beeindruckt sein sollte. »Das war wunderschön ausgedrückt.«

»Es ist eine Gabe«, erwiderte Hanna bescheiden.

Irgendetwas ist es jedenfalls schon.

Aber wenn Hanna vorhatte, derart offen zu sein … dann würde die Sache vielleicht doch nicht als Katastrophe enden. Merecot verengte die Augen zu Schlitzen und musterte ihre ehemalige Direktorin. Vielleicht hatte Daleina sie ja wirklich nicht in der Absicht geschickt, Merecot zu beleidigen. Hanna hatte doppelt so lange über die Nordost-Akademie geherrscht, als Merecot überhaupt auf der Welt war. Sie hatte Königinnen aufsteigen und sterben sehen, hatte Ereignisse überlebt, die eigentlich viele Male ihren Tod hätten bedeuten sollen. Vielleicht bestand ja doch noch die Möglichkeit, die ganze Sache zu einem guten Ende zu bringen ...

»Lasst uns allein«, befahl Merecot den Dienern und Wachen.

Natürlich hatten Hannas Wachen nicht die geringste Absicht, den Raum zu verlassen, und Merecots eigene Wachen protestierten dagegen, ihre Königin mit einer fremdländischen Staatsangehörigen nebst deren Soldaten allein zu lassen, aber Merecot ließ ihren Einspruch nicht gelten.

Hanna legte ihre noch nicht angerührte Pastete auf einen Teller, faltete die Hände und wartete höflich ab.

Schweigen senkte sich über den Audienzsaal. Merecot spürte, wie ihr das verdrillte Metall ihrer Krone auf der Kopfhaut kratzte, und sie merkte, dass sie ein viel zu schweres Gewand gewählt hatte. Sie schwitzte darunter und hoffte, dass es nicht auffiel. »Kommt mit mir«, sagte Merecot schließlich. »Allein. Ihr müsst es sehen, um es verstehen zu können. Wir werden nicht lange fort sein, und wenn wir zurückkommen, sind die Kinder hier, wir verschwenden also keine Zeit.«

Sie sah Hanna zögern und ihren Wachen Blicke zuwerfen. Den Wachen würde die Sache nicht gefallen, aber das war Merecot egal. Es war von entscheidender Bedeutung, dass die Botschafterin mit eigenen Augen sah, womit sie es zu tun hatte, und das konnte nicht in der prunkvollen Sicherheit der Burg geschehen.

Ich hoffe wirklich, dass die Sache aufgeht, dachte Merecot, *sonst demütige ich mich hier ganz umsonst.* Um zu beweisen, dass alles, was sie behauptete, der Wahrheit entsprach, würde sie ihrer ehemaligen Direktorin gegenüber Schwäche zeigen müssen. *Sie muss begreifen, dass es in Semo so nicht weitergehen kann, dass vor allem ich selbst so nicht weitermachen kann.*

»Ihr verlangt zu viel …«

»Ihr wisst, dass ich bereits für das, was ich will, getötet habe, also vertraut mir, wenn ich sage, dass ich auch töten würde, um Euch zu beschützen«, erklärte Merecot. »Und das nicht etwa, weil ich Euch mag. Sondern weil ich Euch brauche.«

Seltsamerweise war es gerade Merecots unverhohlenes Eingeständnis ihrer Schuld, das in Hanna den Wunsch weckte, ihr zu vertrauen. Zumindest innerhalb vernünftiger Grenzen. Hanna richtete das Wort an ihre Wachen und befahl ihnen: »Überprüft die Speisen auf Gifte. Ich möchte etwas essen, wenn ich zurückkomme.«

»Es ist kein Gift im Essen«, erklärte Merecot herablassend.

»Natürlich nicht.« Hanna lächelte. »Eine reine Vorsichtsmaßnahme. Ihr werdet einer alten Dame ihre Übervorsichtigkeit nachsehen müssen. Schließlich ist es ja nicht so, als hättet Ihr zuvor schon einmal jemanden vergiftet.« Bevor Hanna Mittriel verlassen hatte, hatte die königliche Giftmischerin ihr und ihren Wachen Päckchen mit Pulvern gegeben, mit denen sich Speisen auf Gift überprüfen ließen – sie vermochten nicht alle Gifte zu erkennen, die es gab, aber das konnte Merecot ja nicht wissen. Die Mittel waren zumindest in der Lage, die offensichtlichen Gifte aufzuspüren, und dienten so hoffentlich zur Abschreckung, um Hanna und ihre Begleiter vor etwaigen einfallsreicheren Gemischen zu schützen.

»Sollten Botschafter eigentlich nicht diplomatischer sein?«, fragte Merecot.

»Woher wollt Ihr das denn wissen? Wenn ich mich recht erinnere, habt Ihr bei den betreffenden Prüfungen gemogelt.« Für einen kurzen Moment fragte sich Hanna, ob es womöglich die falsche Vorgehensweise war, mit einer Königin so ihren Spott zu treiben. Sie kam jedoch zu dem Schluss, dass das letztendlich nicht so wichtig war – wichtig war es, der Königin von Semo an diesem Punkt keinerlei Zugeständnisse zu machen. *Es ist von größter Bedeutung, dass Merecot weiß, dass sie mir keine Angst einjagen kann, nicht einmal mit ihrer Krone und all ihrer königlichen Macht. Vor allem da ich etwas habe, das sie dringend braucht: Daleinas Vertrauen.*

»Ihr seid mit dem festen Entschluss hergekommen, die schlimmstmögliche Meinung von mir zu haben«, entgegnete Merecot. »Ich hoffe, nach unserer kleinen Unternehmung werdet Ihr Eure Meinung ändern.«

Hinter sich hörte Hanna ihre Wachen miteinander tuscheln. Evenna kam in Hannas Gesichtsfeld getreten und ergriff das Wort für sie alle. »Botschafterin, ich muss Einspruch erheben. Es ist unsere Pflicht, Euch zu begleiten.« Sie warf Merecot einen grimmigen Blick zu, als stelle die Königin für sie tatsächlich das Schlimmstmögliche überhaupt dar und als habe sie nicht die geringste Absicht, diesen Eindruck zu korrigieren. Evenna trommelte mit den Fingerspitzen auf das Heft ihres Schwertes und wirkte außerordentlich angespannt.

Würde ich jetzt »Angriff« sagen, wäre sie schon mitten im Sprung, bevor ich das Wort überhaupt fertig ausgesprochen hätte.

»Frieden kann nur in einer Atmosphäre des Vertrauens gedeihen, und die versuchen wir hier aufzubauen.« Hanna bedachte Merecot mit ihrem sachlich-strengsten Direktorinnenblick. »Gehe ich recht in der Annahme, dass Eure Motive ehrenhaft sind?«

Merecots Lippen zuckten leicht. »Ich bin immer ehrenhaft, wenngleich der Ehrenkodex, an den ich mich halte, mein eigener ist.«

Hanna schnaubte, verzichtete aber darauf, ihr zu widersprechen. Sie hatte schon einmal ihr Leben in Merecots Hände gelegt, als sie beschlossen hatte, in ihren Streitwagen zu steigen. Sich jetzt zu sträuben wäre dumm. *Die Entscheidung, nach Semo zu kommen, birgt ein großes Risiko, das war von Anfang an klar.* »Gehen wir.« Sie drehte ihren Stuhl und begann in Richtung Flur zu rollen, aber Merecot hielt sie auf.

»Ich kenne einen besseren Weg«, meinte Merecot mit einem unangenehmen, arroganten Lächeln im Gesicht. Die Königin schritt quer durch den Raum und riss die Fenster auf. Gebirgsluft strömte in den Raum und blähte die Vorhänge.

Hanna unterdrückte ein Seufzen. *Merecot hat schon immer gerne eine Schau abgezogen.* Mit unverändert freundlichem Ausdruck im Gesicht rollte sie sich zurück. Derweil beschwor Merecot einen Luftgeist. Er kam herabgestoßen, um dann direkt vor dem offenen Fenster in der Luft zu schweben. Wie schon die Geister, die den Streitwagen durch die Lüfte gezogen hatten, hatte auch dieser die Gestalt eines geflügelten Pferdes. Seine Flügel ähnelten eher denen einer Fledermaus als denen eines Vogels, und er hatte scharfe Zähne wie ein Wolf. Außerdem trug er einen Sattel, der, wie alles hier, über und über mit Edelsteinen besetzt war. *Edelsteine scheinen hier nur so herumzuliegen, wie bei uns die Blätter,* dachte Hanna.

Mit einer schwungvollen Geste drehte sich Merecot wieder zu ihnen um, als rechne sie mit Applaus.

»Ihr habt Eure Geister gut ausgebildet«, bemerkte Hanna höflich.

Merecot stieß ein Lachen aus, das mehr ein Bellen war. »Ein paar von ihnen.« Und mit dieser ebenso rätselhaften wie verbitterten Feststellung kletterte sie aus dem Fenster und nahm auf dem Luftgeist Platz.

Auf Hannas Befehl hin hoben ihre Wachen sie aus dem Stuhl und auf den Geist hinauf. Evenna flüsterte unaufhörlich mahnende Worte, und Serk knurrte bekräftigend, aber sie konnte alledem keine Beachtung schenken, während sie sich nun in den Sattel setzte. Es tat ihr leid, dass die Sache für ihre Wachen so beunruhigend war. Tatsächlich fand sie es ebenfalls beunruhigend – sie wünschte, das alles hätte bis morgen warten können, so dass sie die Gelegenheit gehabt hätte, sich erst einmal auszuruhen. *Unwahrscheinlich, dass ich …*

Der Geist schwang sich in die Luft, ehe sie den Gedanken auch nur hatte zu Ende denken können. Sie nahmen Kurs gen Nordwesten. Der Wind peitschte ihnen ins Gesicht, und überall um sie herum tummelten sich andere Luftgeister, huschten herum, schnatterten im Wind, veranstalteten Sturzflüge.

Nachdem sie eine Weile geflogen waren, machte Hanna in der Ferne einen roten Fleck aus. Er sah aus wie ein Stück Glut, das sich vom Hintergrund der Wolken abhob. Dann stürzte sich der Geist in eine Wolke, und sie verlor den roten Klecks aus den Augen. Es schien, als würden sie stundenlang so fliegen, in nebelhaftes Weiß gehüllt. Sie verlor jedes Zeitgefühl. Die kalte Luft kroch ihr schmerzhaft in die Knochen, und der brüllende Wind wurde zu einem ständigen Summen in ihren Ohren.

Als sie endlich wieder aus den Wolken auftauchten, war der rote Fleck nicht mehr weit entfernt. Hanna sah es nun deutlich: ein Vulkan mitten im Ausbruch. *Ein aktiver Vulkan! In Semo! Das kann doch nicht sein!*

Doch offensichtlich konnte es durchaus so sein.

Feuergeister umtanzten die Eruption im Zentrum der Flammen, Luftgeister flogen in so schnellen Kreisen, dass dadurch ein Wirbelsturm entstand, und der Wind nahm Feuer und Asche auf und lenkte sie trichterförmig in die Höhe. *Es gleicht dem, was man jenseits der Grenzen von Renthia zu sehen bekommt,* dachte Hanna mit einem Schaudern, *drüben in den ungebändigten Landen. Aber das ist unmöglich ...*

»Seht selbst, was passiert!«, rief ihr Merecot über den Wind hinweg zu. »Dies ist unser Fluch! Ihr wisst bereits, dass es bei uns zu viele Geister gibt. Aber was Ihr und Königin Daleina nicht begreift, ist, was das bedeutet. Diese ›überzähligen Geister‹ haben mich als ihre Königin erwählt, genau wie auch alle anderen Geister in Semo. Sie sind mit mir verbunden. Aber im Gegensatz zu den anderen sind sie nicht zugleich auch mit dem Land verbunden. Sie können sich gar nicht mit ihm verbinden, auch wenn sie das wollten; es gibt einfach nicht genug Land für alle. Und so trachten sie danach, es zu zerstören, es zunichtezumachen.«

Hanna sandte ihre Sinne aus. Sie reichten in ihrem Fall nicht sonderlich weit, dennoch gehörte nicht viel dazu, um die Geister im Wind zu berühren. Ein verzweifelter Hunger traf sie wie ein Faustschlag, und sie wich zurück. Die Gedanken der Geister verschluckten die ihren, und sie konnte ihren eigenen Körper nicht mehr spüren, wusste nicht mehr, ob sie sich noch am Sattel festhielt – und dann lockerte sich ihr Griff, und sie rutschte zur Seite, aus dem Sattel heraus.

Sie stürzte.

Geister scharten sich um Hanna, und sie wurde in den Wirbelsturm hineingerissen. Sie verlor jedes Gefühl dafür, was oben, was unten und was seitwärts war, während sie durch den Himmel geschleudert wurde. Die Hitze des Vulkans traf auf den wirbelnden Wind, und das Geräusch war ein Brüllen, das ihr in die Knochen drang.

Wenn ich hier sterbe, wird man ihr die Schuld geben ... aber ich bin trotzdem tot.

Hanna versuchte, die ihr am nächsten befindlichen Luftgeister mithilfe ihrer Sinne zu kontrollieren – aber sie waren viel zu wild, und sie war nicht stark genug. Sie spürte, wie sie wegglitt, ihr Gesichtsfeld wurde schwarz, und ihre Gedanken verdunkelten sich, bis sie das Bewusstsein verlor.

Als Hanna wieder zu sich kam, lag sie mit verdrehten Gliedern auf Merecots Schoß, auf dem Rücken des Luftgeists. Sie hob den Kopf und sah Berge – kein Vulkan und kein Wirbelsturm in der Nähe. *Ich lebe noch. Was für eine Überraschung.*

»Nicht tot?«, fragte Merecot, dann stieß sie einen gewaltigen Seufzer aus. »Da könnt Ihr Euch bei den Geistern bedanken. Oder sagen wir lieber, bedankt Euch bei mir. Hättet Ihr Euch nicht festbinden können, wenn Ihr schon dazu neigt, in Ohnmacht zu fallen?«

»Ich neige *nicht* dazu, in Ohnmacht zu fallen«, erwiderte Hanna entrüstet. »Ihr habt einen aktiven Vulkan in Eurem Land! Ganz zu schweigen von unkontrollierten Wirbelstürmen.« Sie hätte sich durchaus damit zufriedengegeben, das Ganze aus der Ferne zu betrachten. *Merecots Neigung für das Dramatisch-Spektakuläre hätte mich fast das Leben gekostet.* Hätte Hanna nicht wie eine Satteltasche über Merecots Schoß gelegen, hätte sie sie jetzt mit einem vernichtenden Blick bedacht.

»Was ich gerade sagen wollte, bevor Ihr Euren theatralischen Augenblick hattet, war, dass die überzähligen Geister der Grund dafür sind, warum ich in Aratay eingefallen bin. In Euren Wäldern wäre reichlich Platz für sie – man braucht sich nur all die verödeten Gebiete anzuschauen! Hätte ich meine Geister sowohl über Semo als auch über Aratay verteilen können, dann hätten wir genug Land für sie alle gehabt, und meine Untertanen müssten nicht mehr in ständiger Angst vor einem Vulkanausbruch oder vor einer Lawine leben, die jeden und alles auslöschen könnten, was ihnen teuer ist.«

Hanna unterzog ihren Körper im Geiste einer Untersuchung. Alles tat weh. Es kam ihr so vor, als bestünde sie aus einem einzigen riesigen blauen Fleck. Selbst das Atmen schmerzte. Auch ihre Beine brannten, obwohl sie wusste, dass das kein echter Schmerz war. Und doch war, was ihr am meisten zu schaffen machte, der Unsinn, den sie da zu hören bekam. »Deshalb also habt Ihr versucht, Daleina zu ermorden? Ihr wolltet sowohl über Semo als auch über Aratay herrschen, um dadurch Semo zu retten?«

»Ja. Genau so ist es.«

»Und es ist Euch nie in den Sinn gekommen, zuerst einmal einfach mit ihr zu reden? Sie um Hilfe zu bitten? Sie hätte Euch vielleicht ihre Unterstützung bei der Kontrolle der Geister anbieten können.«

»Ehrlich gesagt, daran habe ich nie gedacht, nein. Aber jetzt, wo ich weiß, dass sie offen für Verhandlungen ist, wäre es mir lieb, wenn Ihr ihr meine Bitte unterbreiten würdet: Sie möge Königin Naelin nach Semo entsenden, damit sie mir bei den überzähligen Geistern hilft. Mit vereinter Macht sind wir vielleicht stark genug, um die überzähligen Geister zu bändigen und das Land zu retten.«

Hanna schüttelte den Kopf. »Warum um alles in der Welt sollten die beiden Euch helfen? Beide Königinnen haben allen Grund, Euch zu misstrauen. Ihr seid in unser Land eingefallen, und Ihr habt Daleina vergiftet. Ihr habt Königin Naelins Kinder entführt und den Wolf Bayn angegriffen.«

»Ich musste Naelins Aufmerksamkeit auf mich lenken! Daleina hat mir damals im Hain versprochen, mir behilflich zu sein, aber diese Hilfe ist nicht eingetroffen. Und Semo kann nicht mehr lange warten. Ihr habt den Vulkan gesehen! Nicht einmal ich kann derartige Mächte auf ewig im Zaum halten, und wenn mich meine Kraft verlässt ...«

Hanna war überrascht, Frustration in Merecots Stimme zu hören. Und Furcht.

»Lasst mich Euch zeigen, was da alles auf dem Spiel steht.«

Auf Merecots Befehl hin glitt der Luftgeist nach Osten. Auch wenn Hannas Position quer über dem Sattel nicht gerade die bequemste war, bot sich ihr von dort aus doch ein hervorragender Ausblick über Semo. Es war ein recht dicht besiedeltes Land, mit Ansammlungen von Häusern, die sich die Berghänge hinaufzogen oder sich in die Täler dazwischen schmiegten. Die unteren Hänge waren zumeist landwirtschaftliche Nutzflächen, mit Terrassen und Hochebenen, und die Häuser und Wohnungen selbst befanden sich entweder höhlenhaft im Berginneren oder sie ragten in schwindelerregenden Höhen aus den Bergwänden hervor. Hanna verstand, warum diese Leute Angst vor außer Kontrolle geratenen Geistern hatten – ihr Leben war auch so schon gefährdet genug.

Es ist ein Zeichen von Verantwortungsbewusstsein, dass sich Merecot um sie sorgt, dachte Hanna. Ganz gleich, ob sich Merecot nur deshalb um die Bewohner des Landes sorgte, weil sie keine Versagerin sein wollte, oder ob sie wirklich Mitgefühl mit ihnen empfand, das Ergebnis war dasselbe –

Merecot war überzeugt, im besten Interesse ihres Volkes zu handeln. So viel war klar. Ihre leidenschaftliche Hingabe war nur zu berechtigt.

Es war nur die Wahl ihrer Mittel, die mit einem Makel behaftet war.

Und das war ein sehr, sehr großer Makel.

Wieder am Palast in Arkon angekommen, flogen die Luftgeister durch das offene Fenster hinein, und Diener und Wachen scharten sich um Hanna und Merecot. Hannas Wachen machten ein gewaltiges Aufhebens um sie, so dass Hanna sie zurückscheuchen musste. Sie sank auf eines der Samtsofas, machte sich über die Pasteten her, nippte an den süßen Weinen und versuchte, ihren Verstand zu zusammenhängenden Gedanken zu zwingen.

Merecot hatte das Problem nicht übertrieben dargestellt. Jetzt, da sich Hanna mit eigenen Augen ein Bild von der Situation im Land verschafft hatte, verstand sie die Verzweiflung besser, die Merecot dazu getrieben hatte, so rücksichtslos zu handeln.

Aber das entschuldigte nicht all den Schaden, den sie angerichtet hatte.

»Ihr habt versichert, dass ich die Kinder sehen würde, sobald wir zurückkehren«, wandte sich Hanna an die Königin. Wenn sie die Kinder gut behandelt hatte, wenn sie vorhatte, in guter Absicht zu verhandeln ... *zumindest soweit man bei einer Entführerin und Mörderin überhaupt von »guter Absicht« sprechen kann* ... wenn sie bei ihrer Handlungsweise die Interessen ihres Volkes im Sinn hatte, dann konnte die ganze Angelegenheit vielleicht immer noch ein glückliches Ende nehmen.

Wobei »vielleicht« das entscheidende Wort ist, überlegte sie. Aber trotzdem ... wenn auch nur die leiseste Möglichkeit einer friedlichen Lösung bestand ... *Wir brauchen ihr nicht*

alles zu verzeihen, was sie getan hat, aber wir müssen einen
Weg finden, um friedlich mit ihr auszukommen.

Merecot schritt zur Tür hinüber und riss sie auf. »Lasst
sie hereinkommen!«

Hanna hörte sie, bevor sie sie sehen konnte: Sie lachten
und riefen, ihre Füße klatschten über den Steinboden des
Flurs, und dann purzelten zwei prächtig gekleidete Kinder
in den Raum.

Erian und Llor.

Ihre Gesichter waren gerötet. Sie lächelten. Sie lebten.

Als Llor Hanna sah, hellte sich sein Gesicht auf. »Ich
kenne Euch! Erian, Erian, schau nur. Wir kennen sie doch!«
Beide Kinder kamen zu ihr herübergeeilt.

»Direktorin Hanna!«, rief Erian. »Wir freuen uns ja so,
Euch zu sehen! Königin Jastra hat uns schon gesagt, dass
wir bald einem vertrauten Gesicht begegnen werden.«

»Ich hatte ja gehofft, es wäre Mama«, warf Llor ein.

Erian fügte schnell hinzu: »Aber es ist auch schön, Euch
zu sehen.«

Llor nickte zustimmend. »Ihr habt ein sehr nettes Gesicht.«

Hanna musste lächeln. Niemand hatte ihr je zuvor gesagt,
dass sie ein nettes Gesicht habe. Im Allgemeinen waren
ihre Schülerinnen viel zu sehr damit beschäftigt gewesen,
sich darüber den Kopf zu zerbrechen, ob sie wohl bestehen
oder durchfallen würden, um einen Gedanken darauf zu
verschwenden, ob ihre Direktorin nun »nett« wirkte oder
nicht. »Geht es euch gut? Wie hat euch Königin Merecot
behandelt?«

»Sie gibt uns Schokolade«, berichtete Llor.

»Sie hat uns nicht wehgetan«, ergänzte Erian mit erns-
tem Blick – Llor mochte nicht verstehen, was genau vor
sich ging und warum er hier war, aber nach Erians Miene

zu urteilen, war sich Hanna sicher, dass Erian das durchaus begriff. »Aber sie hat uns nicht nach Hause gehen lassen. Seid Ihr hier, um uns nach Hause zu bringen, Frau Direktorin?«

Hanna zögerte. Sie war unsicher, wie sie die Frage beantworten sollte. Sie wollte dem Mädchen keine falschen Hoffnungen machen. Aber wäre es denn eine falsche Hoffnung? Bisher stimmte alles, was Hanna gesehen hatte, mit Merecots Behauptungen überein.

Königin Merecot kam herangerauscht. »Es liegt ganz in Eurer Hand, Botschafterin. Werdet Ihr Königin Naelin bitten, nach Semo zu kommen und mir dabei zu helfen, *meine* Kinder zu retten, das Volk dieses Landes?«

Hanna musterte Erian und Llor noch einen weiteren Moment lang. Beide waren unversehrt, gut genährt und schienen recht glücklich – einmal davon abgesehen, dass sie ihre Mutter vermissten. Und Semo war genau so, wie Königin Merecot es beschrieben hatte: von Geistern überlaufen und in Gefahr.

Es konnte natürlich trotz allem eine Falle sein. Aber sie hatte genug gesehen, um sich in einem Punkt sicher zu sein: Königin Naelin musste herkommen. Ihre Kinder waren hier und am Leben, und es bestand die Möglichkeit – eine leise Möglichkeit, zugegeben, aber immerhin eine Möglichkeit –, einen echten, dauerhaften Frieden zu schaffen. »Ihr werdet Euer Wort halten? Ihr werdet die Kinder wirklich zurückgeben, wenn Königin Naelin in guter Absicht mit Euch verhandelt?«

»Wenn Königin Naelin nach Semo kommt und sich einverstanden erklärt, mir dabei zu helfen, eine Lösung für unser Problem zu finden, dann, ja, steht es ihren Kindern frei, das Land zu verlassen.« Königin Merecot machte eine wegwerfende Handbewegung, als würde sie die Kinder als ein Ärgernis empfinden, das sie loswerden wollte, nichts weiter.

In ihren Augen sind sie wahrscheinlich tatsächlich ein nerviges Ärgernis, dachte Hanna und unterdrückte ein Lächeln. Merecot wirkte auf sie nicht gerade wie der mütterliche Typ. Seltsamerweise war es diese kleine menschliche Reaktion, die bewirkte, dass Hanna ihr Glauben schenkte, wenn sie Merecot auch nicht direkt vertraute.

»Also schön«, entschied Hanna. »Ich werde meinen Königinnen eine Nachricht zukommen lassen. Ihr werdet Hilfe bei der Rettung Eures Volkes erhalten. Aber wenn Ihr ein falsches Spiel spielt … Wenn Ihr diesen Kindern ein Leid antut … Wenn Ihr sie nicht zurückgebt …«

Königin Merecot zog die Augenbrauen hoch. »Aha, sind wir jetzt also bei jenem Teil der ›Diplomatie‹ angelangt, wo wir anfangen, irgendwelche dunklen Drohungen auszusprechen? Glaubt mir, Botschafterin, ich bin mir vollauf bewusst, was hier auf dem Spiel steht und was passiert, wenn ich nicht liefere.«

Bevor Hanna antworten konnte, meldete sich Erian zu Wort: »Mama wird Euch umbringen – das ist es, was passiert.« Ihr Bruder neben ihr nickte bekräftigend.

»Ja«, antwortete Hanna mit sanfter Stimme. »Ich glaube, die Kinder haben recht.«

Königin Merecot schwieg für einen Moment. »Schickt Eure Nachricht, Botschafterin.«

Kapitel 13

Naelin wusste, dass Botschafterin Hanna bald ihren Bericht schicken würde. Sie hatte versprochen, es zu tun – sobald sie sich einen Überblick über das Ausmaß der Bedrohung verschafft hatte, sobald sie die Kinder gesehen hatte, sobald sie irgendwelche Neuigkeiten hatte, wollte sie Naelin eine Nachricht zukommen lassen.

Doch »bald« war nicht bald genug.

Nachdem Naelin die Geister ihre Gemächer erst hatte verwüsten und dann wieder instand setzen und neu einrichten lassen, verließ sie ihr Zimmer und spazierte durch die Flure des Palastes. Höflinge und Diener verneigten sich vor ihr und sprachen Naelin wegen des mutmaßlichen Todes ihrer Kinder ihr Beileid aus.

Sie bedachte sie mit einem spröden Lächeln und dankte ihnen, ohne sie zu berichtigen.

Es war sicherer, wenn sie die Wahrheit nicht kannten. Oder vielmehr das, wovon Naelin hoffte, dass es die Wahrheit war.

Wo bleibt die Nachricht, Hanna?

Die meisten Menschen behandelten Naelin, als wäre sie eine zerbrechliche Teetasse, die zerspringen würde, wenn man sich ihr auch nur näherte, oder ein wildes Tier, das jeden Moment zuschnappen konnte. *Ich kann ihnen keinen Vorwurf daraus machen*, dachte sie. *Ich bin tatsächlich gefährlich.*

Auf der Flucht vor all den mitfühlenden und nervösen Blicken landete sie schließlich in der Palastküche. Sie war leer bis auf Arin. Daleinas jüngere Schwester flocht Teigstränge zusammen, um einen Brotzopf zu backen. Naelin blieb einen Moment lang schweigend in der Tür stehen und fragte sich, ob sie besser wieder gehen sollte. Arin wirkte so völlig zufrieden, während sie in aller Seelenruhe den Teig dehnte und zwirbelte, und Naelin wollte diesen Frieden nicht durch ihre eigene Beklommenheit zerstören.

Naelins Blick wanderte zu der Kurbel für den Speiseaufzug hinüber; sie erinnerte sich daran, wie ihr Erian und Llor erzählt hatten, dass Arin sie beide samt dem kostbaren Gegenmittel mittels dieser Kurbel in den Turm der Königin hinaufbefördert hatte. Ihre Worte hatten sich bei ihrem Bericht so sehr überschlagen, dass Naelin nur mit Mühe hatte zusammenfügen können, was sie sagten, aber sie wusste, dass Arin ihnen durchaus zugetraut hatte, die Königin zu retten – und genau das hatten sie dann auch getan. Naelin wäre beinahe vor Stolz geplatzt, als sie davon gehört hatte.

Kein Sich-Suhlen in Erinnerungen mehr! Kein Nachdenken mehr! Es reicht!

»Darf ich dir Gesellschaft leisten?«, erkundigte sich Naelin.

Arin zuckte erschrocken zusammen. »Euer Majestät! Ja, natürlich. Bitte. Kann ich Euch vielleicht irgendetwas anbieten?«

»Nicht, solange du mir nicht ein wenig Geduld backen kannst.«

Arin sah sie mitfühlend an. »Noch immer keine Nachricht von Botschafterin Hanna?«

Naelin schüttelte seufzend den Kopf. Dann ließ sie sich neben Arin auf einen Hocker sinken. Zumindest war sie

hier mit jemandem zusammen, der die Wahrheit kannte –
Arin war mit im Raum gewesen, als Daleina den erpresse-
rischen Brief vorgelesen hatte. Hier brauchte sie sich gegen
kein unerwünschtes Mitgefühl zu wappnen.

»Ihr braucht eine Ablenkung«, sagte Arin. »Einen Zeit-
vertreib. Wie das hier.« Sie tauchte einen dicken Pinsel in
einen Becher und machte sich daran, die Oberfläche des
Teigzopfes mit der im Schein des Herdfeuers glänzenden
Butter zu bestreichen.

»Ich habe früher Amulette angefertigt«, erzählte Naelin.
Sie war gut darin gewesen, damals, als sie noch geglaubt
hatte, ganz allein damit ihre Familie beschützen zu können.

»Dann macht doch auch jetzt welche.« Arin deutete mit
dem Kopf zur Speisekammer und zu den getrockneten
Kräutern hinüber, die dort von den Dachsparren hingen.
»Ihr befindet Euch in der am besten ausgestatteten Küche
in ganz Mittriel, und es ist ja nicht so, als müsstet Ihr als
Königin irgendjemanden um Erlaubnis bitten.«

Es war seltsam, aber manchmal brauchte sie noch immer
eine kleine Erinnerung daran, dass ihr als Königin das alles
strenggenommen tatsächlich gehörte (zumindest jedenfalls
ihr und Daleina). Sobald diese Erkenntnis zu ihr durch-
gedrungen war, begann sie an Arins Vorschlag Gefallen zu
finden, und es schien ihr eine ziemlich gute Idee zu sein.
Jeder konnte zusätzliche Amulette zum Schutz gegen die
Geister gebrauchen, und dank ihrer Macht waren Naelins
Amulette immer sehr wirksam gewesen. Je mehr sie darüber nachdachte, desto weniger fand sie einen Grund, jetzt
nicht genau das zu tun. Es war bereits spät, Abwasch und
Aufräumen nach dem Abendessen waren längst erledigt,
und niemand würde die beiden mehr stören.

Mit einer Zuversicht, wie sie sie seit Tagen nicht mehr
empfunden hatte, machte sich Naelin daran, alles, was sie

benötigte, aus den zahllosen Regalen zu wählen. Um sich Arin gegenüber Platz zum Arbeiten zu schaffen, schob sie einen Stapel Schüsseln beiseite. Für eine Weile schwiegen sie beide – Arin mit ihrem Brotzopf beschäftigt und Naelin mit ihren Kräutern. Sie fertigte ein einfaches Amulett zum Schutz gegen Erdgeister an, das aus Kräutern des Waldbodens bestand und dem getrocknete Pfefferschoten beigegeben waren. Das Geheimnis bestand in der richtigen Mischung der Kräuter, um einen Duft zu kreieren, der in seinen Bestandteilen zugleich natürlich und in deren Kombination unnatürlich erschien, so dass er die Geister abstieß.

»Ihr könntet dem Ganzen noch mehr Kraft verleihen«, bemerkte Arin. »Einige Zweiglein Basilwurz, zusammen mit diesem Pulver, das ich entwickelt habe – das wird sie nicht einfach nur abstoßen; es wird sie verbrennen.«

»So etwas hast du gelernt?«, fragte Naelin. »Ich habe geglaubt, du wärst der Lehrling der königlichen Giftmischerin. Lernst du da nicht vor allem etwas über Gifte?«

»Nur über Gifte gegen Geister. Jeder Lehrling wählt sein Spezialgebiet – allerdings glaube ich, dass Lehrmeisterin Garnah von meinem womöglich enttäuscht sein wird. Sie hat es eher auf Menschen abgesehen.« Arin schüttelte angewidert den Kopf, dann sah sie Naelin an. »Wie auch immer – ich kann Euch gern zeigen, was ich da entwickelt habe, wenn Ihr wollt.« Arin wischte sich die Hände ab. Sie hatte einen Mehlfleck auf der Wange. »Könntet Ihr einen Feuergeist herbeirufen?«

Naelin rief nach einem, als pfiffe sie nach einem Hund. Der Geist schoss den Schornstein herunter und landete im Feuer der Herdstelle. Funken flogen aus dem Kamin, und das Holz knisterte. Der winzige Geist war menschenähnlich, mit den Augen eines Kindes und roten Metallschuppen am ganzen Leib.

»Tretet besser etwas zurück«, warnte Arin.

Naelin zog sich in eine Wandnische mit einem Tisch und einem Hocker zurück, wo sich das Küchenpersonal an besonders geschäftigen Tagen im Wechsel auszuruhen pflegte. Sie sah zu, wie Arin eine Phiole aus ihrer Tasche zog und sie schüttelte. Arin schob konzentriert die Lippen vor und zielte – dann warf sie.

Das Glas zersplitterte auf den Ziegelsteinen in der Herdstelle, und ein lila Pulver explodierte in einer Wolke über dem Feuer. Der laute Knall ließ Naelin zusammenzucken.

Sie hörte Rufe von oben, dann Schritte.

»Hoppala«, sagte Arin.

»Alles in Ordnung!«, rief Naelin zu den Palastwachen hinauf.

Sie glaubten ihr natürlich nicht und kamen in die Küche gestürmt. Aber als sich nun der lila Rauch verzog, wurde deutlich, dass keine Gefahr bestand. Da war nur ein winziger Feuergeist, der bewusstlos auf der Herdstelle lag. Naelin trat zu ihm hin. Griff nach seinem Arm und ließ ihn wieder fallen. Der dünne verkohlte Arm klatschte zurück auf die Ziegelsteine. Sie berührte den Geist mit ihren Sinnen – er lebte noch, aber … schlief er?

Nachdem sich die Wachen davon überzeugt hatten, dass ihre Königin weder in Gefahr war noch selbst Gefahr verursachte, zogen sie sich wieder ins Treppenhaus zurück. Naelin sah Arin an. »Das sollten wir ganz unbedingt den Amuletten hinzufügen.«

Arin grinste, und Naelin merkte, dass sie zurückgrinste.

Seite an Seite arbeiteten sie fast die ganze Nacht hindurch, bis kurz vor Tagesanbruch die ersten Küchendiener eintrafen, um mit ihren morgendlichen Vorbereitungen zu beginnen. Graues Licht erwärmte die Fenster, als die beiden die Küche endlich ihrem Personal überließen. Die Diener umschwärmten sie und halfen ihnen, die übrig gebliebenen Kräuter und anderen Zutaten wegzuräumen, ungeachtet Naelins Protests, dass sie sehr gut selbst hinter sich aufräumen könne – sie hatte all die Unordnung angerichtet, sie sollte sie auch beseitigen. Doch die Diener erledigten diese Aufgabe erheblich schneller, und Naelin und Arin wurden, zusammen mit Arins Brotzopf und einem Stapel der Pulveramulette, zu einer der Wandnischen hinübergeschoben.

»Wenn Ihr nicht Königin wäret, würde ich vorschlagen, gemeinsam den besten Hexenladen der Stadt aufzumachen«, meinte Arin und drückte die Amulette an sich.

»Der Laden würde sicher brummen«, pflichtete Naelin ihr bei.

»Ich hatte vor, meine eigene Bäckerei zu eröffnen – zusammen mit Josei, das war mein Traum. Er war der Bäckerjunge in dem Ort, wo meine Familie gelebt hat. Er ist mein bester Freund gewesen. Wir hatten sogar davon gesprochen zu heiraten, wenn wir älter wären.«

Naelin hörte die Vergangenheitsform. »Geister?«, riet sie.

»Ja, als Königin Fara gestorben ist.«

»Das tut mir leid.«

»Nach seinem Tod haben das immer alle gesagt: ›Es tut mir leid.‹«

Naelin dachte an die Menschen im Palast und an die Dorfbewohner in Rotblatt und an ihre endlosen leeren Beileidsbezeugungen. Es war wohl das Einzige, was sie zu sagen wussten.

Und sie hatte gerade mit Arin das Gleiche gemacht.

»Zuerst hat es nicht geholfen«, fuhr das Mädchen fort. »Ich wollte sie ständig nur anschreien: ›Wenn es Euch so leidtut, warum habt Ihr ihn dann nicht gerettet?‹ Aber es ist ja nicht so, als hätte ihn irgendjemand retten können. Es ist einfach passiert. Und plötzlich waren all meine Träume, alle Pläne, die wir geschmiedet hatten, genauso tot.« Sie sah Naelin an. »Ich behaupte nicht, dass für Euch das Gleiche gilt. Ich weiß, dass Erian und Llor nicht tot sind, und vielleicht ist auch Bayn nicht tot, aber …« Ihre Stimme verlor sich, als wolle sie noch etwas hinzufügen, wisse aber nicht, wie sie es formulieren sollte.

Naelin beugte sich über den Tisch und drückte Arin die Hand. Arin erwiderte den Händedruck, dann brach sie einen ihrer frisch gebackenen Brotzöpfe auseinander und reichte Naelin die Hälfte.

Naelin biss hinein. Das Brot war süß, weich und blättrig; eines der besten Brote, die sie je gegessen hatte. Auch wenn Arin nun bei einer Giftmischerin in die Lehre ging, konnte sie doch offensichtlich sehr gut backen. Sie hätte die Möglichkeit bekommen sollen, mit ihrem Freund jene Bäckerei zu eröffnen. *Seltsam, wie das Schicksal sich wenden kann, während wir selbst ganz andere Pläne schmieden,* dachte Naelin.

»Wir sollten jetzt wohl schlafen gehen«, bemerkte Arin und sah zu den Küchendienern hinüber, die emsig umherhuschten und das Frühstück für die Höflinge, Wachen sowie alle anderen im Palast vorbereiteten.

»Ich glaube, wir dürften die Gelegenheit dazu verpasst haben«, erwiderte Naelin und deutete zum Treppenhaus hin. Der Truchsess hatte gerade den Kopf in die Küche gestreckt und sah sich suchend um. Als er Naelin entdeckte, leuchteten die Augen unter seinen buschigen Brauen auf, und er kam durch die Küche zu ihrer Wandnische herüber.

Auch wenn der Raum eine Küche und kein Thronsaal war, verneigte sich der Truchsess in aller Förmlichkeit. »Königin Naelin, es ist ein Geist eingetroffen, der eine Nachricht von Botschafterin Hanna gebracht hat. Königin Daleina hat sich gerade mitten in einer Besprechung mit den Meistern befunden, als der Brief kam. Sie besteht darauf, auf Euch zu warten, bevor sie etwas über den Inhalt verlauten lässt.«

Naelin sprang auf. »Behalte die Amulette«, wandte sie sich an Arin. »Und … danke.«

Naelin folgte dem Truchsess die Wendeltreppe hinauf. Sie wäre am liebsten losgerannt wie ein ungeduldiges Kind. *Bitte lass es gute Neuigkeiten sein! Bitte!*

Er führte sie hinauf – und immer weiter hinauf – zum Saal der Meister der Königin, hoch oben auf dem Wipfel des östlichsten Baums. »Hätte nicht irgendeine Königin einen Aufzug einbauen lassen können?«, keuchte Naelin. Sie war es gewohnt, durch die Bäume zu klettern, aber hier handelte es sich um eine aberwitzig hohe Zahl von Stufen. *Sind wir denn immer noch nicht da?*

»Eure Vorgängerinnen haben ähnliche Gedanken geäußert«, antwortete der Truchsess trocken – er erweckte zumindest nicht den Eindruck, als mache er sich über sie lustig. Doch er war nicht im Mindesten außer Atem, wie sie bemerkte. »Einige von ihnen haben sich von Geistern in den Saal bringen lassen.«

»Es ist nicht meine Art, zu meiner eigenen Bequemlichkeit auf die Dienste von Geistern zurückzugreifen. Das tue ich nur, wenn es notwendig ist.« Und gegenwärtig gab es nur ein einziges Szenario, das, wie sie hoffte, so etwas notwendig machen würde: die Rettung ihrer quicklebendigen Kinder.

Sie stieg schneller die Stufen hinauf.

Oben an der Treppe angelangt, wurde sie von Wachposten begrüßt, denen sie im Vorbeigehen nur knapp zunickte. Alle Meister, auch Ven, saßen in einem Kreis entlang der Wände des Saals.

Sie war nur ein einziges Mal hier oben gewesen, um sich

nach ihrer Krönung mit den Meistern zu treffen. Seither waren die Ranken verwelkt, die die Bogen umrahmten, und nur einige wenige goldene Blätter hingen noch daran. Man hatte einen zweiten Thron herbeigeschafft. Dieser war nicht aus dem Baum selbst herausgewachsen, trotzdem war er genauso schön, aus dunklem Kirschholz, mit Wirbeln aus weißer Kiefer verziert. Von der Kletterpartie immer noch außer Atem, ließ sich Naelin auf den Thron fallen. Sie spürte die Blicke aller Meister auf sich.

Und unterzog sie nun ihrerseits einer Musterung. Viele von ihnen kannte sie gar nicht, aber die meisten wirkten … nun ja, das wohl freundlichste Wort war »ergraut«. Die meisten sahen aus, als hätte ein Bär auf ihnen herumgekaut und sie dann wieder ausgespuckt, weil sie zu zäh für ihn waren.

Um danach das Ganze gleich noch mal zu versuchen.

Es war ein amüsanter Gedanke, aber nun bemerkte sie auch die leeren Stühle. Meister, die gestorben und noch nicht ersetzt worden waren.

Sie sah, dass diese Menschen mit den durch viele Jahre des Dienstes gezeichneten Gesichtern sie abschätzend musterten, einige neugierig, andere mit unverhohlener Feindseligkeit im Blick – sie hatte sich in letzter Zeit wenig Freunde gemacht. Da war das Sterben der Geister gewesen, das Erdbeben und all die anderen Katastrophen, die sie verursacht hatte. Ein Anflug von Schuldgefühlen befiel sie. Aber andererseits fand sie auch, dass diese Meister gut reden hatten. Schließlich lebten sie aus gutem Grund ohne eine Verbindung mit den Geistern, und sie würde gerne mal sehen, wie sie …

In einem Winkel des Raums begann sich ein Luftgeist erregt zu bewegen, und Naelin zog sich schnell hinter die innere Mauer zurück, die zu errichten Hanna ihr beigebracht hatte.

Sobald sie sich wieder unter Kontrolle hatte, richtete sie sich gefasst auf.

Daleina nickte ihr majestätisch zu, und Naelin fragte sich, wie viele Male sie dieses Nicken wohl geübt haben mochte, bis sie es so perfekt beherrschte. Die roten, goldenen und braunen Strähnen in ihrem Haar waren kunstvoll unter ihrer Krone gelockt. Diese junge Frau hatte nicht annähernd so viel Gewalt über die Geister wie Naelin, und doch hatte Naelin, wenn sie beieinander waren, immer das Gefühl, die minderwertige Königin zu sein. Vielleicht lag es an Daleinas Ausbildung. Oder an ihrer Erfahrung. Vielleicht war sie auch einfach klüger zur Welt gekommen, als ihre Jahre es vermuten ließen. Aber immer wenn sie in ihrer Nähe war, fühlte sich Naelin wie ein Kind und hoffte inständig, dass Daleina irgendwie alles würde in Ordnung bringen können. Naelin wandte den Blick ab, nur um nun Vens Blick zu begegnen, und sie sah in seinen Augen ein Spiegelbild ihrer eigenen ängstlichen Hoffnungen.

»Leben sie noch?«

»Ja«, antwortete Daleina.

Naelin schloss für einen Moment die Augen. Eine Welle der Erleichterung schlug über ihr zusammen, gewaltig wie ein Sturm, dann öffnete sie die Augen wieder und ließ die nächste Frage folgen: »Sind sie unversehrt?«

»Ja.«

Sie legte den Kopf in die Hände. Plötzlich zitterte sie am ganzen Leib, versuchte, das Zittern unter Kontrolle zu bringen … ohne Erfolg. Sie schluchzte nicht, aber trotzdem kamen ihr die Tränen. *Am Leben und unversehrt!* Daleina hätte ihr kein besseres Geschenk machen können als diese beiden Jas.

Königin Daleina hob die Stimme, um das Wort an die versammelten Meister zu richten und ihre Aufmerksamkeit auf sich zu lenken, bevor sie irgendwelche weiteren Fragen stellen konnten. »Ich entschuldige mich für die Geheimhaltung der Sache, und ich danke Euch für Eure Geduld.« Mit knappen Worten fasste sie die Situation zusammen: Königin Naelins Kinder lebten, Königin Merecot hatte Luftgeister aus Semo eingesetzt, um sie zu entführen, und Direktorin Hanna von der Nordost-Akademie war als Botschafterin entsandt worden, um sich ein Bild von der Situation zu machen.

Während sie sprach, klopfte sie sich mit einer Pergamentrolle auf die Handfläche – Botschafterin Hannas Bericht. Naelin, die sich nun wieder gefasst hatte, starrte darauf, als brauche sie nur angestrengt genug hinzuschauen, um durch das Pergamentpapier hindurch die Buchstaben lesen zu können. Sie wollte mehr wissen! Was hatten ihre Kinder gesagt? Was machten sie jetzt? Hatten sie Angst? Vermissten sie ihr Zuhause? Wussten sie, wie sehr Naelin sie vermisste?

Sie war nicht der einzige Mensch im Raum, der mehr wissen wollte – die Meister redeten alle wild durcheinander.

Naelin hätte sie am liebsten angeschrien, dass sie den Mund halten und Daleina aussprechen lassen sollten, aber Daleina saß nur abwartend da, während die Meister immer lauter und lauter schnatterten, wie aufgescheuchte Vögel, deren Nester jemand plündern wollte. Naelin rutschte auf ihrem Thron hin und her, und es war ihr, als hämmerten ihr die Stimmen von innen gegen den Schädel:

Ungeheuerlich!

Die Kinder der Königin zu entführen!

Es ist ein kriegerischer Akt! Nicht hinnehmbar!

Wir müssen zurückschlagen!

Wir müssen eine Rettungsaktion in die Wege leiten!

Endlich übertönte Vens Stimme die aller anderen. »Euer Majestät, was schreibt Botschafterin Hanna in ihrem Bericht?« Naelin warf ihm einen dankbaren Blick zu.

»Botschafterin Hanna berichtet, dass die Kinder wohlauf sind. Sie scheinen wie Gäste behandelt zu werden und sind unverletzt. Sie glaubt, dass Königin Merecot um ihres Volkes willen aus Not und Verzweiflung gehandelt hat.«

Darauf folgte ein neuerlicher Ausbruch:

Das ist keine Entschuldigung!

Sie sind noch Kinder!

Unverzeihlich.

»Als Gegenleistung für die sichere Rückkehr der beiden ...«, begann Daleina und faltete die Hände über dem Pergament. Naelin bemerkte, dass sie nicht so ruhig und gelassen war, wie sie aussah – Daleina ballte unentwegt die Hände zusammen und öffnete sie wieder, so dass das Papier unter ihren Fingern an den Rändern zerknitterte. »Als Gegenleistung verlangt Königin Merecot, dass Königin Naelin Semo aufsucht und dabei hilft, die überzähligen Geister Semos zu bezähmen.«

»Das ist natürlich eine Falle«, rief einer der Meister und sprang auf.

»Das haben wir zuerst ebenfalls geglaubt«, erwiderte Daleina. »Wir haben Botschafterin Hanna entsandt, um herauszufinden, ob es sich wirklich so verhält. Sie hält die Sache für sicher genug, dass Königin Naelin Königin Merecots Einladung annehmen kann, und ich vertraue ihrem Urteilsvermögen.«

Eine der Meisterinnen erhob sich. »Euer Majestät, bei allem schuldigen Respekt, Botschafterin Hanna besitzt nicht die gleiche Macht wie Königin Merecot. Wenn sie getäuscht wurde ...«

»Sie ist nicht der Typ Frau, der sich leicht täuschen lässt.«

»… oder wenn sie manipuliert worden ist?«

Ein weiterer Meister ergriff das Wort. »Es reicht ja aus, dass Königin Merecot ihre Meinung ändert. Sie bittet uns, auf unser Sicherheitsnetz zu verzichten! Aratay hat keine Thronanwärterinnen. Falls Königin Naelin Aratay verlässt und, aus welchem Grund auch immer, nicht zurückkehren kann, sind wir wieder verwundbar.«

Erneut begannen die Meister, sich aufgeregt wie ein Schwarm Hühner zu zanken.

Naelin verlor den Überblick darüber, wer gerade das Wort hatte. Sie beugte sich zum anderen Thron hinüber, zog Daleina die Nachricht aus der Hand und las. Der Bericht der Botschafterin war kurz und bündig, und sie umriss ihren Vorschlag in klaren Worten, was auch für ihre Gewissheit galt, dass ein Eingehen auf Merecots Forderung sowohl die Probleme Aratays als auch diejenigen von Semo lösen würde. »Natürlich werde ich hingehen«, entschied Naelin.

Die Meister verstummten.

Naelin ließ den Brief sinken und fasste die Meister ins Auge. Sie konnte zwar nicht begreifen, warum die Sache überhaupt zur Debatte stand, aber sie versuchte, ihre Gedanken klar zu formulieren, um ihre Beweggründe zu erklären. Auch wenn es sehr verführerisch war, einfach in den Raum zu stellen: *weil ich es nun mal gesagt habe.* »Vor allem werde ich mir erst einmal meine Kinder zurückholen. Aber zweitens ist es auch das Beste für Aratay. Wenn ich helfen kann, das Problem Semos zu lösen, sind wir vor künftigen feindlichen Einfällen sicher. Dann kann unser Volk in Frieden leben.«

»Aber …«, setzte einer der Meister zu sprechen an.

»Wisst Ihr eigentlich, dass ich im äußeren Wald einen Spitznamen habe?«, fragte Naelin. »Sie nennen mich die

Mutter von Aratay. Und ich sage, dass ich gehen werde, zum Wohl *all* meiner Kinder.«

Ihre Worte stießen auf Schweigen – die Art Schweigen, die voller unausgesprochener Gegenargumente zu sein schien. Die Meister rutschten auf ihren Sitzen aus lebendem Holz unbehaglich hin und her. Einige von ihnen warfen Blicke gen Himmel, zu den allgegenwärtigen Luftgeistern hin, die über dem Saal kreisten wie Bussarde über einem sterbenden Tier.

»Ich werde sofort aufbrechen«, wandte sich Naelin an Daleina.

Daraufhin brach neuer Streit unter den Meistern los.

Sie wartete, ließ ihre Stimmen lauter werden, bis sie schrien, und sah die ganze Zeit über nur Daleina an. *Sie ist einverstanden*, dachte Naelin. *Sobald sie den Bericht gelesen hatte, wusste sie, dass ich nach Semo reisen würde.*

Als die Meister für einen Moment neue Luft zum Weiterstreiten holten und so vorübergehend Ruhe im Saal einkehrte, erhob sich Naelin von ihrem Thron. »Ihr dürft darüber debattieren, so viel Ihr wollt, aber letztlich ist es nicht Eure Entscheidung. *Wir*«, sagte sie und deutete auf Daleina und sich selbst, »wir sind die Königinnen von Aratay. Nicht Ihr.«

Sie verließ die Ratssitzung, während sich die Meister hinter ihr weiterzankten wie Kinder, die nicht zugeben wollen, dass das Spiel verloren ist.

Ohne dem Streit, der um ihn herum wogte, irgendeine Beachtung zu schenken, schritt Ven durch den Saal zu Daleina hinüber und ließ sich vor ihr auf die Knie sinken. »Meine Königin, mit Eurer Erlaubnis werde ich Königin Naelin nach Semo begleiten.«

Hinter ihm stieß Meister Sevrin ein Ächzen aus. »Ihr

wollt die Situation wohl noch verschlimmern, Ven? Bei allen Geistern, ich hätte gedacht, dass Ihr mehr Verstand habt.«

Ven erhob sich wieder und drehte sich um. Seine Hände ballten sich zu Fäusten, und er zwang sich dazu, sie wieder zu öffnen. »Sie braucht einen Wächter.«

»Schickt eine Palastwache mit.« Sevrin machte eine Handbewegung in Richtung Treppe. »Besser noch, schickt einen ganzen Trupp Soldaten. Aber lasst keinen Meister gehen.«

»Meister Sevrin hat recht«, meldete sich Meisterin Jalsia zu Wort. »Ven, Eure Fähigkeiten werden hier benötigt, dringender als je zuvor. Aratay braucht Thronanwärterinnen! Wenn das Ganze nur eine weitere Intrige von Königin Merecot ist …« Sie brauchte den Satz nicht zu beenden. Überall im Ratssaal nickten die Meister.

Es war Ven gar nicht in den Sinn gekommen, dass seine Kollegen Einwände erheben könnten. »Königin Naelin braucht …«

»Sie braucht einen Soldaten, keinen Geliebten«, unterbrach Sevrin, und Ven erwog es ernsthaft, dem Mann seine geballte Faust ins Gesicht zu schmettern. Wenn Daleina ihn nicht in ebendiesem Moment sacht und unauffällig am Arm berührt hätte, hätte er genau das vielleicht auch getan. »Und Aratay braucht den Helden unter den Meistern«, fuhr Sevrin fort. »Ihr habt die Lieder gehört, nehme ich an. Dass Ihr der größte Meister seid, der je gelebt hat, Ausbilder zweier Königinnen, Krieger sondergleichen und anderes Gewäsch. Wir in diesem Raum mögen es besser wissen, aber wenn Ihr Aratay in der Stunde seiner Not im Stich lasst, wird das ganze Volk in Panik geraten. Die Menschen verlassen sich darauf, dass kein anderer als Ihr die nächste Königin finden wird.«

Daleinas Wink zum Trotz wanderte Vens Hand zu seinem Schwertgriff. Niemals würde er sein Schwert gegen einen anderen Meister ziehen, doch ließ er jetzt seine Finger über den Knauf streichen. Mit zusammengebissenen Zähnen stieß er hervor: »Ich lasse das Volk von Aratay nicht im Stich. Ich diene seiner Königin.« Dass irgendein Meister so kurzsichtig sein könnte, das nicht zu erkennen …

»Ihr dient Euch selbst«, widersprach Sevrin, »wie immer.«

»Und was soll das bitte schön heißen?« Jetzt legte Ven in der Tat die Hand auf seinen Schwertgriff, aber er zwang sich, sie wieder wegzuziehen. Ein Kampf hier oben würde niemandem helfen.

»Zuerst Königin Fara, jetzt Königin Naelin«, bemerkte Sevrin mit gedehnter Stimme. »Manch einer sagt, Ihr dient Euch selbst, wenn Ihr Euren Königinnen dient.« Er stemmte sich aus seinem Sitz und ging auf Ven zu. Blieb nur wenige Zentimeter vor ihm stehen. »Manche sagen, Ihr denkt mit dem falschen Schwert.«

Nach diesem Satz zog Ven nicht seine Waffe. Er schaute zu Daleina hinüber, suchte sich wortlos zu entschuldigen. Eine ihrer Augenbrauen zuckte in die Höhe, aber sie schwieg.

Er drehte sich wieder um … und versetzte Sevrin einen Schlag ins Gesicht.

Mit einem Heulen taumelte Sevrin zurück. Blut quoll ihm aus der Nase, aber er war nicht betäubt – er war schließlich selbst ein Meister. Mit einem Brüllen und fliegenden Fäusten stürzte er sich auf Ven. Ven schlug zurück und traf den größeren Mann im Bauch, so dass dieser rückwärts in die Stühle krachte. Andere Meister machten, dass sie aus dem Weg sprangen.

Daleinas Stimme drang durch den Saal. »Genug!«

Mit noch immer angespannten Muskeln beobachtete

Ven, wie Sevrin sich hochrappelte. Der Mann funkelte Ven finster an und wischte sich mit dem Handrücken das Blut von der Oberlippe. Dabei verschmierte er es auf seiner Wange. »Man spricht mit solchem Respekt von Euch.« Sevrin spuckte auf den Boden des Ratssaals, Ven direkt vor die Füße. »Sie wissen nicht, wie schwach Ihr in Wahrheit seid. Dass Ihr Pflicht mit ›Liebe‹ verwechselt und Königinnen mit Spielzeug.«

Königin Daleina erhob sich von ihrem Thron, und über ihr kreischten die Luftgeister. Alle Meister reagierten sofort – zückten Schwerter, traten Stühle beiseite, duckten sich kampfbereit –, aber Daleina richtete sich hoch auf und stand reglos da, während die Geister über ihr kreisten. »Und was ist mit *dieser* Königin, Meister Sevrin?«

Sevrin wurde blass und schien zu begreifen, welche Andeutungen er da auch in Bezug auf Daleina gemacht hatte.

»Meister Ven wird Königin Naelin nach Semo begleiten. Seine angebliche Schwäche ist tatsächlich seine Stärke. Er würde sterben, um sie zu beschützen. Nicht wahr, Meister Ven?«

Er kniete sich vor sie hin. »Das stimmt, Euer Majestät.«

»Dann wäre es dumm, Euch nicht zusammen mit ihr zu entsenden«, schloss Daleina. »Und ich bin bestrebt, Dummheiten zu vermeiden. Meister, kehrt zu Euren erwählten Kandidatinnen zurück. Setzt ihre Ausbildung fort. Und betet, dass sie nicht allzu bald gebraucht werden.«

Wieder schrien die Geister, dann flogen sie höher hinauf, in die Wolken.

Die Meister verneigten sich und verließen den Saal. Nur Ven blieb zurück. Er kniete noch immer vor Königin Daleina. Den Kopf gebeugt, behielt er dennoch Sevrin und die anderen Meister im Auge, als sie an ihm vorbei- und dann die Wendeltreppe hinunterstapften, bis sie beide schließlich allein waren.

Daleina ließ sich auf ihren Thron sinken. »Habt Ihr ihn denn wirklich schlagen müssen?«

Ven dachte darüber nach. »Ja, ich glaube, das musste ich.« Er hatte nicht vor, es zu einer Gewohnheit zu machen, vor allem, solange Sevrin seine garstige Axt bei sich trug, aber die Situation hatte es erfordert. »Da ist nichts Unehrenhaftes oder Selbstsüchtiges an dem, was ich getan habe.« Anzudeuten, durchklingen zu lassen, dass Fara und Naelin ihn womöglich nicht ebenso frei erwählt hätten, wie er sie erwählt hatte, hatte für beide Frauen etwas Herabwürdigendes.

»Er hat Euch absichtlich provoziert«, befand Daleina und klopfte mit der Pergamentrolle gegen die Armlehnen ihres Throns. »Damit wollte er beweisen, dass Ihr Euch von Gefühlen beherrschen lasst statt vom klaren Verstand. Er wollte erreichen, dass ich Euch als Meister entlasse – Raffinesse und Feinsinnigkeit sind nicht gerade seine Stärke.«

Ven stand wieder auf und antwortete: »Ist mir aufgefallen, ja.«

»Aber auch nicht die Eure«, sagte sie scharf.

Ven zuckte zusammen. Das hatte er verdient. Er hätte mit der Verkündigung, dass er Naelin begleiten würde, wohl besser warten sollen, bis die anderen Meister gegangen waren. Die Meister hatten jedes Recht, sich Sorgen zu machen – ohne Thronanwärterinnen blieb Aratay verwundbar, und Ven hatte den gleichen Eid geschworen wie auch sie.

Aber da war ein weiterer Eid, den er in seinem Herzen geleistet hatte …

Daleina schaute nach Norden über die Baumwipfel hinweg. Ven folgte ihrem Blick. Die Berge waren zu weit entfernt, als dass man sie von Mittriel aus hätte sehen können, aber der Schaden, den der feindliche Einfall angerichtet hatte, war immer noch sichtbar – sie hatten neue Bäume wachsen lassen, um die beschädigten zu ersetzen, und sie bildeten einen Fluss aus goldenen Blättern, der sich vom Dunkelgrün der alten Kiefern und den Rot-, Orange- und Brauntönen ringsum abhob. »Meint Ihr, dass es eine Falle ist?«

»Ja. Nein. Ich weiß es nicht. Es könnte jedenfalls eine sein.« Ven zögerte und wog die verschiedenen Risiken gegeneinander ab. »Aber das tut nicht wirklich etwas zur Sache, oder? Und genau deshalb gehe ich ja auch dorthin: um Naelin vor jeglichen Angriffen durch Messer, Fäuste oder Krallen zu beschützen. Aber falls Königin Merecot zu Gift greifen sollte …«

»Ich werde Giftmeisterin Garnah befehlen, Euch zu begleiten.«

»Sie wird ihren Sohn nicht verlassen wollen.« Doch das war nicht das Einzige, was Ven gegen diesen Vorschlag einzuwenden hatte. Tatsächlich war Garnah der letzte Mensch, dem er eine solche diplomatische Mission anvertrauen würde. Es war viel wahrscheinlicher, dass sie eine Katastrophe verursachte, als dass sie eine verhinderte. Aber er konnte nachvollziehen, dass Daleina Garnah außer Landes wissen wollte, so weit wie möglich von Arin entfernt.

Sie erhob sich wieder von ihrem Thron. »Ich werde mit ihr sprechen. Ich nehme an, Ihr wünscht, bei Morgengrauen aufzubrechen?«

Er verneigte sich. »Ja, Euer Majestät. Ich erbitte hiermit offiziell eine vorübergehende Entbindung von meinen Meisterpflichten, bis diese Mission abgeschlossen ist.«

»Das sei Euch gewährt«, erwiderte Daleina. »Aber, Ven …«

»Ja?«

»Ihr werdet immer mein Meister sein.«

Kapitel 14

Mit Ven und Hamon rechts und links an ihrer Seite schritt Daleina durch den Palast und versuchte, dem Baumgeist keine Beachtung zu schenken, der es sich in ihrer Krone gemütlich gemacht hatte. In einer Sprache, die wie splitterndes Holz klang, murmelte er unverständliches Zeug vor sich hin, während er ihr Haar zu einem Nest wob und die Juwelen auf ihrem Kopf tätschelte. Aus dem Augenwinkel bemerkte sie, dass Hamon ihre Krone mit Blicken bedachte.

»Daleina …«, begann er.

»Ja, ich weiß.«

»Aber er geht nicht weg.«

»Ich weiß.«

Ven wirkte belustigt. »Ihr könntet eine neue Mode kreieren.«

Hamon hingegen wirkte definitiv nicht amüsiert. »Sollte er in Panik verfallen oder sich gegen dich wenden, könnten seinen Krallen …«

Erneut unterbrach ihn Daleina. »Ja, ja, ich *weiß*.« Sie rauschte den Flur entlang. Vor ihnen standen zu beiden Seiten der Tür von Giftmeisterin Garnah zwei Wachen in Habachtstellung. Vorgeblich schützten sie die gefährlichen Tränke und Mittelchen im Inneren, aber daneben sollten sie auch Garnahs Bewegungen überwachen. Als Daleina sich näherte, neigten sie den Kopf, blieben aber ansonsten wachsam. Einer von ihnen bemerkte den Baumgeist in Daleinas Haar – sie sah, wie seine Augen sich weiteten. »Die königliche Giftmischerin ist gefährlich«, erklärte sie. »Es ist wichtig, dass sie nicht vergisst, dass ich noch gefährlicher bin.«

Da sollen sie alle mal drüber nachdenken.

Sie wusste nicht, ob sie es selbst glaubte, aber es klang gut, und sie benötigte all ihr Selbstvertrauen, wie eine Rüstung um sich gehüllt, wenn sie Garnah überreden wollte, mit ihr zusammenzuarbeiten.

Ven trat vor und öffnete die Tür für sie, und sie trat ein.

Sofort kam Arin herbeigeeilt. »Daleina!« Sie trug eine dicke Lederschürze und Falknerhandschuhe. Ihr Haar war zu einem Knoten zurückgebunden, der keiner Strähne ein Herausrutschen erlaubte, und sie trug eine Schutzbrille auf der Nase.

»Umarme mich bitte nicht, wenn du mit Gift gespielt hast«, meinte Daleina.

Ruckartig blieb ihre kleine Schwester stehen.

»Warum muss ich das überhaupt extra sagen?«, kam es von Daleina.

Auf der anderen Seite des Raums kicherte Garnah. Sie hatte keine Schutzmontur an, sondern trug ein Kleid aus mehreren Lagen von Rüschenspitze, das sie umwogte wie die Kinderzeichnung einer Wolke. Drei Pfauenfedern ragten aus ihrem kunstvoll geflochtenen Haar. *Sie sieht aus, als hätte sie im Kleiderschrank eines Höflings Verkleiden gespielt,* dachte Daleina und fragte sich, ob Garnah damit die höfischen Damen bewusst auf den Arm nehmen wollte oder ob das lediglich ein Nebeneffekt ihres Aufzugs war. Bei Garnah konnte gut beides der Fall sein. »Euer Majestät«, grüßte Garnah, erhob sich und machte einen Knicks. Ihre Röcke bauschten sich um sie herum. »Mein geliebter

Sohn.« Sie ging zu Hamon hinüber und umarmte ihn. Er erstarrte förmlich, und Daleina hatte den Eindruck, dass er lieber davongerannt wäre, als ihre Berührung ertragen zu müssen. Aber er war gekommen, um zu helfen, nicht um ihr eine Szene zu machen, und so rührte er sich nicht von der Stelle. Als Nächstes wandte Garnah sich Ven zu. »Und der bärbeißige Mann mit den Muskeln.« Sie kniff Ven in den Bizeps.

»Ihr habt darauf bestanden mitzukommen«, sagte Daleina zu ihrem Meister.

Garnah inspizierte Daleinas Krone. »Hübscher Hut.«

Der Geist zischte. Garnah streckte ihm die Zunge heraus.

So viel zu der Idee, sie beeindrucken zu wollen, schoss es Daleina durch den Kopf.

»Welchem Umstand verdanke ich das Vergnügen dieses Besuches? Oder seid Ihr hier, um meinen Schützling zu besuchen?« Mit gerunzelter Stirn schaute Garnah zu einer der Werkbänke hinüber. »Arin, du darfst die Schlangenzunge nicht länger als drei Minuten in der Haselnusslake lassen.«

»Oh!« Arin eilte durch das Laboratorium zurück, sicherte ihre Gläser und zog dann mithilfe zweier Zangen eine knorrige Wurzel aus einem Behälter mit algengrüner Flüssigkeit.

Hamon schüttelte den Kopf. »Mutter, sag mir bitte, dass du ihr nicht beibringst, wie man Käfertod herstellt.« Daleina war der Name des Mittels nicht unbekannt – es wurde häufig verwendet, um die Beerenernte von Ungeziefer zu befreien, aber falsch angewandt, konnte es hochgiftig sein. Das war einer der Gründe, warum jeder Koch Beeren erst wusch, bevor er sie zubereitete.

»Nein, sie stellt keinen Käfertod her«, versicherte Garnah.

»Ich mache Atemwürgsaft«, rief Arin fröhlich.

Daleina seufzte. Wenn ihre Eltern je auch nur von der Hälfte der Dinge erfuhren, mit denen Arin hier herumhantierte, würden sie Daleinas Schwester so schnell aus Mittriel fortschaffen, dass sie nicht einmal mehr Zeit haben würde zu packen. *Ich sollte sie davon in Kenntnis setzen. Selbst wenn sie dann mir die Schuld dafür geben.* Zu Hause wäre Arin zumindest in Sicherheit. »Ist das so unheilvoll, wie es klingt?«

»Das will ich doch hoffen«, antwortete Garnah. »Anderenfalls wird sie eben noch mal von vorn anfangen müssen. Aber Ihr seid sicher nicht gekommen, um mit mir über so profane Dinge wie den Tod zu reden. Was benötigt Ihr, Euer Majestät?«

Daleina erwog mehrere Möglichkeiten, ihre Bitte zu formulieren, und entschied sich dann für den direkten Weg. »Königin Merecot hat Königin Naelins Kinder in ihre Gewalt gebracht, und als Gegenleistung für die Freilassung der beiden hat sie Königin Naelins Hilfe erbeten. Ich möchte, dass Ihr Königin Naelin nach Semo begleitet und tut, was Ihr könnt, um sie am Leben zu erhalten, bis das Problem der überzähligen Geister in Semo gelöst ist.«

»Und auch noch nachdem es gelöst ist«, warf Ven ein. »Es wäre gut, sie ganz allgemein am Leben zu erhalten. Wir mögen sie lebendig.« Er spielte mit den Fingern am Heft seines Schwerts herum, und Daleina war sich nicht recht sicher, ob es Garnah oder der Geist auf ihrer Krone war, was ihn so unruhig machte. *Vielleicht ist es ja auch das tödliche Gift, das meine kleine Schwester da gerade zusammenbraut ...*

»Aus naheliegenden Gründen vertrauen wir Königin Merecot nicht«, ergänzte Daleina, »und ich glaube, Eure Sachkenntnis und Erfahrung dürften Euch zur idealen Wahl machen, wenn ...«

Garnah lächelte honigsüß. »Es ist sehr freundlich von Euch, an mich zu denken, aber, nein danke.«

Daleina versuchte es noch einmal. »Die Krone würde Eure Dienste sehr zu schätzen wissen. Und sie gut belohnen. Noch mehr: Nach erfolgreichem Abschluss dieser Mission würde man Euch und all jene, die Naelin begleiten, als Helden betrachten. Die Wipfelsänger würden noch viele Generationen lang Lieder über Euch singen.«

»Auch wenn die Sache mit all dem vielen Ruhm wirklich wunderbar klingt, kann ich doch meinen geliebten Sohn jetzt, da ich ihn endlich wiedergefunden habe, nicht einfach verlassen.« Garnah tätschelte Hamon die Wange, und er fuhr zusammen. »Ich nehme an, du wirst nicht zu dieser fröhlichen Landpartie nach Semo mitkommen?«

»Ich werde hier gebraucht, bei Königin Daleina, als ihr persönlicher Heiler«, antwortete Hamon.

»Sehr persönlich, ich weiß.« Garnah zwinkerte. »Aber denk bitte nicht, dass ich das missbillige. Ich finde es ganz wunderbar! Was könnte sich eine Mutter schon mehr erhoffen, als dass ihr Sohn sein Glück in den Armen von niemand Geringerem als …«

Ven knurrte: »Genug jetzt.«

Garnah klatschte in die Hände. »Ich habe den durch nichts aus der Ruhe zu bringenden Meister in Verlegenheit gebracht! Wollen wir als Nächstes dann vielleicht auch noch Euer Liebesleben unter die Lupe nehmen? Das alles ist ja so romantisch. Viele Waldmädchen schlafen jeden Abend mit der Vorstellung ein, dass ein Meister ihnen vor allen anderen den Vorzug geben und sie zu einem Leben voller Bedeutung erheben könnte.«

Seine Hände waren zu Fäusten geballt. »Königin Naelins Leben hatte auch schon eine Bedeutung, bevor sie mich kennengelernt hat.«

»Oh ja, stimmt, die hatte es!« Garnahs Stimme klang überaus erheitert. Daleina wusste, dass sie jetzt etwas sagen sollte, dass sie den Wortwechsel beenden sollte, bevor … ja, bevor was? Worauf zielte Garnah ab? Was führte sie im Schilde? »Sie hatte ihre Kinder, den Mittelpunkt ihrer Welt. Sie waren der Grund für ihre Weigerung, ihre Macht über die Geister für sich zu beanspruchen. Ihre Kinder waren ihr Lebenssinn. Und weil Ihr sie gegen ihren Willen aus diesem Leben herausgeholt habt, das sie selbst für sich erwählt hatte … hat sie die Kinder verloren.«

Daleina hörte Ven zischen, als hätte er einen Schlag in den Magen bekommen, und trat zwischen Garnah und Ven, so dass ihre breiten Röcke als Absperrung zwischen den beiden dienten. »Giftmeisterin Garnah …«

»Ich habe meinen Sohn schon einmal verloren«, fuhr Garnah fort. Der heitere Tonfall war völlig aus ihrer Stimme verschwunden. »Er war der Mittelpunkt meiner Welt, mein Lebenssinn, und ich werde ihn nicht noch einmal verlieren, was auch immer es kosten mag. Ihr könnt mir befehlen fortzugehen, aber ich werde mich diesem Befehl widersetzen. Ihr könnt mich nicht dazu zwingen, den Menschen zu verlassen, der der Mittelpunkt *meines* Daseins ist. Ich bin mir ziemlich sicher, dass Königin Naelin, sobald sie ihre verlorenen Kinder erst einmal wiederhat, genauso empfinden wird.«

Hamon seufzte. »Mutter, es gibt einen gewaltigen Unterschied zwischen dir und Königin Naelin. Du hast mich nicht verloren. *Ich* habe vielmehr dich verlassen, weil du eine unmoralische Serienmörderin bist.«

Garnah schwieg für einen Moment, dann meinte sie nur: »Ich bevorzuge das Wort ›amoralisch‹.«

Daleina wusste nicht, ob sie lachen oder schreien sollte. Stattdessen trat sie an die nächststehende Werkbank und inspizierte die dort befindliche Ansammlung von vollgekritzelten Pergamentbögen, Flaschen mit Kräutern und anderen Zutaten und Bechergläsern, die mit seltsam gefärbten Flüssigkeiten gefüllt waren. Vielleicht sollte sie Garnah lieber nicht drängen, nach Semo zu reisen. Sie hatte es für die perfekte Lösung gehalten: Die Giftmischerin hätte Naelin beschützen können (und als kleines Extra damit aufgehört, Hamon zu peinigen und Arin auf die schiefe Bahn zu bringen). Aber selbst wenn sie ihr wirklich den Befehl erteilen und Garnah gehorchen würde, wusste Daleina noch immer nicht, ob sie der Giftmischerin überhaupt trauen konnte. *Vielleicht ist es nur Selbstsucht, wenn ich will, dass sie mitgeht. Wenn ich Naelin nur mit genug Schutz ausstatte, kommt es mir weniger so vor, als würde ich sie direkt in den Tod schicken.*

Neben ihr hatte Arin ihre Brille und die dicken Lederhandschuhe abgelegt und ordnete einen Stapel Papiere. »Ich werde gehen«, sagte sie leise.

Daleina zuckte zusammen. »Sei nicht albern.«

»Ich mag zwar nicht die Ausbildung einer Giftmischerin haben, aber ich meine, meine Fähigkeiten könnten sogar von noch größerem Nutzen sein«, erwiderte Arin. »Ich habe mit Lehrmeisterin Garnah zusammengearbeitet, um Verteidigungsmixturen zu entwickeln, die sehr wirksam gegen Geister sind. Ich kann helfen, Königin Naelin und ihre Kinder gegen die Geister von Königin Merecot zu verteidigen.«

»Auf keinen Fall.« Arin war fast noch ein Kind! Sie in die Lehre bei einer geständigen Mörderin zu geben war das eine – und es war schon schlimm genug. Aber sie in ein fremdes Land zu schicken, wo ihr bekanntermaßen große Gefahr drohte … Merecot könnte womöglich Daleina die Schuld am Tod ihrer Schwester Alet geben. *Ich müsste schon völlig verrückt sein, wenn ich Merecot eine so einfache Möglichkeit zur Rache liefern wollte.* »Ich brauche dich hier.«

»Nein, eigentlich tust du das nicht. Du hast Heiler Hamon und Lehrmeisterin Garnah. Lass mich gehen, Daleina. Ich kann mich nützlich machen. Das weiß ich. Und im Gegensatz zu allen anderen, die du schicken könntest, wird niemand auf die Idee kommen, dass es meine Aufgabe ist, die Königin zu beschützen – wenn sie mich anschauen, werden sie einfach nur ein kleines Mädchen sehen. Ich werde eine Art Geheimwaffe sein.«

Daleina hätte sie am liebsten an den Schultern gepackt und geschüttelt. »Du *bist* ein kleines Mädchen.«

»Das bist du vor nicht allzu langer Zeit selbst noch gewesen. Ich mag jung sein, aber ich kann mich verteidigen.«

»Gegen eine Königin? Gegen ihre Geister?«

Arin presste die Lippen zusammen und blickte auf den winzigen Geist, der es sich in Daleinas Haar gemütlich gemacht hatte. *Tu nichts Böses,* rief Daleina dem Geist in Erinnerung. Behutsam entwirrte Arin das Haar um ihn herum und hob ihn über die Krone zu sich hin. Sie gurrte ihm leise Laute vor und hielt ihn mit den Fingerspitzen umfangen.

Daleina wagte nicht zu atmen. Sie wusste genau, wie viel Mut es Arin kosten musste, etwas in Händen zu halten, das über die Fähigkeit verfügte, sie zu verstümmeln oder zu töten, denn Arin besaß ja nicht die Macht, um …

Arin nahm den Geist in eine Hand, zog mit der anderen ein Pulver hervor und blies es dem Geist ins Gesicht. Und dieser erstarrte, als wäre er gefroren.

Arin stellte ihn auf die Werkbank und schnippte mit dem Finger.

Der Geist kippte um.

»Ich kenne Mittel, die ihnen das Fleisch von den Knochen schinden«, erklärte Arin. »Mittel, die sie einschlafen lassen. Mittel, die sie verwirren. Ich brauche nur eine Phiole mit den richtigen Pulvern, um sie in Brand zu stecken. Ich kann dafür sorgen, dass sie an ihrem eigenen Atem ersticken. Ich kann sie daran hindern, mir oder Königin Naelin ein Leid anzutun. Lass mich gehen, Daleina. Du wirst stolz auf mich sein.«

Daleina starrte sie an.

Arin starrte zurück.

Lachend applaudierte Garnah.

»Auf keinen Fall«, sagte Daleina und stürmte so majestätisch aus dem Raum, wie sie es noch vermochte.

Jeder hatte seine eigene Meinung darüber, wer Königin Naelin begleiten sollte, welche Route sie nehmen, wann sie aufbrechen und welche Vorräte, Ausrüstung, Waffen und Geschenke sie mitnehmen sollten. Königin Daleina hockte in ihrem Thronsaal und musste sich eine lange Reihe von Ministern, Meistern und anderen wichtigen Leuten anhören, die es alle am besten wussten. Bis ihr irgendwann der Schädel brummte.

Sie nickte höflich einem jeden von ihnen zu und wies ihren Truchsess an, Notizen zu machen, was er pflichtschuldigst tat. Dann erklärte sie sich einverstanden, ein Gefolge von Höflingen, Diplomaten und Wachen zusammenzustellen. Sie stimmte zu, Schneider und Näherinnen damit zu beauftragen, königliche Gewänder zu fertigen, die die Bewohner von Semo beeindrucken würden. Vielleicht ging sie ja sogar auf den Vorschlag ein, eine neue Flagge für Aratay zu entwerfen – und für diese Flagge, als Teil ihres Gefolges, selbstverständlich auch einen Fahnenträger mitzunehmen. Sie nahm Angebote von Historikern an, die diese historische Reise schriftlich festhalten, von

Sängern, die sie in Liedern unsterblich machen, und von Künstlern, die die große Reise malen wollten.

Wenn sie all die Ratschläge befolgte, würden die Vorbereitungen alles in allem zwei Monate dauern.

Ihre Wangen begannen vom vielen Lächeln zu schmerzen, als sie nickend auch noch dem letzten starrsinnigen Besucher des Tages zuhörte. Sie lächelte weiter, als der Truchsess ihn schließlich aus dem Thronsaal führte und resolut die Tür hinter sich schloss.

Sie massierte sich die Wangen. »Sie sind schon unterwegs, nicht?«

Der Truchsess nickte. »Königin Naelin ist vor mehreren Stunden zusammen mit Meister Ven aufgebrochen. Sie sollten Mittriel inzwischen weit hinter sich gelassen haben.«

Daleina ließ sich in ihren Thron zurücksinken. »Großartig.«

Keiner von beiden erwähnte Arin – auch wenn sich Daleina darüber im Klaren war, dass ihr Truchsess über alles Bescheid wusste, was sie selbst wusste. *Sie ist in Sicherheit, das ist alles, was zählt*, ging es Daleina durch den Kopf. *Eines Tages wird sie mir verzeihen.*

»Entschuldigt die Frage, Euer Majestät, aber werden Eure Berater und Minister nicht erzürnt sein, sobald sie herausfinden, dass Ihr sie hinters Licht geführt habt?«

Sie wedelte gleichgültig mit der Hand. »*Ich* werde erzürnt sein, wenn ich herausfinde, dass Königin *Naelin* mich hinters Licht geführt hat und ohne Absprache aus eigenem Antrieb aufgebrochen ist. Aber dann werde ich erklären, dass eine Königin einer anderen eben keine Befehle erteilen kann, und bei Königin Naelin ist der Hang zur Unabhängigkeit nun mal stark ausgeprägt.«

Der Truchsess sammelte all die vielen Papiere ein. Sie

sah ihm zu, während er sie sortierte, stapelte und dann die Ränder glattstrich. *Ich hätte sie einfach ins Feuer geworfen*, dachte sie, schwieg jedoch.

»Ihr missbilligt meine Vorgehensweise?«, fragte sie schließlich.

»Niemals, Euer Majestät«, antwortete er blitzschnell. »Dazu habe ich kein Recht.«

»Jeder hat das Recht auf eine Meinung. Was ist die Eure?«

»Ganz im Gegenteil, meine Aufgabe ist es vielmehr, mir eben kein Urteil über die Entscheidungen Eurer Majestät zu erlauben und nur sicherzustellen, dass Eure Wünsche reibungslos in die Tat umgesetzt werden.« Er zögerte für einen Moment. »Allerdings mache ich mir Sorgen.«

Daleina spürte, dass sie lächelte – trotz allem lächelte. »Genau wie ich, Belsowik. Aber Naelin und Ven sind allein sicherer und schneller als in einer Gruppe, die eine Flagge mit der Aufschrift ›Zielscheibe!‹ schwenkt.« Sie traute es Meister Ven und Königin Naelin zu, Semo ohne eine Armee an ihrer Seite zu erreichen. Ven konnte sie gegen alle konkret greifbaren Gefahren verteidigen, und Naelin konnte mit allem Magischen fertigwerden, das sich ihnen in den Weg stellte. *Sie werden völlig sicher sein*, dachte sie.

Zumindest bis sie bei Merecot eintreffen.

Jetzt bin ich mit dem Abenteuer dran!, dachte Arin und verkniff sich erneut ein Grinsen. Sie wollte nicht, dass Meister Ven und Königin Naelin sahen, wie aufgeregt – und nervös – sie war. Eigentlich hatte sie gar nicht erwartet, dass Meister Ven sie einladen würde mitzukommen, nachdem Daleina so entschieden Nein gesagt hatte. Er hatte ihr erklärt, warum er sie dabeihaben wollte: Sie würden nicht nur ihre Fähigkeiten im Umgang mit Tränken und Mittelchen benötigen, er wollte auch eine Ausrede haben, um unterwegs einen Zwischenstopp im Haus ihrer Eltern einlegen zu können. Er wollte nicht, dass Königin Naelin ihr Lager öfter als unbedingt nötig im Freien aufschlug, aber er wollte auch nicht, dass sich herumsprach, wo sie sich aufhielt.

Meister Ven hatte darauf bestanden, dass sie in aller Heimlichkeit aufbrachen. Arin war es eigentlich nicht gewohnt, verstohlen vorzugehen, aber es gefiel ihr. Sie verließen den Palast durch die Küche, mit Säcken voller Nussmehl aus dem Vorratsbaum – Arin hatte noch nicht einmal gewusst, dass es einen eigenen Vorratsbaum gab. Offenbar waren dort zusätzliche Nahrungsmittel für den Notfall gelagert, die sowohl für den Palast als auch für die Bewohner von Aratay bestimmt waren. Daleina hatte darauf bestanden, so lange alle Feste abzusagen, bis die Zeit der Nahrungsmittelknappheit nach der Missernte vorüber war, und so hatten Arin, Ven und Naelin, mit Küchenschürzen verkleidet, geholfen, Säcke aus dem Palast ins Lager auf dem Baum zu schaffen. Dort hatten sie sich bis zum Wachwechsel im Dunkeln versteckt und dann, als niemand hinschaute, das Palastgelände verlassen.

Dass ihnen das problemlos gelungen war, hatte Ven dazu veranlasst, eine ganze Weile grimmig vor sich hin zu brummen – es hätte eigentlich unmöglich sein sollen, einfach so hinauszuschlüpfen.

Arin hatte darauf hingewiesen, dass die Wachen dazu da waren zu verhindern, dass jemand *hinein*schlüpfte, also war es strenggenommen keine Vernachlässigung ihrer Pflicht, wenn sie die drei unbemerkt nach draußen durchließen.

Zur Antwort hatte Ven nur geknurrt.

»Halt den Kopf gesenkt und schlurf lieber etwas, statt ständig so herumzuhüpfen«, wies er sie nun an. »Wir wollen weiterhin keine Aufmerksamkeit auf uns lenken.«

»Entschuldigung.« Arin versuchte nicht mehr zu springen, als sie nun Ven und Königin Naelin über eine kaum begangene Brücke folgte, bis sie die Bibliothek der Hauptstadt erreichten.

Die Große Bibliothek von Mittriel war eine Sehenswürdigkeit, die Arin eigentlich unbedingt hatte besichtigen wollen, solange sie in der Hauptstadt war, aber irgendwie war sie noch nicht dazu gekommen – der feindliche Einfall und das ständige Tränke- und Giftmischen hatten ihr keine Zeit gelassen. Der Legende zufolge hatte eine Königin mit einem Hang zum Spektakulären die Bibliothek vor einem Jahrhundert aus einem allein stehenden Rotholzbaum wachsen lassen. Sie hatte die Geister den Baumstamm in sich verdrehen lassen, so dass er gewunden war wie das Haus einer Meeresschnecke. »Donnerwetter«, hauchte Arin, als die Bibliothek in Sicht kam.

In ihrem strahlenden Orange loderten die Blätter der Großen Bibliothek, als stünden sie in Brand. Die Blätter schmückten einen dunkelroten Baum, der zu einer gewaltigen Spirale gezwirbelt war. Er war so prächtig, dass Arin fand, eigentlich sollten Wipfelsänger auf ihm singen und Trompeter hier ihre Fanfaren blasen. Neben ihr murmelte Königin Naelin: »Das hätten Erian und Llor einfach fantastisch gefunden.«

»Vielleicht könnt Ihr mit ihnen mal hierherkommen, sobald wir sie zurückgeholt haben«, meinte Arin und wurde dafür mit dem Anflug eines verdutzten Lächelns von Königin Naelin belohnt.

»Du hast mich absichtlich hierhergebracht«, wandte sich die Königin an Ven.

Er zeigte auf die höchsten Äste. »Dort oben ist ein Drahtpfad …«

»Das hier ist ein Ort der Hoffnung. So wie die Bibliothek, die ich in Rotblatt gebaut habe.« Königin Naelin machte eine Handbewegung hin zu dem herrlichen Baum, um dessen Eingang sich anmutige Ranken wanden. »Du willst, dass ich Hoffnung habe.«

Meister Ven sah ihr in die Augen, und Arin hatte das Gefühl, dass tausend unausgesprochene Worte zwischen den beiden hin und her gingen. Schließlich sagte Ven nur ein einziges Wort: »Ja.«

Ven trat ihnen voran in die Bibliothek, und Arin schaute sich noch immer staunend um, als sie die breite Treppe hinaufstieg. Regale waren in die gewölbten Wände hineingearbeitet oder wuchsen aus ihnen heraus und waren mit Holzfiguren von Vögeln, Hirschen, Bären und Füchsen geschmückt. Ranken schmiegten sich um die Bücher. Auch die Bücher selbst waren Kunstwerke, mit Rücken aus geschnitztem Holz oder kunstvoll dekoriertem Leder. Alles wurde vom Licht der Sonne erhellt, das durch Buntglasfenster herabfiel, so dass über sämtliche Oberflächen Rot- und Blautöne tanzten. Es gab keine Kerzen, um die Schatten zu verjagen, sondern nur den bunten Schimmer des Sonnenlichts und den sanften Schein von Feuermoos. Als sie höher hinaufstiegen, strömte immer mehr Licht durch das bunte Glas, bis es Arin so vorkam, als würden sie in Juwelen schwimmen.

Hand in Hand stiegen die Königin und der Meister immer höher durch die Bibliothek hinauf, während Arin ihnen folgte und das Gefühl hatte, Teil einer alten Ballade geworden zu sein, einer klassischen Ballade mit jeder Menge Abenteuer, die sich zwischen Königinnen und Geistern abspielten. Der Anblick all der wunderschönen Bücher verstärkte dieses Gefühl nur noch. Sie strich mit den Fingerspitzen über die Buchrücken. Und fragte sich, wer wohl in ihnen die Geschichten von Naelin und Daleina ergänzen würde.

Sie fragte sich, ob irgendeines dieser Bücher einmal auch sie selbst erwähnen würde.

Königin Naelin hat recht gehabt – dies ist wirklich ein Ort der Hoffnung. Und der Träume.

Oben am Ende der Wendeltreppe war, wie versprochen, der Zugang zu einem Drahtpfad. Er befand sich versteckt in einer Laube aus Rosen und wuchernden Schlingpflanzen, in der weich gepolsterte Stühle standen. Ein idealer Ort, um sich mit ein paar Büchern hinzulümmeln, mit Aussicht auf den prachtvollen blauen Himmel und über die Wipfel des Waldes. Ven blieb stehen, und Arin sah, dass er, statt die Aussicht zu genießen, Naelin anschaute. Die Königin blickte gen Norden.

»Wir bringen sie wieder nach Hause«, versprach Ven.

»Botschafterin Hannas Beteuerungen zum Trotz habe ich weiterhin das Gefühl, dass es sich bei der ganzen Sache um eine Falle handelt.«

»Natürlich ist es eine Falle.« Ven zuckte die Achseln. »Wir bringen sie trotzdem nach Hause.« Er drehte sich zu Arin um und hielt ihr einen Sicherungsgurt hin. Zu ihrer Überraschung lächelte er – es war genau die Art von Lächeln, mit dem Daleina sie früher immer bedacht hatte, wenn sie im Begriff stand, ihr einen Eimer kaltes Wasser über den Kopf zu schütten, weil ihre Mama sie angewiesen hatte, die kleine Schwester zu waschen. »Bist du schon mal über die Drahtpfade gereist?«, fragte er.

»Nein.« Sie nahm den Gurt und rätselte, welche Funktion die daran befestigten Haken hatten.

Er half ihr, den Haken einzuhängen. »Befolge meine Anweisungen, damit du nicht gegen einen Baum krachst.«

Ihr Herz hämmerte wie wild. Seit ihr Daleina zum ersten Mal vom Reisen auf den Drahtpfaden erzählt hatte, hatte sie es kaum erwarten können, die Sache selbst einmal auszuprobieren, aber jetzt, wo sie hier war, flatterte ihr der Magen. »Was ist, wenn ich mich übergeben muss?«

»Beachte die Windrichtung«, lautete sein Ratschlag.

»Sehr hilfreich«, brummte sie und stieg auf eine Bank. »Wie soll ich denn …«

Er versetzte ihr einen Stoß.

Arin kreischte laut auf, als sie von der Spitze des Baums in die Tiefe stürzte. Einen Moment später hielten Gurt und Sicherungsgeschirr ihren Fall auf, und sie sauste durch die Baumwipfel, streifte Blätter und kleine Äste, und ihr Kreischen verwandelte sich in Lachen.

Das ist einfach großartig!

Sie wechselten auf ihrem Weg aus Mittriel hinaus zweimal die Drahtpfade und machten keine Pausen, bis sie das Dorf Dreigabeln erreicht hatten, Arins Zuhause. Es war kurz vor Sonnenuntergang. Die Vögel machten es sich für die Nacht in ihren Nestern gemütlich und zwitscherten einander Rufe zu, und auf den Ästen raschelten Eichhörnchen und Streifenhörnchen auf dem Nachhauseweg zu ihren Kobeln.

Als sie nun auf Dreigabeln hinunterschaute, fühlte Arin sich selbst ein wenig so wie eins dieser Streifenhörnchen.

Wie fast alle anderen Dörfer Aratays schmiegte sich auch Dreigabeln in die Äste von Bäumen, die so gewaltig waren, dass man sie nicht mit einem Blick erfassen konnte. Läden und Werkstätten drängten sich auf Terrassen um den dicksten Baum herum. Brücken verbanden die Häuser untereinander, die entweder auf den unterschiedlichen Ästen errichtet oder direkt aus ihnen herausgewachsen waren. Überall hingen Feuermooslaternen, um das Dorf bei Nacht zu beleuchten, und bunte Tücher waren an die Brücken gebunden, um das Dorf bei Tag freundlich aufzuhellen. Es war kein einzigartiger oder auch nur besonderer Ort. *Aber es ist mein Zuhause*, dachte Arin.

Sobald sie sich von den Drähten abgehakt hatten und eine Leiter bis auf mittlere Waldhöhe hinuntergeklettert waren, übernahm Arin die Führung. Ven war stets einen Schritt hinter ihr, wachsam, als ginge es mitten durch ein Rudel Wölfe hindurch, und Königin Naelin schritt neben ihm her, die Kapuze weit übers Gesicht gezogen.

»Schlagt Eure Kapuze zurück, Euer Majestät«, flüsterte Arin. »Wenn Ihr den Eindruck erweckt, als würdet Ihr Euch verstecken, macht Ihr die Menschen nur noch neugieriger.«

Naelin gehorchte wortlos.

Im Weitergehen begrüßte Arin die Menschen, an denen sie vorbeikamen, und winkte lächelnd ihren alten Nachbarn zu. Viele beugten sich aus ihren Fenstern und winkten zurück. Andere eilten auf die Terrassen, um sich zu ihr zu gesellen. Jeder schien sie etwas zu fragen zu haben: Wie ist das Leben im Palast? Wie ergeht es der lieben Daleina so als Königin? Wie wunderbar, dass die Tochter von Ingara und Eaden Königin geworden ist! Ob Arin auch die zweite Königin schon kennengelernt habe? Wie sei sie denn so? Besaß Arin jetzt kostbare Kleider? Hatte sie schon an einem der Palastbankette teilnehmen können? Gab es jeden Abend ein Fest? Hatte sie beim feindlichen Einfall Kämpfe miterlebt? Hatte sie selbst irgendwelche Geister getötet? Hatte sie Geister sterben sehen? War es denn wirklich so schlimm, wie es hieß? Was wollten die Königinnen wegen der Ernte unternehmen? Die Wintervorräte waren so viel spärlicher, als sie es um diese Zeit eigentlich sein sollten …

Arin beantwortete alles nach bestem Vermögen, bis auf die Fragen nach dem Tod, während sich ihre alten Freunde um sie scharten. Sie machte sie mit Meister Ven bekannt, dem sie alle mit großer Ehrfurcht begegneten, und sie stellte ihnen Königin Naelin als »Palastdienerin Neena« vor, ein Name, den sie alle ohne Weiteres hinnahmen. Niemand in Dreigabeln wusste, wie die zweite Königin aussah, auch wenn viele von ihnen so ihre Meinung über sie hatten. Die beliebteste war: »Ich habe gehört, sie sei völlig durchgedreht und wahnsinnig geworden, nachdem die Geister ihre Kinder getötet haben, und dann hat sie versucht, das ganze Land zu zerstören!«

»Ganz so war es nicht«, ließ Arin sie wissen.

»Wie war es denn dann?« Die Frage kam von Eira, Joseis Schwester und Arins Freundin. Vor Freude juchzend, umarmte Arin ihre Freundin, und auch Eira drückte sie fest an sich. Eira strahlte sie an, und ihre Grübchen in beiden Wangen wurden immer tiefer. Dann hakte sie sich bei Arin unter, und sie gingen ein Stück zusammen. »Du musst mir alles erzählen. Du bist jetzt so lange im Palast gewesen! Alle haben geglaubt, du würdest nicht mehr zurückkommen.«

»Natürlich wollte ich zurückkommen! Ich bin nur zum Palast gereist, um mich davon zu überzeugen, dass es Daleina dort auch gut geht.« *Das stimmt ja auch,* dachte Arin. Alles andere … nun ja, es war eben einfach irgendwie passiert. Nichts davon hatte sie geplant. *Nur, dass ich mich dafür entschieden habe, etwas über Tränke und Pulver zu lernen. Und beschlossen habe, diese Reise zu unternehmen.*

Eira japste wie ein aufgeregter Welpe. »Du willst also hierbleiben? Ich wusste es! Oh, Arin, ich muss dir ganz tolle Neuigkeiten erzählen! Aber vielleicht sollten das doch lieber deine Eltern tun. Schließlich haben sie ja alles in die Wege geleitet. Sie werden sich so freuen, dich zu sehen! Ich glaube, sie hatten Angst, du würdest nie wieder nach Hause zurückkommen.«

Arin zuckte zusammen und vermied es, Naelin oder Ven anzusehen. Sie hoffte, dass sie nicht gleich verrieten, dass sie nicht gekommen war, um hierzubleiben.

Aber Eira schien Arins Unbehagen nicht zu bemerken. Sie zog Arin hinter sich her und bahnte sich einen Weg durch die Menge. »Lasst das Mädchen durch. Sie hat eine lange Reise hinter sich! Ihr könnt später mit ihr tratschen.«

Arin fand es lustig, dass Eira, die jünger und kleiner war, sich einen Weg durch die Menge bahnen konnte, während der Meister der Königin und eine echte Königin in dem Schwarm neugieriger Dörfler stecken geblieben waren, aber es klappte tatsächlich. Alle wichen ein Stück zurück, Arin, Ven und Naelin konnten die Terrasse des Dorfplatzes überqueren und erreichten die Brücke, die zu Arins Haus führte.

Zu Hause!

Sie war so mit Lehrmeisterin Garnah beschäftigt gewesen, dass sie kaum je an ihr Zuhause gedacht hatte, und jetzt lag es direkt vor ihr, in die Äste des Baums geschmiegt. Eine grüne Hütte mit orangebraunen Dachschindeln, von Blumen umwuchert und über und über mit Amuletten bedeckt. Ganz genau so, wie sie es verlassen hatte.

Ven schubste sie sacht vorwärts. »Genieß deine Heimkehr«, flüsterte er ihr ins Ohr. »Du hast es dir verdient.«

Arin umarmte Eira noch einmal, winkte all den anderen zu, packte die Riemen ihres Rucksacks und rannte auf ihr Zuhause zu. »Mama! Papa!«

Die Tür flog auf. »Mein Kindchen!«

»Mama!« Arin stürzte sich auf ihre Mutter und umarmte sie stürmisch.

Mit einem Lachen drückte diese ihre Tochter genauso fest an sich. »Du bist da! Du bist es wirklich! Daleina hat uns die Nachricht geschickt, aber ich hätte nicht gedacht, dass du so schnell hier sein würdest. Kommt rein, kommt herein.« Sie schob Arin und ihre beiden Begleiter ins Haus.

Moment mal, wollte Arin sagen. *Wie konnte Daleina*

*davon wissen und eine Nachricht schicken? Ich habe mich
doch heimlich davongeschlichen ...*

Aber dann sah sie ihren Vater an der Spüle stehen, einen
Teller in der einen Hand und ein Geschirrtuch in der anderen, und all diese Gedanken waren wie weggeblasen. Er
strahlte sie an, und Arin rannte drauflos und warf sich in
seine Arme. »Ich hab euch so sehr vermisst!«, rief sie.

Hinter ihr sagte ihre Mutter: »Meister Ven, willkommen!
Ich freue mich, Euch wieder in unserem Heim begrüßen
zu dürfen.« Arin hörte ihn einige Worte des Dankes murmeln und ihren Eltern dann Palastdienerin Neena vorstellen. Ihre Mutter begrüßte sie herzlich, erkundigte sich
nach dem Verlauf ihrer Reise und erklärte, sie solle sich bei
ihnen wie zu Hause fühlen.

Ihr Papa strich Arin übers Haar und sagte: »Mein Schatz,
du hast ja keine Ahnung, wie glücklich wir sind, dich zu
sehen. Das Haus hat sich so leer angefühlt ohne dich!«

Schnell und laut erwiderte Arin: »Aber wir können nicht
lange bleiben. Wir sind unterwegs, um Dienerin Neena mit
Vens Familie bekannt zu machen. Sie ist seine erwählte
Liebste.«

Ven reagierte nicht auf diese Lüge. Er verzog lediglich
die Lippen zu einem Lächeln. »Meine Mutter und meine
Schwester leben in der Nähe der Nordgrenze. Unser Haus
liegt auf dem Weg dorthin.« Soviel Arin wusste, war das
wohl auch die Wahrheit. Sie hatte nie darüber nachgedacht,
dass Ven eine Familie haben könnte, obwohl er natürlich
eine haben oder gehabt haben musste. Er war nicht, so wie
er war, einfach aus dem Nichts aus einem Baum herausge-
sprungen gekommen, in voller Lederrüstung, einen Köcher
auf dem Rücken und ein Schwert an der Seite – auch wenn
einige Lieder dergleichen behaupteten. Sie versuchte, ihn
sich als Kind vorzustellen, aber es gelang ihr nicht.

Ihre Mama wandte sich wieder an Naelin und sagte: »Wir sind hocherfreut, die Frau kennenzulernen, die das Herz des Meisters der Königin erobert hat. Er wirkt manchmal mürrisch und unwirsch, aber er ist ein guter Mann.«

»Ja, das ist er«, pflichtete Naelin ihr bei.

Und Arin hätte schwören können, dass Meister Ven doch tatsächlich ein klein wenig errötete.

Ihre Mutter verfiel in hektische Aktivität, wuselte um sie herum, bot ihnen Stühle und Schaukelstühle an und forderte sie auf, es sich gemütlich zu machen. Arin ließ ihren Rucksack fallen, und Ven legte ihre gesamte Ausrüstung in einer Ecke ab.

Schon bald häuften ihre Eltern Speisen auf den Tisch – das Nussbrot, das Arin immer so sehr geliebt hatte, das in Blätter gewickelte gewürzte Wildschweinfleisch und die kleinen Dreiecke aus Beeren in Blätterteig, die einem auf der Zunge zergingen.

Das Abendessen ist fertig – sie müssen tatsächlich gewusst haben, dass wir kommen, überlegte Arin und war sich immer noch unsicher, was das wohl zu bedeuten hatte. *Ein weiterer Beweis dafür, dass Daleina davon gewusst und es ihnen mitgeteilt hat. Bedeutet das, dass sie mein Fortgehen nun doch gutheißt? Aber sie hat Nein gesagt ...* und wenn Daleina Bescheid wusste, wussten dann auch ihre Eltern von der ganzen Sache? Aber sie hatten Königin Naelin nicht erkannt ...

Ihre Mama riss sie aus ihren Gedanken. »Arin, könntest du bitte die Teller holen?«

Arin sprang auf, um Teller an den Tisch zu bringen. Sie goss allen Beerensaft ein. Ven versuchte, beim Herbeischaffen von Besteck zu helfen, und Naelin machte sich daran, Servietten zu falten, bis Mama die beiden in ihre Stühle zurückscheuchte und sie darauf hinwies, dass sie hier Gäste seien.

Innerhalb von wenigen Minuten war alles fertig.

Arins Mama stand an der Stirnseite des Tisches und schnitt das Nussbrot auf. Indem sie das Messer als Servierhilfe benutzte, legte sie jedem eine Scheibe auf den Teller. Dazu sprach sie mit ihrer Geschichtenerzählerstimme: »Am Anfang waren nur Licht und Finsternis, und wir waren allein, trieben für eine unbestimmte Zeitspanne durch Licht und Dunkel, bis schließlich ein Kind geboren wurde, ein kleines Mädchen. Es war die erste Geburt.«

Arin saß auf ihrem alten Stuhl mit der knarrenden Sitzfläche, und plötzlich hatte sie das Gefühl, sie wäre niemals fortgegangen. Ihre Mahlzeiten begannen immer so, mit einer Geschichte, um Dank zu sagen. Mama und Papa mochten die alten Traditionen – so geizten sie etwa nie mit Amuletten auf dem Dach, und sie ließen das zuerst gefällte Holz draußen, damit sich die Feuergeister darüber hermachen konnten, sie pflanzten jedes Frühjahr Eicheln, um die Baumgeister freundlich zu stimmen, und sie erzählten einander vor dem Essen immer eine Dankgeschichte.

Das hat mir im Palast gefehlt, ging es Arin durch den Kopf. Ihr war nicht einmal bewusst gewesen, dass sie es vermisst hatte. Alles war so schnell gegangen: Daleinas Vergiftung, Merecots Einfall ins Land, ihre eigene Lehrzeit. *Sobald wir die Sache in Semo hinter uns gebracht haben, werde ich zurückkommen.*

»… das neugeborene Kind sprach ein einziges Wort: ›Erde‹, und aus seinem Befehl wurden die Geister der Erde geboren. Sie formten Erde unter unseren Füßen, damit wir stehen konnten. Erneut sprach es: ›Luft‹, und wir konnten zum ersten Mal frei atmen. Es sagte: ›Wasser‹, und wir tranken. ›Feuer‹, und uns wurde warm. ›Holz‹, und wir hatten Bäume für unsere Häuser und Pflanzen als Nahrung. ›Eis‹, und wir hatten Jahreszeiten, um die Früchte von Wald und

Feld anzupflanzen, und Jahreszeiten, um uns auszuruhen. Und so wurden wir immer mehr und mehr, bis schließlich zu viele von uns unseren Flecken Erde bevölkerten. Und so sprach es abermals, noch einmal sprach es: ›Sterbt‹, und die Geister, die uns unser Zuhause geschaffen hatten, wurden zu unserer Geißel und trachteten nach unserem Tod. Und wir haben dem kleinen Kind zugeschrien: ›Rette uns!‹«

Papa griff die alte, vertraute Geschichte mit seiner tiefen, beruhigenden Stimme auf, die Arin an Wiegenlieder erinnerte: »Also hat sie ihren eigenen Körper vor die Geister geworfen. Eis ließ ihre Haut gefrieren. Feuer verbrannte sie. Wasser ertränkte sie. Luft zerriss ihre Glieder. Erde begrub die einzelnen Teile. Und dann ließ Holz sie wachsen. Aus den verstreuten Körperteilen sprossen Halme, die blühten, und die Blüten wurden zur Frucht und reiften. Als die Saat herabfiel, hatte sie die Form kleiner Mädchen, und die Geister hörten auf das, was sie sagten. Der Ort, an dem sie sich geopfert hatte, wurde zu dem ersten heiligen Hain, und die Erste, die aus der Frucht ihrer Mutter herabfiel, wurde unsere erste Königin. Sie ist es, der wir für dieses Mahl danken, für unser Zuhause und für unser Leben. Ihr Segen möge auf uns ruhen.«

»Ihr Segen möge auf uns ruhen«, wiederholte Arin, biss in das Nussbrot ihrer Mutter und stieß einen glücklichen Seufzer aus. Sie hatte versucht, ebendieses Brot in den Öfen des Palastes zu backen, doch es hatte nicht den gleichen Geschmack gehabt. Vielleicht lag es an der Art von Holz, die ihre Mama in ihrem Ofen verbrannte, oder vielleicht waren es die Nüsse, die sie ernteten. Oder vielleicht handelte es sich auch um eine andere Art von Magie, die den Königinnen und Meistern und all den anderen vornehmen Leuten unbekannt war. Aber das hier … Es schmeckte nach zu Hause.

»Oben im Norden erzählen wir eine andere Version der Geschichte«, warf Ven ein. »In unserer ist das Neugeborene eine Frau, die die Große Mutter der Geister genannt wird. Und ihr Körper hat sich zerteilt, um die verschiedenen Haine zu bilden – einen für Aratay, einen in Semo, einen in Chell, einen für Elhim und einen für Belene.«

Arins Mutter schenkte Kiefernnadeltee in große Tassen ein, und Arin stand auf, um ihr beim Verteilen zu helfen. Obwohl sie seit Monaten nicht mehr zu Hause gewesen war, dachte sie gar nicht daran, sich wie ein Gast zu benehmen. Naelin und Ven waren die Gäste, nicht Arin. Dies war ihr Zuhause, auch wenn sie wusste, dass sie nicht bleiben würde. Sie liebte den Geruch des Hauses, liebte den würzigen Tee, die durchdringende Wärme des Holzofens und das frisch gebackene Brot. Im Palast roch es immer nach Blumen. *Und manchmal nach Blut,* fiel ihr ein.

»Wollt Ihr uns die Geschichte erzählen?«, wandte sich Arins Mutter höflich an Ven.

»Sie sollte eigentlich gesungen werden, und Ihr wollt mich lieber nicht singen hören, glaubt mir«, antwortete Ven. »Bei uns ist meine Schwester diejenige mit der schönen Stimme. Sie ist eine Wipfelsängerin.« Er nahm sich gleich mehrere Stücke von dem in Blätter gewickelten Wildschweinfleisch und stopfte sich eines davon in den Mund.

Einen Moment lang wünschte sich Arin, sie wären tatsächlich unterwegs zu Vens Familie und nicht auf dem Weg in das fremde Land Semo. Und dass das Ganze nur eine kurze, einfache Reise wäre. *Und hier werde ich jetzt so tun, als wäre das auch so.*

Eine Weile lang taten sie sich alle in zufriedenem Schweigen an ihrem Mahl gütlich.

»Ich habe Eira getroffen, als wir angekommen sind«,

wandte sich Arin an ihre Eltern. »Sie meinte, ihr hättet eine Überraschung für mich?« Vielleicht hatten sie das Haus verkauft und würden nach Mittriel ziehen, um ihr und Daleina näher zu sein! *Es wäre schön, wenn wir vier wieder zusammen sein könnten, wo immer wir uns befinden. Vielleicht würde es Daleina glücklich machen.* Ihre Schwester sah ständig müde und besorgt aus. Aber Arin würde Dreigabeln vermissen. Sie waren hierhergezogen, als sie vier Jahre alt gewesen war. *Mir war gar nicht klar, wie sehr ich mein Zuhause vermisst habe.* In letzter Zeit war sie viel zu beschäftigt gewesen, um überhaupt zu denken und zu fühlen.

Ihre Eltern grinsten beide, als wären sie kleine Kinder und im Begriff, ein Geschenk auszupacken, und dann redeten sie plötzlich beide gleichzeitig: »Du wirst es nie erraten ...« Und: »Es war ein außerordentlicher Glücksfall ...« Dann brachen sie ab und lachten, und Arins Vater sagte: »Du zuerst.«

»Liebes, erinnerst du dich noch an die alte Bäckerei, die du zusammen mit Josei kaufen und wiederaufbauen wolltest? Die in Rehbach? Ihr zwei habt dafür ganz allein so viel Geld zusammengespart, und wir waren sehr stolz auf euch. Es war ungeheuer erwachsen von euch, so einen Plan zu haben und ihn auch zu verfolgen.«

Arin hatte auf einmal einen Kloß in der Kehle. Natürlich erinnerte sie sich. Es war ihr und Joseis Traum gewesen. Sobald sie genug angespart hätten, wollten sie den alten Laden kaufen, ihn instand setzen und dort eine Bäckerei eröffnen. Sie hätte Torten für Hochzeiten und Feste gebacken, und er hätte an der Ladentheke gestanden und sich um die Kunden gekümmert. Sie hatten auch heiraten wollen, wenn sie alt genug waren, um zusammen in einem Haus hinter dem Bäckerladen zu leben. Ständig hatten sie davon gesprochen.

Ihre Mutter strahlte ihren Vater an. »Erzähl du es ihr. Schließlich hast du es getan.«

»Wir haben es zusammen getan«, berichtigte Arins Vater. Er streckte den Arm über den Tisch und drückte die Hand seiner Frau. »Arin, wir haben die Bäckerei gekauft. Sie gehört dir! Deine Mutter und ich haben uns darangemacht, sie deinen Plänen entsprechend wieder auf Vordermann zu bringen.«

Arin kam es so vor, als würde ein Schwarm Bienen in ihrem Kopf summen. Sie öffnete den Mund, aber es kam kein Wort heraus. Ihre Bäckerei. Es war ein Traum aus einer Zeit, die nun Jahre zurückzuliegen schien. Ihr und Joseis Traum. Aber er war tot, und sie hatte immer geglaubt, der Traum wäre zusammen mit ihm gestorben. Doch jetzt … jetzt … Sie schaute von ihrer Mutter zu ihrem Vater hinüber und dann wieder zurück. Beide strahlten sie an. »Wirklich?«

»Wirklich und wahrhaftig«, bestätigte ihre Mutter.

Arin spürte Tränen auf den Wangen. »Das ist das Tollste …« Ihr fehlten die Worte. Keines hätte die Tiefe ihrer Empfindungen wiedergeben können. Sie sprang auf, lief um den Tisch herum und schlang die Arme um ihre Eltern. »Danke, danke, danke!«

Ihre Eltern strahlten sie an.

Und dann schlug die Erinnerung daran, warum sie hier war und wohin sie unterwegs waren, wie eine Woge über ihr zusammen. »Aber ich kann nicht. Ich muss … Bitte versteht, es ist ja nicht so, dass ich es nicht zu schätzen wüsste oder dass ich es nicht wollte. Ich will es! Es ist nur so, dass … Ich kann im Moment nicht. Das wird warten müssen, bis ich zurückkomme.« *Falls ich überhaupt je zurückkomme.* »Es tut mir leid, Mama und Papa.«

Ruhig und gelassen griff ihre Mama nach der Schöpfkelle. »Mach dir keine Sorgen, Kleines. Ich glaube fest daran, dass sich alles zum Besten fügen wird. Hättet Ihr gern noch etwas Suppe, Euer Majestät?«

Arin fuhr zusammen, aber weder Königin Naelin noch Ven wirkten allzu überrascht. »Ihr habt davon gewusst? Ihr habt es die ganze Zeit über gewusst? Ich hatte recht! Daleina hat es euch erzählt!«

»Natürlich«, sagte ihre Mutter und tätschelte ihr die Hand.

Ein Gefühl von tiefer Liebe zu ihrer Schwester und ihren Eltern übermannte sie. Liebe, weil sie an sie glaubten.

Während das Mädchen, Arin, glücklich mit ihren Eltern über ihre Pläne für die Zeit nach Semo schwatzte, kaute Naelin an einer Scheibe süßen Nussbrots und versuchte, nicht ständig zu denken: *Ich sollte nicht hier sein. Ich sollte bereits in Semo sein.*

Von einem Moment auf den anderen hatte der Raum für sie etwas Erdrückendes. »Entschuldigt mich bitte. Ich brauche einfach ein wenig frische Luft.«

Arins Mutter nickte ihr zu, einen verständnisvollen Ausdruck in den Augen. »Eure Familie wird bald wieder vereint sein.«

Die Äußerung half nicht.

Naelin stürmte zur Tür hinaus und füllte ihre Lunge mit Abendluft. Der Rauch der Schornsteine des ganzen Dorfes um sie herum verlieh der Luft etwas Herbes. Inzwischen war die Sonne untergegangen, und die Abenddämmerung hüllte die Bäume in Schatten. Lichter der anderen Häuser leuchteten in warmem Bernsteingelb. Feuermoos funkelte von den Brücken und Leitern herab.

Sie hörte, dass die Tür hinter ihr geöffnet und wieder geschlossen wurde. »Ich weiß, es war unhöflich. Es ist nur so, dass … Sie warten auf mich. Ich wünschte, ich wäre bereits dort.«

»Ich habe Daleina versprochen, Arin nach Hause zu bringen«, antwortete Ven. »Bei allem, was gerade vor sich geht, fand sie, es sei der sicherste Platz für ihre Schwester.«

»Sie ist sicher böse auf uns, wenn wir sie hier zurücklassen.« Naelin dachte daran, wie vergnügt Arin gewesen war, als sie die mit den Pulvern versetzten Amulette gefertigt hatte – nachdem das Mädchen so lieb und freundlich zu Naelin gewesen war, kam ihr das Ganze nun wie Verrat vor.

»Böse und wütend ist besser als tot«, gab Ven zurück. »Junge Menschen sollten ihre Kindheit haben, ohne dass von ihnen gefordert wird, die Welt zu retten. Wir sollten ihnen zumindest das ersparen können.« Er runzelte die Stirn, und sie fragte sich, ob er wohl an all die Thronanwärterinnen dachte, die im Laufe der Jahre gestorben waren. Er war daran beteiligt gewesen, er hatte diese jungen Frauen ausgebildet, und sie hatten sich regelmäßig in Lebensgefahr gebracht – ihr war nicht bewusst gewesen, dass er deswegen Schuldgefühle hatte. »Außerdem werden ihre Eltern dafür sorgen, dass sie es nicht mitbekommt, wenn wir aufbrechen. Ich habe vor, schon etliche Meilen weit weg zu sein, wenn sie dahinterkommt, dass wir fort sind.«

Naelin schnaubte. »Der große, starke Meister hat Angst vor dem Wutanfall eines Kindes?«

»Schreckliche Angst«, räumte er ein. »Aber noch größer ist meine Angst, was mit ihr geschehen könnte, wenn Merecot sie als Druckmittel einsetzt oder Arin verletzt oder tötet, um sich an Daleina zu rächen. Hier ist sie vor allem geschützt, was Merecot auch anzustellen versucht. In Semo … Es ist nicht richtig, ein Kind irgendwo hinzubringen, wo es sich so offensichtlich in großer Gefahr befindet.«

»So wie ich es mit meinen Kindern gemacht habe«, sagte Naelin.

»Das habe ich nicht gemeint!«, widersprach Ven. »Es ist nicht deine Schuld.«

Natürlich ist es das! »Ich bin Königin geworden. Ich habe sie zu Zielscheiben gemacht. Wenn ich das nicht getan hätte, hätte Merecot sie niemals entführt. Wir wären jetzt alle sicher zu Hause.«

»Dann kannst du genauso gut auch mir Vorwürfe machen. Wenn ich dich nicht ausfindig gemacht und dich gezwungen hätte, von deiner Macht Gebrauch zu machen, würdest du jetzt immer noch zusammen mit Erian, Llor und Renet in Ost-Immertal leben.«

Sie spürte die Geister um sich herum, spürte ihre eigenen Schuldgefühle und ihre Ungeduld und zog, ganz so wie die Direktorin es ihr beigebracht hatte, Mauern um ihre Gedanken hoch. Die Geister auf Arins Zuhause aufmerksam zu machen war wirklich das Letzte, was sie wollte. Das wäre die schlimmste Art und Weise, dieser Familie ihre Gastfreundschaft zu vergelten.

»Ich glaube, meine Mutter und meine Schwester werden dich mögen«, bemerkte Ven.

Naelin warf ihm einen raschen Blick zu. Das warme Licht aus dem Haus strahlte direkt hinter ihm, so dass sein Gesicht verdunkelt war. Sie konnte seine Züge nicht deuten. »Ich habe gedacht, das wäre nur ein Vorwand. Wir werden deine Familie nicht besuchen, Ven. Hast du nicht gehört, was ich gesagt habe? Ich will so schnell wie möglich nach Semo.«

»Meine Mutter und Sira, meine Schwester, wohnen direkt nördlich von hier. Es wäre strategisch sinnvoll, bei ihnen zu Hause Station zu machen, sowohl um zu übernachten und uns auszuruhen, als auch um Informationen über die Lage an der Grenze zu sammeln. Meine Mutter ist eine Grenzwache. Sie sollte sehr genau über die momentane Stimmung des Volkes von Semo Bescheid wissen. Alle Informationen über das Land und die Leute, auf die wir uns einlassen müssen, könnten uns von Nutzen sein, vor allem für den Fall, dass das Ganze eine Falle ist. Wir werden daher die Grenze bei Morgengrauen passieren, und wir werden bei Kräften und bestens gerüstet sein für alles, was Merecot gegen uns im Schilde führen mag.«

Sie musterte ihn forschend. »Und das ist der einzige Grund? Strategische Überlegungen?«

»Ich würde dich auch gern mit meiner Familie bekannt machen«, sagte er schlicht.

Naelin runzelte die Stirn. *Warum bedeutet es ihm so viel?* Dann sah sie den Ausdruck in seinen Augen. Wieder lag diese Wärme in seinem Blick, von der sie sich damals, als sie ihm zum ersten Mal begegnet war, sofort angezogen gefühlt hatte.

Und sie lächelte. Es kam Naelin so vor, als wäre es sehr, sehr lange her, dass sie das letzte Mal gelächelt hatte.

Kapitel 15

Sobald Naelin und Ven Dreigabeln hinter sich gelassen hatten, während Arin in der Sicherheit ihres Elternhauses noch immer in tiefem Schlaf lag, rief Naelin zwei nahe Geister herbei: Erdgeister, die sich mit den Klauen zwischen den Wurzeln der gewaltigen Bäume aus der Erde hervorarbeiteten. Einer sah aus wie ein aus verfaultem Holz geschnitzter Vielfraß, und der andere hatte Bärengestalt, bestand aber aus Moos und Schlamm.

»Sie sollen uns tragen.«

»Wir könnten aber auch die Drahtpfade nehmen«, schlug Ven vor.

Naelin kletterte auf den Rücken des Bärengeistes und grub die Hände in das Moos, das in dicken Klumpen an seinem Hals hing. »Die Drahtpfade sind gefährlich.«

»Geister sind noch gefährlicher.«

»Sie wissen, dass ich sie vernichten werde, wenn sie versuchen, uns etwas anzutun.«

»Wenn du das tust, vernichtest du zugleich aber auch einen Teil des Waldes«, gab Ven zu bedenken.

»Dann sollten sie mir besser nicht den Gehorsam verweigern.«

Ven grinste sie an, dann kletterte er den Baum hinab und stieg auf den Vielfraß. *Er vertraut mir,* dachte sie. *Selbst nach allem, was ich getan habe.* Sie erwiderte sein Grinsen. Unter ihr schnupperte und schnaubte der Geist und scharrte in dem trockenen Laub, das unter seinen Pfoten raschelte.

»Und los geht's«, sagte Ven.

Nach Norden, wies Naelin die Geister an.

Beide Geister jagten los.

Über ihnen wehte ein starker Wind, und die Bäume schwankten, so dass sich das auf den Boden herabfallende Licht wie in Wellen bewegte. Herbstblätter fielen wirbelnd von den Bäumen, wie Regentropfen aus Rot und Bernstein, füllten den Wald mit jeder Windbö.

Hinter ihr rief Ven Anweisungen: nach Norden, dann nach Osten. Naelin gab seine Befehle an die Geister weiter.

Während sie flogen, dachte Naelin über Vens Familie nach. Ven sprach kaum je über sie, daher war Naelin davon ausgegangen, dass schmerzhafte Erinnerungen mit ihr verbunden waren, und hatte nicht nachgehakt. Gleichwohl schien er nun so erpicht darauf zu sein, sie seiner Familie vorzustellen, dass sie glaubte, sich in diesem Punkt vielleicht doch geirrt zu haben. Welche Art von Kindheit brachte einen Meister hervor? Was waren das für Menschen, die ihn großgezogen hatten? Er hatte eine Mutter und Geschwister erwähnt, aber sie hatte keine rechte Vorstellung davon, was das für Menschen waren und wie viel sie ihm bedeuteten. *Ich werde es wahrscheinlich bald herausfinden,* sagte sie sich.

Als sich der Tag dem Ende zuneigte, legten sich Schatten über den Waldboden. Die Wipfel über ihnen fingen noch immer das niedrige Licht der Sonne ein, aber es drang nicht mehr tiefer zwischen die Bäume, sondern streifte nur noch die Blätter hoch über ihnen. Sie spürte, dass die Energie ihrer Transportgeister immer mehr nachließ – die beiden waren es gewohnt, nachts zu ruhen, und je mehr die Schatten wuchsen, umso langsamer wurden sie. »Ich glaube, unsere Reitgeister können nicht mehr.«

»Über uns ist ein Drahtpfad, aber der befindet sich hoch oben«, antwortete Ven. »Wenn keine geflügelten Geister in der Nähe sind, die groß genug sind, um uns zu tragen, müssen wir frei klettern.« Er saß von seinem vielfraßähnlichen Erdgeist ab und wühlte Seile, Haken und andere Kletterausrüstung aus seinem Bündel hervor.

Mit ihren Sinnen suchte und fand sie mehrere Luftgeister in der Nähe, aber sie waren alle winzig wie der Flaum von Pusteblumen und trieben mit den gefallenen Blättern über den Boden. Sie spürte in der Umgebung auch eine Überfülle an kleinen Baumgeistern, die in der Abenddämmerung mit den Eichhörnchen umherhuschten. Langsam ließ sie sich vom Rücken des Erdgeistes auf den Boden gleiten, kniete sich hin und wühlte in den Blättern, bis sie fand, wonach sie suchte: eine Eichel. »Stell dich hierhin und halt dich an mir fest«, wies sie Ven an.

»Was genau hast du vor?«

Naelin zeigte ihm die Eichel und pflanzte sie dann in die Erde. Sie hatte so etwas noch nie versucht, aber es sollte eigentlich funktionieren. *Wenn nicht, kann ich es verkraften, vor Ven dumm dazustehen.* Sie konzentrierte sich und rief nach den Baumgeistern. *Kommt her. Lasst wachsen. Hoch und gerade in den Himmel. Kommt her und lasst wachsen!*

Die Geister quollen zwischen den Bäumen hervor. Zuerst nur einige wenige, dann Dutzende, die, angelockt von ihrem Ruf, über die Äste und Baumstämme schwärmten. Naelin streckte die Arme aus, wie um sie willkommen zu heißen. Die eichhörnchenähnlichen Geister kamen als Erstes. Sie keckerten einander krächzende Laute zu und gruben sich im Kreis um Naelin und Ven herum in die Erde. Naelin sah, wie sich zwischen ihren Füßen ein Trieb entfaltete. Daran befand sich ein Blatt von bleichem, durchscheinendem Grün, das geradezu in seinem eigenen Licht zu pulsieren schien, und dann schob sich der Trieb höher aus der Erde hervor und wurde im Wachsen immer dicker. Naelin setzte sich rittlings darauf, als nun weitere Baumgeister den Waldboden um sie herum zu füllen begannen: die einen ein grünes Blättergewirr mit geschmeidigen kleinen Leibern, andere knorrige Holzstücke mit Menschengesichtern und Spinnenbeinen und wieder andere größere, an Baumstümpfe erinnernde Geister mit Gesichtern aus Rinde.

Sie sah, wie der Trieb Zweige bildete, und setzte vorsichtig die Füße auf einen der zarten Seitentriebe. »Halt dich gut fest«, wies sie Ven an. »Die Sache könnte krachend danebengehen.«

»Es wird klappen«, antwortete Ven und schlang die Arme um ihre Hüfte. Sein Zutrauen wie auch seine Berührung brachten Naelins Wangen zum Glühen.

Lasst schneller wachsen, befahl sie den Geistern, und sie flitzten emsig um ihre Knöchel herum.

Der kleine Baum spross immer höher, und Naelin hielt sich am dünnen Stamm in der Mitte fest. Er wurde in ihren Händen immer dicker, bis sie ihn umarmte. Ven drückte sich an sie, seine Arme boten eine wohltuende Wärme und hielten sie stabil. Ihr Herz schlug so schnell, dass es sich anfühlte, als schlügen flatternde Flügel in ihrem Brustkorb. Die Äste unter ihren Füßen wurden breiter, bis sie und Ven fest darauf standen, während der Baum immer schneller und schneller wuchs und dem Himmel entgegenschoss.

Äste breiteten sich aus, und Blätter erwachten zum Leben: zuerst blasses Frühlingsgrün, dann dunkles, sommerliches Smaragdgrün, später herbstliches Gelb, und schließlich wurde das Laub braun und dürr. Der neue Baum fügte sich in den dichten Wald um sie herum ein.

»Sehr hübsch«, flüsterte ihr Ven ins Ohr.

Sie kicherte – ein Laut, den sie seit Jahren nicht mehr von sich gegeben hatte, aber er gefiel ihr. *Ich werde langsam besser.* Sie hatte seit ihrer letzten Begegnung mit Merecot eine Menge dazugelernt. *Ich bin bereit für sie.*

»Genau dort.« Ven machte eine Kopfbewegung hin zum nächsten Baum.

Sie sah die feine Linie an ihnen vorbeilaufen. Er zog für sie beide je einen Gurt mit Haken hervor und half ihr, den ihren anzulegen.

»Ich gehe als Erstes«, sagte Ven. »Folg mir.«

Naelin und Ven hakten sich an dem Drahtpfad ein und stießen sich dann von dem neuen Baum ab. Naelin schaute sich noch einmal um und sah die Baumgeister über die Äste und den Stamm hinauf- und hinunterhuschen. Sie hörte sie miteinander plappern, und sie spürte – Glück. Das Glück, das die Geister empfanden, weil sie diesen Baum hatten wachsen lassen. Es erfüllte die Geister und ging auch auf Naelin selbst über. Es war die Art von Glück, die ein Kind empfindet, wenn es ganz im Augenblick lebt, fern jeder Reue, jeder Sorge und überhaupt jedweder Regungen, die nichts mit der Herrlichkeit des Gerade-Jetzt zu tun haben. Es war das Glück eines Sonnenaufgangs, des ersten Augenblicks eines makellosen Tages, in der kurzen Sekunde, nachdem der Traum entschwunden, aber bevor die Erinnerung zurückgekehrt ist. Es war das Glück eines freudig erwarteten Kusses. Das Glück von Sonnenlicht nach Regen.

Sie sausten über die Wipfel des Waldes dahin, während sich das Blau des Himmels verdunkelte und die Sterne zu leuchten begannen. Der Mond war eine kaum sichtbare, durchscheinende bleiche Sichel, als wäre er zu schüchtern, um sich zu den Sternen am Himmel zu gesellen.

Ven rief ihr Anweisungen zu, wann immer sie Kreuzungen der Drähte erreichten, und sie wechselten von Pfad zu Pfad. »Nur noch eine weitere Meile!«

Im Näherkommen sah Naelin Feuermooslicht in den Ästen leuchten. »Mach dich zum Absteigen bereit«, rief Ven. »Der Pfad endet direkt vor uns.« Er legte die Hand auf seinen Haken, und Naelin tat das Gleiche.

»Jetzt!« Ven machte seinen Haken los und stürzte hinab. Er fiel in eine zwischen den Ästen aufgespannte Plane – ein Landefeld. Hinter ihm löste Naelin ihren Haken und fiel ebenfalls nach unten. Sie spürte, wie ihr der Atem aus der Lunge wich, als sie neben Ven auf der Plane aufschlug und noch zweimal auf und ab hüpfte.

In der Nähe der Plane befand sich eine Brücke, die schon bessere Tage gesehen hatte. Sie war ganz ausgefranst und knarrte unter ihrem Gewicht. Um sie herum und unter ihnen war der Wald dunkel. Der Boden war unfassbar weit unter ihnen und von so dichten Schatten verhüllt, dass nichts als ein undurchdringliches Grau zu sehen war. Licht kam nur von den Sternen über ihnen und von den Feuermooslampen vor ihnen. Wenn der Wind durch die Bäume wehte, schien das Feuermoos zu flimmern.

Erst jetzt bemerkte sie, dass Ven schon eine ganze Weile mit ihr redete, dass er ihr eine Geschichte über sich selbst und seine Schwester erzählte – wie sie das erste Mal den Waldboden besucht hatten. »… sie hatte so viele Geschichten über Wölfe, Bären und Wildschweine gehört, dass sie davon überzeugt war, sterben zu müssen, sobald ihre Füße den Erdboden berührten«, berichtete Ven gerade. »Weißt du, was meine Mutter dann getan hat? Sie hat mich auf den Waldboden hinuntergebracht und zu meiner Schwester gesagt: ›Wenn du recht hast und der Boden den Tod bedeutet, dann solltest du besser deinen Bruder retten, bevor er zerfleischt wird. Und wenn du dich irrst und er nicht stirbt, dann kannst du auch gleich hinunterklettern, ohne weiterhin ein solches Theater zu machen. So oder so, du steigst jetzt hinunter auf den Waldboden.«

»Wie alt warst du da?«, fragte Naelin.

»Drei. Es hat die ganze Nacht gedauert, aber bei Tagesanbruch hat meine Schwester beschlossen, mich besser zu retten. Also ist sie zum Waldboden heruntergestiegen und hat mich zurück nach oben getragen. Ich war noch zu klein, um aus eigener Kraft zu klettern. Ich weiß nicht, wie sie es geschafft hat. Sie war selbst erst fünf, und ich war ein großer Dreijähriger.«

»Du bist nicht von wilden Tieren gefressen oder von Erdgeistern verstümmelt worden, also muss sie wohl eine Möglichkeit gefunden haben. Hat deine Schwester dann aufgehört, sich vor dem Waldboden zu fürchten?«

Da ertönte die Stimme einer Frau: »Der Schuss ist leider nach hinten losgegangen. Ich bekomme sie nicht aus den Baumwipfeln heraus. Sie ist seit über dreißig Jahren nicht mehr unten auf dem Boden gewesen.« Vor ihnen ließ sich eine Frau auf die Seilbrücke fallen. Sie trug einen Bogen samt Köcher mit Pfeilen auf dem Rücken und war ganz in grünes Leder gekleidet. An ihrem Kragen steckte die Nadel einer Grenzwache von Aratay. Sie hatte dunkle Augen, und ihr Haar war so silbern wie das Mondlicht. »Das ist aber eine Überraschung, Ven.«

»Hallo, Mutter«, grüßte Ven. »Schön, dich zu sehen. Du siehst gut aus.«

Sie schnaubte. »Und du siehst alt, schlaff und verweichlicht aus. Haben alle Meister ihre Kraft und Stärke eingebüßt und üben sich in Gefühlsduselei, oder betrifft das nur dich?«

Nun gut, das erklärt schon mal einiges, dachte Naelin.

»Mutter, wir haben eine Reise vor uns und hatten gehofft,

für die Nacht von deiner Gastfreundschaft Gebrauch machen zu können.«

Naelin hatte ihn noch nie so höflich und so förmlich reden hören. Sie musterte ihn eingehend. Er war so angespannt, wie er es im Hain der Königin gewesen war, als sie auf Merecot und ihre Armee gewartet hatten. Seine Finger zuckten, als wünschte er, sie um den Griff seines Schwertes schließen zu können.

»Ich bin nicht gastfreundlich«, antwortete seine Mutter. »Und das weißt du. Ist das deine neue Kandidatin?« Sie ging im Kreis um Naelin herum und fasste sie genau ins Auge. Naelin zog es in Erwägung, sich vorzustellen, aber sie war neugierig, was Vens Mutter sagen würde, und da Ven sie nicht vorgestellt hatte … *Ich werde einfach seinem Beispiel folgen.* »Schlechte Wahl«, verkündete Vens Mutter. »Sie sieht aus, als wäre sie besser dazu geeignet, Kräuter zu sammeln. Wenn sie es nur mit einem einzigen schwierigen Geist zu tun bekommt, ist sie erledigt. Ganz ehrlich, Ven, ich weiß, du hältst dich für unfehlbar, weil du Königin Daleina erwählt hast, aber ihr Aufstieg war ein absoluter Ausnahmefall. Du kannst es dir nicht leisten, selbstgefällig zu sein, wo du doch von so großer Bedeutung für ganz Aratay bist.«

Er seufzte und warf Naelin einen Blick zu, der so entschuldigend war, dass Naelin beinahe laut losgelacht hätte. »Ich entnehme deinen Worten, dass du mir noch immer böse bist«, wandte sich Ven an seine Mutter.

»Du bist fortgegangen, ohne auch nur Lebewohl zu sagen. Und du hast mir keinerlei Nachrichten zukommen lassen. Seit Jahren erfahre ich alle Neuigkeiten über mein jüngstes Kind nur noch auf dem Umweg über Geschichten und Lieder. Deine Schwester weiß mehr über dich als ich, und alles, was sie weiß, ist in Versform.«

Er fuhr sich mit der Hand durchs Haar. »Ich hatte zu tun.«

»Du hast dich vor mir versteckt.« Wieder schnaubte sie. »Du wusstest, dass ich dein Tun missbillige. Was hast du dir dabei gedacht, dich mit einer Königin einzulassen?«

Naelin zuckte zusammen. Wusste seine Mutter denn bereits über sie beide Bescheid? Und missbilligte ihre Verbindung? Sie hätte wirklich nicht gedacht, sich deshalb hier irgendwelche Schwierigkeiten einzuhandeln. Um Himmels willen, sie war eine erwachsene Frau. Elterliche Zustimmung war für sie seit Jahrzehnten kein Thema mehr gewesen, und es wäre ihr nie in den Sinn gekommen, dass das jetzt zu einem Problem werden könnte. Letztendlich war sie sich nicht einmal sicher, ob ihre Beziehung überhaupt noch bestand – sie hatten einander kaum mehr berührt, seit sie Rotblatt verlassen hatten.

»Du hättest dich auf deine Pflicht konzentrieren sollen«, fuhr Vens Mutter fort. »Königin Fara hätte für dich eigentlich unberührbar sein sollen.«

Oh.

Nicht ich.

Naelin wusste nicht, ob sie nun verärgert oder belustigt sein sollte. Offensichtlich war Vens Mutter eine Frau mit sehr entschiedenen Ansichten und zögerte auch nicht, diese zum Ausdruck zu bringen. Naelin machte Ven keinen Vorwurf daraus, dass er auf Abstand zu ihr gegangen war. Die einzige Überraschung war, dass er sich entschlossen hatte, jetzt hierherzukommen.

»Ich will nicht über sie reden, Mutter.«

»Bah, du hast noch nie über etwas Wichtiges reden wollen. Ich hätte erwartet, dass du inzwischen gelernt hast, mit unverstellter Offenheit umzugehen.« Seine Mutter klopfte mit dem Fuß auf den Ast. »Ihr zwei kommt jetzt besser rein. Deine Schwester würde mir nie verzeihen, wenn sie dich nicht zu sehen bekommt. Mach dich auf Tränen gefasst. Sie neigt zur Gefühlsduselei.« Ohne ein weiteres Wort drehte sie sich um und sprang dann so leichtfüßig wie ein Eichhörnchen über die dünnen Äste der Baumkronen davon. Selbst die Blätter bewegten sich kaum, als sie zwischen den Ästen hindurchstrich.

»Sie ist immer noch nicht milder gestimmt«, sagte Ven bedauernd. »Ich hätte gedacht, sie wäre inzwischen vielleicht etwas abgeklärter geworden.« Er drehte sich zu Naelin um, und sie bemerkte die Schatten unter seinen Augen, die durch das Licht des Feuermooses noch tiefer schienen. Er sah aus, als hätte er seit Wochen nicht geschlafen.

Das alles ist auch für ihn sehr hart gewesen, fuhr es Naelin durch den Kopf. *Erian und Llor bedeuten ihm viel. Und auch ich bedeute ihm viel.* Sie legte ihm eine Hand auf die Wange, auf seinen Bart. Seine Züge wurden weicher, und er drückte ihre Hand. Sie dachte an Königin Fara und Thronanwärterin Sata und an all die Verluste, die er bereits erlitten hatte. Er redete nicht gerade häufig darüber, aber sie kannte sein gütiges Herz gut genug, um zu wissen, dass es ihn tief getroffen haben musste, sie zu verlieren.

»Es ist womöglich ein Fehler gewesen hierherzukommen. Wir können unser Lager auch im Wald aufschlagen. Haben wir schließlich schon oft genug gemacht. Ich hatte gedacht … Ich weiß nicht, was ich mir gedacht habe, aber es war keine gute Idee.« Er verzog das Gesicht. »Entschuldigung, ich hätte dir diese Szene gerne erspart.«

»Falls du bleiben willst, komme ich schon damit klar«, antwortete Naelin sanft. Hanna hatte bestätigt, dass ihre Kinder gut behandelt wurden. Ven zuliebe konnte sie ihre eigene Ungeduld gern für eine Nacht beiseiteschieben. »Du kannst zumindest deiner Schwester Hallo sagen.«

Außerdem war sie neugierig, mehr zu erfahren: Wer waren diese Menschen, die Ven geprägt hatten? Wie hatte seine Kindheit ausgesehen? Sie stellte fest, dass sie gerne seine Schwester kennenlernen und sein altes Zuhause sehen wollte, was sie überraschte, da all ihre Gedanken in letzter Zeit allein um Erian und Llor gekreist hatten. *Ich habe ihn unverdient schlecht behandelt. Ich habe alle anderen vernachlässigt.* Trotz all der schönen Worte von wegen, die Mutter von Aratay sein zu wollen, hatte sie alles, was sie getan hatte, nur für ihre eigenen Kinder getan und alle anderen außen vor gelassen.

»Bitte, nimm nichts von dem, was sie von sich gibt, allzu schwer«, sagte er. »Es ist nicht gegen dich gerichtet; ich bin die Enttäuschung.«

»Du bist der Inbegriff eines Helden. Wie also kann sie von dir enttäuscht sein?« Je länger sie ihn kannte, umso beeindruckter war sie. *Umso verliebter.* Sie lächelte in sich hinein. Nie hätte sie gedacht, dass sie nach der Sache mit Renet je wieder so etwas für einen Mann empfinden könnte – *und in Wahrheit habe ich so etwas für Renet niemals empfunden.*

»Sie führt wahrscheinlich eine Liste darüber«, antwortete er, dann zog er ein Seil und einen Haken hervor. »Und die wird sie dir vermutlich vortragen. Binde dich an mir fest. Die oberen Äste können gefährlich sein.«

Naelin sandte ihre Sinne aus und spürte die Gegenwart einiger Geister, doch die meisten waren klein und ein Stück weit entfernt. »Wenn du ein paar Minuten warten kannst, dann rufe ich einen Luftgeist. Momentan sind keine in der Nähe.«

»Nicht viele Geister würden sich in die Nähe meiner Mutter wagen«, erwiderte Ven. »Lass sie am besten in Ruhe. Es hat keinen Sinn, meine Mutter noch mehr aufzuregen, als ich es bereits getan habe.« Er zog einen Pfeil mit einem Ring am Ende hervor und band ein Seil daran. Er legte ihn ein, zielte in die Dunkelheit und schoss. Sie hörte den dumpfen Aufprall, als sich der Pfeil in den Baum grub. Ven schlang ihr einen Arm um die Hüfte, und Naelin legte beide Arme um ihn. Er stieß sich ab und schwang sich an dem Seil durch die oberen Äste. Trockene Herbstblätter streiften ihre Arme, und sie hörte es rascheln und knistern, während sie sich durch die Schatten schwangen. Sie spürte, dass Ven die Knie hob, dann prallten sie gegen einen Aufbau. Er band das Ende des Seils an einen der Äste und löste die Haken, die Naelin hielten. »Hier sollte irgendwo eine Leiter sein ...« Er tastete den Baumstamm ab. »Da ist sie. Folg mir.«

Ven kletterte voraus und Naelin hinterher. Sie konnte sich nicht vorstellen, dass es noch höher hinaufgehen sollte, als sie schon waren – bald würden sie die obersten Wipfel erreicht haben. »Bist du in einem Vogelnest aufgewachsen?«

»Beinahe«, antwortete er. »Meine Mutter steht nicht so auf Menschen.«

Ven hielt inne, und dann pausierte auch Naelin. Der Wind trug eine Melodie heran: ein unbeschwertes Lied ohne Worte, das zu dem Gesang der Vögel passte. Mal ging es tief hinab, um dem Ruf der Eule zu entsprechen, und dann hoch hinauf, um einen Singvogel nachzuahmen, der für die Nacht in seinem Nest rastet.

»Das ist meine Schwester«, erklärte Ven, und diesmal lag echte Wärme in seiner Stimme.

»Ich freue mich darauf, sie kennenzulernen«, antwortete Naelin, und das kam aus tiefstem Herzen.

Ven hatte seit längerer Zeit nicht mehr an zu Hause gedacht, und ganz bestimmt hatte er nicht vorgehabt, dorthin zurückzukehren. Erst als ihn Arin auf die Idee gebracht hatte, hatte er angefangen, sich für den Gedanken zu erwärmen. Er hatte gedacht, die Ablenkung würde Naelin guttun – ihr ein wenig die Eile nehmen und sie daran hindern, etwas Überstürztes zu tun. Dabei hatte er keinen Gedanken darauf verschwendet, ob die Sache auch ihm selbst guttun würde.

Ich hatte schon schlechtere Ideen, überlegte er. *Nicht viele, aber doch einige.*

Zumindest würde wegen dieses Fehlers voraussichtlich niemand sterben. Er würde einfach einen Abend der Herabsetzung und elterlichen Missbilligung vor der einen Frau auf der Welt über sich ergehen lassen müssen, deren gute Meinung ihm etwas bedeutete. *Ja, gehört ganz ohne Frage auf die Liste meiner schlechten Ideen.*

Am oberen Ende der Leiter angekommen, sah er sein Zuhause vor sich. Es war noch genauso, wie er es in Erinnerung hatte: mehrere terrassenartige Absätze, die sich über die oberen Äste spannten, das Gewicht gleichmäßig verteilt, so dass sie nicht aus dem Gleichgewicht gerieten, durch Brücken verbunden und mit Planen bedeckt. Es war eher eine Ansammlung von Zelten als ein Haus, wie man es weiter unten auf mittlerer Waldhöhe fand. »Drinnen ist es schöner, als es von draußen aussieht«, wandte er sich an Naelin. »Da gibt es echte Betten.«

»Es sieht sehr schön aus«, versicherte ihm Naelin.

Er wusste, dass sie log. Seine Mutter hielt nichts von schmückendem Zierrat – ihr Zuhause sah aus, als gehöre es einem Soldaten. Und genau das war auch der Fall. Seine Mutter war lange Jahre Meisterin gewesen, bis sie zur Grenzpatrouille gekommen war. Er hatte von ihr gelernt, ganz Aratay als sein Zuhause zu betrachten und nicht nur einen kleinen Winkel davon. Sie pflegte zu sagen, jeder

Baum sei ihr Bett, jeder Fels ihr Tisch, jeder Bach ihr Spül-
becken. Trotzdem war das hier mehr für ihn als nur irgendein x-beliebiger Baum.

Ich werde sentimental auf meine alten Tage, ging es ihm
durch den Kopf.

»Du solltest wissen, dass meine Schwester … Nun ja, sie
ist ein freundlicher Mensch.« Er wusste nicht, wie er sie
sonst beschreiben sollte. Er fragte sich, was Naelin wohl
von ihr halten würde – und was Sira von Naelin halten
würde. Er spielte mit dem Gedanken, Sira zu belügen
und ihr nicht zu verraten, wer Naelin war, um bei seiner
Schwester keine Befangenheit aufkommen zu lassen. Aber
er hatte sie noch nie belogen. Er konnte es nicht. Nicht
Sira.

»Ich bin mir sicher, dass sie ganz wunderbar ist. Ich kann
es gar nicht erwarten, sie kennenzulernen.« Naelins Lächeln
war aufrichtig, und wieder hatte er das Gefühl, dass er sein
Herz der richtigen Frau geschenkt hatte.

Blieb nur zu hoffen, dass sie auch noch lächeln würde,
wenn sie das Haus betrat.

Ven kletterte hinauf und schwang sich auf den Absatz
vor der Tür – eigentlich war sie nur eine Plane, auf der sich,
schlecht gestickt, das Siegel der Grenzwachen befand. Er
hob die Plane an, duckte sich hindurch und hielt sie dann
hinter sich für Naelin hoch.

Naelin trat ein – er war erleichtert zu sehen, dass sie
sich interessiert umschaute. *Vielleicht wird es doch keine
totale Katastrophe,* dachte er. Wie er ihr gesagt hatte, war
das Haus tatsächlich innen hübscher als von außen. Jede
Menge Holzmöbel. Jede Menge Flickendecken. Und kein
Stäubchen Schmutz. *Selbst der Schmutz hat Angst davor,
Mutter zu enttäuschen.*

Seine Mutter stapfte durch die Küche, zog einen Kessel

vom Haken und hängte ihn auf eine Stange über dem Herdfeuer. »Wenn du ein Festmahl zur Feier deiner triumphalen Rückkehr nach Hause erwartest, steht dir eine schwere Enttäuschung bevor. Unsere Rationen findest du in den Fässern. Tisch deiner Freundin auf, was immer du magst.«

Nein, definitiv eine Katastrophe. Seine Mutter war fest entschlossen, unfreundlich zu sein. Wirklich, er hätte auch damit rechnen sollen. Er war ja tatsächlich fortgegangen, ohne Lebewohl zu sagen, und er hatte keinerlei Nachrichten geschickt oder sie besucht; im Gegensatz zu seiner Schwester, die niemals fortgegangen war, und zu seinem Bruder, der an jedem Feiertag auftauchte und bestimmt zu allen möglichen Anlässen haufenweise Blumen schickte, nur damit Ven umso schlechter dastand.

»Ihr habt Eier«, bemerkte Naelin und deutete mit dem Kopf auf einen Korb mit blauen Vogeleiern auf der Ablage. »Ich kann für uns alle kochen.«

»Wie Ihr wollt. Ihr reist zusammen mit meinem Sohn, also seid Ihr hier willkommen.« Seine Mutter ließ sich auf einen Stuhl fallen und legte die Füße auf einen ramponierten Tisch. »Na schön, Ven, jetzt mal raus mit der Sprache.«

»Eigentlich bin ich nicht wirklich hier, um dich zu besuchen. Ob du es glaubst oder nicht, Mutter, das hier ist Königin Naelin. Wir reisen nach Norden, nach Arkon, um Naelins Kinder aus der Gewalt von Königin Merecot von Semo zu befreien. Naelin, das ist meine Mutter, Zenda.« Er ging in die Küche hinüber – wo die Bratpfannen waren, wusste er noch. Er stellte eine Pfanne für Naelin übers Feuer. Sie hatte bereits eine Schüssel entdeckt und begonnen, Eier aufzuschlagen.

»Kräuter?«, erkundigte sich Naelin.

Vens Mutter war mittlerweile ruckartig aufgesprungen. »Euer Majestät!«

Ven schaute in einem Schrank nach und brachte eine klägliche Menge von Küchenkräutern zum Vorschein. Naelin roch an ihnen, dann zerdrückte sie sie in einer zweiten Schale. Eine Zwiebel und eine Kartoffel hingen in einem Netz über der Spüle. Sie reichte beides an Ven weiter. »Würfle sie«, beauftragte ihn Naelin. Er zog sein Messer heraus. »Zuerst saubermachen, dann kannst du sie würfeln.«

Hinter ihnen ertönte die Stimme seiner Mutter: »Eine Königin, die in meiner Küche kocht ... Euer Majestät ... Ich ... *Ven!*« Sie drehte sich zu ihm um, und er verdrückte sich instinktiv hinter einen Hocker, so dass dieser nun zwischen ihm und seiner Mutter war. Er wusste, dass sie keine Überraschungen mochte. *Das hätte ich wahrscheinlich berücksichtigen sollen. Aber andererseits ... Allein ihren Gesichtsausdruck zu sehen, war mir die Sache beinahe wert gewesen.* »Willst du mir nicht verraten, wie es kommt, dass du ganz allein mit einer Königin reist?«, fragte seine Mutter mit scharfer Stimme. »Wo sind die Palastwachen? Wo ist ihre Eskorte? Überquerst du die Grenze zusammen mit der Königin? So etwas gab es noch nie. Und was ist mit dem Gerücht, die Kinder wären tot? Wie sind sie bei Königin Merecot gelandet? Vergebt mir meine Direktheit, Euer Majestät.«

Eine leise Stimme, lieblich wie der Frühlingswind, meldete sich in einer Mischung aus Wispern und Singen von der Tür aus. »Ach, aber dergleichen ist doch durchaus schon mal da gewesen. Königin Renna die Entzückte liebte es, noch die kleinsten Dörfer mit ihren Besuchen zu überraschen. Sie pflegte die kleinen Kinder mit einem Wiegenlied in den Schlaf zu singen.« Sira stand in der Tür, und ihr wildes Haar war noch wilder, als Ven es in Erinnerung hatte. Es hing als eine Art Wolke um ihr zartes Gesicht herum, als wolle es all ihre Züge unkenntlich machen. Sie wirkte auch kleiner, als er sie in Erinnerung hatte. Ihre Arme waren vogelhaft dünn, und ihre Beine erinnerten an die stockartigen Gliedmaßen eines Baumgeistes. Aber sie lächelte ihn an, und das war alles, was zählte. »Ven, du bist nach Hause gekommen!«

Er durchquerte das Haus mit zwei Schritten, riss sie hoch und schwang sie im Kreis herum. Sie lachte, wie sie es auch als kleines Kind getan hatte, ein Geläute silberheller Glocken.

»Dummer Bär, setz mich ab. Du zerbrichst mich ja noch!«

Er stellte sie auf den Boden und knurrte wie ein Bär. Dann erst erinnerte er sich daran, dass seine geliebte Königin nur wenige Schritte hinter ihm stand und das Ganze mit ansah. Seine Wangen wurden heiß, und Sira lachte noch lauter. »Naelin, das ist meine Schwester Sira.«

»Wir haben Euch singen hören«, sagte Naelin. »Ihr habt eine wunderschöne Stimme.«

»Ich singe zu den Vögeln«, erklärte Sira. »Sie singen wirklich schön.«

»Du singst genauso schön«, antwortete Ven sehr entschieden. Sie hatte ihre Begabung immer heruntergespielt. Doch das ließ er nicht zu, zumindest nicht, wenn er in der Nähe war. »Die Vögel beneiden dich.«

Seine Mutter ging dazwischen. »Sira, das ist *Königin* Naelin, die zusammen mit Königin Daleina regiert. Sie ist auf dem Weg nach Norden, um ihre Kinder heimzuholen – anscheinend haben die Gerüchte nicht gestimmt. Sie leben noch.«

Sira machte einen so anmutigen Knicks, als hätte sie ihr ganzes Leben in einem Palast verbracht. Sie war von Natur aus anmutig. *Etwas, das Mutter nie bemerkt hat*, dachte Ven. Ihre Mutter hatte sich immer auf Siras Grenzen und

Schwächen konzentriert, aber seine Schwester besaß auch viele Stärken. »Ich kenne die Lieder über Euch, Majestät. Es ist mir eine große Freude, Euch kennenzulernen, und noch mehr freut es mich zu hören, dass Eure Kinder wohlauf sind.«

Naelin wirkte verdutzt. »Es gibt Lieder über mich?«

»Oh ja. Mein Lieblingslied ist ›Die Ballade von der unwilligen Königin‹«, berichtete Sira und strahlte sie an. »Der Wechsel auf Moll in der Überleitung zur zweiten Strophe ist herrlich.« Sie sang die Melodie ohne Worte und hielt den letzten Ton für einen Moment, bevor sie ihn ausklingen ließ. »Es ist für den Sonnenuntergang nach einem besonders schönen Tag gedacht, wenn man noch nicht will, dass es schon Nacht wird.« Ven musterte Naelins Gesichtszüge genau und sah, wie sie sich anspannten. In der nächsten Sekunde drehte sie sich wieder um, um Kräuter in die Schüssel mit den Eiern zu geben. *Sie denkt, sie hätte besser auch unwillig bleiben sollen.* Es war in letzter Zeit ganz leicht, ihre Gedanken zu erraten. *Zu leicht.* Aber seine Schwester konnte das nicht wissen und fuhr fort: »Ich singe es für die Morgendämmerung und für die Nacht, für den Wind und für den Regen, und sie alle kommen, um zuzuhören.«

»Du weißt, dass sie ohnehin kommen würden«, murrte ihre Mutter.

»Vielleicht. Vielleicht auch nicht.« Sira lächelte ihr verstohlenes leises Lächeln und blieb so geduldig wie immer. Sie hatte es stets verstanden, die Worte ihrer Mutter von sich abperlen zu lassen. Er fragte sich, wie sie das schaffte – an ihm klebten sie wie Kletten.

»Dein Gesang ist wichtig«, wandte sich Ven an Sira. »Er gibt uns Übrigen einen Grund, um weiterzukämpfen.« Er spürte, dass Naelin ihn eindringlich ansah, und konzentrierte sich auf die Kartoffel, die er mithilfe seiner Klinge schälte, um sie dann in Würfel zu schneiden. Er hatte seine Worte nicht an Naelin gerichtet, aber er bereute es nicht, dass sie sie gehört hatte. Sie würde ihm wahrscheinlich einen Mangel an Feinsinn vorwerfen, wie es auch Daleina erst vor Kurzem getan hatte.

Ich trage zu jeder Tages- und Nachtzeit mindestens fünf Waffen mit mir herum. Es ist nicht meine Aufgabe, feinsinnig zu sein.

Sie verfielen in Schweigen, während Naelin die Mahlzeit fertig zubereitete und hin und wieder die eine oder andere Anweisung gab. Sira stellte Teller auf den Tisch und stöberte sogar Servietten auf, die sie in Blumenform faltete.

Die Herrin des Hauses verfolgte das alles von ihrem Platz aus, die Füße unverrückt auf dem Tisch vor sich. An ihren Stiefelsohlen klebten zertretene Blätter. Sobald die Eier fertig waren, setzten sie sich alle. Der typische intensive Duft nach Rauch und Zwiebeln eines ganz gewöhnlichen Hauses auf mittlerer Waldhöhe erfüllte die Küche – ein Geruch, den Ven normalerweise nicht mit diesem Adlerhorst von Behausung in Verbindung bringen würde.

»Ich danke Euch für Eure Gastfreundschaft«, meinte Naelin, als sie sich ihre Serviette auf den Schoß legte.

»Ihr habt gekocht, Euer Majestät«, entgegnete Vens Mutter.

»Mit Euren Zutaten. Ich koche gern.« Zu Vens Überraschung klang Naelin fröhlich. *Kann es sein, dass sie diesen Besuch tatsächlich genießt?*

»Nahrung dient einem einzigen Zweck: einen Körper stark zu erhalten«, verkündete Vens Mutter. »Ich habe nie viel Sinn darin gesehen, das Essen mit allem möglichen Schnickschnack aufzupeppen. Menschen, die ihre Zeit auf so etwas verschwenden, sind Narren.«

Ven legte seine Gabel behutsam beiseite, statt sie einfach hinzuknallen, und war sehr stolz darauf. »Du beleidigst deinen Gast, Mutter.«

»Deinen Gast«, blaffte sie. »Ich hab's dir ja gesagt, ich bin nicht gastfreundlich.« Dann weiteten sich ihre Augen. Er verschränkte die Arme vor der Brust und lehnte sich zurück, während seine Mutter den Kopf senkte. »Ich bitte um Vergebung, Euer Majestät. Natürlich seid Ihr hier willkommen. Schließlich sind dies Eure Wälder. Ven wird es Euch bestätigen – ich bin eine Frau mit sehr entschiedenen Ansichten, die sagt, was sie denkt.«

»Außer dann, wenn du es eben nicht tust«, wandte Sira ein, immer noch mit sanfter Stimme.

»Ich tue es immer«, betonte Mutter.

»Nicht immer. Du hast Ven noch nicht erzählt, dass du ihn vermisst hast.«

Ven beugte sich über den Tisch und legte seine Hand auf die Hand seiner Schwester. *Das ist typisch Sira*, dachte er, *immer sieht sie das Gute, selbst wenn es gar nichts Gutes gibt.* Er hätte nicht so lange fortbleiben sollen. Solange sie hier bei ihm war, konnte er ertragen, was immer ihre Mutter sagte. Sira strahlte ihn mit ihren großen, arglosen Augen an. Er wechselte das Thema und fragte seine Mutter: »Wie sieht es an der Grenze aus?«

»Die Lage ist angespannt.«

»Irgendwelche Hinweise darauf, was dahinter vor sich geht?«

»Die Lage ist schon seit Jahren angespannt. Jetzt ist es noch schlimmer geworden. Es gab eine gewisse Hoffnung, als die neue Königin das Kommando übernommen hat, aber nachdem dann der Angriff aus Semo gescheitert war … Ja, sie mögen uns nicht besonders. Euer Majestät, meiner eigenen sachkundigen Meinung nach solltet Ihr, wenn Ihr einen

Besuch dort plant, einen Trupp Soldaten mit Euch nehmen. Oder zumindest mehr Leute als nur meinen Sohn.« Sie durchbohrte Ven mit Blicken, und er krümmte sich innerlich. Er fühlte sich, als wäre er wieder dreizehn und gerade dabei ertappt worden, wie er sich ohne Erlaubnis ihren Langbogen ausgeliehen hatte. »Warum hast du deine Kandidatin nicht mitgenommen?«

»Ich habe zurzeit keine«, antwortete Ven. »Königin Daleina hat mich von meinen Pflichten als Meister entbunden, damit ich Königin Naelin auf ihrer Mission begleiten kann.«

»Ich verstehe.«

Er riss sich zusammen, als sie ihn nun anstarrte, einen undurchdringlichen Ausdruck im Gesicht – er konnte nicht entscheiden, ob das nun besser oder schlimmer war als ihre gewohnte Miene, die ausnahmslos tiefe Enttäuschung zeigte.

»Nach dem Abendessen möchte ich einen Übungskampf mit dir ausfechten, Ven.«

Ihre Worte überraschten ihn … und doch auch wieder nicht.

»Natürlich, Mutter.«

Ven entledigte sich seiner Rüstung, bis er nur noch in Hemd und Hose dastand. Er legte all seine Messer auf einen Haufen und fügte auch seinen Bogen und seine Pfeile hinzu – wenn seine Mutter von einem »Übungskampf« sprach, meinte sie Schwerter und nichts als Schwerter. Dann kletterte er hinunter auf eine der Terrassen, direkt unterhalb ihres Hauses, wo sie bereits auf ihn wartete. »Echter Stahl oder Holz?«, fragte er.

»Stahl«, sagte Mutter.

»Holz«, widersprach Naelin und trat hinter ihm auf die

Terrasse hinaus. Er drehte sich zu ihr um, aber er konnte ihre Miene nicht deuten. Ihr Blick war müde und leer, als hätte sie seit Tagen nicht geschlafen, obwohl er ja wusste, dass sie geschlafen hatte. Zumindest glaubte er das.

»Euer Majestät, bei allem schuldigen Respekt ...«, begann Vens Mutter einzuwenden.

»Ich brauche ihn unversehrt«, sagte Naelin fest.

Autsch. »Ich kann schon auf mich selbst aufpassen.« Ven hatte Übungskämpfe mit den besten Meistern Aratays ausgetragen, hatte lange Jahre trainiert und darauf geachtet, dass seine Reaktionsgeschwindigkeit nicht nachließ. Seine Mutter war siebzig Jahre alt. Sie war inzwischen bestimmt langsamer geworden.

Ganz bestimmt ...

»Natürlich kannst du das«, erwiderte Naelin. »Nimm trotzdem Holz.«

Er sah seine Mutter feixen, aber sie griff nun in der Tat nach zwei hölzernen Übungsschwertern. Er wusste, dass sie keine scharfen Klingen hatten, aber sie waren trotzdem tückische Dinger: gehärtete Eiche, in die Gewichte eingelegt waren. Allein bei ihrem Anblick schmerzten ihm schon Arme und Beine – er wusste, welche Prellungen und blauen Flecken sie hinterlassen konnten. Mutter warf ihm eines zu, als wöge es gar nichts. Als er es auffing, taumelte er einen Schritt zurück, und wieder feixte sie. Sie würde ihren Spaß an dem Kampf haben.

Ich hätte nicht zustimmen sollen. Was versuche ich da zu beweisen?

Doch galt umgekehrt genauso: Wie hätte ich denn ablehnen können?

Ein Nein wäre nicht in Frage gekommen.

Sira kam mit einem Krug Salbe herbei. Ven roch Minze und den beißenden Gestank von Rotbeeren – eine Tinktur zur Linderung von Prellungen. Sie winkte mit dem Krug in der Hand und lächelte ihn an. »Ich bin bereit. Möchtet ihr, dass ich singe, während ihr kämpft?«

»Ach, Sira.« Vens Mutter seufzte.

»Ja«, sagte Ven entschieden. »Das würde mir gefallen.«

Sira fragte Naelin: »Könnt Ihr einen Rhythmus dazu schlagen? Pocht mit dem Stock auf das Fell, im gleichmäßigen Rhythmus. *Bamm, bamm-bamm, bamm, bamm-bamm* ...«

Ein gegerbtes Eichhörnchenfell war über einen Rahmen in der Ecke gespannt. Ven streckte die Arme aus, um ein Gefühl für das Gewicht des Holzschwertes zu entwickeln, während Naelin anfing, den Rhythmus zu schlagen.

Sira sang, tief und leise, eine alte Schlachtenhymne, und Vens Mutter sprang von der Terrasse und landete in der Hocke auf einem tieferen Ast. »Komm schon, Junge!«, rief sie hinauf.

Siebzig Jahre alt.

Sie ist kein bisschen langsamer geworden.

Er sprang hinunter, und sie griff an, bevor er auch nur gelandet war. Er machte einen Satz, um ihr Schwert abzuwehren. Die Wucht ihrer Attacke ließ seine Muskeln erzittern, aber er hielt stand. Sie trat zurück und schwang ihr Schwert erneut, ein schneller Hieb, der ihn in die Seite treffen sollte. Er wich aus und tänzelte zurück. Dabei bemerkte er, dass der Ast, den sie ausgewählt hatte, recht schmal war, mit dem dickeren Ende hinter ihr. Unter Vens Gewicht gab der Ast nach und ließ ihn etwa einen halben Zentimeter federn. Er bezog das in seine Berechnungen mit ein, als er sich nun duckte und angriff.

Sie war immer noch genauso beweglich, wie er es in Erinnerung hatte. Vielleicht sogar noch beweglicher.

Von oben auf der Terrasse war die immer höher singende Stimme Siras zu hören. Ven nahm den Rhythmus der Trommelschläge in sich auf, und er wusste, dass das einer der Tricks seiner Mutter war: Ihr Gegner würde sich unbewusst mit dem Rhythmus bewegen, während sie selbst völlig unberechenbar blieb. Also konzentrierte er sich darauf, seine Hiebe kurz und arhythmisch zu halten, nicht im Takt des Liedes, aber sie passte sich schnell daran an, wehrte seine Attacken ab und schlug kraftvoll zurück, mit all dem Ingrimm einer … einer Mutter, deren Sohn ihr übel mitgespielt hatte.

»Es tut mir leid, dass ich dir keine Nachricht habe zukommen lassen«, entschuldigte sich Ven.

»Das sollte es auch.« Sie war nicht außer Atem. Andererseits war Ven das ebenso wenig.

»Du hast mich dazu erzogen, mich allen Kämpfen zu stellen, die mich erwarten, und genau das habe ich auch getan.«

Schlagen, abwehren, herumwirbeln.

Das Gleichgewicht finden.

Sich dem federnden Ast anpassen, dann einen Satz nach vorn machen.

Auf die richtige Stellung der Füße achten. Zuschlagen, hauen, treten. Und sich wegducken.

Zack! Er spürte, wie ihn die flache Seite der hölzernen Klinge in die Hüfte traf, und stieß zischend den Atem aus. Seine Mutter gestattete ihm keine Sekunde der Erholung. Wieder stürzte sie sich auf ihn, Schläge und Stiche, die er parierte. Er warf einen Blick in Richtung Naelin, um sich davon zu überzeugen, dass sie, solange seine Aufmerksamkeit abgelenkt war, nicht in Gefahr geriet – er würde es seiner Mutter durchaus zutrauen, sie gegen ihn auszuspielen. Natürlich bemerkte seine Mutter den raschen Blick und machte ihn sich zunutze, rannte den Ast hinauf, um mit voller Wucht zu einem Hieb gegen die Stütze auszuholen, die die Terrasse waagrecht hielt.

Sie würde doch nicht etwa …

Doch. Sie tat es.

Mit dem hölzernen Schwert schlug sie so fest gegen die Stütze, dass diese herausrutschte. Schlagartig begann die Terrasse zu kippen, und Siras Lied brach ab und verwandelte sich in ein Kreischen. Die Trommel verstummte, und Ven rannte sofort auf die beiden Frauen zu – wo Mutter bereits auf ihn wartete.

Er sah sie, drosselte jedoch sein Tempo nicht, sondern steckte den Hieb ein. Dabei drehte er sich aber so, dass der Schlag auf seinem Rücken landete statt auf seinem Hals, und knallte mit voller Wucht gegen die Stütze, drückte sie fest, bis sie sich wieder verkeilte. Die Terrasse neigte sich nach oben in ihre alte Position. Naelin half Sira wieder auf die Terrasse hinauf – beide waren unversehrt.

Er griff nach einem Ast und schwang sich daran vorwärts, so dass er in der Astgabel eines anderen Baums landete.

Seine Mutter verfolgte ihn nicht. »Du denkst immer noch mit dem Herzen statt mit dem Kopf. Solange du diese Schwäche nicht bezwingst, wirst du nie ein wahrhaft großer Meister.«

Das alles hatte er schon früher gehört. »Ich gebe der Liebe nicht den Vorrang vor der Pflicht, Mutter. Ich wähle beides.« Aus dem Augenwinkel nahm er einen Geist wahr: Es war ein großer Luftgeist mit durchscheinenden Flügeln, dessen Gestalt sich kaum von den Blättern abhob. Ven schätzte ab. Dann sprang er in genau die eine Richtung, mit der seine Mutter nicht rechnen würde: rückwärts wieder gegen dieselbe lädierte Stütze. Das Holz krachte auf seine Mutter herab, und sie fiel auf den Rücken.

Als die Terrasse herabstürzte, schoss der Luftgeist mit einem Aufschrei herab, die durchscheinenden Flügel weit ausgebreitet, und fing Naelin und Sira auf, die auf seinem

Rücken landeten. Unter ihnen stürzte die Terrasse in die Tiefe und schlug gegen die Äste darunter.

Er sah, wie Sira und Naelin sicher zurück ins Haus gebracht wurden, dann legte er sein Übungsschwert beiseite, hielt seiner Mutter die Hand hin, um ihr beim Aufstehen zu helfen, und hoffte, dass sie keine allzu schlimmen Prellungen davongetragen hatte. »Gibst du auf?«

Sie schlug seine ausgestreckte Hand aus. »Nein.«

Ven riss sein Schwert gerade rechtzeitig wieder hoch.

Kapitel 16

Von einer Terrasse mit trocknender Wäsche darauf sah Naelin aus sicherem Abstand zu, wie Ven und seine Mutter fortfuhren, aufeinander einzudreschen, als würde ihnen nichts größere Freude bereiten, als sich gegenseitig die Köpfe abzuschlagen. Dabei nippte sie an ihrer Tasse mit Weidenrindentee. Neben ihr summte Sira und wiegte sich hin und her.

»Es ist schön, Ven zu Hause zu haben«, meinte Sira mit heiterer Stimme. »Mutter ist glücklich.«

Zenda landete einen tückischen Hieb auf Vens Oberschenkel. Er schrie auf, aber schon im nächsten Moment stürzte er sich auf sie und traf sie an der Schulter. Der Aufprall klang, als würde ein Ast knacken. Seine Mutter ließ sich davon nicht beirren. »Ach ja?«, fragte Naelin.

Sira machte eine Handbewegung zu den beiden Kämpfern hin. »Das ist ihre Art, sich miteinander zu unterhalten.«

Naelin nahm einen weiteren Schluck Tee und sah den beiden erneut eine Weile zu. »Sie sollten es mal mit Hauptwörtern und Verben versuchen.«

Sira kicherte.

Naelin stellte ihre Teetasse beiseite. Vielleicht waren sie doch schon zu lange geblieben. Vor allem, wenn Vens Mutter so verärgert war. »Wir sollten demnächst weiterreisen.« Wenn sie einige Geister beschwor, die auch bei

Nacht flogen, konnten sie die Nacht hindurch reisen und lange vor Tagesanbruch in der Hauptstadt von Semo eintreffen.

»Ihr solltet die Grenze nicht bei Dunkelheit überqueren – das würde den Geistern von Semo nicht gefallen. Bleibt heute Nacht hier und reist bei Morgengrauen weiter. Bitte, Euer Majestät.« Sie lächelte Naelin mit einem hoffnungsvollen, kindlichen Gesichtsausdruck an. »Lasst ihnen ihr Wiedersehen.«

Naelin sah sie an und stellte fest, dass es unmöglich war, ihr den Wunsch abzuschlagen. Sie wollte nicht sehen, wie das Leuchten in diesen Augen erlosch. *Jetzt verstehe ich, woher Ven seinen Heldenkomplex hat.* Seine Schwester weckte mit Sicherheit den Drang in ihm, sie zu verteidigen. Sie mochte seine ältere Schwester sein, aber da war eine Unschuld an ihr, die den Wunsch in einem wachrief, sie zu beschützen. Naelin überlegte, dass Vens Entschluss, ein Meister zu werden, vielleicht genauso viel mit seinem Wunsch, Sira zu beschützen und die Welt für sie sicherer zu machen, zu tun gehabt hatte wie die Ausbildung durch seine Mutter und ihre Erwartungen an ihn.

»Gleich werden die ersten Sterne am Himmel zu sehen sein, und dann ist es Zeit für mich, die Nacht zu begrüßen. Wollt Ihr mit mir kommen, um sie mit Gesang zu wecken?«, fragte Sira schüchtern, als hätte sie das schon hundert Mal gefragt und jedes Mal eine Absage bekommen. Naelin allerdings hätte lieber ein Kätzchen getreten, als Sira ihren Wunsch abzuschlagen. Sie schaute noch einmal zu Ven und seiner Mutter hinüber, die von Ast zu Ast hechteten und sich zwischen den Schatten verbargen.

»Ich komme liebend gern mit Euch«, versicherte Naelin.

Mit einem glücklichen Juchzer huschte Sira am Stamm des Baumes hinauf und hangelte sich von Seil zu Seil, während sie noch höher nach oben kletterte. Naelin zögerte nur einen kurzen Moment, dann eilte sie hinter ihr her.

Sira bewegte sich flink wie ein Eichhörnchen, anscheinend ohne jede Angst, womöglich in den Tod zu stürzen. Naelin erkundete ihre Umgebung mit den Sinnen und überzeugte sich davon, dass reichlich Luftgeister in der Nähe waren, um sie beide aufzufangen, sollten sie noch ein weiteres Mal stürzen, dann zog sie sich ruckartig wieder von den Geistern zurück. *Ich mache es schon wieder. Verlasse mich auf sie, als wären sie vertrauenswürdig.* Sie kletterte höher hinauf, nicht so leichtfüßig wie Sira, aber genauso furchtlos. *Wenn ich falle, so falle ich, und dann ist das eben mein Schicksal.*

Sie stiegen höher in die Wipfel hinauf, als es Naelin für klug oder überhaupt für möglich gehalten hätte. Die Äste schwankten und bogen sich unter ihnen, und Naelin klammerte sich an sie und versuchte, sich einzureden, dass sie schon nicht brechen würden und dass Sira sie nicht höher hinaufführen würde, als Menschen klettern konnten.

»Ihr habt Angst vor dem Waldboden, aber nicht *hiervor*?«, fragte Naelin.

Über ihr hörte sie Siras silberhelles Lachen. »Diese Geschichte habt Ihr von Ven, nicht wahr? Ich könnte glücklich und vergnügt auf dem Boden umhergehen, aber nur dann, wenn der Waldboden auch eine interessante Geschichte bereithält, von der ich singen kann. Im Moment finden sich die besten Geschichten oben in den Bäumen.«

Naelin kletterte höher hinauf, bis sie über dem Blätterdach war. Um nicht das Gleichgewicht zu verlieren, hatte sie Hände und Füße über vier verschiedene Äste ausgestreckt.

Sie spürte die Sonne auf dem Rücken, noch bevor sie sie sah.

»Schaut, sie ist schon fast untergegangen.« Siras Stimme war voller Ehrfurcht. Dann hob sie den Kopf dem zartrosa Licht entgegen und begann zu singen. Überall aus dem Blätterdach erhoben sich weitere ferne Stimmen und verschmolzen mit der ihren – ihre Melodie verwob sich mit der Melodie einer anderen Sängerin, misstönend zunächst, dann immer harmonischer. Die Töne tanzten umeinander, berührten sich, lösten sich wieder voneinander.

Naelin spürte einen Hauch von Traurigkeit in der lieblichen Melodie. Zuerst dachte sie, sie habe sich das nur eingebildet, aber dann begannen sich die von Siras schmelzender Stimme gesungenen Mollakkorde übereinanderzutürmen und fanden ihr Echo in den Stimmen der unzähligen anderen Wipfelsänger überall auf dem Dach Aratays. Die Strahlen der sterbenden Sonne trafen auf gelbe und rote Herbstblätter, und Feuergeister tanzten im Licht, und dann versank die Sonne vollends und zog nach Westen weiter.

Als der letzte Tropfen Gold verschwand, erklang ein einzelner Ton, leise und vibrierend. Naelin spürte den Laut tief in den Knochen. Und dann schwebte der Ton hinauf und weiter hinauf, immer höher, und Sira deutete nach Osten, wo sich ein einziger Stern leuchtend hell vom tiefen Blau des Himmels abhob. »Ich nenne den ersten Stern Hoffnung«, erklärte Sira. Dann zeigte sie auf einen anderen schwachen Punkt im Nordosten, eine Handbreit vom ersten Stern entfernt. »Und den zweiten Stern nenne ich Mut.«

»Das ist hübsch«, fand Naelin.

»Es stammt aus dem Lied der Ersten, ein Lied über die erste Königin von Renthia, die auf der Suche nach Hoffnung und Mut zum Himmel aufblickte, in jenen Tagen, da das Land nur Wildnis war.« Sie warf Naelin einen schüchternen Blick zu. »Darf ich Euch eine Frage stellen?«

»Natürlich.« Naelin überlegte, ob es bei dieser Frage vielleicht um sie und Ven gehen würde.

»In all den Gerüchten hieß es, dass der Wolf Bayn in die ungebändigten Lande vertrieben worden sei, als Eure Kinder angegriffen wurden. Aber wie kann das sein? Ich kenne die Geschöpfe des Waldes, und kein Tier würde aus freiem Antrieb die ungebändigten Lande betreten.«

»Er ist in die ungebändigten Lande gelaufen, weil er auf der Flucht war.« Naelin seufzte und dachte an den Wolf, der für ihre Kinder ein Freund und ein Hüter gewesen war – *und auch für mich.* »Wahrscheinlich ist er gestorben, kurz nachdem er die Grenze überschritten hat. Zumindest habe ich noch nie von jemandem gehört, der die ungebändigten Lande betreten und das überlebt hätte.« Trotzdem … sie *wollte* die Hoffnung nicht aufgeben. Schließlich war Bayn kein gewöhnliches Tier. Die Grenze zu den ungebändigten Landen zu überqueren war nicht das einzige Bemerkenswerte, was er je getan hatte. Er schien immer genau gewusst und verstanden zu haben, was die Menschen um ihn herum sagten und was sie brauchten. »Habt Ihr jemals von Tieren gehört, die aus den ungebändigten Landen herausgekommen sind?«

»Nein.« Dann hellte sich ihre Miene auf. »Aber ich kenne Lieder über die ungebändigten Lande.«

»Könntet Ihr eins davon für mich singen?«

»Sie sind größtenteils traurig. Ihr wollt vielleicht lieber ein glücklicheres Lied hören. Ich kenne viele Lieder über den Nachthimmel und über Reisende, die den Weg nach Hause gefunden haben. Oder ich könnte eins über Ven singen, wenn Ihr mögt. Ihm ist es peinlich, aber mir gefällt es. Ich habe es selbst geschrieben.«

Naelin war sich sicher, dass es ihm peinlich sein würde, aber sie war sich genauso sicher, dass er seine Schwester niemals daran hindern würde, es zu singen. Nicht, wenn es sie glücklich machte. »Wie war er denn so als Kind?«

»Immer ernst. Hat sich immer solche Mühe gegeben. Ich glaube, er ist überzeugt, dass der Tod ihn nicht in die Finger bekommt, solange er nur stark genug ist und hart genug kämpft und weit genug läuft und hoch genug springt. Mutter denkt das Gleiche. Sie hat es ihm beigebracht.«

»Aber Euch nicht?«

Sira hob die Arme und ließ den dünnen Ast los, an dem sie sich festgehalten hatte. »Ich weiß, dass wir alle Sternenstaub sind, der für eine Weile in der Dunkelheit leuchtet und dann erlischt. Ich habe keine Angst davor zu sterben.« Sie sagte das so sachlich und sah dabei so überirdisch aus, ein blauer Schatten vor dem noch dunkleren Blau des Himmels, dass Naelin ihr glaubte.

Naelin blickte gen Norden. »Früher hatte ich vor so vielen Dingen Angst. Aber das hat sich alles geändert, als Erian und Llor entführt wurden.«

»Für mich war es, als hätte sich die Welt verändert, als es hieß, sie wären tot«, erwiderte Sira.

»Danke.« Es schien ihr die angebrachte Antwort zu sein. Aber sie konnte nicht aufhören, an Bayn zu denken. »Ihr habt gesagt, die Lieder, die Ihr über die ungebändigten Lande kennt, wären ›größtenteils‹ traurig. Gibt es denn welche, die nicht traurig sind?« Wenn sie doch nur glauben könnte, dass der Wolf wohlauf war. Er hatte sich solche Mühe gegeben, Erian und Llor zu beschützen.

Sira begann wieder zu singen, diesmal ein Lied mit Worten, die wie ein Wasserfall aus ihr strömten:

Anfang ...
Wir sind hier in der Dunkelheit, in Entfaltung
Öffnen ...

Wir erwachen in der Wildnis, formen
Uns in Gestalten mit Namen
Sprechen …
Nicht allein, wir antworten, Echo, Echo
Wir berichten dem Nichts, aus dem wir kamen
Und es umarmt uns, entfaltet uns, formt uns, gibt uns
    Namen

Und dann veränderte sich ihre Stimme und nahm einen Tonfall an, der sich nicht mehr menschlich anhörte, und Naelin erschauderte, so nah kam Sira der seltsamen Sprachmelodie eines Geistes:

Ihr, die ihr eingedrungen seid, wo ihr nicht hingehört,
Ihr, die ihr vor eurer Zeit gekommen seid,
Ihr, die ihr aus dem Formlosen geformt worden seid
Ihr, die ihr euch Namen gegeben habt,
Als ihr hättet namenlos bleiben sollen
Wir werden euch zerreißen, euch zerfleischen, euch
    vertreiben aus unserer Welt,
Werden heilen, was krank wurde durch euer Tun …

»Ich war davon ausgegangen, dass es kein trauriges Lied ist«, murmelte Naelin.

Sira wirkte wie vor den Kopf gestoßen – als hätte Naelin sie mit kaltem Wasser übergossen. Sie brach ihr Lied ab. »Ach, das tut mir leid! Ich habe nicht nachgedacht. Am Ende kommt Hoffnung auf – die Erste, unsere erste Königin, war nicht allein. Als alles verloren schien und die wenigen Menschen, die noch am Leben waren, von Geistern umringt waren, die es auf ihr Leben abgesehen hatten, ist die Erste in die ungebändigten Lande zurückgekehrt, wo wir einst geformt wurden, um zur Großen Mutter zu beten, und als die Erste wieder herauskam, befand sie sich in Begleitung eines Beschützers.«

»Sie ist in die ungebändigten Lande gegangen und wieder herausgekommen?«, wiederholte Naelin verwundert. Diese Geschichte hatte sie noch nie gehört. »Aber das ist unmöglich. Niemand hat das je getan.«

»Es ist ein sehr altes Lied. Es würde mich nicht überraschen, wenn es nur die Wipfelsänger kennen.«

»Und wer war der ›Beschützer‹?« *Ich habe diesen Ausdruck schon einmal gehört ... in Königin Merecots Brief,* erinnerte sie sich. In dem Erpresserschreiben. Merecot hatte Bayn den »Beschützer der Königinnen« genannt. Niemand hatte gewusst, was das bedeutete, und Naelin hatte zu der Zeit nicht sonderlich darüber nachgedacht. Sie war zu sehr damit beschäftigt gewesen, Inhalt und Folgen von Königin Merecots Brief zu verarbeiten, um an den Wolf zu denken. *Eigenartig, dass das Wort sowohl mit Bayn als auch mit dieser Geschichte über die ungebändigten Lande verbunden ist.* »Was wisst Ihr über den ›Beschützer‹? Wer war er oder sie?«

Sira dachte nach und klopfte sich mit dem Zeigefinger auf die Lippen. »Er wird in einigen Liedern erwähnt – es ist immer ein Er, an der Seite der Ersten. Andere Sänger haben mir erzählt, er sei der erste Meister gewesen und dass sich der Titel im Laufe der Jahre einfach verändert habe. Nur, dass es immer nur einen einzigen Beschützer in den Liedern gegeben hat, während es doch viele Meister gibt. Manche Leute glauben, er sei eine Art erleuchteter Geist gewesen – oder auch ein unverdorbener, ein Geist, so wie die Geister hätten sein sollen, wenn die Große Mutter ihr Werk hätte vollenden können; ein Geist voller Hingabe an die Menschen, statt voller Verachtung, im Einklang mit der Natur.«

Das ergab keinen rechten Sinn, fand Naelin, zumindest nicht, was Bayn betraf. Sie hatte noch nie von einem *erleuchteten Geist* gehört. Und der Wolf war ganz offensichtlich kein Meister.

»Es gibt auch Lieder, die andeuten, dass der Beschützer eine Art Unsterblicher sein könnte oder dass sich an ihm eine unsterbliche Bestimmung vollziehe, aber die Sänger jener Lieder sind dafür bekannt, dass sie sich von der Schönheit ihrer eigenen Poesie mitreißen lassen, das könnte also eine Übertreibung sein. Wollt Ihr wissen, was ich glaube?« Sie beugte sich näher heran, als wolle sie Naelin ein Geheimnis mitteilen. Ihre Augen blitzten, und sie lächelte.

»Ja. Verratet es mir.«

»Ich glaube, der Beschützer war der Geliebte der Ersten.«

»Ach?«

»Ja. Ich glaube, er hat nicht Aratay beschützt, sondern die Königin. Ich glaube, er war mehr als der erste Meister. Und wisst Ihr, was ich noch glaube?« Sie senkte die Stimme noch weiter. »Ich glaube, dass Ven *Euer* Beschützer ist. Er liebt Euch, ich kann es sehen. Es spüren. Er würde seine Angst vor dem Tod für Euch vergessen. Er würde Euch in den Tod folgen.«

Naelin spürte, dass sie rot wurde.

Lachend schlängelte sich Sira den Ast hinunter, stieg schnell in die Tiefe und ließ die Wipfelzone hinter sich. Ihr glockenhelles Gelächter schien noch immer in den oberen Ästen zu hängen. Die dünnen Äste erzitterten um Naelin, und sie hielt sich fest. Die Bewegung der Zweige ließ das dürre Herbstlaub knistern und rascheln. Erst als alles wieder einigermaßen ruhig geworden war, schien es Naelin sicher genug, nun ebenfalls hinunterzuklettern.

Auf dem Weg nach unten schlossen sich die Äste über

ihr und versperrten dem Licht von Mond und Sternen den Weg, sodass sich wachsende Dunkelheit um sie legte. Naelin spielte mit dem Gedanken, einen der Geister zu beschwören, damit er ihr half – aber, nein, sie sollte sich lieber nicht auf sie verlassen. Behutsam tastete sie mit dem Fuß nach dem nächsten Ast. Schon bald würde sie zu den Seilen wechseln können, aber sie konnte sich nicht genau erinnern, wie weit es noch war, bis die Seile anfingen …

Plötzlich spürte sie Hände um die Taille, die ihr Halt gaben. »Die Seilleiter ist links von dir. Streck die Hand danach aus, dann hast du sie gleich«, sagte eine vertraute Stimme dicht an ihrem Ohr. Ven.

Er hielt sie fest, als sie nun die Hand ausstreckte und in leere Luft griff, bis ihre Fingerspitzen schließlich ein raues Seil berührten. Ihre Hand schloss sich darum.

Zusammen mit Ven kletterte sie die Leiter hinab, bis sie eine Terrasse erreichten. Unter ihnen schimmerte das warme Licht im Haus seiner Mutter. Sie hörte Stimmen von dort aufsteigen – das perlende, helle Lachen seiner Schwester Sira und die messerscharfe Stimme von Zenda, seiner Mutter.

Vens Arme lagen noch immer um ihre Taille.

Die dunklen Schatten ringsum kamen ihr vor wie eine Decke, die sich um sie hüllte, und sie lehnte den Kopf an Vens Brust und lauschte auf seinen Atem. Das bedeutete nun wohl, dass er das »Gespräch« mit seiner Mutter überlebt hatte. Kurz spielte sie mit dem Gedanken, ihn zu fragen, wie es ihm gehe, doch dann ließ sie einfach zu, dass sich Schweigen um sie beide legte.

Die Erste ist in die ungebändigten Lande gegangen und wieder zurückgekehrt.

Es war einfach nur ein Versatzstück einer fast vergessenen Legende.

Aber dieser Titel, »Beschützer« … Merecot hatte diesen Titel auf Bayn angewandt. Warum? Was bedeutete er? Es war eigentlich nichts von Belang, nur ein einzelnes Wort, das ein Lied und ein Brief gemeinsam hatten. Doch es kam ihr so vor, als gäbe es eine Verbindung zwischen den beiden, und sie war fest entschlossen herauszufinden, worin diese Verbindung bestand. *Sobald wir erst einmal Erian und Llor gerettet haben, besteht vielleicht die Möglichkeit, auch Bayn zu retten!* All die Hoffnung, die sich da vor ihr auftat … Es war berauschend, gab ihr das Gefühl, alles wäre möglich.

»Morgen werden wir bei Königin Merecot eintreffen«, sagte Naelin.

»Ja.«

Dann werden wir vielleicht Antworten bekommen, auch auf die Frage, warum sie es auf Bayn abgesehen hatte. Und was sie von mir will. »Gut. Ich bin bereit.«

»Naelin … ich muss wissen …«

Sie wartete ab und dachte daran, was ihr Sira gesagt hatte; dass er sie liebe. *Ich liebe ihn.* Aber sie konnte sich nicht erinnern, es ihm je gesagt zu haben. *Wenn er die Worte laut ausspricht, werde ich es ebenfalls tun. Ich werde nicht einmal zögern.*

»Hast du immer noch vor, sie zu töten?«

Sie fuhr zusammen und hätte dann fast über sich selbst gelacht, weil sie geglaubt hatte, Ven hätte Romantisches im Sinn, während er in Wirklichkeit Pläne schmiedete, wie er seine Königin davon abhalten konnte, einen Mord zu begehen. »Ich weiß nicht. Zuerst rette ich die Kinder, dann sinne ich über Rache nach.«

»Nur, dass du … Ich will dich nicht bei einer Racheaktion verlieren. Wenn du erneut die Kontrolle verlierst …«

Jetzt lachte Naelin tatsächlich, obwohl es gar keinen Grund zum Lachen gab. Er hatte Angst vor ihr, vor dem, was sie anrichten, vor dem Schaden, den sie den Völkern von Semo und von Aratay womöglich zufügen würde … Menschen wie seiner Schwester Sira, die es nicht verdienten, wegen Naelins Zorn und Verzweiflung zu leiden.

»Ich werde die Angelegenheit zu Ende bringen, wie ich es versprochen habe«, gab Naelin zurück. »Und ich werde Königin Merecot nichts antun, es sei denn, sie versucht ihrerseits, uns etwas zuleide zu tun.« *Ich werde ihr jedoch einige Fragen stellen, sobald sie mir meine Kinder zurückgegeben hat.* Dann drehte sich Naelin um, noch immer von Vens Armen umfangen. Sie hob die Hand, strich ihm über das Gesicht und spürte seinen stacheligen Bart und die wettergegerbte, weiche Wange, und bevor sie sich ins Gedächtnis rufen konnte, dass sie keine Gefühle mehr empfand, küsste sie ihn.

Er erwiderte ihren Kuss, zuerst zaghaft, aber dann mit verzweifelter Leidenschaft, als wäre er ein Ertrinkender und als könne sie ihn retten.

Sie war sich nicht sicher, ob sie überhaupt irgendjemanden retten konnte.

Aber sie hörte nicht auf, ihn zu küssen.

Im Palast von Mittriel erwachte Daleina, räkelte sich und spürte, wie die seidenen Laken über ihren nackten Körper glitten. Dann drückte sie sich an den schlafenden Hamon und machte sich Sorgen, ob sie Königin Naelin womöglich in den Tod geschickt hatte – und mit ihr Ven.

»Habe ich einen Fehler gemacht?«, flüsterte sie in die Dunkelheit hinein.

Hamon regte sich und murmelte: »Natürlich nicht.«

Gegen ihren Willen musste sie lachen. »Du weißt doch gar nicht, wovon ich spreche.«

Er legte ihr einen Arm über den Bauch. »Das brauche

ich auch nicht zu wissen. Du lebst. Das ist Beweis genug.« Damit kuschelte er sich enger an sie und vergrub das Gesicht an ihrem Hals. Sie spürte seinen heißen Atem auf der Haut.

Es war lieb von ihm, dass er sie so sehr unterstützte, aber was er da eben gesagt hatte, war lächerlich. »Der Raum zwischen Keine-Fehler-Machen und dem Tod ist sehr groß.«

Er hob den Kopf und klang jetzt wacher und ernster. »Nicht bei dir.«

Das lässt sich nicht so leicht abstreiten. »Aber was ist, wenn …«

Er drückte ihr einen Finger auf die Lippen. »Nein.«

»›Nein‹ was? Du weißt doch gar nicht, was ich sagen will.« Sie küsste seinen Finger.

»Du willst hinterfragen, was du getan hast.« Er zog den Finger weg und küsste sie, seine Lippen waren weich auf ihren. »Daraus erwächst nichts Gutes. Du darfst nur nach vorn schauen. Musst die nächste Entscheidung treffen. Wenn ich einen Patienten habe, kann ich die Arzneien nicht wieder zurücknehmen, die ich ihm bereits verabreicht habe, selbst wenn sie nicht wirken. Ich kann nur die nächsten Symptome behandeln, selbst wenn sie durch meine Arzneien verursacht worden sind.«

»Wenn Königin Naelin stirbt, bin nur noch ich übrig. Aratay hat noch immer keine Thronanwärterinnen.«

»Die Meister bilden gerade neue aus.«

Sie bemerkte, dass er nicht gesagt hatte, dass Naelin schon nichts zustoßen werde. »Nicht schnell genug.« Sie hüllte sich in ein Laken, stand vom Bett auf und ging zum Balkon. Dann drückte sie die Tür auf und trat hinaus. Die kühle Nachtluft schmiegte sich um sie, und sie fragte sich, wie spät es wohl war. Beim Blick über den Wald war es unmöglich zu erkennen, aber es war jedenfalls noch immer so spät in der Nacht, dass die Stadt Mittriel ein Gewirr aus Schwarz zu sein schien, aus dem nur wenige versprengte Lichter hervorleuchteten wie ferne Sterne, die sich in den Zweigen verheddert hatten. Sie sollte versuchen, wieder einzuschlafen. Doch sie war sich nicht sicher, ob sie das auch konnte. *Sie sollten jetzt nicht mehr weit vom Waldrand entfernt sein*, überlegte sie. *Noch ein Tag, und sie haben das Gebiet verlassen, in dem ich sie beschützen kann.*

»Was ist, wenn das alles Teil ihres Plans ist?«, fragte Daleina.

»Du meinst Königin Merecot?«

Sie hörte Laken rascheln und dann Schritte. Hamon fasste sie um den Bauch, und sie lehnte sich an ihn. Er roch nach Pfefferminz und Zimt und ganz schwach nach exotischen Blumen, die sie nicht benennen konnte – er hatte einige Stunden zuvor neue Medikamente gemischt. Einige seiner Zutaten kamen aus so weit entfernten Gebieten wie den Inseln von Belene oder dem Ackerland von Chell. Einmal hatte er ihr erzählt, dass er sogar eine Flechte einsetzte, die nur in den Gletscherspalten Elhims wuchs. Während sie so über Hamons Beruf nachdachte, begann eine Idee in ihr Gestalt anzunehmen, so vage und schwach, dass sie es noch nicht wagte, ihren Gedanken wirklich als eine Idee zu bezeichnen. Leise sagte sie: »Du verwendest für deine Arzneien Wirkstoffe aus anderen Ländern.«

»Hm, ganz ohne Frage ein Vorteil, wenn man Palastheiler ist. Man hat Zugang zu Quellen jenseits unserer Grenzen.« Er liebkoste ihren Bauch und küsste sie auf den Hals. »Habe ich dir eigentlich schon einmal von der Flechte aus Elhim erzählt? Sie wächst nur in den ...«

Quellen jenseits unserer Grenzen. Ja. Sie löste sich aus Hamons Umarmung und rief mit erhobener Stimme: »Wachen, ruft den Truchsess!« Dann eilte sie zu ihrem

Schreibtisch und versuchte, das Feuermoos in der Laterne zu entzünden. Ihre Hände zitterten, als sie mit dem Feuerstock herumhantierte, und Hamon nahm ihn ihr sanft ab und ließ ihn aufbrennen.

»Du solltest dir vielleicht lieber etwas anziehen, wenn dein Truchsess kommt«, sagte er mit sanfter Stimme.

Daleina winkte ab. »Er lässt sich durch nichts schocken.« Ihr Bettlaken um sich geschlungen, saß sie am Tisch und blätterte in ihren Papieren, bis sie ein noch nicht beschriebenes Pergamentblatt fand. Sie würde drei Exemplare benötigen – der Truchsess sollte ihre Gedanken fein säuberlich ins Reine bringen und dann die Kopien anfertigen. Sie hörte, wie sich Hamon auf der anderen Seite des Raums anzog und die Bettdecken glattstrich. Dann war er wieder hinter ihr und strich ihr das Haar hinter den Hals, damit sie es nicht in die Tinte tauchte, während sie schrieb.

Es klopfte an der Tür, und eine ihrer Wachen sagte: »Der Truchsess, Euer Majestät.«

»Schickt ihn herein«, befahl sie, ohne aufzuschauen.

Schritte. »Euer Majestät. Heiler Hamon.«

»Truchsess«, grüßte Hamon höflich.

Sie schrieb weiter. »Ich möchte Botschaften an die Königinnen von Belene, Chell und Elhim schicken, privat und wenn möglich ganz im Geheimen, und ich muss ihre Antworten genauso diskret erhalten.«

»Grüne und schwarze Bänder, Euer Majestät«, antwortete der Truchsess prompt – sie hatte gewusst, dass er eine Lösung haben würde. »Grün weist die Königinnen darauf hin, dass der Geist eine Nachricht von der Waldkönigin bringt. Schwarz signalisiert, dass es sich um eine delikate Angelegenheit handelt.«

»Gut. Ich werde nach Geistern Ausschau halten, die die Botschaften überbringen können.« Sie würde Geister brauchen, die bereit waren, eine größere Entfernung zurückzulegen und in Länder zu fliegen, an die sie nicht gebunden waren. Zugleich würden sie gefügig genug sein müssen, dass sie ihr auch weiterhin gehorchten, selbst wenn sie außerhalb der Reichweite ihrer Gedanken waren, denn selbst mit all der Macht einer Königin war sie doch nicht so mächtig, dass sie ihre Gedanken über die Grenzen ihres Landes hätte hinaussenden können. Schließlich stand sie auf und reichte dem Truchsess den Bogen Pergamentpapier. »Drei Abschriften, allein von Eurer Hand. Lasst niemanden sonst den Inhalt wissen. Ich will keine Hoffnungen wecken, wenn zugleich eine große Wahrscheinlichkeit besteht, dass sie zunichtegemacht werden.«

Der Truchsess nahm das Blatt entgegen, verneigte sich und zog sich dann aus Daleinas Schlafgemach zurück.

Hamon sah sie an, hatte aber keinerlei Fragen gestellt. Das mochte sie an ihm: Er vertraute ihr bedingungslos. Wenn sie Geheimnisse für sich behielt, vertraute er darauf, dass ihm diese Geheimnisse schon nicht schaden würden. Aber es gab keinen Grund, die Sache auch vor ihm geheim zu halten. »Wie du vorhin schon gesagt hast, andere Länder schicken uns Kräuter, Nahrung und sonstige Vorräte, die es hier nicht gibt, richtig?«

»Ja.«

»Warum also können sie nicht auch Thronanwärterinnen schicken?«

Er stutzte und dachte darüber nach. Dann antwortete er: »Dadurch zeigst du den anderen Königinnen gegenüber Schwäche. Was ist, wenn auch sie den Wunsch haben, ihr Land zu vergrößern, so wie Königin Merecot? Es ist ein Risiko.«

»Ein größeres Risiko, als Aratay ohne eine brauchbare Thronanwärterin zu lassen?«

Jetzt, da sie die Dinge in Gang gebracht hatte, wich ein Teil der Anspannung von ihren Schultern. Das Bettlaken immer noch um sich gewickelt, trat sie wieder auf den Balkon hinaus. Die Schwärze der Nacht wich allmählich einem bleichen Grau. *Die Dämmerung bricht an*, dachte sie. *Ich frage mich, ob Ven von der Nordgrenze aus nach dem Sonnenaufgang Ausschau hält.* »Ich habe nichts dagegen, die Welt zu retten – ich habe geschworen, es zu tun. Es gefällt mir nur nicht, mir darüber Sorgen machen zu müssen, wer die Welt wohl retten wird, falls ich es nicht kann.«

»Du meinst, sie werden eine ihrer eigenen Thronanwärterinnen hergeben?«

»Ich glaube, dass zumindest die Möglichkeit besteht, und diese Möglichkeit kann ich unserem Volk nicht verwehren.« Wäre sie selbst Königin eines Landes mit zahlreichen Thronanwärterinnen und würde ein Hilfsgesuch erhalten, so würde sie eine ihrer Thronanwärterinnen abtreten. Wahrhaftig, hatte Semo nicht im Grunde das Gleiche mit Aratay gemacht? Wenngleich sie Merecot dem Land eher *geraubt* hatten, als um sie zu bitten. Oder vielmehr hatte Merecot das Land genau genommen selbst verlassen, aber trotzdem …

Ich muss es versuchen.

»Das Leben unseres Volkes ist mir wichtiger als meine Hoheitsgewalt.«

»Schön und gut. Aber wir wissen nicht einmal, was die anderen Königinnen für Menschen sind.«

»Das stimmt. Doch wir wissen, wie die Geister sind und was sie tun werden, wenn ich ohne eine Thronanwärterin sterbe, die mein Erbe antreten kann. Hamon, warum musst du mit mir darüber diskutieren?« Es war ihre erste handfeste Idee, was die Frage anging, wie sie Aratays Sicherheit gewährleisten konnte.

Er schlang erneut die Arme um sie. »Tut mir leid, Daleina. Es ist nur so, dass … Mir gefällt kein Plan, der sich damit befasst, dass du sterben könntest.«

Ah. Ich verstehe. Von der Seite hatte sie es noch nie betrachtet, aber er hatte natürlich recht – es war nur dann ein Problem, falls sie wirklich starb. »Das ist Plan B. Oder sogar C. Ich habe nicht vor zu sterben.«

»Dann mach das zu Plan A: Du stirbst einfach nicht.«

Sie lächelte. »In Ordnung, ich mache es offiziell. Plan A lautet: Nicht sterben.«

»Sterben kann Plan Z sein«, schlug er vor.

»Dann werde ich wohl noch eine ganze Menge weitere Pläne brauchen.«

Er lächelte sie an, mit diesem ganz besonderen Lächeln, das ihr das Gefühl gab, als ströme eine heiße Flüssigkeit durch sie hindurch. »Hast du irgendwelche Pläne für den gegenwärtigen Augenblick?«, erkundigte er sich, dann küsste er sie auf den Hals und die Schultern.

»Ja, ich glaube, die habe ich.«

Sie ließ das Bettlaken an sich herabgleiten, und es sammelte sich in einem Häufchen zu ihren nackten Füßen.

Kapitel 17

Bei Morgengrauen rief Naelin nach zwei Luftgeistern, die sie nach Semo befördern sollten. Sie hatte sich bereits von Vens Mutter und seiner Schwester verabschiedet, und Sira war wie ein Äffchen in die Wipfel der Bäume hinaufgeklettert. Das leichte Beben der Blätter verriet, dass sie hoch oben in den Baumkronen war, auf Ästen, denen Naelin nicht trauen würde. Dort begrüßte sie mit ihrem Gesang den Sonnenaufgang. »Machst du dir keine Sorgen um sie?«, wollte Naelin von Ven wissen.

Er schaute nicht von seinem Rucksack auf, den er mit Vorräten und Ausrüstung vollstopfte. »Immer.«

»Ich meine, gerade jetzt, wenn sie so hoch oben ist.«

Er schaute zu den Wipfeln hinauf. Ein zitronengelber Schimmer umgab die dürren braunen Blätter, und was man dazwischen vom Himmel sehen konnte, war blassblau. »Darum mache ich mir keine Sorgen. Sie weiß, wie man klettert.«

»Aber es könnte ein Ast brechen.«

»Sie würde es spüren.«

»Worüber machst du dir dann Sorgen?«

»Ich mache mir Sorgen, dass sie eines Tages begreifen könnte, dass die Sonne unabhängig davon aufgeht, ob sie sie nun besingt oder nicht, und dass sie dann aufhört, aus dem Bett zu springen, als wäre der Tag eigens für sie geschaffen. Ich mache mir Sorgen, dass sie begreifen könnte, dass auch ihrem kleinen Bruder manchmal Fehler unterlaufen und dass allein die Tatsache, dass sie mir und Mutter vertraut, nicht bedeutet, dass sie immer in Sicherheit sein und sich am Ende alles zum Besten fügen wird. Ich mache mir Sorgen, dass sie aufhören könnte, an die Macht des Guten über das Böse zu glauben, und dass sie herausfindet, dass manchmal schlimme Dinge geschehen, ganz gleich, wie sehr man dagegen ankämpft.«

Das war eine lange Ansprache für Vens Verhältnisse. Der Kampf mit seiner Mutter musste ihn nachdenklich gemacht haben. Sie musterte ihn – er hatte Tiefen, die man leicht übersah, solange er sich alle Mühe gab, als der tüchtige, selbstbeherrschte Mann aufzutreten, der ihr so vertraut war. »Und machst du dir auch um mich Sorgen?«

»Offensichtlich, ja.«

»Lass es sein.«

Er hörte mit dem Packen auf und sah sie an. »Versprichst du mir also, nichts zu tun, was dich gefährden könnte, solange wir in Semo sind?«

Ich werde tun, was immer notwendig ist, um Erian und Llor zu retten, also ... nein, das werde ich ihm nicht versprechen.
»Ich will damit sagen, dass deine Mutter vielleicht recht hat. Vielleicht solltest du wirklich nach Mittriel zurückkehren und ein Meister sein, und ich werde eine Königin sein.« *Und eine Mutter.*

Er ließ seinen Blick noch einen Moment länger auf ihr ruhen. »Du glaubst, die Sache ist eine Falle.«

»Ich glaube, dass, wenn Königin Merecot verzweifelt genug gewesen ist, um in Aratay einzumarschieren, sie bestimmt zu wer weiß was sonst noch fähig ist. Sie könnte Direktorin Hanna mit einer List dazu gebracht haben, diese Nachricht zu schicken.«

»Du hast recht. Und wenn es tatsächlich eine Falle ist, dann ist es nur noch wichtiger, dass ich dich begleite.«

Etwas von ihrer Anspannung wich von Naelins Schultern. Sie wollte, dass er mitkam, wünschte es sich inständig. Vielleicht würde sie seine Hilfe brauchen, um Erian und Llor zu retten. Aber sie wollte ihn auch nicht zwingen. *Ich würde es mir niemals verzeihen, wenn ich ihm befehle mitzukommen, und es würde ihm etwas zustoßen.* Sie hatte gerade erst angefangen zu begreifen, dass es für ihn keinen Ort gab, an dem er lieber wäre als an ihrer Seite. Es war … ein seltsames Gefühl, dass sich ihr jemand so selbstlos hingab, nachdem doch so lange sie diejenige gewesen war, die immer nur gegeben und gegeben hatte. »Danke.« Sie versuchte, all ihre Gefühle in dieses eine Wort zu legen. Beinahe hätte sie hinzugefügt: *Ich liebe dich,* aber sie tat es nicht. Es schien ihr nicht richtig, ihre Liebe mit ihrer Dankbarkeit zu verknüpfen.

Aber sie verspürte sie trotzdem.

Sein Lächeln erwärmte ihr Herz nur noch mehr, und sie war sich ziemlich sicher, dass er ihre ungesagten Worte vernommen hatte. »Komm, gehen wir«, murmelte er.

Draußen stieg sie auf einen Luftgeist, der aussah wie ein Hirsch mit Flügeln. Sein Geweih war mit daunenweichen Federn überzogen, und sein Fell war weiß. Vens Geist hatte die Gestalt einer Schlange mit goldenen Schuppen. Er hatte Flügel wie ein Adler, die er weit ausbreitete, bis deren Spitzen die Rinde der nahen Bäume streiften. Naelin hatte diese Geister ausgewählt, weil sie große Entfernungen zurücklegen konnten, und sie hatte vor, auf ihnen den ganzen Weg bis in die Hauptstadt zu fliegen, dabei die Grenzwachen zu umgehen und zu ihren eigenen Bedingungen bei Königin Merecot einzutreffen. Sie hatte gehört, dass Merecot für Botschafterin Hanna einen von Geistern gezogenen Streitwagen geschickt hatte – Hanna hatte das in ihrem Bericht erwähnt –, aber Naelin hatte nicht die Absicht, Merecot ihre oder Vens Sicherheit anzuvertrauen.

»Fliegen wir los«, sagte sie, als nun auch Ven aufgesessen war, und die beiden Luftgeister stießen sich von der Terrasse ab und brachen durch das Blätterdach. Sie warf einen Blick zurück und sah, wie Sira ihnen nachwinkte. Sie sang noch immer, und der Wind trug ihre Stimme zu ihnen herauf. Einen Moment lang wurden sie von den aufsteigenden Tönen förmlich in die Höhe getragen, aber dann verklang Siras Lied in der Ferne, und Naelin hörte nur noch den brausenden Wind.

Von so hoch oben über dem Blätterdach konnte sie es vor ihnen liegen sehen: Semo. Reihen von Birken markierten die Grenze, Wächter mit gelben Blättern, die im Morgenlicht leuchteten. Jenseits der Grenze waren die Felsen – Haufen aus Granitblöcken sowie Geröllfelder und große Steinplatten, die wirkten, als hätten sie sich selbst aus dem Untergrund hervorgegraben. Sie spürte die Anwesenheit von Geistern in diesen steinigen Gefilden wie einen Juckreiz auf der Haut, aber sie konnte sie nicht sehen. *Sie sind unter den Felsblöcken,* überlegte sie. *Oder sie sind die Felsblöcke.* Sie sah Wildblumen in den Felsspalten wachsen, Ansammlungen von Blüten in Lila und Blau, außerdem Sträucher, an denen so viele Beeren hingen, dass sie aussahen wie eine leuchtend rote Dekoration, die nach einem Fest zurückgeblieben war.

Und dann waren da die Berge.

Zuerst meinte Naelin, Wolken vor sich zu haben. Bestimmt gab es doch keine derart gigantischen Berge! Aber als die Umrisse nun klar hervortraten, sah sie, dass es sich tatsächlich um die verschiedenen Gebirgszüge Semos handelte. Ihre Gipfel wirkten, als wollten sie am Himmel kratzen. Naelin versuchte, diese gewaltige Größe gedanklich zu erfassen – und dann überquerten sie die Grenze, und Naelin spürte die plötzliche Veränderung in der Welt.

Sie hatte nicht damit gerechnet, dass sie es würde fühlen können. Land war Land. Aber es war, als würde ihr die Luft aus der Lunge gepresst und sie würde plötzlich etwas anderes atmen: zwar immer noch Luft, aber mit einem unvertrauten Geschmack, der sie tief in der Kehle kitzelte. *Zitronen*, befand sie. *Die Luft schmeckt wie Zitronen und Schnee … vielleicht auch noch Kiefern, aber eine andere Art von Kiefer als zu Hause.*

Die Luft kam ihr auch kälter vor, als hätte sie ihre Schichten von Kleidern sämtlich abgestreift. Auch schien ihr die Luft seltsam leer und hohl. Vielleicht fühlte sie sich aber auch nur selbst so – die Empfindung von Tausenden von Geistern um sie herum, die mit ihr verbunden waren, war auf einmal seltsam gedämpft, in den Hintergrund getreten, und es war, als würden diese vielen Tausend Geister sie stattdessen aus der Ferne beobachten.

Ein Gefühl, als würde ich nicht hierhergehören.

Sie kam zu dem Schluss, dass es ein durchaus zutreffendes Gefühl war, da sie ja tatsächlich nicht hierhergehörte. Sie hätte gern gewusst, ob Ven genauso empfand, aber selbst wenn sie jetzt mit ihm ein Gespräch darüber hätte führen wollen, war der Wind doch zu laut, um ihn fragen zu können.

Sie bereitete sich innerlich darauf vor, von den Grenzgeistern angerufen und aufgehalten zu werden. Doch sie ließen sie einfach passieren. *Vielleicht, weil sie bereits wissen, dass wir kommen?* Trotzdem entspannte sie sich nicht, als sie nun tiefer ins Innere von Semo flogen.

Naelin hatte sich genug Landkarten angesehen, um die Richtung zu kennen, die sie einschlagen mussten: Arkon lag im Nordwesten. Aber es war etwas ganz anderes, das Land gezeichnet auf einer flachen Karte zu betrachten, als es mit all seinen Gipfeln und sich wellenden Hügelketten unter sich liegen zu sehen. Während der Geist in Richtung Hauptstadt flog, ließ Naelin den Anblick in seiner ganzen Andersartigkeit auf sich wirken und versuchte zugleich sicherzustellen, dass sie nicht vom richtigen Kurs abwichen.

So wie in Aratay die Baumgeister gegenüber allen anderen Arten von Geistern überwogen, wurde Semo von Erdgeistern dominiert, und das Ergebnis waren die spektakulären Berge mit ihren unmöglich hohen, in Schnee gehüllten Gipfeln und den steilen Granitwänden, die aus dem Untergrund hervorbrachen und steil in die Höhe stiegen. Daneben gab es Anhäufungen von Felstürmen aus rotem Stein und Felsbogen von der gleichen Farbe. Naelin und Ven flogen über die Felstürme hinweg, durch die Bogen hindurch und überquerten Schluchten, die so gewaltig waren, dass man einen ganzen Berg hätte umdrehen und in sie hineinstecken können. Aber noch beunruhigender als die schieren Ausmaße Semos war das Gefühl, das von dem Land ausging. Es war, als stünde alles im Begriff, in sich selbst zusammenzustürzen. Die rastlos unter der Erde tobenden Geister Semos streiften Naelins Bewusstsein, und das weckte in ihr den Wunsch, nach Aratay zurückzufliegen, zu den vertrauten Bäumen, wo der Boden nicht den Eindruck erweckte, als wolle er einen im nächsten Moment verschlingen.

Sie konnte sich nicht vorstellen, wie irgendjemand hier leben konnte, im Schatten all dieser Ungeheuerlichkeiten, aber die Beweise dafür, dass hier tatsächlich Menschen lebten, waren überall zu sehen: Häuser, die in die Spalten in den Granitflächen gebaut waren, sich an die Hänge steiler Berge klammerten, sich unter die Steinbogen kauerten und sich in den Talsohlen der Schluchten neben Flüsse schmiegten. *Eine Menge unschuldiger Menschen, die Königin Merecot da beschützen muss,* dachte sie.

Wenn es wirklich das ist, was Merecot will, dann werde ich ihr dabei helfen.

Denn all diese Menschen hatten ebenfalls Kinder. Und wenn Naelin sie beschützen konnte ... *Ich habe die Geister nicht daran hindern können, Erian und Llor wegzuschleppen, aber die Kinder Semos ...* Wenn sich die Geister auf die Jagd nach ihnen machten, dann nicht nur, um sie zu entführen. *Vielleicht kann ich hier Gutes tun.*

Wenn Merecot mich lässt.

Es war ein großes *Wenn.* Denn Merecot hatte immer wieder bewiesen, dass sie sich nicht sonderlich um unschuldige Leben scherte, sobald sie dem, was sie wollte, im Wege standen. Aber auch wenn Naelin ihr nicht traute, so vertraute sie doch auf das, was sie sah: Semo brauchte Hilfe.

Und ich bin stark genug, um sie den Bewohnern des Landes zukommen zu lassen.

Naelin sah die Hauptstadt, doch es dauerte einen Moment, ehe sie begriff, was sie da sah. Zuerst, aus der Ferne, schien es sich einfach um ein weiteres Naturwunder zu handeln, aber als sie näher heranflogen, sah sie die Stadt in all ihrer Pracht. In einen Berg hineingebaut, glänzte die Marmorstadt im Morgenlicht mit einer Helligkeit, die Naelins Augen tränen ließ. Mauern, Türme und Türmchen schienen direkt aus dem Fels hervorzubrechen, und als sie nun noch näher herankamen, wirkten selbst die Menschen, als wären sie Teil des Berges – sie kleideten sich in das gleiche funkelnde Weiß, das auch die Stadtmauern auszeichnete, und gingen auf den steilen, gewundenen Straßen ihrem Alltag nach.

»Naelin!«, rief Ven. »Ein Empfangskomitee!« Er deutete

nach vorn und legte dann die Hand an seinen Bogen, um ihn in Stellung zu bringen, offensichtlich besorgt, dass es womöglich eben kein Empfangskomitee sein könnte. Naelin sah fünf Luftgeister aus dem Fenster eines der Türmchen schießen. Sie waren dünn und stromlinienförmig und sahen aus wie Pfeile.

Aha, jetzt kommt die Herausforderung.

Naelin befahl ihren beiden Geistern, sich voneinander zu trennen und in sicherem Abstand zum Palast oben auf dem Gipfel Kreise um die Stadt zu ziehen. Sie sandte ihr Bewusstsein zu den fünf fremdländischen Geistern aus – und stieß auf eine Mauer. Ihre Sinne fühlten sich an wie eine spiegelglatte Oberfläche. Naelins Gedanken prallten davon ab.

Genau wie die Geister, die Erian und Llor entführt haben.

Das hätte sie beinahe aus der Fassung gebracht, aber das Wissen, dass sie die beiden bald wiedersehen würde – *und ich werde sie wirklich bald wiedersehen* –, half ihr, sich zu konzentrieren.

Einer der fremden Geister stieß einen schrillen Schrei aus und stieß dann auf Naelin herab. Ven brüllte und zwang seinen Geist hinabzufliegen, um sie zu verteidigen. Er zog einen Pfeil aus seinem Köcher und nockte ihn ein. Dann reckte er sich hoch, nur noch mit den Knien um seinen Geist geklammert, und zielte.

Naelin stellte ihren Geist mit aller Kraft gegen die Leere.

Nicht angreifen!

Aber der Geist schien sie nicht zu hören.

Er blieb auf Kurs und schoss näher auf sie zu. Aus dem Augenwinkel sah sie Ven seinen Pfeil abfeuern. Er traf den Geist im rechten Auge, und der Geist heulte auf.

Die anderen vier Geister nahmen nun Ven ins Visier.

»Ven, pass auf!«, rief Naelin.

Er feuerte, so schnell er konnte, einen Pfeil nach dem anderen ab, aber es waren zu viele Angreifer. Als einer nach Vens Kopf schlug, schwang Ven seinen Bogen und traf den Angreifer mit voller Wucht, so dass der Geist zur Seite geschleudert wurde. Die anderen zerrten an den Flügeln von Vens Luftgeist und versuchten, mit den Krallen an Ven heranzukommen.

Naelin gab sich alle Mühe, die Geister von Semo dazu zu zwingen, ihr zu gehorchen, aber ihre Befehle krachten in die spiegelglatte Leere und rutschten weg, also wechselte sie die Richtung und rammte ihr Bewusstsein in einen Geist im Palast – es war ein winziger, schwacher Feuergeist, der sich gerade um eine Kerze kümmerte. Sie zwang ihn, den Mund zu öffnen und zu sprechen:

Königin Merecot, wir kommen in friedlicher Absicht!

Dann ergriff sie die Kontrolle über alle anderen schwachen Geister auf dem Berg, bis sie alle das Gleiche riefen:

Königin Merecot, wir kommen in friedlicher Absicht!

Der Ruf hallte durch die Burg.

Wir kommen in friedlicher Absicht!

Von einem Moment auf den anderen brachen die fünf Geister ihren Angriff ab. Sie rasten in das Türmchen zurück und verschwanden durch das Fenster. Ven stabilisierte seine Position auf dem Rücken seines Geistes wieder. Seine grüne Rüstung war an der Schulter zerfetzt, und seinem Luftgeist tropfte goldenes Blut aus einer seiner Flügelspitzen. Der Geist gab sich alle Mühe, in der Luft zu bleiben, hatte aber deutliche Schlagseite.

Auf der Suche nach einem sicheren Landeplatz ließ Naelin den Blick über den Palast wandern. Ven deutete auf einen der Türme und rief: »Dort!«

Wie der Saal der königlichen Meister im Palast von Mittriel hatte auch die weiße Burg von Arkon einen breiten

Balkon, der waghalsig auf einer der Turmspitzen balancierte. Naelin flog unter Vens Geist, geleitete ihn darauf zu und landete. Sobald er den Boden berührt hatte, sackte Vens Schlangengeist nach vorn und brach zusammen. Sie saß ab und eilte zu dem Geist und zu Ven hin.

Stöhnend ließ er sich vom Rücken des Geistes gleiten, dann winkte er ab. »Ich bin in Ordnung.«

»Lass mich sehen«, verlangte Naelin.

Er legte die Hand auf die Wunde. Sie sah, dass sein Hemd voller Blutflecken war. »Alles in Ordnung. Wir sollten vor Königin Merecots Leuten keine Schwäche zeigen.« Er machte eine vielsagende Kopfbewegung, die sich auf etwas – oder jemanden – hinter Naelin bezog.

Sie drehte sich um und sah Burgwachen in marmorweißer Rüstung aus einem Torbogen strömen. Ven zog sein Schwert und bezog neben Naelin Stellung. Sie straffte sich und erwartete die Näherkommenden.

Was mache ich hier? Ich bin nur eine Waldbewohnerin. Nie im Leben hätte sie sich vorstellen können, einmal den Wald zu verlassen, um sich auf die höchste Turmspitze der Hauptstadt von Semo zu stellen, direkt am Abhang eines Berges. *Aber hier bin ich nun.*

Ich bin nicht nur eine Waldfrau.

Ich bin eine Frau des Waldes.

Ich bin die Königin.

Mit durchdringender Stimme ergriff Ven das Wort: »Dies ist Königin Naelin von Aratay, die auf Wunsch von Königin Merecot von Semo hierhergekommen ist. Tretet zurück, oder Ihr habt Euch dem Zorn sowohl Eurer als unserer Königin zu stellen.«

Die Wachen traten nicht zurück. Schulter an Schulter stehend, hielten sie ihre Schwerter kampfbereit, ihre Gesichter unerbittlich und unter ihren Helmen nicht zu deuten.

Naelin nahm sich ein Beispiel am Selbstbewusstsein von König Daleina und an der Arroganz von Giftmischerin Garnah und ging mit gestrafften Schultern und hoch erhobenem Kopf auf die Wachen zu, als habe sie die Absicht, direkt durch sie hindurchzugehen.

Die Wachen wurden unschlüssig und sahen einander an.

»Ruft nach Eurer Königin«, empfahl Ven. »Sie soll Euch sagen, was Ihr zu tun habt.«

Ein Wachmann flüsterte mit einem anderen, der nickte, dann rannte ein dritter Wachmann durch den Torbogen ins Innere zurück. Naelin blieb stehen und wartete, äußerlich ganz gelassen, einfach ab, so wie sie früher gewartet hatte, bis Erian und Llor sich beruhigten, nachdem sie einander wild durch den Raum gejagt hatten. *Lass sie nicht merken, dass sie überhaupt irgendeine Macht besitzen.* Sie sollten nur dann Macht haben, wenn Naelin sie ihnen gewährte.

Einer der Wachmänner begann: »Wenn Ihr Eure Waffen niederlegt, dann …«

»Das werden wir nicht tun«, fiel ihm Naelin ins Wort. In der Luft spürte sie eine Bewegung, die ihr die Haut auf den Armen prickeln ließ. Geister. Jede Menge von ihnen, ganz in der Nähe.

»Wir können Euch nicht erlauben, bewaffnet vor die Königin zu treten.«

Aus dem Augenwinkel sah sie, dass Ven den Griff um sein Schwert wechselte, immer noch kampfbereit. »Wenn ich mich recht erinnere«, erwiderte sie, »ist Eure Königin, als sie unser Land das letzte Mal besucht hat, mit einer Armee gekommen. Seid dankbar, dass wir nicht ebenfalls eine mitgebracht haben.«

Die Wachen umfassten ihre Waffen fester.

Ven sagte leise: »Vielleicht hätten wir an der Grenze auf diese Eskorte von ihr warten sollen.«

»Unfug«, widersprach Naelin. »Königin Merecot will uns hierhaben. Das ist der einzige Grund, warum sie meine Kinder entführt hat.« Sie hob die Stimme, damit sie den Wind übertönte. »Habe ich nicht recht, Euer Majestät?«

Der Wind brauste auf, als nun Königin Merecot hinter dem Balkon auftauchte. Sie stand auf dem Rücken zweier Luftgeister, einen Fuß auf dem einen, einen auf dem anderen. »Ja, in der Tat. Willkommen, Königin Naelin. Ihr habt meine Eskorte enttäuscht, die ich eigens für Euch ausgesandt habe, und damit den sorgfältig geplanten Empfang verdorben, den ich vorbereitet hatte.«

Naelin studierte ihre Gesichtszüge und suchte nach einem Hinweis darauf, ob das Ganze eine Falle war oder ob sie vielleicht bedauerte, was sie getan hatte und wie viel Kummer und Angst Naelin, Erian und Llor ihretwegen hatten erleiden müssen. Aber Königin Merecot wirkte weder reumütig noch machte sie Anstalten, in irgendwelche Geständnisse zu verfallen. *Wenn du es so haben willst, dann soll es eben so sein.*

»Ihr könnt Euch Eure Mätzchen für ein anderes Publikum aufsparen«, erklärte Naelin. »Ich bin wegen meiner Kinder hier und um mit Euch über die Zukunft Semos zu sprechen.«

Merecot verzog die Lippen zu einem Lächeln, obwohl sie Naelin eigentlich anknurren wollte wie ein Wolf. Dies war die Frau, die ihre Schwester Alet getötet hatte. *Und das werde ich nicht vergessen.* Aber sie wusste, dass sie sich freundlich stellen musste. Vor allem da Ven, der berühmte Meister, noch immer sein Schwert in der Hand hielt und außerordentlich grimmig wirkte, selbst für seine Verhältnisse.

Merecot sprang leichtfüßig von den beiden Geistern herunter, entließ sie und nickte den Wachen zu. »Setzt Direktorin ... Entschuldigung, *Botschafterin* Hanna in Kenntnis, dass wir uns im Westsaal treffen, und sorgt dafür, dass auch Erfrischungen dorthin gebracht werden.« An ihre Besucher gewandt, fügte sie hinzu: »Ihr werdet angenehm überrascht sein festzustellen, dass Semo eine Vielzahl köstlicher traditioneller Speisen kennt. Unserer Umgebung zum Trotz essen wir weder Steine noch Kies.«

Sie konnte es nicht ausstehen, wenn sie höflich sein musste.

»Ich bin mir sicher, es sind ganz köstliche Speisen«, gab Naelin kühl zurück. »Aber als Allererstes will ich meine Kinder sehen.«

»Natürlich.« Sie würde Königin Naelin ihre Kinder sehen lassen. Aber sie würde sie vorläufig eben nur sehen dürfen. Das war Königin Jastras Rat gewesen – sie so lange wie möglich voneinander fernzuhalten. Sobald Naelin und Ven die Kinder hatten, würde Merecot über kein Druckmittel mehr verfügen. Und sie glaubte nicht, dass die Königin und ihr Meister in friedlicher Absicht gekommen waren. Mit Sicherheit wollte Daleina die Gelegenheit nutzen, um ihre eigenen Pläne voranzutreiben, eine Art Rache- oder Machtspiel, und sobald sie die Kinder in Gewahrsam hatten, würden Naelin und Ven als Teil von Daleinas Gesamtplan dienen. *Sie haben mich bereits vor meiner Nation gedemütigt und meine Schwester ermordet. Was kommt als Nächstes? Wollen sie mich meines Amtes entheben?* Aber sie behielt ihr freundliches Lächeln bei, so eisern, dass ihre Wangen bereits schmerzten, als sie ihre Gäste nun durch den Torbogen und zu der steinernen Wendeltreppe geleitete, die hinunter in das Herz des Palastes führte.

Ihre Wachen marschierten mit klirrender Stahlrüstung vor ihr her. Die Treppe erschien ihr viel zu eng, mit ihren

Besuchern, ihren Wachen und den schweren Steinmauern zu beiden Seiten. Sie wäre lieber auf dem Rücken der Geister hinuntergeflogen, aber sie war sich sicher, dass Naelin und Ven dagegen protestiert hätten – bestimmt vertrauten sie ihr nicht. *Ich würde mir auch nicht vertrauen*, durchzuckte es sie.

Ich vertraue mir ja selbst nicht.

Sie lächelte in sich hinein. Womöglich würde die Sache ja sogar ganz unterhaltsam werden. Vielleicht konnte sie die beiden lange genug verwirren und hinhalten, so dass sie nicht in die Tat umsetzen würden, was immer sie planten. Sie musste in diesem Spiel alle Karten in der Hand haben, und sie war sich nicht sicher, ob das im Moment auch der Fall war. Doch sie hatte vor, so zu tun, als wäre sie in allem im Vorteil, bis sie herausgefunden hatte, ob das denn auch stimmte … oder bis sie es wahrgemacht hatte.

Im Moment immerhin besaß sie dank ihrer Luftgeister einen gewaltigen Vorteil.

Sie blieb vor einem Fenster mit Blick auf einen der vielen Innenhöfe der Burg stehen. Unten befanden sich, von Wachen umringt, Erian und Llor. Sie hatte ihnen Murmeln zum Spielen gegeben. Aber es waren nicht einfach irgendwelche Murmeln, sondern winzige Erdgeister, die den Befehl hatten, die Kinder nicht nur zu unterhalten, sondern sie auch zu bewachen.

Lachend jagten Erian und Llor die »Murmeln« über den Innenhof. Immer wieder schlugen die Kugeln gegeneinander, während sie in alle Richtungen über die Pflastersteine kullerten. »Seht Ihr? Sie sind glücklich und unversehrt.« Sie bedachte Naelin mit einem selbstgefälligen Grinsen – und dann erstarb ihr Lächeln.

Der Ausdruck auf Königin Naelins Gesicht genügte, um einem das Herz zu zerreißen.

Sie schien alle Gefühle gleichzeitig zu empfinden: Glück, Schmerz, Erleichterung, Sehnsucht. Und Merecot musste den Blick abwenden. *Ich habe nicht gewollt, dass ...* Aber, nein, genau das *hatte* sie bewirken wollen. Es war ihre Absicht gewesen, diese Kinder zu benutzen, und sie würde weiter Nutzen aus ihrer Zwangslage ziehen, ebenso wie aus Naelins Gefühlen, solange es sein musste. *Zum Wohle Semos.*

Zum Wohle ganz Renthias.

»Sobald unsere Verhandlungen abgeschlossen sind, dürft Ihr sie natürlich wieder zu Euch holen.« Unter schwerster Bewachung und nur wenn die Verhandlungen auch gut liefen.

»Ich werde jetzt gleich zu ihnen gehen«, verkündete Naelin. »Sie sollen wissen, dass ihre Mutter hier ist.«

Merecot stieß einen übertriebenen Seufzer aus. »Ich kann es nicht leiden, wenn ich Leuten drohen muss.« Dann hielt sie kurz inne. »Oh, Moment, stimmt gar nicht. Eigentlich mache ich es ganz gerne.«

Ihr Geist konzentrierte sich auf die »Murmeln« unter ihnen. Ruckartig standen alle Luftgeister still, und dann rollten sie auf Erian und Llor zu, näherten sich ihnen aus allen Richtungen. Sofort hörten die Kinder zu lachen auf. Rücken an Rücken stellten sie sich in die Mitte des Innenhofs.

Merecot spürte, wie Naelins Bewusstsein an den Rändern ihres Kontrollbereichs herumstocherte. Doch dies waren Merecots Geister, und sie war es, die ihnen ihren Willen aufzwang. Sie ließ nicht zu, dass diese Kontrolle untergraben wurde. »Zuerst die Gespräche, dann dürft Ihr zu Euren Kindern gehen.«

Naelins Bewusstsein zog sich zurück – es war, als käme die Sonne wieder hinter einer Wolke hervor –, und Merecot korrigierte ihren Befehl an die winzigen Erdgeister. *Spielt*, wies sie sie an. *Seid nett.* Und sie gingen wieder dazu über, kreuz und quer über den Hof zu hüpfen.

Die Kinder musterten die Geister argwöhnisch, jetzt, da sie deren wahre Natur kannten. Das bedauerte Merecot ein wenig. *Es ist einfacher, wenn deine Gefangenen vergessen, dass sie sich in einem Gefängnis befinden.* Doch zugleich war es ihr herzlich egal, ob zwei dumme Kinder glücklich waren oder nicht.

»Folgt mir«, sagte Merecot brüsk, ohne den mörderischen Blick zu beachten, den ihr Naelin zuwarf. Sie ging voran, was bedeutete, dass sie der anderen Königin und dem Meister den Rücken zuwandte, aber Merecot ließ ihre Gedanken fortwährend von einem Geist zum nächsten huschen und beobachtete so, was hinter ihrem Rücken geschah. Feuergeister lauerten in jedem der Wandleuchter an der Flurwand, und Merecot konnte ihre Besucher durch die Augen dieser Geister beobachten.

Augenblicklich nahm sie weder von Naelins noch von Vens Seite her eine Bedrohung wahr.

Schon bald hatten sie ihr Ziel erreicht. Merecot nickte den je zwei Soldaten zu beiden Seiten der gewaltigen Eichentüren zu, und die Männer stemmten sie auf, indem sie sich gegen das Gewicht der Türflügel drückten. Welche Königin auch immer diese Burg erbaut hatte, sie hatte ein Faible für eindrucksvoll große Dinge gehabt: große Türme, große Türen und große Räume. *Ganz wie es zum großen Ego einer Königin passt*, dachte sie trübselig. Während die Wachen zu beiden Seiten strammstanden, rauschte Merecot in den Westsaal.

Der Westsaal, der als der protzigste der ganzen Burg galt (*was bei all der Konkurrenz einiges heißen wollte*, dachte Merecot), erinnerte an eine gewaltige Höhle und prunkte mit einer riesigen Gewölbedecke, einem polierten Marmorboden und übergroßen Fenstern mit Blick auf die Berge im Westen. Auch diese Berge waren protzig, und ihre Gipfel wetteiferten mit den Wolken, was die Gesamtatmosphäre des Raums noch verstärkte. Der Saal war für große Gesellschaften geschaffen und dazu gedacht, seine Besucher zu beeindrucken, so dass sie sich ganz klein fühlten. Merecot kam es ein wenig lächerlich vor, den Raum für so wenige Menschen zu bemühen, aber es wäre schön, wenn sie dann ihr Problem verstanden:

Semo war groß, und doch war es nicht groß genug.

Ihr Gewand raschelte über den Steinboden, was in dem stillen Riesenraum laut widerhallte, dann stieg sie die Stufen zum Thron hinauf und nahm Platz. »Bin ich allzu unverschämt?«, fragte sie.

»Ein bisschen schon«, erwiderte Ven. »Eure Majestäten sind einander ebenbürtig.«

»Ich habe gehört, dass Königin Naelin gar nicht die Absicht gehabt hat, sich krönen zu lassen«, erwiderte Merecot, »wohingegen ich mein ganzes Leben lang darauf hingearbeitet habe. Ich weiß nicht, ob wir da einander ebenbürtig sind.«

Eine gealterte, doch immer noch kräftige Stimme hallte durch den Raum. »Ihr müsst Königin Merecot entschuldigen. Sie ist in den Diplomatiekursen durchgefallen.«

Merecot verdrehte die Augen, als Botschafterin Hanna in den Saal gerollt kam. *Ach, sie ist da, juchheisassa.* Die Tatsache, dass sie selbst nach ihr hatte rufen lassen, überging sie der Einfachheit halber. »Ich bin nicht durchgefallen. All meine Zensuren waren gut.«

»Das ist wahr. Nur, dass Ihr geschwindelt habt, um sie zu bekommen«, bemerkte Hanna, während eine der Wachen ihren Stuhl durch den Saal schob. »Dort drüben hin.« Sie zeigte auf das Fenster. »Wir brauchen einen Tisch und Stühle drum herum. Bequeme Stühle. Dieses Gespräch könnte eine Weile dauern.«

»Es wird kurz«, widersprach Naelin. »Ich werde mich nicht von meinen Kindern fernhalten lassen.«

»Es wird so lange dauern, wie es eben dauert«, erklärte Hanna mit jenem typischen »Charme« der Direktorin, den Merecot nicht im Mindesten vermisst hatte – auch wenn es eine Genugtuung war zu erleben, dass er sich nun gegen jemand anders richtete. »So lange, bis alle Parteien zufriedengestellt sind. Euren Kindern geht es gut. Also, wir brauchen einen Tisch.« Sie winkte einen von Merecots Wachleuten heran.

Der Wachmann warf Merecot einen raschen Blick zu, und sie nickte. *Soll die alte Frau ruhig so tun, als hätte sie hier das Sagen.* Sobald die Verhandlungen erst einmal begonnen hatten, würden sie schon sehen, wer wirklich die Fäden in der Hand hielt. Merecot bezweifelte, dass es Königin Naelin sein würde. Ven vielleicht? Oder waren sie alle nur Daleinas Sprachrohre?

Sie wünschte, sie hätte Daleina klarmachen können, dass das Gift nicht persönlich gemeint gewesen war. Sie hatte nicht gewollt, dass Daleina starb. Zumindest hätte sie sie beweint, sobald die Tat vollbracht war.

Sie warteten, während mehrere Diener in den Raum herein- und wieder hinaushuschten und einen übermäßig schweren steinernen Tisch brachten, Stühle mit dicken Sitzkissen, Kristallkaraffen, die mit verschiedenen Säften gefüllt waren, und eine Auswahl an Fleischpasteten, die sie mittlerweile zu lieben gelernt hatte. »Ich empfehle die Pasteten. Sie sind aus Hammelfleisch, aber lasst Euch nicht von dem Wort ›Hammel‹ täuschen. Tatsächlich schmecken sie sehr gut.«

Sie nahm als Erste Platz, da sich ihre Gäste noch nicht von der Stelle gerührt hatten, nahm sich eine der Hammelpasteten und biss hinein. Zähflüssige Soße tropfte an der Seite herunter, und sie fing sie mit einer Serviette auf, die sie dann auf den Teller legte. »Kommt schon. Beleidigt meine Gastfreundschaft nicht. Es ist ja nicht so, als wären die Pasteten vergiftet.«

Dieser Scherz ging natürlich gründlich daneben, und alle starrten sie in feindseligem Schweigen an.

Merecot seufzte innerlich. Sie wusste, dass sie eine hervorragende Königin war – äußerst mächtig, selbstbewusst und entschlossen –, aber der diplomatische Teil ihres Amtes war nicht gerade ihre Stärke. »Botschafterin Hanna, da Ihr in Diplomatie nicht durchgefallen seid: Wie würdet Ihr uns raten, das Gespräch zu beginnen?«

Hanna rollte sich an den Tisch und suchte sich eine der Fleischpasteten aus. Ein Diener schenkte ihr einen Becher heiße Milch ein. Hanna bestäubte beides mit einem Pulver, bevor sie etwas aß oder trank, und erst dann aßen auch Naelin und Ven.

Merecot nahm an, es war ihre eigene Schuld, dass ihre Besucher so übervorsichtig waren. Sie hätte darüber gelacht, wenn nicht alles schiefgegangen wäre und Alet nicht am Ende den Tod gefunden hätte.

Hanna ergriff das Wort: »Die Lage ist so, wie ich sie dargelegt habe und wie es auch Königin Merecot erklärt hat. In Semo gibt es mehr Geister, als das Land verkraften kann. Sie bekriegen sich gegenseitig, und wenn man alles so ließe, wie es ist, würden sie das ganze Land in Schutt und Asche legen. Nach dem zu urteilen, was ich gesehen habe … könnte das jederzeit auch wirklich geschehen.«

»Könnt Ihr sie denn nicht kontrollieren?«, fragte Ven ganz unverblümt. Er war wirklich die Feindseligkeit in Person. *Mir sind schon Wildschweine begegnet, die freundlicher waren,* dachte Merecot. »Ihr seid doch angeblich so eine Art allmächtiges Wunderkind.«

Merecot knirschte mit den Zähnen und zwang sich dann, sich zu entspannen. Sie brauchte diese Leute. Vielleicht. Jastra hatte sich dafür ausgesprochen, sich Königin Naelins einfach zu entledigen – es sei effizient und wirkungsvoll und würde ein weiteres Hindernis auf dem Weg zur Herrschaft über beide Länder dauerhaft beseitigen –, aber Merecot war der Meinung, dass es das Beste für alle wäre, wenn sie die Königinnen von Aratay dazu überreden könnte zu tun, was sie wünschte. Vor allem, da sie ja schon einmal versucht hatte, Daleina zu töten, und gescheitert war. »Natürlich kontrolliere ich die Geister. Allein deshalb ist das Land noch nicht in einem Chaos aus Erdbeben, Lawinen und Vulkanausbrüchen versunken.«

»Aber das ist keine dauerhafte Lösung«, fügte Hanna hinzu, »und genau deshalb sind wir hier zusammengekommen, um zu reden.«

»Es kann durchaus, wie von Euch gewünscht, ein kurzes Gespräch werden, Königin Naelin«, fügte Merecot hinzu. *Und los geht's. Sprich es voller Selbstbewusstsein aus.* »Die Lösung für Semos Probleme ist eine ganz einfache. Ihr und Königin Daleina müsst abdanken und mich sowohl über Aratay als auch über Semo herrschen lassen.« Sie lehnte sich zurück und wartete auf die Reaktion der anderen.

Einen Moment lang starrten sie sie mit offenen Mündern an, dann explodierten sie:

»Auf gar keinen Fall!«

Das war Botschafterin Hanna.

»Das ist Wahnsinn!«

Das war Ven.

Er fuhr fort: »Abdanken zugunsten der Frau, die versucht hat, Daleina zu töten und Aratay zu erobern? Seid Ihr von Sinnen?« Merecot fragte sich, ob wohl auch er in seinem Diplomatiekurs durchgefallen war. »Wie wäre es, wenn stattdessen *Ihr* abdankt?«

»Ja«, griff Hanna seinen Gedanken auf. »Überlasst Daleina und Naelin die Kontrolle sowohl über Aratay als auch über Semo.«

Ven nickte. »Lasst sie Eure Geister umverteilen. Euer Volk wäre dann ebenfalls sicher.«

»Daleina mangelt es an der Macht und Naelin an der Erfahrung, um so viele Geister über so große Entfernungen hinweg zu kontrollieren«, widersprach Merecot.

»Naelin könnte unterrichtet werden.«

»Dafür ist nicht genug Zeit. Ihr habt gespürt, wie nah die überzähligen Geister daran sind, dieses Land in Stücke zu reißen und es so unbewohnbar zu machen wie die ungebändigten Lande.«

Endlich mischte sich auch Naelin ins Gespräch. »Es wäre genug Zeit dafür gewesen, wenn Ihr zu uns gekommen wäret, statt mit Eurem Plan, meine Kinder zu entführen, kostbare Tage zu verschwenden.«

»Aber das bin ich nicht ... und ich habe es nun mal getan.« Merecot überlegte sich, ob sie ein wenig zerknirschter klingen sollte. *Aber das bin ich nun mal nicht. Ich habe getan, was ich habe tun müssen.* Sie war überzeugt, dass Königin Naelin jetzt nicht hier wäre, wenn es nicht um ihre Kinder ginge. »Und das sind jetzt Tatsachen, keine bloßen Annahmen. Denkt darüber nach, und Ihr werdet begreifen, dass ich die einzige logische Wahl als Herrscherin über beide Länder bin.«

»Es muss eine andere Lösung geben«, sagte Ven.

»Ich kann keine erkennen«, gab Merecot zurück. Und Königin Jastra sah das ganz genauso. Die ehemalige Königin hatte sich über lange Jahre hinweg mit dem Problem der überzähligen Geister beschäftigt und war zu dem Schluss gekommen, dass es der erste Schritt zur Lösung war: eine gemeinsame Königin sowohl für Semo als auch für Aratay. »Eure verödeten Gebiete halten das nötige Land für meine überzähligen Geister bereit. Aber nur ich kann sie dorthin schicken und sie an das Land binden, und das kann ich auch nur dann bewerkstelligen, wenn ich die Königin beider Reiche bin.«

»Und ich nehme an, das also ist der Grund gewesen, warum Ihr die Kinder entführt habt«, meinte Ven, die Arme vor der Brust verschränkt, die Augenbrauen zusammengezogen. Er sah furchterregend aus.

Nur gut, dass ich mich nicht leicht einschüchtern lasse, dachte Merecot. »Offensichtlich. Hätte ich gewollt, dass Ihr mich besucht, hätte ich Euch eine Einladung geschickt. Aber ich will, dass Ihr abdankt. Mir schien, dafür ist ein stärkerer Ansporn vonnöten.«

Hanna und Ven begannen beide wieder zu schreien, aber Merecot schenkte ihnen keine Beachtung. Sie hielt ihren Blick starr auf Königin Naelin gerichtet. Es war Naelin, die sie überzeugen musste. Und Naelin zog es ganz offensichtlich auch in Erwägung zu tun, was sie von ihr verlangte.

»Ihr wollt doch sowieso keine Königin sein«, wandte sich Merecot direkt an sie. »Tut, was Ihr eigentlich möchtet, und ich kann Euch genau das Leben garantieren, das Ihr habt führen wollen: sicher bei Eurer Familie zu Hause, wo auch immer Ihr leben wollt. Ich werde Euch für den Rest meiner Tage beschützen und Daleina ebenso. Und ich werde jeden Beistandsvertrag unterzeichnen, den Ihr wünscht, um alle meine Nachfolgerinnen dazu zu verpflichten, Euch ebenfalls zu beschützen.«

»Hör nicht auf sie«, sagte Ven bestimmt. »Wenn du

abdankst, gibst du all die Macht ab, die die Geister dir verliehen haben, als du gekrönt worden bist. Du hast dann nur noch die Macht, die du auch schon vorher gehabt hast – das mag dir zwar damals wie eine ganze Menge vorgekommen sein, aber jetzt wissen die Geister, wer du bist. Sie werden alle Jagd auf dich machen. Königin Merecot kann dich nicht vor allen Geistern Aratays beschützen. Keine Königin ist mächtig genug, um eine frühere Königin lange am Leben zu erhalten.«

»Mit Ausnahme von mir«, berichtigte Merecot. Das konnte sie mit unbeschwertem Selbstbewusstsein sagen. »Wollt Ihr einen Beweis dafür haben? Ich kann Euch mit der früheren Königin von Semo bekannt machen, die nach wie vor bei bester Gesundheit ist und sich hier in der Burg aufhält.« Sie erhob sich und gab einer ihrer Wachen ein Zeichen.

Ihre Wachen führten Jastra in den Raum. Die alte Königin hatte im Nebenzimmer gewartet. *Höchstwahrscheinlich mit dem Ohr an der Wand, um zu lauschen.* Aber jetzt war ihr Merecot dankbar für ihre Neugier, denn so war es ihr möglich, sogleich zu beweisen, dass sie recht hatte.

Über ihren Gehstock gebeugt, kam Königin Jastra hereingehumpelt. Sie ergriff Botschafterin Hannas Hand. »Ich hatte schon lange den Wunsch, Euch kennenzulernen. Der Ruf Eurer Akademie hat sich in aller Welt verbreitet. Ihr seid ein Vorbild für alle.«

»Auch mir ist es eine Ehre, Euch kennenzulernen«, sagte Hanna und verneigte sich.

Jastra begrüßte auch Ven und dann Naelin. »Bitte glaubt, was Königin Merecot sagt. Sie hat die Macht, mich zu beschützen, wie Ihr sehen könnt. Mittlerweile kann ich kaum mehr einen Feuergeist beschwören, damit er mir die kalten Zehen wärmt. Doch Merecot vermag mich vor ihrem Zorn zu beschützen.«

Merecot wusste, dass das nicht ganz der Wahrheit entsprach – Jastra besaß noch immer genauso viel Macht wie damals, bevor sie nach der Krone gegriffen hatte –, aber ein klein wenig Übertreibung konnte nicht schaden. Und es stimmte tatsächlich, dass nur Merecots Schutz sie am Leben erhielt. Eine Königin machte sich im Laufe ihres Lebens unter den Geistern viele Feinde, und Jastra hatte ein langes Leben gehabt.

»Ihr könntet ein Leben in Ruhe und Frieden führen«, beteuerte Jastra, an Naelin gewandt, »falls das Euer Wunsch ist.«

»Es ist alles, was ich mir je gewünscht habe«, räumte Naelin ein. »Und wenn es nur um mich ginge, würde ich auf der Stelle abdanken. Ihr habt recht – ich habe dieses Amt nie gewollt. Ich will einfach nur meine Familie um mich haben, alle vereint und in Sicherheit.«

Merecot konnte das unausgesprochene »Aber« heraushören. Sie wartete ab.

»Aber Daleina wird niemals zustimmen«, fuhr Naelin fort.

Und damit war die Sache gelaufen. Mit dieser einen schlichten Aussage verurteilte Naelin Merecots Plan zum Scheitern. Merecot versuchte, sich das Ausmaß ihrer Enttäuschung nicht anmerken zu lassen. Vom Kopf her hatte sie gewusst, dass die Chancen von Anfang an nicht sehr gut gestanden hatten, aber im Herzen hatte sie natürlich gehofft, dass Naelin Ja sagen und dann Daleina ebenfalls überzeugen würde, und alles würde gut werden.

Aber wenn Naelin nicht einmal versuchen wollte, Daleina zu überzeugen …

»Seid Ihr Euch da auch sicher?«, hakte Merecot drängend nach. »Gesetzt den Fall, Ihr kehrt zu ihr zurück, im Wissen um das Ausmaß unseres Problems, im vollen Bewusstsein, dass nicht nur Eure Kinder, sondern auch die Kinder von Semo darauf angewiesen sind, dass meine Vorschläge umgesetzt werden … und wenn Ihr versuchen würdet, sie zu überzeugen, würde sie da nicht auf ihre Mitkönigin hören?«

»Unwahrscheinlich«, ergriff Ven das Wort. »Daleina betrachtet ihre Herrschaft über Aratay als ihre Pflicht und ihren Daseinszweck.«

Das wusste Merecot. Trotzdem hatte sie sich die Hoffnung gestattet. »Botschafterin Hanna …«

»Ich muss den beiden beipflichten«, antwortete Hanna. »Abzudanken steht nicht zur Debatte.«

Merecot warf einen kurzen Blick hin zu Jastra, die kaum merklich nickte. Zumindest verzichtete die alte Königin auf ein lautes: »Ich hab's Euch ja gleich gesagt.« Einen Versuch war es wert gewesen. *Dann werde ich jetzt wohl doch auf Jastras Plan zurückgreifen müssen. Ein Jammer.*

Es wäre mir lieber gewesen, niemanden ermorden zu müssen.

Kapitel 18

Botschafterin Hanna trank ihren Tee, der trotz Königin Merecots Beteuerungen, dass die Nahrungsmittel in Semo nicht aus Steinen gemacht seien, irgendwie steinig schmeckte. Sie wünschte, sie wäre in ihrem nestartigen Büro hoch oben in der Akademie, wo ihre Schülerinnen ihr mit Ehrfurcht und ein wenig Angst begegneten. Stattdessen spielte sie die Vermittlerin zwischen zwei sehr unterschiedlichen und gleichermaßen halsstarrigen Königinnen.

Ich sollte im Ruhestand sein, befand sie, *meine alten Tage glücklich und zufrieden in einem geruhsamen Dorf auf mittlerer Waldhöhe genießen, fernab jeder Politik, jeder Verantwortung und jedes Risikos, eines gewaltsamen Todes zu sterben.* Königin Merecot schien immer nur wenige Sekunden vom Wutanfall eines Kleinkinds entfernt zu sein, und Königin Naelin hatte mit ihren emotionalen Nöten bereits einen Teil Aratays zerstört. *Ich bin zu alt für das alles.*

Als Naelin und Merecot nun eine weitere Debatte über eine mögliche Abdankung vom Zaun brachen, beugte sie sich vor und sagte: »Vielleicht sollten wir hier für heute Schluss machen. Jetzt, da das Thema auf dem Tisch ist, wäre es klug, sich zurückzuziehen, sich auszuruhen und die Angelegenheit zu überdenken, bevor wir weitermachen. Königin Naelin hat eine lange Reise hinter sich, und ich muss gestehen, meine Ausdauer ist auch nicht mehr das, was sie einmal war.« Sie lachte leise und bedauernd, was rein gespielt war – sie war nicht müde, aber die Anspannung im Raum verursachte ihr Kopfschmerzen.

Beide Königinnen warfen ihr böse Blicke zu, weil sie sie unterbrochen hatte.

»Ruht Euch aus, lasst Euch alles noch einmal durch den Kopf gehen, und kommt heute Abend wieder zusammen, vielleicht beim Essen, zusammen *mit* den Kindern«, drängte Hanna. »Königin Naelin kann die Zeit bis dahin nutzen, um sich mit Semo vertraut zu machen, und Königin Merecot … sicherlich gibt es vieles, was Eurer Aufmerksamkeit bedarf.«

Zögernd nickte Merecot. Ihre Schultern sackten herab – kaum merklich, aber Hanna bemerkte es dennoch. *Sie ist müde. Vielleicht besorgt oder sogar voller Angst.* Hanna konnte sich nicht vorstellen, dass Merecot jemals zugeben würde, Angst zu haben, aber so musste es sein. Selbst mit ihrer eingeschränkten Macht konnte Hanna spüren, dass die Geister in Semo nur einen winzigen Schritt von der Katastrophe entfernt waren. Das Land war wie ein Topf, der jeden Moment überkochen konnte, um jeden zu verbrühen, der nah genug war – was so ziemlich jeden innerhalb der Grenzen von Semo betraf und wahrscheinlich auch so manchen jenseits dieser Grenzen.

Ven stieß sich vom Tisch ab. »Die Botschafterin hat recht. Wenn ihr jetzt weitermacht, kotzt ihr einander nur noch mehr an.«

»Das auch«, pflichtete Hanna ihm bei und zuckte angesichts der Taktlosigkeit des Meisters ein klein wenig zusammen.

»Na gut.« In einem Wirbel aus juwelenbeladenen Röcken erhob sich Merecot und rauschte durch den Thronsaal. »Man wird Euch zu Euren Zimmern geleiten«, sagte sie, ohne den Kopf zu wenden. »Wenn Ihr irgendetwas braucht, bittet einfach die Wachen darum – ich werde sie zu Eurem eigenen Schutz abstellen, selbstverständlich, aber auch um sicherzustellen, dass Ihr nicht durch die Gegend lauft, Leute ermordet oder irgendetwas aus der königlichen Schatzkammer stehlt oder was auch immer.«

»Eure Gastfreundschaft ist wirklich bemerkenswert«, erklärte Naelin trocken.

»Das ist sie tatsächlich«, antwortete Merecot. »Ebenso wie das Vertrauen, das ich Euch entgegengebracht habe, als ich Euch erlaubte, in meiner unmittelbaren Nähe zu sein. Enttäuscht dieses Vertrauen nicht.«

Ven strich mit der Hand über den Griff seines Schwertes. *Er kann es einfach nicht lassen,* dachte Hanna mit einem Seufzen. Meister glaubten immer, jedes Problem könne mit einer Klinge gelöst werden. »Wir sollen also wie Gefangene behandelt werden«, sagte Ven.

»Unfug«, gab Merecot zurück. »Bewegt Euch frei. Tut, was immer Ihr tun wollt. Vergesst nur nicht, dass man Euch beobachtet, und macht keinen Unfug. Wenn Ihr Euch versucht fühlt, Dummheiten zu machen, denkt einfach daran, dass Eure Kinder unter meinem Schutz stehen.« Sie verließ den Raum und ließ ihre Drohung in der Luft hängen. Ihre Wachen eilten herbei, um die gewaltige Tür vor ihr aufzustemmen und sie dann genauso schnell wieder hinter ihr zu schließen.

Naelin gab ein kurzes, freudloses Lachen von sich. »Wenn sie noch schneller verschwunden wäre, würde ich glatt glauben, sie mag mich nicht.« Sie stellte sich neben Ven, als ein Mann in Rot und Gold durch die Tür geeilt kam und durch den gewaltigen Saal auf sie zuschritt.

Der Mann verneigte sich zweimal. »Euer Majestät, es wäre mir eine Ehre, Euch zu Euren Räumen zu geleiten. Wir haben die Bäder für Euch und Eure Gefährten vorbereitet und stehen Euch zu Diensten.«

»Ich möchte lieber zu meinen Kindern geleitet werden«, wies ihn Naelin an.

Weitere Verbeugungen. »Unsere aufrichtigsten Entschuldigungen, aber es ist uns nicht gestattet ...«

Hanna rollte in ihrem Stuhl herbei. »Ich würde Königin Naelin jetzt gerne die Gärten zeigen. Ich glaube, nach ihrer langen Reise wäre das sicher entspannend für sie. Könntet Ihr uns bitte stattdessen dorthin geleiten? Ihr könnt Königin Merecot gerne eine entsprechende Nachricht zukommen lassen, damit sie weiß, wo wir sind, aber ich glaube nicht, dass sie Einwände haben dürfte. Und wenn doch ... sie kann sich jederzeit auf einen Spaziergang zu uns gesellen.«

Naelin öffnete den Mund, um Protest einzulegen, aber Hanna brachte sie mit einem Stirnrunzeln zum Schweigen.

Der Diener wirkte für einen Moment besorgt, doch seine Züge glätteten sich rasch wieder. Er verneigte sich und führte sie – natürlich von Wachen gefolgt, darunter sowohl Hannas eigene Wachen als auch Merecots Burgwachen – aus dem Westsaal hinaus und einen abfallenden gewundenen Gang hinunter.

Die Burg war, wie Hanna herausgefunden hatte, wie das Gehäuse einer Meeresschnecke geformt, mit Krümmungen und Spiralen, was die Fortbewegung in ihrem Stuhl sehr viel leichter machte als in Mittriel mit all seinen Leitern, Treppen und Seilen. Dieser Grundriss vermittelte außerdem den Eindruck riesiger Entfernungen innerhalb des Gebäudes, und auch die hohen Decken und die langgestreckten, schmalen Fenster, durch die nur dünne Lichtstrahlen ihre Muster auf den Boden zeichneten, trugen zu dem Eindruck bei. *Eine wohldurchdachte Anlage*, ging es Hanna durch den Kopf. Alles an dieser Burg war angelegt worden, um zu beeindrucken und einzuschüchtern. »Ihr habt Merecots Einschätzung der Situation gehört«, sagte Hanna. »Ich würde Euch jetzt gern meine darlegen.«

»Gute Idee«, antwortete Ven.

»Meine Kinder …«, setzte Naelin an.

»Die Sicherheit Eurer Kinder hängt von unserer Kooperationsbereitschaft ab«, fiel ihr Hanna ins Wort. »Ihr seid schon so weit gekommen. Habt noch ein kleines Weilchen länger Geduld, Euer Majestät.«

Hanna sagte nichts weiter, bis ihre Eskorte sie in die Gärten gebracht hatte. Sie war sich sicher, dass Merecot Spione auf sie angesetzt hatte, sogar Geister als Spione, die ihnen folgten, aber es gab nicht den geringsten Grund, es ihnen leicht zu machen. Sie dankte dem Diener und rollte sich zwischen zwei steinerne Statuen von Soldaten mit erhobenen Schwertern.

Wie der Großteil von Semo bestanden auch die berühmten Gärten von Arkon aus Stein. Die Wege waren von den Arbeiten der Geister gesäumt, die unter Anleitung vergangener Königinnen entstanden waren. Hannas Favoriten waren die Skulpturen von Menschen: aus schwarzem Basalt gemeißelte Kinder, die einen Ball warfen, eine ältere Frau, die einen Wassereimer trug, der aus einem blauen Stein mit goldenen Einsprengseln gehöhlt war, zwei Männer, die ein Spiel mit runden weißen und schwarzen Steinen spielten, ein Gärtner, der vor so langer Zeit aus dem Stein gehauen worden war, dass der Regen seine Gesichtszüge weggewaschen hatte …

Sie rollte die Wege entlang, und ihre Räder knirschten über die Kieselsteine. »Hier könnt Ihr sehen, welche Schönheit eine Königin erschaffen kann, die ihre Geister unter Kontrolle hat.« Sie zeigte auf eine ausnehmend schöne Skulptur von einer Mutter mit einem Kind auf der einen Hüfte und einem Schwert auf der anderen – die Sonne schien ihr genau im richtigen Winkel ins Gesicht, um ihren grimmig entschlossenen Gesichtsausdruck hervorzuheben. Hanna mochte diese Skulptur ganz besonders.

»Jede Menge Möglichkeiten für einen Hinterhalt«, murmelte Ven, schaute hinter die Statue der Mutter mit dem Kleinkind und behielt dabei auch die übrigen schattigen Stellen im Auge. Hanna nahm an, dass Übervorsicht eben zum unverzichtbaren Rüstzeug eines Meisters gehörte.

»Wir sind vorübergehend einigermaßen in Sicherheit«, beruhigte ihn Hanna. »Solange noch die Möglichkeit besteht, dass wir tun werden, was Merecot will, wird sie sich unserer nicht entledigen. Du bist am sichersten, wenn dein Feind noch glaubt, dich für seine Zwecke missbrauchen zu können.«

»Ziemlich zynische Worte der Weisheit«, bemerkte Ven.

Hanna entschied, diesen Einwurf zu übergehen, und sagte zu Naelin: »Sendet Euer Bewusstsein aus und fühlt nach den Geistern Semos.«

Naelin nickte, dann wurde ihr Gesicht leer – der eigenartige, zugleich konzentrierte und abwesende Ausdruck eines Menschen, dessen Geist den Körper verließ und auf Wanderschaft ging. Hanna fragte sich, wie groß Naelins Reichweite außerhalb Aratays wohl noch war. *Ihre Fähigkeiten sind zweifellos beeindruckend.* Naelin war, bereits bevor sich die Geister Aratays mit ihr verbunden hatten, in der Lage gewesen, einen Erdkraken zu beschwören, erinnerte sich Hanna. Ihre Kräfte sollten auch hier noch enorm sein, obwohl die einheimischen Geister mit Merecot verbunden waren. Sie fragte sich, was Naelin über die Geister Semos in Erfahrung bringen würde.

Hanna brauchte nicht lange auf einen Antwort warten.

Naelins Augen wurden unvermittelt wieder klar. »Sie sind wild.«

»Einige von ihnen, ja. Aber nicht alle.«

Naelins Augen wurden wieder blicklos. »Ihr habt recht. Nicht alle. Es gibt hier zwei Arten von Geistern. Die eine ist verängstigt. Sie verstecken sich. Die andere ... Wut, Hass, Chaos, Wildheit.« Sie richtete den Blick auf Hanna. »Ich verstehe das nicht. In Aratay gibt es Unterschiede, aber keine derartige Spaltung. Führen die Geister hier Krieg gegeneinander?«

»In gewisser Weise, ja.« Hanna rollte sich tiefer in den Garten hinein und blieb vor einer knapp sieben Meter hohen Marmorstatue stehen, die Königin Jastra in der Blüte ihrer Jahre zeigte. Sie trug die stählerne Rüstung der Wachen und hielt den Kopf eines Erdgeistes in der Hand. Statt Haaren wuchsen Schlangen aus dem Kopf des Geistes, und seine Augen waren mit faustgroßen Rubinen gefüllt. »Ich habe mich umgetan und Erkundigungen eingezogen – vorwiegend bei Kollegen, geisterkundigen Gelehrten an der Universität von Arkon, außerdem bei einigen langjährigen Ministern, die bereits der früheren Königin gedient haben. Sie alle sind der gleichen Ansicht, was – oder vielmehr wer – Semos gegenwärtige Probleme verursacht hat. Es scheint, dass Königin Jastra, die vormalige Königin Semos, große Pläne für die Zukunft ihres Landes hatte. Sie war sehr ehrgeizig, nicht unähnlich ihrer Nachfolgerin, und sie beabsichtigte, ganz Renthia unter einer einzigen Königin zu einen. Das sollte natürlich sie sein. Aber um das zu tun, musste sie ihre Macht vergrößern.«

Ven schnaubte. »Ich verstehe schon, worauf die Sache hinausläuft.«

»Das glaube ich nicht«, versetzte Hanna.

»Königin Merecot ist darauf versessen, den Plan ihrer Vorgängerin fortzuführen«, erklärte Ven. »So einfach ist das Ganze. Sie will die Welt beherrschen.«

»Im Moment hat sie ihre liebe Not damit, Semo zu beherrschen«, antwortete Hanna. *Und das ist noch eine Untertreibung.* Sie dachte an den aktiven Vulkan, den sie gesehen hatte.

Naelin nickte. »Sie hält die Geister durch beständige Wachsamkeit im Zaum – ich kann das spüren. Es muss sehr anstrengend sein. Ich weiß nicht, wie sie da überhaupt schlafen kann. Sie sind wie Wölfe, die die Witterung ihrer Beute aufgenommen haben.«

»Wenn sie schläft, sterben Menschen«, erwiderte Hanna schroff. »So mächtig sie auch ist, die Geister sind ebenfalls stark. Wenn sie alle mit dem Land verbunden wären, wäre es anders … aber ein paar Hundert von ihnen sind es nicht. Sie alle wollen verbunden sein – ihr Instinkt drängt sie dazu, eine Verbindung, wie sie sie mit ihrer Königin eingegangen sind, auch mit Semo einzugehen –, aber es gibt mehr Geister, als das Land beherbergen kann, und deshalb führen sie jenen Krieg gegeneinander, den Ihr gespürt habt; sie konkurrieren um das Land. Die Frage ist: Warum?«

»Die Frage ist«, korrigierte Ven, »was unternehmen wir deswegen?«

Hanna warf ihm einen missbilligenden Blick zu. »Nun ja, jedenfalls könnt Ihr nicht einfach mit Eurem Schwert auf sie einschlagen. Also schweigt still, Meister, und lasst mich erst einmal aussprechen. Die Sache ist wichtig.« Sie wandte sich wieder Königin Naelin zu und überging Vens Empörung, dass er einfach so zum Schweigen gebracht wurde. »Die wilden Geister, die Ihr spürt, meine Königin – die, die mit Königin Merecot, aber nicht mit dem Land verbunden sind –, sind in Semo nicht heimisch. Um ihre eigene Macht zu mehren, hat sich Königin Jastra in die ungebändigten Lande gewagt und eine Armee von Geistern mit sich in ihr Land zurückgebracht. Eine schlaue Idee. Ihr habt selbst gespürt, wie sich Eure Macht vergrößert hat, als Euch die Geister von Aratay erwählt haben. Und Ihr habt gespürt, wie diese Macht schrumpft, wenn ein Geist stirbt. Die Macht einer Königin kommt von ihren Geistern. Königin Jastra hat das verstanden – und sie hat geschlussfolgert, dass sie umso mächtiger würde, je mehr Geister sie hätte. Sie hat geglaubt, sie könne sie an sich binden und dann mit ihrer Hilfe in benachbarte Länder einmarschieren. Nur, dass es zu viele waren, und ohne eine Verbindung mit dem Land sind die Geister viel unberechenbarer. Königin Jastra war nicht stark genug, um sie alle unter Kontrolle zu halten, und eben deshalb hat sie zugunsten der mächtigeren Königin Merecot abgedankt.«

Naelins Augen hatten sich geweitet. Auch Ven wirkte, als habe er eine Erscheinung gesehen. »Sie ist in die ungebändigten Lande gegangen und hat es überlebt? Naelin, meinst du, Bayn könnte …« Er brach ab, als habe er Angst, die Frage ganz auszusprechen.

Hanna starrte die beiden verständnislos an. Sie hatte gerade die Tatsache enthüllt, dass Königin Jastra ohne Zweifel zahlreiche Theorien über die Natur von Geistern und Königinnen bewiesen (oder widerlegt) hatte, die seit langen Jahren der Gegenstand von Diskussionen an den Akademien waren … und sie konzentrierten sich stattdessen auf einen *Wolf?*

»Es ist durchaus möglich«, antwortete Naelin. »Wenn eine Königin die ungebändigten Lande betreten und lebendig wieder herauskommen konnte, dann kann das vielleicht auch ein ›Beschützer der Königinnen‹.« Sie legte ihre Hand auf Vens Hand. »Wenn das Ganze vorüber ist, werden wir tun, was wir können, um ihn zu finden«, versprach sie. »Wir werden jeden Zentimeter der Grenze absuchen, und ich werde das Bewusstsein eines jeden Geistes innerhalb einer Meile Entfernung durchforschen.«

»Danke. Ich …« Ven löste sich von ihr. »Königin Merecot.«

Sie alle drehten sich um und sahen Merecot durch den Garten geschritten kommen, an ihrer Seite ihre drei gepanzerten Wachen sowie drei Geister. Es waren allesamt Erdgeister, und sie sahen aus wie zum Leben erwachte Töpferwaren. Sie hatten Hundegestalt, ihre Felle waren aus gehärtetem Lehm und ihre Augen ausgehöhlte Löcher.

»Ich freue mich sehr zu sehen, dass Ihr meine Gärten genießt.«

»Das tun wir aber nicht«, antwortete Ven unverblümt. »Wir schmieden nur Komplotte gegen Euch.«

Merecot blieb wie angewurzelt stehen. Hanna bedauerte, nicht nahe genug bei Ven zu sein, um ihm den Ellbogen in den Bauch rammen zu können, und freute sich zu sehen, dass das nun Naelin an ihrer statt übernahm. *Ihr dürft sie nicht hänseln*, dachte sie an Vens Adresse gerichtet. Humor hatte seine Zeit und seinen Ort, aber sie war sich nicht sicher, ob das auch im Fall von Merecot galt.

»Könnt Ihr uns verraten, warum Ihr es auf Bayn abgesehen hattet?«, fragte Ven. Seine Stimme war immer noch freundlich, als erkundige er sich nach der Anlage der Gärten. »Ihr habt ihn den Beschützer der Königinnen genannt. Was habt Ihr damit gemeint? Was hat es mit ihm auf sich?«

Amüsiert musterte Hanna Merecots Gesicht – *sie würde am liebsten um sich schlagen, aber sie weiß, dass sie sich beherrschen muss.* Es gefiel ihr offensichtlich nicht, dass Hanna die Neuankömmlinge in die Gärten geführt hatte, statt sie wie geplant zu den Bädern geleiten zu lassen, und es gefiel ihr genauso wenig, ins Verhör genommen zu werden. *Sie ist immer noch sowohl unsicher als auch arrogant.* Vielleicht bereute sie sogar die eine oder andere ihrer Entscheidungen. *Nicht, dass sie es jemals zugeben würde … und selbst wenn, so würde ich es ihr trotzdem nicht glauben.*

Merecot entschied sich für ein angedeutetes gütiges Lächeln. »Königin Jastra zufolge ist er eine Art ›höher entwickelter Geist‹ gewesen, der die Aufgabe hatte, Euch und Daleina oder auch jede andere Frau, die die Krone trug, zu beschützen. Königin Jastra hat die Natur der Geister sehr genau studiert und war der Überzeugung, dass er für Ärger hätte sorgen können. Sie hat mir empfohlen, ihn aus dem Verkehr zu ziehen.« Sie wedelte mit der Hand, wie um die ganze Geschichte als bedeutungslose Kleinigkeit abzutun. »Das war natürlich damals, als ich Eure Königinnen ins Visier genommen habe. Jetzt, da wir miteinander verhandeln, hat sich die Situation verändert.«

»Natürlich«, murmelte Ven.

»Ihn verschwinden zu lassen war nur eine Vorsichtsmaßnahme«, fuhr Merecot fort. »Ich dachte, Ihr würdet niemals herausfinden, wie er gestorben ist.«

Ven stieß einen Laut aus, der einem Knurren sehr nahekam. »Ihr könntet wenigstens ein ganz klein wenig Reue zeigen.«

»Tut mir sehr leid, das mit Eurem Schoßhündchen«, sagte Merecot, dann runzelte sie die Stirn und hob die Hand. »Nein, es tut mir *wirklich* leid. Wenn er einfach nur ein ganz gewöhnlicher Wolf gewesen ist, so hat er sein Schicksal nicht verdient. Aber es ist das Schicksal von ganz Semo, um das ich mich sorge.«

Hanna sorgte sich ebenfalls darum.

Semo hatte zu viele Geister.

Aratay hatte zu viele Königinnen.

Es gibt noch eine weitere naheliegende Lösung, überlegte

Hanna, *abgesehen von Merecots Abdankungsplänen … aber ich weiß nicht, ob sie irgendeiner der Königinnen gefallen wird.* »Unser Land hat ebenfalls seine Probleme, aber ich glaube, dass es für diese Probleme eine gemeinsame Lösung gibt«, erklärte Hanna mit ihrer entschiedensten »Ich weiß es am besten«-Direktorinnenstimme. »Ihr habt zu viele Geister; wir haben zu viele Königinnen. Eine unserer Königinnen muss sich aus ihrer Gewalt über unsere Geister lösen und die Kontrolle über Eure überzähligen Geister übernehmen. Dann kann sie sie unter ihrem Befehl nach Aratay holen und sie an die verödeten Zonen in unserem Land binden.«

Es ist die ideale Lösung, dachte Hanna. *Nachgerade poetisch.* Merecot war klug – sie würde doch bestimmt die Logik der Idee erkennen können, oder? Wenn sie es mit der Rettung ihres Volkes wirklich ehrlich meint, dann …

»Ich gebe meine Macht nicht auf …«, begann Merecot.

»Ihr würdet Semo behalten, mit so vielen Geistern, wie notwendig sind, um das Land leben zu lassen, aber auch nur mit so vielen, wie Ihr ohne Probleme befehligen könnt, so dass es nicht aus dem Gleichgewicht gerät. Ihr würdet nur die überzähligen Geister verlieren, und die zu kontrollieren verlangt Euch ohnehin zu viel Energie ab.« Hanna hielt ihre Stimme freundlich und sanft, die Stimme einer vernünftigen Lehrerin, auch wenn sie die Königin insgeheim am liebsten geschüttelt und gesagt hätte: *Hör mir endlich zu, du dummes Kind!*

»So nicht machbar.« Merecot tat die Idee ab. »Naelin würde dafür die Kontrolle über die Geister von Aratay ganz und gar aufgeben müssen. Ich möchte nicht, dass eine derart mächtige Königin lauernd an meiner Grenze herumstreift.«

»Kein Problem«, meldete sich Naelin zu Wort.

Merecot blinzelte sie ungläubig an. »Wie bitte? Ihr würdet Eure Macht wirklich so leicht aufgeben?«

»Ich habe ja gesagt, ich würde auch abdanken, um meine Kinder zu retten. Inwiefern soll das jetzt etwas anderes sein?«

»Ja, aber … ich hätte nicht gedacht, dass Ihr es auch ernst meint!«

Befriedigt lehnte sich Hanna auf ihrem Stuhl zurück. Nach dem, wie sich Naelin bisher aufgeführt hatte, hatte Hanna nicht erwartet, dass sie wirklich vernünftig sein würde, aber sie war natürlich zufrieden.

»Aber … Aber Ihr könnt nicht … Ich habe nicht … So einfach ist das nicht«, stotterte Merecot. »Im selben Moment, wo Ihr Eure Geister freigebt, muss auch ich auf die Macht über einen Teil meiner Geister verzichten – sie werden mich sofort angreifen. Ich bräuchte die Zusicherung, dass Ihr sehr schnell die Kontrolle über sie erlangt. Wenn Ihr das nicht tut … Mich selbst kann und werde ich verteidigen, aber die Zahl der Todesfälle, zu denen es in der Zwischenzeit kommen könnte, könnte katastrophal hoch sein. Damit will ich mein Gewissen nicht belasten.«

»Welches Gewissen denn?«, fragte Naelin, und Hanna schnappte nach Luft, als Merecot nur höhnisch grinste und zu einer Antwort ansetzte. Doch die Königin von Aratay schob ihre eigene Bemerkung sogleich wieder mit einer abschätzigen Handbewegung zur Seite. »Ich werde die Kontrolle sehr schnell übernehmen – das ist ebenfalls kein Problem.«

Es war irgendwie unterhaltsam, Merecot so überrascht zu erleben. Sie hatte offensichtlich nicht erwartet, dass ihr jemand eine brauchbare Alternative würde unterbreiten können – geschweige denn eine, die auch tatsächlich zu verwirklichen wäre.

Und das ist sie, da bin ich mir sicher.

Wenn sie tatsächlich zu einer Einigung gelangten, dann würde Daleina ihren Thron behalten, Merecot konnte ihr Land retten, und es würde keinen Grund mehr für Abdankungen, Meuchelmorde oder Invasionen geben. Ohne sich weiter ins Gespräch einzuschalten, beobachtete Hanna die Königinnen und den Meister mit belustigtem Interesse.

Ven schüttelte den Kopf. »Um die Kontrolle über die Geister eines anderen Landes zu übernehmen ...«

»Königin Merecot würde sie loslassen und ich sie annehmen müssen«, erklärte Königin Naelin. Ihre Stimme klang gleichgültig – Hanna konnte nicht erkennen, was sie dachte. Sie hatte zuvor jedenfalls den Eindruck gemacht, als würde sie die Idee befürworten. *Vielleicht ist sie bereit, sich an einfach alles zu klammern, was dem Ganzen ein Ende setzen könnte. Sie will ihre Kinder zurückhaben, will diese Tortur beenden.* Wenn ja, dann reichte das aus.

»Es ist zu gefährlich«, gab Ven zu bedenken. »In dem Moment, wo du deine Geister freigibst und noch keinen Anspruch auf die Geister von Königin Merecot erhoben hast, wärst du verwundbar.«

Er lag da nicht falsch, aber die Wahrheit war doch, dass es sich um ein erheblich weniger lächerliches Ansinnen handelte, als zwei Königinnen dazu aufzufordern, zugunsten von Merecot abzudanken. Und es war lange nicht so schrecklich, wie sie zu vergiften. »Das Entscheidende ist, dass diese Geister zu keinem Land gehören. Sie sind nur mit der Königin verbunden, und auch das nur so gerade eben, was den Übergang von der einen auf die andere Königin relativ reibungslos machen sollte. Das Ganze würde natürlich im Hain stattfinden müssen.«

»Aber machen lässt es sich?«, hakte Naelin nach.

»Ja«, antwortete Hanna. Um dann zu ergänzen: »Zumindest theoretisch.«

Ven umklammerte Naelins Hände. »Es ist ein zu großes Risiko ...«

»Um sowohl meine Kinder wie auch Aratay und Semo zu retten? Nein, das ist es nicht.«

Naelin wandte sich an Merecot. »Ich mache es.«

Merecot öffnete und schloss den Mund mehrmals, bis sie die passenden Worte gefunden hatte. »Ihr solltet erst auch Zusagen von mir einfordern, bevor Ihr so unbekümmert zustimmt«, erklärte Merecot schließlich. »Sobald Ihr einmal abgedankt habt, seid Ihr verwundbar. Ihr werdet Euch auf mich verlassen müssen; darauf, dass ich Euch beschütze.« Sie wirkte immer noch wie vor den Kopf geschlagen. *Sie ist eine Planerin*, schoss es Hanna durch den Kopf, *und diese Idee ist in keiner ihrer bisherigen Überlegungen enthalten gewesen.*

Ven ergriff das Wort. »Ich werde ebenfalls vor Ort sein, um sie zu beschützen – und um Eurem Leben ein Ende zu setzen, falls Ihr gegen die Abmachung verstoßt.« Aus dem Augenwinkel sah Merecot, wie ihre Wachen sich anspannten. Sie hob die Hand, um sie zu beruhigen. Hanna hätte gerne das Gleiche mit Ven gemacht.

»Ihr werdet nicht in den Hain eingelassen«, erklärte Merecot, als wäre Ven ein Idiot. *Aber das ist er nicht.* Nichts Derartiges war je zuvor versucht worden, zumindest nicht, soweit Hanna wusste. Er tat recht daran, sich zu sorgen. Falsch war nur, dass er versuchte, das Ganze zu verhindern. *Es ist der einzig vernünftige Weg, allen zu helfen.* »Die Geister von Semo, zumindest die älteren, schützen ihren Hain und schätzen ihre Traditionen«, fuhr Merecot fort. »Nur den Würdigen wird Einlass gewährt. Die Geister von Semo, ganz zu schweigen von den Menschen, würden ... Einwände erheben, sollte dieser heilige Boden entweiht werden. Es wäre nicht sonderlich schlau, sie aufzubringen – unmittelbar bevor wir versuchen, einen derart gefährlichen Wechsel zu vollziehen.«

Ven schüttelte den Kopf, aber Königin Naelin legte ihre Hand auf seine. »Es ist in Merecots Interesse, mich zu schützen. Wenn wir unser Vorhaben in die Tat umsetzen können, kann sie ihr Land retten. Und das ist es schließlich, was sie will.«

»Ach ja, wirklich?«, fragte Ven, ohne sich die Mühe zu machen, die Stimme zu senken. »Wir kennen ihre wahren Motive nicht. Sie hat uns schon einmal getäuscht.«

Hanna zuckte zusammen. Konnte er denn nicht zumindest *versuchen*, diplomatisch zu sein? »Was die Gefahr für ihr Land betrifft, täuscht sie uns jedenfalls nicht. Und ich muss auch darauf hinweisen, dass dieser Plan schließlich *meine* Idee gewesen ist. Und mir vertraut Ihr doch, oder?« Sie sah zuerst Ven an, dann Naelin, dann Merecot.

Sie alle vertrauen mir wirklich, jeder auf seine eigene Art.

Und durch das Vertrauen, das sie in mich setzen, werden wir alle retten.

Hanna konnte ein leises Aufwallen von Stolz in ihrem Inneren nicht unterdrücken.

Naelin scherte es nicht, ob es ein guter Plan war oder nicht. Für sie zählte nur, dass Merecot Ja gesagt hatte. Ja zu Hannas Lösung. Und Ja zu einer Wiedervereinigung von Naelin und ihren Kindern.

Nicht auf Dauer. Noch nicht. Nicht, bis der Übergang vollendet war und Naelin die Geister Aratays freigegeben und die überzähligen Geister Semos für sich gefordert hatte.

Aber es war ein Anfang.

Sie spürte, dass die Geister sie beobachteten: zwei Steinriesen, die zwischen den Statuen lauerten, Feuergeister, die auf dem Steindach über ihr schwelten, ein Eisgeist in einem Fenster, der das Glas mit einer frostigen Schicht überzog. Sie wusste, dass Merecot eine weitere Reihe von Erdgeistern gleich hinter ihnen positioniert hatte. Die Luft vibrierte vor ihnen, und ihr schwirrte der Kopf, aber sie achtete nicht darauf.

Ihre gesamte Aufmerksamkeit konzentrierte sich auf eine unauffällige Tür – jene Tür, durch die Erian und Llor kommen würden.

Ven redete auf sie ein. Sie hörte nicht hin. Stattdessen konzentrierte sie sich und versuchte, mit den Augen der fremden Geister zu sehen, um festzustellen, ob sie schon unterwegs waren. Aber es war, als versuche sie durch zähen Schlamm zu dringen.

Eine Hand berührte sie sacht am Ellbogen, und sie fuhr zusammen.

»Ich bin für dich da«, sagte Ven mit ruhiger Stimme. »Was immer du brauchst, ich bin da. Ich liebe dich.«

Sie hielt den Blick starr auf die Tür gerichtet, und nichts, was Ven sagen konnte, hätte die Macht gehabt, ihren Blick von dort abzulenken – nichts, außer genau diesen drei Wörtern. Selbst ein Wirbelsturm wäre jetzt nur ein kleines Ärgernis gewesen; eine Belästigung, die sie mit einem schnellen Befehl an ein paar Geister behoben hätte. Aber als sie Vens Worte vernahm, drehte sie sich zu ihm um. »Ich liebe dich auch.«

Es ging ihr überraschend leicht über die Lippen. Sie hätte erwartet, dass es ein Augenblick sein würde, in dem förmlich Trompetenfanfaren erklangen, aber stattdessen kam es ihr nur einfach *richtig* vor. Als zöge man an einem kalten Tag einen warmen Mantel an.

Ven schaute über ihre Schulter und deutete mit dem Kopf auf die Tür. »Sie kommen.«

Als hätten seine Worte sie herbeibeschworen, flog nun die Tür auf, und Erian und Llor stolperten herein. »Mama!« Und Naelin lief ihnen mit ausgestreckten Armen entgegen. Sie ließ sich auf die Knie fallen, und sie kamen auf sie zugeschossen, schlangen ihre Arme um sie.

Beide plapperten gleichzeitig drauflos, und sie hörte nur einzelne Satzfetzen: »So glücklich, dass du hier bist!«; »Hab schon Angst gehabt, du würdest nicht kommen!«; »Habe dich so sehr vermisst!« Und auch sie redete: »Ich habe euch beide so, so sehr vermisst.«

Sie löste sich von ihnen, um die beiden genauer zu betrachten.

Erians Wangen waren rosig vom Spielen draußen im Innenhof, und ihr Haar war zu Zöpfen geflochten – so fachkundig, dass sie es unmöglich selbst hätte gemacht haben können. Im Mundwinkel zwischen ihren lächelnden Lippen klebte noch der Zucker von irgendwelchen Süßigkeiten, die es zum Frühstück gegeben hatte.

Llor lächelte so breit, dass seine Wangen aussahen wie die eines Streifenhörnchens. Er roch schwach nach warmem Zimt und verströmte zudem jenen Duft, den sich kleine Jungen stets zuzulegen schienen, wenn die Pause zwischen zwei Besuchen im Badezimmer eine Spur zu lang ausgefallen war.

Sie sahen großartig aus.

»Ich habe einen Zahn verloren!«, verkündete Llor.

»Wirklich? Das ist ja hervorragend«, antwortete Naelin.

»Und ich habe nicht einmal geweint!«

»Hat er wirklich nicht«, bestätigte Erian. »Er war sehr tapfer.«

»Ihr wart beide unglaublich tapfer«, lobte Naelin ihre Kinder.

Erian drückte ihr fest die Hand. »Also wirklich, das kannst du ja gar nicht mit Bestimmtheit wissen. Wir hätten uns die ganze Zeit schluchzend unter unseren Betten verstecken können. Haben wir aber nicht. Wir sind wirklich tapfer gewesen. Wir haben gewollt, dass du stolz auf uns bist.«

»Oh, mein Mädchen, das bin ich auch. Ich bin so unendlich stolz auf euch.« Naelin hatte das Gefühl, als habe man ihr Watte in den Hals gestopft. »Ihr habt ja keine Ahnung, wie sehr ich euch vermisst habe.«

»Wir haben dich auch vermisst«, bekannte Erian. »So ungeheuer! Und Vater auch.«

»Wo ist Vater eigentlich?«, erkundigte sich Llor.

»Er ist in Mittriel«, berichtete Naelin. »Er wird sehr, sehr glücklich sein, euch zu sehen.« Halb wünschte sie, sie hätte ihn mitgenommen, damit er diesen Augenblick ebenfalls hätte erleben können. Aber ihre andere Hälfte war dankbar, dass sie diesen Moment mit niemand anderem als mit Ven zu teilen brauchte.

Sie warf einen Blick über ihre Schulter und sah, dass Ven sich ein Stück zurückgezogen hatte, um ihr Raum zu geben, ihr den Augenblick ganz überließ. Sie hatte diesen Augenblick jedoch auch so, und sie wollte vielmehr, dass er ihn mit ihr gemeinsam erlebte – wollte, dass er Teil der Familie war, an der er ohnehin bereits so viel Anteil nahm. Sie winkte ihm, näher zu kommen, und Llor kreischte auf, als er ihn sah.

»Meister Ven!«, rief Erian. Llor tat es ihr nach: »Ven! Ven!« Und die Kinder lösten sich von Naelin und fielen über Ven her, bis er ebenfalls in die Knie ging. Ein Grinsen machte sich auf seinen Zügen breit, und Naelin wurde bewusst, dass eine geraume Weile vergangen war, seit sie ihn das letzte Mal hatte lächeln sehen. Dieses Lächeln spiegelte sich nun in ihrem eigenen Lächeln, und sie schmeckte die Tränen, die ihr die Wangen hinunterrannen.

Llor streckte den Arm aus und zog Naelin mit in die Umarmung, sie alle vier in einem einzigen Knäuel. *Dieser Augenblick*, dachte Naelin, *das ist Glück.*

Kapitel 19

Der erste Geist, den Königin Daleina losschickte, verließ Aratay in Richtung Osten und flog auf das Land Chell zu. Es war ein Baumgeist, wendig und schnell, mit einem Körper wie ein Rotfuchs, aber mit smaragdgrünen Schuppen bedeckt. Er verließ Mittriel über die Äste der Bäume, sprang von Zweig zu Zweig und in hohem Bogen über die Abstände zwischen den Bäumen hinweg, bis er den Wald hinter sich hatte. Dann rannte er unten auf dem Boden weiter, über die dürren Blätter, die unter seinen Pfoten zerkrümelten, und über getrocknete Kiefernnadeln, die sich ihm zwischen die Zehen klebten.

Andere Geister bemerkten, wie er an ihnen vorbeihuschte, und fuhren dann fort, sich um ihre Bäume, Felsen und Flüsse zu kümmern. Die Menschen nahmen ihn überhaupt nicht wahr. Für sie war er so schnell wie ein Blitz, und jene, die ihn doch sahen, hielten ihn für eine seltsame Luftspiegelung oder etwas Ähnliches. Nur ein vorbeiflitzender grüner Streifen. Der Fuchsgeist spürte den Moment, in dem er Aratay verließ und nach Chell hineingelangte, sehr deutlich. Es tat weh, als wäre eine Schnur um seine inneren Organe gewickelt und zöge ihn zurück, während zugleich sein Körper vorwärtsstürmte. Der Geist fühlte sich innerlich zerrissen, aber der Befehl der Königin durchdrang alles, war sogar stärker als sein Instinkt, im eigenen Land zu bleiben.

Er spürte die anderen Geister, jene, die mit Chell verbunden waren, eine Mischung aus Erd-, Feuer-, Wasser- und Holzgeistern, und er sah vor sich die gewellten Felder und Wiesen. Goldene Getreidehalme wiegten sich im Wind. Mit Obst beladene Bäume drängten sich auf den Weiden, und auf den Feldern wuchs überreich das Gemüse.

Jeder Zentimeter des Landes war erntereif.

Die Geister von Chell arbeiteten still und ruhig auf den Feldern. Als der kleine Fuchsgeist durch ihre Länder geflitzt kam, schienen sie den Fremdling aus Aratay gar nicht zur Kenntnis zu nehmen, aber im Stillen gaben sie die Nachricht über seine Ankunft weiter – die Neuigkeit flatterte schnell über die Felder, schneller als der Fuchs selbst.

Die Nachricht erreichte die Festung der Königin lange vor dem Geist, und als dann auch er eintraf, war sie auf ihn vorbereitet. Erschöpft ließ sich der Fuchs zu Füßen der Königin von Chell auf den Boden fallen. Sie bückte sich mit knackenden Knochen und band den Brief vom Hals des Fuchses los. Dann entrollte sie ihn und las. Schürzte die Lippen. Rollte den Brief dann wieder zusammen, erneuerte den Knoten.

»Was steht denn darin, Euer Majestät?«, fragte einer ihrer Ratgeber.

»Ein Schreiben von der Königin von Aratay, die Hilfe bei der Ernte anbietet«, log Königin Gada. Sie würde ihrem Berater keine Ausrede liefern, irgendwelche von ihren Thronanwärterinnen wegzuschicken. Sie brauchte sie alle – sie waren die einzigen Menschen in diesem Land, denen sie vertraute.

»Ah, hochinteressant. Was werdet Ihr antworten?«

Königin Gada lächelte den Fuchsgeist an. »Ich werde das Angebot annehmen.« Die Königin von Chell trug den Fuchs in den Hain der Königin von Chell, zwängte dem

Bewusstsein des kleinen Geschöpfs ihren Willen auf, löste das Band, das ihn mit seiner alten Herrin verknüpfte, und machte ihn zu dem ihren.

Der zweite Geist flog nach Nordosten in das eisige Land Elhim. Er war ein Wassergeist mit dem Körper eines Kindes und Libellenflügeln, blau und durchscheinend, und hielt sich für das liebreizendste Wesen, dessen sich Renthia je hatte rühmen dürfen. Daher genoss er es, über die Grenzen Aratays hinauszufliegen, damit nun auch andere seine Schönheit wahrnehmen konnten. Über Chell tanzte er mit den anderen Wassergeistern und ließ Regen auf eine Reihe von Feldern fallen, bevor er schließlich nach Elhim weiterflog.

In dem Moment, da er die Grenze überquerte, wurde die Luft ganz kalt, und der Boden war bedeckt mit einer dicken Eisschicht. Der Geist mochte Eis – auf dem glatten Eis spiegelte sich sein hübscher Anblick so wunderbar, seine herrlichen Blautöne und seine schönen Flügel.

Tiefer im Landesinneren von Elhim veränderte sich das Eis: Hier gab es Wälder aus Eis, Bäume mit zarten Schneeblättern. Und ganze Städte, in denen das Eis Türme und Festungen bildete. Es war zu eisigen Türmchen gezwirbelt worden, die hoch in die Luft ragten und sich dann auseinanderspreizten wie Geweihe in einem Wald voller kurioser Formen und Gestalten. An anderen Stellen war das Eis zu gewaltigen Bergwänden geglättet worden, die den kleinen Wassergeist zwangen, immer höher und höher zu fliegen, weit nach oben, wo die Luft immer kälter und kälter wurde.

Als sich der Geist in seinem Flug dem Palast der Königin näherte, wurde das Eis sogar noch prächtiger. Es war zu Meeresgeschöpfen, Waldtieren und zahllosen Formen von solch zarter Schönheit geformt worden, dass der Wassergeist sich allmählich zu fragen begann, ob sein Spiegelbild denn wirklich so hübsch war.

Der Palast selbst sah aus, als wäre er aus Spitze gewirkt. Seine Mauern bestanden aus zarten Eiskristallen, die miteinander zu blumenähnlichen Mustern verwoben worden waren. Dem Befehl der Königin von Aratay gemäß flog der Wassergeist zielgenau auf den höchsten Turm zu, um nach der Königin von Elhim zu suchen.

Als er den Palast erreichte, schossen zwei Eisgeister hinter einem Türmchen aus blauem Eis hervor. Der Wassergeist bekam noch eine Gelegenheit, sein Spiegelbild auf den eisglatten Leibern der Geister zu erblicken und zu denken: *Ja, ich bin wirklich hübsch* –, dann bohrten sich ihm die Eisgeister auch schon mitten durch sein Herz.

Der Wassergeist erstarrte.

Und starb.

Königin Xiya von Elhim erfuhr niemals, dass er überhaupt da gewesen war.

Eines Tages sollte ihre Tochter den Leichnam des kleinen Geistes finden und denken, dass er wohl einmal recht schön gewesen sei. Sie würde ihn mit sich hineinnehmen, um ihn zu bewundern, und dabei auf die Nachricht stoßen. Aber bis dahin sollte erst noch ein ganzes Jahr ins Land gehen.

Der dritte Geist, ein Luftgeist, reiste nach Süden zu den Inseln von Belene.

Er hatte die Form eines Spatzen, jedoch mit messerscharfen Metallfedern. Von allen drei Geistern hatte er Königin Daleina am meisten Schwierigkeiten gemacht, als sie ihn zu befehligen suchte. Aber sobald ihm der Befehl fest auferlegt war, war der Geist entschlossen, die Meereskönigin so schnell wie irgend möglich zu erreichen.

Er flog direkt nach Süden und trotzte den Luftströmungen, ohne von seinem Kurs abzuweichen. Als er die Südgrenze von Aratay erreichte, drosselte er sein Tempo nicht, sondern schoss in die Meeresluft hinauf und glitt in beträchtlicher Höhe über das Meer.

Unter ihm tobte die See, als kämpfe sie mit sich selbst. Der Himmel war ein wundes Etwas aus wirbelndem Lila, Blau und Schwarz. Je näher der Geist den Inseln kam, umso wilder wurden die Winde und die Wogen. Der Spatzengeist spürte die Geister Belenes: wild vor Wut, und die eigene Wut des Geistes erwachte, der Wunsch, es mit den wütenden Geistern aufzunehmen …

Aber der Befehl der Königin von Aratay hallte noch immer in dem kleinen Spatzengeist wider.

Er flog weiter.

Die Inseln lagen vor ihm, von tosender See umrahmte Edelsteine. Der Luftgeist aus Aratay sah mehrere der Wassergeister Belenes, die sich gegen die Ufer der Insel warfen. Diese Meeresgeister waren gewaltig, mit Hunderten von Tentakeln versehen, und ihre Leiber waren so groß wie die Inseln selbst. Sie glichen Bergen, die sich aus dem Meer erhoben. Andere Geister im Ozean reagierten auf sie und formten Äxte und Schwerter aus Wasser, um damit auf die Ungetüme einzudreschen und sie zurückzuhalten – Geister kämpften gegen Geister.

Im Flug sah der Luftgeist, wie sich ein Trichter aus Wasser mitten aus dem ganzen Chaos erhob. Die Wasserhose dehnte und bog sich, dann steuerte sie direkt auf eine der Inseln zu.

Die Insel bestand aus den Knochen von Geistern: ein Schildkrötenpanzer, groß wie eine Stadt, der Brustkorb eines Meeresungeheuers, eine Kette von Wirbeln, die von einer Seeschlange stammten. Oben auf den Knochen wuchsen Gräser und Palmen, und zwischen ihnen ballten sich einzelne Dörfer mit Häusern, die mit Muscheln geschmückt waren. Die Straßen waren mit Perlmutt gepflastert, und die Menschen rannten schreiend durch sie hindurch.

Der Geist fand es lustig.

Die Wasserhose setzte ihren Weg in Richtung Insel fort, und der Spatzengeist schoss voraus, schneller als die Wasserhose. Er flog durch das höchste Fenster eines spiralförmigen Turms, denn er spürte, dass Königin Asana von Belene dahinterstand.

Sie spähte durch ein Teleskop zu der Wasserhose hinüber. Ihre Zöpfe waren aufgelöst, und ihre Krone aus Muscheln saß schief auf ihrem Kopf. Sie blutete aus einer Schnittwunde an der Schulter.

Der Luftgeist überlegte, ob er, sobald er seine Nachricht überbracht hatte, der Wasserhose vielleicht helfen und die fremdländische Königin noch stärker bluten lassen sollte.

»Was ist das?«, fragte Königin Asana. Sie ließ sich auf die Knie fallen, knotete die Nachricht vom Bein des Luftgeistes und las sie. »Die Königin von Aratay bittet um eine Thronanwärterin, falls wir eine erübrigen können.« Sie stieß einen Laut aus, der halb Lachen und halb ersticktes Keuchen war.

Der Spatzengeist konnte nicht erkennen, was daran so lustig sein sollte. Was wirklich amüsant wäre, dachte er, das wäre, die Wasserhose durch die Stadt toben zu sehen. Er versuchte, einen Blick aus dem Fenster zu werfen und dabei zugleich die Königin wie auch die Schlacht draußen auf See im Auge zu behalten.

Königin Asana stand auf und schrieb eine Nachricht auf die Rückseite des Briefes. Sobald sie damit fertig war, band sie dem Luftgeist das Schreiben wieder ans Bein. »Richte ihr bitte aus, dass sie *uns* Hilfe schicken soll«, trug sie dem Geist auf.

Der kleine Geist spürte, wie es in ihm wirbelte und schäumte. Der Ruf der rachsüchtigen Meeresgeister war stark und wurde immer stärker. Er spürte, wie ihm das Wasser im Mund zusammenlief, er wollte Blut. Wie gebannt starrte er auf die Schnittwunde an der Schulter der Königin.

Königin Asana schloss für einen Moment die Augen, und der Geist spürte, wie ihm ein Befehl ins Bewusstsein drang: *Kehr nach Hause zurück.* »Es tut mir von Herzen leid, aber deine Königin ist ganz auf sich gestellt.«

Dann entließ sie den Luftgeist.

Mit seinem neuen Befehl im Sinn, flog der Geist aus dem Fenster. Aber die Wasserhose rief nach ihm, und die wilde Wut des Meeres war zu stark. Er gesellte sich zu den Meeresgeistern, vergaß seinen Auftrag und fiel über die Inseln her.

Kapitel 20

Daleina spürte, dass sie die drei Geister verloren hatte. Zuerst verschwand einer, dann noch einer und einige Tage später dann der Dritte. Sie wusste nicht, ob sie gestorben waren oder ob ihr Befehl sie über eine derart große Entfernung nicht mehr zu bannen vermocht hatte. Aber jeder dieser Verluste war für sie wie ein Messerstich.

Sie wusste, dass jedes Mal irgendwo in Aratay ein kleines Stück Land starb.

Sie sandte andere Geister aus, um diese Stellen wieder heilzumachen, so gut sie es vermochten. Aber es mangelte bereits an Geistern in ihrem Land. Es gab jetzt so viele verödete Landstriche, und die Geister zeigten sich immer noch lustlos und träge, wenn es darum ging, Daleinas Befehle zu befolgen – auch jetzt, nachdem Königin Naelin Aratay verlassen hatte, machten den Geistern die Nachwirkungen von Naelins emotionalem Wirbelsturm noch immer zu schaffen.

Daleina spürte, dass sich bei ihr Kopfschmerzen einstellten.

Ich brauche eine neue Idee. Ihr Volk musste beschützt werden. Der Rat der Meister, mit ihr als Vorsitzender, hatte sich versammelt, doch sie berichtete ihnen nicht, dass sie versucht hatte, Kontakt zu den anderen Königinnen aufzunehmen und dabei gescheitert war. Stattdessen konzentrierte sie sich auf die Berichte der Meister über die Fortschritte ihrer Kandidatinnen.

Meister Boden hatte das Wort, ein älterer Mann mit einem dicken weißen Schnurrbart und einer dröhnenden Stimme. Schon seit einer ganzen Weile leierte er seinen Vortrag herunter. »... Vorbereitungen für den Fall einer weiteren Verödung zu treffen. Ich schlage vor, dass die Ausbildung der Thronanwärterinnen auch eine abwechselnde Wachpflicht zum Schutz der Notvorräte für den Winter beinhaltet. Darüber hinaus sollte ...«

Daleina spürte, dass sich ein Geist näherte. Sie richtete sich auf und hob die Hand, um Meister Boden und die anderen Meister zum Schweigen zu bringen. Der Geist flog schnell auf die Spitze des Turms zu, und sie spürte, wie dringlich es ihm war. Neuigkeiten aus dem Norden? *Bitte, lass es gute Neuigkeiten sein!* »Einen kurzen Moment bitte, dann machen wir weiter.«

Sie trat unter einen Torbogen an einer der Wände des Raums. Goldene Blätter schlangen sich um die Ranken über ihr, und es kam ihr so vor, als würde sie eine zweite Krone tragen.

Der Geist kam in Sicht: ein weißer Hirsch mit Flügeln, einer der Luftgeister Aratays. Statt eines Fells hatte er Federn, und sie spürte den bleibenden Eindruck von Naelins Gedanken in seinem Kopf. Er brachte tatsächlich eine Nachricht. Sie hatte recht gehabt.

Der Geist landete, und das Klappern seiner Hufe auf dem Boden hallte durch den Raum. Alle Meister verfolgten das Geschehen voller Anspannung. Daleina streichelte die Federn am Hals des Geistes. *Du hast einen langen Flug hinter dir. Danke, dass du so weit und so schnell geflogen bist. Nur ein starker Geist konnte das tun.*

Stolz auf das Kompliment, plusterte er sein Gefieder.

Darf ich die Nachricht haben?

Der weiße Hirsch trug keine schriftliche Botschaft bei

357

sich – Naelin war mächtig genug, dass sie ihre Nachricht in das Bewusstsein des Geistes einprägen konnte, was unglaublich war. Ihr gegenüber kam sich Daleina noch immer schwach vor, vor allem jetzt, nachdem sie die drei Geister verloren hatte, die sie ausgesandt hatte. Sie tastete sich in den Geist des Hirschs vor und hörte die Nachricht, als würde Naelin direkt neben ihr sprechen. In der Erinnerung des Hirschs war ihre Stimme nur ein klein wenig verzerrt, als rede sie unter Wasser oder durch einen Sturm hindurch. »Königin Daleina, ich habe eine Übereinkunft mit Königin Merecot erreicht. Ich werde die Kontrolle über die Geister Aratays aufgeben und mich an die überzähligen Geister Semos binden, dann bringe ich sie zu den verödeten Gebieten, damit sie eine Verbindung mit dem Land eingehen. Botschafterin Hanna bittet mich, Euch auszurichten, dass das Ganze ihre Idee gewesen ist. Und von Ven soll ich Euch sagen, dass Ihr Euch keine Sorgen zu machen braucht. Ich bin nicht dumm und leichtsinnig. Das sind jetzt seine Worte, nicht meine, auch wenn ich glaube, dass er recht hat.

Die Übertragung der Geister wird bereits am Morgen beginnen. Seht zu, dass Ihr darauf vorbereitet seid.«

Daleina zog ihre Hand vom Hals des Hirschgeistes zurück. Ihr Herz schlug schneller, und sie wusste, dass alle Meister sie genau beobachteten, um ihre Reaktion richtig einschätzen zu können. Also sagte sie mit betont ruhiger Stimme: »Danke, dass du mir diese Nachricht überbracht hast. Du kannst jetzt gehen.«

Mit ausgebreiteten Flügeln lief der gefiederte Hirsch durch den Raum und erhob sich in die Lüfte.

Als er fort war, wandte sich Daleina zu ihren Meistern um und wünschte, sie hätte eine Gelegenheit gehabt, das Ganze erst einmal zu verarbeiten, um nun entsprechend reagieren zu können. Kurz und knapp fasste sie den Inhalt von Naelins Nachricht zusammen, dann ließ sie den Sturm der Erregung über sich hinwegbranden, als nun die Meister auf ihre gewohnte, übertrieben laute Weise reagierten. Nach allem, was Daleina durchgemacht hatte, erschütterte sie der lautstarke Streit der Meister nun nicht mehr. Sie hob die Stimme und übertönte den Streit. »Königin Naelin hat sich dafür entschieden, das Volk von Semo *und* das Volk von Aratay zu schützen. Dadurch verhindert sie einen zukünftigen feindlichen Überfall durch Königin Merecot und beschützt damit zwei Länder gleichzeitig. Die Wipfelsänger werden ihren Entschluss unsterblich machen und noch viele Generationen lang davon singen. Bei alledem bleibt Eure Aufgabe unverändert: Fahrt fort, nach Kandidatinnen zu suchen und sie so schnell und so gut auszubilden, wie Ihr könnt.« *Für den Fall, dass alles grandios scheitert.* Danach entließ sie die Meister. Bis auf einen. »Meister Havtru, wenn Ihr so freundlich wäret, noch auf ein Wort zu bleiben.«

Sie wartete, bis die anderen hinausmarschiert waren und die Wendeltreppe hinabstapften. Auch Meister Havtru wartete, geduldig kniend. Dann erhob er sich. »Euer Majestät?«

»Ihr habt noch keine Kandidatin erwählt.«

»Ich, ähm, habe Meister Vens Rat beherzigt und mir Zeit gelassen, um die bestmögliche Kandidatin zu finden. Ich habe auch außerhalb von Mittriel gesucht, und …«

Sie brachte ihn mit einer raschen Handbewegung zum Verstummen. »Da Ihr gegenwärtig keine Kandidatin ausbildet, möchte ich Euch um einen Gefallen bitten: Würdet Ihr Euch nach Norden begeben und Botschafterin Hanna nach Hause zurückholen? Königin Naelin mag beschlossen haben, dieses Risiko einzugehen – und wenn sie meint, es sei das Richtige, werde ich sie nicht daran hindern.« *Sie wird sterben*, dachte Daleina. *Sobald sie ihre Geister freigibt, ist sie verwundbar, und die Geister werden sie töten. Merecot wird das nicht verhindern können ... wenn sie es überhaupt verhindern will.* Und dann schob sie den Gedanken von sich. Vielleicht hatten Naelin, Ven und Hanna Grund zur Annahme, dass alles gut werden würde – Naelin jedenfalls schien so zu denken, das hatte ihre Nachricht deutlich gemacht. Trotzdem ... »Sie hat Meister Ven und Botschafterin Hanna als Berater bei sich, und wenn sie glauben, dies wäre das beste Vorgehen, dann soll es so sein. Aber nach allem Edelmut und aller Selbstaufopferung, die Naelin scheinbar unbedingt zeigen will, gibt es keinen Grund mehr für Botschafterin Hannas Anwesenheit in Semo. Ich will sie sicher daheim wissen, bevor sich Königin Merecot eine neue Katastrophe einfallen lässt.«

»Euer Majestät, ihre Wachen wären besser geeignet, sie ...«

»Sie wird Einwände erheben, und Meister Ven wird sie wahrscheinlich verteidigen. Er verteidigt gern Leute. Das ist genau sein Ding. Also brauche ich jemanden, der den gleichen Rang wie Ven bekleidet, um, nun ja, um lauter zu schreien als er, wenn es sein muss, und ihn zu überstimmen. Eine Wache kann das nicht tun. Aber Ihr könnt es. Ihr benötigt irgendeine Ausrede, damit Königin Merecot Euer Eintreffen nicht als Beleidigung auffasst – mir wäre es lieber, wenn sie nicht wüsste, dass ich ihr nicht über den Weg traue. Es steht Euch also frei zu erfinden, was immer Euch passt.«

»Sehr wohl, Euer Majestät.« Havtru verneigte sich. »Ich werde Botschafterin Hanna sicher nach Hause bringen.«

Sie legte ihm die Hand auf die Schulter. »Danke, Meister Havtru. Und wenn Ihr Ven ein wenig Vernunft einprügeln könntet, damit er ebenfalls nach Hause kommt, idealerweise zusammen mit Königin Naelin und ihren Kindern, wüsste ich das sehr zu schätzen.« Sie hatte keine große Hoffnung darauf. So wie sie Naelin kannte, würde sie erst fortgehen, wenn sie dazu bereit war, nicht vorher, ganz egal, wen Daleina schickte. *Aber ich muss es wenigstens versuchen.*

»Ihr, ähm, ich bitte um Verzeihung, aber … Ihr billigt Königin Naelins Entscheidung wohl nicht?«

Daleina seufzte. Es war eine glänzende Idee, die sowohl das Volk von Aratay als auch das von Semo zu retten versprach – Daleina hatte jedes Wort ernst gemeint, als sie das gesagt hatte. Es war selbstlos und mutig, und Daleina bewunderte den Entschluss. Aber er könnte leicht auch Königin Naelins Tod bedeuten. »Doch, ich billige sie durchaus«, ließ sie Havtru wissen. »Es ist nur so, dass ich mich besser fühlen werde, sobald alle wieder zu Hause sind.«

Havtru wünschte, er hätte die Königin nicht angelogen. Aber Meister Ven hatte sich sowohl sehr konkret als auch sehr entschieden ausgedrückt: Havtru sollte seine Kandidatin geheim halten und für ihre Sicherheit sorgen. Und Cajara war es wert, beschützt zu werden. Er hatte großes Glück gehabt, eine so begabte Kandidatin zu finden, auch wenn sie selbst noch gar nicht wusste, wie begabt sie tatsächlich war.

Havtru eilte durch den Palast und fertigte im Geiste eine Liste an, was er alles noch vorbereiten und erledigen musste und was er für seine Reise nach Norden mitzunehmen hatte. Schlafsäcke, Bratpfanne, Marschverpflegung, Bogen und Pfeile, damit er die Marschverpflegung nicht zu essen brauchte … und das alles doppelt, auch für Cajara. Er hoffte, dass Ven die Entscheidung, sie mitzunehmen, billigen würde. Es war ein Risiko – schließlich hatte keine andere als Königin Merecot hinter der Ermordung der Thronanwärterinnen gesteckt –, aber Havtru konnte es sich auch nicht leisten, ihre Ausbildung zu verzögern oder zu riskieren, sie ohne Schutz in Mittriel zurückzulassen. Im Norden würde er zumindest bei ihr sein.

Ich muss sie mitnehmen.

Ich bin für sie verantwortlich, muss dafür sorgen, dass sie nicht stirbt.

Cajara vertraute ihm, und sie war so oft von Menschen im Stich gelassen worden, die sie eigentlich als Familienangehörige hätten behüten sollen, dass er sich weigerte, es überhaupt nur in Betracht zu ziehen, sie zurückzulassen. Seine Aufgabe bestand darin, sie zu stärken und sie nicht noch einmal zu einem gebrochenen Menschen zu machen.

Er ging um eine Ecke und wäre beinahe in einen Mann hineingerannt, der mit ausgestreckten Händen auf ihn wartete. Der Mann stolperte zurück, fing sich aber wieder und rief: »Meister Havtru, auf ein Wort! Bitte!«

Havtru blieb stehen. Der Mann kam ihm bekannt vor … »Sind wir uns schon einmal begegnet?«

»Unwahrscheinlich. Ich bin nur ein Waldbewohner. Mein Name ist Renet. Aber … Ihr kennt meine Frau. Meine ehemalige Frau. Und wie ich hoffe, auch meine zukünftige Frau, wenn sie mich wiederhaben will. Aber selbst wenn nicht … Sie ist die Mutter meiner Kinder. Bitte, Meister Havtru, ich weiß, Ihr kommt gerade vom Rat der Meister. Gibt es irgendwelche Neuigkeiten von Königin Naelin? Sind meine Kinder … Das heißt, ich habe Gerüchte gehört …«

Ich kenne ihn doch tatsächlich. Oder weiß zumindest, wer er ist. Armer Kerl. Er dachte an Königin Naelins Plan, die Völker sowohl von Semo wie von Aratay zu retten. *Wie*

sage ich ihm, dass seine ehemalige Frau drauf und dran ist,
ihr Leben aufs Spiel zu setzen?

»Ihr habt etwas gehört! Ist sie …« Renet versagte die Stimme. Er fuhr sich mit den Fingern durchs Haar. Havtru fand, dass er aussah, als habe er seit Wochen nicht mehr geschlafen.

»Ich stehe im Begriff, nach Semo aufzubrechen«, erklärte Havtru. »Wenn Ihr wollt, dass ich ihr eine Nachricht überbringe, kann ich das gerne für Euch tun.«

Es war das Mindeste, was er tun konnte.

Er dachte an seine eigene Frau. Was er nicht alles geben würde, um ihr noch eine letzte Nachricht schicken zu können!

»Nehmt mich mit!«, rief Renet.

Havtru fuhr zurück. Das konnte er nicht tun. Er hatte ganz konkrete Befehle, und sie beinhalteten nicht den Transport von Zivilisten über die Grenze. »Es tut mir leid, aber …«

»Es geht das Gerücht, dass meine Kinder dort sind und dass sie nach Semo gereist ist, um sie zu retten«, platzte Renet heraus. »Aber sie wird nicht zurückkommen. Ich weiß es. Ich kenne sie. Sie glaubt, das wäre jetzt ihre letzte Großtat, die Rettung unserer Kinder, und ich kann nicht … Ich darf sie nicht verlieren. Meine Kinder dürfen sie nicht verlieren.«

Havtru hatte nie Kinder gehabt. Er und seine Frau hatten über das Kinderkriegen geredet, aber der Zeitpunkt war nie der richtige gewesen. Lass uns noch ein Weilchen warten, hatte sie immer wieder gesagt. Nach dem nächsten Herbst, hatte er gesagt. Nächsten Sommer, hatte sie versprochen. Noch ein Jahr, hatte er gemeint. Und dann war es zu spät gewesen. Sie war tot, von einem Augenblick auf den nächsten von seiner Seite gerissen, durch Geister, die sein Dorf eigentlich niemals hätten angreifen dürfen. Er hatte diesen Tag nur überlebt, weil Meister Ven auf der Bildfläche erschienen war. Und auch danach hatte er nur überlebt, weil Ven ihm einen neuen Lebenszweck gegeben hatte.

Aber er hatte sein altes Leben nie vergessen.

Plötzlich kam ihm der Gedanke, dass es – egal, ob die Gerüchte nun stimmten oder nicht – eine perfekte Ausrede für diese Reise nach Norden war, wenn er Renet mitnahm. Königin Daleina wollte nicht, dass bekannt wurde, dass sie Königin Merecot nicht vertraute, aber wenn er an ihren Hof kam, weil er den Ehemann der Königin nach Semo geleitete, damit er seine Frau treffen konnte ... »In Ordnung. Ihr könnt mitkommen. Aber wir brechen noch heute Abend auf.«

Renet stammelte schluchzend Worte des Dankes.

Havtru hoffte, dass er die Sache nicht bereuen würde.

Kapitel 21

Ven gefiel der Plan überhaupt nicht.

Er zog sich seine Lederrüstung an und richtete sie, schnürte sie dabei zu fest und lockerte sie dann wieder. Dann starrte er sich mit finsterer Miene im Spiegel an und dachte: *Ich werde sie nicht beschützen können.* Ganz gleich, wie viele Waffen er mitnahm, wie viele Messer er in seine Stiefel schob, wie viele Pfeile er in seinen Köcher steckte. Es würde ihm nicht erlaubt werden, den Hain zu betreten.

»Du bist zornig«, ertönte Naelins Stimme hinter ihm.

Sie war bereits angezogen: ein schlichtes weißes Gewand und die Krone von Aratay auf dem Kopf. Eine Dienerin hatte ihr das Haar zu etlichen verschlungenen Knoten geflochten, und Ven fragte sich, wie viele Klingen er wohl darin verstecken könnte. Sicher, sie hatte ihre Macht, die sie schützte, aber Merecot war ebenfalls mächtig. Und in dem Moment, in dem Naelin ihre Macht über die Geister Aratays aufgab, wäre sie so verwundbar wie noch nie. Merecot dagegen würde die volle Kontrolle über alle Geister Semos haben, und die beiden Frauen waren allein im Hain, ohne ihn.

Der ganze Plan geht mir gegen den Strich.

»Ich bin nicht auf dich zornig«, antwortete er. »Ich bin zornig auf die verdammte Tradition, die es mir verbietet, dich zu begleiten. Man sollte eigentlich denken, dass die Regeln unter ungewöhnlichen Umständen gelockert werden könnten.« Wenn die Meister am Tag von Daleinas Krönung ihre Thronanwärterinnen hätten begleiten dürfen ...

»Merecot hat Erian und Llor in ihrer Gewalt, also bestimmt sie die Regeln. Aber in diesem Fall ist es nicht nur ihre Regel. Es ist die der Geister – für sie ist der Hain heilig. Nur die Königin und ihre Thronanwärterin dürfen ihn betreten.« Sie hob die Hand und gebot ihm Schweigen, ehe er Protest einlegen konnte. »Ich weiß, du bist mit mir in den Hain von Aratay gegangen, aber hier sind wir in Semo. Anderer Hain, andere Geister. Außerdem glaube ich, es ist doch wohl das Beste, die Geister nicht weiter gegen uns aufzubringen, bevor wir unseren Plan in die Tat umsetzen, meinst du nicht auch? Sie sind schon aufgebracht genug.« Ihre Stimme klang gelassen und freundlich, als wäre er ein Kind, das kurz vor einem Wutanfall stand.

»Hör auf damit«, blaffte er.

Sie legte die Stirn in Falten. »Womit soll ich aufhören?« Ein Hauch der Beklommenheit, die sie empfinden musste, machte sich in ihrer Stimme breit. *Gut*, dachte er. *Sie sollte die Sache nicht ruhig und gelassen angehen.* Ängstlich und auf der Hut, so war es am besten. Die beste Methode, um zu überleben.

»Du kannst mir gegenüber sagen, was immer du willst«, erklärte Ven. »Du brauchst mich nicht zu beschützen, indem du so tust, es wäre alles bestens.«

Ihre Schultern sackten herab. »Genau das liebe ich an dir.« Sie ließ sich in einen nahe stehenden Sessel fallen, ein weiteres Ungetüm aus behauenem Stein, das von zahlreichen Kissen bedeckt war.

Sie liebt mich, ging es ihm durch den Kopf. Es war das zweite Mal, dass sie in Hinblick auf ihn von »Liebe« und »lieben« gesprochen hatte. Ihm wurde bewusst, dass er ein albernes Grinsen aufgesetzt hatte, und er versuchte rasch, es wieder zu unterdrücken. Sie hatte das Sätzchen so beiläufig fallen gelassen, als wäre es etwas völlig Selbstverständliches, wodurch es ihm nur noch umso wahrer vorkam.

»Du kannst immer noch einen Rückzieher machen. Wir finden einen anderen Weg, um Erian und Llor zu retten und mit ihnen zu fliehen.«

»Das sagst du so, als wäre nichts leichter als das. Wir sind in der Unterzahl auf feindlichem Gebiet, und Erian und Llor werden von Königin Merecots Geistern bewacht – Geistern, die ich nicht kontrollieren kann, nicht, solange Königin Merecot sie fest im Griff hält. Außerdem kann ich das Volk von Semo nicht seinem Schicksal überlassen. Ganz zu schweigen von Aratay – wenn ich nicht helfe, wird Königin Merecot wieder mit ihren Meuchelmorden und Eroberungszügen anfangen.«

»Ein Grund mehr für dich, dich nicht mit ihr allein in den Hain zu begeben.«

Naelin schloss die Augen und seufzte. »Sollte ich dort drinnen sterben, versprich mir, dass du Erian und Llor nach Hause bringst. Übergib sie Renet. Er wird sich um sie kümmern – er ist nicht mehr so verantwortungslos wie früher.«

»Ich werde mich selbst um sie kümmern, wenn du es so möchtest.« Er kniete sich vor sie hin, legte ihre Hand in seine und küsste ihre Fingerknöchel. Ihre Finger schlangen sich um seine.

»Heirate mich«, sagte sie.

Er erstarrte mitten im Küssen. »Jetzt?«

»Ja. Bevor ich in den Hain gehe.«

»Du wirst nicht dort drin sterben.« Er hatte noch nie über eine Heirat nachgedacht, mit niemandem, aber sollte er jemals heiraten, dann natürlich Naelin. Er wollte nie wieder von ihr getrennt sein – das hatte er bewiesen, indem er hierher mitgekommen war. Aber eine Hochzeit? Jetzt?

Das war kein Antrag; es war eine Geste des Mitleids dem Mann gegenüber, den sie durch ihren ruhmreichen Opfertod zurückzulassen gedachte.

»Du hast soeben mehr oder weniger gesagt, dass du glaubst, Königin Merecot habe vor, mich zu ermorden. Also heirate mich zuerst. Das gibt dann ein besseres Lied für deine Schwester.«

»Das ist ein lächerlicher Grund, um zu heiraten.« Sein Hals war wie zugeschnürt. Es war schwer, die Worte herauszupressen und sie zugleich möglichst normal klingen zu lassen. Er verstand nicht, wie sie so nüchtern und sachlich über ihren eigenen Tod reden konnte. Er umfasste ihre Hände noch fester.

»Dann heirate mich, weil du mich liebst.« Sie beugte sich vor und sah ihn mit solcher Eindringlichkeit an, dass es sich anfühlte, als präge sie sich jede Einzelheit seines Gesichtes ganz genau ein. Er wünschte, er hätte ihr ein weniger abgerissenes Gesicht bieten können.

»Ich liebe dich ja auch«, versicherte er ihr.

Naelin lächelte, und es kam ihm so vor, als schaue er direkt in die Sonne hinein. Und in diesem Moment wusste er, dass er nicht Nein sagen würde, nicht, wenn seine Antwort sie derart zum Strahlen bringen konnte. »Du hast in mir Gefühle geweckt, als ich nichts mehr habe fühlen wollen«, sagte sie. »Und jetzt … Ven, ich werde dort drinnen nicht sterben. Du wirst mich heiraten, ich werde mich der Geister bemächtigen, und dann bringen wir sie zusammen mit Erian und Llor nach Hause.«

Er lächelte zurück, obwohl es ihm im Herzen wehtat. »Guter Plan, Euer Majestät.«

Merecot sah Botschafterin Hanna mit hochgezogenen Augenbrauen an. »Ich gehe mal davon aus, ein paar Hundert

Geister stellen bereits ein durchaus angemessenes Hochzeitsgeschenk dar, oder?« Sie hatte sich dafür entschieden, sich mit der Botschafterin in den Gärten zu treffen, denn die Skulpturen dort erinnerten sie daran, was eine Königin mit ihrer Macht alles anstellen konnte, sobald sie sich nicht ständig um Vulkane und Lawinen und andere von Geistern herbeigeführte Katastrophen sorgen musste.

Die Kieselsteine knirschten, als Hanna über sie hinwegrollte. »Das genügt mit Sicherheit, vor allem wenn einige der Geister in bunte Bänder gewickelt werden könnten.«

Merecots Augenbrauen zuckten noch höher. »Es überrascht mich doch immer wieder, dass Ihr einen Sinn für Humor habt.«

»Hm. Königin Naelin lässt Euch ausrichten, dass sie Euch oder Eurem Volk auf keinen Fall Umstände bereiten möchte. Wenn Ihr aber vielleicht irgendeinen Würdenträger entbehren könntet, der die Zeremonie …«

Merecot tat ihre Worte mit einer knappen Handbewegung ab. »Ach was, wir werden mehr tun als nur das. Semo ist hocherfreut und fühlt sich geehrt, ein derartiges Ereignis ausrichten zu dürfen. Die Höflinge werden ganz schwindlig vor Freude sein. Sie werden einen unvergesslichen Abend daraus machen.« Und vermutlich zu Ehren des Anlasses die ganze Burg in Diamanten hüllen. Die Stadt selbst würde wochenlang feiern … aber das war vielleicht ganz gut so. *Das dürfte ausgezeichnet für die öffentliche Stimmung sein. Zuerst ein ausgelassenes Fest und dann eine Lösung für das Geisterproblem.* Nun gut, es war nicht die Lösung, die sie eigentlich im Sinn gehabt hatte, aber für den Moment konnte sie damit arbeiten.

Tatsächlich hatte sie da schon mehrere Ideen. Sobald sie Zeit hatte, würde sie sie mit Königin Jastra durchsprechen. Aber zuerst einmal hatte sie eine Hochzeit zu organisieren!

Sogleich begann sie im Geiste Listen zu erstellen – mindestens zwölf Musiker, eine stattliche Auswahl an Speisen, darunter die berühmtesten traditionellen Gerichte von Semo ... Oh, und sie würden natürlich den Westsaal nehmen, geschmückt mit allem Flitterkram, den ihre Höflinge wünschten. Mit strahlendem Gesicht wandte sie sich an Hanna. »Eine königliche Hochzeit in Semo! Man wird Lieder darüber schreiben. Furchtbare, kitschige, romantische Lieder, aber eine angenehme Abwechslung von den üblichen Balladen über Tod und Chaos.« Vielleicht konnte sie einen Teil des Abends den Liederschreibern widmen, damit sie ihre neuesten Werke das erste Mal öffentlich vortrugen – *nachdem ich mich für den Rest des Abends entschuldigt habe, so dass ich mir ihr Geträller nicht anhören muss.*

»Königin Naelin und Meister Ven werden kein großes Aufhebens wünschen«, gab Hanna zu bedenken.

»Dann werden wir ihnen nicht mitteilen, dass wir eins machen«, gab Merecot zurück. »Mein Volk wird die Sache lieben!« *Und sie werden mich dafür lieben.* »Hättet Ihr etwas gegen eine kleine List einzuwenden, um diese Pläne vor dem liebestrunkenen Paar geheim zu halten?« Eigentlich hätte sie erwartet, dass Hanna ihr Ansinnen ablehnen würde, aber stattdessen willigte sie mit einem ernsthaften Nicken ein.

»Ich würde in der Tat zur Geheimhaltung raten. Sie brauchen vom Ausmaß der Feier nichts zu wissen, bis der Tag gekommen ist.« Hanna ließ davon ab, sich in ihrem Stuhl hin und her zu rollen, und lehnte sich mit auf dem Schoß gefalteten Händen zurück. »Aber wie rasch lässt sich ein solches Ereignis organisieren? Ich glaube, sie wollen vor dem Übertritt der Geister vermählt sein.«

»Das lässt sich schnell machen.« Merecot hob die Hand und nahm Kontakt zu den Geistern im Garten auf – drei winzige Erdgeister, die im Kies spielten, außerdem ein Wassergeist, der in einem Springbrunnen badete. Sie begutachtete den Garten durch die Augen der Geister und vergewisserte sich, dass auch nirgendwo ein Gärtner oder Höfling herumstreunte, der sie und Hanna belauschen könnte. Sobald sie sich davon überzeugt hatte, fuhr sie an Hanna gewandt fort: »Wir könnten die Hochzeit als Ablenkungsmanöver nutzen. Während die Gäste sich amüsieren, können Königin Naelin und ich den Hain aufsuchen.«

»Ihr wollt, dass die Menschen nichts von der Übertragung der Geister erfahren?«, fragte Hanna. »Ihr solltet zumindest Eure Minister und das Militär verständigen.«

Merecot schnaubte. »Auf keinen Fall.« Die Menschen würden in Panik geraten. Oder sich ihre eigene Meinung dazu bilden. Beides wäre unbequem. Sie wollte sie lieber vor vollendete Tatsachen stellen und der bewundernden Öffentlichkeit ihren Erfolg präsentieren – oder aber ihr Scheitern so schnell wie möglich unter den Teppich kehren und die Schuld jemand anders in die Schuhe schieben.

»Muss Euer Volk nicht vorbereitet sein, falls die Sache schiefgeht?«, fragte Hanna.

»Warum? Damit sie in wilder Panik durch die Gegend rennen können?« Aber das Argument war nicht von der Hand zu weisen. Merecot dachte darüber nach, während sie unter einer steinernen Skulptur auf und ab ging. Was war denn das überhaupt für eine Skulptur … *Ein als Höfling verkleidetes Schaf? Wirklich!?* Die Statue war die trefflich gelungene Nachbildung eines Schafs, das auf den Hinterfüßen stand und gebauschte Chiffonröcke sowie einen Haufen Halsketten trug. Manchmal ließen die Skulpturen in diesem Garten Merecot von friedlicheren Zeiten träumen, aber bisweilen staunte sie, wenn sie sie sah, auch über die Prioritäten, die ihre Vorgängerinnen einst gesetzt hatten. *Hier stehe ich und versuche die Welt zu retten, und sie haben Schafsdamen aus Stein gehauen.*

Gleichwohl erinnerte sie die Statue daran, dass sie bisher aus der Horde der feindseligen Kandidatinnen von Semo noch keine Thronanwärterin erwählt hatte. *Weil sie alle unwürdig sind.* Keine von ihnen war glücklich darüber gewesen, dass ein Eindringling aus Aratay nach der Krone gegriffen hatte, und so hatte Merecot ihrerseits eine Abneigung gegen sie alle entwickelt. Wenn sie katastrophal scheiterte, wenn sie sich geirrt hatte und keine der beiden Königinnen dieses Vorhaben überlebte ... Nur sie und Jastra kannten den Weg zum Hain. Und Jastra würde als die ehemalige Königin das erste Angriffsziel der Geister sein.

Eine Anwandlung von Schuldgefühlen überkam Merecot. Hatte sie in ihrer Besessenheit, sich auch Aratays zu bemächtigen, eine ihrer grundlegenden Pflichten gegenüber Semo verletzt?

Merecot sah zu Hanna hin, und da fiel ihr eine Möglichkeit ein, dem Problem auszuweichen. *Wenn Jastra und ich nicht mehr die Einzigen sind, die wissen, wie man zum Hain kommt, brauche ich keine Nachfolgerin zu erwählen. Sollte ich sterben, kann sich jemand anders mit dem Problem herumschlagen.* Sie lächelte die ältere Botschafterin an. »Ihr werdet uns begleiten, wenn wir das Fest verlassen. Aber Ihr solltet besser Eure Wachen auf Eure Abwesenheit vorbereiten – sie werden nämlich nicht zu der speziellen Party nach dem Fest eingeladen.«

Mit diesen Worten drehte sich Merecot um und schritt durch den Garten davon, so schnell, dass ihr Hanna unmöglich würde folgen können, jedenfalls nicht ohne fremde Hilfe. Merecot wollte keine Fragen beantworten müssen. Außerdem hatte sie eine Hochzeit zu planen.

Botschafterin Hanna saß in aller Ruhe mitten in ihrem Raum, während vor ihr eine Hofdame eine Halskette hochhielt. »Diese Kette hat der Steinmetz Herro der Krone geschenkt, und zwar im Auftrag der Ritter von Nimoc, als Zeichen ihrer Dankbarkeit für die Erbauung ihrer Stadt. Königin Rakka hat deren Stadt im Inneren eines Berges gebaut – es heißt, diese Stadt habe aus der großartigsten Ansammmlung von Höhlen bestanden, bis dann im Zuge der Tragödie von Evenna der ganze Berg eingestürzt ist.« Die Kette bestand aus kunstvoll gearbeitetem Gold, in das Saphire und Rubine eingelegt waren.

»Sie ist wunderschön«, sagte Hanna.

Die Hofdame wirkte über ihre Einschätzung sehr erfreut. »Dann solltet Ihr Euch erst einmal das Armband der Freude ansehen! Der Legende zufolge hat es drei Generationen von Goldschmieden gebraucht, um es zusammenzufügen, und die letzte Goldschmiedin hat angeblich blutige Tränen geweint, als sie endlich fertig geworden war, und es heißt, dass die Diamanten deshalb rot wie Rubine sind.«

»Auch das klingt sehr hübsch.«

Während Hanna mit noch mehr Juwelen geschmückt wurde, erzählte ihr die Hofdame zu jedem einzelnen Schmuckstück eine Geschichte, und Hannas Reaktionen schienen sie immer stärker zu erfreuen – Hanna hatte den Eindruck, dass die Hofdame wohl nicht oft ein aufmerksames Publikum hatte. Als sie endlich fertig war, kam es Hanna so vor, als wäre sie in die ganze Geschichte Semos gehüllt worden, was mit an Sicherheit grenzender Wahrscheinlichkeit wohl auch der Sinn des Ganzen gewesen war. »Ihr seht wunderschön aus!«, schwärmte die Hofdame. Sie gab einer Dienerin ein Zeichen, und diese hielt Hanna einen Spiegel hin.

Ich sehe elegant aus. Ganz und gar nicht wie die gestrenge

Direktorin einer Eliteakademie. Sie sah so frivol und oberflächlich aus wie jede Hofdame. Ihr Gewand bestand aus mehreren Schichten aus Blau und Lila, die sich wie die Blütenblätter einer frisch aufgeblühten Blume überlagerten. In ihr weißes Haar war so viel Gold eingeflochten worden, dass es funkelte wie das Licht der Sonne, und die Juwelen … Es kam ihr vor, als trage sie den Himmel um den Hals und auf den Armen. »Vielen Dank.«

»Sehr gern geschehen, Botschafterin Hanna.« Die Dame machte einen tiefen Knicks.

Wachen öffneten die Schlafzimmertür, um Meister Ven einzulassen. Auch er war angekleidet worden, wenngleich er erheblich weniger Juwelen am Leib hatte. Er hatte immer noch seine grüne Lederrüstung an, aber sie war gesäubert und geflickt worden, und darunter trug er ein gestärktes Hemd. Er zupfte am Kragen herum, als würge er ihn. Auch sein Bart war gestutzt und gereinigt und sein Kopfhaar geglättet worden. Hanna unterdrückte ein Grinsen. »Ihr seht sehr gut aus, Meister Ven.«

Er schnaubte. »Bringen wir die Sache hinter uns.«

Sie schnalzte missbilligend mit der Zunge. »Das ist aber nicht die richtige Einstellung für einen Bräutigam an seinem Hochzeitstag.«

»Sie haben versucht, mir vorzuschreiben, dass ich meine Waffen nicht mitnehmen dürfe.« Er warf dem ihm am nächsten stehenden Wachposten einen grimmigen Blick zu, als wäre es dessen Schuld. Der Mann zuckte zurück.

Hanna bemerkte, dass Ven immer noch sein Schwert trug. Sie nahm an, »versucht« war das Wort, auf das es hier ankam. »Seid Ihr noch nie bei einer Hochzeit gewesen?«, fragte sie, hin- und hergerissen zwischen Ärger und Belustigung.

»Ich war davon ausgegangen, wir würden uns einfach

unter einen Baum stellen, uns gegenseitig das Jawort geben und uns dann so leidenschaftlich küssen, dass alle, die zuschauen, in Verlegenheit geraten.«

»Ihr seid ja so was von einem Romantiker.«

»Sie will keine Romantik; sie will Absicherung.« Er schüttelte den Kopf. »Vergesst, was ich gesagt habe. Das sind nur die Nerven. Er trat hinter ihren Stuhl und rollte sie durch den Raum. »Ich soll Euch geleiten.«

Hanna schaute noch einmal zu ihm auf und konnte nicht anders, sie war belustigt. Diese Hochzeit war ein diplomatischer Geniestreich, aber sie wusste, dass das nicht der Grund war, warum Naelin ihn heiratete. »Sie liebt Euch, solltet Ihr wissen.«

Er zupfte erneut an seinem Kragen. »Das weiß ich. Ich liebe sie auch. Ich hasse nur dieses Hemd.«

»Hört auf, daran zu zupfen. Ihr dehnt es nur aus.«

»Genau das ist der Sinn der Sache.«

Rechts und links von Wachen in zeremonieller Rüstung begleitet, bewegten sie sich durch die Burg. Königin Merecot hatte den Geistern befohlen, alles innerhalb weniger Stunden für die Hochzeit zu schmücken, und das Ergebnis war atemberaubend: Die Burg sah aus wie ein Kuchen mit elfenbeinfarbenen Wimpeln statt einer Glasur und mit Juwelenbuketts anstelle Fondantblumen. Hanna bewunderte das alles, obwohl sie es zugleich auch ein wenig lächerlich fand.

Auch alle Höflinge und Hofdamen hatten ihren Feststaat angelegt und sich mit Juwelen geschmückt, die zweifellos sämtlich ihre eigene Geschichte hatten. Der Westsaal war als Schauplatz der Hochzeit gewählt worden, aber er war nun ganz verwandelt, denn man hatte überall luxuriöse rote Teppiche ausgelegt, und goldene Bänder hingen vom Deckengewölbe. Auf einem Podest wartete Königin Naelin mit ihren Kindern an der Seite, beide in Gold und Silber gekleidet. Als die beiden Königinnen in Sicht kamen, spürte Hanna, dass Ven langsamer wurde und beinahe vergessen hätte zu gehen – geschweige denn, sie weiter durch den Raum zu rollen.

Königin Merecot war natürlich wunderschön in ihrem nachtblauen Gewand, das Haar mit seiner weißen Strähne kunstvoll aufgesteckt, so dass es in den Strahlen der Sonne glänzte, die durch die hohen Fenster hereinfielen. Aber auch Königin Naelin war in ein elegantes Wesen aus den Legenden verwandelt worden. Sie sah heiter aus, angetan mit einem herrlichen hellgrünen Kleid von der Farbe der jungen Blätter im Frühling. Sie trug kein einziges Schmuckstück nach der Art von Semo, stattdessen waren lebendige Ranken um ihre nackten Arme geschlungen. Deren Blätter waren alle dunkelgrün, mit Ausnahme eines einzigen goldenen Blattes in ihrer Halsgrube.

Hanna seufzte glücklich.

Aus welchen Gründen auch immer und wie lächerlich die ganze extravagante Veranstaltung auch sein mochte, auf jeden Fall würde sie ab jetzt als der Gipfel ihrer Karriere gelten: Sie hatte die Hochzeit der Mutter von Aratay mit dem Helden des Waldes ermöglicht und die friedlichen Beziehungen zwischen Aratay und Semo gefestigt.

Wie alle anderen auch weinte sie ein paar höfliche Freudentränen, als sich das Paar das Jawort gab – von Herzen kommende Liebesschwüre, mit lauten Stimmen vorgetragen, die durch den ganzen Westsaal hallten –, und sie applaudierte zusammen mit allen anderen, als sich Meister Ven und Königin Naelin nun anmutig küssten, von den Sonnenstrahlen umrahmt, die durch die Fenster fielen.

Hanna saß neben ihnen und hatte eine ideale Aussicht, als sich die beiden zur bewundernden Menge hin umdrehten.

Und der Ausdruck auf dem Gesicht der Braut war eine derart vollkommene Mischung aus Glück und Kummer, dass es Hanna fast das Herz brach. *Oh, Geister,* dachte Hanna, als ihr der Jubel nun in der Kehle erstickte. *Sie hat ihr perfektes Glück gefunden ... und ihr ist gerade klar geworden, dass sie es heute Nacht im Hain vielleicht schon wieder verlieren wird.*

Kapitel 22

Erian genoss jede Sekunde der Hochzeit:

Wie glücklich ihre Mama aussah.

Wie glücklich Ven aussah.

Wie hübsch die Burg war.

Wie alle jubelten.

Wie sie gebeten wurde, während der Zeremonie zusammen mit Llor neben ihrer Mutter zu stehen. Man hatte ihr ein königliches Juwel gegeben, das sie in der Hand halten sollte, den Diamanten der Ewigkeit, der immerwährende Liebe symbolisierte. Es gehörte auch eine Geschichte dazu, über eine Königin, die einen Mann geheiratet hatte, der in einer Diamantmine arbeitete. An dem Tag, an dem er ihr seinen Antrag machte, fand er diesen Stein neben seiner Axt, als hätte jemand ihn für ihn dort hingelegt – er wertete das als ein Zeichen ihrer Liebe. Die Hofdame hatte ihnen erzählt, dass es am Hochzeitstag der beiden Diamanten geregnet habe, was, wie Erian fand, eher schmerzhaft klang.

Sie jubelte mit allen anderen, als Braut und Bräutigam sich küssten, und dann küsste ihre Mutter Erian auf die Stirn, als diese den Diamanten der Ewigkeit auf ein Podest neben die beiden legte.

Und danach wurden sie und Llor unter Jubel und Musik aus dem Westsaal geleitet. *Jetzt gehen wir nach Hause, alle zusammen, und alles wird wunderbar sein.* Vielleicht konnte ihr Vater in ihrer Nähe wohnen. Sie fragte sich, ob sie weiterhin im Palast von Mittriel leben würden oder ob sie zusammen in den äußeren Wald zögen. *Mama mag den äußeren Wald, aber der Palast ist auch hübsch.*

Dicht neben ihr klammerte sich Llor an ihre Hand, als man sie nun einen Turm hinauf und in einen Raum scheuchte, der ganz hoch oben nahe der Turmspitze lag. Dort sollten sie auf ihre Mutter und Ven warten. Es war ein hübscher Raum: zwei kuschelige Betten, auf denen sich Kissen stapelten, ein Sofa vor einem Kamin und ein Tisch mit einem ganzen Turm aus Gebäck. Ein breites Fenster mit Aussicht auf die Berge stand weit offen, und ein angenehmes Lüftchen wehte herein. Llor ließ Erians Hand los und ging schnurstracks auf die Gebäckstücke zu, um sich eins davon in den Mund zu stopfen.

Dann wurden sie allein gelassen, so ziemlich das erste Mal seit ihrer Ankunft in Semo. Jedenfalls fast allein – Erian wusste, dass gleich draußen Wachen standen, mehrere der besten Leute von Königin Merecot. Sie versuchte, sich nichts daraus zu machen, dass sie immer bewacht wurden. Schließlich waren sie auch in Mittriel bewacht worden. Und zumindest waren diese neuen Wachen Menschen und keine Geister.

»Ich will zu Mama und Ven«, verkündete Llor mit lauter Stimme, während er immer noch an dem Gebäck kaute. Krümel rieselten auf sein Hemd herab. »Warum können wir nicht bei ihnen bleiben?«

»Weil man die Hochzeiten hier nicht so feiert.«

Man hatte ihnen gesagt, dass sie nicht während der ganzen Hochzeit zugegen sein dürften. Kinder waren nicht zulässig – eine weitere Tradition Semos, so wie der Diamant der Ewigkeit. Sie wusste, dass Mama und Ven dagegen Einspruch erhoben hatten, aber Königin Merecot hatte ihren Willen durchgesetzt. »Königin Merecots Land, Königin Merecots Traditionen«, hatte Mama Erian eingeschärft. »Sei ein braves Mädchen und pass auf deinen Bruder auf. Versuch, ein wenig zu schlafen. Morgen wartet eine lange Reise auf uns.«

»Aber sie vermissen uns. Das haben sie gesagt.« Llors Unterlippe, auf der noch immer Krümel klebten, zitterte. *Oh nein, bitte keinen Wutanfall!*, dachte Erian.

Sie ging zu ihm hin, kniete sich schnell vor ihn und umarmte ihn, was in ihrem Kleid nicht ganz einfach war. Der Satin spannte sich und knackte, als sie die Arme nach ihm ausstreckte. »Keine Sorge. Sobald wir zu Hause sind, werden wir alle für immer und ewig zusammen sein. Genau das ist die Bedeutung dieser Hochzeit.«

Er nickte, dann weiteten sich seine Augen. »Und warum sind dann die hier?«

Er deutete über ihre Schulter, und sie drehte sich um.

Zwei ihnen nur zu bekannte Luftgeister waren in dem offenen Fenster gelandet. Sie hatten ledrige Haut und scheußliche Schnäbel, und Erian war sich sicher, dass es genau die Geister waren, die sie von Bayns Rücken heruntergerissen hatten. Sie schob Llor hinter sich und wich mit ihm Schritt für Schritt in Richtung der Tür zurück.

Llor riss sich von ihr los und rannte zur Tür. Schreiend zerrte er daran. Sie lief zu ihm hin und half ihm. »Hilfe!«, brüllte sie. »Wachen, helft uns! Bitte, helft uns!«

Die Tür öffnete sich nicht.

Und niemand kam.

Erian spürte, wie sich Krallen über ihren Schultern schlossen, und sie wurden nach hinten gerissen, hinaus aus dem Fenster. Sie schrie laut auf, und Llor schrie ebenfalls, als ihn nun der zweite Geist hinter Erian aus dem Fenster nach draußen schleppte. Die Geister trugen sie von der

Burg weg, weg von ihrer Mutter und von Ven, weg von ihrer wunderbaren Zukunft.

Hand in Hand mit ihrem frischgebackenen Gemahl stand Naelin vor der jubelnden Menge von Semoianern und wünschte, man hätte Erian und Llor erlaubt zu bleiben – sie hatte den beiden erzählt, es sei wegen der Tradition, weil sie ihnen nicht mit der Wahrheit Angst einjagen wollte: Sie waren immer noch Gefangene, zumindest, bis der Übertritt der Geister abgeschlossen war. Sie fand es unerträglich, von ihren Kindern getrennt zu sein, und sei es auch nur für wenige Stunden.

Es ist besser, wenn sie sich keine Sorgen machen, tröstete sie sich.

Zumindest würden sie nicht in der Nähe sein, wenn Naelin und Merecot in den Hain gingen.

Königin Merecot flüsterte ihr ins Ohr: »Gut gemacht. Eine Königin von Aratay, die ihren Meister auf dem Boden von Semo heiratet, ist ein diplomatisches Meisterstück ersten Ranges – Ihr habt dafür gesorgt, dass meine Untertanen nun jede Menge wohlig warmer Gedanken gegenüber Eurem waldigen Heimatland hegen.«

»Freut mich zu hören.«

»Und ich habe nicht vor, Euch heute Abend umzubringen, also ist das ebenfalls ein Grund zur Freude. Jetzt lächelt all den netten, jubelnden Menschen zu.«

Naelin fand das nicht sonderlich beruhigend. Der heutige Abend konnte auf jede erdenkliche Weise schiefgehen, selbst mit den besten Absichten. Aber sie setzte ein Lächeln auf, denn das war es, was die Menge sehen musste, und sie fuhr fort zu lächeln, während sie die traditionellen Tänze verfolgte, die zu ihren und Vens Ehren aufgeführt wurden. Sie klatschte, wenn von ihr erwartet wurde, dass sie klatschte. Verneigte sich, wenn erwartet wurde, dass sie sich verneigte. Und versuchte, Gefallen daran zu finden, als nun eine in Gold gekleidete Frau, die als die Sängerin mit der höchsten Stimme im Land gepriesen wurde, sich alle Mühe gab, mit einer lächerlich schrillen Arie die Trommelfelle aller Anwesenden zum Zerreißen zu bringen.

»Sira hätte das genossen«, murmelte Ven.

Sie schaute zu ihm hinüber, um festzustellen, ob er vielleicht scherzte.

Das war nicht der Fall.

Sie lächelten einander an.

Hinter ihm hatte die Sonne schon beinahe die westlichen Berge erreicht, und der Himmel nahm bereits eine rosige Färbung an. Das gleißende Licht der Sonne, das durch die Wand aus Fenstern fiel, ließ Naelin blinzelnd die Augen zusammenkneifen. Jedes der Fenster war von Gläsern in den Farben verschiedener Juwelen umrahmt, die bunte Lichtflecken in den Raum warfen.

Sobald die ganze Sache vorüber ist, können wir alle nach Hause gehen. Zusammen.

Leise, nur für die Ohren von Naelin und Ven bestimmt, bemerkte Königin Merecot: »Um es mit den Worten der Dichter zu sagen: Wenn die Berge die Sonne so tief durchbohren, dass sie blutet, werden wir gehen. Wahrhaftig, Ihr hättet für mein Volk keine bessere Ablenkung finden können. Jeder liebt eine Hochzeit und den ganzen damit verbundenen Unsinn von wegen, dass alles jetzt seinen guten Ausgang findet und so weiter.«

»Werden Eure Soldaten die Burg verbarrikadieren?«, fragte Ven genauso leise.

Merecot nickte. »Ja. Es werden keine Geister hier eindringen können. Ich habe ihnen erklärt, es geschehe aus einem Übermaß an Vorsicht heraus. Hochzeiten sind etwas Besonderes, wisst Ihr.«

»Diese ist es jedenfalls«, pflichtete Ven ihr bei.

Die Königin von Semo überging diesen Einwurf. »Natürlich kann ich nicht versprechen, dass meine so liebenswerten und ausgelassenen Geister die Burg nicht zum Einsturz bringen oder den Berg dem Erdboden gleichmachen werden, falls die Dinge völlig außer Kontrolle geraten, aber sollte es wirklich so weit kommen, sind wir beide ohnehin tot, was spielt es dann also noch für eine Rolle?«

»Eure Selbstlosigkeit ist in der Tat der Legenden würdig«, versetzte Ven.

Merecot feixte. »Das wird sie sein, ja.«

»Ihr lasst meine Kinder von Wachen betreuen?«, erkundigte sich Naelin. »Sie müssen in Sicherheit sein, sonst gilt unsere Abmachung nicht mehr.« Sie wollte noch weitere Drohungen aussprechen: Sollte ihnen etwas zustoßen, würde sie jeden Geist, den sie kontrollierte, auf Semo loslassen. Sie würde dieses Land Stein für Stein auseinandernehmen.

»Ich lasse sie von meinen besten Leuten bewachen. Allesamt menschliche Wachen, keine Geister. Eure kostbaren Lieblinge sind sicherer als irgendwer sonst in Semo. Und, he, sollte nicht *ich* diejenige sein, die sie als Mittel benutzt, um *Euch* zu drohen?«

»Bringen wir die Sache einfach hinter uns«, stieß Naelin mit zusammengebissenen Zähnen hervor.

Merecot warf ihren Untertanen ein freundliches Lächeln zu und sagte an Naelin gewandt: »Sobald die Zeit gekommen ist.« Die Musikanten spielten schneller, und die Leute aus Semo strömten wie juwelenbesetzte Vögel auf die Tanzfläche. Mit wirbelnden Röcken tanzten die Frauen im Kreis und berührten sich sacht an den Händen, während die Männer sich unterhakten und zuerst nach rechts, dann nach links marschierten. Gläser klirrten. Gelächter stieg zu den kristallenen Kronleuchtern auf.

Die Stunden vergingen.

Von ihrem Podest aus sah Naelin zu, wie die Sonne unterging. Es sah tatsächlich so aus, als würde ein Gipfel sie durchstechen. Blutgefärbt zerlief die Sonne in die Breite, als sie in den Bergen versank. »Jetzt ist es Zeit.«

Königin Merecot nickte kaum merklich und trat nach vorn. Sie hob die Arme und richtete das Wort an die bewundernde Menge. Naelin hielt den Blick weiterhin auf den Sonnenuntergang geheftet und schenkte Merecots Ansprache keine Beachtung, auch nicht der Musik, den Tänzen und dem Jubel, den das alles hervorrief. Die Hochzeitsgäste warfen silberne und goldene Bänder in die Luft, und weitere Gläser, die mit einer bernsteinfarbenen Flüssigkeit randvoll gefüllt waren, wurden herumgereicht.

Während die Musik nun immer lauter wurde, rollte Botschafterin Hanna allen voran durch das feiernde Volk und teilte die Menge; Naelin folgte ihr mit Ven aus dem Westsaal hinaus. Königin Merecot rauschte mit so viel Anmut und Eleganz an den Menschen vorbei, dass einige ihrer Untertanen vor Verzückung in Ohnmacht fielen.

Jeder liebt eine Hochzeit, erinnerte sich Naelin an Merecots Worte. Offenbar hatte sie recht behalten. Die Menschen liebten alle die Braut und den Bräutigam, ihre Königin und sich gegenseitig, zumindest für den heutigen Abend.

Draußen vor dem Westsaal ließ Naelin Ven los, damit er Botschafterin Hannas Stuhl durch die Korridore schieben konnte. Sie sprachen nicht miteinander, während sie die Burg durchquerten. Sie wünschte, sie hätte Erian und Llor nach der Hochzeit noch einmal sehen, sie ins Bett stecken und ihnen sagen können, dass alles gut werden würde.

Bringen wir die Sache hinter uns, und dann können wir alle zusammen sein.

Als sie sich zwei Flure vom Westsaal entfernt hatten, befahl Merecot ihren Wachen zurückzubleiben. Nach einem weiteren Flur signalisierte Hanna ihren Wachen, ebenfalls zu gehen.

In diesem Teil der Burg herrschte Stille, bis auf das Geräusch ihrer Schritte und das Knirschen von Hannas Rädern. Die Wandteppiche an den Seiten des Gangs waren verblasst und ausgefranst, und der Stein hinter den Wandleuchtern war geschwärzt vom Rauch von Jahrzehnten. Sie erreichten einen neuen Flur, und Naelin bemerkte den Staub auf dem Boden: Da waren keine Fußabdrücke. Spinnweben hingen an der Decke. *Seltsam*, dachte Naelin. Sie wusste, dass Merecot sicher wohl kaum ihre Burg selbst putzen würde, doch hatte sie ja sowohl Diener als auch Geister zu ihrer Verfügung. Sie fragte sich, warum dieser Flügel der Burg so vernachlässigt worden war.

Unbeobachtet betraten die beiden Königinnen, der Meister und die Botschafterin einen kleinen Innenhof, der nur vom aufgehenden Mond erhellt wurde, einer zarten Sichel, die aussah, als könne sie jeden Moment von den Wolken verschlungen werden. Einige wenige Sterne waren sichtbar.

Naelin sah Hanna an, aber die Botschafterin schien sich keine Sorgen über die Tatsache zu machen, dass sie sich in einem vergessenen Teil der Burg befanden, und das ohne jedwede Wachen. Auch was die gewaltigen Ausmaße der Hochzeitszeremonie anging, hatte sie sich ähnlich ungerührt gezeigt. *Sie haben hinter meinem Rücken miteinander geredet*, vermutete Naelin. Sie fragte sich, ob das ein Grund zur Beunruhigung sein sollte, beschloss aber, dass dem nicht so war. Sie vertraute Hanna. Außerdem war es jetzt zu spät für Beunruhigung. Sie hatte sich festgelegt.

Der Innenhof wirkte verlassen: Vertrocknetes Unkraut füllte die Ritzen zwischen den Steinen, einige Torbogen waren eingestürzt, und der Schutt war nie fortgeräumt worden. Die Mitte des Platzes war mit lockerer Erde gefüllt.

»Ihr werdet sogleich Zeugen eines gut gehüteten Geheimnisses werden«, verkündete Königin Merecot. »Die Königinnen von Semo haben den Ort des Hains von Semo traditionell verborgen gehalten, damit jede Königin über die Thronanwärterin bestimmen kann, die sie ersetzen soll.«

Naelin machte ein paar Schritte nach vorn. *Das hier kann nicht der Hain sein.* Der Hof verströmte nicht das gleiche Gefühl von Heiligkeit wie der Hain der Königin von Aratay. Sie drehte sich im Kreis und ließ ihren Blick über all die eingestürzten Bogen schweifen. *Es ist einfach bloß ein vernachlässigter alter Innenhof.*

»Ihr versteckt Euren Hain?«, fragte Ven mit unüberhörbarer Ungläubigkeit und Missbilligung in der Stimme.

»Wie unpraktisch«, urteilte Botschafterin Hanna naserümpfend. »Königinnen können ihren Tod nicht immer vorhersehen.« Naelin teilte ihre Meinung – die Geschichte war voller Beispiele dafür. Eben deshalb waren die Wipfelsänger so wichtig: Ihre Trommelschläge konnten die Nachricht vom Tod einer Königin verbreiten, bevor zu viele Unschuldige sterben mussten.

Sie bemerkte, dass sich Ven neben ihr ebenfalls sorgfältig umsah, nach etwaigen Bedrohungen Ausschau hielt – die eine Hälfte seiner Aufmerksamkeit galt Merecot und die andere dem Innenhof. Überall waren Schatten: in den Ecken, hinter halb toten Bäumen, neben dem Schutthaufen.

»Zu jeder Zeit muss es eine einzige Thronanwärterin geben, die weiß, wie sie den Hain erreichen kann«, erklärte Merecot. »Leider habe ich bisher noch nicht darüber entschieden, welcher Thronanwärterin ich mein Vertrauen schenken will, vielleicht weil sie mich allesamt hassen. Und auch einander, aber vor allem eben mich.«

»Das ist noch unpraktischer«, kam es von Hanna.

Wieder war Naelin mit ihr einer Meinung. So viele unschuldige Menschen waren von der Königin abhängig. Es war schon schlimm genug, Ort und Stelle des Hains geheim zu halten, aber dass Merecot willentlich so lange auf eine Nachfolgerin verzichtet hatte, während Königin Daleina ihren Meister auf eine verzweifelte Suche nach geeigneten Kandidatinnen geschickt hatte ... »Unpraktisch und verantwortungslos.«

»Ich kritisiere Euer Land nicht«, blaffte Merecot. »Und Ihr solltet meines ebenfalls nicht kritisieren. Außerdem habe ich es den Machtkämpfen unter den Thronanwärterinnen zu verdanken, dass ich Königin habe werden können, und das war für Semo das Beste.«

Jedenfalls mangelt es ihr nicht an Selbstbewusstsein, dachte Naelin. Sie fragte sich, ob sie sie wohl falsch eingeschätzt hatten – ob vielleicht alles an Merecot eine Fehleinschätzung war. Das Ganze könnte immer noch eine Falle sein.

»Was Ihr versuchen werdet, ist gefährlich«, warf Ven ein. »Wenn die Geister rebellieren und Ihr getötet werdet und niemand den Ort des Hains kennt ...«

»Genau deshalb habe ich Botschafterin Hanna eingeladen, uns zu begleiten, zumindest bis in diesen Innenhof«, erklärte Merecot. »Botschafterin Hanna, Ihr werdet hierbleiben, als Sicherheit im Falle unseres Versagens.«

Naelin schaute Hanna an, die die Augenbrauen hochzog und erwiderte: »Ich hatte angenommen, eingeladen worden zu sein, um sicherzustellen, dass keine von Euch beiden bei dieser Unternehmung ums Leben kommt.«

Merecot tat diese Bemerkung mit einem Achselzucken

ab. »Dafür besitzt Ihr gar nicht die Macht. Aber Ihr könnt zuschauen, auf welche Weise wir uns Zugang zum Hain verschaffen, und sollten meine Geister anfangen, jedermann abzuschlachten, könnt Ihr dafür sorgen, dass die Zahl der Toten nicht übermäßig katastrophal wird, indem Ihr eine Thronanwärterin hierherbringt. Jede beliebige von diesen Närrinnen erfüllt den Zweck. Wenn sie sich als unfähig erweisen, könnt Ihr sie immer noch vergiften.«

Sie geht so unglaublich nachlässig mit Menschenleben um, dachte Naelin. Echten, lebenden Männern, Frauen und Kindern drohte Gefahr, und es war Merecot gleichgültig. Naelin dachte an Erian und Llor und hoffte, dass sie genug Wachen um sich herum hatten. Zumindest hatte Merecot versprochen, dass keine Geister unter den Wachen sein würden. Das alles hinderte Naelin jedoch nicht daran zu bemerken: »Ihr seid abscheulich.«

»Ich bin praktisch«, widersprach Merecot. »Ein riesiger Unterschied. Nicht jedem, der geboren wird, ist es bestimmt zu überleben. Ich habe eine Verantwortung vor meinem Volk als Ganzem, nicht für einen Einzelnen. Aber vielleicht ist das der Unterschied zwischen Euch und mir. Ich schätze alle meine Untertanen gleichermaßen. Euch sind einige teurer als alle anderen. Deshalb bin ich eine bessere Königin als Ihr.«

Ich habe nie behauptet, eine gute Königin zu sein, dachte Naelin. *Aber ich bin besser als Merecot.* Merecot war unreif und unmoralisch, eine Kombination, die sich durchaus als todbringend erweisen konnte. *Erweisen konnte? Nein – sie hat sich bereits als todbringend erwiesen.* Unschuldige Bewohner von Aratay hatten gelitten und litten immer noch unter Merecots Kriegszug, und dann waren da all die Kandidatinnen, die sie hatte ermorden lassen! »Ihr kümmert Euch nur um Euch selbst.«

»Stimmt nicht. Ich kümmere mich überhaupt nicht um mich selbst. Alles, was ich mache, tue ich zum Wohl Renthias. Ihr dagegen ... Ich glaube, es ist offensichtlich, wer von uns beiden die Egoistischere ist. Ich kümmere mich um das Schicksal Tausender von Menschen, Ihr jedoch hättet all Eure Macht aufgegeben, abgedankt und Aratay in höchster Gefahr im Stich gelassen, und das alles nur zum Wohl Eurer Kinder.«

Naelin war entrüstet. »Ich liebe meine Kinder mehr als mein eigenes Leben!«

»Ihr liebt Eure Kinder mehr als das Leben aller«, entgegnete Merecot. »Wie meine Schwester herausgefunden hat. Aber darum geht es jetzt nicht, und wen Ihr liebt, ist auch nicht mein Problem – zumindest hoffe ich das. Die überzähligen Geister werden sich nicht darum scheren, wem Eure Treue gilt, solange Ihr ihren Zwecken dient, und das Gleiche gilt für mich. Können wir jetzt endlich zur Tat schreiten?«

Naelin wollte Einwände erheben. Dieses junge Mädchen, das da Königin spielte, hatte keine Ahnung, was es bedeutete, Mutter zu sein. Sie war niemals zehnmal in der Nacht aufgewacht, nur um sich davon zu überzeugen, dass ihr Kind noch atmete. Sie hatte sich niemals gesorgt, ob sie ihrem Kind vielleicht zu viel oder umgekehrt nicht genug Angst machte, wenn sie es mahnte, nur ja vorsichtig zu sein, immerzu vorsichtig. Sie war sich nie bewusst gewesen – so bewusst, dass ihr die Haut kribbelte und das Herz schneller hämmerte –, wie wenig sie die Welt um ihre Kinder herum kontrollieren konnte, wie unsicher und gefährdet sie waren und wie endlich die Zahl ihrer Tage. »Ihr wisst nicht ...«

Und dann brach sie ab, denn Königin Merecot hatte begonnen, einen gewaltigen Erdgeist zu beschwören. Geformt wie eine riesige Nacktschnecke, grub er sich aus der Erde im

Innenhof. Zerbrochene Pflastersteine rieselten von seinem hochgewölbten Leib.

Naelin trat einen Schritt zurück – sie war so mit ihrem Zorn beschäftigt gewesen, dass sie ihn nicht gespürt hatte, aber hier war nun der Geist und erfüllte bedrohlich ihre Sinne. Sein Hass fühlte sich nebelhaft und fern an, wie das Überbleibsel eines vorangegangenen Gefühls, und sie spürte keine zusammenhängenden Gedanken, abgesehen von einem *Hinunter, hinunter, grabe tief, grabe tief nach unten.*

»Ein unheimliches Geschöpf«, murmelte Ven, und seine Hand wanderte zu seinem Schwert. »Naelin?«

»Er greift nicht an«, antwortete Naelin.

»Natürlich greift er nicht an – ich habe ihn beschworen«, versetzte Merecot verärgert und kletterte dem Geist auf den Rücken. »Der Hain der Königin von Semo ist zwischen den Bergen versteckt. Der schnellste Weg, ihn zu erreichen, führt durch Tunnel. Sollte es zum Äußersten kommen, Botschafterin, muss eine der Thronanwärterinnen diese Art von Geist beschwören. Er und seinesgleichen kennen den Weg.«

»Und wie finde ich eine Thronanwärterin?«, fragte Hanna gereizt. »Nachdem Ihr Euch Eurer Verantwortung, eine zu erwählen, entzogen habt?«

»Alle Thronanwärterinnen sind zur Hochzeit gekommen. Ihr findet sie im Westsaal. Wählt diejenige aus, die Euch am wenigsten nervig erscheint.« Merecot beugte sich vor und streckte Naelin die Hand hin.

Naelin zögerte.

»Es bleibt keine Zeit mehr, sich anders zu entscheiden«, erklärte Merecot trocken. »Steigt auf den Geist. Ein ganzes Land ist darauf angewiesen, dass unser Vorhaben gelingt.«

Sie fragte sich, ob Merecot ihre Untertanen als ihre Kinder betrachtete. *Wäre das möglich?* Wenn ja ... Noch bevor

Naelin eine Entscheidung treffen konnte, trat Ven vor den Erdgeist hin. »Ich komme auch mit.«

»Das könnt Ihr nicht«, gab Merecot zurück. »Wir haben das doch schon alles durchgesprochen. Im Gegensatz zu den Geistern Aratays werden die Geister von Semo nicht in den Hain kommen, solange auch andere Menschen anwesend sind. Oder genauer gesagt, sie werden es schon tun, aber sie werden dann stinksauer sein. Eure Anwesenheit würde unser Leben gefährden.«

»Ich kann ja draußen warten. Aber ich werde meine Frau begleiten, so weit ich kann.«

Merecot wirkte, als wolle sie weitere Einwände erheben, aber Botschafterin Hanna ließ es nicht zu. »Wenn ich schon hierbleiben muss, dann soll wenigstens er mitgehen«, befand sie. »Außerdem würden Eure Untertanen Verdacht schöpfen, wenn sie ihn so kurz nach der Hochzeit ohne seine Braut sehen, und Ihr wollt ja, dass das Ganze ein Geheimnis bleibt. Zumindest bis Ihr Euch sicher sein könnt, dass es auch von Erfolg gekrönt ist.«

Die andere Königin runzelte die Stirn, willigte jedoch ein. »Natürlich wird es ein Erfolg. Aber in Ordnung. Kommt mit uns, Ven. Ihr dürft den Hain nicht betreten, aber Ihr könnt draußen herumlungern und Euch dabei so bedrohlich geben, wie Ihr wollt. Ich muss schon sagen, ihr Meister seid sturer als die Schneeziegen. Und glaubt mir, davon gibt es in Semo mehr als genug.«

Naelin kletterte auf den Geist, und Ven saß hinter ihr auf. Der Leib des Erdgeistes gab unter ihr nach. Er roch sauer, wie mit Dung vermischte Erde nach dem Regen. Damit sie ihn nicht riechen musste, atmete sie durch den Mund. Sie klammerte sich an seine borstigen Haare, als der Geist nun in das Loch zurücktauchte, das er gegraben hatte.

Im Tunnel herrschte völlige Dunkelheit. Ganz egal, ob

sie ihre Augen nun öffnete oder sie geschlossen hielt, sie sah immer das Gleiche, und die einzigen Geräusche, die zu hören waren, waren der Atem der drei Menschen, das Schnauben des Geistes und das rieselnde Geräusch von Kieselsteinen, die bergab rollten. Das alles war ebenso beängstigend wie abstoßend, aber Naelin verkniff sich jede Bemerkung. Sie dachte an Erian und Llor. *Sobald ich hier fertig bin, werde ich mich nie wieder von ihnen trennen müssen. Vorausgesetzt, die Sache klappt ...*

Endlich tauchte der Schneckengeist wieder aus den Tunnelgängen auf. Der Himmel über ihnen war von Sternen übersät, und die Berge ringsum ragten als schwarze Schatten in den Nachthimmel auf. Eine Reihe brennender Fackeln führte zu einer Gruppe von Steinblöcken, die Seite an Seite standen und einen Kreis bildeten.

Der Hain der Königin von Semo.

Alle drei rutschten sie vom Rücken des Geistes. Merecot wischte sich den Dreck von ihrem Kleid und rückte ihre Krone zurecht. »Wollen wir?«

Ven umfasste Naelins Gesicht mit beiden Händen und küsste sie so leidenschaftlich, dass sie das Gefühl hatte, ihr würden die Knochen schmelzen. Sie schnappte nach Luft, während er sich Merecot zuwandte. »Ihr solltet wissen, dass ich Euch umbringen werde, solltet Ihr ohne Naelin aus dem Hain zurückkommen.«

Merecot lächelte frostig. »Ihr könnt es gern versuchen.«

Naelin legte Ven die Hand auf die Brust. »Wir sollten einander nicht bedrohen, wo doch unser gemeinsames Ziel einfach nur darin besteht, die Sache zu überleben, nicht wahr?« Ihr Blick war flehend, während sie ihm zu signalisieren versuchte, dass sie durchaus beabsichtigte, lebend aus dem Ganzen herauszukommen. Sie hatte jetzt eine Aufgabe und ein Ziel. Alles hatte sich verändert, als sie erfahren hatte, was Königin Jastra getan hatte. Er legte seine Hand über ihre und hielt sie fest, bis sie von ihm wegtrat.

»Ach, ist das rührend«, bemerkte Merecot und verdrehte die Augen. »Kommt.«

Die Königin von Semo schritt auf den Steinkreis zu, und Naelin folgte ihr. Der Wind pfiff durch die enge Schlucht, und Kälte brannte auf ihren Armen. Sie hörte keinen anderen Laut. Keine Vögel. Keine Tiere. Keine zirpenden Grillen. Sie hatte das Gefühl, als würden die Berge sie beobachten.

Das einzige Licht kam von der Reihe von Fackeln und der Mondsichel am Himmel. Sie fragte sich, wer wohl die Fackeln hier aufgestellt hatte oder ob sie von Feuergeistern entzündet worden waren. Jedenfalls spürte sie keine Geister in der Nähe – selbst der Erdgeist, der sie hergebracht hatte, hatte sich wieder in den Fels zurückgezogen.

In weiter Ferne, nach Süden hin hinter der Grenze, spürte sie die restlichen Geister Aratays wie ein Kribbeln. Sie konnte nicht zwischen einzelnen Geistern unterscheiden, aber sie wusste, dass sie da waren, mit ihr verbunden. Was würde das wohl für ein Gefühl sein, wenn sie ihre Verbindung mit ihnen aufhob? Es könnte wehtun. Vielleicht würde es sich aber auch nicht anders anfühlen, als wenn man einen toten Fingernagel abschneidet.

Deutlich näher schien der schlangenförmige Geist aus Aratay zu sein, der sie nach Semo befördert hatte. Ihren anderen Transportgeist, den gefiederten Hirsch, hatte sie wieder zurückgeschickt, um ihre Nachricht zu Daleina zu bringen, aber der Schlangengeist war noch immer in der Burg und wartete auf ihre Befehle. *Geh nach Süden. Flieg nach Aratay.* Sie wollte, dass er näher bei Daleina war, so dass die andere Königin ihre Macht über ihn leichter wieder geltend machen konnte.

Naelin spürte, dass der Geist Richtung Grenze losflog,

und es durchfuhr sie ein Gefühl von … *Es kann unmöglich Traurigkeit sein, was ich da empfinde. Ich habe niemals ihre Königin sein wollen. Man kann nicht den Verlust von etwas bedauern, das man gar nicht hat haben wollen.*

Die beiden Königinnen traten in den Steinkreis hinein.

»Vorsicht. Es ist rutschig«, warnte Merecot. »Als ich gekrönt worden bin, bin ich zweimal hingefallen.«

»Wirklich?« Naelin konnte sich nicht vorstellen, dass Merecot jemals etwas derart Unkontrolliertes widerfuhr.

»Nein, nicht wirklich. Ich wollte nur, dass Ihr Euch besser fühlt. Hat es geklappt?«

»Nein.« Der Untergrund im Inneren des Kreises bestand aus nacktem Fels, der aber poliert worden war, bis er glänzte, und nun so glatt war, dass Naelin äußerst vorsichtig gehen musste, um nicht auszurutschen. *Wohl kaum ein historischer Augenblick, wenn ich hier auf dem Hintern lande,* dachte sie. Andererseits war immerhin niemand hier, der es sehen könnte, außer Merecot.

Trotz seiner Verlassenheit wirkte der Hain allerdings seltsam lebendig. Die Stille war eine gedämpfte – die Geräuschlosigkeit eines Menschen, der den Atem anhält, nicht die taube Stille eines leeren Raums. Es war die gleiche Atmosphäre wie im Hain der Königin von Aratay, das Gefühl, als wäre Naelin an einen Ort gelangt, der so von Erinnerungen und Erwartungen getränkt war, dass selbst die Luft davon wusste.

Merecot blieb in der Mitte des Kreises stehen. Sie drehte sich zu Naelin um, streckte die Hände aus und wartete, bis sich Naelin über die spiegelglatten Steine zu ihr herangetastet hatte.

Naelin erreichte sie und griff nach Merecots Händen. »Also gut. Erst danke ich ab, dann entlasst Ihr Eure Geister, und danach erhebe ich Anspruch auf sie.«

Merecot ließ Naelins Arme hin und her schwingen und schüttelte sie. Sie wirkte viel fröhlicher als eigentlich angemessen. »Entspannt Euch. Das Schlimmste, was uns zustoßen kann, ist, dass wir eines schmerzhaften Todes sterben.«

»Und die Zerstörung sowohl von Aratay als auch von Semo, falls Daleina ihre Geister nicht beherrschen kann und es auch Euch nicht gelingt«, erwiderte Naelin. Sie sagte es ganz ruhig und gelassen, aber die Möglichkeit war durchaus real. Naelin hatte noch nie gehört, dass jemand vor ihnen etwas Derartiges versucht hätte. Was, wenn Merecot die Kontrolle über sie alle verlor? Was, wenn es Naelin nicht gelang, Macht über die Geister zu gewinnen? Niemand hatte je einen Teil seiner Geister freigegeben, und die ursprünglich aus den ungebändigten Landen stammenden Geister von Semo waren die wildesten Geister, denen Naelin je begegnet war. *All das kann ganz schnell ganz schrecklich schiefgehen.* Und ihr Ehemann befand sich direkt außerhalb des Hains, allein und den Geistern ausgeliefert.

Merecot grinste breit. »Tja, es könnte das Ende der Welt bedeuten. Juhu! Ihr macht den Anfang.«

»Nur damit das klar ist: Ich mag Euch nicht, aber ich vertraue darauf, dass Ihr eine gute Königin sein wollt und dass Euch das Wohl Eures Volkes tatsächlich am Herzen liegt.«

»Nur damit das klar ist: Das ist mir völlig egal, und Ihr könnt darauf vertrauen, dass ich eine wirklich *große* Königin sein will.«

Naelin schloss die Augen und konzentrierte sich. Sie tastete nach ihrer Verbindung mit den Geistern Aratays, und zu ihrer Überraschung »sah« sie auch die Verbindung der Geister Semos mit Merecot. Als durchschnitte sie Fäden an einer Stickarbeit, durchtrennte sie nun die Stränge, die sie mit ihren Geistern verbanden, darauf bedacht, keinen der

Fäden zu berühren, die hin zu Merecot führten, obwohl sie das Gefühl hatte, als hätte sie auch das durchaus tun können. Alle Fäden lagen vor ihr. *Ich gebe euch frei. Ich danke ab. Ich bin nicht eure Königin.*

Nicht eure Königin.

Sie hörte das Echo der Geister aus weiter Ferne: *Nicht unsere Königin.*

Nicht unsere.

Nicht unsere.

Nicht.

Und Naelin geriet ins Taumeln und fühlte sich plötzlich ganz leicht und hohl, wie ein Wassereimer, der ausgeleert worden war – sie fühlte die Geister Aratays nicht mehr, und an deren Stelle war ein Bewusstsein von den Geistern Semos getreten: Sie kamen in Scharen hin zu dem steinernen Hain, hassten sie, hassten ihre Königin und waren wild entschlossen, sie beide zu vernichten.

Oder zumindest Naelin.

Merecot wusste, dass sie Naelin töten könnte.

Genau jetzt in diesem Moment.

Mühelos.

Sie müsste nicht einmal selbst auch nur einen Tropfen Blut vergießen. Sie bräuchte nur einen der Erdgeister herbeirufen, um Naelin hinab in den Stein zu ziehen, oder einen der Luftgeister, um sie hochzuheben und dann fallen zu lassen. Sie hatte die volle Kontrolle über jeden Geist in Semo, und da konnten sämtliche Kräfte Naelins bei Weitem nicht mithalten.

Sobald Naelin die Geister Aratays freigegeben hatte, taumelte sie zurück, und dabei entglitten ihr Merecots Hände. Merecot ließ sie nach hinten fallen. Die ältere Königin rutschte auf dem glatten Felsboden aus und landete mit ausgestreckten Gliedern zu Merecots Füßen auf dem Boden.

In diesem Moment sah Merecot zu Naelin herab und erwog einen Mord.

Ebendies war der ursprüngliche Plan gewesen: die Königinnen töten und die Macht ergreifen. Königin Jastra hätte ihr jetzt zugeflüstert, sie solle es tun. Die alte Königin hatte jeden Eid geschworen, dass sich auch eine Gelegenheit dazu ergeben würde, sobald der Beschützer in Wolfsgestalt erst einmal aus dem Spiel war.

Es ist zwar eine gute Gelegenheit, aber ich habe einen viel besseren Plan, dachte Merecot. Nämlich Naelin *nicht* zu töten. Sie sollte die wilden Geister an sich reißen, und dann würde Merecot sie gehen lassen. Um als Nächstes Daleina selbst einen Besuch abzustatten, ohne Blut an den Händen und mit reinem Gewissen – und im Vollbesitz ihrer Kräfte, ohne von den überzähligen Geistern abgelenkt zu werden. Wenn Merecot keinen Königinnenmord begangen hatte, würde Daleina ihre alte Freundin vielleicht mit offenen Armen willkommen heißen.

Und dann ergibt sich für mich vielleicht die Gelegenheit, dass ich mein Schicksal erfülle.

Zuerst Daleina töten und die Macht über Aratay übernehmen und dann die vereinte Stärke von sowohl Aratay als auch Semo dazu einsetzen, um auch Naelin mit ihrer läppischen Anzahl an überzähligen Geistern den Garaus zu machen.

Naelin musste also zunächst weiterleben, damit sie später sterben konnte.

Sie beugte sich vor und half Naelin wieder auf die Beine. »Bereit?«

Naelin holte tief Luft, und Merecot sah, dass sie sich innerlich bereit machte. *Gut.* »Ihr solltet gut gerüstet sein«, riet Merecot. »Die Geister, die nicht mit dem Land verbunden sind, sind wirklich sehr, sehr stark.«

»Das bin ich auch«, erwiderte Naelin mit grimmiger Miene.

Das konnte Merecot nur bewundern. Sie konzentrierte sich – die Geister Semos hatten bereits gespürt, dass in dem steinernen Hain etwas vor sich ging, und stürzten nun dorthin, so schnell sie konnten. Ein heftiger Wind peitschte um den Hain, zerrte an Merecot und Naelin, und der Boden begann unter ihren Füßen zu beben.

Sie tastete nach den wilden Geistern, nach jenen, die nicht tief in den Untergrund von Semo eingesunken waren, jenen, die kämpfen und fliehen und die Welt in Stücke reißen wollten, jene Welt, die Merecot zusammenzuhalten suchte. Sie griff nach der unsichtbaren Verbindung, die diese Geister an sie kettete, und stellte sich vor, dass sie all diese Fäden um ihre Hand wickelte, bis sie sich zu einem einzigen Seil verfestigt hatten.

Und dann durchschnitt sie das Seil.

Naelin hörte, wie die Geister von Semo schrien – die wilden Geister rissen sich los, während die anderen mit aller Macht an ihren Ketten zerrten. *Ich könnte sie mir alle nehmen*, dachte sie. In diesem Moment war Merecot schwach. Wenn Naelin ihre Sinne in das wirbelnde Chaos sandte, könnte sie Merecot womöglich die Kontrolle über sie alle entreißen – nicht nur die über die Geister aus den ungebändigten Landen, sondern auch über die, deren angestammte Heimat Semo war. Innerhalb des Hains konnte sie die Fäden ihrer Verbindung zu Merecot fühlen.

Ich könnte dafür sorgen, dass sie nie wieder in ein anderes Land einfällt.

Ich könnte Königin Daleina und all meine Untertanen vor ihr und ihrem Ehrgeiz beschützen.

Vielleicht. Falls Merecot sie nicht davon abhielt. Falls sich die Geister nicht zur Wehr setzten. Falls Naelin das überhaupt wollte. *Ich ...*

Ich will Erian und Llor zurück.

Ihr Bewusstsein tauchte in die wirbelnden Geister.

Wählt mich, befahl sie den wilden Geistern. *Von nun an werde ich eure Königin sein. Wählt mich. Jetzt!*

Ihre Gedanken, ihre Gefühle, ihr Wille wurden vom Geheul der Geister bestürmt. Sie wollten zerreißen, zerstören, zerbrechen, töten. Sie hörte ein Rumoren um sich herum, und die Erde hob sich unter ihren Füßen. Naelin stürzte und fiel hart auf die Knie. Schmerz durchschoss ihre Beine, aber sie spürte ihn kaum. Er ging in all dem Schmerz überall um sie herum unter, während die Geister an ihren Sinnen zerrten.

Sie spürte, dass sie schrie, konnte aber ihre eigene Stimme nicht hören, die vom Kreischen der Geister verschluckt wurde. Es war, als würden ihre Muskeln zerrissen, als würden alle Knochen in ihrem Körper brechen. Und dann zerteilte sich ihr Bewusstsein.

Sie sah sich selbst von außen, wie durch hundert Augen gleichzeitig, vervielfacht und verzerrt. Sie sah ihren Körper ganz verdreht, als würde sie ausgewrungen wie ein Lumpen, geschüttelt und dann in eine Million Stücke zerrissen.

Mit aller Macht kämpfte sie darum, sich wieder zu sammeln, wieder mit sich eins zu werden, und es war so, als versuche sie, Sand mit ihren Armen zu schöpfen. Aber sie hatte Merecot nicht belogen, als sie behauptet hatte, sie wäre stark.

Denn das war sie wirklich.

Ihr gehört mir, trug sie den Geistern auf. *Ich gehöre euch.*

Ich werde euch nach Hause bringen.

Eine Pause.

Sie spürte, wie sie nach vorn kippte, hart auf den Boden prallte, und sie war wieder ganz, für einen kurzen Moment. Und dann waren die Geister in ihr, jagten durch ihr Bewusstsein, griffen nach ihren Erinnerungen und zersplitterten sie in kleine Bruchstücke, als wären sie aus Glas.

Sie sah sich selbst als Kind, in der Nacht, als ihre Eltern starben.

Sah sie wieder. Hörte sie schreien.

Sah Renet, an dem Tag, als sie sich zum ersten Mal begegnet waren. Küsste ihn. Heiratete ihn.

Sah Erian nach ihrer Geburt ihren ersten Schrei ausstoßen und dann als Säugling an ihrer Brust, wie sie lebte, atmete, größer wurde, und dann Llor, sein winziges Gesicht von einem Schrei ganz entstellt. Und dann wuchsen sie beide, liefen durch das Haus und schlangen die Arme um sie, lachten und plapperten.

Die Geister tobten durch ihre Erinnerungen, bis sie den Moment fanden, in dem sie Erian und Llor verloren, man ihr die beiden weggenommen hatte. Und dann sah sie den Augenblick, in dem sie sie wiedergefunden hatte, als sie sich in ihre Arme gestürzt hatten, Tränen auf den Wangen. Sie hielten erwartungsvoll inne, und im ersten Moment war Naelin verwirrt.

Und dann verstand sie.

Ich werde euch halten, ließ sie die Geister wissen, *so wie ich sie gehalten habe. In meinem Herzen.*

Nimm uns, antworteten die Geister.

Und sie nahm sie.

In dem leeren Innenhof spürte Hanna den Augenblick, in dem sich die Macht über die Geister zwischen den Königinnen verlagerte. Es waren nur wenige Sekunden, nicht mehr. Aus eigener Kraft rollte sie über den Innenhof, um zwischen den Bogen hindurch einen Blick auf die Berge im Westen zu werfen.

Sie sah einen Gipfel herabstürzen.

Und dann sah sie, wie sich an gleicher Stelle ein neuer Berg erhob.

Gut, dachte sie. *Sehr gut. Wenn ich in meinem Leben irgendetwas geleistet habe, dann das hier. Ein Königreich gerettet. Eine Königin gerettet. Es hätte ein Ende sein können, aber es ist ein Neuanfang.*

Kapitel 23

Auch wenn sie es hatte kommen fühlen, prallte Daleina doch zurück, als habe sie ein Faustschlag getroffen. Sie krachte gegen ihren Thron, und ihr Kopf schlug an das Holz. Um sich herum hörte sie Schreie, hatte aber keine Zeit, ihre Minister zu beruhigen.

Sie tauchte in das Bewusstsein ihrer Geister ein. *Beruhigt euch. Ich bin bei euch. Ihr seid nicht allein, ich habe euch nicht verlassen. Klammert euch an mich.*

Und zu ihrer Überraschung gehorchten sie.

Sie spürte die Erleichterung der Geister wie einen Wasserfall, all ihre Gefühle rauschten durch Daleina hindurch, vor allem die aufrichtige Erleichterung darüber, aus dem widerstreitenden Hin und Her zwischen zwei Königinnen entlassen worden zu sein. Daleina hüllte sie ein in ihre Hoffnung und ihre Kraft.

Und zum ersten Mal wurde ihr bewusst, dass sie die Geister nicht hasste. Nicht mehr. Alles, was sie Naelin eingeschärft hatte, entsprach auch der Wahrheit: Man durfte sie nicht hassen. Man musste sie annehmen, sie sogar lieben. Sie waren ein Teil der Welt, und neben ihrem Hass und ihrem Zorn gab es auch Schönheit in ihnen und das Verlangen zu leben und zu gedeihen. Sie speiste sie mit all ihren Wünschen, Hoffnungen und Träumen für eine friedliche Zukunft, und die Geister, die sich nach Naelins Abdankung verlassen fühlten, saugten alles auf, als wären

Daleinas Gedanken Wasser, das durch ihre durstigen Kehlen floss.

Daleina öffnete die Augen. »Sie hat es geschafft.« Sie richtete sich auf ihrem Thron auf und lächelte ihre Minister an. Plötzlich fühlte sie sich stärker als seit Wochen, ja sogar seit Monaten. »Gut, jetzt berichtet mir alles, was in Ordnung gebracht werden muss. Es ist an der Zeit, Aratay zu heilen.«

Ihre Minister nahmen sie beim Wort, und das Treffen dauerte bis spät in die Nacht. Es endete erst, als ihr Truchsess darauf bestand und die Minister aus dem Saal des Sonnenaufgangs scheuchte. Er tadelte Daleina, weil sie sie nicht schon früher weggeschickt hatte, und warf ihr vor, sich zu viel zuzumuten und nicht auf sich zu achten. Sie sah ihn lächelnd an. »Warum soll ich denn auf mich achten, wo ich doch Euch habe, Belsowik?«

»Der Schlafmangel hat Euch ganz schwummerig gemacht, Euer Majestät.« Er half ihr vom Thron herunter. Ihre Beine waren vom langen Sitzen steif geworden, und ihr schmerzte der Rücken, doch sie fühlte sich trotzdem viel besser als am Morgen. Es war, als hätten die Geister ihr neue Kraft gegeben.

»Wisst Ihr, wo ich Heiler Hamon finden kann?«

»Ich werde ihn zu Euch rufen lassen«, versprach der Truchsess.

Sie winkte ab. »Nicht nötig, ihn bei der Arbeit zu stören. Ich kann selbst zu ihm gehen. Könnt Ihr herausfinden, wo er ist?«

»Ich glaube, er befindet sich bei seiner Mutter.« Die Missbilligung in seiner Stimme war nicht zu überhören. Der Truchsess durchschaute Giftmischerin Garnahs heiteres Auftreten und sah, was dahinter verborgen war, und obwohl sie Daleina vor der tödlichen Wirkung des Giftes gerettet hatte, konnte er sie offensichtlich nicht leiden. Der Aufmerksamkeit des Truchsesses entging nicht viel, hatte Daleina inzwischen festgestellt. *Ein guter Menschenkenner. Ich hoffe, er mag mich.*

»Woher wisst Ihr das überhaupt?«, fragte sie. »Haltet Ihr Euch denn stets über alle auf dem Laufenden, an denen mir etwas gelegen ist?«

Er antwortete mit großem Ernst: »Ja, das tue ich.«

Daleina schritt so gutgelaunt durch den Palast, dass sie am liebsten gehüpft wäre, beschloss aber, dass das nicht majestätisch genug war. Sie begnügte sich damit, alle anzulächeln, denen sie begegnete, und wurde mit Lächeln, Verbeugungen und guten Wünschen belohnt. An der Tür zu Garnahs Räumen angekommen, ließ sie ihre Wache anklopfen und sich anmelden.

»Oh, wie wundervoll!«, sagte Garnah hinter der Tür.

Daleina dankte ihrem Wachposten und trat ein. Garnah lag auf einem Sofa und klimperte, mehr schlecht als recht, auf einer kleinen Harfe, und Hamon nahm auf der anderen Seite des Raums eine Sammlung von Röhrchen und Messbechern in Augenschein. Als sie in den Raum trat, richtete er sich auf. »Euer Majestät!«

»Redest du sie im Ernst so an?«, erkundigte sich Garnah.

»Sie ist die Königin. Ich schulde ihr Respekt.«

»Nennst du sie auch so, während du mit ihr … Du weißt schon, wenn du mit ihr allein bist?«

Daleina spürte, wie sie rot wurde.

»Mutter!« An Daleina gewandt, sagte er: »Vergib ihr. Sie leidet an einem Krankheitsbild, das unter dem Namen ›Grauenhafte Persönlichkeit‹ bekannt ist.«

Garnah lachte. »Das war ja schon fast witzig. Ich bin stolz auf dich, mein Junge.«

Hamon zuliebe versuchte Daleina, sich ein Lächeln zu

verkneifen. Sie wusste, was für ein Albtraum Garnah als Mutter war – sie konnte sich vorstellen, wie furchtbar es sein musste, unter der strengen Zucht einer Frau wie Garnah aufzuwachsen – aber Hamons Mutter hatte tatsächlich einen Sinn für Humor, den Daleina, nachdem sie es so lange mit verdrießlichen Ministern und theatralischen Meistern zu tun gehabt hatte, durchaus erfrischend fand.

Mit Sorge im Blick ging Hamon zu Daleina hinüber. »Ist alles in Ordnung?«

»Es gibt zur Abwechslung mal gute Neuigkeiten.« Daleina strahlte ihn an. »Der Plan ist aufgegangen.«

»Jippie!«, rief Garnah. »Die Königin ist tot!«

»Sie ist nicht tot. Ich sagte, gute Neuigkeiten. Sie hat die Kontrolle über die Geister Aratays aufgegeben und abgedankt, stattdessen hat sie die Verantwortung für die überzähligen Geister von Semo übernommen ...« Sie brach ab. Zumindest war sie sich weitestgehend sicher, dass es das war, was geschehen war. Sie konnte die Geister nicht bis über die Grenze hinaus fühlen, aber sie hätte es doch sicherlich gespürt, wenn Naelin gestorben wäre, oder etwa nicht? »Zumindest war das der Plan, und die erste Hälfte ist gut gelaufen, so dass ich annehme, dass die zweite Hälfte ebenfalls erfolgreich über die Bühne gegangen ist.«

»Jippie?«, meinte Garnah zweifelnd. »Es könnte also sein, dass die Königin nicht gestorben ist?«

»Hoffentlich ist niemand gestorben«, antwortete Daleina. »Das Einzige, dessen ich mir sicher bin, ist, dass ich wieder die einzige Königin von Aratay bin.«

»Ohne eine Thronanwärterin«, warf Garnah ein.

»*Mutter.* Du bist nicht gerade hilfreich.« Hamon legte den Arm um Daleina. »Es ist durchaus möglich, dass sich alles zum Besten wenden wird.«

Es würde das eine oder andere Problem geben, wenn

Naelin zurückkehrte und ihre Geister an die verödeten Gebiete band – sie würden herausfinden müssen, wie die Grenzen zwischen beiden Bereichen funktionierten, ob Naelin über ein eigenes, abgesondertes Land innerhalb der Grenzen von Daleinas Reich herrschen konnte. Aber Daleina war zuversichtlich, dass sie das alles würden regeln können.

Garnah schenkte ihnen beiden ein strahlendes Lächeln. »In der Zwischenzeit … Ich habe Hamon gerade erzählt, wie gerne ich doch Enkelkinder haben würde. Ich glaube, ihr zwei solltet eine eurer Töchter nach mir benennen.«

Diesmal konnte sie es sich nicht mehr verkneifen: Daleina lachte laut auf.

Sich von zu Hause wegzuschleichen und allein nach Norden zu reisen war nicht gerade die beste Entscheidung gewesen, die Arin je getroffen hatte, aber Königin Naelin und Meister Ven hatten ihr kaum eine andere Wahl gelassen. Sie hatte zusammengepackt, was sie aus der Küche ihrer Eltern hatte stibitzen können: mehrere Laibe Brot und einen Kuchen, aber sie hatte seit Tagen kein Fleisch mehr gegessen.

Immerhin konnte sie umgekehrt froh sein, dass auch nichts sie selbst gegessen hatte.

Wahrscheinlich, weil ich so schlimm rieche, dass sich jedem Raubtier der Magen umdreht.

Sie hatte nicht gewagt, auf den Waldboden hinabzusteigen, um sich in einem der Bäche zu waschen. Der sicherste Weg führte auf mittlerer Waldhöhe entlang, also blieb sie dort. Jetzt, nur wenige Meilen von der Grenze entfernt, wünschte sie, sich getraut zu haben, doch ein Bad zu nehmen. *Die Grenzwachen werden einmal schnuppern und dann sagen: »Wir wollen deinen Gestank in Semo nicht.«*

Während der letzten Meilen hatte sie intensiv darüber nachgedacht, was sie sagen sollte, um an den Grenzwachen vorbeizukommen. Königin Naelin war nach Semo eingeladen worden. *Ich … eigentlich nicht.*

Wenn sie sie nur nicht zurückgelassen hätten, dann wäre jetzt alles viel einfacher.

Und ich könnte Königin Naelin beschützen, wie ich es versprochen habe. Für jedermann war es offensichtlich gewesen, dass die Königin und Meister Ven direkt in die Falle spazierten, und Arin war ganz klar gewesen, dass sie helfen konnte. *Aber ich kann nicht helfen, wenn ich nicht da bin!*

Sie erreichte das Ende der Seilbrücke und ließ sich auf den Absatz plumpsen, um sich auszuruhen. Über sich hörte sie das liebliche, vogelähnliche Lied einer Wipfelsängerin – eine Melodie ohne Worte. Sie lehnte den Kopf gegen den Baumstamm und lauschte, während die zarten Klänge immer näher kamen.

Und dann brach der Gesang jäh ab.

Sie richtete sich auf. War die Sängerin in die Tiefe gestürzt? Von Geistern angegriffen worden? Arin ließ ihren Blick über die Äste in der Nähe schweifen und hielt Ausschau nach irgendeiner Bewegung, sah jedoch nichts.

»Hallo, junge Reisende!«

Arin stieß einen spitzen Schrei aus, als plötzlich eine Frau vor ihr hin und her schwang – sie baumelte mit dem Kopf nach unten von einem dünnen Ast, den sie mit den Knien umklammert hielt. Ihr krauses Haar bauschte sich in einer Wolke unter ihrem Kopf, und sie lächelte fröhlich, als hätte es ihr den Tag gerettet, Arin entdeckt zu haben.

»Ähm, hallo.« Arin legte den Kopf schief und versuchte, die Frau richtig herum zu sehen.

»Es ist ungewöhnlich, dass so junge Leute wie du so nahe der Grenze unterwegs sind. Aber ich habe nicht vor zu fragen, ob du dich vielleicht verirrt hast, weil ich klar erkennen kann, dass dem nicht so ist.«

»Das kannst du?« Arin glaubte nicht, dass sie sich verirrt hatte, aber es war schwierig, da sicher zu sein. »Ich reise nach Semo. Ich habe gehört, dass es hier direkt im Norden über die Grenze geht?«

»Die Grenze ist nur noch eine Meile weit entfernt. Aber du solltest die Grenze lieber im Morgengrauen überqueren. Die Geister von Semo sind nicht ganz ohne – sie gehen davon aus, dass jeder, der die Grenze bei Nacht überquert, ein Eindringling ist, und reißen ihn oder sie in Stücke.« Die Frau schwang hin und her, und ihr gebauschtes Haar schwang mit ihr.

Arin hätte sie am liebsten gepackt und festgehalten, aber die Frau schien sich keine Sorgen zu machen, dass sie womöglich herabstürzen könnte. »Ich will auf keinen Fall in Stücke gerissen werden. Danke. Bist du die Wipfelsängerin, die ich vorhin gehört habe?«

»Ich heiße Sira. Ich habe die Bäume auf den Sonnenuntergang vorbereitet. Alles verändert sich für sie, wenn die Abenddämmerung kommt. Sie können keine Sonnenstrahlen mehr trinken, und andere Vögel und sonstige Wesen als am Tag huschen über sie hinweg. Ich habe schon immer gedacht, dass es beängstigend für sie sein muss, so viel Veränderung jeden Tag. Also singe ich, um sie zu trösten.«

»Ja, die Nacht kann wirklich beängstigend sein.« Arin wusste nicht, was sie sonst zu einem solchen Vortrag sagen sollte. Und es stimmte, dass ihr die Nächte allein im Wald große Angst eingejagt hatten. Plötzlich wollte sie nicht, dass Sira sie wieder verließ. »Wohin gehst du bei Nacht? Hast du einen speziellen Ort zum Schlafen?«

»Dort ist nur genug Platz für meine Mutter und mich und manchmal meinen Bruder, wenn er zu Besuch kommt.

Aber jetzt ist er nach Semo gegangen. Oh! Da sind ja gerade auch noch andere auf dem Weg nach Semo!« Siras Lächeln wurde noch strahlender. »Vielleicht willst du dich ihnen ja anschließen. Ich bringe dich zu ihnen!«

Sie huschte flink wie ein Eichhörnchen über die Äste und schwang sich dann von einem Seil in den nächsten Baum. Lachend flog sie durch die Luft. Arin beeilte sich, ihr zu folgen, während sich Sira von Seil zu Seil schwang und jedes Mal die Seile hinter sich zurückwarf. Es erinnerte Arin an die Zeit, als sie und Daleina noch klein gewesen und gemeinsam durch die Bäume gesaust waren, bevor Daleina dann auf die Akademie gegangen war. Bald schon lachte auch sie, bis Sira endlich auf einem Absatz stehen blieb.

Nach Norden hin wichen die gewaltigen Eichen und Kiefern schlankeren Birken. Dazwischen, nicht weit entfernt von Arin und Sira, schlängelte sich der Rauch von Lagerfeuern zum Himmel hinauf. »Mutter ist bei ihnen«, verkündete Sira, »und entweder berät sie sie, oder sie brüllt sie an. Wahrscheinlich beides zugleich. Du wirst an ihrem Feuer willkommen sein.«

»Willst du mich denn nicht begleiten?« Arin war nicht gerade begeistert von der Idee, einfach so zu den Fremden hinzugehen, obwohl ja Sira vor zehn Minuten ebenfalls noch eine Fremde gewesen war.

»Meine Füße werden den Waldboden nicht berühren, solange er mir keine Geschichten zu erzählen hat. Ich bin mit den Bäumen noch nicht fertig.« Sie sagte das in einem so sachlichen Tonfall, dass Arin eifrig nickte, als wäre das eine nur zu verständliche Feststellung.

Arin richtete ihren Blick wieder auf die Gestalten am Lagerfeuer – sie zählte vier. Drei saßen, und eine stand, aber es war unmöglich, mehr Einzelheiten zu erkennen. Sie drehte sich wieder zu Sira, um ihr noch eine Frage zu stellen ... aber die Wipfelsängerin schwang sich bereits wieder durch die Bäume und kletterte dann ohne Seile oder Leitern noch höher, hinauf in die unsicheren und gefährlichen Baumwipfel.

Meine erste Wipfelsängerin, dachte Arin. *Und sie ist genauso seltsam, wie ich mir die Wipfelsänger immer vorgestellt habe.* Es war bekannt, dass man ein besonderer Typ Mensch sein musste, wenn man sein Leben so hoch oben verbrachte, dass einen die Äste entweder trugen oder eben nicht trugen. *Aber sie hat mir gefallen.*

Arin fand eine Seilleiter, die von dem Aufbau aus, auf dem sie stand, in die Tiefe führte, und kletterte hinunter. Als sie den Waldboden erreicht hatte, war die Sonne untergegangen, und das hellste Licht im Umkreis kam vom Lagerfeuer.

Sie ging darauf zu und versuchte, so mutig zu sein wie Daleina. In der Ferne glaubte sie, die hohe, aufsteigende Stimme der Wipfelsängerin zu hören, aber der Wind verwehte die Hälfte der Melodie.

Als sie das Lagerfeuer erreicht hatte, saßen nur drei Gestalten darum herum: zwei Männer und ein Mädchen, das ungefähr in Arins Alter war. Sie war die Einzige von den dreien, die bei Arins Herannahen aufschaute. Sie hatte blaues und schwarzes Haar, das sie streng zu zahlreichen Zöpfen geflochten hatte, und trug einen Umhang, der an ihrem Hals mit einer Brosche zusammengehalten wurde, die wie ein Baum mit flammend roten Blättern geformt war. Sie musterte Arin mit ihren hellgrauen Augen. Arin erwiderte den Blick. Sie wusste nicht einmal, warum sie das Mädchen so anstarrte, nur, dass niemand Arin je so intensiv angesehen hatte. *Die meiste Zeit bemerkt mich überhaupt niemand.* Außer wenn man feststellte, dass sie die kleine Schwester der Königin war.

»He, ich kenne dich!«, rief einer der Männer. »Du hast mir ein Schlafpulver verabreicht!«

Arin machte große Augen und riss den Blick von dem Mädchen mit den hellen Augen los, um nun zum ersten Mal auch die beiden Männer anzusehen. *Ich kenne sie, alle beide!* Der Mann, der sie angesprochen hatte, war Renet, Erians und Llors Vater, und der andere war einer der Meister. Sie brauchte einen Moment, um sich an seinen Namen zu erinnern. Meister Havtru. »Bitte entschuldigt«, sagte Arin. »Damals schien es mir das Richtige zu sein.«

»Vermutlich war es das auch. Aber du hattest kein Recht, meine Kinder in Gefahr zu bringen.« Er warf ihr einen finsteren Blick zu, was kein guter Anfang war. Tatsächlich sah er wie der Typ Mensch aus, der gern herumbrüllte. Es gefiel ihr nicht besonders, angebrüllt zu werden. Ihr war es bei Weitem lieber, wenn jedermann sie mochte.

Vielleicht hätte ich oben in den Bäumen bleiben und allein auf die Morgendämmerung warten sollen. Aber dann wanderte ihr Blick zu dem Lagerfeuer, über dem bereits wunderschön braun gewordenes Fleisch an Spießen brutzelte.

Das Mädchen berührte Meister Havtru am Arm und flüsterte ihm etwas ins Ohr, zu leise, als dass Arin es hätte hören können. Der Meister nickte. »Setz dich zu uns, Kind«, forderte er sie auf. »Wir haben reichlich zu essen. Und verrate uns, warum du dich ganz allein so weit nach Norden gewagt hast.«

»Königin Naelin hat mich ausgesandt«, antwortete Arin und nahm Platz, bevor Renet Einwände erheben konnte. »Ich soll mich mit ihr und Meister Ven in Arkon treffen. Wir sind zusammen gereist, dann aber getrennt worden. Ich möchte wieder zu ihnen stoßen.«

Meister Havtru musterte sie mit zusammengekniffenen Augen. »Was jetzt? Hat sie dich ausgesandt, oder bist du von ihnen getrennt worden? Es sieht Meister Ven gar nicht ähnlich, einen Reisegefährten zu verlieren.« Er kratzte sich am Bart, und Arin konnte nicht erkennen, ob er neugierig war oder ob sie selbst verdächtig nervös wirkte.

Ich sollte jetzt eigentlich wirklich bei ihnen sein – so viel ist wahr. Dass sie den starken Verdacht hatte, dass Daleina ihren Meister dazu überredet hatte, Arin nach Hause zu bringen und sie ganz bewusst dort zurückzulassen, hieß noch lange nicht, dass …

Das Mädchen hob einen der Spieße vom Feuer und reichte ihn Arin.

»Danke«, sagte Arin. Sie blies auf das brutzelnde Fleisch, dann biss sie hinein und zuckte zusammen, als es ihr den Gaumen verbrannte, aß aber dennoch weiter. »Ich heiße Arin.«

»Cajara«, sagte das Mädchen leise. Ihre Stimme war hell und schmelzend und ließ Arin an ein Blätterteiggebäck denken. *Wenn Cajara etwas zu essen wäre*, befand Arin, *wäre sie ein Nachtisch.*

»Ich begreife immer noch nicht, warum du hier bist«, ergriff Renet wieder das Wort.

Und Renet wäre die saure Limonade, bevor man Zucker hinzugegeben hat.

»Da sie nun schon hier ist«, bemerkte Cajara, und ihre Stimme war genauso sanft wie zuvor, »kann sie da nicht mit uns reisen?«

»Renet hat nicht ganz unrecht«, warf Meister Havtru ein, »oder er hätte jedenfalls vermutlich nicht ganz unrecht, wenn ihn die ganze Angelegenheit nicht so griesgrämig gemacht hätte.« Er schlug Renet auf die Schulter, ein wenig zu fest, um nur ein freundschaftlicher Klaps zu sein. »Es ist heutzutage gefährlich, nach Semo zu reisen. Bist du dir sicher, dass du wirklich dorthin willst?«

Ja. Nein. Wollen? Vielleicht muss ich eben einfach dorthin gehen. »Königin Naelin und Meister Ven tappen womöglich in eine Falle. Ich kann ihnen helfen.«

»Willst du alle in ganz Semo in Tiefschlaf versetzen?«, fragte Renet sarkastisch.

Eigentlich war es gar keine so schlechte Idee, auch wenn sie dafür nicht genug Schlafpulver bei sich hatte. Arin hatte vorwiegend mit Gift versetzte Amulette mitgenommen, um die Geister zu bremsen. Sie zuckte nur die Achseln und aß weiter. *Zumindest werde ich einen vollen Magen haben, wenn ich mich heimlich nach Semo einschleichen muss.* »Warum geht denn ihr alle dorthin?«

»Um Botschafterin Hanna nach Hause zu geleiten, sobald sie dort ihre Arbeit getan hat«, antwortete Meister Havtru, »und ebenso Meister Ven und Königin Naelin, wenn sie mitkommen wollen.«

»Sie hat Wachen mitgenommen, nicht? Warum braucht sie dann eine Eskorte, um sie nach Hause zu bringen?« Arin konnte die Antwort erraten: *Weil es wirklich eine Falle ist.* Also fuhr sie rasch fort, ehe irgendjemand antworten konnte. »Klingt ganz so, als wären wir aus dem gleichen Grund hier. Vielleicht sollten wir dann ja zusammen reisen.«

Bitte, sagt Ja.

Wenn sie mit ihnen reiste, konnten die anderen sie an den Grenzwachen vorbeischleusen. Außerdem wäre sie sicherer, wenn sie einen Meister an der Seite hatte und außerdem noch … eine Kandidatin? Konnte Cajara seine Kandidatin sein? Sie warf einen erneuten Blick auf das Mädchen und bemerkte, dass auch Cajara sie ansah.

Cajara errötete und blickte auf ihre Hände hinab.

»Bist du eine Kandidatin?«, fragte Arin.

Cajara schüttelte den Kopf, ohne aufzuschauen.

Meister Havtru antwortete für sie. »Cajara ist eine Freundin der Familie. Sie kann lediglich mit einigen wenigen Geistern Verbindung aufnehmen. Ich habe sie mitgenommen, damit sie etwas zu erzählen hat.«

Er ist ein schrecklich schlechter Lügner, dachte Arin. Es war eine fadenscheinige Ausrede, um jemanden über die Grenze mitzunehmen. »Ihr solltet zumindest behaupten, dass sie Eure Nichte ist. Und dass sie erst kürzlich ihre Eltern an die Geister verloren hat und Ihr nun alles seid, was sie noch an Familie hat. Dass sie sich deshalb geweigert hat, allein zurückzubleiben.«

»Hm. Könnte in etwa hinhauen.«

Renet traten die Augen aus den Höhlen. »Moment mal – Cajara ist eine Kandidatin?«

»Sie ist nur meine Nichte.« Havtru probierte es sofort mit dieser Lüge.

Cajara schaute auf, sah Arin in die Augen und senkte den Blick dann wieder. *Ihre Augen sind eher fliederfarben als grau,* dachte Arin. »Es kommt der Wahrheit sehr nahe«, bekannte Cajara. »Meister Havtru kommt mir tatsächlich so vor, als wäre er alles, was ich noch an Familie habe.« Ihre Stimme war so leise, dass ihre Worte fast im Abendwind untergingen.

Meister Havtru tätschelte ihr die Schulter. »Nenn mich einfach Onkel Havtru.«

»Glückwunsch zu deiner neuen Familie«, meinte Arin zu ihr.

Cajara reagierte mit einem schnellen, schüchternen Lächeln, so flüchtig, dass es Arin im flackernden Licht des Lagerfeuers beinahe übersehen hätte.

Arin wollte ihr weitere Fragen stellen, nicht zu ihrer Familie – das war kein Thema, um einander erst einmal kennenzulernen –, sondern über sie: was sie von dieser Reise nach Semo hielt, ob sie auch wirklich hier sein wollte oder ob sie vielmehr das Gefühl hatte, hier sein zu müssen. Bevor sie jedoch irgendwelche Fragen formulieren konnte, sprang Cajara plötzlich auf.

»Was ist los?« Meister Havtru war nur eine Sekunde später ebenfalls auf den Beinen, seinen Bogen in der Hand. Er griff nach einem der Pfeile in seinem Köcher. Renet erhob sich deutlich unbeholfener und zog einen Dolch.

Cajara deutete nach Norden und flüsterte: »Die Geister an der Grenze. Seht nur.«

Zuerst konnte Arin zwischen den Birken nichts sehen. Aber dann machte sie Bewegungen aus: Entfernt wie Menschen geformt, aber erheblich größer, zogen sich die Geister von Semo an der Grenze zusammen, Seite an Seite.

»Was tun sie da?«, flüsterte Arin.

Soweit sie erkennen konnte, taten die riesigen Geister nichts anderes, als sich in einer Reihe aufzustellen. *Werden sie angreifen?* Aber sie waren nicht Aratay zugewandt. Sie blickten nach Norden.

»Sie warten«, bemerkte Cajara leise.

»Worauf?«, fragte Arin.

Cajara schwieg für einen Moment und bekam jenen entrückten Gesichtsausdruck, der sich auch bei Arins Schwester immer einstellte, wenn sie mit den Geistern sprach. »Darauf, dass etwas Wunderbares geschieht«, berichtete Cajara. »Oder etwas Schreckliches.«

Die Menschen am Feuer warteten ebenfalls.

Die Geister regten sich nicht.

Immer schwärzer wurde die Nacht um sie herum, und das Feuer brannte herunter. Renet löste sich aus seiner Wachstellung, um sich um das Feuer zu kümmern. Meister Havtru behielt seinen Bogen in der Hand, legte aber keinen Pfeil ein. Cajara rührte sich nicht von der Stelle.

Während sie weiter den Blick auf die Grenze gerichtet

hielten, fasste Arin zugleich Cajara ins Auge. Sie konnte sich nicht erklären, was genau es war, das sie an dem anderen Mädchen so faszinierte. Es war ja nicht gerade so, als würde Cajara viel reden. Aber sie schien gleichzeitig stark und verwundbar zu sein. Es weckte in Arin den Wunsch, sie besser kennenzulernen.

Warum denke ich ständig über sie nach, während ich mir doch wegen der Geister Sorgen machen sollte?

Dann keuchte Cajara auf und taumelte zurück. Meister Havtru packte sie am Arm und hielt sie fest, ehe sie ins Feuer fallen konnte. Arin sprang, ohne nachzudenken, zu ihr hin und stützte sie auf der anderen Seite. Sie ließ nicht los, auch nachdem sich Cajara wieder gefangen hatte.

»Alles in Ordnung mit dir?«, fragte Arin.

»Ich … Ich weiß es nicht. Ja.«

»Was ist passiert?«, wollte Meister Havtru wissen.

»Irgendetwas. Alles. Ich weiß es nicht.«

Sie wollte – oder konnte – nicht mehr erklären. Einige Male versuchte sie, was immer sie gespürt hatte, in Worte zu fassen, und dann brach sie wieder ab, verstummte und schüttelte den Kopf.

Schließlich schlurften die steinernen Riesen an der Grenze fort, und die vier Reisenden krochen in ihre Schlafsäcke, um noch ein wenig Schlaf zu finden, bis die Morgendämmerung hereinbrach. Arin träumte von einem Stein, der sie zerquetschte, und davon, wie sich die Erde unter ihren Füßen auftat.

Als Arin die Augen öffnete, brauchte sie einen Moment, um sich daran zu erinnern, wo sie war, mit wem sie nun zusammen war und warum sie sich hier befand. Und sie benötigte noch eine weitere Minute, um die Tatsache zu verarbeiten, dass auf Cajaras Handgelenk ein gefiederter Luftgeist hockte.

Plötzlich hellwach, unterdrückte Arin ein Aufkreischen.

»Er überbringt eine Nachricht«, erklärte Cajara ruhig. Arins Erschrecken schien sie zu belustigen, auch wenn es schwer war, ihren Gesichtsausdruck zu deuten. Vielleicht freute sie sich auch einfach nur darüber, dass der Himmel blau war.

Cajara nickte Meister Havtru zu, der ein Stück Pergament las, das um das Bein des Geistes gewickelt gewesen sein musste – es war immer noch leicht an den Rändern gebogen, weil es zusammengerollt gewesen war. Cajara wandte ihren Blick wieder dem Geist zu und strich ihm über die Federn an seinem Hals.

Arin musterte sie einen Moment lang. »Und du bist wirklich einfach eine Freundin der Familie – Entschuldigung, eine Nichte –, die nur mit einigen wenigen Geistern in Verbindung treten kann?«

»Genau.« Cajara blickte Arin unverwandt in die Augen und ergänzte mit ihrer sanften, schmelzenden Stimme: »Und von dir wollen also die Königinnen, dass du nach Semo reist, um ihnen zu helfen.«

»Stimmt«, sagte Arin.

Und Cajara lächelte sie an – ein ganz erstaunliches Lächeln, so unverkennbar nur für Arin ganz allein bestimmt, dass Arin errötete. »Dann sollten wir wohl besser zusammen nach Semo reisen«, befand Cajara.

Und Arin musste unwillkürlich denken: *Mit ihr würde ich überallhin gehen.*

Kapitel 24

Ven wollte ohne großes Aufhebens aufbrechen, aber Naelin war dagegen. Ihrer Meinung nach sollten sie sich nicht davonschleichen wie Diebe. Königin Merecots Volk verdiene es zu erfahren, dass alles gut sei, argumentierte sie. Also ließ Ven zähneknirschend eine lächerliche Abschiedszeremonie über sich ergehen, die einen endlosen Strom von Lob und Preis, Plattitüden und anderem lächerlichen Unsinn beinhaltete.

Sie würden Botschafterin Hanna bei Königin Merecot in Semo zurücklassen, damit sie sich um die Folgen ihres Eingriffs kümmern konnte – sie hatten in gemeinsamer Absprache beschlossen, keine Details über die Ereignisse im Hain preiszugeben, bis Ven, Naelin und die Kinder die Grenzen von Semo hinter sich gelassen hatten. Erst nachdem sie weit genug entfernt waren, würde Hanna Merecot dabei helfen, mittels einer ganzen Reihe vager Aussagen bekannt zu machen, dass sie das Problem der ruhelosen Geister gemeinsam gelöst hatten. Es würde viele weitere Feiern geben. *Aber sie werden ohne uns feiern*, dachte Ven. *Und wichtiger noch, ohne dieses schrecklich enge Hemd, die Geister mögen es verdammen.*

Dieser Gedanke munterte ihn auf.

Sobald der offizielle Abschied beendet war, kletterten Ven und Naelin auf die Rücken zweier fliegender Wassergeister, die zuvor Merecot gehört hatten, jetzt aber mit

Naelin verbunden waren – nicht, dass irgendwer in der Menge das gewusst hätte. Die Geister hatten die Gestalt geflügelter Pferde, nur mit Schuppen wie Fische. Glitzernde Fischschuppen. Ven versuchte, nicht darüber nachzudenken, wie lächerlich er auf dem Rücken eines dieser Geister aussehen musste.

Unter dem Jubel der Semoianer erhoben sie sich in den Himmel.

Das Volk von Semo glaubte, die frisch Vermählten wären nun unterwegs, um ihre Heirat allein und fernab von neugierigen Augen zu feiern, so wie die Tradition Semos es verlangte. In Wahrheit hatten sie vor, sich von hinten erneut der Burg zu nähern, Erian und Llor einzusammeln und dann das Land mit einigen Hundert Geistern im Schlepptau zu verlassen.

Nicht ganz so romantisch, aber erheblich praktischer.

Oben in der Luft klammerte sich Ven an seinen Transportgeist, während Naelin sie in einem weiten Bogen hinter einen Berggipfel führte, um dann auf der anderen Seite der Burg wieder herauszukommen. Die Kinder würden im dritten Turm auf sie warten – die Fenster waren offen gelassen worden, damit Naelin und Ven direkt hineinfliegen konnten. Merecot hatte ihnen versichert, dass Erian und Llor abreisefertig auf sie warten würden.

Vor ihnen machte Ven den Turm mit dem geöffneten Fenster aus. Alles war genau so, wie Merecot es beschrieben hatte. Er duckte sich, als sie hineinflogen, obwohl das Fenster breit genug für einen Mann von doppelter Größe gewesen wäre. Sein Geist landete und legte die Flügel an.

»Erian? Llor?«, rief Naelin.

»Sie sollten eigentlich genau hier auf uns warten.« Ven saß ab. Er war dabei gewesen, als Merecot vor Beginn der Hochzeitszeremonie ihren Wachen Anweisungen hatte zukommen lassen – Naelin hatte auf menschliche Wachen bestanden, keine Geister. Sie traute den Geistern von Semo nicht, auch wenn Merecot noch so sehr beteuerte, dass sie sie bestens unter Kontrolle habe.

Naelins Stimme war gepresst. »Ja, sie *sollten* hier sein. Aber sie sind es nicht.«

Naelin versuchte, nicht in Panik zu geraten. Nicht das Schlimmste zu befürchten.

Aber sie hatte sie zuvor schon einmal verloren.

Nicht wieder. Nicht zweimal. Nicht, wo wir doch schon so nah dran gewesen sind, sie nach Hause zu bringen! »Merecot hat versprochen, dass sie hier sein würden, in Sicherheit. Sie hat versprochen, dass ihre Wachen auf sie aufpassen. Wo sind ihre Wachen? Wo sind meine Kinder!?«

Ven stieß gegen die Tür. Trat dagegen.

Massiv, wie sie war, knarrte sie nicht einmal.

Naelins Herz hämmerte so schnell, dass ihr der Brustkorb schmerzte. Das Schlucken fiel ihr schwer. »Erian! Llor!« Sie erfasste ihre Umgebung mit den Sinnen auf der Suche nach einem Geist – und ihr Bewusstsein schloss sich um einen ihrer neuen Erdgeister.

Ihn unter Kontrolle zu bringen war nicht so leicht wie bei einem Geist aus Aratay, aber sie gab ihm keine Möglichkeit, sich ihrem Zugriff zu entwinden. Sie rief ihn zu sich und spürte, wie er an der Turmwand hinaufhuschte, indem er mit seinen steinernen Fäusten Löcher in die Felswand grub, bis er schließlich über das Fenstersims geklettert kam.

Es war ein gedrungenes Steingeschöpf mit einem Rücken aus Schildpatt. Der Geist stellte sich auf die Hinterbeine und musterte Naelin mit kalten, feuchten Augen. *Öffne die Tür*, befahl sie.

Wie?, fragte der Geist. Seine innere Stimme fühlte sich an wie loser Kies, der durch ihren Kopf prasselte.

Schlag sie ein.

Dieser Befehl gefiel dem Geist.

Er warf sich gegen die dicke Tür und zersplitterte das Holz rund um die Angeln, bis es durchgebrochen war. Ven versetzte dem Holz einen Tritt, dann trat er durch den geborstenen Türrahmen.

Naelin hörte ihn erschrocken aufkeuchen, und sie spürte die Schadenfreude, die den Erdgeist erfüllte. Durch seine Augen hindurch erhaschte sie einen Blick auf das, was sich hinter der Tür befand: Die Burgmauern waren mit roter Farbe beschmiert, und Naelin wusste sofort:

Die Wachen sind tot.

»Wo sind meine Kinder?«, fragte sie erneut. Sie begann am ganzen Leib zu zittern. »Was hat Merecot mit meinen Kindern gemacht?« Erneut konzentrierte sie sich und griff nach dem nächstbesten Geist Semos – es war keiner der ihren. Sie spürte, wie er sich ihr widersetzte, aber sie zwang ihn, trotzdem zu ihr zu kommen.

Erzähl mir, was hier passiert ist.

Der Geist wusste es nicht.

Sie stöberte in seinen Erinnerungen, fand aber nichts über Erian und Llor. Naelin bemächtigte sich eines weiteren Geistes – auch er wusste nichts. »Das geht zu langsam. Ich brauche Hanna.«

»Ich bringe sie her«, versprach Ven.

»Beeil dich«, knurrte sie.

Ven rannte durch die Burg – er wusste genau, wo er Botschafterin Hanna finden würde: in ihrem Zimmer mit ihren vier Wachen. Er verlor so wenig Worte wie möglich: »Angriff auf die Kinder. Naelin braucht Euch.« Und dann trugen er und die Wachen Hanna und ihren Stuhl so schnell wie möglich durch die Burg zurück und den Turm hinauf.

Einige Semoianer versuchten, sie aufzuhalten und ihnen Fragen zu stellen.

Er raste zwischen ihnen hindurch, ohne sich darum zu kümmern, wen sie alarmieren würden, dann rannte er die Treppenstufen hinauf, vorbei an den ermordeten Wachen.

Ven ließ sich nicht aufhalten.

Lass mich nicht zu spät kommen. Mach, dass Naelin nichts Dummes angestellt hat. Wenn sie Merecot zur Rede stellte, bevor sie die Kinder aufgespürt hatten … Sie wussten nicht, was Merecot plante und was sie diesmal im Schilde führte.

Er hörte Hanna entsetzt nach Luft schnappen, als sie die toten Wachen sah, und dann lebhaft fluchen, sobald sie durch die Tür gestürmt waren. Er stellte Hannas Stuhl auf dem Boden ab, machte einen Satz vorwärts, bereit, seine frischgebackene Frau zu verteidigen, und blieb dann jäh stehen …

Naelin saß im Schneidersitz mitten im Raum.

Sie ist unversehrt, dachte er erleichtert. *Aber die Geister sind es nicht.*

Dutzende winziger Geister aus Semo lagen um sie herum verstreut und stöhnten vor Schmerz.

»Bringt mir bei, wie man das macht«, verlangte Naelin von Hanna. »Wie kann ich all ihre Gedanken durchstöbern, um die Geister zu finden, die wissen, was passiert ist? Einige von ihnen müssen etwas gesehen haben. Diese Burg und die Berge ringsum sind voller Geister. Zumindest einer muss doch wissen, was mit meinen Kindern geschehen ist!«

Ein weiterer Feuergeist fiel in den Kamin. Er kämpfte, als wehrte er sich gegen eine unsichtbare Hand. Naelin hielt den Geist mit den Blicken fest, während er sich wand und krümmte.

Hanna antwortete nicht. Stattdessen befahl sie ihren vier Wachen, die Geister zu untersuchen, um festzustellen, ob welche überlebt hatten. Die Menge an Blut im Raum verriet Ven allerdings, dass es zwecklos war. Sie wies die Wachen zudem an, sich vor etwaigen wild gewordenen Geistern in Acht zu nehmen.

»Ruft, wenn Ihr uns braucht, Botschafterin«, sagte Evenna, dann liefen sie und die anderen Wachen zurück auf den Flur. »Meister, wir vertrauen darauf, dass Ihr sie beschützt.«

Ven ging zu Hanna zurück, um ihren Stuhl näher heranzuschieben, aber sie hob die Hand, um ihn daran zu hindern. Sie gab ihm ein Zeichen, und er beugte sich zu ihr herab. Ihre Stimme war so leise, dass Naelin sie nicht hören konnte. »Es besteht nur eine geringe Chance, dass die Kinder einen so brutalen Angriff überlebt haben«, wandte sich Hanna mit düsterer Stimme an Ven. »Und umgekehrt ist die Wahrscheinlichkeit sehr groß, dass diese Geister aus Semo den Tod ihrer Kinder aus nächster Nähe miterlebt haben und dass dieser Tod nicht schmerzlos gewesen ist. Wenn Naelin das in ihren Erinnerungen sehen würde, durch die Augen der Geister; wenn sie miterleben würde, wie ihre Kinder sterben … Denkt nur daran, was geschehen könnte, wenn sich Naelin erneut in Zorn und Verzweiflung verliert. Die Geister, mit denen sie sich verbunden hat, sind kaum unter Kontrolle. Sie wird sie nur neu befeuern, und sie werden dieses Land in Fetzen reißen.«

»Na und? Soll sie es doch in Fetzen reißen!« Er nahm sich zusammen. »Nein – das meine ich nicht im Ernst. Wir werden sie daran hindern, die Welt zu zerstören«, versuchte er, Hanna zu beruhigen.

»Wie?«, fragte Hanna.

»Irgendwie.«

»›Irgendwie‹ ist nicht gut genug.«

»Es muss gut genug sein!« Er blickte Hanna eine ganze Weile unverwandt an, bis sie nachgab und seufzend in sich zusammensackte. Er spürte eine Anwandlung von schlechtem Gewissen, weil er eine alte Frau so drangsalierte – aber er tat es für Naelin!

»Wenn die Sache schiefgeht, ist es Eure Schuld.« Mit diesen Worten rollte sich Hanna durch den Raum, dorthin, wo Naelin im Schneidersitz saß, bereits tief in Konzentration versunken.

Ven näherte sich ihr ebenfalls, trat neben Hanna. Er ergriff Naelins Hand.

Naelin öffnete die Augen nicht. »Ich *werde* Antworten bekommen.«

Mit leiser Stimme wandte sich Ven an Hanna: »Helft ihr. Bitte.« Er flehte sie mit den Augen an – *helft mir, sie zu retten*, dachte er –, und endlich seufzte sie erneut. Diesmal war es ein resigniertes Seufzen.

»Die Erinnerungen der Geister sind zum Teil eine kollektive Erinnerung«, erklärte Hanna. »Sie teilen Gedanken miteinander. Ein derartiges Ereignis – dass sich ein mit Semo verbundener Geist nach Aratay gewagt hat – müsste sich ausgebreitet und auf die Erinnerung der anderen Geister verteilt haben. Ihr müsst den Punkt aufspüren, wo diese Erinnerung am klarsten und am stärksten ist. Ich empfehle, Euch auf ein einziges Bild zu konzentrieren: das goldene Haar der Kinder zum Beispiel.«

Ven beobachtete, wie Hanna Naelins Gedanken bei ihrer Suche leitete. Diesen Aspekt des Meisterseins hatte er noch nie gemocht – seiner Schutzbefohlenen nicht auf ihrer Reise folgen zu können. Er verlegte sich darauf, auf seine Umgebung zu lauschen, als nun die Burgwachen die Leichen entdeckten.

Die vier Wachen von Botschafterin Hanna waren draußen auf dem Flur geblieben, und Ven hörte sie das wenige erläutern, was sie wussten. Er hörte, wie ihre Stimmen lauter wurden, als nun jemand von der Palastwache drohte, er würde die Königin rufen.

Noch nicht, dachte Ven. *Erst müssen wir die Kinder finden. Dann können wir uns um die Königin kümmern.*

»Ich hab einen«, flüsterte Naelin.

»Holt ihn her«, wies Hanna sie an. »Er wird Widerstand leisten, aber vielleicht ist er ja auch neugierig.«

Ven richtete seine Aufmerksamkeit auf den Himmel, und nach einigen Minuten wurde er belohnt: Eine vertraute Gestalt mit ledrigen Flügeln und einem scharfen Schnabel kam auf das Fenster zugeschossen. Ven rührte sich nicht von der Stelle, als der Luftgeist hereinsauste und direkt auf Naelin zielte.

Noch näher.

Beinahe ...

Dann trat Ven in Aktion, machte einen Satz, um den Geist abzufangen, während er zugleich sein Schwert zog und zuschlug, mit der flachen Seite der Klinge auf den Hals des Geistes zielte – auf diese Weise schnitt die Klinge dem Geist nicht ins Fleisch. Die Wucht des Schlages schleuderte den Geist lediglich zu Boden. Er warf sich mit seinem ganzen Gewicht gegen die Schulter des Geistes. Im Nu hatte er ihn überwältigt, seinen Fuß auf dem Rücken des Geistes, die Klinge gegen dessen Hals gepresst. Er drückte den Geist fest auf den Steinboden.

»Durchforstet seine Gedanken«, wandte sich Hanna an Naelin.

Mit angehaltenem Atem beobachteten Ven und Hanna, wie sich Naelin konzentrierte.

Endlich riss sie die Augen auf. »Zwei Luftgeister – genau

von der gleichen Art wie zuvor, was kein Zufall sein kann – haben sie aus der Burg fortgetragen. Lebend. Merecot hat es schon wieder getan, sie hat sie mir geraubt, und das, obwohl ich doch schon so nah bei ihnen war. Eigentlich hätte ich in der Lage sein sollen, Merecot aufzuhalten und die beiden zu retten!«

Ven trat zur Seite und ließ die Kreatur los. Mit einem Aufschrei bäumte sich der Geist auf und wich zurück.

Naelin warf ihm nur einen einzigen Blick zu, doch der ließ ihn erstarren.

Böse funkelte er sie an, Mordlust in den Augen, aber sie würdigte ihn keines zweiten Blickes.

»Frag ihn, wohin sie gebracht worden sind«, drängte Ven. Wenn sie ihnen folgen könnten … *Ich würde mich mit Freuden wieder auf dem Rücken eines Geistes durch die Luft tragen lassen, wenn das bedeutet, dass wir sie einholen können.* Er wusste nicht, wie groß der Vorsprung der Geister war. Er dachte an die Toten im Flur – wenn er nachsehen ging, wie frisch die Leichen waren, würde ihnen das einen gewissen Zeitrahmen liefern, doch wollte er Naelin nicht allein lassen.

»Er weiß es nicht«, sagte Naelin. »Sein Befehl lautete, die Wachen zu töten.«

Hanna runzelte die Stirn. »Warum sollte Merecot ihre eigenen Wachen töten wollen …?«

Naelin erhob sich. »Stellen wir ihr selbst diese Frage und auch die Frage, wohin die Geister meine Kinder bringen, bevor wir ihrem Leben ein Ende setzen.«

In diesem Punkt stimmte Ven seiner frischgebackenen Ehefrau vollkommen zu.

Nach dem spektakulären Abschied von den Neuvermählten hatte Merecot noch eine nette, mitreißende Ansprache gehalten, um sich dann zusammen mit Königin

Jastra in ihre Gemächer zurückzuziehen. Für ein Weilchen gestattete sie sich Ruhe, riegelte ihre Gedanken gegen die Geister ab und hielt die Augen vor der Welt verschlossen.

Es ist eine wirklich ... einzigartige Woche gewesen.

Sie wusste, dass sie sich bald auf den nächsten Schritt würde vorbereiten müssen, aber fürs Erste ... Naelin, Ven und die Kinder waren auf dem Rückweg nach Aratay und nahmen die lästigen Geister mit.

Sie öffnete ihr Bewusstsein wieder und sandte es aus, wollte einfach nur kurz nachsehen, ob ...

Was ...?

Merecot spürte, wie einige ihrer Geister aus Semo aufschrien, und sprang sofort auf. *Was macht Naelin mit meinen Geistern?*

Königin Jastra legte ihr die Hand auf den Unterarm. »Nicht.«

»Aber sie tut ihnen weh!«

»Lasst sie.« Gelassen faltete Jastra die Hände auf dem Schoß und nahm das Silbertablett mit Delikatessen in Augenschein. Eine Auswahl aus den Desserts für die Hochzeit war, auf Merecots persönlichen Befehl hin, direkt in ihre Gemächer geliefert worden. Sie hatte geplant, in der Abgeschiedenheit ihrer Räume zu feiern.

Ich sollte jetzt feiern! Es ist alles gut gegangen. Sie sollte fort sein. Warum ist sie immer noch hier und tut meinen Geistern weh? »Jastra ...«

»Geduld, Euer Majestät.« Jastra wählte ein Konfekt mit Salz und Karamell aus. Sie steckte es sich in den Mund und kaute mit einem verzückten Seufzen. »Probiert die mal. Köstlich. Und vertraut mir: Königin Naelin wird ganz von selbst zu Euch kommen.«

Merecot ging im Raum auf und ab.

Sie konnte es nicht ausstehen, untätig warten zu müssen.

Niemand außer mir darf meinen Geistern irgendetwas antun.

»Erklärt mir zumindest, warum sie das tut!«, platzte es aus Merecot heraus.

»Erinnert Ihr Euch, wie ich Euch gesagt habe, es würde sich eine Gelegenheit ergeben? Manchmal muss man allerdings ein klein wenig nachhelfen. Eine Situation schaffen, in der sich die Möglichkeiten entfalten können.«

Merecot blieb ruckartig stehen. Sie starrte Jastra an. Langsam, bemüht, ihre Stimme ruhig und fest klingen zu lassen, fragte sie, wobei sie jedes einzelne Wort betonte: »Was habt Ihr getan?«

»Nicht, was ich gemacht habe, ist wichtig; wichtig ist, was als Nächstes geschehen wird«, antwortete Jastra. »Sie wird Euch angreifen, und Ihr werdet Euch verteidigen. Ihr mit der Macht aller Geister Semos im Rücken. Und sie mit der Macht von nur wenigen Hundert, die sie kaum zu kontrollieren vermag, wilde Geister, die an kein Land gebunden sind. Angesichts des Kräfteungleichgewichts solltet Ihr sie mühelos besiegen können.«

»Und warum sollte sie mich angreifen wollen, nachdem ich soeben eine wunderschöne Hochzeit für sie ausgerichtet und ihr alles gegeben habe, was sie begehrt hat?« Merecot ballte die Hände zu Fäusten und entspannte sie dann wieder. Sie zwang sich, ruhig zu atmen und klar zu denken. Das war definitiv nicht der Plan gewesen.

»Weil Eure Geister ihre Kinder in die ungebändigten Lande gebracht haben.«

Merecot war sprachlos. Sie starrte die ehemalige Königin quer durch den Raum hinweg an. Jastra lächelte triumphierend, als hätte sie etwas ungeheuer Kluges getan. *Statt etwas ungeheuer Leichtsinniges und Dummes.* »Inzwischen sind sie schon fast dort angekommen«, fügte Jastra hinzu.

»Dann sind sie tot«, sagte Merecot tonlos.

»Nicht unbedingt.«

»Niemand überlebt die ungebändigten Lande. Erst recht nicht Kinder.« Sie dachte an den Jungen und das Mädchen – sie waren ganz gewöhnliche, unschuldige Kinder. Sicher, sie mochte Kinder nicht besonders, aber das bedeutete nicht, dass sie es verdienten zu sterben. Sie zu entführen war in Ordnung gegangen, aber das ging zu weit. *Ein gewisses Gefühl für Recht und Unrecht habe ich anscheinend doch.* »Ihr habt hinter meinem Rücken *meine* Geister ausgesandt, um Königin Naelins Kinder zu töten?«

»Sie wegzubringen, nicht sie zu töten«, stellte Jastra klar, als wäre das überhaupt von Bedeutung, wenn es um die ungebändigten Lande ging.

Merecot schüttelte den Kopf. Sie wünschte, sie hätte das Wissen aus ihren Gedanken herausschütteln können. »Ihr habt recht – sie wird Rache nehmen wollen. Ihr könnt keine Bärenjungen angreifen, ohne die Bärenmama in Rage zu versetzen.«

»Ja, genau! Sie kämpft gegen Euch, und Ihr vernichtet sie. Ihr seid im Vorteil – Eure Geister sind in der Überzahl, und Ihr habt sie besser unter Kontrolle als sie die ihren.« Jastra rieb sich förmlich die Hände vor hämischer Freude. »Und das weiß sie auch, deshalb musste sie erst dazu angestachelt werden, in Aktion zu treten. Der Plan ist brillant! Ihr könnt mit einem einzigen Streich sowohl eine der Königinnen von Aratay als auch die problematischen Geister ausschalten. Ich habe Euren Fehler in einen Sieg verwandelt!«

Merecot knirschte mit den Zähnen, um nicht laut aufzuschreien. Sie wusste, was für einen Schaden Naelin in Aratay angerichtet hatte, als ihre Kinder das letzte Mal in Gefahr gewesen waren. Es hatte einer energischen Kraftanstrengung bedurft, um sie an der Grenze zurückzuschlagen. Und jetzt befand sich Naelin innerhalb von Semo, in Merecots Burg. *Ich werde natürlich siegen. Aber es wird kein schöner Kampf.*

Doch womöglich noch schlimmer war die Tatsache, dass Jastra sie in die Ecke gedrängt hatte, sehr geschickt und wirkungsvoll und ohne Merecots Wissen. Es verlieh ihr ein Gefühl von Machtlosigkeit – und das machte sie wütend. Sie hatte einen Plan gehabt, und er war aufgegangen. »Ich habe keinen Fehler gemacht. Es war die richtige Entscheidung, Naelin zu erlauben, die überzähligen Geister zu übernehmen, sowohl für Semo als auch für Renthia.«

»Kurzfristig betrachtet vielleicht schon. Ich bin mir sicher, dass es genau diesen Anschein hatte«, antwortete Jastra voller Mitgefühl. »Aber langfristig? Oh, meine Liebe, ich wünschte, Ihr hättet mich zuvor zurate gezogen! Ihr seid Eurem Herzen gefolgt statt Eurem Kopf, und damit habt Ihr all unsere Pläne durchkreuzt.«

Weil ich einen neuen Plan hatte! Einen viel besseren Plan. Naelin gehen zu lassen und dann unter dem Deckmäntelchen des Friedens Daleina zu besuchen … und ihr den Garaus zu machen. Und dann – erst dann – den Kampf gegen Naelin aufzunehmen. Aber jetzt …

Daleina wird mich auf keinen Fall mehr in ihre Nähe lassen, nachdem ich Naelin ermordet habe!

»Ihr hättet das nicht tun sollen«, knirschte Merecot. »Schon gar nicht auf diese Weise.«

Es stimmte, dass der ursprüngliche Plan für den Fall, dass sich die Königinnen weigerten abzudanken, die Ermordung Naelins vorgesehen hatte, aber selbst in dem Fall hatte Merecot vorgehabt, es wie einen Unfall aussehen zu lassen. Ein wild gewordener Geist. Oder ein Sturz – Naelin war älter und nach allem, was sie durchlitten hatte, nicht meh ganz Herr ihrer selbst. Aber jetzt … Jeder würde wissen, dass Merecot hinter der Sache steckte.

Jastra schüttelte den Kopf und schnalzte mit der Zunge, als wäre sie eine überaus weise alte Frau. *Aber das ist sie nicht*, dachte Merecot. *Sie ist einfach nur ein weiterer Mensch, der mich verraten hat.* »Ihr hattet nicht den Mumm zu tun, was getan werden musste«, stellte Jastra fest. »Es ist wichtig, die Tatsache nicht aus den Augen zu verlieren, dass es hier um *alle* Kinder geht und dass Opfer gebracht werden müssen …«

»Ja«, fiel ihr Merecot ins Wort. »Es müssen Opfer gebracht werden.« Sie spürte, wie ihre Schultern herabsackten, und dann richtete sie sich wieder straff auf. Jetzt war nicht die Zeit für Schwäche. *Es ist nur so, dass ich Jastra vertraut habe. Ich habe sie gemocht. Und jetzt … hat sie mir keine andere Wahl mehr gelassen.* Es verdross sie einfach, dass Jastra in diesem einen Punkt recht hatte.

Ich muss tun, was das Beste für Semo ist. Und für Renthia.

Merecot blickte an Jastra vorbei und fragte: »Habt Ihr genug gehört, Euer Majestät?«

Königin Naelin hockte auf dem Fenstersims, mehrere Geister hinter sich. Meister Ven war bereits im Raum und hielt sein Schwert gezückt. Die beiden waren nicht näher gekommen, während Merecot Jastra ihrem Verhör unterzogen hatte.

»Das Ganze kann nicht inszeniert gewesen sein«, bemerkte Ven zu Naelin.

Naelins Blick war auf Merecot gerichtet, und Merecot sah Zorn und Misstrauen in ihren Augen. Sie wünschte, es würde eine andere Möglichkeit geben. *Ich hätte mir die Zeit nehmen sollen, Jastra zu erklären, inwiefern sich der Plan geändert hat.* Nein, sie würde deshalb kein schlechtes Gewissen haben. Es war nicht ihr Fehler! *Jastra hätte wissen sollen, dass ich einen neuen Plan habe. Sie hätte mir vertrauen sollen!*

Sie wünschte, Jastra hätte so fest an sie geglaubt, wie Merecot es angenommen hatte. Sie wünschte, sie hätten nie Kinder in die Sache mit hineingezogen. Sie wünschte, sie hätten diesen verdammten Wolf in Ruhe gelassen.

»Ihr habt mich verraten, Jastra«, sagte Merecot leise. »Und Ihr habt einen kriegerischen Akt gegen Königin Naelin von Aratay unternommen. Ich bedaure, was ich nun tun muss, aber Ihr habt mir keine Wahl gelassen.«

Merecot trat einen Schritt zurück und löste die ehemalige Königin aus ihrem Schutz. Und die Geister spürten es fast unmittelbar. Zuerst zögerten sie, unsicher, was sie davon halten sollten.

Aber dann kamen sie.

Heulend flogen sie durch die Korridore der Burg, durch die Fenster herein, die Treppenhäuser hinab, strömten aus allen Richtungen zusammen. Feuergeister flogen aus dem Kamin, ein verschwommener Klecks aus Flammen. Eisgeister hinterließen ihre frostigen Spuren auf dem Boden. Wassergeister schwappten durch die Fenster. Luftgeister umpeitschten Jastra. Baumgeister spießten Jastras Arme zusammen und füllten ihren Mund mit Blättern, während Erdgeister die alte Königin in Stücke rissen.

Merecot zwang sich, ganz still dazustehen und zuzuschauen.

Als die Schreie endlich verklungen waren, schloss sie die Augen und merkte, dass sie weinte.

Kapitel 25

Vorsichtig und so ruhig, wie sie es vermochte, durchbrach Naelin die Schockstille mit der wichtigsten Frage: »Ist es wahr, dass Königin Jastra in die ungebändigten Lande gegangen und wieder herausgekommen ist?«

»Allerdings«, bestätigte Merecot mit matter Stimme, »Närrin, die sie war.« Der Beleidigung fehlte jedoch der Biss. Ihre Wangen waren feucht vor Tränen. Aber Naelin hatte weder in ihrem Herzen noch in ihrem Kopf Platz, um sich um Merecots Gefühle zu kümmern.

Naelin hatte das Gefühl, als brandete ein Meer in ihrem Inneren auf. *Wenn Königin Jastra das tun konnte, dann kann ich es auch. Ich werde nach ihnen suchen. Ich werde sie finden.* Sie sah Ven in die Augen und wusste, dass er dasselbe dachte. Erian und Llor waren vielleicht noch am Leben. Sie konnten sie retten! Wenn sie es wagten. Wenn Naelin stark genug war. *Ich muss es sein.*

»Ihr spielt mit dem Gedanken, es ebenfalls zu tun und die ungebändigten Lande zu betreten«, sagte Merecot in anklagendem Tonfall. »Das dürft Ihr nicht. Ihr müsst die überzähligen Geister nach Aratay bringen, wie wir es vereinbart haben – sie können nicht hierbleiben.«

Sie hatte recht. Die Geister konnten nicht hierbleiben. Naelin spürte sie in ihrem Hinterkopf, wie sie mit ihren Krallen schlugen und dazu summten wie hundert Moskitos. Wenn sie sie sich selbst überließ, würden sie mehr oder weniger ohne Königin sein, und das wäre schlimmer, als wenn sie gar nicht erst hergekommen wäre.

»Was ist, wenn ich die überzähligen Geister, statt sie nach Aratay mitzunehmen ...«, Naelin sprach langsam und formte ihre Idee aus, während sie sprach, »... was ist, wenn ... Wenn ich sie in die ungebändigten Lande mitnehme?«

»Ihr werdet sterben«, sagte Merecot unumwunden. »Jastra hat sich jahrelang auf ihre Reise vorbereitet. Nur eine Königin, die zugleich mächtig und gut ausgebildet ist, kann die bekannte Welt verlassen und hoffen zu überleben. Die erste Bedingung passt auf Euch, die zweite nicht.«

»Ich werde nicht allein gehen.« Sie würde all die überzähligen Geister bei sich haben – eine regelrechte Armee. Und sie würde Ven an ihrer Seite haben. Sie sah ihren Meister an.

Ven nickte. »Nein, du wirst nicht allein gehen.«

»Ach, Ihr zwei seid wirklich zu rührend«, bemerkte Merecot. »Aber Ihr werdet beide sterben.« Sie ging zur Tür und rief ihre Wachen. »Sorgt bitte dafür, dass Königin Jastras sterbliche Überreste zur Grabstätte der Königinnen gebracht werden. Und säubert diesen Raum.« In ihrer Stimme schwang ein Beben mit, das zu verbergen ihr um ein Haar gelungen wäre – Naelin hörte einen Anflug davon, als sich Merecot nun wieder ihr und Ven zuwandte. »Ist das wirklich Euer Ernst?«

»Lasst uns wissen, an welcher Stelle Eure Geister in die ungebändigten Lande eingedrungen sind«, verlangte Ven. »Dann haben wir einen Ausgangspunkt. Selbst wenn Königin Jastra diese speziellen Geister in ihre Gewalt gebracht hat, müsstet Ihr in der Lage sein, die Gedanken der Geister zu lesen, die sie haben vorbeifliegen sehen.«

Naelin sah, wie Merecot sich konzentrierte und ihre

Augen blicklos wurden. Zum tausendsten Mal, so kam es ihr vor, dachte sie: *Können wir ihr vertrauen?* Sie hatte Erian und Llor einmal entführt; sie konnte immer noch auch hinter der zweiten Entführung stecken. Sie konnte sich ihrer als Teil irgendeines breiter angelegten, raffinierteren Plans bedienen, um die Herrschaft über sowohl Semo als auch Aratay an sich zu reißen.

Doch ihr Schock hatte echt gewirkt.

Und jetzt ist nicht die Zeit, das alles zu hinterfragen. Jede Minute, die wir verschwenden, ist eine Minute zu lang.

Schließlich schüttelte sich Merecot. »Die dummen Geschöpfe sind zu dem einzigen Teil der Grenze zurückgekehrt, den sie schon kannten: in Aratay, in der Nähe des Dorfes Rotblatt, wo ihnen der Beschützer der Königin durch die Lappen gegangen ist. Ich nehme an, das ist der einfachste Befehl gewesen, den ihnen Jastra hat erteilen können.«

Wenn sie so weit geflogen waren, bestand vielleicht immer noch eine Möglichkeit, sie abzufangen. »Bitte erklärt Botschafterin Hanna, was passiert ist«, wandte sich Naelin an Merecot. »Und lasst Königin Daleina eine Nachricht zukommen – sie muss wissen, dass ich die Geister nicht in die verödeten Ländereien Aratays bringen werde.«

Merecots Augenbrauen schossen in die Höhe. *Den Großteil der Zeit sieht sie mich an, als wäre ich verrückt,* dachte Naelin, *wo doch sie diejenige gewesen ist, die all das überhaupt erst in Gang gesetzt hat.*

»Ihr wisst, dass Daleina meinem Wort nicht vertrauen wird«, wandte Merecot ein.

»Offen gesagt, das spielt gar keine Rolle. Sie wird es spüren, wenn wir die Grenze überqueren.« Naelin dachte nach. Gab es noch irgendetwas anderes, das sie tun konnte, um sich vorzubereiten? Irgendetwas, was die Erfolgsaussichten von »unmöglich« hin zu nur »sehr schwierig« zu verschieben versprach? Aber alles in ihrem Inneren schrie einfach nur: *Geh los, los, los!*

Sie glitten über die Berge hinweg, und der Wind blies ihnen ins Gesicht. Es war erst kurz nach Tagesanbruch, und die Sonne in ihrem Rücken erleuchtete die Felsen unter ihnen. *Wir sollten es bis heute Abend über ganz Semo hinweg bis nach Aratay geschafft haben,* dachte Ven. *Die Geister sind sicher in direkter Linie geflogen. Dasselbe können wir auch tun.*

Es half, wenn er das Ganze als eine gewöhnliche Jagd betrachtete. Folge der Fährte, finde die Beute.

Vielleicht können wir Zeit gutmachen.

Wir müssen es sogar, unbedingt.

Als sie einen weiteren Berg überquerten, hörte er ein Zischen und Pfeifen, dann war der Himmel plötzlich voller Geister: Hunderte von ihnen, die sich aus den Schluchten und Tälern erhoben. Neben ihm hatte Naelin die Arme weit ausgebreitet, die Augen geschlossen und sich zurückgebeugt. Der Wind wehte ihr das Haar aus dem Gesicht, und die Geister umwogten sie von allen Seiten. Unten rannten weitere Geister über die Kämme und Gipfel der Berge – Blitze aus Gold, Rot und Schwarz.

Die Geister ohne Land, ging es ihm durch den Kopf. *Ihre Geister.*

Einige von ihnen kamen näher herangeflogen, und er sah ihre Augen, von Feuer erfüllt oder auch dunkler als die Nacht. Einer zischte ihn an und präsentierte drei Reihen wolfsähnlicher Zähne. Ein anderer spuckte blutroten Speichel durch die Luft. Er tropfte sengend auf den Rücken eines anderen Geistes, und der verletzte Geist heulte auf und fuhr herum, um den spuckenden Geist mit Krallen anzugreifen, die so lang wie Schwerter waren.

Oh, wunderbar.

Er hatte noch nie mit einer ganzen Armee gejagt. Erst recht nicht mit einer, die keinerlei Disziplin besaß und noch weniger Treue kannte, weder ihrer Königin noch einander gegenüber.

Die Sache versprach, interessant zu werden.

Mit ihren neuen Geistern flog Naelin über Semo hinweg. Sie spürte, wie sich die Sinne der Geister gegen ihr Bewusstsein drängten, als wollten sie ihre Königin mit Haut und Haaren verschlingen – ihre Gedanken, Erinnerungen, Gefühle. Wieder und wieder sah sie all die besonderen Augenblicke ihres Lebens, die sie geformt hatten: Da war der Tag, an dem ihre Familie gestorben war, der Tag, an dem sie Renet geheiratet hatte, der Tag, an dem Erian geboren worden war, und der Tag von Llors Geburt; der Tag, an dem sie Ven kennengelernt hatte, der Tag, an dem sie ihre Kinder verloren, und der Tag, an dem sie sie wiedergefunden hatte … aber die Geister wollten stets immer noch mehr. Sie stöberten in ihren Gedanken und legten kleine Erinnerungen frei: der sehnsuchtsvolle Klang eines Wiegenliedes, das ihre Mutter sang, das Brutzeln von Eiern in der Pfanne, der Geschmack frisch geernteter Beeren, der Geruch frischer Wäsche im Frühlingswind, das Gefühl von Vens Lippen auf ihren, die Art, wie sie innerlich erbebte, wenn sie nur heftig genug lachte, das Gefühl, wenn sie sich die Haare bürstete … so viele kleine Einzelheiten zugleich, dass sie alledem kaum mehr Herr werden konnte.

Sie spürte nicht den Wind, der ihr über das Gesicht brauste, sah nicht die schneebedeckten Gipfel unter ihnen, als sie von Erinnerung zu Erinnerung tiefer in ihr Bewusstsein versank, und sie bekam es nur vage mit, als sie die Grenze von Semo nach Aratay überquerten. Sie bemerkte nicht, wie die Sonne am Horizont leuchtend rot brannte und sich die Schatten über den Wald unter ihnen legten; ein gewaltiges, dunkles Meer aus Ästen und absterbenden Blättern. Sie spürte die nächtliche Kühle nicht, und als ihr Ven weit nach Mitternacht zurief, dass sie eine Pause machen müssten, dass Naelin sich ausruhen müsse, hörte sie ihn erst, als der Geist unter ihr aufkreischte und zurückzuckte.

Ein Pfeil war dicht an seinem Kopf vorbeigeflogen.

Ven hielt seinen Bogen in den Händen.

Mit einem freundlichen Lächeln im Gesicht fragte er: »Rast für die Nacht?«

Sie wollte nicht anhalten. »Erian und Llor ...«

»Wir können ihnen nicht helfen, wenn wir uns vorher komplett verausgaben«, gab Ven zu bedenken.

Sie wusste, dass er recht hatte. Und sie spürte die Erschöpfung der kleineren Geister. Einige waren bereits weit zurückgefallen, und sie wusste, dass sie sie nicht zurücklassen durfte. Sie hatte diese Verantwortung nun einmal übernommen, und sie konnte sie nicht ohne Königin in Aratay lassen, damit sie töteten und zerstörten.

Und doch bedeutete es, dass ihre Kinder in der Zwischenzeit allein waren. Und in Gefahr. Und vielleicht verletzt und mit Sicherheit verängstigt und ganz bestimmt auch ...

Die Trauer traf sie wie ein Schlag in den Bauch. Sowohl ihre Gefühle als auch ihre Erschöpfung überwältigten sie, und fast wäre sie zusammengebrochen. Sie musste sich ausruhen, aber sie wagte es nicht. Sie musste ihre Pflicht erfüllen, und doch war die einzige Pflicht, die zählte, die Pflicht gegenüber ihrer Familie.

Wie kann ich das alles nur schaffen?

Sie sah zu Ven hinüber und merkte, dass er sie beobachtete. Und auch wenn Besorgnis in seinen Augen zu lesen war, war da nichts Bevormundendes. Es war kein Mitleid. Seine Augen sagten einfach nur: *Du kannst niemandem helfen, wenn du tot bist.* In gewisser Weise war es ein wenig brutal. *Er weiß, wie sehr mich das Ganze niederschmettert.* Und doch war, was er zu vermitteln suchte, fast mit Sicherheit: Mitgefühl *und* unbedingtes Festhalten an den Gelübden, die Naelin abgelegt hatte. Ja, es war brutal. Aber auch notwendig.

Es war genau das, was sie brauchte.

Außerdem werde ich in den ungebändigten Landen alle Hilfe brauchen, die ich bekommen kann. Sie kämpfte sich durch den chaotischen Wirbel von Gedanken in ihrem Inneren und sandte einen Befehl aus: *Landen. Ausruhen.*

Und die Geister gehorchten, als hätten sie ihr schon immer gehorcht. Es war völlig mühelos, allerdings gehorchten sie ihr vielleicht auch einfach nur, weil sie sich ausruhen wollten, nicht, weil sie Naelins Befehlsgewalt anerkannten. Sie stießen durch die Bäume hinunter in die Tiefe und rissen dabei die letzten goldenen Blätter von den Zweigen. Manche ließen sich auf den Ästen der Wipfelzone nieder, während andere tief zwischen die Bäume tauchten. Sie spürte, wie sie den Wald durchdrangen – und als ihr Geist auf einem Ast neben Vens Geist landete, durchrieselte sie eine Welle des Unbehagens.

Sie blieb auf ihrem Geist sitzen, während Ven von seinem herabkletterte und sich daranmachte, das Lager herzurichten und Hängematten zwischen den Ästen aufzuspannen.

»Die Bäume wollen uns nicht hierhaben«, entfuhr es ihr plötzlich.

Nein, das stimmt nicht. Bäume haben keine Gefühle.

Aber sie kam sich beobachtet vor ...

Nein, schlimmer als beobachtet. Verhasst. Gefürchtet.

Um sie herum erfüllten die ehemaligen Geister von Semo die Bäume. Das Gefühl kam jedoch nicht von ihnen. Sie versuchte die Quelle jenes Gefühls von *Falschheit* festzumachen, das ringsum in der Luft lag. Um sie herum flatterten und zwitscherten und zirpten die Geister, während sie sich in den Untergrund wühlten, neue Äste an den Bäumen wachsen ließen und die Blätter mit Frost überhauchten.

Dann dämmerte es ihr. Was sie spürte, waren die Geister Aratays, die auf sie zuströmten. Erregt. Wütend.

»Wir können nicht hierbleiben«, sagte Naelin mit erhobener Stimme.

Ven hielt in seinem Tun inne.

Ihre Geister bemerkten die Geister aus Aratay, die sich um sie drängten. Sie spürte, wie ihre Geister näher an sie heranrückten, spürte, wie ihr Zorn sich nach außen wandte, spürte, wie sie in das Land unter ihnen einzusinken begannen. Schnell hakte Ven die Hängematten los und warf ihre gesamte Ausstattung auf den nächsten Geist, der fliegen konnte – eine schwarze Schlange mit bunt schillernden Libellenflügeln. Naelin kletterte auf einen Wassergeist in der Gestalt eines Schwans.

Bleibt in Bewegung, befahl Naelin den Geistern.

Die Geister widersetzten sich – das Land hier gefiel ihnen, sie wollten bleiben, wollten die Erde umgestalten, die Bäume wachsen lassen, in der sanft wehenden Brise spielen. *Das ist nicht euer Land*, erklärte sie ihnen bestimmt. *Wir können hier nicht bleiben.*

Es war schlimmer, als widerborstige Kinder zu einem Spaziergang mitzuschleppen, denn die Geister waren ganz wild darauf zu kämpfen. Sie spürte, wie sie sehr schnell von Erschöpfung zu Zorn wechselten. Sie wollten zerreißen, zerfetzen, vernichten, zerstören. *Nein. Kommt. Fliegt, lauft, kriecht.*

Folgt mir.

Sie spürte, wie sich das Durcheinander all der Erinnerungen in ihr auflöste wie Nebel in der Sonne, und konzentrierte sich nur auf diesen einen Befehl, der den Geist, auf dem sie ritt, nun höher und höher über das Blätterdach trieb.

Naelin jagte mit ihren Geistern über Aratay hinweg, während die Geister des Waldes sie verfolgten. Wann immer einer ihrer Geister anhielt, um nach einem Baumgeist zu schnappen, umschlang sie ihn in Gedanken und zog ihn mit sich weiter. Sie klammerte sich an die Federn am Hals ihres Geistes und spürte den nassen Schweiß auf ihrem Rücken und an ihren Händen. Er bockte unter ihr – auch er wollte herumwirbeln und *kämpfen, kämpfen, kämpfen.*

Komm, sagte sie zu ihm. Und auch wenn er gehorchte, so schien der Befehl sie selbst doch zusehends zu erschöpfen. Sie trieb die Geister – und sich selbst – viel zu hart an. Schon begannen kleine Sternchen vor ihren Augen zu tanzen …

»Wir schaffen es nicht!«, rief Ven. Der Geist, auf dem er saß, wurde immer schwächer. Sie spürte es, als der Geist nun mehr und mehr darum kämpfen musste, überhaupt mit den Flügeln zu schlagen. Sie versuchte, ihn mit ihren Gedanken dazu zu zwingen, am Himmel zu bleiben, aber selbst, wenn sie nicht völlig erledigt gewesen wäre, hätte sie doch keinen Geist dazu zu bringen vermocht, plötzlich Kräfte zu entwickeln, die er gar nicht besaß. »Es ist zu weit bis in die ungebändigten Lande. Naelin, wir müssen eine Pause einlegen!«

Aber wenn sie Rast machten, würden die Geister gegeneinander kämpfen, und sie konnte nicht zulassen, dass sie

Aratay kurz und klein schlugen. Und sie würde es auch nicht zulassen. Was bedeutete, dass sie einen sicheren Ort für ihre Rast brauchten. Irgendwo, wo ihre Geister die Geister aus Aratay nicht angreifen würden. Irgendwo, wo sie sich ausruhen konnten. Irgendwo ...

Und dann erinnerte sie sich an den Grund, warum diese Geister ihr überhaupt folgten: die verödeten Landstriche. Ihre kleine Armee konnte sich gefahrlos innerhalb einer der toten Zonen ausruhen.

Sie sandte ihr Bewusstsein aus, und statt nach Geistern Ausschau zu halten, suchte sie nun nach der Abwesenheit von Geistern. Nicht allzu weit entfernt von ihnen spürte sie eine solche Stelle ohne Geister, einen kleinen Kreis der Leere zwischen den Bäumen.

Dort, wies sie die Geister an.

Sie strömten darauf zu.

Naelin spürte, wie die Geister in den verödeten Kreis drängten, und sie leitete ihren Schwan hinein, ließ ihn durch einen Schwarm von Geistern tauchen. Sie sah den dunklen Wald, der sie umgab, durch die Leiber so vieler Geister nur noch nebelhaft wahrnehmbar.

Der Schwan landete auf dem Boden, und sie ließ sich von seinem Rücken gleiten. Ihre Knie knickten ein, und sie sank zu Boden. Ihre Handflächen berührten die Erde. Der Boden fühlte sich seltsam an, trocken und tot, und auch die Luft schmeckte beinahe metallisch. Die wilden Erdgeister wühlten sich glücklich in die Erde, und Naelins Gefühl für den Untergrund veränderte sich, als sie ihn nun zu erfüllen begannen, das Land wieder zum Leben erweckten, sich mit ihm zu verbinden anschickten ...

Nein, es gehört nicht euch, setzte sie ihrem Treiben jäh ein Ende.

Verwirrt hielten sie inne.

Die Geister durften sich nicht mit diesem Land verbinden – wenn sie es erst einmal getan hatten, würde Naelin sie unmöglich noch einmal aus Renthia hinaus und in die ungebändigten Lande bringen können. Und außerdem waren es viel zu viele für einen derart beengten Raum.

Nur heute Nacht, beschied sie ihnen. *Es ist nicht unser Land.*

»Können wir hierbleiben?«, erkundigte sich Ven.

»Ich weiß nicht«, murmelte Naelin. »Ja, ich denke schon. Aber wir sollten nicht zu lange bleiben. Die Geister ... Sie wollen ...« Sie verlor den Rest des Satzes aus dem Blick, da der Gedanke an die Geister sie erneut in deren Bewusstsein hineinzog.

Sie wollten bleiben.

Sie wollten Land.

Sie wollten Himmel.

Sie wollten Feuer, Eis, Wasser ... Flammen umgrenzten den Außenrand des verödeten Kreises, und kleine Triebe brachen aus der trockenen Erde, wurden mit Frost überzogen und gefroren dann. Ein kräftiger Regenschauer fegte über den Kreis hinweg, und die Erdgeister drückten von tief in der Erde den Boden nach oben, formten den Grund um ...

Aufhören. Nicht unseres. Nicht unser Land.

Sie flüsterten zurück: *Unseres. Jetzt unseres.*

Noch nicht. Ihr geht nach Hause. Sie stellte sich die ungebändigten Lande vor, den wallenden Nebel, und sie sandte das Bild aus.

Sie wichen zurück.

Hier. Jetzt. Zu Hause, antworteten sie ihr.

Aber sie kämpften miteinander. Es war nur ein klein wenig Land, ein winziger Kreis, nicht annähernd genug für die Hunderte von Geistern, die sie mitgebracht hatte.

Kaum genug, um sich auch nur für diese eine Nacht hineinzuzwängen.

Jemand berührte Naelin am Arm, und sie zuckte zusammen.

»Du musst etwas essen«, redete Ven ihr zu.

»Sie sind ...« Sie fand keine Worte, und Naelin deutete nur mit der Hand auf die Geister, die sich um sie herum scharten.

»Und du brauchst Schlaf. Ich passe auf dich auf.« Ven sah Naelin in die Augen.

Sie konnte nicht schlafen, nicht, wenn sich so viele Geister um sie drängten und miteinander kämpfen wollten. Wie schnell konnten sie sich aufeinander stürzen, und die zwei Menschen mitten zwischen ihnen ... Naelin musste sie unter Kontrolle halten. »Sie wollen sich mit dem Land verbinden«, erklärte Naelin.

»Du darfst das nicht zulassen«, erwiderte Ven.

»Dessen bin ich mir bewusst.«

Er schwieg für einen Moment. »Wie kann ich dir helfen?«

Sie liebte ihn für diese Frage. Wie schon so oft war es genau das, was sie hören musste. Naelin ließ sich an seine Brust sacken, fühlte seinen Arm um ihre Schultern – er umfasste sie nur mit einer Hand, weil er in der anderen sein Schwert hielt. »Bleib einfach bei mir.«

Dann sandte sie ihre müden Gedanken hinaus in das Meer von Geistern. *Ruht euch aus. Schlaft. Ruht euch aus, schlaft.* Sie wiederholte den Befehl ein ums andere Mal, bis sie spürte, dass die Geister nachgaben und niedersanken. Auch sie waren erschöpft, nachdem sie von der einen Königin getrennt worden waren, sich mit einer neuen verbunden hatten und dann quer durch Semo bis nach Aratay gereist waren. Sie spürte, dass der wilde Wirbel von Gedanken und Gefühlen um sie herum langsamer wurde und sich dann auflöste. *Schlaft.*

Schlaft.

Schlaft.

Die Geister schliefen.

Naelin kuschelte sich an Ven und schloss die Augen. Sie glaubte, kein Auge zugetan zu haben, aber der Morgen kam schneller als erwartet, also hatte sie womöglich doch ein wenig geschlafen. Sobald sie wach waren, begannen die Geister ihr Treiben erneut, versuchten, sich mit dem verödeten Land zu verbinden, und gerieten im Kampf um den immer gleichen Flecken leblosen Bodens aneinander.

Weiter geht's, verkündete sie den Geistern. *Nach Hause.*

Nach Hause?, fragten sie zweifelnd.

Auf dem Rücken eines gefiederten Hirschgeistes – dieser nun hatte silberne und schwarze Federn – trieb sie die Geister aus dem verödeten Kreis hinaus und über die Wipfel des Waldes hinauf. Sie spürte, dass die Geister von Aratay ihr folgten, sie beobachteten und hassten, und sie hoffte, dass Königin Daleina ihre Geister auch fest im Griff hatte. *Sie muss es spüren*, dachte Naelin. Jede Dorfhexe mit auch nur dem kleinsten Fünkchen Macht über die Geister musste es spüren können, wie nun Naelins Geister durch die Wälder rauschten.

Abermals zeigte sie den Geistern das Bild der ungebändigten Lande und spürte deren Widerstand. Sie wollten das nicht. Jetzt, wo sie Aratay gesehen hatten, wollten sie in einem Land bleiben, das bereits geformt worden war und feste Gestalt angenommen hatte. Sie drängte ihnen das Bild auf. *Zu Hause.*

Nicht zu Hause, erwiderten sie und schleuderten ihr andere Bilder entgegen: die hoch aufragenden Berge von Semo, weites Ackerland – wohl Chell –, die Gletscher von

Elhim, das Meer um Belene herum. *Wir wollen unser eigenes Zuhause.*

Ihr werdet eines bekommen, in den ungebändigten Landen, erklärte sie ihnen. *Ihr könnt dort glücklich sein. Keine Königin. Keine Befehle. Kein Zwang. Sobald ich meine Kinder gefunden habe, werde ich abdanken und fortgehen, und ihr könnt euer Leben ohne die Menschen leben, die ihr so sehr hasst.*

Unfertig. Das Wort war mehr ein Gefühl als ein Wort. Die anderen Geister rund um sie herum griffen es auf, und sie spürte deren Traurigkeit.

Unfertig. Unvollendet. Unterbrochen. Menschen ... Können nicht in die ungebändigten Lande zurückkehren. Können nicht ohne Königin sein. Wollen das nicht. Verlasst uns nicht. Wir können nicht. Können nicht. Zwingt uns nicht. Macht rückgängig. Unvollendet.

Und dann ein leises, sanftes: *Bitte.*

Sie folgte dem Gedanken in die Menge der Geister hinein. Er kam von einem kleinen Luftgeist mit einem dünnen, menschenähnlichen Körper und zarten Flügeln. Als er die Berührung von Naelins Bewusstsein spürte, flog er näher heran und ließ sich auf dem Kopf des Hirschs nieder. Er schlang seine langen Finger um eine seiner Federn und hielt sich fest.

Warum?, fragte Naelin. Laut sagte sie: »Ihr hasst die Königinnen. In den ungebändigten Landen werdet ihr frei sein. Ohne Menschen. Ohne Königin.«

Der kleine Geist schauderte zusammen. »Dummer Mensch, Ihr versteht nicht.« Seine Stimme war so schrill wie der pfeifende Wind. »Jenseits der Grenzen von Renthia liegt das Chaos der entstehenden Welt, der unfertigen Welt. Schickt uns nicht zum Anfang zurück.«

»Aber hier könnt ihr nicht bleiben«, erwiderte Naelin. »Ihr braucht euer eigenes Zuhause.«

»Kein Zuhause«, widersprach der Geist. »Ist nie Zuhause geworden. *Vor langer, langer Zeit hat es angefangen.*

Überall um sie herum griffen die anderen Geister diese Worte auf: *Vor langer, langer Zeit.*

Vor langer Zeit, vor längerer Zeit, vor immer noch längerer Zeit, weit zurück, im Anfang, vor dem Anfang. Ja, vor dem Anfang ... »Vor dem Anfang wurden wir von der Großen Mutter der Geister gerufen, um diese Welt zu formen, zu säen, dieser Welt mit unserem Atem Leben einzuhauchen.«

Wir sind gekommen. Wir haben geformt. Wir haben Leben eingehaucht.

Wir sind nicht fertig geworden.

»Wir sind nicht fertig geworden. Wir hätten diese Welt gestalten und ihr eine Form, ihr Leben geben sollen, ihr alles geben sollen, aber ehe wir fertig waren, sind Wesen gekommen, wie Ihr eines seid.«

Menschen.

Eine Geißel.

Zu früh geboren.

»Ihr hättet noch nicht kommen dürfen. Wir waren noch nicht bereit.«

Noch nicht Zeit.

Noch nicht eure Zeit.

Noch nicht unsere Zeit.

»Die Welt war noch nicht vollendet, aber Ihr wart hier, und wir wussten nicht, was wir tun sollten. Wir hatten Angst. Wir waren zornig.«

Wir haben euch gehasst.

Hassen euch.

Hassen euch immer noch.

Es war noch nicht eure Zeit.

Ihr solltet noch nicht geboren werden. Noch nicht. Wir waren noch nicht fertig. Wir waren noch nicht fort.

»Wir haben euch gefunden«, sagte der kleine Geist. »Und wir haben getötet …«

Ihr habt getötet.

Wir haben getötet.

Wir alle haben getötet.

»Und die Große Mutter hat versucht, unseren Kampf zu beenden. Aber sie ist in der Schlacht gestorben. Es war nicht vorgesehen, doch sie ist gestorben, und die Welt war unvollendet, und wir waren immer noch hier, und ihr wart hier, und das Ganze hätte niemals so sein sollen. Wir hatten den Auftrag, zu vollenden und uns zu verwandeln, sollten zu den Beschützern der Welt werden, aber das ist nicht geschehen, weil ihr gekommen seid. Und ihr wart nicht genug. Ihr seid nicht genug, aber wenigstens etwas. Mit euch machen wir aus nichts etwas. Dennoch ist es eure Schuld, dass da nicht mehr ist, eure Schuld, dass so viel unvollendet ist, und das werden wir euch niemals verzeihen.«

Naelin versuchte, der Geschichte einen Sinn abzuringen. Sie hatte nicht gewusst, dass die Geister ihre eigene Erzählung davon hatten, wie alles begonnen hatte und woher ihr Hass rührte. Sie wusste nur, dass die Geister Königinnen brauchten und sie dennoch hassten. »Ihr hattet den Auftrag, die Welt zu erschaffen … und dann fortzugehen?«

»Nicht fortgehen«, berichtigte der kleine Geist. »Uns verwandeln. Wir wären zu dem geworden, was zu sein uns bestimmt war. Aber wir haben unsere Bestimmung verloren. Sie ist an jenem Tag gestorben, zusammen mit ihr.« Und Wellen der Traurigkeit gingen von dem kleinen Geist aus, durchdrangen auch die anderen und überfluteten sie. Von nun an schwiegen sie, während sie weiter nach Westen flogen und die Sonne über ihnen am Himmel ihre Bahn zog.

Bei Einbruch der Nacht fand Naelin einen weiteren verödeten Kreis und focht neue Kämpfe mit ihren Geistern aus, als sie abermals versuchten, sich mit dem Land zu verbinden, diesmal nur umso heftiger.

»Was ist los mit ihnen?«, fragte Ven leise.

»Sie wollen nicht zurückkehren«, antwortete Naelin.

»Ich kann ihnen keinen Vorwurf daraus machen«, sagte Ven.

»Aber es sind Geister. Sie hassen uns. Ich habe gedacht ...« Sie hatte gedacht, dass die Geister in den ungebändigten Landen frei seien, ganz so wie sie es auch selbst wollten, aber sie hatte sich geirrt. »Sie haben mir ihre Schöpfungsgeschichte erzählt. Ihre Version unterscheidet sich von allen, die ich bisher gehört habe.« Sie berichtete ihm, was die Geister ihr mitgeteilt hatten.

Als sie zum Ende kam, meinte Ven: »Schade, dass meine Schwester nicht hier ist, um sich das anzuhören.«

»Sie glauben, das alles wäre wahr.« Die Geister hatten ihr noch nie leidgetan, aber als sie ihnen von den ungebändigten Landen und von ihrem Plan erzählt hatte, sie dort zurückzulassen, hatte sie ihre Furcht gespürt. Wie Kinder, die Angst davor hatten, von ihren Eltern im Stich gelassen zu werden.

Sie hatten ihre Große Mutter verloren.

Die Königinnen, in der Hinsicht waren sie sehr deutlich geworden, waren da nur ein schwacher Ersatz.

Aber wir sind alles, was sie haben.

Sie sandte einen Gedanken zu ihnen aus: *Ich werde euch dort nicht im Stich lassen.*

Die Geister erstarrten. Es war, als hielten sie alle gleichzeitig den Atem an, und sie spürte, dass sie ihr zuhörten. *Ist es das, wovor ihr euch fürchtet? Ohne eine Königin in den ungebändigten Landen zu sein?*

Ja. Ja, das war es.

Ich komme mit euch. Sie drängte ihnen die Erinnerungen an Erian und Llor auf. *Ich muss die beiden finden. Helft mir, und ich werde euch nicht allein lassen. Wir werden gemeinsam in die ungebändigten Lande gehen, und ich verspreche, euch nicht allein zurückzulassen. Dann kommen wir wieder hierher zurück, und wir werden ein echtes Zuhause für euch finden.*

Eine Bewegung lief durch die Geister hindurch. Es war eine Mischung aus Angst und etwas anderem, das Naelin noch nie bei ihnen wahrgenommen hatte.

Hoffnung.

Die Geister waren einverstanden.

Zwischen zwei Säulen stand Daleina oben auf dem Turm der Königin und versuchte, das Gezänk von Hamon und seiner Mutter hinter ihr auszublenden.

»Wenn sie wirklich mit mir reden will, sollte sie mich nicht so viele Treppenstufen hinaufsteigen lassen«, murrte Garnah. »Außerdem hätte sie zumindest einen bequemen Stuhl bereitstellen sollen. Ich setze mich nicht einfach irgendwo auf den Boden.«

»Das hier ist der sicherste Ort in ganz Mittriel«, erwiderte Hamon.

»Pah. Von wegen. Man muss nur ein paar der tragenden Äste abhacken, und schon stürzen wir alle in den Tod, mitten auf den Waldboden. Peng! Spritz!« Garnah gab eine ganze Bandbreite von Lauten des Zerquetschens und Zerstückelns von sich.

»Sicher vor Spionen, Mutter.«

Daleina hörte ein Schlurfen und das Knistern von Stoff hinter sich, gefolgt von einem theatralischen Seufzen, dann sagte Garnah: »Höchstwahrscheinlich würden wir bereits auf einem der niedrigeren Türme aufgespießt werden, lange bevor wir unten auf dem Waldboden landen.«

»Mutter. Genug. Daleina hat dich nicht hierhergerufen, um dich zu ermorden.«

»Das sind großartige Neuigkeiten«, meinte Garnah gedehnt. »Aber ich würde es vorziehen, solche Beteuerungen von Ihrer Majestät selbst zu hören.«

Das war ihr Stichwort, sich umzudrehen und Garnah zu beruhigen, aber stattdessen tauchte Daleina mit ihren Sinnen tief in den Wald ein und nahm Kontakt zu den Geistern auf, um sie zu besänftigen. *Ihr seid nicht in Gefahr. Sie werden euch nichts zuleide tun. Tut ihnen auch nichts zuleide. Bald werden sie wieder fort sein.* Sie spürte, wie die Geister sich wanden – sie wollten sich verstecken oder angreifen, wollten jagen oder fliehen. *Ganz ruhig. Ihr seid in Sicherheit.*

Sie konnte ihre Geister nicht daran hindern, dem Strom fremder Geister zu folgen, die sich an Königin Naelin geheftet hatten. Sie lungerten wartend um ihr Lager herum und beobachteten jede Bewegung der Eindringlinge. Ein kribbelndes Unbehagen breitete sich über Aratay aus, von Geist zu Geist. Sie konnte das Ganze nicht aufhalten oder auch nur seine Ausbreitung verlangsamen. Sie konnte lediglich versuchen zu verhindern, dass noch Schlimmeres daraus erwuchs.

Tut nichts Böses.

Lasst sie in Ruhe.

Beobachtet sie, wenn ihr nicht anders könnt. Aber nicht mehr, nur beobachten.

Ihre Reichweite war nicht groß genug, um über eine solche Entfernung hinweg mit den Augen der Geister zu sehen, so wie Königin Naelin es vermochte. Aber sie spürte, dass sich die Geister in einer kreischenden und zappelnden Masse draußen vor dem Dorf Rotblatt versammelten. Naelin hatte es immerhin bis dorthin geschafft. Noch eine weitere Nacht, und sie und all ihre Geister sollten die Grenze überschritten haben und in den ungebändigten Landen verschwunden sein.

Daleina hatte bis zu diesem Zeitpunkt niemals irgendeinem Menschen gewünscht, dass es ihn in die ungebändigten Lande verschlagen sollte. Aber sobald Naelin die Grenze überquert hatte, würden sich die Geister Aratays wieder entspannen und ihre Aufmerksamkeit auf ihr Land richten. Es gab immer noch so vieles, was geheilt werden musste! Und der Winter nahte mit Riesenschritten.

Zuversichtlich, dass ihre Geister ihr nun erst einmal gehorchen würden, richtete sie endlich das Wort an die anderen im Raum. »Ich habe eine Nachricht von Königin Merecot erhalten, die von Botschafterin Hanna bestätigt worden ist«, berichtete Daleina. Hamon wusste das bereits, aber für Garnah war es eine neue Information. »Königin Naelin bringt die überzähligen Geister in die ungebändigten Lande. Sie ist schon fast dort.« Die Geister hatten sich um einen Streifen verödeten Landes versammelt – in jenem Teil von Aratay gab es die meisten verödeten Landstriche, weil Naelin dort nach der Entführung ihrer Kinder so viele Geister gezwungen hatte, gegen die Geister von Semo zu kämpfen. Viele waren gestorben. Langsam drehte sich Daleina zu Garnah und Hamon um.

Hamon lächelte sie an, und sie ließ sich von der Wärme seines Lächelns überfluten. Er war ihr einziger Stützpfeiler in einer Welt, die stets aus den Angeln zu kippen drohte. Sie konnte auf seine Liebe vertrauen. *Ich kann nicht darauf vertrauen, dass Naelin ihre Geister im Griff hat, und wenn ich ehrlich zu mir bin, kann ich auch nicht darauf vertrauen, dass meine eigene Kontrolle über Aratays Geister groß genug ist, um sicherzustellen, dass sie nicht angreifen.* Die bittere

Wahrheit ihrer Lage hätte ausgereicht, um eine schwächere Persönlichkeit in Tränen ausbrechen zu lassen, aber Daleina war in keiner Weise schwach. Und mit Hamon an ihrer Seite, dessen ruhige Kraft sie umso stärker machte, verspürte sie eine Zuversicht, wie sie sie seit ziemlich langer Zeit nicht mehr empfunden hatte.

»Dann haben wir es schon fast hinter uns«, meinte Hamon.

Sie nickte. »Fast, aber ich werde in meiner Wachsamkeit erst nachlassen, wenn es ganz geschafft ist.«

Sein Lächeln verschwand, und er runzelte die Stirn. »Du musst auch irgendwann schlafen, du hast dich ja kaum ausgeruht. Wie willst du Aratay von Nutzen sein, wenn du zusammenbrichst?«

Garnah starrte ihren Sohn an. »Du bist aber so was von einer Glucke.«

»Ich bin ihr Heiler, Mutter. Das ist meine Aufgabe.«

»Weißt du, was du bist? Eine Nervensäge bist du. Sie ist eine erwachsene Frau, die auf sich selbst aufpassen kann. Lass sie schlafen, wann sie schlafen will.« Dann richtete auch Garnah ihren Blick auf Daleina und runzelte die Stirn. »Davon einmal abgesehen solltet Ihr wirklich mehr schlafen. Ihr habt scheußliche Ringe unter den Augen. Die Leute werden glauben, dass die Geister auf Euch eingedroschen haben.«

»Im übertragenen Sinne haben sie genau das auch getan. Aber sie dürften ruhiger werden, sobald Königin Naelin die Grenze überquert hat.« Mit knappen Worten erklärte sie, was in Semo geschehen war, und berichtete von der Lösung, die Naelin für das Problem gefunden hatte.

Garnah nahm die Neuigkeiten in sich auf, ohne eine Miene zu verziehen. »Sie hat wirklich Stil.«

Daleinas Lippen verzogen sich unwillkürlich zu einem

Lächeln, dann spürte sie von Westen her eine Erschütterung, einen wütenden Zornesausbruch – und schnell sandte sie einen neuen Befehl aus: *Ruhig! Frieden! Tut nichts Böses!*

Die Geister knurrten, fügten sich aber. Daleina hatte die Hände zu Fäusten geballt, als sich ihre eben noch gefühlte Zuversicht in Luft auflöste. Es würde ständige Wachsamkeit erfordern, bis sie sich sicher sein konnte, dass ihr Volk außer Gefahr war. Jetzt lockerte sie die Hände und massierte sie. Ihre Nägel hatten Halbmonde in das Fleisch ihrer Handflächen gebohrt. Hamon trat zu ihr hin, nahm ihre Hände und rieb sie.

»Ich brauche wohl nicht eigens zu betonen, dass diese Information an niemanden weitergegeben werden darf«, sagte Daleina, »zumindest, bis sie Renthia verlassen hat. Danach werde ich eine Erklärung abgeben – ich bin mir sicher, dass Naelins Geister gesehen worden sind, und die Menschen haben ohne Zweifel Fragen.«

»Klingt, als wüsstet Ihr, was zu tun ist«, meinte Garnah. »Und? Was hat das alles mit mir zu tun?«

»Sobald die Geister in den ungebändigten Landen sind, sollte alles vorüber sein. Semo sollte außer Gefahr sein und Aratay ebenfalls. Königin Merecot hat dann alles bekommen, was sie wollte, und sie hat keinen Grund mehr, Aratay zu bedrohen.«

Garnah legte den Kopf schräg und verengte die Augen. »Aber Ihr glaubt nicht, dass es vorbei ist. Ich frage noch einmal: Gibt es irgendeinen handfesten Grund, warum ich all diese Stufen habe hinaufklettern müssen?«

»Weil sie dich darum gebeten hat, Mutter, darum.«

Daleina kam jedweder schnippischen Erwiderung Garnahs zuvor und sagte: »Weil ich mir ganz sicher sein muss. Um meines Volkes willen. Ich lade Königin Merecot zu einem Friedensgipfel nach Mittriel ein. Wenn alles gut geht, werden wir Verträge unterzeichnen, die sicherstellen, dass es in Zukunft keine weiteren feindlichen Invasionen oder Mordanschläge mehr gibt.«

»Und Ihr wollt von mir, dass ich …«

»Dass Ihr sicherstellt, dass es zu keinen Mordanschlägen kommt.« Daleina hob einen Finger und sandte ihre Sinne nach Westen, um einen weiteren Erdgeist zurückzuscheuchen, der gerade versuchte, sich unter einen der fremden Geister zu graben. *Lass sie in Ruhe.* Dann richtete sie ihre Aufmerksamkeit wieder auf Garnah. »Hamon hat recht: Ich möchte, dass Ihr für die Zeit von Königin Merecots Besuch meine Beraterin seid.«

»Ihr meint, Eure Giftwächterin«, korrigierte Garnah. »Ich weiß den neuen Titel zu schätzen, aber …«

»Ich habe Beraterin gesagt«, unterbrach Daleina. »Wenn ich ganz unverblümt sein darf …«

»Oh ja, ich liebe Unverblümtheit!«

»Euch und Merecot ist beiden ein Mangel an Moral zu eigen. Ihr könnt sie vielleicht besser durchschauen als ich. Ihre nächsten Schritte vorhersagen. Wenn sie hierherkommt, wird sie Hintergedanken haben – ich will wissen, worin sie bestehen und ob sie eine Bedrohung für Aratay oder für mich darstellen.«

Garnah blinzelte bewundernd. »Auch Ihr habt Stil, Euer Majestät.«

Hamon ergriff nun das Wort. »Daleina, meiner Mutter kann man nicht trauen …«

»Du liebst mich«, wandte sich Daleina an Hamon.

»Natürlich.«

»Nun, sosehr es dir zuwider ist, Garnah liebt dich ebenfalls, auf ihre eigene Weise. Wenn ich unter ihrer Obhut sterbe, wirst du ihr das niemals verzeihen. Sie will – verdammte Geister, sie *braucht* – deine Vergebung. Ich kann ihr in dieser Angelegenheit vertrauen.«

Hamon nickte. Sie spürte, dass er am liebsten mit ihr darüber diskutiert hätte, aber sie konnte auch erkennen, dass er wusste, dass sie recht hatte. »Ich werde ihr niemals vertrauen. Aber ich vertraue *dir*.«

Daleina schenkte ihm ein Lächeln, dann wandte sie sich wieder an Garnah. »Ich erwarte, dass Ihr Euch während des gesamten Besuchs von Königin Merecot zu meiner Verfügung haltet. Ihr dürft von jedem Mittel Gebrauch machen, das Euch geeignet erscheint, um das Geschehen im Auge zu behalten.«

»Ihr wollt, dass ich sie ausspioniere?«, fragte Garnah, unüberhörbares Vergnügen in der Stimme. »Eure Jugendfreundin? Die Monarchin eines Nachbarlandes, mit der Ihr ein auf beiderseitigem Vertrauen gründendes Bündnis zu schmieden versucht? Oh meine Liebe, hat die Krone schließlich also doch noch Euren sonnigen Optimismus untergraben und ins Verderbliche gewendet?«

Daleina entschied sich, die Bemerkung über ihren »sonnigen Optimismus« zu übergehen. »Sie ist immer noch meine Freundin. Und ich habe sie lieb und werde sie immer lieb haben. Aber ich vertraue ihr nicht.«

»Sehr weise«, antwortete Garnah. »Jene, die wir lieben, können uns am schlimmsten treffen durch ihren Verrat.«

Hamon murmelte: »Das weißt du natürlich am besten.«

»Das ist überaus verletzend«, sagte Garnah. Ihrer Stimme war dabei allerdings kaum anzumerken, ob sie überhaupt wusste, was eine derartige seelische »Verletzung« bedeutete.

Daleina drückte Hamon die Hand, um ihn zum Schweigen zu bringen. Sie wusste, dass sie viel von ihm verlangte, wenn er seiner Mutter erlauben sollte, Daleina derart nahe zu kommen. Aber es war auch überaus anstrengend, wenn sich die beiden wegen dieser Angelegenheit ständig stritten. Sie respektierte, dass er anderer Meinung war als sie, doch jetzt war nicht der richtige Moment, um das auszudiskutieren. Jetzt war einfach nur wichtig, dass jeder seine Aufgabe erfüllte, und Hamons Aufgabe bestand schlicht und einfach darin, sie zu unterstützen.

Das Ganze war natürlich nicht ohne Risiko – die königliche Giftmischerin könnte ihre eigenen Pläne verfolgen –, aber Daleina war überzeugt, dass sie die Absichten und Beweggründe der Frau durchschaute. Garnah war skrupellos, aber auf ihre eigene Weise liebte sie Hamon tatsächlich, und sie wünschte sich verzweifelt, dass Hamon das akzeptierte. Daleina gab ihr eine Gelegenheit, sich zu beweisen.

»Nehmt Ihr mein Angebot an?«

»Hat die Sache einen Haken?«, fragte Garnah zurück.

»Mein Wort gibt bei jeder Entscheidung den Ausschlag.« Um sich so klar wie möglich auszudrücken, fügte sie hinzu: »Das bedeutet, es wird nicht gemordet, es sei denn, ich sage, dass es notwendig ist.«

Garnah nickte, als wäre das eine völlig normale Bitte. »Es ist immer gut, ein ›es sei denn‹ anzuhängen. Wann genau erwartet Ihr Königin Merecots Ankunft?«

»Ich habe bereits eine Botschaft an Meister Havtru schicken lassen, mit Anweisungen, die Einladung persönlich zu überbringen, mit all dem üblichen Glanz und Gloria, damit auch klar ist, dass es sich um eine offizielle Einladung handelt«, gab Daleina zur Antwort. »Natürlich könnte Merecot befürchten, dass es sich um eine Falle handelt, und Nein sagen.«

»Das wäre vernünftig«, pflichtete ihr Garnah bei. »Ist Königin Merecot vernünftig?«

»Nicht im Geringsten«, erwiderte Daleina. »Sie wird kommen.«

Garnah grinste anzüglich. »Dann erkläre ich mich einverstanden.«

Daleina streckte die Hand aus, und Garnah ließ sich auf eines ihrer Knie nieder und küsste die Knöchel von Daleinas Hand. Wenn Merecot mit tödlichen Absichten kam, würde Garnah es herausfinden. Davon war Daleina überzeugt. *Und wenn sie stattdessen mit Hoffnung im Herzen kommt ... werde ich sie mit offenen Armen empfangen.*

Garnah stand auf, klopfte sich ihre Röcke ab und richtete die Federn an ihrem Hut. »Ach, das ist alles dermaßen aufregend! Und da habe ich schon geglaubt, alle im Königshaus wären edelmütig und langweilig. Ich bin so überaus erfreut von Hamons Wahl. Hamon, du solltest sie heiraten, bevor sie herausfindet, wie edelmütig und langweilig du selbst bist.«

»Danke für deinen Rat, Mutter«, entgegnete Hamon kühl.

»Würdet Ihr mich jetzt bitte entschuldigen, damit ich mich vorbereiten kann?«, fragte Garnah die Königin. Sie wirkte so fröhlich und ausgelassen wie ein Kind, dem man eine dreistöckige Torte zum Geschenk gemacht hat.

»Natürlich, und vielen Dank«, antwortete Daleina. Sie schwieg, als Garnah nun den Turm verließ und sich schnaufend daranmachte, die vielen Stufen hinabzusteigen. »Hamon ...« Als sie sich zu ihm umdrehte, sah sie einen seltsamen Ausdruck in seinen Augen – einen Hauch von Schüchternheit.

»Ich will dich wirklich heiraten«, bekannte Hamon, »falls du mich haben willst. Ich hatte gedacht ... Da war deine Krönung, dann bist du vergiftet worden, dann kam der feindliche Einfall ... Ich hatte nicht den Eindruck, dass du noch dazu die zusätzliche Belastung einer Hochzeit auf dich nehmen willst, aber wenn du möchtest, dass ...«

Daleina beugte sich zu ihm hin und küsste ihn auf die Wange. »Das ist der unromantischste Antrag, den ich je gehört habe. Und du hast recht – ich habe jetzt wirklich keine Zeit für eine königliche Hochzeit. Was ich aber habe, ist genug Zeit, dich zu lieben.« Sie küsste ihn auf den Hals und knöpfte seinen Kragen auf.

»Hier und jetzt?«

»Wie du schon gesagt hast, es ist der sicherste Ort in ganz Mittriel«, antwortete Daleina, dann zog sie ihn an eine Säule. Weit fort im Westen spürten die Geister von Aratay eine Welle des Glücks über ihnen zusammenschlagen, die ihre Angst linderte und sie ablenkte, als Daleina sie nun ganz bewusst nicht aus ihren Sinnen aussperrte.

Kapitel 26

Jeder Bewohner von Renthia wusste, dass ein Betreten der ungebändigten Lande den sicheren Tod bedeutete, und aus genau diesem Grund beschloss Ven, sein Schwert zu schärfen. Auf einem Ast direkt an der Grenze hockend, strich er methodisch mit der Schneide über seinen Wetzstein und versuchte, pessimistische Gedanken zu vermeiden. Im Grunde überhaupt alle Gedanken.

Neben ihm spähte Naelin in den Nebeldunst. Sie zuckte zusammen, als irgendwo mitten in den ungebändigten Landen ein Felsblock aus dem Untergrund hervorgestoßen wurde. Nebelschwaden hüllten den Fels ein, und er bewegte sich nicht noch einmal. Das einzige Geräusch war der Wind zwischen den Bäumen Aratays hinter ihnen und das leise Schleifgeräusch, *tscht, tscht, tscht,* von Vens Klinge auf dem Stein.

»Ist das Ganze nicht eine durch und durch dumme Idee?«, fragte Naelin.

»Nein, nicht durch und durch dumm«, antwortete er leichthin und versuchte, ihr ein Lächeln zu entlocken – vergeblich. »Im schlimmsten Falle wird meine Schwester die ganze Geschichte zu einem großartigen Lied verarbeiten.«

»Deine Schwester wird mir nie verzeihen, wenn du stirbst.«

»Sie verzeiht leicht.« Ven begutachtete sein Schwert und drehte die Klinge so, dass sich das Sonnenlicht darin spiegelte. »Aber ich habe nicht vor, heute zu sterben.« Er sprang auf die Beine.

»Ich auch nicht.«

»Freut mich, dass wir uns in diesem Punkt einig sind.« Er fasste nach ihrer Hand und zog Naelin zu sich heran, um sie zu küssen. »Wenn sie dort drüben noch am Leben sind, werden wir sie finden. Das verspreche ich dir.«

Sie lächelte, auch wenn es ein zittriges Lächeln war. »Du bist sehr gut darin, den Helden zu geben.« Sie holte tief Luft, und Ven konnte erkennen, dass sie etwas sagen wollte, das ihr schwerfiel. *Sie wird mich bitten, nicht mitzukommen,* dachte er. Und tatsächlich sagte sie: »Aber das brauchst du nicht. Du solltest in Aratay bleiben. Wieder ein Meister sein.«

Hab ich's doch gewusst. Er spielte mit dem Gedanken, mit ihr zu streiten, sie davon zu überzeugen, dass seine Liebe echt war und dass er ihr buchstäblich bis über das Ende der Welt hinaus folgen würde, aber stattdessen sprang er von seinem Ast, rutschte den Baumstamm hinab und rief: »Wer als Letzter die Grenze überquert, ist eine Woche lang fürs Abendessen zuständig!«

Er hörte ihr überraschtes Lachen hinter sich und verlangsamte sein Tempo, damit sie ihn einholen konnte – und dann sah er sie an sich vorbeiflitzen, auf dem Rücken eines Baumgeistes mit Mooshaut und einem sechsendigen Geweih. Sie tauchte in den Nebel ein, und die wilden Geister strömten um sie herum. Mit gezücktem Schwert rannte Ven hinterher.

Alles Gelächter erstarb.

Weiß umwallte ihn. Er kniff die Augen zusammen, um den Nebeldunst zu durchdringen, aber er sah lediglich die sich ständig verändernden Schatten, unterschiedliche Grade von Weiß, die kreiselnd um ihn wirbelten –

es war wie der Nebel, der sich bildet, wenn Feuer auf Eis trifft. »Naelin?«, rief er, und seine Stimme klang wie eine Mischung aus einem Flüstern, einem Knurren und ihrem eigenen Echo.

Langsam ging er weiter, und der Boden unter ihm wirkte schwammartig. Mit erhobenem Schwert drehte er den Kopf in alle Richtungen, ging zuerst vorwärts, dann zur Seite, dann zurück und versuchte, überallhin gleichzeitig zu schauen, aber da war nichts zu sehen.

Etwas zog pfeifend an ihm vorbei. Er hob sein Schwert. Ein Kichern, hoch, unirdisch.

Seine Handflächen waren schweißnass, und er verfluchte sich dafür, dass er Naelin nicht an der Hand gehalten hatte, als sie in dieses Land eingetreten waren. Er hatte nicht erwartet, dass der Nebel so dicht sein würde. »Naelin, antworte mir!«

Er hörte seine eigene Angst, schmeckte sie wie einen dicken Schleim, der seine Kehle überzog. Er umfasste sein Schwert fester, dann zog er es durch den Nebel. Kleine Fetzen von Weiß klebten daran wie Spinnweben. Im Weitergehen schlug er mit dem Schwert vor sich durch die Luft.

Sie sind hier.

Er spürte Geister überall um sich herum. Sie streiften seine Beine, glitten um sein Schwert herum, und er hörte, wie sie ihn auslachten. Er konnte nicht erkennen, ob es Naelins Geister waren oder andere, wildere Geister aus den ungebändigten Landen, und im Augenblick war es ihm auch gleichgültig. Sie waren zwischen ihm und Naelin.

Er stürmte vorwärts und fegte mit seinem Schwert den Nebeldunst aus dem Weg – und als wäre sein Schwert der Wind, klärte sich der Nebel vor ihm, und er begriff, dass der Nebel ganz und gar keine leere Luft war.

Der Nebel war voller Geister.

Überall um Ven herum war die Welt von Geistern förmlich verstopft.

»Ven!«

Er rannte auf ihre Stimme zu.

Links von ihm: »Ven!«

Rechts von ihm: »Ven!« Schriller. Ein wahnsinniges Kichern.

Das war nicht Naelin.

Er blieb stehen.

Wie konnte er sich sicher sein, ob überhaupt irgendeine dieser Stimmen von ihr stammte? Der Nebel wogte näher heran. Ven spürte, wie ein langer Finger über seinen Arm strich. Er ging in Stellung und hob sein Schwert auf Augenhöhe. Die Geister drängten heran, murmelten, gurrten, gackerten.

Er wartete, zählte seine Atemzüge.

Dann verspürte er ein Kribbeln im Nacken. Da war ein Geist, er atmete ganz in seiner Nähe. Ven schloss die Augen und füllte seine Lunge mit Luft.

Und dann verfiel er explosionsartig in Bewegung.

Die Geister, die sich ihm dicht genähert hatten, waren nicht schnell genug, um ihm auszuweichen – er war so plötzlich von Reglosigkeit zu Bewegung übergegangen, dass er sie völlig überrumpelt hatte. Seine Klinge glitt durch sie hindurch. Er spürte, wie sie starben.

Ein Hieb nach rechts.

Klinge sinken lassen.

Treten und zustoßen. Ellbogen zurückziehen. Die Handfläche nach oben gedreht einem Geist ins Gesicht schlagen. Und dann stach er zu, spürte, wie das Schwert durch den Geist drang, hörte den Schrei, zog die Klinge zurück und fuhr herum, um das Wispern des Windes hinter sich zu zerschneiden. Ein Eisgeist kreischte auf, als er sein Schwert in ihn hineinbohrte. Er zog es zurück, dann stach er erneut zu, ein rasender Wirbel von Bewegungen.

Und die ungebändigten Geister wichen zurück, als wären sie es nicht gewohnt, dass sich ein Angegriffener wehrte. Er hörte sie rascheln, öffnete die Augen und sah, dass er auf einer Lichtung aus grauem Stein stand. Über ihm wurde der hellblaue Himmel sichtbar, als das Weiß sich ein Stück zurückzog.

Am Rand des Nebels sah er Farbe aufblitzen: Naelin.

Er lief mit gezücktem Schwert auf sie zu. Um ihn herum im Nebel sah er Lichter aufblitzen – Gewitterblitze inmitten der Wolken. Unter seinen Füßen bewegte sich die Erde. Er ließ sich von alledem nicht ablenken und rannte über den sich verschiebenden Untergrund. Vorsichtig verlagerte er sein Gewicht von Schritt zu Schritt, die Knie weit gebeugt, nie verließ er sich darauf, dass die Erde ihn tragen würde, während er über die Lichtung sprang.

Mitten in der Luft schwang er sein Schwert und spürte einen Aufprall. Ein Geist zuckte voller Schmerz zurück, und als Ven landete, sah er ihn über sich aufragen: ein Erdgeist mit einem Gesicht aus Stein und einem Körper aus Dornenranken. Er schlug mit den Krallen nach Ven, und Ven wich aus und rollte sich ab, die Klinge schützend vor der Brust.

Und dann war er an Naelins Seite.

Sie hielt die Augen geschlossen und die Arme weit ausgebreitet, die Finger gespreizt. Ven ging hinter ihrem Rücken in Stellung und wehrte die Geister ab, die auf sie zugejagt kamen.

Der Boden unter ihnen grollte, und Ven spürte, wie er sich immer höher und höher hinaufhob. Er ging in die Hocke, um das Gleichgewicht nicht zu verlieren, aber Naelin blieb hoch aufgerichtet stehen. Die Erde erhob sich immer weiter und weiter, bis Ven und Naelin turmhoch über dem Gewimmel aus Weiß aufragten.

Naelin ließ die Arme sinken, drehte den Kopf und sah ihn an. »Die Geister der ungebändigten Lande wollen uns nicht hierhaben.«

»Ja, ist mir auch aufgefallen. Und wo sind *deine* Geister?«

»Sie kommen«, antwortete sie, und dann bildeten unten am Boden und in der Luft über ihnen Hunderte von Geistern einen Kreis um sie, und sie trieben das Weiß zurück.

Naelin spürte die gewaltige Weite: Hunderttausende von Geistern erstreckten sich bis zum Horizont – falls es an diesem Ort denn überhaupt einen Horizont gab. Diese Gefilde wirkten endlos. Sie zog ihre eigenen Geister näher an sich heran, ließ sie einen engen Kreis um sie und Ven herum bilden. Ihr war, als wären es jämmerlich wenige.

Ich hätte nie gedacht, dass es einmal so weit mit mir kommt, dass ich mich mit Geistern sicherer fühle als ohne sie.

Aber dies waren nun *ihre* Geister. Und wenngleich sie ursprünglich selbst aus den ungebändigten Landen stammten, waren sie jetzt an sie gebunden, und das hob sie sofort von den entfesselten Geistern ab, die dieses Land durchstreiften. Naelins Geister wussten, wie es war, eine Königin zu haben, kontrolliert zu werden und selbst zu kontrollieren, erschaffen und zerstören zu können, jedoch mit Einschränkungen. Anders als die Geister hier …

Wie können Erian und Llor überhaupt hier sein? Wie konnten sie hier denn überleben? Und selbst wenn, wie kann ich sie finden? Sie fühlte sich wie ein einzelnes Blatt in einem überwältigend riesigen Wald. Zuvor hatte sie sich für stark gehalten, aber dieser Ort … Von ihrem Aussichtspunkt auf dem Gipfel des Felsens konnte sie die ungebändigten Lande in alle Richtungen überblicken.

Die Wälder Aratays waren nun nicht mehr sichtbar, wiewohl sie die Grenze im Osten spürte – das Gefühl von Geistern, die eng aneinandergedrängt endlose Reihen bildeten, hörte dort schlagartig auf.

Es ist gar nicht so, als drängten sie sich direkt aneinander, begriff Naelin. Es schien nur so, weil es so viele waren und sie so schnell umherflatterten, dass sich viele von ihnen kaum vom hauchzarten Nebel unterscheiden ließen. Sie spürte, dass sich die Aufmerksamkeit der Geister jetzt, nachdem sie und Ven sich nicht mehr rührten, von ihnen wegbewegte. *Sie haben die Aufmerksamkeitsspanne von Kindern.*

»In welche Richtung?«, fragte Ven.

Langsam ließ sie den Blick über das Meer aus Nebel schweifen. Es sah alles gleich aus – aber, nein, das stimmte nicht. Sie kniff die Augen zusammen und sah in der Ferne etwas Blaues aufblitzen, weit im Südwesten. Es wurde breiter, und der Nebel wich zurück. Ein Fluss? Ein See? Vielleicht ein Meer.

Ven zeigte nach Norden. »Berge.«

Sie sah graue Gipfel über den Wolken und hätte schwören können, dass sie zuvor noch nicht dort gewesen waren, aber vielleicht waren sie unter dem Nebel verborgen gewesen. Nicht einmal entfesselte Geister konnten so schnell neue Berge formen. Rauch ringelte sich vom Gipfel eines der Berge, und er war ringsum von Schwärze umgeben. Sie glaubte, auf der Seite des Berggipfels einen roten Strich erkennen zu können, wie ein blutiger Riss.

»Nordwesten«, entschied sie. Zwischen dem Meer und dem Vulkan.

Er nickte. »Es ist der Weg mit den wenigsten Hindernissen. Eine vernünftige Wahl.«

Nichts an diesem Ort erscheint »vernünftig«.

Es kam ihr alles so nebelhaft vor wie ein Traum. Naelin beschwor einen Geist mit ledrigen Fledermausflügeln und Katzenkörper und kletterte auf seinen Rücken. Ven nahm hinter ihr Platz. Er behielt sein Schwert in der Hand und umfasste mit dem anderen Arm ihre Taille. Der Geist stieß sich vom Fels ab und flog gen Westen.

Während sie weiter ins Innere der ungebändigten Lande vordrangen, wurde der Nebel dünner, und sie sah, dass hier nicht einfach Leere vorherrschte, wie es von außen den Anschein gehabt hatte. Es gab hier auch Farben.

Rot. Feuer, das über die Steine tanzte.

Blau. Eine Schlange von Fluss, der seine Schleifen zog und dann einen Wasserfall bildete.

Gold. Blitze, die vom Himmel herabjagten, aber nie den Erdboden erreichten.

Schwarz. Ein Spalt in der Erde, so tief, dass er reine Dunkelheit war.

Sie flogen über eine Schlucht, die aussah, als hätte eine Riesenhand sie aus der Erde geschabt, und sie flogen über einen einzelnen Baum, dessen Äste sich in verdrehten Zöpfen meilenweit durchs Land schlängelten. Im Norden blubberten und kochten die Vulkane. Im Süden schien sich das Meeresufer zu bewegen, auf und ab zu wellen.

Steine erhoben sich von selbst aus der Erde und formten sich zu Türmen, die dann zu Staub zerfielen. Naelin und Ven flogen zwischen ihnen hindurch. Ein Eisfeld zerbarst und ließ gefrorene Splitter durch die Luft fliegen.

Alles befand sich in stetigem Wandel. Je mehr sie sah, umso mehr schwand die Hoffnung in ihr. *Niemand kann in einem solchen Land überleben*, ging es ihr durch den Kopf. Die Geister formten die Landschaft in jedem Moment neu: Eine Schlucht wurde zu einem See, wurde zu einem Eisfeld, wurde zu einer Felswand, wurde zu einem Wasser-

fall. *Nach unten, landen,* befahl Naelin dem Geist. »Dort.«
Sie geleitete sie zu einem Kreis aus strahlendem Grün.
Blumen blühten überall ringsum, eine Farbenpracht aus
Pflanzen von Frühling, Sommer und Herbst gleichzeitig,
die direkt vor ihren Augen den Zyklus der Jahreszeiten
durchliefen.

Sie entdeckte einen Geist in der Mitte des blühenden
Kreises. Ein Erdgeist, der aussah wie ein grünhäutiger
Mann mit schwarzem Geweih. Auch seine Augen waren
schwarz, und selbst, wo ihr Weiß hätte sein sollen, glitzerte
es schwarz.

Naelin warf dem Geist ein Bild von Erian und Llor entgegen. *Wir suchen nach einem Jungen und einem Mädchen.*

Er war verwirrt.

Sie konnte in seinen Gedanken nicht so gut lesen wie in
denen der Geister, mit denen sie verbunden war, aber sie
konnte spüren, was in ihm vorging, so wie sie in der Zeit,
bevor sie Königin geworden war, die Empfindungen der
Geister gespürt hatte. Der Geist war aufgebracht. Er hatte
nicht damit gerechnet, dass Naelin und Ven ihn aufsuchen
würden. Er wollte in Ruhe gelassen werden, doch er war
auch voller Sehnsucht – wonach, das konnte sie nicht spüren, aber sie fühlte, dass er sich schmerzlich nach ihnen
verzehrte.

Menschen, drang sie in ihn. *Hast du irgendwelche Menschen gesehen? Hast du einen Wolf gesehen? Einen großen
grauen Wolf?*

Statt ihr eine Antwort zu geben, drehte er sich um und
galoppierte davon. Die Blumen verwelkten hinter ihm. Ein
saurer Duft nach sterbenden Blumen zog durch die Luft.
Naelin legte ihre Sinne um ihre eigenen wilden Geister –
spürte sie. Sie waren verängstigt und scharten sich dicht
zusammen.

Wie kann ich sie finden? Helft mir, sie zu finden!

»Beschütze mich, solange ich nach ihnen suche«, wandte sich Naelin an Ven.

»Ununterbrochen.« Er stand neben ihr, das Schwert hoch erhoben, während sie ihr Bewusstsein zusammen mit den Geistern aussandte, so dass sie sich rings um die ungebändigten Lande ausbreiteten. Mit den Augen Hunderter glitt sie über die sich stetig verändernde Landschaft hinweg. Kurz drang sie in die Gedanken anderer Geister ein, spürte ihr Erschrecken, ihre Verwirrung, ihren Zorn, ihre Hoffnung.

Hoffnung?

Es erinnerte sie an das Gefühl, das von ihren eigenen Geistern ausgegangen war, aber sie hatte jetzt keine Zeit, darüber nachzudenken. Sie konzentrierte sich, während ihre Geister das Land absuchten. Undeutlich hörte sie neben sich Rufe und Kreischen und wusste, dass Ven kämpfte, aber sie drängte weiter voran, suchte, suchte …

Sie spürte nur die Geister. Sah nur die Wildnis.

Schließlich zog sie sich wieder in sich selbst zurück, fiel auf die Knie und zerdrückte die toten Blumen unter sich. Neben ihr ließ Ven sein Schwert sinken, und sie sah einen Kreis von Geistern zurückweichen, als nun ihre wilden Geister wieder zu ihr geflogen kamen.

Während sich die Geister der ungebändigten Lande zurückzogen, versuchte Naelin zu entscheiden, wie sie ihre Suche fortsetzen sollte. Sie würde die hiesigen Geister zwingen müssen, ihr zu helfen, und ihre Erinnerungen durchsuchen müssen. Das würde nicht leicht werden, aber …

»Naelin.« Vens Stimme war leise, aber nachdrücklich.

Sie schaute auf.

Auf der anderen Seite des Feldes aus toten Blumen stand

ein verwahrlostes Kind. Menschlich, kein Geist. Ein Knabe, jünger als Llor, mit Schmutzflecken auf den Wangen und Kleidern, die an ihm herabhingen. Er starrte die beiden einen Moment lang an, dann lief er davon.

Kapitel 27

Hanna faltete das Papier zusammen und legte die Hände in den Schoß. Sie wusste nicht, wie Merecot auf diese Einladung reagieren würde. *Natürlich mit Argwohn.* Wer selbst nicht vertrauenswürdig war, sah auch bei anderen immer nur Verrat. *Wie ich Daleina kenne, handelt es sich um ein aufrichtig gemeintes Angebot. Und vermutlich wird sie dafür sterben.* Es war Hanna ein Rätsel, wie Daleina nach allem, was sie hatte durchmachen müssen, dennoch ihren Idealismus nicht verloren hatte.

Das Ganze kommt verdammt ungelegen.

Ihnen war hier etwas Außerordentliches gelungen: Sie hatten die überzähligen Geister vom Land abgezogen. Es war am besten, nun alles so zu belassen und sich zu Hause keinen weiteren Ärger aufzuhalsen. Hanna hatte den Dienern bereits den Auftrag gegeben, für sie und ihre Wachen zu packen, und sich auf eine schöne Heimreise ohne weitere Zwischenfälle gefreut.

Für einen kurzen Moment zog es Hanna in Erwägung, so zu tun, als hätte sie den Brief gar nicht erhalten. Aber das wäre feige gewesen, und, wichtiger noch, unmöglich, da Meister Havtru so stolz darauf war, dass er den Brief persönlich überbracht hatte. Er war kurz nach dem Morgengrauen angekommen, zusammen mit einem Mann, einem Mädchen und Königin Daleinas Schwester.

Hanna schaute aus dem Fenster zu den Bergen hinüber

und verschränkte die Finger unterm Kinn. Das Land mit seinen Bergen, die in allen Richtungen schroff in den Himmel stießen, war von einer abweisenden Schönheit. Der Morgenhimmel schien von den Gipfeln regelrecht angegriffen zu werden, und das machte ihr ein klein wenig Angst.

»Botschafterin Hanna?«, fragte Meister Havtru hinter ihr.

Er war ein guter Kerl. Mit Ernst bei der Sache. Arbeitete hart. Auch war er, wie ihr nun bewusst wurde, sehr schnell hier eingetroffen, wenn Daleina mit ihrer Nachricht tatsächlich bis nach Königin Naelins Aufbruch gewartet hatte. »Seid Ihr zu Fuß hierhergereist, Meister Havtru?«

»Ja, Botschafterin.«

Interessant. »Zu Fuß von Mittriel aus? Mit der Nachricht der Königin?«

»Ein Geist hat sie mir an der Grenze zukommen lassen, und dann haben wir uns beeilt, den restlichen Weg zurückzulegen.«

Aha, dann war er also ursprünglich aus einem anderen Grund hierhergeschickt worden. *Vielleicht hat Daleina ja doch einen Plan.* Sicherlich würde sie ihre Schwester nicht ohne guten Grund in Gefahr bringen. Hanna winkte ihn mit dem Finger näher heran.

Er neigte ihr den Kopf zu.

»Verratet mir, was Eure wahre Aufgabe ist«, flüsterte Hanna.

Er flüsterte zurück: »Euch nach Hause zu bringen.«

Darum handelte es sich? Sie wusste nicht, was sie erwartet hatte, aber auf keinen Fall einen Geleitschutz, schließlich hatte sie bereits ihre Wachen. Sie wünschte, Daleina wäre eine bessere Strategin; aber Hanna hatte das starke Gefühl, dass der große Haken am Plan der Königin ihr Vorhaben war, Merecot einzuladen und sich wieder mit ihr anzufreunden. »Und Ihr habt Eure Kandidatin mitgebracht, damit sie Euch behilflich ist?« Sie deutete auf das Mädchen, das einige Schritte hinter ihm stand, neben einem braun gekleideten Mann, der aussah, als würde er sich beim Holzhacken wohler fühlen als in einem Palast. Sie schätzte das Mädchen auf etwa vierzehn, jedenfalls nicht älter als fünfzehn; es hatte geflochtenes schwarzes Haar und hellgraue Augen. Seit ihrer Ankunft hatte es kein Wort gesprochen. Arin, die Schwester der Königin, stand schützend neben der Kandidatin.

»Oh, Cajara ist nicht meine Kandidatin«, erklärte Meister Havtru.

Natürlich nicht, dachte Hanna und verkniff es sich, die Augen zu verdrehen. Aber wenn er vorgeben wollte, dass das Mädchen lediglich eine Freundin der Familie oder eine entfernte Verwandte sei, die mal eben Lust auf eine Reise nach Semo gehabt hatte, dann würde sie deshalb nicht mit ihm ins Gericht gehen. Sie machte sich im Geiste die Notiz, Havtru niemals mit irgendwelchen Geheimmissionen zu betrauen. »Und was ist mit ihm? Ist er auch nur ein Freund?«

Der Mann in Braun trat vor und verbeugte sich unbeholfen. »Botschafterin, Herrin, mein Name ist Renet. Aus Ost-Immertal. Und ich bin hier, um meine Frau zu besuchen, Naelin. Königin Naelin. Meine ehemalige Frau. Das heißt, ich würde gern mit ihr sprechen, wenn ich darf. Und auch mit unseren Kindern. Geht das?«

Ach je, der arme Mann.

»Ich habe … ein paar Gerüchte gehört, als wir nach Semo gekommen sind.« Er rang die Hände und zappelte herum wie ein Kind. »Die Wachen an der Grenze. Die Menschen in der Stadt. Im Palast. Sie alle reden. Sie sagen, dass Naelin … Königin Naelin … Sie sagen, sie … sie wäre in die ungebändigten Lande gegangen. Aber das ist unmöglich.«

Er sah sie mit einem flehentlichen Ausdruck in den Augen an, als bettelte er darum, dass sie nun lachte und ihm sagte, dass das selbstverständlich Unsinn sei. Doch das konnte sie nicht. Hanna deutete auf die gepolsterten Sessel. »Vielleicht setzt Ihr Euch besser.« Sie wusste nicht, welche Gerüchte er gehört hatte, aber sie hatte in der Tat Neuigkeiten, die, wie sie fand, für ihn auch Gutes beinhalteten. »Sie hat keinesfalls die Absicht zu sterben. Sie glaubt ...« Es war schwierig, das nun Folgende richtig auszudrücken. Weder wollte sie ihn völlig vernichten noch unrealistische Hoffnungen wecken. »Sie ist dort hingereist, um Eure Kinder zu retten. Wir haben Grund zu der Annahme, dass sie sich in den ungebändigten Landen befinden.«

Arin schnappte hörbar nach Luft. »Aber niemand ...« Mit einem raschen Blick auf Renet verkniff sie sich den Rest dessen, was sie hatte sagen wollen. Cajara griff nach Arins Hand.

»Die ungebändigten ... wie? Warum?«, stammelte Renet. »Sie sollten doch eigentlich in Semo sein! Alle haben gesagt ... Das ist doch ebender Grund gewesen, warum Naelin ... Nicht die ungebändigten Lande!« Er war bleich geworden und fing an zu zittern. Sie war froh, dass sie ihn erst einmal hatte Platz nehmen lassen. Er sah nicht so aus, als könnte er sich im Moment aufrecht halten. Auch Havtru wirkte betroffen. Überraschenderweise veränderte sich der Gesichtsausdruck des Mädchens, Cajara, überhaupt nicht. Ihre Züge waren so ruhig wie zuvor. *Eine angenehme Abwechslung zu all dem theatralischen Getue von Königin Merecot und den Gefühlsstürmen Naelins*, ging es Hanna durch den Kopf. *Falls sie wirklich Havtrus Kandidatin ist, bin ich damit nur zu einverstanden.*

»Ich muss zu ihr!«, rief Renet.

»Das könnt Ihr nicht«, versetzte Hanna, und diesmal

gelang es ihr nur mit Mühe und Not, die Augen nicht zu verdrehen. *Als könnte dieser Mann dort irgendetwas ausrichten.* »Sie ist bereits aufgebrochen. Aber keine Sorge, Meister Ven ist bei ihr. Er wird sie beschützen, und wenn Eure Kinder noch am Leben sind, werden sie sie finden und sicher nach Hause bringen.«

»Ich sollte bei ihr sein. Es sind auch meine Kinder. Und sie ist meine Frau.« Er schluckte hörbar, und seine Kehle bewegte sich auf und ab. »Das heißt … es gab da noch so ein Gerücht …« Er stockte, als könnte er es nicht einmal in Worte fassen.

»Sie ist jetzt Meister Vens Frau«, erklärte Hanna so sanft wie möglich. »Aber sie werden Eure Kinder finden, wenn sie können.«

Er sackte auf dem Sofa in sich zusammen wie eine welke Blume. Dann ließ er das Gesicht in die Hände sinken und stöhnte. Schließlich sagte er: »Ich war ihrer nicht würdig. Und ihrer auch nicht, Erian und Llor. Bin es nie gewesen. Aber ich werde es sein. Wenn sie nach Aratay zurückkehren … werden sie feststellen, dass ich mich verändert habe. Ich werde mich wirklich ändern!«

Hanna schenkte ihm ein aufmunterndes Lächeln. »Großartig!« Doch mehr von ihrer Energie wollte sie nun wirklich nicht an die emotionalen Bedürfnisse eines Fremden verschwenden. Sie wandte sich wieder an Havtru. »Beginnen wir mit den Vorbereitungen für unsere Rückkehr nach Aratay. Ich werde meinen Wachen Bescheid geben, sobald wir uns mit Königin Merecot getroffen haben.«

Havtrus Züge entspannten sich zu einem Lächeln, als hätte er erwartet, dass sie mit ihm einen Streit vom Zaun brechen würde, weil sie Semo noch nicht verlassen wollte. *Ich bin störrisch und gereizt,* dachte Hanna, *aber nicht dumm. Natürlich werde ich zurückkehren. Irgendjemand muss ein*

Auge auf Merecot haben. »Ihr drei ruht Euch jetzt erst einmal aus und erholt Euch von Eurer Reise«, wandte sie sich an Arin, Cajara und Renet. »Meister Havtru und ich müssen eine Einladung überbringen.«

Ach, die goldige, naive Daleina. Merecot musste sich allergrößte Mühe geben, um sich ein triumphierendes Grinsen zu verkneifen. »Was für eine erfreuliche und unerwartete Einladung«, meinte sie, an Botschafterin Hanna und Meister Havtru gewandt.

»Ich weiß, was Ihr denkt – Ihr vermutet eine Falle –, aber ich glaube, die Einladung ist aufrichtig gemeint«, antwortete Hanna mit einem Hauch von Erschöpfung in der Stimme, was in Merecot den Eindruck erweckte, dass die Botschafterin ihrer ehrlichen Meinung Ausdruck gab. Offensichtlich glaubte sie tatsächlich, dass Daleina keine Hintergedanken hegte, und wenn Merecot die Reaktion der Botschafterin richtig deutete, dann hieß Hanna das Verhalten der anderen Königin keineswegs gut. Das war schon fast amüsant. »Königin Daleina möchte einen dauerhaften Frieden herbeiführen.«

Natürlich ist es keine Falle. Daleina würde mich nicht töten. Dazu ist sie gar nicht fähig. »Wollen wir das nicht alle? Und wie lieb von ihr, dass sie extra einen Meister geschickt hat, um ihre Einladung zu überbringen. Das macht das alles so offiziell und förmlich.«

Meister Havtru verneigte sich.

Von ihrer ehemaligen Direktorin einmal abgesehen, war der letzte Mensch, den sie in Semo sehen wollte, ein Meister: eine weitere Erinnerung an das Leben, das sie hinter sich gelassen hatte. Merecot war nicht lange genug an der Nordost-Akademie gewesen, um von einem von Aratays vielgepriesenen Meistern erwählt werden zu können. Und dieser Meister hier war nicht allein gekommen, das wusste sie. Ein Mann und zwei Mädchen hatten ihn begleitet, wenngleich sie an diesem Treffen nicht teilnahmen. Sie ließ sie natürlich von Spionen bewachen; sie würde schon sehr bald wissen, wer sie waren und warum sie mitgekommen waren. *Nicht, dass es eine Rolle spielen würde.* Sie hatte, was sie wollte.

Besser, nicht allzu eilfertig zuzustimmen.

Merecot musterte Havtru und Hanna mit schmalen Augen und trommelte mit den Fingern auf der Armlehne ihres Throns herum. »Unser Land durchläuft gerade eine Zeit des Wandels. Mein Volk braucht mich hier … doch andererseits ist es eine historische Gelegenheit. Nur wenige Königinnen besuchen je ihre Nachbarländer.«

Sie unterließ es, ihren letzten »Besuch« zu erwähnen, und die anderen waren so höflich, es ebenfalls nicht zu tun.

»Wir würden uns geehrt fühlen, Eure Majestät nach Mittriel zu geleiten«, erklärte Meister Havtru mit einer weiteren Verbeugung. Dann nestelte er an seinem Hemdkragen herum. Er schien sich in ihrer Gegenwart unwohl zu fühlen, was ebenfalls amüsant war. Erneut musste sie ein Lächeln unterdrücken.

Merecot tat sein Angebot mit einer knappen Handbewegung ab. »Ich brauche keinen Geleitschutz.« Stumm befahl sie einem ihrer kleineren Geister, eines der großen Fenster mit einem Windstoß aufzudrücken, dann beschwor sie ihr Lieblingstransportmittel: einen Luftgeist mit goldenen Federn, einem Adlerkörper und dem Kopf eines Mannes. Er kam in den Thronsaal gerauscht und umkreiste die Kronleuchter. »Wie Ihr seht, verfüge ich über meine eigenen Beförderungsmittel. Ihr seid natürlich herzlich eingeladen, die Gastfreundschaft meiner Burg zu genießen.«

Sie hatte nicht die Absicht, sich von ihnen aufhalten zu lassen. Nicht, wenn der Sieg so nahe war.

»Aber Euer Majestät, es wäre uns eine Ehre ...«, setzte Hanna zu sprechen an.

Merecot lachte auf. »Oh, Ihr braucht Euch wirklich nicht zu bemühen. Ich kenne den Weg.« Sie dachte an Königin Jastra und wünschte, sie hätte sich jetzt mit einem »Ich hab's Euch ja gleich gesagt« an die alte Königin wenden können. *Seht Ihr, ich hatte durchaus meinen Plan, und ich kann ihn jetzt sogar noch schneller in die Tat umsetzen, als ich je gedacht hätte. Wenn Ihr nur an mich geglaubt hättet ...* Eine Königin verschwunden und eine ausdrückliche Einladung, die andere Königin zu besuchen. Zugang zu Daleina, ganz in der Nähe des Hains von Aratay. Es war, als hätte Daleina Merecot nun alles gegeben, was Merecot und Jastra gewollt hatten, mit einer hübschen Schleife umwickelt. *Wenn ich Naelin getötet hätte, hätte ich nie eine derartige Chance bekommen.*

Sie versuchte, nicht an Jastras letzte Momente zu denken. *Ich darf sie nicht vermissen. Sie hat mich verraten.* Aber sie konnte nicht umhin, sich zu wünschen, dass sich die Dinge anders entwickelt hätten. Es wäre schön gewesen, jemanden an ihrer Seite zu haben, der sie beriet und ihr die Daumen drückte.

Hanna runzelte die Stirn. Sie hatte ein wirklich furchterregendes Stirnrunzeln, bei dessen Auftauchen sich Merecot selbst jetzt immer noch unwillkürlich fragte, ob sie auch ihre Hausaufgaben gemacht hatte. »Königin Merecot, als offizielle Botschafterin in Semo sollte ich Euch begleiten. Ich glaube, ich könnte Euch dabei helfen zu ...«

Merecot lächelte fröhlich und hoffte, dass es nicht allzu offensichtlich war, wie sehr sie sich freute, ihre alte Direktorin bald los zu sein. »Oh, Ihr habt wirklich genug getan.

Warum ruht Ihr Euch nicht etwas aus, während ich meiner lieben alten Freundin einen Besuch abstatte? Wir können plaudern, wenn ich zurück bin.«

In der Tat, Hanna und die anderen unter dem Schutz von Merecots Wachen hier zurückzulassen, hatte einen wunderbaren positiven Nebeneffekt: Sie konnten ihr als Absicherung und Garantie für Daleinas Wohlverhalten dienen. *Schließlich war mein letztes Treffen mit Daleina ... hochdramatisch.* Daleinas geliebte Direktorin wie auch einen ihrer wackeren Meister in ihrer Gewalt zu haben – von den Palastwachen und eventuellen Meuchelmördern, die Hanna begleitet hatten, ganz zu schweigen –, würde Merecot ein prächtiges Druckmittel verschaffen, falls sie eines benötigte. *Zumindest wird es bewirken, dass sich Daleina von ihrer freundlichen Seite zeigt.*

Sowohl der Meister als auch die Botschafterin wollten Einspruch erheben, aber Merecot schnitt ihnen das Wort ab. »Ihr würdet mich nur aufhalten. Wenn ich schnell genug fliege, kann ich Mittriel noch vor Einbruch der Nacht erreichen. Ich liebe dramatische Auftritte.« Sie machte eine Pause und nahm Kontakt zu dem goldenen Adlergeist auf. »Und dramatische Abgänge.«

Der gewaltige Adler mit dem Menschenkopf schoss vom Kronleuchter herab. Sie sprang von ihrem Thron direkt auf seinen Rücken und flog zum Fenster hinaus. Wandteppiche flatterten im Luftzug, und sie schwelgte in der Vorstellung ihres nahen Sieges.

Während sich die Königin von Semo auf ihren Flug nach Süden begab, probte Daleina vor dem Spiegel ihre Begrüßungsrede für ihre ehemalige Freundin Königin Merecot. Sie hatte zwei Alternativen: Die »Lass uns Frieden schließen«-Rede und die »Du bist unverbesserlich böse«-Rede.

Garnah, die sich auf einem Sofa hinter ihr lümmelte, bemerkte: »Mir gefällt die zweite Variante besser.«

Daleina drehte sich nicht zu ihr um. »Eure Meinung in dieser Sache ist nicht gefragt.«

»Ruf mir doch bitte noch einmal ins Gedächtnis, warum Mutter überhaupt hier ist«, schaltete Hamon sich ein. »Wir haben keine Nachricht aus dem Norden erhalten, dass deine Botschaft Königin Merecot überhaupt erreicht hat, geschweige denn, dass sie deine Einladung angenommen hätte.« Daleina drückte die Schultern durch und musterte ihr eigenes Gesicht im Spiegel. Sie hatte sich hellen Puder unter die Augen gestäubt, aber das ließ sie nicht weniger müde, sondern nur schauriger aussehen. Sie rieb sich heftig die Wangen, bis sie sich röteten. *So, jetzt sehe ich ein klein wenig lebendiger aus.* »Sie ist bereits auf dem Weg und wird in Kürze hier sein.«

Hinter ihr hörte sie Hamon aufspringen und einen kleinen Tisch umwerfen. Eine Vase krachte zu Boden. Daleina drehte sich um und sah ihn die Tonscherben aufheben. »Du hättest uns das sagen sollen«, rief er. »Die Wachen …«

»Es ist wichtig, dass du jetzt gehst, Hamon.«

Er verstummte.

»Du darfst nicht hier sein, wenn sie kommt«, erklärte Daleina, so sanft sie konnte.

»Ich kann dich nicht mit dieser Frau allein lassen«, ereiferte sich Hamon. »Sie hat dich vergiften lassen!«

»Deine Mutter wird aufpassen, dass sie es nicht wieder tut.« Daleina spürte, wie die Geister nur wenige Meilen von Mittriel entfernt darauf reagierten, dass die andere Königin über ihnen durch die Bäume flog. Durch die Augen der Geister nahm sie Merecot als eine Art goldenen Nebel wahr.

»Ihr kannst du auch nicht vertrauen«, wandte Hamon ein.

»Hamon!«, rief Garnah mit geheucheltem Entsetzen.

Hamon schenkte seiner Mutter keine Beachtung, ging zu Daleina hinüber und packte ihre Hände. Seine Finger fühlten sich zwischen ihren trocken und weich an. »Du weißt, ich würde mein Leben hingeben, um dich zu beschützen.« Der so sehr ernste, hingebungsvolle Hamon. Fast hätte sie gelächelt, sie wollte aber nicht, dass er den Eindruck hatte, sie würde ihn verspotten. Er meinte jedes Wort ehrlich, und das war ihr lieb und teuer – er war einer der wenigen Menschen im Palast, bei denen sie sicher sein konnte, dass sie keine Hintergedanken hegten. Sie wusste, was für ein seltener Glücksfall für eine Königin es war, jemanden zu haben, dem sie rückhaltlos vertrauen konnte.

»Das weiß ich, und wir müssen davon ausgehen, dass Merecot das ebenfalls weiß. Deshalb brauche ich dich andernorts, wo du alle Gegenmittel bereithältst, die ich womöglich benötigen könnte.« Sie wollte Hamon nicht sagen, dass sie ihm zwar ihr eigenes Leben anvertraute, aber nicht dasjenige von Merecot. Er hatte überdeutlich gemacht, was er von Merecots Giftanschlag auf Daleina hielt, und sie wollte nicht, dass er etwas Überstürztes zur Verteidigung seiner Königin unternahm. *Ich weiß, dass er mich liebt. Aber das heißt noch lange nicht, dass er sich auch so benehmen wird, wie es die Situation erfordert.* »Vertrau mir, Hamon. Bitte geh.«

Er war nicht einverstanden. Das hatte sie auch nicht erwartet.

Sie beugte sich vor und küsste ihn. »Bitte, Hamon.« Sie umfasste sein Gesicht mit beiden Händen, sah ihn an und versuchte, all ihre Liebe und ihr Vertrauen in diesen Blick zu legen. *Du bist mein sicherer Hafen,* dachte sie. *Der eine Fels in der Brandung, der sich nicht bewegen, der eine Baum, der nicht umstürzen, der Fluss, der mich tragen und niemals in die Tiefe ziehen wird.* »Geh. Tu's für mich.«

Er ging, immer noch besorgt, und Garnah kicherte. »Ihr wisst, dass Ihr die Schwäche meines Sohnes seid. Ihr gebt ihm genau die Art von Liebe und Vertrauen, die ein Junge wie Hamon braucht.« Garnah schlurfte zu einem Seitentisch hinüber und füllte sich einen Kristallkelch mit gewürztem Birnensaft. Dann steckte sie sich eine Praline in den Mund. Daleina verstand nicht, wie sie in einem solchen Moment essen konnte. Sie selbst fühlte sich innerlich und äußerlich ganz nervös und zappelig.

»Wisst Ihr, wie er als Kind war?« Garnah wartete Daleinas Antwort nicht ab. Sie redete, als führe sie reine Selbstgespräche. »Freundlich und liebenswürdig. Ihr habt nie selbst Kinder gehabt, daher wisst Ihr nicht, wie ungewöhnlich das ist. Kinder können bezaubernd oder intelligent oder fantasievoll sein oder auch zerstörerische, chaotische Wutbälger. Aber sie sind selten ›freundlich und liebenswürdig‹. Unsere Nachbarn schwärmten immer von ihm und erklärten mir, welches Glück ich doch hätte, einen so artigen Sohn zu haben. Und so blieb es: Hamon hinterließ einen guten Eindruck bei ihnen, immer war er höflich und nett. Viele Jahre lang habe ich angenommen, dass er all diese Schwachköpfe ganz bewusst hinters Licht geführt hat.«

Daleina stellte sich Hamon als Kind vor, mit strahlenden Augen und immer darauf aus zu gefallen – und malte sich aus, wie unerträglich es für jemanden mit so viel Mitgefühl gewesen sein musste, eine Mutter zu haben, die Menschen ermordete, ohne mit der Wimper zu zucken – ihren eigenen Mann, Hamons Vater, eingeschlossen. *Es ist ein Wunder, dass Hamon seine Kindheit überstanden hat, ohne Schaden zu nehmen.*

»Erst lange nachdem er mich verlassen hatte, habe ich

begriffen, dass der dumme Junge aufrichtig war. Er hat ein unendliches Bedürfnis, zu lieben und geliebt zu werden. Ihm lag wirklich am Wohlergehen all dieser lächerlichen Leute. Der einzige Mensch, für den er nie einen Platz in seinem Herzen gefunden hat, bin ich. Wisst Ihr, was für ein Gefühl es ist, wenn einen das eigene Kind ablehnt?«

Daleina blieb eine Antwort erspart, weil nun draußen ein Baumgeist aufkreischte.

Sie ist da.

Sie schritt durch den Raum zum Balkon hinüber und rief nach den Geistern in Mittriel, spürte ihre Aufregung und zog sie näher heran an das nebelhafte goldene Etwas, das nun die Stadt überquerte. Dann forderte sie die Geister auf, die Königin wie eine Eskorte zu beiden Seiten zu umgeben – sie hatten ohnehin bereits den Wunsch verspürt, die fremde Königin zu beobachten, daher war es leicht, sie dazu zu überreden, sich in die Bäume und in die Luft zu begeben. Auf Daleinas Anweisung hin geleiteten die Geister Aratays die Königin Semos zum Palast, wo sie Daleina mit wild schlagendem Herzen erwartete.

Garnah trat zu ihr auf den Balkon hinaus. »Ich muss zugeben, ich freue mich darauf, sie kennenzulernen.«

»Wartet drin«, wies Daleina sie an. »Ich begrüße sie allein.«

Ein gewaltiger goldener Adler mit einem menschlichen Gesicht brach durch die Äste. Er erschütterte die Bäume, und die roten Blätter wirbelten hinter ihm, fielen kreisend zu Boden. Daleina hörte, wie sich Garnah hinter ihr ins Palastinnere zurückzog und ausnahmsweise einmal keine launige Bemerkung machte oder Widerspruch einlegte. Den Blick auf den Adlergeist geheftet, hielt sie ihre Sinne offen für die Geister Aratays. Sie traute es Merecot durchaus zu, die Macht über sie zu ergreifen oder sie anzugreifen oder …

Ich weiß nicht, was ich von Merecot zu erwarten habe, und genau das ist das Problem.

Also wartete sie ab.

Sie ist immer noch schwach, schoss es Merecot durch den Kopf, als sie, flankiert von den Geistern Aratays, auf den Palast zuflog. Sie spürte die Neugier der Geister, in die sich Feindseligkeit mischte, und sie wusste, dass Daleina sie lockte und dazu antrieb, ihr zu folgen. Doch selbst mit der Macht einer Königin hatte Daleina nicht so viel Kontrolle über die Geister wie Merecot. Merecot beherrschte den Willen des Geistes, den sie ritt, voll und ganz. Hätte sie ihre ganze Invasionsarmee von Geistern mitgebracht, hätte Merecot Daleinas Geister mühelos überwältigen können, vorausgesetzt, Daleina hatte keine weitere mächtige Thronanwärterin wie Naelin in der Hinterhand.

Merecot umkreiste den Palast und schaute auf den Saal der Meister und auf den Turm der Königin hinab. *Dies hätte eigentlich mein Palast sein sollen.* Sie war in Aratay geboren worden und war immer davon ausgegangen, dass sie Königin ihres Heimatlandes werden würde. Als Kind hatte sie Stunden damit zugebracht, sich auszumalen, wie sie in den weißen Palastbäumen lebte, die berühmte Treppe zum Rat der Meister hinaufstieg und das Schicksal des Waldes in ihren Händen hielt … Sie erinnerte sich daran, wie sie zusammen mit Alet Königin gespielt hatte, leise, damit ihre Eltern es nicht hörten – beide Schwestern hatten von einem ganz anderen Leben als dem geträumt, das sie zu Hause hatten.

In ihren Spielen waren sie immer Heldinnen gewesen.

Und sie hatten immer gesiegt.

Ich werde für dich siegen, Alet. Sie war jetzt so nahe dran. Nur noch eine einzige Hürde galt es zu nehmen.

Offensichtlich ängstlich kreisten die Geister Aratays mit ihr um den Palast, und Merecot fragte sich, ob sie wohl deren eigene Nervosität spürte oder ob es diejenige Daleinas war.

Aber es muss entweder das eine oder das andere sein, denn ich habe keine Angst, schärfte sich Merecot ein. *Und ich werde es auch beweisen.*

Als der Adler hoch über der Königin Aratays schwebte, sprang Merecot von seinem Rücken. *Wenn du wirklich Frieden willst, Daleina, dann fang mich auf. Wenn nicht ...* wenn nicht, konnte Merecot immer noch ihren Geist rufen, damit er sie auffing, bevor sie ganz unköniglich auf den Boden klatschte oder von einem der Türmchen aufgespießt wurde.

Hier kommt deine Prüfung, Daleina. Werden wir kämpfen oder reden?

Der Wind brüllte in ihren Ohren.

Fang mich auf!

Ein hermelinartiger Geist mit Fledermausflügeln fing sie auf und setzte sie dann auf dem Balkon ab. Merecot sprang auf die Beine, als wäre ihr Auftritt tatsächlich genauso elegant und dramatisch gewesen, wie sie ihn geplant hatte. Das Problem war nur, dass sie sich nicht sicher war, ob es nun ihr eigener Befehl oder derjenige Daleinas gewesen war, der ihr den Geist zu Hilfe hatte eilen lassen. Sie strich sich den Rock glatt und wünschte, sie wäre nicht im letzten Moment in Panik geraten. Sie hoffte, dass Daleina es nicht bemerkt hatte. Gelassen und mit so viel Würde, wie sie aufbringen konnte, sagte Merecot: »Du hast mich eingeladen, und hier bin ich.«

»Willkommen in Aratay«, grüßte Daleina.

Merecot war ein wenig überrascht, wie königlich Daleina wirkte. Sie trug ein silbernes Gewand, das wie geschmolzenes Mondlicht um ihre Füße floss. Ihr mit roten, braunen und goldenen Strähnen durchzogenes Haar war offen, und sie hatte ein aus Efeu gewobenes Diadem auf dem Kopf. *Macht einen hübschen Eindruck,* dachte Merecot. »Es steht dir, Königin zu sein.«

»Danke«, antwortete Daleina. »Du siehst ebenfalls gut aus.«

In Ordnung, wir werden also auf steif und förmlich machen. Ein Jammer, dass steif und förmlich nicht so meine Sache ist. »Das machen der Schlafmangel und der ständige Druck. Wirken wirklich Wunder, was den Teint angeht.«

Daleina lächelte nicht. »Davon habe ich noch nie gehört.«

Beide Königinnen starrten einander an. »Also ... Botschafterin Hanna hatte Sorge, ich könnte glauben, die Sache wäre eine Falle. Ist es eine Falle?«, fragte Merecot mit falscher Munterkeit in der Stimme. »Hast du mich hierher eingeladen, um mich umzubringen?«

Keine Veränderung in ihrer Miene. »Nein.«

Sie war sich ganz sicher, dass Daleina dazu nicht in der Lage war, aber wenn doch ... *Mal sehen, ob ich sie dazu bringen kann, irgendetwas zu verraten.* »Als ich dich das letzte Mal gesehen habe, hattest du meine Schwester töten lassen. Es ist nur logisch, davon auszugehen, dass ich die Nächste sein soll.«

»Ich glaube, dass dich deine Erinnerung da täuscht. Deine Schwester ist meine liebe Freundin gewesen«, antwortete Daleina, »und sie ist bei einem Mordanschlag gestorben, den du befohlen hattest. Aber ist es wirklich das, worüber du sprechen möchtest? Es ist jedenfalls mit Sicherheit nicht der Grund, warum ich dich hierhergerufen habe.«

»Eingeladen«, korrigierte Merecot.

Daleina neigte den Kopf. »Ja, eingeladen.«

»Gut, ich beiße an. Warum also bin ich hier?« Merecot machte sich innerlich auf eine ganze Litanei von Forderungen gefasst. Sie würden einen Friedensvertrag aushandeln müssen, und Daleina würde zweifellos erwarten, dabei das Heft in der Hand zu haben, schließlich hatte sie ihre Mitkönigin geopfert, um Semo zu Hilfe zu kommen. Es war gut möglich, dass sie die Grenzziehung zwischen ihren Ländern einer erneuten Prüfung unterziehen oder Gesetze erlassen wollte, um den Schutz dieser Grenzen zu gewährleisten. Offen gesagt scherte es Merecot nicht, wenn sie ...

»Ich wollte sehen, ob wir immer noch Freundinnen sind«, sagte Daleina.

Merecot starrte sie an.

Dann blinzelte sie.

Sie tat so, als müsste sie sich die Ohren putzen. Erst das eine, dann das andere, absichtlich langsam und mit beißendem Spott.

»Wirklich?«, fragte Merecot.

Wenn ihre Spielchen irgendeine Wirkung auf die andere Königin hatten, so ließ es sich Daleina jedenfalls nicht anmerken. Sie nickte nur und streckte die Hand aus, mit aufreizender Gelassenheit. »Wirklich. Wir sind einmal Freundinnen gewesen, weißt du noch? Ich will, dass wir es wieder sind, irgendwie, wenn wir das Vertrauen und die Zuneigung, die uns einst verbunden haben, neu aufbauen können, so dass ...«

»Ich bin mir wirklich unschlüssig, ob du nun naiv oder dumm bist.«

Daleina streckte unbeirrt weiter die Hand aus und sah Merecot dabei so eindringlich an, wie Merecot einen Geist ansah, den sie sich gefügig machen wollte – so, als könnten sich ihre Augen direkt in ihr Gehirn bohren. »Vielleicht bin ich beides. Aber so oder so, um unserer beider Völker willen möchte ich deine Freundschaft zurückgewinnen.«

Bei allen Geistern, ich glaube, sie meint es ernst. Das war ...

unerwartet. »Und wenn ich jetzt deine Hand nehme, was dann? Erzählen wir uns bis spät in die Nacht Geschichten? Schleichen uns in die Palastküche, um uns eine Kleinigkeit zum Naschen zu stibitzen? Kichern miteinander? Ich pflege nämlich nicht zu kichern.«

»Wir sorgen für die Sicherheit unserer jeweiligen Völker.« Die Hand war immer noch ausgestreckt, die Augen noch immer ernst. Und immer noch überging sie Merecots Versuche, witzig zu sein.

»Du bist lächerlich«, erklärte Merecot.

»Mag sein. Aber ich bin einst deine Freundin gewesen«, entgegnete Daleina. »Ich will es wieder sein.«

Merecot trat einen Schritt zurück und stieß mit dem Rücken gegen das Balkongeländer. Es musste irgendein Trick an der Sache sein, ein spezielles Manöver, um Merecot dazu zu bringen, in ihrer Wachsamkeit nachzulassen. Merecot war nicht so naiv zu glauben, dass Daleina es ehrlich meinte. Königinnen kannten keine Freundschaften, erst recht nicht untereinander. Und wer redete denn überhaupt so? Man fragte niemanden »Willst du mein Freund sein?«, es sei denn, man war sechs Jahre alt. Die Entstehung einer Freundschaft war eine natürliche Entwicklung, zu der jedenfalls keine bombastischen Bekundungen auf dem Balkon eines Palastes gehörten. »Das ist ja wirklich … nett?«

»Merecot.«

»Daleina?«

Daleina ließ die Hand sinken.

»Du ziehst das Freundschaftsangebot zurück?«, fragte Merecot.

»Ich ruhe meinen Arm aus«, erwiderte Daleina. Sie hob die Hand wieder und streckte sie Merecot hin, dann wartete sie ab, einen absolut friedlichen Ausdruck auf dem

Gesicht, als hätte sie die Absicht, so lange so zu verweilen, wie die Sache eben brauchte. *Und vielleicht ist es ja wirklich so.* Daleina war für ihre Halsstarrigkeit bekannt.

»Ich habe versucht, dich umzubringen«, bemerkte Merecot in dem Bemühen, Daleina aus ihrer entnervenden Gelassenheit zu reißen. Sie erwähnte nicht, dass sie auch jetzt wieder mit dieser Absicht hergekommen war.

»Alle Freundschaften haben Höhen und Tiefen.«

Immer noch die ausgestreckte Hand. Immer noch dieser Blick. Das Ganze wurde allmählich ziemlich beunruhigend. Merecot hatte nicht gern das Gefühl, ein Gespräch nicht unter Kontrolle zu haben.

»Außerdem bin ich in dein Land eingefallen«, fügte Merecot hinzu.

»Ich bin bereit, dir zu verzeihen.«

»Aha, dann hast du mir also noch nicht verziehen! Du vertraust mir nicht wirklich. Würde ich jetzt sagen: ›Ja, lass uns auf der Stelle wieder gute Kumpels sein‹, würdest du mir nachspionieren. Du würdest warten, bis ich in meiner Wachsamkeit nachlasse, und dann würdest du … tun, was immer du im Schilde führst. Was planst du denn zu tun, Daleina?« Sie hatte nicht die Absicht gehabt, sie das rundheraus zu fragen, aber dieses Gespräch lief ohnehin nicht in die Richtung, die sie erwartet hatte. Außerdem bevorzugte sie es, direkt zu sein.

Sie hatte einfach nicht erwartet, dass Daleina sich so verhalten würde, dass sie so … ihr fiel gar kein Wort ein, das hätte beschreiben können, *wie* sich die Königin von Aratay benahm.

»Ich plane, mein Volk zu beschützen«, antwortete Daleina, »bis zum Tag meines Todes in einem hoffentlich sehr hohen Alter. Und ich plane, vom heutigen Tag an in Frieden mit meinen Nachbarn zu leben. Wir haben einen gemeinsamen Feind, Merecot. Wir brauchen nicht auch noch untereinander verfeindet zu sein.«

Merecot verspürte einen Hauch von irgendetwas. *Hoffnung*, dachte sie. *Oder Verdauungsstörungen.*

»Dieser gemeinsame Feind ist genau der Grund, warum ich all das getan habe«, erklärte Merecot. »Ich will ein besseres Leben für alle Bewohner von Renthia.« Erneut musterte sie Daleinas Hand. Wieder und wieder konnte sie in ihrem Kopf Jastras Stimme hören: *Es ist ein Trick!* Nur, dass Daleina nie der Typ für Tricks gewesen war. Halsstarrig, ja. Naiv, ja. Schwach, ja. Aber nie hinterhältig und verschlagen. Obwohl Daleina im Umgang mit Geistern eine der Schlechteren in ihrer Klasse gewesen war, hatte sie nie gemogelt. Sie hatte sich einfach nur umso mehr ins Zeug gelegt. *Und vielleicht macht sie ja genau das jetzt wieder. Sie strengt sich nur umso heftiger an, um wieder meine Freundin zu werden, um ihres Volkes willen.* Irgendwie war es bewundernswert. *Tief im Inneren muss sie mich hassen. Ich selbst würde mich hassen.* »Was genau beinhaltet denn eine Freundschaft zwischen zwei Königinnen? Ich nehme an, du wirst von mir verlangen, dass ich schwöre, nie wieder einen Mordanschlag auf dich zu unternehmen.«

»Ich will, dass du schwörst, zuerst mit mir zu reden, bevor du versuchst, mich umzubringen«, gab Daleina zurück.

»Also schließt du die Sache mit dem Töten nicht aus, falls es sich als notwendig erweisen sollte?« Nicht, dass Merecot Daleina wirklich umbringen *wollte*. Tatsächlich konnte sie jetzt, wo sie hier vor ihr stand, gar nicht mehr recht glauben, was sie beinahe getan hätte und erneut hatte tun wollen. Daleina wirkte so voller Leben. Also … *Oh, bei allen Geistern, bewundere ich sie denn tatsächlich? Die schwache, untalentierte, übertrieben vertrauensvolle, naive, idealistische Daleina?*

Sie hörte ein gedämpftes Schnauben aus dem Inneren der Gemächer, fast schon ein Lachen.

»Du hast einen Spion auf uns angesetzt? Jetzt, in diesem Moment, wo du mir einen Vertrauensvorschuss abverlangst? Ein wenig zynisch von dir, nicht?« *So viel zum Thema Vertrauen und Freundschaft.* Merecot ließ ihre Sinne in den Palast eintauchen und suchte nach einem Geist, durch dessen Augen sie blicken konnte, aber da waren keine Geister im Palast.

»Natürlich«, gab Daleina zurück. »Ich bin zwar hoffnungsvoll, aber nicht dumm.« Sie hielt die Hand immer noch ausgestreckt.

»Dann hast du dich tatsächlich verändert.« Merecot machte eine kurze Pause, bevor sie fortfuhr: »Das habe ich jetzt nicht wirklich so gemeint. Es war einfach eine zu gute Vorlage für eine Beleidigung, als dass ich hätte widerstehen können.«

»Das kann ich nachvollziehen«, antwortete Daleina mit ernster Stimme, aber Merecot hatte den Eindruck, ein angedeutetes Lächeln um ihre Lippen flattern zu sehen. Sie wünschte, sie hätte auch Daleinas Gedanken sehen können.

Wenn ich in das Bewusstsein der Geister eindringen könnte, die mit ihr verbunden sind ... Solange sie beide schwiegen und das Gespräch unterbrochen war, durchdrang Merecot die Gedanken der Geister, die um den Palast herumlungerten. Sie hatte noch nie versucht, auf diese Weise jemandes Gedanken zu »lesen«, aber es erschien ihr zumindest theoretisch vielversprechend. Sie konnte die Erinnerungen von Geistern sehen; wenn sie also die Erinnerung an Daleinas Gedanken und Pläne in sich trugen ... Sie durchstöberte die Sinne der Geister und fand ...

Nichts.

Sie wussten nichts.

Daleina teilte ihre Gedanken nicht mit ihnen. Sie war mit ihnen verbunden, das ja, aber es war keine so feste Verbindung, wie es sowohl bei Merecot als auch bei Naelin der Fall war. *Schlau*, dachte Merecot. Daleina musste sich vor ihnen abgeschirmt halten. Oder aber sie war nicht stark genug, um eine tiefer gehende Verbindung zu bewerkstelligen. So oder so, es bedeutete jedenfalls, dass Merecot über keinerlei Zugang zu irgendwelchen Erinnerungen der Geister an Daleinas Gedanken verfügte. Wieder einmal befand sie sich im Nachteil … und das machte ihr ordentlich zu schaffen.

»Gehen wir mal davon aus, ich würde sagen, ja, ich will wieder mit dir befreundet sein. Was passiert dann als Nächstes?«

»Man wird dir all die Gastfreundschaft des Palastes bieten, dich in dein Zimmer geleiten, dir die Bäder zeigen und dich einladen, hier in meinen Räumen zusammen mit mir zu speisen. Und dann reden wir.«

Merecot hob mahnend den Zeigefinger. »Wie bereits gesagt: Gekichert wird nicht.«

»Kein Gekicher«, erklärte sich Daleina einverstanden.

Ich bin jetzt den ganzen weiten Weg bis hierher gekommen. Ich kann genauso gut erst einmal abwarten, wohin die ganze Sache noch führt. Umbringen kann ich sie später ja immer noch, überlegte Merecot. Sie war dem Hain jetzt näher, als sie es je zuvor gewesen war. Sie konnte Daleina töten, in den Hain von Aratay eilen und nach der Krone greifen. Jetzt im Moment, während ihnen womöglich eine ganze Armee von Spionen lauschen mochte, wäre ein solcher Versuch natürlich unklug. Königin Jastra hätte ihr geraten, es trotzdem zu wagen – ihre ganze Kraft und all ihre Macht über die Geister einzusetzen, Daleinas Hoffnung als Waffe gegen die Königin selbst zu wenden, um sie zu überraschen. *Aber ich bin nicht Jastra, und ich habe andere Karten im Ärmel.* »Du hast mich nicht nach Botschafterin Hanna oder Meister Havtru gefragt. Ich gehe davon aus, dass dir aufgefallen ist, dass ich ohne sie hergekommen bin.«

»Du wirst ihnen kein Leid antun«, erwiderte Daleina im Tonfall fester Überzeugung.

»Ah ja? Bist du dir da auch ganz sicher?«

»Du hast keinerlei Anlass dazu«, erklärte Daleina. »Ich habe dich in friedlicher Absicht hierher eingeladen.«

Wiederum belustigte sie Daleinas Naivität, aber gleichzeitig ärgerte sie sie auch. Denn es war unmöglich, dass Daleina nicht wusste, welche Wirkung das alles auf sie hatte. *Sie … spielt mit mir.* Doch ihr war immer noch nicht ganz klar, wie sie das tun konnte. *Ich sollte diejenige sein, die das Gespräch beherrscht und ihr ein Schnippchen schlägt!*

Merecot gab sich alle Mühe, ihre Miene so ausdruckslos wie möglich zu halten. *Ich habe sie unterschätzt. Sie weiß, dass ich die anderen als Geiseln in Semo zurückgelassen habe.* Daleina überraschte sie immer wieder. *Dieser Besuch könnte womöglich interessanter werden, als ich dachte. Ich frage mich … ob sie mir auch zuhören wird.* Merecot war in der Absicht hergekommen, sich die Krone mit Gewalt zu nehmen, aber wenn sie Daleina stattdessen überreden konnte, aus freiem Willen abzudanken …?

War das möglich? War Daleina schlau genug, weise genug, *Königin* genug, um zu verstehen, warum Merecot Königin sowohl von Semo als auch von Aratay sein musste? Sie hatte nicht vorgehabt, ihre Beweggründe zu erklären, aber wenn die Möglichkeit bestand, dass Daleina ihr zuhören und ihr Glauben schenken könnte …

Ich könnte es versuchen.

Einen Augenblick lang verschlug es ihr den Atem, und

sie fühlte sich fast beschwingt. Sie hatte keinen Namen für das Gefühl, das sie durchströmte, aber sie hatte den Eindruck, dass es womöglich Hoffnung war.

»In diesem Fall wäre es mir eine Freude, die Gastfreundschaft deines Palastes anzunehmen.« Merecot streckte die Hand aus, und Daleina packte sie mit festem Griff.

Daleina wies Belsowik an, Königin Merecot zu den Gästequartieren zu geleiten, und sie befahl mehreren Geistern, die Räume vorzubereiten und allerlei Prunkstücke aus anderen Gemächern des Palastes zu entwenden, um Merecots Zimmer so prachtvoll wie möglich auszustatten. Nach der Vielzahl von Juwelen zu urteilen, mit denen Merecot behängt war, war die Königinnenwürde für sie eng mit äußerlicher Pracht verbunden. *Ich kann ihr da gerne entgegenkommen.* Sie wusste nicht, ob irgendeine Königin Aratays je die Königin eines anderen Landes zu Gast gehabt hatte, freiwillig oder nicht. Nur wenige Königinnen hatten so viel Macht, dass sie ihre Geister auch aus der Ferne unter Kontrolle halten konnten. *Wir neigen dazu zu bleiben, wo wir sind, ohne zu versuchen, in die Ländereien der anderen einzufallen. Die Geister eines Landes sind schon schlimm genug – niemand will da noch mehr. Bis auf Merecot.*

Nachdem Merecot weggeführt worden war, spürte Daleina Garnah auf, die sich klugerweise in Daleinas inneres Schlafgemach zurückgezogen und dort versteckt hatte. Daleina nahm sich vor, Hamon zu bitten, den Raum auf etwaige Tränke oder Pulver zu untersuchen, ehe sie sich schlafen legte. »Ich nehme an, Ihr habt alles mitgehört?«

»Sie ist wahrhaft bezaubernd«, sagte Garnah und stieg hinter einer Truhe hervor. Dann glättete sie die Falten in ihrem Rock und richtete die Federn in ihrem Haar. »Ich bewundere sie aufrichtig.«

»Kann ich ihr trauen?«, fragte Daleina.

»Ja. Unbedingt ja.« Sie streckte ihren Zeigefinger in die Höhe. »Sobald Ihr herausgefunden habt, was sie will. Sie ist die Art Mensch, der unbeirrt an den Zielen festhält, die er verfolgt.«

»Sie wollte die überzähligen Geister in Semo loswerden«, gab Daleina zu bedenken.

»Ah ja, aber warum?«

»Weil sie das innere Gefüge ihres Landes in Stücke gerissen haben.«

»Warum sollte sie das scheren?«

»Weil Menschen ihr Zuhause verloren haben und gestorben sind, und schließlich ist es die Pflicht einer Königin ...«

Garnah schob die Lippen vor und gab einen derben Laut von sich. »Ihr glaubt, dass sich Merecot um so etwas kümmert?«

Was für eine lächerliche Frage, musste Daleina unwillkürlich denken. *Jede Königin kümmert sich um ihr Volk!* Daleina dachte noch einmal darüber nach, ob es wirklich eine gute Idee gewesen war, Garnah in ihre Treffen mit Merecot mit einzubeziehen. Sie verstand nur sehr wenig von menschlichen Gefühlen – Hamon hätte gesagt, das liege daran, dass sie diese Gefühle niemals selbst empfunden habe. Aber bevor sie antwortete, zwang sich Daleina, die Frage einmal ernsthaft in Betracht zu ziehen. Sie hatte sich Garnahs Meinung ja gerade wegen ihres Mangels an Mitgefühl erbeten. *Stimmt es denn, dass sich wirklich jede Königin um ihr Volk kümmert? Was ist mit Königin Fara?* »Merecot wollte Königin werden, schon seit ich sie kennengelernt habe. Sie glaubt, es wäre ihre Bestimmung.«

Noch einmal hakte Garnah nach. »Und warum?«

»Weil die Welt Königinnen braucht, die ...«

»Ihr solltet von Eurem eigenen Edelmut nicht auf andere

schließen. Das ist keine Last, die wir tragen wollen.« Garnah wedelte mit der Hand, wie um Fliegen wegzuscheuchen. »Ihr müsst herausfinden, warum genau sie unbedingt Königin hat werden wollen, so sehr, dass sie ihre Schule verlassen hat, ihr Zuhause, ihre Familie, ihr alles. Warum sie bereit war, für ein Land zu töten, das nicht ihr eigenes ist. Und wichtiger noch, warum sie sich jetzt selbst in Gefahr gebracht hat und hierhergekommen ist, obwohl sie doch eigentlich alles hat, was sie will. Ihr müsst herausfinden, was sie wirklich will.«

Sie hat recht, überlegte Daleina. *Merecot denkt nicht so wie ich.* Genau aus diesem Grund hatte sie ja eben gewollt, dass Garnah ihre Treffen mit Merecot belauschte. »Und was wollt *Ihr*?«

Garnah lächelte. »Alles, was ich will, ist die Liebe meines Sohnes.«

Und obwohl ihr Verstand ihr sagte, dass sie es besser nicht tun sollte, obwohl ihr Hamon davon abgeraten hätte und Garnah natürlich eine schreckliche Mutter gewesen war, glaubte Daleina ihren Worten. »Dann wollen wir die Sache fortführen.«

Kapitel 28

Daleina wünschte, Arin wäre da gewesen. Sie hätte in der Küche wundervoll üppiges Naschwerk zubereitet, das von der unbehaglichen Tatsache abgelenkt hätte, dass Daleina hier ihre Möchtegern-Mörderin bewirtete. *Andererseits ist es mir natürlich lieber, dass Arin zu Hause und in Sicherheit ist. Ich komme schon mit ein wenig Unbehagen zurecht.* Schließlich tat Daleina das Ganze nur aus einem einzigen Grund: um Arin und andere Menschen, die so waren wie sie, zu beschützen.

Merecot löffelte ihre Suppe, dann tupfte sie sich mit einer Serviette die Mundwinkel ab.

Daleina wusste nicht, wie sie Merecot dazu bewegen konnte, ihr ihre wahren Beweggründe zu enthüllen. Sie konnte rundheraus danach fragen und hoffen, dass Merecot in der Stimmung war, einen Monolog darüber zu halten. Oder sie konnte geduldig abwarten und hoffen, dass sich ihr Merecot ganz von allein offenbarte. *Wie Garnah treffend bemerkt hat: Sie ist hier, also will sie offensichtlich etwas erreichen. Aber was?* Vielleicht, wenn sie Merecot nur irgendwie zum Reden brachte und versuchte, sie dazu zu bewegen, sich ihr zu öffnen …

»Erzähl mir von deiner Schwester«, schlug Daleina vor.

Merecot erstarrte. Sie legte ihren Suppenlöffel beiseite und faltete die Hände im Schoß. Ihre Finger waren so verkrampft, dass die Knöchel weiß hervortraten. »Du hast sie gekannt. Du hast behauptet, ihre Freundin gewesen zu sein.«

»Ich war wirklich ihre Freundin. Und ich glaube, zumindest eine Zeit lang war sie auch meine. Aber ich kenne nur die Seiten an ihr, die sie mich hat sehen lassen. Und ich weiß, dass manches wahr war und anderes nicht.« Vielleicht war Alet nicht das beste Gesprächsthema. Sie hatte nicht vorgehabt, alte Wunden aufzureißen.

Aber hier sind wir nun. Und es gibt Verletzungen auf beiden Seiten.

»Mir scheint, du hast in Sachen Freundschaft nicht gerade die beste Erfolgsbilanz. Irgendwie sterben sie alle um dich herum. Vielleicht bin ich besser dran, wenn ich nicht wieder deine Freundin werde.«

Es war, als hätte man ihr ein Messer in den Leib gerammt. Sie dachte an Mari und Linna und all die anderen. An den meisten Tagen gelang es ihr, über mehrere Stunden hinweg nicht an sie zu denken. Vielleicht würde sie eines Tages sogar an sie denken können, ohne dabei ihre Körper vor sich zu sehen, die entseelt und blutüberströmt im Hain lagen. Aber nicht jetzt und nicht heute. »Vielleicht wäre auch Alet besser dran gewesen, wenn sie nicht deine Schwester gewesen wäre«, sagte Daleina scharf, dann atmete sie tief durch und versuchte, sich wieder zu beruhigen. Sie konnte es sich nicht leisten, die Kontrolle über sich zu verlieren, nicht vor Merecot.

»Autsch«, meinte Merecot. »Die Königin kann also doch beißen.«

Bleib ruhig, schärfte sie sich ein. *Denk an Aratay. Wir brauchen Frieden.* »Hast du deiner Schwester sehr nahegestanden?« Sie wollte liebenswürdig und freundlich klingen, aber das Beste, was sie zuwege bringen konnte, war ein ruhiger und höflicher Tonfall.

»Du willst also die traurige und schreckliche Geschichte über die Kindheit von Alet und mir hören?«, fragte Merecot.

»Du hast nie über Alet gesprochen ober überhaupt über deine Familie.«

»Es ist kein erfreuliches Thema. Unsere Eltern wollten uns nicht, und die Armut hat uns fast umgebracht. Ich bin alledem entflohen, sobald ich konnte. Wie ist es mit dir? Du hast auch nie viel über das prägende Ereignis deiner Kindheit gesprochen, jene Tragödie, die für den schicksalhaften Weg, den du dann eingeschlagen hast, so entscheidend war.«

Daleina blickte auf ihre Suppe hinab, und ihr wurde bewusst, dass sie noch nicht einmal davon gekostet hatte. Jeder kannte ihre Tragödie: Graubaum. Aber nur wenige wussten, dass sie noch immer von ihrer Cousine Rosari träumte, die ihr Geschichten erzählt hatte, bis sie eingeschlafen war. Wenige wussten, dass sie noch immer die Gesichter ihrer Kindheitsfreunde vor sich sah, die sich nun mit denen ihrer Mitschülerinnen an der Akademie vermischten, die am Krönungstag gestorben waren, ganz als habe der Tod die Zeit zwischen den beiden Tragödien ausgelöscht. Sie wünschte, sie könne sich besser daran erinnern, wie sie im Leben ausgesehen hatten, statt sie immer nur im Tod vor sich zu sehen. *Sollte die Zeit das nicht irgendwann in Ordnung bringen?* »Es ist ebenfalls kein angenehmes Thema. Was war bei dir der Moment, in dem dir klar geworden ist, dass du Königin werden willst?«

Merecot griff nach ihrem Löffel und aß weiter, als wäre ihr dieses Thema nicht so unbehaglich wie Daleina. *Aber sie muss sich unwohl dabei fühlen,* dachte Daleina. Doch Merecot antwortete im Plauderton, als wäre das Ganze nicht mehr als eine angenehme Unterhaltung zwischen flüchtigen Bekannten: »Ich habe es schon immer gewusst. Es war meine Bestimmung.«

»Ich glaube nicht an eine Bestimmung.« Sie konnte nicht daran glauben. Daleina wollte niemals denken müssen, es wäre ihren Freundinnen *bestimmt* gewesen zu sterben. Es war einfach ein schreckliches Ereignis, das niemals hätte eintreten dürfen.

Und es lag an mir, nicht an Schicksal und Bestimmung, dass nicht alles noch schlimmer gekommen ist. Ich habe sie nicht retten können, aber ich habe mein Bestes gegeben, sowohl in Graubaum als auch im Hain, und damit verhindert, dass die Tragödie zu einer absoluten Katastrophe geworden ist. Darauf war sie stolz. Und sie würde weder Schuld noch Verdienst auf irgendeine nebulöse »Bestimmung« abwälzen. Mit sehr entschiedener Stimme wiederholte Daleina: »Nein – so etwas hat nichts mit Bestimmung zu tun. Wir gestalten unsere Zukunft selbst.«

»Wenn alles so weitergeht wie bisher, gestalten wir demnach eine trostlose Zukunft. Eines Tages wird die gewalttätige Natur der Geister die Oberhand gewinnen, und sie werden sämtliche Menschen in ganz Renthia töten. Eines Tages werden ihnen die Königinnen nicht mehr die Stirn bieten können. Sie werden sie gleichzeitig gewinnen und verlieren, und alles wird ein Ende haben.« Mit einer ausladenden Geste, als wollte sie die ganze Welt umfassen, streckte Merecot die Arme aus und warf dabei eine Karaffe um. Sie krachte zu Boden, und Wein sickerte in den Teppich. »Warte – ruf keinen Diener herbei, um das aufzuputzen.«

»Hast du etwa vor, selbst sauber zu machen?« Daleina stand auf, griff nach einer kunstreich bestickten Serviette und wollte den Wein damit aufwischen. Er war aus den Trauben der Zitadelle des Südens gekeltert worden und tief rubinrot; ihrem Truchsess zufolge ein besonderer Jahrgang. Sie hatte ihn als eine Art Friedensopfer ausgewählt, ebenso wie die Suppe mit den seltenen weißen Trüffeln. *Dabei mag ich Trüffel nicht einmal.*

Merecot hielt sie am Handgelenk fest. Sie wirkte nun nicht mehr lässig, nicht einmal mehr ruhig und gelassen. »Ich versuche, dir hier etwas Wichtiges mitzuteilen, Daleina.« Sie zögerte, als ränge sie mit sich. »Die Geister schmieden Pläne zu unserer Vernichtung!«

Daleina drehte den Arm und löste ihn aus Merecots Griff. Ihr war nicht klar, was diese Veränderung in Merecots Tonfall bewirkt hatte. Merecot klang nun fast verzweifelt. »Die Geister planen immer unsere Vernichtung, Merecot«, entgegnete Daleina geduldig. »So sind sie nun einmal, und genau das ist der Grund, warum wir hier sind – um sie zurückzuhalten.«

»Und was ist, wenn das nicht ausreicht?«

»Es muss reichen«, erwiderte Daleina. »Außer uns gibt es da ja nichts.«

Sie verstand nicht, warum Merecot so fiebrig und angespannt wirkte. Ein Kribbeln überzog ihre Haut, und sie spähte zur Tür hin, hinter der, wie sie wusste, Garnah lauschte. Garnah war kurz im Raum gewesen, als das Essen serviert worden war, um alle Speisen auf Gift zu untersuchen, aber dann hatte Daleina sie wieder fortgeschickt; sie sollte nicht mehr zu sehen sein. Daleina fragte sich, ob es nicht klüger gewesen wäre, sie im Raum zu belassen und noch ein paar schwer bewaffnete Wachen dazu. »Ist es Furcht? Ist das der Grund, warum du Königin geworden bist? Hast du Angst vor den Geistern? Ich versuche, dich zu verstehen, Merecot. Ich versuche es aufrichtig. Hilf mir zu verstehen. Warum hast du versucht, mich umzubringen?«

»Für mein Volk. Das weißt du doch.«

»Du hättest zu mir kommen und mich um Hilfe bitten können.«

»Wenn ich dich gefragt hätte, hättest du Nein gesagt.«

»Also war ausgerechnet Mord deine erste Wahl! Warum?« Sie merkte, dass sie schrie, aber sie konnte sich nicht mehr zurückhalten. All der alte Zorn schien in ihr zu pochen, wollte aus ihr heraus. Sie wollte Merecot durchschütteln, wollte toben wie die Geister. »Es hätte ja auch andere Möglichkeiten gegeben! Königin Naelin *hat* eine andere Möglichkeit gefunden. Und du hättest das ebenfalls tun können. War es einfach Mangel an Ideen, oder führst du noch etwas anderes im Schilde? Hasst du mich denn so sehr? Ist es Habgier? Ehrgeiz? Willst du Königin der Welt werden?«

Merecot grinste. »Königin der Welt. Gefällt mir, wie das klingt. Ja, wenn du es schon erwähnst, ich will wirklich Königin der Welt sein.«

Darum geht es also. Gier und Ehrgeiz. Daleina stieß den Atem aus. Ein merkwürdiges Gefühl von Enttäuschung machte sich in ihr breit. Es war so ein kleinlicher, schäbiger Grund, um zu tun, was Merecot getan hatte. Ihre Schultern sackten herab, ihr Zorn schwand dahin und wurde durch eine Art Mitleid ersetzt. »Ich hatte mehr von dir erwartet.«

»Mehr, als Königin der Welt zu sein?«

»Ich hatte *Besseres* von dir erwartet.« Sie betrachtete ihre alte Freundin traurig. Merecot war dünner, als sie eigentlich sein sollte, die Wangen unter ihren vorspringenden Wangenknochen waren eingefallen, als hätte sie lange nichts Richtiges mehr gegessen, und sie hatte Ringe unter den Augen. Ihr schwarzes Haar war streng zurückgesteckt, die weiße Strähne leuchtete hervor wie ein Blitz. Ihre juwelenbesetzte Krone saß straff auf ihrer Stirn, so eng, dass sie einen sichtbaren Abdruck hinterließ. »Du warst die Beste.

Das dachten alle. Sogar Direktorin Hanna hat es geglaubt. Du hättest …«

Merecot ließ sich auf ihrem Stuhl zurückfallen und schlug mit beiden Händen auf den Tisch, traf ihren Löffel und schleuderte ihn zu Boden. »Bei den Geistern, du bist so scheinheilig! Du glaubst, du bist besser als ich, glaubst, dass deine Absichten und Ziele edelmütiger sind als meine? Und was ist das für ein großes Ziel, das du verfolgst? Zu überleben? Einen weiteren Tag für das Volk von Renthia herauszuschinden? Einen weiteren Tag in Angst, ohne wissen zu können, ob es vielleicht ihr letzter Tag ist, ob sie heute vielleicht in Stücke gerissen werden, während ihre Familie hilflos dabei zuschaut? Es ist ein jämmerliches Leben. Ich will mehr! Ich will ein Ende der Angst! Ich will, dass die Welt so ist, wie sie sein sollte, damit die Menschen ihr Leben so führen können, wie sie es wollen. Ich will, dass die Menschen darauf vertrauen können, dass sie auch eine Zukunft haben werden.«

Daleina hatte Merecot noch nie so ernst und so leidenschaftlich erlebt. Sie hörte auf, an den Flecken zu schrubben, die der verschüttete Wein hinterlassen hatte. »Merecot, was willst du damit sagen?«

Merecot senkte die Stimme zu einem Flüstern, beugte sich vor und antwortete: »Ich will die Geister vernichten. Alle. Und ich weiß, wie es geht.«

Merecot breitete ihre Serviette über den Weinfleck auf dem Teppich. Daleina umklammerte ihre eigene Serviette, die bereits mit Wein vollgesogen war, und starrte sie mit erschrockener Miene an. Merecot widerstand dem Drang, die Augen zu verdrehen. *Man sollte eigentlich meinen, dass Daleina gelernt hat, ihre Gefühle zu verbergen, seit sie Königin geworden ist.* Sie hatte erwartet, dass ihre Worte eine beeindruckende Wirkung hinterlassen würden, aber Daleina brachte überhaupt kein Wort mehr heraus. *Einer Königin sollte es niemals die Sprache verschlagen.*

Andererseits war es natürlich wirklich eine sehr spektakuläre Aussage gewesen. Und bevor sie hierhergekommen war, hatte sie auch keineswegs geplant, Daleina in ihr Vorhaben einzuweihen. Und so vielsagend Daleinas Gesicht auch war, Merecot wünschte trotzdem, jetzt ihre Gedanken lesen zu können. »Komm schon, Daleina. Du solltest etwas aufgeweckter dreinschauen. Du musst zugeben, dass die Sache ihren Reiz hat.«

»Du kannst sie nicht vernichten«, stieß Daleina hervor. »Eine Vernichtung der Geister würde auch Renthia zerstören.«

»Ich kann das verhindern.«

»Kannst du eben nicht!« Sie schüttelte den Kopf. »Das Land wird sterben. Du hast die verödeten Gebiete in Aratay gesehen – einen Großteil der Verwüstung hast du selbst verursacht. Du würdest ganz Renthia in Ödland verwandeln.«

»Sei nicht dumm, Daleina. Glaubst du, ich würde so einen Vorschlag machen, wenn ich die Sache nicht gründlich durchdacht hätte?« Niemand außer ihr besaß die Macht, solche Möglichkeiten zu ersinnen. Aber sie wusste, dass es tatsächlich möglich war. *Und Jastra hat es ebenfalls gewusst.* Wenn sie Daleina auch nur einen Hauch der wunderschönen Zukunft vor Augen führen könnte, wie sie sich Merecot auszumalen vermochte ... *dann brauche ich sie vielleicht gar nicht zu töten. Bitte, Daleina, sei zumindest bereit, mir zuzuhören!* »Du willst Menschen retten, richtig? Das ist doch dein Ding.«

»Ich ...« Daleina brach ab und warf ihr einen prüfenden Blick zu. »Ja?«

»Du bist eine Heldin.« *Überraschend schwer, das zu sagen, ohne dass es sarkastisch klingt,* ging es Merecot durch den Kopf. Aber sie meinte es ernst. Daleina war eine Heldin, wie aus einer dieser schrillen Balladen der Wipfelsänger: immerwährend und entnervend edelmütig.

»Ich will die Menschen nur in Sicherheit wissen.«

Und Merecot glaubte ihr. *Es ist idiotisch von mir gewesen, das nicht mit einzukalkulieren.* Sie gab Jastra die Schuld daran – die ältere Königin hatte sie davon überzeugt, dass keine der anderen Königinnen die Sache verstehen würde; dass ihnen allen ihre eigene Macht zu lieb und teuer war und dass sie deshalb niemals bereit wären, diese Macht aufzugeben, nicht einmal zum Wohle der Welt. Aber Daleina ... sie war redlich und aufopfernd und besaß all diese tugendhaften Eigenschaften, die einen Menschen zum Helden machten.

»Es tut mir leid, dass ich versucht habe, dich umzubringen«, bekannte Merecot.

Sie meinte es ernst. Sie hätte mit Daleina reden sollen. Nicht über die überzähligen Geister, sondern über die ganze Angelegenheit. Daleina war heldenhaft genug, um sich einverstanden zu erklären.

Und wenn sie Nein sagt, besteht ja immer noch die Möglichkeit, sie umzubringen.

Jastra hätte das sehr gefallen.

Merecot machte sich keine Sorgen wegen der Wachen, die sie draußen vor der Tür postiert wusste. Wenn sie Daleina tötete, würde es diesmal sehr schnell gehen. Und anschließend würde niemand mehr wagen, sie anzugreifen – denn da Königin Naelin verschwunden war und keine Thronanwärterin zur Verfügung stand, brauchten sie Merecot, damit sie die Geister Aratays daran hinderte, sie alle in Stücke zu reißen. Sie wäre nun die Einzige in ganz

Aratay, die über die Macht verfügte, nach der Krone zu greifen.

Ich kann gar nicht verlieren. So oder so, ob Ja oder Nein, ich gehe meinen Weg weiter.

Aber wenn Daleina Ja sagt … Es wäre schön, wenn ich es vermeiden kann, den einzigen noch lebenden Menschen auf der Welt zu ermorden, der jemals meine Freundin sein wollte.

Nicht notwendig … aber schön.

Ihr wurde bewusst, dass Daleina noch nicht auf ihre Entschuldigung reagiert hatte. »Ich will dich nicht mehr töten«, betonte sie.

»Freut mich zu hören«, sagte Daleina ohne auch nur einen Anflug von Gefühl in der Stimme.

Ich kann ihr keinen rechten Vorwurf daraus machen, dass sie mir nicht glaubt. Merecot grinste kurz, dann wurde sie wieder ernst. »Aber damit die Sache zwischen uns klar ist: Ich werde es tun, wenn ich muss. Allerdings irrst du dich, was meine Beweggründe anbelangt. Ich will nicht wegen der damit verbundenen Macht Königin der Welt werden. Ich will es sein, weil das meine Bestimmung ist und weil ich die stärkste Königin bin, die je gelebt hat, was bedeutet, dass ich die Einzige bin, die Renthia zu retten vermag. Ich kann die Geister ein für alle Mal vernichten.« Sie stützte sich am Tisch ab und stand auf. »Du hast mich hierher eingeladen, um in Erfahrung zu bringen, welche Pläne ich in der Hinterhand habe. Ich sage es dir; ich will die Welt retten. Die Frage ist nun: Wirst du sie zusammen mit mir retten?«

Daleina faltete die Serviette, die sie umklammert gehalten hatte, legte sie auf den Tisch und entschuldigte sich für einen Moment. *Es ist nicht so, dass ich die Flucht ergreife,* sagte sie sich. *Ich nehme mir nur einen Augenblick Zeit, die Dinge in die richtige Perspektive zu rücken.*

Rede dir das nur ruhig immer weiter ein.

Sie hörte, wie Merecot ihr nachrief: »Ich sage die Wahrheit! Wir verfolgen dasselbe Ziel. Meine Vision ist nur größer als deine, weil ich mächtiger bin. Ich bin schon immer mächtiger gewesen. Deshalb bin ich die Einzige, die es schaffen kann, und aus diesem Grund musst du abdanken und mich tun lassen, was mir zu tun bestimmt ist!«

Daleina trat durch die Seitentür zwischen den Wandteppichen und schloss sie hinter sich. »Sagt sie die Wahrheit?«, wandte sie sich an Garnah.

Garnah gab ein bellendes Lachen von sich. »Das glaubt sie jedenfalls.«

Daleina ging im Raum auf und ab und versuchte, ihre Gedanken zu ordnen und Vernunft und wilde Hoffnung voneinander zu trennen. »Ich habe Merecot noch nie zuvor so reden hören. Sie scheint alles zu glauben, was sie sagt.«

»Und warum sollte sie es auch nicht glauben? Doch fragt Euch lieber das Folgende: Ist es deswegen auch wahr? Glaubt Ihr, dass sie weiß, wie man die Geister vernichten kann? Es wäre eine beeindruckende Leistung, wie sie keine der Königinnen in der Geschichte von Renthia je zuwege gebracht hat.« Sie warf Daleina einen durchtriebenen Blick zu. »Aber Ihr seid nicht hierhergekommen, um mich um meine Meinung zu bitten.«

»Das ist richtig.« Daleina wusste, dass der Eindruck, den Merecots Worte auf sie gemacht hatten, von ihren früheren Erfahrungen mit der ehemaligen Freundin geprägt waren. Sie wollte wirklich gern glauben, dass Merecot die Wahrheit sagte. Wenn sie tatsächlich eine Möglichkeit kannte, die Geister zu vernichten, würde das so vieles von alledem erklären, was Merecot getan hatte. *Und es wäre unglaublich. Es würde das Leben von allen völlig verändern. Ein Ende des Schmerzes, des Sterbens, der Angst! Frieden, wie ihn niemand in Renthia je gekannt hat!* Es erschien ihr gleichzeitig alles, wovon sie je geträumt hatte, wie eine unerfüllbare Hoffnung, der man sich nicht hingeben durfte. »Ich will, dass Ihr mit ihr redet. Gebt Euch als Dienerin aus, die hereingeschickt wurde, um den Weinfleck aufzuwischen, und lenkt sie ab. Seht zu, ob Ihr irgendetwas aus ihr herauslocken könnt.«

Es mochte etwas überraschend sein, aber Garnah legte ein weiteres Mal keinen Widerspruch ein, geschweige denn, dass sie sich über die Zumutung entrüstet hätte, dass sie eine Dienerin spielen sollte. Daleina hatte jedoch keine Zeit, sich über ihr Verhalten Gedanken zu machen, da die Giftmeisterin bereits durch die Tür eilte, um nun Merecot abzulenken. Während Garnah mit Merecot beschäftigt war, sandte Daleina ihr Bewusstsein aus und nahm Kontakt zu den Geistern in Mittriel und außerhalb der Stadt auf. Da waren Hunderte, unter der Erde, in den Bäumen, in der Luft, kleine und große, die sich durch den Untergrund wühlten, in der Luft flogen, über den Boden rutschten und krochen, dem Land erst Leben einhauchten und es dann wieder erstickten.

Einen nach dem anderen schickte Daleina sie aus Mittriel fort. Sie sandte sie aus der Stadt zu den leeren Gebieten im Wald, wo es nur wenige oder gar keine Menschen gab, denen sie ein Leid antun konnten. Dann überredete sie die Geister von Aratay, die Merecots Adlergeist umringten, diesen Geist mit sich mitzunehmen, und sie gehorchten nur allzu freudig.

Innerhalb kürzester Zeit war die Hauptstadt völlig frei von Geistern.

Feuer brannten herab, ohne aber ganz auszugehen. Der Wind wurde schwächer, bis es ganz windstill war. Wenn irgendjemand das alles gemessen hätte, so hätte er festgestellt, dass die Pflanzen nun langsamer wuchsen und dass von den Bächen tief unten am Waldboden jeweils nur noch ein träges Rinnsal geblieben war. Die Geister waren nicht tot, sondern lediglich abwesend, und das auch nur für kurze Zeit.

Gerade lange genug für Daleina, um Merecot zu überreden, sie in ihren gesamten Plan einzuweihen, ohne dass auch nur ein einziger Geist es mit anhören konnte.

Merecot schritt unruhig im Raum auf und ab, als eine alte Dienerin hereingeeilt kam und sich anschickte, ein Pulver über den Weinfleck zu streuen. *Ich hätte ihr nichts davon erzählen sollen*, ging es Merecot durch den Kopf. *Ich habe sie erschreckt und verscheucht. Daleina ist außerstande, so etwas zu verstehen. Sie kann sich nicht vorstellen, wie es ist, die Art von Macht zu haben, über die ich verfüge.* Daleina wusste nicht, wie es war, Tausende von Geistern unter absoluter Kontrolle zu haben, das Bewusstsein all dieser Geister in seinem eigenen Bewusstsein festzuhalten und zu wissen, dass man sie von einem Moment auf den anderen alle auslöschen konnte. *Es kann bewerkstelligt werden! Ich muss nur noch ein klein wenig stärker werden …*

Wenn Merecot erst einmal die Macht über sowohl Semo als auch Aratay hatte, müsste sie stark genug sein.

Und sobald dann die anderen Länder sahen, wie erfolgreich sie war, würden sie sich einverstanden zeigen, sich ebenfalls von Merecot retten zu lassen. Damit der Plan aufging, musste sie nichts weiter tun, als Daleina dazu zu bewegen, dass sie abdankte.

Oder sie töten.

Aber ich hätte es lieber, wenn sie sich willig zeigte. Jastra hatte diese Möglichkeit nie in Erwägung gezogen, aber andererseits war die alte Königin auch nie einer so idealistischen Königin wie Daleina begegnet.

Sie sagte sich, dass sie geduldig sein müsse.

Ich kann es nicht ausstehen, geduldig zu sein.

Merecot schnupperte den Duft eines nach Zitrone riechenden Gewürzes und rümpfte die Nase. Sie blickte durch den Raum und sah, dass sich das Pulver inzwischen durch den Teppich gefressen hatte und nun den Holzboden aufzulösen begann. Sie stapfte zu der Dienerin hinüber. »Was machst du da?«

»Ich war noch nie sehr gut im Putzen.« Die Dienerin stand auf, klopfte sich die Knie ab und lächelte Merecot an. Es war ein Raubtierlächeln, das Merecot an die Bergkatzen denken ließ, die an den Hängen von Semo jagten. Instinktiv zuckte sie zurück.

»Ihr seid keine Dienerin.«

»Sehr aufmerksam, Euer Majestät. Ich bin hier, um ein Auge auf Euch zu werfen, solange sich Königin Daleina im Bad befindet, wo sie sich wieder zu sammeln sucht. Worüber auch immer Ihr beide gesprochen habt, es hat sie sehr aufgewühlt. Habt Ihr damit gedroht, sie noch einmal zu vergiften? Wo wir schon mal dabei sind, ich würde Euch gerne fragen, wo Ihr denn ein derart faszinierendes Gift aufgetrieben habt? Ich habe noch nie etwas Vergleichbares gesehen. Eine geniale Verwendungsweise des Extrakts aus dem Gift der Weizenviper. Und es muss bei einer außerordentlich hohen Temperatur gemischt worden sein, um die Wirkung der Leinsaat zu aktivieren.«

»Wer seid Ihr?«, fragte Merecot.

»Giftmeisterin Garnah, die königliche Giftmischerin, zu Euren Diensten«, stellte sich die Frau mit einer Verbeugung vor. »Eigentlich ist das übrigens eine Lüge. Ich stehe Euch nicht im Mindesten zu Diensten. Ich diene Königin Daleina, zumindest solange es mir passt. Aber ich bewundere Euren Stil.«

Merecot warf einen Blick auf die Stelle am Boden, wo das Pulver eine flache Höhlung in das Holz gegraben hatte. »Danke. Ähm, wollt Ihr nicht irgendetwas unternehmen, bevor ein richtiges Loch im Boden entsteht?«

Die Frau zog eine Phiole aus einer ihrer Rocktaschen und träufelte einige Tropfen auf das Pulver. Es zischte und dampfte, dann schrumpfte das Pulver zu einem Ball aus grauem Staub zusammen.

Merecot entschied, dass diese »Giftmeisterin Garnah« der interessanteste Mensch war, dem sie seit Langem begegnet war. »Seid Ihr es gewesen, die das Gegengift für Königin Daleina entwickelt hat, als ich sie zu vergiften versucht habe?«

»Ich könnte durchaus daran beteiligt gewesen sein. Wer hat dieses Gift denn zusammengebraut?«

»Es war ein Geschenk«, antwortete Merecot.

Garnah beugte sich interessiert vor. »Von wem?«

Merecot rang für einen kurzen Moment mit sich, dann beschloss sie, ihr die Wahrheit zu sagen. »Ich habe es, kurz nachdem ich den Thron bestiegen hatte, in der königlichen Schatzkammer gefunden. Laut Beschriftung handelte es sich um ein jahrzehntealtes Krönungsgeschenk der ehemaligen Königin von Belene an meine Vorgängerin, Königin Jastra.«

»Faszinierend. Und woher habt Ihr gewusst, dass es ein Gift war und was es bewirkte?«

»Es war zusammen mit einem detaillierten Begleitbrief übersandt worden. Anscheinend hat die Königin von Belene nach Verbündeten außerhalb der Inseln gesucht – die Krönungsprozedur in Belene ist offenbar ziemlich brutal.« Merecot war der Sache letztlich nicht weiter auf den Grund gegangen – sie interessierte sich nicht allzu sehr für die Politik von Belene, zumindest noch nicht. *Immer schön ein Land nach dem anderen.*

»Ach, tatsächlich? Ich lebe anscheinend am falschen Ort. Sie benutzen Gift?«

»So scheint es. Aus welchem Grund auch immer glaubte Königin Wie-auch-immer von Belene, Jastra würde das Geschenk zu schätzen wissen. Sie hatte bis zu ihrer Abdankung jedoch keine Verwendung dafür, aber ich fand dann eine.«

»Hochinteressant«, bemerkte Garnah.

»Steht Ihr Königin Daleina nahe?«, erkundigte sich Merecot. Sie fragte sich, warum Daleina ihre persönliche Giftmischerin zu ihr geschickt hatte, um das Gespräch mit ihr zu suchen. Um Merecot einzuschüchtern? Um ihr zu drohen? *Was führt Daleina jetzt im Schilde?* »Könnt Ihr mir sagen, wie sie zu ihrer Rolle als Königin steht? Was sie in dieser Hinsicht empfindet?«

»Vor allem Erschöpfung«, antwortete Garnah. »Sie hatte mehr als genug Herausforderungen zu meistern.«

Nur zu wahr. »Und wenn ich ihr anbiete, ihr all diese Herausforderungen abzunehmen, was glaubt Ihr, wie sie wohl darauf reagieren würde?« Merecot wusste, wie sie selbst reagieren würde, sollte ihr jemand anbieten, ihr auf diese Weise etwas »abzunehmen«. Die entsprechende Person würde sich damit abfinden müssen, dass die Geister mit ihrem Kopf Ballwerfen spielten. Instinktiv sandte Merecot ihre Sinne aus und versuchte, die Gedanken der nahen Geister zu streifen …

Und fand keine.

Sie tastete sich noch weiter voran … und fand immer noch nichts. Es war, als hätte man sie von genau der einen Sache abgeschnitten, die Merecot sie selbst sein ließ.

Sie hasste dieses Gefühl.

Daleina, was hast du getan?

Merecot fuhr zu der Tür herum, durch die Daleina den

Raum verlassen hatte, und ihre Röcke wirbelten um ihre Beine. »Sie ist also einfach ins Bad gegangen?«, knurrte sie. Wahrscheinlicher war, dass sie eine Falle für sie vorbereitete. Plötzlich wurde Merecot bewusst, dass sie einer Frau den Rücken zuwandte, die nicht nur ein Pulver besaß, das sich durch den Boden fraß, sondern auch die Fähigkeit, das Gift aus Belene unschädlich zu machen. Schnell huschte sie hinter ein Sofa und richtete den Blick auf Garnah.

Garnah lächelte sie nur belustigt an, und das machte Merecot nur noch wütender … und eine Spur ängstlicher.

Und dann kam Daleina in den Raum zurück.

Daleina hatte Merecot sowohl ihre Waffen genommen als auch jeden Fluchtweg abgeschnitten. Sicher, Daleina verfügte ebenfalls über keinerlei Geister, die sie zu sich hätte rufen können, aber wenn man Garnah hinzurechnete, dann stand es jetzt zwei gegen eine …

Es ist eine Falle! Ich wusste es! Wie habe ich nur so dumm sein können?

»Was hast du getan?«, fuhr Merecot die andere Königin an.

»Ich habe uns ein wenig Privatsphäre verschafft«, antwortete Daleina. »Giftmeisterin Garnah, vielen Dank, dass Ihr unseren Gast unterhalten habt. Wenn Ihr uns jetzt bitte entschuldigen wollt?«

Garnah strahlte die beiden Frauen an. »Es war überaus ergötzlich, mit Euch zu plaudern. Und danke für den Hinweis, wohin ich ziehen könnte, sobald ich alt werde und in den Ruhestand gehe.« Mit einer Verbeugung huschte sie zur Tür hinaus und schloss sie hinter sich. Merecot zweifelte nicht daran, dass sie hinter der Tür stehen blieb, um zu lauschen.

Merecot funkelte Daleina finster an und bemerkte, dass Daleinas Blick auf die Vertiefung im Boden fiel. »Was hat sie denn da schon wieder … Na ja, wie auch immer. Wie du offensichtlich bemerkt hast, sind keine Geister in Mittriel zurückgeblieben, die uns belauschen könnten, weder meine noch deine. Also, erklär mir jetzt bitte alles. Wie genau hast du vor, sie zu vernichten?«

Es ist also … keine Falle?

Daleina hörte aufmerksam zu, als Merecot nun das Wort ergriff:

»Der springende Punkt ist, dass ich stark genug sein muss, wenn mein Plan funktionieren soll. Selbstverständlich bin ich von Anfang an mächtig gewesen. Und je mehr Macht man von Anfang an mitbringt, umso mächtiger ist man als Königin. Daher der Unterschied zwischen dir und mir.« Sie machte eine kurze Pause, dann fügte sie hinzu: »Nichts für ungut.«

Mit einem gepressten Lächeln erwiderte Daleina: »Kein Problem.«

Ich weiß, dass sie mächtiger ist als ich. Das ist offensichtlich. Die Wahrheit stellte für Daleina keine Beleidigung dar. Woran sie allerdings wirklich Anstoß nahm, das waren Merecots feindliche Invasion und ihr Mordversuch. Um Aratays willen schob sie jedoch Ärger und Kummer beiseite. Versuchte es jedenfalls.

Merecot fuhr fort: »Wenn man Königin wird, wird die eigene Macht – wie groß sie auch immer sein mag – verstärkt. Die Geister teilen ihre Macht mit dir, wenn sie dich erwählen. Deshalb verfügt eine Königin über die Kraft, ihre Geister davon abzuhalten, ihre Untertanen abzuschlachten. Jedenfalls in den meisten Fällen.«

Jedes Kind wusste das. Es war der einzige Grund, warum Renthia Königinnen brauchte. Aber Daleina war entschlossen, geduldig zu bleiben. Sie faltete die Hände auf dem

Schoß und versuchte, sich vorzumachen, einem Vortrag von Direktorin Hanna zu lauschen und nicht den Worten Merecots. »Sprich weiter.«

»Also, jetzt kommt meine Offenbarung: Selbst eine mächtige Königin kann noch stärker werden. Gut, es handelt sich dabei weniger um eine ›Offenbarung‹. Es ist einfach eine Frage der Logik. Dir ist bestimmt schon aufgefallen, dass du dich jedes Mal schwächer fühlst, wenn ein Geist stirbt. Nun, auch das Gegenteil ist wahr: Wenn sich ein zusätzlicher Geist dazu entschließt, seine Macht mit dir zu teilen, dann wirst du stärker. Wenn man also – und mit ›man‹ meine ich natürlich mich – Königin von genügend Geistern werden kann, dann kann man auch stark genug werden, um einen Befehl zu erteilen, der sie zu vernichten vermag!«

Und der damit auch Renthia vernichtet. Daleina zwang sich, ruhig zu bleiben und Merecot nicht zu unterbrechen, obwohl es ihr wahrhaft schwerfiel. Sie hatte mit eigenen Augen miterlebt, was geschah, wenn Geister starben. Überall in Aratay fanden sich die Beweise dafür: die verödeten Landstriche, die kaputten Häuser, die zerstörten Ernten. Aber Daleina schwieg, auch wenn es sie große Mühe kostete. Sie wollte Merecot zuerst aussprechen lassen, bevor sie sie wegen ihrer abgrundtiefen Dummheit ins Gebet nahm. *Und weil sie mir falsche Hoffnungen gemacht hat.*

»Königin Jastra hat das schon vor Jahren begriffen und versucht, dem Folge zu leisten, indem sie in die ungebändigten Lande reiste und dort weitere Geister in ihre Gewalt brachte, im Glauben, dadurch ihre Macht zu stärken. Aber ohne Land waren die Geister unkontrollierbar, und sie musste all ihre zusätzliche Energie darauf verwenden, sie daran zu hindern, Semo in Stücke zu reißen.« Merecot machte eine Pause. Kurz huschte ein Anflug von Kummer und Schmerz über ihre Züge und war dann genauso schnell wieder verschwunden – so schnell, dass Daleina meinte, es sich wohl nur eingebildet zu haben. »Alles in allem war es keine wirklich gute Idee. Stattdessen hätte sie lieber ein zweites Königreich erobern und auf diese Weise ihre Macht mit umgänglichen, gefestigten Geistern verdoppeln sollen, die sich nicht ständig eines oder zweier Berge wegen gegenseitig bekämpfen.«

»Und deshalb hast du mich vergiften und meine Thronanwärterinnen ermorden lassen?« Daleinas Stimme war tonlos, aber sie presste die Hände so fest zusammen, dass sich ihr die Fingernägel tief in die Haut bohrten. *Das Ganze ist ein schrecklicher Gedanke, dem schreckliche Menschen nachjagen.*

»Genau.« Merecot sagte es so beiläufig, dass Daleina beinahe zusammengezuckt wäre. *Warum genau will ich noch einmal mit ihr befreundet sein?* Sie beantwortete sich die Frage selbst: *Weil eine Freundschaft mit Merecot meinem Volk den Frieden bringen würde.*

Vorausgesetzt, dass Merecot zuvor nicht die Welt vernichtet.

Merecot fuhr fort: »Mein Gedanke war, dass ich, sobald ich Aratay erobert hätte, mit der vereinten Kraft von Aratay und Semo genug Macht haben würde, um einen Befehl zu erteilen, der das Schicksal von Renthia verändern wird. Du kannst das nicht tun – selbst als Königin fehlt dir die Macht dazu. Aber ich habe sie. Deshalb muss ich diejenige sein, die an die Macht kommt.«

Daleina hob die Hand und gebot ihr zu schweigen. Selbst wenn sie akzeptierte, dass Merecot mächtig genug werden konnte, um zu tun, was sie vorhatte – warum sollte Daleina das jemals wollen? Sie sah im Geiste die verödeten Ländereien vor sich, die verlorenen Häuser, die verlorenen Menschenleben. »Du hast gesagt, dass du die Geister zerstören willst. Wie willst du das anstellen, ohne dabei jeden und alles zu vernichten, was wir kennen?« Sie versuchte, ruhig und gelassen zu sprechen, aber es war schwierig. Das Ganze war Wahnsinn. Sie konnte nicht glauben, dass sie hier ein Gespräch darüber führte, warum ihre Freundin versucht hatte, sie zu töten, und warum sie so viele andere umgebracht hatte. Dennoch, wenn das wirklich Merecots Ziel war – alle Geister in ganz Renthia zu vernichten –, musste Daleina ihr zumindest eines lassen: Man konnte wahrlich nicht behaupten, dass sie sich da kein großartiges Ziel gesetzt hatte.

Sie denkt nicht in kleinen Maßstäben, so viel steht fest.

Daleina wusste nicht, ob sie schreien, weinen oder lachen sollte. *Vielleicht alles drei zusammen. Und dann Merecot schütteln, bis sie Vernunft annimmt.*

Merecot wedelte herablassend mit der Hand. »Ich habe übertrieben. Eine Vernichtung der Geister würde natürlich auch das Land vernichten. Nein, ich will sie nicht töten. Ich will sie verwandeln! Ich werde ihnen befehlen, sich weiterzuentwickeln. Ich will sie dazu zwingen … nun ja, das Land zu *werden*. Das ist wohl die beste Art, es auszudrücken. Statt Naturgeistern hätten wir dann einfach nur Natur, ganz so, wie es eigentlich auch sein sollte.«

Während sie das sagte, beobachtete Merecot Daleinas Reaktion. Und Daleina konnte ihre Reaktion tatsächlich nicht unterdrücken. Ihr klappte die Kinnlade herunter. Das war …

Kühn.

Und auch brillant.

Wenn die Geister verwandelt wurden, wenn man sie alle zusammen auf eine grundsätzliche Weise verändern könnte … Ganz behutsam, weil sie sich keine falschen Hoffnungen machen wollte, fragte Daleina: »Was genau meinst du damit?«

»Es ist den Geistern ursprünglich nicht bestimmt gewesen,

so zu sein, wie sie jetzt sind, unausgesetzt zwischen den beiden Polen hin- und hergerissen, die Welt zu formen und das Geschaffene dann wieder niederzureißen. Eigentlich hätten sie die Erschaffung dieser Welt vollenden und sich dann verwandeln sollen, um ein passiver Teil von alledem zu werden.« Merecot deutete auf die Fenster, die Decke, die Wände, als repräsentierten sie die ganze Welt. »Du kennst unsere Versionen der Schöpfungsgeschichte. Hier ist die ihre: Sie hätten sich zu einer neuen Art von Geist entwickeln sollen, aber das haben sie nicht getan. Sie konnten es nicht.«

Gegen ihren Willen fühlte sich Daleina von Merecots Ausführungen in Bann geschlagen. Sie dachte an die Dankgeschichte, die ihre Eltern vor jeder Mahlzeit erzählten, und an die Balladen der Wipfelsänger. »Weil die Große Mutter gestorben ist.«

»Ja! Und nach ihr hat es nie wieder jemanden gegeben, der genug Macht hatte, um die Geister zu verwandeln.«

Konnte das wahr sein? Hätten sich die Geister weiterentwickeln sollen?

»Über lange Generationen hinweg haben die Königinnen mit unterschiedlichem Erfolg den Frieden in ihren jeweils eigenen Ländern gewahrt. Durch die Geister, die sie kontrollierten, haben sie genug Macht bekommen, um den bestehenden Zustand zu erhalten, aber nicht genug, um die Geister wirklich zu beeinflussen, sie dazu zu zwingen, ihre Entwicklung zu vollenden. Aber wenn eine Königin *mehr* Macht hätte …« Merecot brach ab, als wäre die Schlussfolgerung nur zu offensichtlich.

Daleina starrte sie an. Sie konnte nicht glauben, was sie da alles hörte. Sie konnte nicht glauben, dass sie selbst die ganze Sache überhaupt in Erwägung zog. Aber wenn das wirklich möglich wäre …

Es würde nicht nur die Geister verändern.

Es würde die Welt verändern.

Merecot stieß einen theatralischen Seufzer aus. »Willst du denn wirklich nichts sagen, Daleina? Ich habe extra eine Pause eingelegt, um dich mit schlauen Kommentaren dazwischengehen zu lassen. Du solltest von deinem überragenden Intellekt Gebrauch machen, um die Leerstellen auszufüllen.«

»Füll du sie für mich aus.« Sie weigerte sich, voreilige Schlüsse zu ziehen, auch wenn sie sich ziemlich sicher war, ganz genau zu wissen, worauf Merecot hinauswollte. Sie wollte, dass Merecot es selbst aussprach, alles. Laut und vernehmlich.

»Na schön. Sobald ich stark genug bin, sobald ich sowohl von den Geistern von Semo als auch von den Geistern von Aratay Kraft beziehen kann, werde ich vollenden, was die Große Mutter nicht hat vollenden können. Ich werde den Geistern befehlen, sich zu verwandeln.« Ihr Gesicht war gerötet, und ihre Hände zitterten. Merecot glaubte offensichtlich jedes Wort von dem, was sie da erzählte.

Und Daleina konnte nicht anders, sie musste ihr ebenfalls glauben. Oder musste ihr zumindest glauben *wollen*. Sie wusste, wie mächtig Merecot war, und die Geister von Aratay, vereint mit den Geistern von Semo, würden sie noch mächtiger machen. *Aber auch mächtig genug?*, fragte sie sich. »Du meinst, dein Plan ließe sich wirklich in die Tat umsetzen?«

»Ich meine, er hätte eigentlich schon vor langer Zeit in die Tat umgesetzt werden sollen, noch bevor die Menschen überhaupt den Boden der Länder von Renthia betreten haben, bevor Renthia überhaupt zu existieren begonnen hat. Irgendetwas ist vor langer Zeit schiefgegangen, und ich will es nun in Ordnung bringen. Hilf mir, es in Ordnung zu bringen, Daleina.«

Es war ein faszinierender Gedanke. Wenn es wirklich möglich wäre ... *Es wäre ein Wunder.* Mit gedämpfter Stimme, als hätten Merecots Worte die Welt mit einem Zauber belegt, dessen Bann Daleina nun nicht zu brechen wagte, fragte sie: »Was verlangst du denn von mir, das ich tun soll?«

Sie kannte die Antwort, noch bevor Merecot sie aussprach.

Das war es, worauf Merecot hinausgewollt hatte. Das war der Sinn und Zweck ihres Besuchs. Eigentlich hatte sie es schon viele Male gesagt, nur hatte sie Daleina bis jetzt nicht erklärt, *warum* sie das wollte.

»Danke ab«, antwortete Merecot. »Lass mich die Kontrolle über die Geister von Aratay übernehmen. Mit ihnen und mit all der Kraft Semos kann ich es schaffen. Wir brauchen jemanden, der stark genug ist und der den richtigen Befehl gibt.« Sie beugte sich vor und sah Daleina eindringlich an. »Ich kenne den richtigen Befehl, und ich bin überhaupt die Richtige dafür.«

»Und von alledem hast du mir bisher kein Sterbenswörtchen erzählen wollen?« Daleina spürte, wie sich Empörung in ihr breitmachte – Königin Jastra und Merecot hatten die Lösung des Problems gekannt, mit dem sich Renthia seit Anbeginn der Geschichte herumschlug, und sie hatten sie einfach ... geheim gehalten?

»Ich bin davon ausgegangen, dass du es weder verstehen noch zustimmen würdest«, erklärte Merecot. »Deshalb die Sache mit dem Gift. Aber wenn ich eine Wahl habe, würde ich lieber mit dir arbeiten als gegen dich. Wir sind einmal Freundinnen gewesen. Es wäre schön, wenn wir wieder Freundinnen sein könnten.«

Daleina hielt ihren Gesichtsausdruck unverändert. Sie blieb ganz reglos und still. Merecot mochte ehrgeizig und skrupellos und viele andere Dinge mehr sein, aber sie war noch nie eine Lügnerin gewesen.

Falls es tatsächlich möglich ist …

Falls auch nur die Chance besteht, dass wir das verwirklichen könnten …

Das Ende der Geister, des Sterbens, der Angst.

Sie dachte an Arins Freund Josei, an ihre eigenen verstorbenen Freunde und Freundinnen, an ihre Kindheit daheim in Graubaum, an die getöteten Meister und an all die gewöhnlichen Menschen von Aratay, die unter den Händen und Klauen der Geister Schlimmes hatten erleiden müssen. Wenn sich die Geister »weiterentwickeln« würden …

Niemand würde mehr sterben müssen.

Sie würde ihre höchste Pflicht als Königin erfüllen: ihr Volk zu beschützen.

Merecot hatte von Bestimmung geredet, und Daleina hatte sich geweigert, an derartige Worte zu glauben. Aber wenn Daleina für sich eine Bestimmung, ein Schicksal wählen könnte, dann wäre es, alles in ihrer Macht Stehende zu unternehmen, um alle zu retten, die sie irgend zu retten vermochte. Und jetzt eröffnete ihr Merecot eine Möglichkeit, genau das zu tun. *Falls es funktioniert.* »Du glaubst fest an das, was du sagst. Hast du irgendeinen Beweis dafür, dass dieser Befehl auch Wirkung zeigen wird? Einen Beweis, dass sich die Geister tatsächlich verwandeln können?«

»Bayn. Dein Wolf. Er ist ein höher entwickelter Geist.«

»Und jetzt ist er tot, weil deine Geister ihn in die ungebändigten Lande gejagt haben. Hast du noch einen anderen Beweis? Einen *lebenden* Beweis?«

»Ruf den einen oder anderen Geist zurück«, schlug Merecot vor. »Bitte diese Geister, dir ihre Geschichte zu erzählen. Frag sie nach ihrer verlorenen Bestimmung. Frag sie, wer oder was sie eigentlich hätten sein sollen. Tatsächlich habe ich letztlich nur vor, das zu tun, was die Geister selbst auch wollen.«

Daleina schüttelte den Kopf. »Aber sie …«

»Hör ihnen einfach nur zu. Bitte, Daleina. Und dann gib mir deine Antwort. Sag mir, ob du die Welt retten willst, oder …« Merecots Stimme verlor sich.

»Oder?«, hakte Daleina nach.

»Oder ob du lieber sterben willst, damit ich es tun kann.«

Kapitel 29

Da war ein Kind in den ungebändigten Landen.

Nicht ihr eigenes Kind, aber als Naelin nun auf die Stelle starrte, wo das zerlumpte Kind gestanden hatte, regte sich Hoffnung in ihr, so heiß und heftig, dass es sich anfühlte, als wären ihre Adern mit siedendem Wasser gefüllt. »Ven, war das …«

»Ja, ich habe ihn ebenfalls gesehen.« Ven sprang über die Steine, die sich wellenartig unter seinen Füßen bewegten, im gleichen Rhythmus aufstiegen und fielen, in dem sich soeben ein Erdgeist unter ihnen hindurchgrub. Naelin spürte, wie er sich vorbeiwühlte, tief unten im Boden, ein gewaltiger gewundener Wurm, der schwerfällige Zerstörungsgedanken hegte. Sie rief nach einem ihrer eigenen Geister, einem Erdgeist, der aussah wie ein aus glattem schwarzem Stein gemeißeltes Pferd, und kletterte auf seinen Rücken.

Folgt dem Kind, befahl sie ihren Geistern. *Tut nichts Böses.*

Die Geister umschwärmten sie und wechselten ihre Bewegungsrichtung. Sie bildeten einen Strom, der sich über die Steine und durch die Spalten ergoss. Naelin ritt mit ihnen, und die steinernen Hufe des Pferdes trafen die Rücken anderer Geister, die sich dann ihrerseits wiederum in den Pferdegeist krallten, ein sich windender endloser Fluss von Leibern.

»Du wirst ihn erschrecken, Naelin. Halt dich zurück!«, rief Ven.

»Du bist der Kerl mit dem Schwert!«, rief Naelin ihm zu. Aber sie zügelte ihre Geister und ließ sie Kreise drehen, die sie umwirbelten. Geistesabwesend streichelte sie den Rücken eines geflügelten Hermelingeistes, der neben ihr herflog. Er zischte durch seine Reißzähne. *Scht, ich bleibe bei euch*, redete sie besänftigend auf die Geister ein.

Über ihre Verbindung mit den Geistern, die vibrierte wie eine angezupfte Saite, spürte sie deren Erregung, und sie hüllte sie in beruhigende Gedanken. Es funktionierte nur teilweise. Naelins eigene Gedanken waren selbst auch nicht annähernd ruhig. *Wenn ein Kind hier überleben kann, dann können meine Kinder vielleicht ebenfalls überlebt haben.*

Es gehörte zum Allgemeinwissen, dass niemand die ungebändigten Lande überlebte.

Aber es musste nicht alles stimmen, was zum Allgemeinwissen gehörte.

Sie nahm Kontakt zu den Geistern ganz außen an den Rändern ihres Schwarms auf und verfolgte Vens Bewegungen durch deren Augen. Er kletterte über die Steine und Felsen und schleuderte einen Eisgeist beiseite, der seine Eiszapfenkrallen in Vens Arm schlagen wollte. Vens Mund bewegte sich – er rief dem Kind etwas zu. Naelin versenkte sich noch tiefer in die Wahrnehmung der Geister und lauschte.

»Wir schwören, dass wir dir nichts antun werden!«, rief Ven. »Komm zurück, wir suchen nach jemandem. Wir brauchen Hilfe. Bitte!« Er war sich darüber im Klaren, dass er einen durchaus bedrohlichen Anblick bot mit seiner grünen Lederrüstung, seinem vernarbten, bärtigen Gesicht, Schwert in der Hand und Bogen und Pfeile auf dem Rücken. Er hatte außerdem weitere Messer in den Stiefeln verstaut und trug noch ein Extramesser in der Hosentasche. Dennoch wirkte er vermutlich noch immer weniger bedrohlich als Naelin mit ihren Geistern.

Die Wahrheit war, dass auch er selbst sie in dieser Aufmachung ziemlich beängstigend fand.

Nicht, dass er das zugegeben hätte.

Er kletterte über die Felsen, die einfach nicht still liegen bleiben wollten. *Verdammt! Dieser Ort ist ein Albtraum!* Er stieg einen weiteren Felsblock hinauf, da rumorten die Steine unter ihm erneut und barsten, und eine Stichflamme schoss aus der Spalte im Untergrund. »Naelin, kannst du da etwas dagegen tun?«

Zwei lachende Eisgeister schossen an ihm vorbei. Er rieb sich das Ohr gegen die stechende Kälte und sah zu, wie sie in die flammende Spalte eintauchten und sie mit Eiskristallen füllten, die klirrten und knackten, bis sie sich zu einer kompakten blauen Platte verfestigt hatten. Die Eisgeister tanzten unter der Eisplatte und bedeckten sie von unten mit blumenähnlichen Mustern, die sich immer weiter ausbreiteten. Ven sprang von seinem Felsblock herab, ging in die Hocke und schlitterte den neuen Fluss aus Eis hinunter.

»Junge, wir brauchen deine Hilfe. Komm zurück!«

Als er das Ende des Eisflusses vor sich sah, sprang Ven zur Seite. Er hielt still und lauschte. Der Nebel wallte und waberte um ihn herum, und er hörte einen Donnerschlag. Regen setzte ein, prasselte ihm auf die Wangen und drang in seine Rüstung ein, durchnässte das Hemd darunter.

Genauso plötzlich wie er angefangen hatte, hörte der Regen wieder auf. Für einen Moment strahlte die Sonne auf Ven herab, dann wurde sie wieder vom Nebel verschluckt. *Ich habe ihn verloren.* Er richtete sich auf und wandte sich um, um zu Naelin zurückzustapfen.

Und dort, direkt vor ihm, stand der Junge.

Ven blieb reglos stehen. »Wir suchen nach jemandem.

Nach zwei Jemanden, einem Jungen und einem Mädchen. Sie heißen Llor und Erian.« Er spielte mit dem Gedanken, auch nach Bayn zu fragen. *Ich darf mir keine Hoffnungen machen, dass er überlebt hat, Beschützer der Königinnen hin oder her.* Bayn wäre jetzt schon viel länger in den ungebändigten Landen als Erian und Llor. *Andererseits ... dieser Junge schafft es, hier zu überleben ...* »Kannst du uns helfen, sie zu finden? Und einen Wolf? Wir nennen ihn Bayn.« Er sprach mit sanfter, freundlicher Stimme, schob sein Schwert in die Scheide und breitete die Hände aus, um zu signalisieren, dass er nichts Böses im Schilde führte.

Der Junge schwieg eine Weile.

Dann winkte er Ven zu und setzte sich in Bewegung, sprang von Fels zu Fels, als wäre er ein Eichhörnchen auf einem Baum, und hielt mit den Händen das Gleichgewicht. Ohne zu zögern, folgte ihm Ven und hielt den Blick unverwandt auf den Jungen gerichtet. Er vertraute darauf, dass Naelin hinter ihm blieb und ihre Geister in Schach hielt.

Das Land um sie herum veränderte sich beständig: Nach Norden hin spie ein Berg auf einer Seite Flammen, während sich über die andere Wasserfälle ergossen wie ein Strom von Tränen. Weiter im Westen schossen Eiskristalle in Baumform in die Höhe und bildeten einen Wald, nur um vom Wind gleich wieder umgeworfen und zerschmettert zu werden. *Ein unnatürlicher Ort*, dachte Ven. Und doch war das, was die Geister hier veranstalteten, nichts im Vergleich zu dem, was er als Nächstes sah. Denn als er den letzten Hügelkamm erreicht hatte, blieb er fassungslos stehen.

Da war ein Dorf. Jedenfalls so etwas in der Art.

Eine Ansammlung von Hütten aus windschiefen Brettern, die zusammengezurrt und an Felsblöcke gelehnt worden waren. Das Dorf – *eher so etwas wie ein Lager*, korrigierte er sich – war eng zusammengedrängt, als kauerten sich selbst die Gebäude aus Angst vor der Außenwelt dicht zusammen. *Und genauso ist es wohl auch*, vermutete er. Er sah Feuerstellen zwischen den Hütten, und einige davon brannten, mit an Spießen hängenden Töpfen darüber, und zwischen den Fenstern war Wäsche aufgehängt. Vielleicht war es mehr als alles andere die Wäsche, die ihn beunruhigte. Es war ein so simples Zeichen häuslichen Lebens, dass Ven ihm überall sonst keine Beachtung geschenkt hätte, aber hier machte es ihm in aller Deutlichkeit klar, wie fehl am Platze all das inmitten der ungebändigten Lande war.

Einige Menschen traten aus den Hütten, als der Junge und Ven sich nun näherten: Männer, Frauen, Kinder, sie alle so schmutzig und unterernährt wie der Junge. Ven hob die Hand zum Gruß. »Wir kommen in Frieden!«

Eine der Frauen eilte herbei und zog ihn von den Felsen herunter. »Schnell, schnell«, murmelte sie, »bevor die Geister Euch sehen.« Sobald er die erste Hütte passiert hatte, umringten ihn die Menschen, drängten sich nahe heran, betatschten seine Arme, sein Haar, sein Reisebündel und murmelten ihm leise Worte zu.

»Ich suche nach einem Mädchen und einem Jungen, Erian und Llor« – und dann, weil das alles ohnehin völlig unmöglich war, fügte er hinzu: »Und außerdem nach einem Wolf namens Bayn. Habt ihr sie gesehen?« Er schob die Finger eines kleinen Mädchens weg, das seine vordere Tasche abtastete. »Was ist das hier für ein Ort? Wer seid ihr alle?«

Die Frau, die ihn vom Felsen heruntergeholt hatte, trat vor, um zu antworten, und dann wurde sie plötzlich schneeweiß im Gesicht und kreischte auf. Andere rannten weg. Die Kinder wurden zusammengetrieben. Seltsamerweise waren nach dem ersten Kreischen keine weiteren Schreie mehr zu hören, da war nur die feste Entschlossenheit zur Flucht. *Sie machen das nicht zum ersten Mal*, begriff er. Ven zog das Schwert, drehte sich kampfbereit um und sah Naelin auf einer Woge von Geistern herbeireiten. Mit ihrem im Wind flatternden Haar und dem grimmigen Gesichtsausdruck sah sie fast schon selbst aus wie ein Geist.

Er ließ sein Schwert sinken. »Alles in Ordnung, sie ist eine Freundin. Sie wird euch nichts tun. Eine Freundin!«

»Sie bringt die Geister mit!«, rief ein Mann.

»Sie hat sie in ihrer Gewalt«, beteuerte Ven. »Sie ist eine Königin!«

Die Menschen hielten inne und scharten sich dicht zusammen. Aber sie klammerten sich eng aneinander fest, als nun die Geister zwischen ihren Hütten hindurchpeitschten und um Ven herumwirbelten.

»Ruf sie zurück, Naelin!«, schrie er.

Und die Geister wichen zurück. Klein und groß kauerten sie sich in einem Ring rund um das Dorf herum zusammen, hockten auf den Steinen und schwebten in der Luft. Naelin saß ab und eilte zu den Dorfbewohnern hin. »Erian? Llor? Seid ihr hier? Ich bin's! Bitte, zeigt euch doch!«

»Wir suchen nach ihren Kindern«, erklärte Ven. »Zwei Geister haben sie in die ungebändigten Lande verschleppt.«

»Ihr habt gesagt, dass Ihr auch nach dem Wolf sucht, dem Beschützer«, meldete sich eine alte Frau zu Wort.

Sie kannten Bayn? »Ja«, bestätigte Ven. »Ist er hier?«

»Und meine Kinder?«, fügte Naelin hinzu. »Habt ihr sie gesehen? Sind sie am Leben? Geht es ihnen gut? Wo sind sie?« Sie packte die alte Frau an den Schultern.

Sanft, aber bestimmt löste Ven ihre Hände von der Frau. »Du machst ihnen Angst«, ermahnte er Naelin. Er wusste, was sie empfand … Nein, eigentlich wusste er es nicht, aber er konnte es sich vorstellen, und er konnte es auch sehen, widergespiegelt in der Erregung der Geister. »Du musst dich zusammenreißen und deine Gefühle unterdrücken. Sie gehen auf die Geister über.«

Naelin schaute zu den Geistern auf, die zischten, fauchten und knurrten. Für einen Moment schloss sie die Augen, und die Geister beruhigten sich ein klein wenig. »Tut mir leid.« Er sah, wie sie tief Luft holte, und er hätte gern die Arme um sie gelegt und sie eng an sich gezogen. *Das alles muss die reine Qual für sie sein.* Aber Antworten würden sie nur erhalten, wenn sie diese Menschen nicht verjagten.

»Ihr müsst die Kinder am Grab meinen«, sagte eine Frau.

Naelin taumelte zurück.

»Am Grab?«, wiederholte Ven. *Aber bitte nicht tot. Bitte, lass sie nicht tot sein.*

»Am Grab der Großen Mutter«, erklärte die Frau – sie schien ihrerseits selbst Mutter zu sein. An ihre Beine klammerten sich zwei kleine Jungen, und sie zog sie nun enger an sich, als könnten ihre Arme sie vor den Geistern schützen, falls diese sich zum Angriff entschieden. *Wie haben diese Menschen hier nur überleben können?*, fragte sich Ven. Die Frau fuhr fort: »Sie sind kürzlich hierhergekommen, mit zwei Geistern, scheußlichen Kreaturen. Der Beschützer hat die Geister verjagt, die Kinder jedoch behalten. Ja, das sind ihre Namen: Erian und Llor.«

Bayn hat das getan? Er befindet sich hier, und er hat sie gerettet?

»Lebend?«, hauchte Naelin.

»Ja, Euer Majestät.«

Naelin empfand …

Es gab keine Worte für das, was sie empfand.

Aber es gab Farben: sonnengoldenes Gelb und tiefes Sommergrün und klares Blau, die Farben von Wachstum und Wohlsein und Leben. Und ihr Gefühlsausbruch ging auf die Geister über, und um sie herum peitschten die Windgeister kleine Wirbelstürme auf, die Eisgeister ließen ein Feuerwerk aus Schnee aufsteigen, die Erdgeister barsten aus dem Boden und ließen einen Regen aus Dreck und Kieselsteinen herabprasseln.

»Das jagt ihnen schon wieder Angst ein«, murmelte Ven ihr zu.

Sie versuchte, ihre wilde Hoffnung zurückzudrängen, aber nur ein ganz klein wenig. Es war ihr egal, ob sie diesen Leuten Angst machte oder nicht. *Meine Kinder leben!* »Ich muss sie sehen. Bringt mich zu ihnen.«

Die Frau wich ängstlich vor ihr zurück. »Nur der Beschützer kann sich dem Grab nähern.« Ein kleines Mädchen trat vor und meldete sich zu Wort: »Wir kennen den Weg nicht.«

»Kommt«, sagte ein älterer Mann. »Nehmt die Gastfreundschaft unseres Dorfes in Anspruch. Ihr müsst müde von Eurer Reise hierher sein. Ruht Euch aus. Teilt ein Mahl mit uns. Bitte, wie heißt Ihr beide?«

»Naelin.«

»Königin Naelin, vormals Königin von Aratay«, warf Ven ein. »Und ich bin Meister Ven.«

Die Hand des älteren Mannes zitterte, und die Menschen, die sie umlagerten, schnappten hörbar nach Luft. Gedämpftes Flüstern stieg auf: »Ein Wunder! Ich hätte nie gedacht, dass ich diesen Tag je erleben würde.« Und dann sagte der Junge, dem sie hierhergefolgt waren: »Seid Ihr gekommen, um uns zu retten?«

Ich bin wegen meiner Kinder gekommen, dachte Naelin. Aber Ven antwortete bereits. Er hatte sich auf ein Knie niedergelassen, um auf gleicher Höhe mit dem Jungen zu sein. »Wovor müsst ihr denn gerettet werden? Ihr habt hier, in diesem feindseligen Land, überlebt. Wie habt ihr das geschafft?«

Eine Frau antwortete. »Wir ziehen weiter, wenn wir müssen. Ernten, wenn wir können.«

»Aber die Geister«, wandte Ven ein. »Ihr seid bei Weitem in der Unterzahl. Ohne eine Königin, die die Geister kontrolliert ... wie gelingt es euch, am Leben zu bleiben?« *Hör auf, Fragen zu stellen*, hätte Naelin ihm am liebsten gesagt. *Zuerst Erian und Llor, dann kannst du fragen, was immer du willst.* Aber sie hatte Angst, dass die Dorfbewohner erneut zurückweichen würden, wenn sie das Wort ergriff.

Die Frau zuckte die Achseln. »Wir sind nicht so viele, als dass wir eine Bedrohung für sie darstellen würden.« Sie deutete auf die wenigen Dutzend Menschen, die sich um sie herum zusammenkauerten. »Außerdem kommen sie nicht gern hierher, so nah am Grab.«

»Dann ist es also in der Nähe?« Naelin machte einen Satz nach vorn. Die Vorstellung, dass ihre Kinder noch lebten und in der Nähe waren, sie sie aber nicht berühren, nicht in den Arme nehmen konnte, nagte an ihr und quälte sie, bis sie sich am liebsten die Haut vom Leib gerissen hätte. *Ich muss sie sehen!*

»Gibt es noch andere wie euch? Menschen, die in den ungebändigten Landen leben?«, erkundigte sich Ven.

Naelin wollte ihn anschreien. *Erian und Llor! Frag nach ihnen!*

»Ja, wir haben noch ein paar andere Gruppen gesehen. Zumeist halten wir Abstand von ihnen. Es ist sicherer, wenn wir nicht zu viele sind, außerdem lässt sich leichter Nahrung finden, wenn wir uns weit verteilen.«

»Faszinierend«, bemerkte Ven.

Naelin warf ihm einen finsteren Blick zu.

»Aber das ist es doch wirklich«, verteidigte er sich. »Es ist ein echtes Wunder. Wir haben immer geglaubt, die Grenze zu den ungebändigten Landen zu überschreiten wäre gleichbedeutend mit einem Todesurteil, aber hier lebt ihr nun und führt ein auskömmliches Dasein.«

Ein Mann schnaubte verächtlich. »›Ein auskömmliches Dasein‹ nennt er das. Jedes Jahr sterben mehr von uns als geboren werden. An manchen Tagen gibt es für uns alle nichts zu essen. An anderen Tagen ist auf Meilen um uns herum nur Salzwasser zu finden. An manchen Tagen werden wir geweckt von Feuer und Asche. An anderen Tagen wieder weckt uns eine Kälte, die so streng ist, dass einige von uns gar nicht erst wieder aufwachen.«

»Wir brauchen eine Königin«, ergriff ein anderer das Wort, »und hier seid Ihr nun, wie die Antwort auf ein Gebet.« Und einige der Menschen drängten sich wieder näher heran, streichelten Naelins Arm, und ihr war es, als sähe sie diese Leute nun zum ersten Mal. Wie schmutzig und müde, hungrig und vor allem verängstigt sie aussahen. Und … auch wie hoffnungsvoll. Es verwirrte sie, doch sie konnte das Ganze nicht einfach abschütteln. Sie streichelte die Hände der Leute, unsicher, was sie sonst noch für sie tun sollte. Sie hatte geglaubt, das Leben im äußeren Wald wäre schwierig, aber diese Menschen hier … Sie lebten ein Leben der unvorstellbaren Not und der äußersten Entbehrungen. Naelin sah sie an, sah sie nun richtig an, und sie sah die Hoffnung in ihren Gesichtern, die mit jeder verstreichenden Minute immer heller leuchtete.

Sie wusste nicht, wie sie ihnen beibringen sollte, dass sie eigentlich nur ihrer Kinder wegen hergekommen war.

Glücklicherweise blieb ihr das erspart.

Noch bevor sie eine Entscheidung treffen konnte, wie sie auf die sich um sie drängenden Menschen reagieren sollte, hörte sie ein Heulen, und Ven rief: »Bayn!«

Der Wolf kam aus dem Nebel gestürmt, stürzte zwischen ihren Geistern hindurch und auf sie zu, und Naelin fühlte, wie sich auch in ihr selbst ein Fünkchen Hoffnung zu regen begann.

Kapitel 30

Ven kniete sich hin und schlang Bayn die Arme um den Hals. Der Wolf hechelte an seiner Schulter und drückte sich schwer an ihn, als erwiderte er die Umarmung des Mannes. »Ich hätte nie gedacht, dass ich dich wiedersehen würde, mein Freund.«

Der Wolf leckte ihm über die Wange.

»Ähm, danke. Du hast mich also auch vermisst?«

Naelin hockte sich neben die beiden. »Bayn, geht es meinen Kindern gut? Kannst du uns zu ihnen führen? Bitte.«

Bayn sah sie mit so viel Weisheit im Blick an – mit so tiefem Mitleid und Verständnis –, dass es Ven plötzlich peinlich war, Bayn jemals für ein ganz gewöhnliches Tier gehalten zu haben. *Er ist doch offenkundig etwas Außergewöhnliches.* »Du hast überlebt«, sagte Ven. »Das wusste ich nicht. Ich wäre früher gekommen, wenn ich es gewusst hätte. Warum bist du nicht zu uns zurückgekehrt?«

Eine alte Frau – sie gehörte zu denen, die schon zuvor das Wort ergriffen hatten – schaltete sich ein: »Er gehört hierher. Er kann nicht fortgehen, nicht ohne eine Königin, die ihm hilft, die Grenze zu überqueren. Vor langer Zeit einmal hat ihm eine Königin geholfen, so heißt es jedenfalls in den Geschichten. Wir haben die Zeit vieler Leben auf seine Rückkehr gewartet – und auf das Kommen einer Königin.«

Ven wollte noch weitere Fragen stellen. Hatte Merecot recht gehabt? War Bayn eine Art »höher entwickelter

Geist«? Wie lange war es her, seit er damals die Grenze überquert hatte? Und welche Königin hatte ihm geholfen? Er war sich sicher, dass es jedenfalls weder Daleina noch Fara gewesen sein konnte. *Ich hätte es gewusst, wenn eine von ihnen Renthia je verlassen hätte.* Wie alt genau war Bayn? War »Zeit vieler Leben« wörtlich gemeint oder eine Übertreibung? *Und warum haben sie auf ihn gewartet? Und auf eine Königin?* Es gab keine Königinnen in den ungebändigten Landen – genau das definierte sie ja, zumindest jedenfalls teilweise. *Wenn sie eine Königin haben wollen, hätten sie nach Renthia kommen sollen.*

Er wünschte, Bayn hätte sprechen können.

»Bitte«, flehte Naelin. »Meine Kinder.«

Bayn trottete davon, schaute sich noch einmal nach ihnen um und verfiel dann in einen weit ausgreifenden Laufschritt. Ven und Naelin rannten hinter ihm her. Hinter ihnen hörte Ven die Leute rufen: »Geht nicht weg!«, »Helft uns!«, »Wir brauchen Euch!« und: »Kommt wieder zu uns zurück! Vergesst uns nicht!« Und auch: »Wir hoffen, dass Ihr Eure Kinder findet. Viel Glück!«

Er winkte einmal zurück, zum Zeichen, dass er sie gehört hatte, dann galt seine ganze Konzentration der Verfolgung Bayns durch die unebene Landschaft hindurch. Donner grollte am Himmel über ihnen, und blaue und violette Wolken vermischten sich miteinander. Regen prasselte ihm ins Gesicht.

Naelins Geister fluteten um sie herum und ebneten ihnen den Weg – erstickten ein Feuer, leiteten einen Fluss um, füllten einen Abgrund. Unbeirrt folgten sie Bayn. Vor ihnen bemerkte Ven durch den Regen hindurch eine Höhle, die in einen grauen Felsen hineinführte, der aus dem Nebel aufragte. Naelin rannte nun noch schneller, kletterte über die Felsen und rief: »Erian! Llor!«

Und da waren sie. Die Kinder kamen aus der Höhle und über die Felsen gerannt und warfen sich Naelin in die Arme. Lachend. Weinend.

Lebend.

Meine Kinder!

Naelin ließ sich auf die Knie fallen und streckte die Arme aus, und ihre Kinder warfen sich in ihre Arme. Sie spürte sie warm an ihrem Leib. Sie streichelte ihnen das Haar. Atmete sie ein, Schweiß und Rauch und der lieblichste Geruch, den es überhaupt gab und der nur von den beiden Leben kam, die sie auf die Welt gebracht hatte. Um sie herum fiel der Regen, und sie wusste nicht, ob er sie denn wirklich nass machte … und ob es ihr, wenn ja, auch nur das Geringste ausmachte. »Ihr lebt«, flüsterte sie in das Haar der beiden. »Ihr seid hier bei mir.«

Llor drückte schnüffelnd die Nase an ihren Hals, und Erian klammerte sich so fest an sie, dass sich ihre Finger tief in Naelins Haut bohrten. Naelin würde blaue Flecken bekommen, aber das kümmerte sie nicht. Sie hielt ihre Tochter fest an sich gedrückt.

»Mama, du bist uns holen gekommen«, sagte Erian.

»Ich wusste, dass du kommen würdest«, rief Llor. »Ich habe es ja immer gesagt!«

»Ich habe es nicht geglaubt«, erklärte Erian. »Ich habe gedacht, du würdest nicht nach uns suchen kommen, im Glauben, dass wir tot sind. Niemand überlebt die ungebändigten Lande, das weiß jeder. Ich habe gedacht, wir würden auf ewig hier gefangen sein, bis wir irgendwann dann wirklich sterben würden.«

Wieder vergrub Naelin das Gesicht in ihrer Halsbeuge.

»Bayn hat uns nicht nach Hause bringen wollen.«

Naelin drückte sie an sich. »Ich bin gekommen. Ich bin

hier. Wir werden nie mehr voneinander getrennt sein.« Sie verspürte Erleichterung und Glück – pures Glück –, das regelrecht aus ihr herausfloss und über die Geister hinwegströmte. Und sie fühlte, wie sich dieses Glück nun in den Geistern widerspiegelte. Um sie herum erwachte die Erde explosionsartig zum Leben: Blumen erblühten auf den Felswänden, Bäume sprossen zwischen den Spalten hervor, und ihre Stämme wurden immer dicker, während sie gen Himmel schossen. Sie hörte das Rauschen von Wasser und spürte das Licht der Sonne auf ihrem Gesicht, als ihre Geister nun den Nebel vertrieben und in einem Ring um sie herum das Land mit Leben füllten, eine überbordende Fülle von Farben.

Hinter dem Ring spürte sie, wie die Geister der ungebändigten Lande näher kamen. Sie fühlte die Feindseligkeit, mit der sie an den Rändern ihres Kreises voll überreichen Lebens scharrten und kratzten, und ein Schauder überlief sie. Sie zog ihre Kinder und Ven enger an sich. *Nein.* Die Außenwelt durfte jetzt noch nicht eindringen. Dies war ihr Augenblick des Glücks, ein Augenblick, von dem sie nie geglaubt hätte, dass er ihr vergönnt sein würde. Sie wollte nicht, dass er endete.

»Die Dorfbewohner haben gesagt, Bayn habe euch gar nicht nach Hause bringen *können* – er kann die Grenze nicht überqueren«, erklärte Ven und legte die eine Hand Erian auf die Schulter und die andere Llor. »Aber wir können es. Und das werden wir auch.«

Naelin drehte sich zu Bayn um. »Danke, dass du sie gerettet hast.«

Der Wolf saß da, seinen Schwanz eingerollt, und musterte sie mit seinen gelben Augen. Er gab ein hundeähnliches Jaulen von sich.

»Was ist los?«, fragte Ven, als erwartete er, dass Bayn antwortete.

Auf seine Frage hin erhob sich der Wolf und trottete in die Höhle hinein.

»Was ist dort drinnen?«, wandte sich Naelin an Erian und Llor.

»Eine Tote«, berichtete Llor. »Sie ist irgendwie ganz hübsch.«

Das war nicht gerade das, was man normalerweise über eine Tote sagen würde. Und warum hielten sich ihre Kinder überhaupt zusammen mit einer Leiche in einer Höhle auf? »Ich bin wirklich eine schreckliche Mutter«, murmelte Naelin.

»Du bist gekommen«, sagte Erian schlicht, stand auf und schlang ihr die Arme um die Hüfte.

Ven zückte sein Schwert.

»Das brauchst du nicht«, meinte Llor. »Sie ist ja bereits tot. Kommt, wir wollen sie euch zeigen.« Er kletterte ihnen voran über die Steine.

Naelin war es, als hätte man ihr an einem kalten Wintertag den Mantel weggerissen – sie fror plötzlich, fühlte sich verlassen, sobald sie ihre Kinder nicht mehr beide berühren konnte. Während sie Llor folgte, klammerte sie sich an Erian, die ihre Hand offenbar ebenfalls nicht loslassen wollte. Naelin kletterte über die Felsen hin zur Öffnung der Höhle. Gemeinsam traten sie ins Innere.

Schatten legten sich um sie, und Naelin rief zwei kleine Feuergeister herbei, die ihnen den Weg erhellen sollten – aber ihre Feuergeister sträubten sich am Eingang der Höhle und weigerten sich hartnäckig, sich ins Innere zu begeben, so dass ihr Schein die Dunkelheit nur mit einem schwachen Schimmer erhellte.

Doch das machte nichts, denn vor ihnen hüpfte nun ein Licht auf und ab. Llor kam zu ihnen zurückgestapft, eine Fackel in den Händen.

»Sei vorsichtig damit«, mahnte sie, da die Flamme stark hin und her schwankte.

»Ich kann sie tragen«, erwiderte Llor. »Ich bin vorsichtig.«

»Heute Morgen hast du dich verbrannt«, widersprach Erian.

»Sei noch vorsichtiger«, sagte Naelin.

Aufgeregt griff Llor nach Vens Hand und zog ihn tiefer in die Höhle hinein. Naelin und Erian folgten ihnen. Naelin spürte einen Windhauch im Gesicht, als sich die Höhle nun zu einem Gewölbe aus glitzerndem Weiß öffnete – glatter Quarz, der im Licht von sieben weiteren Fackeln funkelte. Llor steckte seine achte Fackel in einen Halter an der Wand.

Erhöht in der Mitte des Raums befand sich eine Bahre aus schwarzem Stein, die mit Moos in Gestalt einer ungewöhnlich langen, großen Frau bedeckt war. Winzige weiße Blumen wuchsen auf ihrem Körper aus dem Moos hervor. Naelin trat einen Schritt vor. Die Augen der Riesenfrau waren durch darauf liegende schwarze Steine geschlossen, und ihre Hände waren auf dem Bauch gefaltet.

Naelin überlief ein Schauder. Dieser Ort hatte etwas eigentümlich Vertrautes. Sie musste an den Hain der Königin in Aratay denken. Hier waren sie von Fels umgeben, nicht von Bäumen, aber irgendetwas an alledem kam ihr ganz ähnlich vor. Es lag so ein Gefühl von lastender Stille über dem Raum.

»Wer ist das?«, fragte Ven.

»Die Große Mutter der Geister«, erklärte Erian.

Sowohl Naelin als auch Ven starrten erst Erian an, dann die moosbedeckte Tote. Dies sollte das Wesen sein, das sie alle erschaffen hatte? *Kein Wunder, dass die Höhle wirkt wie ein Hain*, überlegte Naelin. Es war ein heiliger Ort – *der* heilige Ort überhaupt.

Naelin zog ihre Kinder instinktiv näher an sich heran. Sie sandte ihre Sinne aus, um Kontakt zu ihren Geistern aufzunehmen, aber diese waren abgelenkt: Die Geister der ungebändigten Lande umringten sie, drängten näher heran und drückten sie gegen den Fels der Höhle.

»Die Dorfbewohner wollen eine Königin, und Bayn hatte die Aufgabe, eine zu finden«, meldete sich Llor zu Wort. »Zumindest haben sie das gesagt, als Bayn uns hierhergebracht hat.«

»Sie haben gemeint, wir müssten beim Beschützer bleiben«, fügte Erian hinzu, »bis eine Königin kommt.«

»Und sie haben auch gesagt, Bayn wäre hundert Jahre lang fort gewesen!« Llor öffnete die Hände weit, als er das Wort »hundert« sagte.

»Zweihundert«, korrigierte Erian.

»Dreihundert!«, schrie Llor. »Vierhundert.«

»Wie dem auch sei, es klang nicht sonderlich wahrscheinlich«, wandte sich Erian an Naelin und Ven.

Aus dem Augenwinkel sah Naelin Ven auf seinen Fußballen wippen. Er wirkte kampfbereit. Aber gegen wen wollte er kämpfen? Etwa gegen Bayn, der Erian und Llor vor Königin Jastras Geistern gerettet hatte? Leise fragte Naelin: »Bayn, ist das wahr? Stammst du von hier? Bist du nach Renthia gekommen, um ... mich zu finden? Oder jedenfalls jemanden wie mich?«

Bayn lief zu der Totenbahre hinüber und setzte sich daneben.

Vielleicht war das seine Antwort. *Aber ich kann nicht sagen, was sie bedeutet.* »Die Leute aus dem Dorf«, drängte sie weiter, »haben sie dich nach Aratay geschickt?«

Der Wolf legte den Kopf schief.

»Hast du dich selbst geschickt?«, fragte Ven weiter.

Bayn sah Ven eindringlich in die Augen, und dann nickte

er wie ein Mensch, als verstünde er jedes einzelne Wort. Anschließend legte er den Kopf auf die bemooste Hand und winselte wie ein Welpe.

Vens Stimme war ausdruckslos. Naelin fragte sich, was er wohl dachte. »Du bist ausgezogen, eine Königin zu finden – die Dorfbewohner haben gesagt, sie hätten darauf gewartet, dass du zusammen mit einer Königin zurückkehrst«, setzte er hinzu. »Eine Königin wie Naelin. Aber dann wurdest du wieder hierhergejagt ... und du konntest nicht zurück nach Aratay gehen?«

»Bayn hat uns gerettet«, warf Llor ein.

»Ich weiß, Schatz«, sagte Naelin.

»Warum sieht Ven dann so wütend aus?«

Er hatte recht – Ven hatte sein Schwert halb gezogen, obwohl Bayn keinen weiteren Muskel rührte. Im Schein der Fackeln flackerten die Augen des Wolfs gelb auf.

»Weil Bayn noch andere Gründe hatte, warum er mit uns zusammen sein wollte und so lieb war«, erklärte Erian. »Er wollte Mama haben. Weil die Menschen im Dorf sie brauchen. Oder auch jemand anders, der ist wie sie.«

Llor runzelte die Stirn. »Die Menschen sind nett. Sie haben uns zu essen gegeben.«

»Ich bin hergekommen, um meine Kinder zu holen, das ist alles«, wandte sich Naelin an Bayn. Sie war dankbar, dass sie noch lebten und dass sich jemand um sie gekümmert hatte. Es war mehr, als sie zu hoffen gewagt hatte. Aber dieses kleine Abenteuer war nun vorüber. »Und jetzt, da ich sie gefunden habe, ist es Zeit, nach Hause zu gehen.«

Bitte lass uns gehen.

Ven schob sich zwischen sie und den Wolf. Sie schickten sich an, die Höhle zu verlassen.

Bayn schoss durch die Höhle und an ihnen vorbei, dann blieb er vor ihnen stehen, und seine Gestalt füllte den Eingang der Höhle aus. Er kauerte sich zusammen und spannte die Beine an. Naelin schob Erian und Llor hinter Ven. Ven ging mit erhobenem Schwert in Verteidigungsstellung und bewegte sich langsam auf den Wolf zu. »Ich will dir nicht wehtun, alter Freund. Und ich weiß, dass du uns nichts antun willst. Wir wollen einfach nur die Kinder sicher nach Hause bringen.«

Einen schrecklichen Augenblick lang befürchtete Naelin, dass sie gleich miteinander kämpfen würden.

Aber dann neigte Bayn den Kopf. Er ließ sich auf den Höhlenboden fallen, rollte sich auf den Rücken und entblößte seine Kehle. »Danke, mein Freund«, sagte Ven. Er schob sein Schwert wieder in die Scheide, und Naelin folgte ihm, zusammen mit den Kindern.

Sobald sie den Wolf passiert hatten, erhob sich Bayn wieder und stieß ein klagendes Heulen aus.

Mit einem Aufschrei riss sich Llor von Naelin los und lief zu Bayn zurück. »Llor, nein!«, rief Naelin. Sie streckte die Hand nach ihm aus, aber er war zu schnell.

Llor sprang vorwärts und schlang die Arme um Bayns Hals. »Komm mit uns, bitte! Wir haben dich lieb. Du bist unser Freund!«

Der Wolf senkte den Kopf und drückte seine Wange an die des Jungen. Naelin sprang vor und blieb dann ruckartig stehen – die Geister, ihre Geister, heulten in ihrem Kopf auf. Sie spürte, wie der Schmerz, den ihre Geister fühlten, durch sie hindurchschoss, und griff nach Vens Arm. Ihre Knie knickten unter ihr ein.

»Mama!«, hörte sie Erian wie aus weiter Ferne.

Alles verschwamm vor ihren Augen, und stattdessen sah sie durch Hunderte Geisteraugen, sah, wie sich die ungebändigten Geister auf ihre Geister stürzten. »Ven, sie greifen uns an!«

Sie spürte, dass er sich von ihr losriss. Mit erhobenem Schwert blickte er zum Himmel hinauf.

»Sie greifen meine Geister an!« Und sie warf sich ins Gefecht, vereinte ihre Sinne mit den Geistern, stärkte sie und kämpfte mit ihnen, während sich ringsum Tausende ungebändigte Geister sammelten, geeint durch einen einzigen Gedanken, so laut, dass sie ihn über die ungebändigten Lande hinweg widerhallen hörte:

Zerstört!

Kapitel 31

Daleina lauschte der Geschichte der Geister, von der Großen Mutter, die gestorben war und mit ihr die ursprüngliche Bestimmung der Geister, der Menschen und der ganzen Welt. Sie sah zu, während sich die Geschichte um sie herum entfaltete, die Geister ihr Bewusstsein mit Bildern fluteten und auch mit ihrem Kummer und Zorn über den Verlust, den sie vor so langer Zeit hatten erleiden müssen. Als die Geister wieder von ihr wichen, saß sie schwer atmend da, die Wangen tränenfeucht und ihre Kehle wund, obwohl es ihr gar nicht so vorgekommen war, als hätte sie geschrien.

»Ganz schön heftig, nicht wahr?« Merecot saß noch immer in ihrem Stuhl auf der gegenüberliegenden Seite des Esstisches in der Mitte von Daleinas äußerem Gemach, ohne sich zu erheben.

Daleina umklammerte die Armlehnen ihres Stuhls und zwang sich, tief und gleichmäßig zu atmen, bis der Raum um sie herum aufhörte zu schwanken. »Was glaubst du, wie viele Königinnen das alles zu hören bekommen haben?«

Merecot zuckte die Achseln. »Was glaubst du, wie viele Königinnen danach gefragt haben? Oder den Geistern überhaupt zuhören wollten?«

Sie hatte recht. Daleina jedenfalls hatte die Geister ganz sicher noch nie zuvor gefragt.

Leise, mit einem Anflug von Ehrfurcht in der Stimme,

sagte Merecot: »Die Geister sind die ›Erbauer‹ der Welt, und ihre Arbeit wurde gestört, bevor irgendjemand sagen konnte: ›Ihr seid fertig.‹ Irgendwer muss ihnen dieses ›Ihr seid fertig‹ nur sagen, und dann wird all das aufhören. Das Töten. Der Hass. Der Zorn. Die Angst.«

Daleina stand auf, ging zum Fenster und schaute hinaus auf das Funkeln der Lichter, die sich in den Ästen der Bäume von Mittriel wiegten. Sie versuchte sich vorzustellen, wie das Leben sein würde, wenn die Menschen keine Angst mehr vor den Geistern zu haben brauchten. Wieder einmal dachte sie an Graubaum und an die Freunde ihrer Kindheit zurück, an ihre Schulkameradinnen von der Akademie, die im Hain gestorben waren, an Königin Fara und an Naelin, die niemals Königin hatte sein wollen. »Und du glaubst, dass du stark genug bist?«

»Ich bin die stärkste Königin, die je gelebt hat.« Das kam wie eine sachlich-nüchterne Feststellung.

»Naelin ist ebenfalls stark«, erwiderte Daleina. »Warum konnte sie es nicht tun? Oder irgendeine der Frauen, die vor uns Königinnen waren? Auch Fara war mächtig. Unzählige andere sind ebenfalls stark gewesen. Und doch ist es keiner Königin je gelungen, dem Tun der Geister wirklich ein Ende zu setzen.«

»Wir waren immer auf verschiedene Länder verteilt. Und dadurch zu schwach, so dass nie jemand auf den Gedanken gekommen ist, es zu versuchen. Aber wenn ich sowohl Semo als auch Aratay beherrschen würde … Ich kann es, Daleina. Ich weiß, dass ich es kann. Es ist meine vorbestimmte Aufgabe!«

Ich glaube ihr, dachte Daleina.

Sie konnte diese Möglichkeit, die Welt zu retten, unmöglich ungenutzt lassen. Es wäre der Höhepunkt all dessen, was sie und jede Königin vor ihr jemals erstrebt hatten, die Erfüllung des Traums vom Frieden. Es war mehr, als sie gehofft hatte, je erreichen zu können.

Daleina schaute erneut über ihre Hauptstadt hinweg, eine Stadt voller Männer, Frauen und Kinder, die alle von Hoffnungen, Ängsten und Träumen erfüllt waren. *Angesichts dieser Möglichkeit … Wie kann ich mich da weigern? Ich muss es wenigstens versuchen, um ihretwillen. Oder nicht?*

Aber sie brauchte die Sicherheit, dass ihr Volk nicht in Gefahr geriet, falls sie und Merecot scheiterten. Sie musste dafür sorgen, dass die Meister und ihre Kandidatinnen bereit waren, Aratay zu beschützen. Und es müsste irgendeine Möglichkeit geben, Merecot die Macht wieder zu entreißen, falls sich das als notwendig erweisen sollte. Über Ersteres würde sie sich mit dem Rat der Meister austauschen. Und über Letzteres mit Garnah. »Ich werde es bei Tagesanbruch mit den Meistern besprechen.«

Merecot erhob sich ebenfalls. »Daleina …«

»Iss fertig und schlaf dich aus.«

»Und morgen? Wirst du mir helfen, die Welt zu verändern?«

Daleina zögerte einen Moment und überlegte, ob sie die Wahrheit sagen sollte: Ja, sie würde ihr helfen. Aber wenn Merecot scheiterte, wenn irgendetwas schiefging und die Menschen Aratays in Gefahr gerieten … *dann werde ich tun, was Merecot, wie sie selbst gesagt hat, auch mit mir tun würde.*

Ich werde sie töten müssen.

Aber Daleina sprach nicht aus, was sie dachte. Stattdessen lächelte sie und sagte: »Ja, Merecot. Das werde ich.«

Nachdem Daleina das Gemach verlassen hatte, tat Merecot noch nicht einmal mehr so, als würde sie etwas essen. Stattdessen schritt sie im Raum auf und ab, trat hinaus auf den Balkon und ging dann wieder hinein. Weit in der Ferne spürte sie die Geister wie ein Jucken in ihrem Kopf. Aber sie versuchte nicht, sie zurückzuholen. Der Zeitpunkt war zu heikel.

Sie glaubt mir, überlegte Merecot.

Und dann: *Sie glaubt an mich.*

Es war wirklich erstaunlich.

Und wenn ich jetzt daran denke, dass ich versucht habe, sie umbringen zu lassen.

Sie hatte noch nie im Leben etwas so inständig bereut. Tatsächlich hätte sie gedacht, dass sie überhaupt nichts in ihrem Leben bereute, und die Sache machte ihr mehr zu schaffen, als sie sich eingestehen mochte. Sie hatte Daleina unterschätzt – oder zumindest glaubte sie das. Nun hing alles davon ab, ob Daleina die Sache auch durchzog und tatsächlich zu Merecots Gunsten abdankte. *Sie könnte immer noch kneifen. Es könnte immer noch sein, dass ich sie töten muss.*

Und jetzt wurde ihr bei dem Gedanken übel.

Ihre Hände waren schweißnass, und sie wischte sie sich am Rock ihres Kleides ab. Unaufhörlich schritt sie in dem Gemach auf und ab. Wenn sie ihre Geister bei sich gehabt hätte, so hätte sie ihnen befohlen, den Rat der Meister zu belauschen. Was sie dort zu hören bekamen, würde ihnen nicht gefallen. Kein bisschen. Und wenn sie Daleina die ganze Sache ausredeten …

»Wenn die Sache schiefgeht, werdet Ihr sie trotzdem töten müssen«, ertönte die Stimme dieser Frau – Giftmeisterin Garnah –, die wieder in den Raum getreten war. Es war beinahe so, als kannte sie Merecots Gedanken, und das ärgerte die Königin. Falls Garnah dies bemerkte, gab sie es allerdings nicht zu erkennen, sondern fuhr stattdessen fort: »Oder es zumindest versuchen. Natürlich werden wir Euch daran hindern. Es wird eine ziemlich schmutzige Sache werden, mit jeder Menge Folgeschäden, aber das schert Euch ja herzlich wenig, nicht wahr?«

»Für eine Spionin haltet Ihr offensichtlich herzlich wenig von Heimlichtuerei«, bemerkte Merecot. »Das ist jetzt schon unser zweites offenes Gespräch. Verstößt das nicht gegen alle Spionageregeln?« *Daleina muss mit ihr gesprochen haben, nachdem sie den Raum verlassen hat.* Sie wünschte, sie hätte daran gedacht, an der Tür zu lauschen.

»Ich bin eine lausige Spionin«, räumte Garnah ein. »Dafür jedoch eine umso fürchterlichere Feindin. Ihr solltet mich besser nicht zu der Euren machen.«

»Bin ich denn nicht schon Eure Feindin?« Merecot musterte die andere Frau, darauf bedacht, Abstand zu halten und sicherzugehen, dass sich immer mindestens ein sperriges Möbelstück zwischen ihnen befand. Es war unter anderem ihre Umsicht gewesen, die sie im Leben so weit gebracht hatte. Und jetzt, da sie drauf und dran war, alles zu erreichen, was sie sich je gewünscht hatte, war bestimmt nicht der Moment, um unvorsichtig zu werden.

»Natürlich nicht! Ich finde Euch ganz entzückend.« Garnah strahlte sie an. »Ich wollte nur sicherstellen, dass wir einander verstehen: Mit Königin Daleinas Zustimmung werde ich Euch beide in den Hain begleiten. Und erzählt mir nicht, dass man so etwas nicht macht. Ich bin ganz hervorragend in Dingen, die man nicht tun darf, genauso wie Ihr. Außerdem sind die Geister von Aratay an ganze Horden von Thronanwärterinnen in ihrem Hain gewöhnt – an einer einzigen dummen alten Frau werden sie da keinen Anstoß nehmen.«

»Ihr seid wütenden Geistern nicht gewachsen«, gab Merecot zu bedenken.

Garnahs Lächeln wurde breiter, bis alle ihre Zähne sichtbar wurden. »Ha! Das werden wir morgen schon sehen, nicht?«

Für Daleina gab es drei mögliche Zukunftsvarianten:

Die ganze Sache konnte gut gehen. Dafür brauchte sie keine Pläne zu schmieden.

Eine andere Möglichkeit war Verrat. Nachdem sie sich von Merecot verabschiedet hatte, hatte Daleina mit Garnah gesprochen – die Giftmischerin der Königin würde Merecot in den Hain begleiten und ihre verschiedenen Tränke und Mittelchen mitnehmen. Beim ersten Anzeichen von Betrug würde sie Merecot vergiften.

Und die dritte Möglichkeit war, dass sie scheiterten. Die Geister könnten beide Königinnen töten und Aratay in einer Zeit, da das Land über keinerlei Thronanwärterinnen verfügte, seiner Königin berauben.

Daleina schritt durch ihren Palast und wies Belsowik an, die Meister bei Tagesanbruch in den Saal der Meister der Königin einzuberufen. Dann schloss sie sich in ihren Gemächern ein und begann, Briefe zu verfassen.

Als Erstes schrieb sie an die Direktorinnen sämtlicher Akademien in Aratay und forderte sie auf, ihre Lehrer und Schülerinnen darauf vorzubereiten, zur Mittagsstunde den »Wählt«-Befehl zu geben, sollte es zum Äußersten kommen. Dann schrieb sie an Hanna, erklärte ihr Merecots Plan und bat sie, eine der Thronanwärterinnen von Semo auszuwählen – sollten sowohl Daleina als auch Merecot sterben, dann konnten die Direktorinnen und ihre Schülerinnen die Geister mit dem »Wählt«-Befehl so lange in Schach halten, bis Hanna zusammen mit einer Thronanwärterin eingetroffen war. Sie ließ die Nachricht von ihrem schnellsten Geist direkt in die Bergburg schicken.

Die Aufgabe der Meister wäre es, die Menschen zu

beschützen, bis der Befehl in Kraft trat. *Wenn alle Mädchen und Frauen mit Macht über die Geister bereitstehen … und wenn die Meister vorbereitet sind … dann sollte es nicht so schlimm werden wie bei Königin Faras Tod. Deren Tod hat Aratay ganz überraschend getroffen. Ich werde nicht noch einmal zulassen, dass so etwas geschieht.*

Beim ersten Licht des anbrechenden Morgens stieg sie die Stufen zum Saal der Meister hinauf. Sie hatte natürlich nicht geschlafen. Stattdessen hatte sie die Nacht damit zugebracht, immer wieder über die Geschichte der Geister nachzusinnen und zu überlegen, ob es noch etwas anderes gab, was sie vorzubereiten hatte. Jetzt fühlte sie sich innerlich ruhig.

Mit durchgedrücktem Rücken und gefalteten Händen saß sie reglos auf ihrem Thron aus weißem Holz und wartete auf ihre Meister. Es war völlig windstill, und die Herbstblätter wirkten vor dem Hintergrund der Bogen ringsum wie vergoldet. *Das Ganze wird ihnen nicht gefallen,* dachte sie. Aber sie mussten vorgewarnt werden. Wenn die Sache schiefging … *Sie müssen bereit sein, Aratay zu verteidigen.*

Beim Tod der letzten Königin hatte Chaos geherrscht, und viele Unschuldige waren gestorben. Im Fall einer Abdankung sollte der Übergang der Macht glatter vonstattengehen. *Aber ich bereite mich ja nicht auf den Idealfall vor, sondern ich bereite mich auf den schlimmstmöglichen Fall vor.*

Die Meister kamen herein und nahmen ihre Plätze ein.

Zu viele Stühle blieben leer. Ihr Blick wanderte durch die Reihen, während sie an Meister Ambir dachte, an Meisterin Piriandra … Dann fiel ihr Blick auf Meister Vens Stuhl. Es war sehr gut möglich, dass er jetzt ebenfalls tot war, weil er es gewagt hatte, die ungebändigten Lande zu betreten. Sie durfte sich nicht der unwahrscheinlichen Hoffnung hingeben, dass er und Königin Naelin überlebt haben könnten.

Ich bin ganz allein, dachte sie.

Nur dass sie, selbst während ihr dieser Gedanke durch den Kopf ging, zugleich auch wusste, dass sie durchaus nicht allein war. Sie hatte Hamon, und Belsowik, ihr hochgeschätzter Truchsess, war ihr so ergeben wie immer. Selbst die Meister standen jetzt auf ihrer Seite. Seit sie den feindlichen Einfall abgewehrt hatte, hatte es keinerlei Gerede mehr gegeben. Niemand hatte noch zu behaupten gewagt, dass sie zum Herrschen ungeeignet sei. Sie alle schienen ihre Königin zu lieben.

Daleina trommelte mit den Fingern auf der Armlehne ihres Throns herum, zwang sich dann jedoch, damit aufzuhören. Sie wollte ruhig und beherrscht erscheinen, nicht wie ein Nervenbündel, obwohl sie sich innerlich so fühlte. *Wir werden sehen, wie beliebt ich nach dieser Sache noch sein werde.* Sie hob die Stimme und sagte: »Willkommen, meine Meister. Ich möchte Euch bitten, mich zuerst anzuhören, bevor Ihr Eure Einwände erhebt. Ich bitte Euch außerdem anzuerkennen, dass ich mir darüber im Klaren bin, welche Risiken mit diesem Vorhaben verbunden sind. Aber der Gewinn für uns und ganz Renthia ist meiner Ansicht nach das Risiko wert. Ich hoffe, Ihr werdet mir zustimmen.«

Die Meister richteten sich in ihren Sitzen auf und lauschten, während sie sprach.

Und dann erhoben sie natürlich Einwände.

Aber schließlich verlagerte sich das Gespräch: Wenn sie es tatsächlich versuchte, wie konnten sie die Menschen dann am besten beschützen? Ihre Kandidatinnen würden sich für den »Wählt«-Befehl bereithalten, ebenso wie all die Mädchen und Frauen an den Akademien, und die Meister würden sich darauf vorbereiten, Aratays Soldaten anzuführen, um das Volk zu verteidigen, bis der Befehl in Kraft trat. Daleina sollte die Geister zuvor außerdem in die am spärlichsten bevölkerten Regionen Aratays aussenden, um ihnen allen noch mehr Zeit zu verschaffen.

Gegen Mittag hatten sie einen Plan zur Verteilung der Geister im Land sowie zum Einsatz der Meister, Wachen und Soldaten erarbeitet, mit dem Daleina hochzufrieden war.

»Hochzufrieden« war vielleicht nicht ganz das passende Wort. *Denn sollte es nötig werden, diesen Plan in die Tat umzusetzen ... dann bin ich tot.*

Daleina kleidete sich nicht für den Fall ihres Todes. Sie wusste, wie ihre Chancen standen, ihre Abdankung zu überleben, und dass ihr Überleben davon abhing, wie gut Merecot die Geister unter Kontrolle hatte und wie viel ihr daran lag, ihre alte Freundin zu beschützen. Angesichts ihrer Vergangenheit ... Daleina wusste, dass sie sich nicht auf Merecot verlassen konnte. Trotzdem kleidete sie sich wie eine Königin, die sich für eine wichtige Zeremonie bereit machte: in ein Kleid mit mehreren Lagen aus Seide, die hinter ihr herflatterten wie Flügel, und auf dem Kopf trug sie eine silberne Krone in der Form winziger Blüten.

Während sie sich vorbereitete, spürte sie, dass Hamon sie beobachtete. Er hatte nicht versucht, ihr das Ganze auszureden, was sie überraschte. Er hatte überhaupt zu allem geschwiegen und sie stattdessen nur beharrlich angeblickt, als versuchte er, sich jede einzelne ihrer Bewegungen tief ins Gedächtnis einzuprägen. Es war schwer, optimistisch zu bleiben, wenn er sie auf diese Weise ansah. »Wenn du etwas zu sagen hast, dann sag es.«

»Ich sage nicht Lebewohl«, antwortete er.

»Gut. Denn es ist kein Lebewohl.«

»Nein«, pflichtete er ihr bei. »Ich komme mit dir.«

Lieb, aber nicht durchführbar. »Das wirst du nicht tun. Diese Sache betrifft ausschließlich Merecot und mich.«

»Sowie ganz Aratay«, entgegnete Hamon. »Aber ganz Aratay passt nicht in den Hain, also wirst du dich mit mir und meiner Mutter begnügen müssen.«

»Du weißt, dass ich deine Mutter gebeten habe mitzukommen?«

»Sie hat es mir erzählt.«

»Und du unternimmst keinerlei Versuch, es mir auszureden?«

»Sie kann dich verteidigen. Und ich kann dich heilen, wenn das nötig werden sollte. Ich würde auch darauf bestehen, dass alle Meister anwesend sind, aber du hast sie ja bereits über ganz Aratay verteilt.« Er sagte das, als wäre es eine grobe Fehleinschätzung statt einer gründlich erörterten Entscheidung.

»Die Menschen müssen verteidigt werden, falls etwas schiefgeht«, rechtfertigte sich Daleina. »Ich habe alle Meister wie auch die Stadtwachen dazu abgestellt, die Unschuldigen zu beschützen.«

»Du bist es, die verteidigt gehört, falls etwas schiefgeht.« Er stand auf, und sie hatte noch nie einen so grimmig entschlossenen Ausdruck in seinen Augen gesehen. »Lass mich helfen. Bitte, Daleina.«

Für einen Moment spielte sie mit dem Gedanken, ihm zu befehlen zurückzubleiben. Sie hätte es tun können. Sie mochte ihre Geister tief in den Wald geschickt haben, so weit wie möglich vom Großteil der Bevölkerung Aratays entfernt, aber ihr standen noch immer all ihre Palastwachen zur Verfügung.

Doch wollte sie das wirklich?

Nein, will ich nicht.

»Na schön«, willigte sie ein.

Hamon blinzelte verwundert. »Hast du gerade eben einfach so zugestimmt? Ich hatte eine Liste von Gründen vorbereitet, warum es sehr sinnvoll ist, mich mitzunehmen.«

Daleina hob die Hand. »Ich brauche diese Gründe nicht zu hören. Aber ich will wissen, ob du glaubst, dass die Sache ein Fehler ist. Und zwar einmal ganz abgesehen von deinen Sorgen um mich. Meinst du, Merecots Plan wird aufgehen?« *Bitte sag Ja.* Sie hatte allen Meistern deren Zustimmung abgerungen, und, von einem Geist übermittelt, sogar einen entsprechenden Brief von Botschafterin Hanna erhalten, aber sie wollte es trotzdem auch von Hamon hören.

Hamon öffnete den Mund, schloss ihn wieder und öffnete ihn dann erneut, um mit zögernder Stimme zu sagen: »Es klingt, als wäre es möglich. Aber noch nie zuvor hat jemand etwas Vergleichbares versucht. Zumindest nicht, soweit ich weiß.«

»Genau darüber grüble ich schon die ganze Zeit: Warum wohl hat es noch nie jemand versucht? Die Geister plagen die Bewohner von Renthia schon seit vielen Generationen. Jemand muss doch irgendwann einmal auf diese Idee gekommen sein«, sagte Daleina. »Hat es denn noch nie eine Königin wie Merecot gegeben?« Sie hatte in den Geschichtsbüchern und Liedern von allen nur möglichen mächtigen Königinnen gehört, und sie hatte auch die unglaubliche Reichweite von Naelins Macht gespürt. Es fiel ihr schwer zu glauben, dass es keine anderen Königinnen gegeben haben sollte, die Merecot ebenbürtig waren.

Hamon nahm ihre Hände und führte sie an seine Lippen. »Natürlich hat es schon früher mächtige Königinnen gegeben, die im Namen ihres zu schützenden Volkes mit größtem Vergnügen alle Macht an sich gerissen haben, die sie nur bekommen konnten.«

Er spricht von Fara, begriff Daleina.

»Aber so wie ich es verstehe, braucht es mehr als nur eine einzige mächtige Königin, wenn die Sache klappen soll. Man braucht zwei Königinnen: eine, die die Macht ergreift, und eine, die sie abgibt. Wenn die Unternehmung Erfolg haben soll, dann nicht, weil es nie eine andere Königin wie Merecot gegeben hat. Sondern nur deshalb, weil es niemals eine Königin wie *dich* gegeben hat.«

Kapitel 32

Daleina war seit dem Tag, an dem sie gekrönt worden war und ihre Freundinnen beerdigt hatte, nicht mehr im Hain der Königin gewesen. Eigentlich hatte sie den Hain nie wiedersehen wollen. Jeder Schritt in sein Inneres brachte eine weitere Erinnerung zurück, und als sie sah, dass dort der Boden selbst im Herbst immer noch mit einer grünen Decke bedeckt war, besetzt mit weißen Blumen, deren winzige Blüten wie frisch gefallene Schneeflocken aussahen, hätte sie sich am liebsten einfach umgedreht und wäre weggerannt.

Aber Daleina rannte nicht weg. Sie rannte niemals weg.

Sie schritt in die Mitte des Hains zwischen die Gräber und blieb vor Merecot stehen.

»Früher habe ich immer davon geträumt, hier gekrönt zu werden.« Lächelnd streckte Merecot Daleina die Hände hin und wartete darauf, dass sie nach ihnen griff. »Du weißt nicht, wie viel mir das hier bedeutet.«

»Sag mir, dass es nicht bloß Ehrgeiz ist, der dich treibt«, verlangte Daleina, ohne sich zu rühren.

»Ehrgeiz ist gar nicht so schlecht, wenn man versucht, die Welt zu verändern.«

Hamon ergriff das Wort. »Ihr müsst sicherstellen, dass Daleina nicht getötet wird. Ihr wisst, was die Geister in dem Moment tun werden, in dem sie abdankt.« Er trug sein langes Heilergewand, und Daleina hatte gesehen, wie er seine Tasche mit sämtlichen Arzneien vollgestopft hatte, die er besaß. Garnah trug keine Tasche bei sich, aber ihre Röcke waren voller Taschen mit Pulvern und Tränken. Mehrere Beutel hingen an ihrem Gürtel.

Merecot winkte ab. »Ihr vergesst, dass ich so etwas schon einmal getan habe. Mit Königin Naelin. Und ich habe Königin Jastra jahrelang am Leben erhalten, oder etwa nicht? Und das, obwohl Tausende von Geistern sie zutiefst verabscheut haben.«

Garnah schnaubte. »Jedenfalls, bis Ihr sie dann habt töten lassen.«

»Ja. Bis zu diesem Moment.«

Hätte Daleina ihr Gesicht nicht so genau beobachtet, hätte sie es vielleicht übersehen: den leisen Schatten eines Stirnrunzelns, das beinahe wie Bedauern aussah. *Sie hat Gefühle,* dachte Daleina. *Sie verbirgt sie, aber sie ist nicht wie Garnah. Sie ist fähig, Schuld zu empfinden, Reue, Barmherzigkeit, Liebe.* »Ich vertraue dir«, sagte Daleina.

»Und ich habe dir mein Vertrauen erwiesen, als ich dir gestattet habe, deine Leute hierherzubringen«, gab Merecot zurück.

Hamon wollte Einwände erheben, aber Daleina fiel ihm ins Wort. »Du ›gestattest‹ mir gar nichts. Ich bin die Königin dieses Landes, zumindest noch für ein paar Minuten. Und es war meine eigene Entscheidung abzudanken.« Sie sagte dies ebenso an die Adresse ihrer Begleiter wie an diejenige Merecots gerichtet. »In Ordnung, Merecot, meine Freundin. Lass uns die Welt retten.«

Daleina schloss die Augen, sandte ihr Bewusstsein aus und spürte die Fäden, die sie mit den Geistern Aratays verbanden. Sie hielt sie für eine Weile in sanftem Griff und spürte die wirbelnden Gefühle und Begierden der Geister, spürte die Liebe, die sie für Erde und Himmel empfanden, und ließ diese Verbindung durch sich hindurchströmen, bis es ihr vorkam, als wäre sie selbst Aratay, wäre eins mit der Erde und dem Wind.

Und dann durchtrennte sie ihre Verbindungen, eine nach der anderen, wie eine Schere, die einen Faden durchschneidet.

Bei jeder gelösten Verbindung spürte sie, wie sie eine Art Rückschlag erschütterte. Merecot hielt ihre Hände fest und ließ sie nicht los.

Daleina glaubte Stimmen und Worte um sich herum im Hain zu hören, aber sie kamen aus weiter Ferne, klangen wie unter Wasser, und sie konnte ihnen keinerlei Sinn abgewinnen. Sie fühlte sich so furchtbar allein. Behutsam sandte sie ihr Bewusstsein aus – aber da war nichts.

Sie konnte sich nicht erinnern, sich jemals so schwach gefühlt zu haben. Und so leer.

Von Ferne hörte sie ein Heulen, aber nicht mit ihren Ohren – es war das Heulen der Geister, die jetzt frei waren und quer durch Aratay auf den Hain zugeströmt kamen, um sie zu töten.

»Fordere sie auf zu wählen«, hörte sie.

Sie hielt sich an diesen Worten fest.

Wählt.

Wählt!

Und dann hörte sie Merecots Stimme in ihrem Inneren widerhallen. »Wählt mich!«

Merecot war es, als würden Blitze unter ihrer Haut hinwegjagen, als die Geister in ihr Bewusstsein fluteten. *Ja!* Sie weitete ihre Sinne aus, um all die neuen Wünsche und Bedürfnisse zu umfassen, die an ihr zogen und zerrten. Sie spürte die Bäume um sich herum, hoch und weit, und den Wind, der zwischen ihnen hindurchfegte. Sie spürte das

Wasser in der Luft und die Spuren von Eis am Himmel über ihr.

Das war es, was sie brauchte.

Das war Macht!

Angesichts der schieren Großartigkeit des Ganzen lachte sie laut auf. Als die wilden Geister noch in Semo gewesen waren, hatte sie fast genauso viele Geister mit ihrem Bewusstsein umfasst, aber das Gefühl von Geistern, die mit dem Land verbunden waren, war ein gänzlich anderes. Sie spürte, wie stark deren Verbindung mit Renthia war, und machte diese Verbindung zu der ihren.

Ich kann es schaffen.

Die Erfüllung all ihrer Pläne und all ihrer Träume … Sie schien ihr nun zum Greifen nahe. Ganz beiläufig, als wäre sie nicht gerade drauf und dran, die Welt zu verwandeln, sandte sie einen einzigen Gedanken aus: *Ihr seid fertig.*

Es war ein einfacher Satz, aber in diesem einen Satz verpackt war alles, was er unausgesprochen mit einschloss: Ihr habt eure Bestimmung vollendet und dürft euch jetzt zur Ruhe begeben. Ihr habt euer Werk abgeschlossen. Ihr könnt fortgehen, euch weiterentwickeln und aufhören, unsere Welt zu plagen. Euer Hass und euer Zorn sind überflüssig geworden, denn ihr habt die Aufgabe vollendet, für die ihr erschaffen worden seid.

Die Große Mutter der Geister ist sehr zufrieden mit euch.

Ich spreche für sie.

Verwandlung.

Und die Geister hörten ihre Worte. Überall in Aratay und Semo drangen ihre Worte in die Köpfe und Herzen der Geister und bis in ihr innerstes Wesen hinein. Sie spürte, wie sie erschlafften und vom Himmel sanken, von den Bäumen.

Es klappt!

Merecot legte sich noch stärker ins Zeug, zwang den Geistern ihren Willen auf.

Lasst los.

Seid frei.

Seid fort.

Daleina ließ Merecot nicht aus den Augen, doch konnte sie ihre Befehle nicht hören. Sie sah die Fäden, die die Geister mit Merecot verbanden und nicht mit ihr, nicht mehr. Die Stimmen der Geister waren nun nicht mehr als ein fernes nebelhaftes Summen, das ihr Kopfschmerzen bereitete, wenn sie versuchte, nach ihnen zu greifen.

Aber sie spürte den Augenblick, als die Bäume zu sterben begannen.

Ein schaler, saurer Geruch machte sich in der Luft breit. Sie hörte ein Knistern, als würde ein Blatt Papier wieder und wieder zusammengeknüllt. Oder als würde das winterliche Eis in einem Fluss brechen. Als sie aufschaute, sah Daleina, wie die goldenen Blätter, einst so prachtvoll in ihrem herbstlichen Glanz, zusammenschrumpelten, braun wurden und von den Bäumen fielen.

Und zwar alle Blätter. Sie fielen ringsum im Hain, trieben durch die reglose Luft zu Boden, mit einem leisen Geräusch, das alle anderen Geräusche dämpfte. *Es klappt nicht*, schoss es ihr durch den Kopf. »Merecot? Merecot, du musst damit aufhören! Das Land stirbt. Merecot, halt!« Daleina fasste Merecot an den Schultern und schüttelte sie.

Aber Merecot reagierte nicht.

Und sie hörte nicht auf.

Westlich von Aratay, jenseits der Grenzen von Renthia, erkannte Ven, dass die Geister der ungebändigten Lande im Blutrausch waren und sich nun über Naelins Geister hermachten. Er konnte sie nicht spüren, so wie Naelin es vermochte, aber nachdem er so viele Jahre gegen Geister gekämpft hatte, brauchte er das auch gar nicht. *Außerdem verraten es ja schon die Wirbelstürme,* dachte er.

Gleich hinter den Felsen erhoben sich drei Windhosen gen Himmel. Sie glichen dunklen wogenden Schlangen, die sich, der Schwerkraft trotzend, aufrecht gestellt hatten und nun hin und her schwankten. Zwischen ihnen brannten helle Feuer. Ven legte schützend die Hand über die Augen und versuchte, die Schlacht zu überblicken.

»Nimm die Kinder«, forderte Naelin ihn auf. »Bring sie über die Grenze. Ich werde die ungebändigten Geister aufhalten, und dann treffen wir uns in Rotblatt.«

»Ich lasse dich nicht allein«, widersprach Ven. Zugleich klammerten sich Erian und Llor weinend an ihre Mutter und schrien, dass Naelin sie nicht zwingen solle, sie zu verlassen.

Sie umarmte die beiden. Offensichtlich hatte sie gar nicht gehört, was er gesagt hatte. »Ihr müsst mit Meister Ven gehen. Ich werde nachkommen, sobald ich kann. Versprochen. Aber sobald ich von hier fortgehe, werden die Geister mir folgen – und ihre Angreifer werden wiederum ihnen folgen. Ihr müsst über die Grenze.«

Ein Blitz zuckte über den Himmel und schlug in der Nähe ein, und ein Wassergeist schnellte zwischen zwei Felsen empor. Er erhob sich immer höher und höher, die wässrige Gestalt einer Schlange mit Flügeln. Ein Wasserdrache. Im Aufbäumen riss er Steinblöcke von den Gipfeln des Felskamms, und Wasser strömte über die Hänge. »Einer von deinen?«, fragte Ven.

Naelin gab keine Antwort – sie konzentrierte sich.

Er sah, wie sich Eisgeister auf den Wasserdrachen stürzten, und das Wasser gefror an seinen Flügeln zu Eiskristallen. Heulend dehnte und streckte sich der Geist, und das Eis zersprang. Selbst noch von der Stelle aus, an der er stand, konnte Ven das Krachen hören. Der Drachengeist machte einen Satz nach vorn, und Wasser spritzte über den Felskamm. Und dann begriff Ven noch etwas anderes: Das Lager der Menschen befand sich genau in der Laufrichtung des Wassergeistes.

»Naelin, bei dir sind die Kinder am sichersten«, sagte Ven. »Ich habe noch etwas zu erledigen.« Er umfasste den Griff seines Schwertes fester. Dann lockerte er die Knie und versuchte sich selbst davon zu überzeugen, dass er immer noch in Topform war, um einen weiteren Kampf gegen eine Übermacht durchzustehen, bei dem seine Chancen denkbar schlecht standen.

»Nein, Ven! Es sind zu viele. Ich lasse das nicht zu!«

»Es ist nicht deine Aufgabe, mich zu beschützen.« Er drückte ihr einen raschen Kuss auf die Wange.

»Du weißt, dass ich dich aufhalten kann, wenn du mich dazu zwingst.«

»Dort unten befindet sich ein Lager voller Menschen«, erklärte Ven. »Und diesmal komme ich nicht zu spät, um sie zu retten. Ich bin so viele Male zu spät gekommen, Naelin. Lass es mich wenigstens versuchen.«

Naelin hob die Hände in die Luft und zeichnete Muster, und ihre Geister gehorchten, flogen in den von ihr skizzierten Mustern, stellten sich den Luft- und den Feuergeistern in den Weg. »Na schön. Halsstarriger Idiot. Ich kann dir für kurze Zeit den Weg freihalten, aber du musst dich beeilen.«

Er hielt sich nicht mit weiteren Besprechungen auf, sondern machte einen Satz nach vorn und sprang über die Felsen, die sich unter ihm bewegten. Während er sich duckte und auswich, schlug er mit dem Schwert nach den

Geistern, die über ihn hinweghuschten, und rannte auf das Lager zu, wo sie die Menschen zurückgelassen hatten.

Ven fand es in einem Zustand der Belagerung vor: Männer, Frauen und Kinder rannten durch kniehohes Wasser und suchten nach einem Fluchtweg. »Zu mir!«, rief er. Er schob sein Schwert in die Scheide und nahm seinen Bogen vom Rücken. Rasch legte er einen Pfeil ein und zielte auf einen Feuergeist, der sich gerade daranmachte, einen älteren Mann anzugreifen. Ven schoss dem Geist in die Stirn, und der Pfeil fing sofort Feuer, aber da hatte er den Feuergeist auch schon zurückgeworfen.

Ven sprang ins Tal hinunter und stürzte sich in das eisige Wasser. »Kommt, hier entlang, immer die Felsen entlang nach oben!« Er wies die Menschen an, eine Reihe zu bilden. Ein Feuerstrom schoss über sie hinweg, und Ven machte einen Satz vorwärts und schoss seinen nächsten Pfeil in das Zentrum des kometenähnlichen Lichtballs.

Über ihm schrie der Wasserdrache. Er geriet mit einer Schar von Feuergeistern aneinander, die auf ihn zuflogen. Dampfschwaden stiegen von seinem Körper auf, und Ven verlor ihn aus den Augen. Nebeldunst wallte über das Lager. »Haltet euch an den Händen!«, befahl Ven.

Die Menschen griffen sein Kommando auf und gaben es weiter. Er hoffte, dass sie alle gehorchten – zumindest jene, die ihm am nächsten waren, klammerten sich aneinander fest. »Folgt mir!«, rief er und eilte an die Spitze der Reihe. »Zur Höhle. Hin zum Grab!«

Er wies sie in die richtige Richtung, dann eilte er an der Reihe entlang, um sicherzustellen, dass es keine Nachzügler gab. Er war noch mit seiner Aufgabe beschäftigt, als ein Erdgeist aus den Felsen unter ihm barst und ihn am Knöchel packte. Andere Erdgeister, sie bestanden aus Steinen und hatten die Gestalt kleiner Männchen, brachen durch die

Felsen, packten die Menschen an den Beinen und zerrten sie in die Tiefe. Ven rammte einem der Geister das untere Ende seines Bogens ins Gesicht und schleuderte ihn weg, dann sprang er zwischen die Menschen und schlug mit seinem Bogen auf die Geister ein, als wäre es ein Kampfstab. Er atmete kurz durch und griff nach seinem Schwert. Während er Hieb um Hieb austeilte, hörte er das Geräusch von Kieselsteinen und dann ein lauteres Grollen.

»Eine Lawine!«, rief eine der Frauen.

Und dann wurde alles noch schlimmer.

Eine Wasserflut, die ihnen bis an die Hüfte reichte, krachte gegen sie, und die Menschen schrien. Sie packten ihre weinenden und schreienden Kinder und hoben sie aus dem Wasser.

Er hatte noch nie gegen so viele Geister auf derart unsicherem, schwankendem Gelände gekämpft – die Luft, die Erde, der Himmel, sie alle waren seine Feinde. Aber er würde diese Menschen nicht im Stich lassen.

Nie wieder.

Naelin kam es so vor, als würde sich ihr Bewusstsein in lauter Splitter auflösen. Sie wusste, was sie zu tun hatte: eine Bahn freihalten, bis Ven mit den Dorfbewohnern zurückkehrte, und dann mussten sie alle zusammen nach Aratay fliehen. Ihre Geister würden die ungebändigten Geister lange genug aufhalten können … Oder etwa nicht?

Sie werden sterben, schoss es ihr durch den Kopf.

So schnell sie konnte, schob sie den Gedanken wieder beiseite.

Aber sie war mit den Geistern so eng verbunden, dass diese ihren Gedanken spürten. Verzweiflung wogte durch sie hindurch und strömte zu ihr zurück. *Lass uns nicht allein*, flüsterten sie ihr zu. *Bitte, überlass uns nicht dem Tod.*

Es verstörte sie, ihr Flehen zu hören. Sie waren Mörder. Ihresgleichen machte Jagd auf Menschen. Hasste Menschen. Wollte sie alle tot sehen, für immer weg, damit sie ihre Welt wieder so zurückbekamen, wie sie einst gewesen war, bevor die Große Mutter der Geister gestorben war, bevor die Menschen hierhergekommen waren. *Warum sollte ich sie retten?*

Geister wie diese hatten ihre Eltern getötet, während sie sich versteckt gehalten hatte. Sie lebte schon seit so vielen Jahren in Angst vor ihnen …

Durch ihr Band mit ihnen spürte Naelin, wie ein Geist entzweigerissen wurde, ein ungebändigter Erdgeist seine Glieder zerstückelte, und Naelins Knie gaben nach. Sie schaute auf, und alle Zweifel, ob sie den Geistern, *ihren* Geistern, helfen sollte oder nicht, waren verflogen.

Sie erinnerte sich daran, wie sie mit den Geistern geübt hatte, bevor sie nach Semo aufgebrochen war, und sandte ihr Bewusstsein aus, zwang die Geister zusammenzuarbeiten und leitete die Eisgeister dazu an, die Flügel eines Wasserdrachen gefrieren zu lassen. Dann ließ sie ihre Feuergeister über die Eiskristalle von Eisgeistern huschen. Ihre Windgeister peitschten immer schneller und ließen zu beiden Seiten von Ven und den Menschen eine Wand aus Wind entstehen. Sie kamen näher, Schritt für Schritt, auf Naelin zu. Naelin konnte nicht sagen, ob er sie alle bei sich hatte, und sie konnte keinerlei Aufmerksamkeit erübrigen, um sich zu vergewissern. Ein ungebändigter Feuergeist klammerte sich an einen ihrer Baumgeister, und sie spürte dessen Schmerz, als die Flammen seine Rindenhaut hinaufkletterten. Sie lenkte einen Wassergeist zu ihm hin, um das Feuer zu löschen und den Geist zu befreien, und sie spürte ein dankbares Erbeben, als der verletzte Baumgeist nun davonhuschte, so schnell er konnte.

Doch es waren zu viele.

Lass uns nicht sterben, flüsterten die Geister.

Aber Ven hatte sie noch nicht erreicht, und sie befanden sich alle immer noch tief in den ungebändigten Landen, mit dem Rücken zur Höhle. Bayn stellte sich vor Erian und Llor, um sie zu beschützen, und sie ließ ihn ihre Kinder bewachen, während sie selbst sich auf die Geister konzentrierte, sie zurückdrängte, aber zunehmend an Boden verlor.

Beeil dich, Ven.

Der Kreis um sie herum zog sich immer enger zusammen, als die ungebändigten Geister näher rückten, und ungeachtet all ihrer Macht begannen Naelins Geister zu sterben.

Und es war, als würde ein Teil von ihr mit ihnen sterben.

Kapitel 33

Daleina schrie Merecot unablässig weiter an. »Stopp! Merecot, du musst aufhören!«

Ringsherum hörte sie die Bäume knarren und knacken. Die Blätter fielen schneller, wie Regen, und bedeckten den Hain mit einer dicken goldenen Decke. Mit jedem Atemzug spürte sie, dass etwas nicht stimmte, und die Luft schmeckte säuerlich. Daleinas Reichweite war nicht groß genug, um die Verheerungen in ganz Aratay zu spüren, aber wenn der Schaden hier angerichtet worden war, dann auch überall sonst – die Geister waren mit jedem Teil des Landes verbunden. *Und das Gleiche gilt für Semo.*

»Du bringst unsere beiden Länder um!«, rief Daleina. »Hör auf! So geht es nicht!«

Aber der Ausdruck in Merecots Augen war unbestimmt, und ihre Lippen hatten sich zu einem Lächeln verzogen. Sie war anderswo, tief im Inneren der Geister. *Warum spürt sie nicht, dass sie sterben?* Selbst Daleina konnte es fühlen – die Fäden, die Merecot mit den Geistern verbanden, waren grau und brüchig.

Irgendwer stieß Daleina beiseite. Sie stolperte, und Hamon fing sie auf, bevor sie in die Blätter sank. Staubwolken erhoben sich von der allzu trockenen Erde unter den Blättern, und die Blätter schrumpelten knisternd in sich zusammen. Garnah drängte sich an ihr vorbei und kniete sich neben Merecot. Sie griff in ihre Röcke, zog eine Phiole hervor, hielt sie ins Licht und überprüfte den Inhalt. Die Flüssigkeit darin war dick, zähflüssig und rubinrot, und sie klebte am Glas der Phiole.

Daleina riss sich von Hamon los und machte einen Satz nach vorn. »Nein!«

Garnah schüttelte die Phiole und mischte die Flüssigkeit, bis sich Bläschen bildeten. »Sie muss gestoppt werden. Das seht Ihr doch ein, oder? Und das hier ist die einzige Möglichkeit. Ist das nicht der einzige Grund, warum Ihr mich gebeten habt mitzukommen?«

Sie hatte sie für den Fall mitgenommen, dass Merecot sie hinterging. Aber was jetzt geschah, war kein Verrat!

»Ich kann nicht noch eine Freundin sterben sehen«, rief Daleina aus. Sie hatte so viele verloren. Linna, Mari, Revi, Iondra … Sie alle waren gestorben, so viele von ihnen hier in diesem Hain. Ihre Leichen lagen tief in der Erde unter den Blättern. Genug war genug. »Es muss einen anderen Weg geben!«

»Daleina.« Hamons Stimme war leise und freundlich, die Stimme eines Heilers, die Stimme ihres Geliebten. »Du musst sie loslassen. Mit ihrem Tod werden die Geister befreit. Aratay ist dann gerettet.«

»Und auch Semo«, ergänzte Garnah. »Ihr lasst gerade zwei Länder aus reiner Gefühlsduselei sterben.« Sie spuckte in die welken Blätter am Boden und zog den Verschluss aus der Phiole. »Es geht ganz schnell, das verspreche ich Euch.«

Die Geister werden befreit …

»Danke«, sagte sie, an Hamon gewandt, und dann schlug sie Garnah die Phiole aus der Hand. Sowohl Mutter als auch Sohn verfolgten mit erschrockenen Blicken, wie die Phiole auf dem Boden zersprang und das Gift eine Pfütze bildete – Garnah hatte sicher noch mehr davon, aber Daleina gab ihr keine Gelegenheit, nach einer weiteren

Phiole zu greifen. Sie richtete ihre gesamte Konzentration auf die zerfaserten Fäden, die Merecot mit den Geistern verbanden.

Und durchtrennte sie.

Tausende von Geistern, von einem Moment auf den nächsten entfesselt.

Merecot stieß zischend die Luft aus, und ihr Blick richtete sich auf Daleina. »Was hast du getan?«

Überall um sie herum kamen die Geister in den Hain gestürmt oder gruben sich durch die Erde. Aus dem Augenwinkel sah Daleina, wie Garnah in ihren Rock griff und eine neue Phiole hervorzog, um sie in Richtung der Geister zu schleudern. Sie explodierte in einem Funkenregen.

Hamon eilte an Daleinas Seite, wurde aber zurückgeworfen, als direkt vor ihm ein Erdgeist aus dem Boden brach. Daleina richtete ihre Sinne auf den Geist, um ihn zu stoppen und festzuhalten – und im gleichen Moment warf sich Merecot auf sie.

»Du hast sie mir weggenommen!«, kreischte Merecot und krallte ihr die Finger ins Fleisch.

»Ich habe dich gerettet!«, brüllte Daleina zurück. Sie stieß Merecot von sich.

Merecot zog einen Dolch aus ihrem Kleid. Daleina versuchte, den Befehl auszusenden: *Wählt* … aber Merecot griff sie an, tobend wie ein wütender Geist. »Hör mir zu!«, rief Daleina, während sie ihr schnell auswich. »Das Land wäre gestorben. Dein Plan ist nicht aufgegangen!«

Doch Merecot war nicht mehr in der Lage zuzuhören. Zorn erfüllte sie, wie er auch die Geister erfüllte. Als sie mit ihrem Dolch auf Daleina einstach, wich diese aus, so gut sie konnte, und griff im gleichen Moment nach ihrem eigenen Messer, das sie auf Vens Bitte hin immer bei sich trug.

Sie wehrte sich.

Merecot fuchtelte wild mit ihrer Klinge herum – sie hatte keine spezielle Kampfausbildung erhalten. Daleina indessen war vom besten lebenden Meister unterrichtet worden. Während nun sowohl Merecot als auch die Geister sie angriffen, trat Daleina um sich, wich aus, wirbelte herum und stach zu, machte von dem Gebrauch, was ihr Ven beigebracht hatte.

Wählt, dachte sie, sandte den Gedanken an die Geister. Aber sie konnte sich nicht auf den Befehl konzentrieren, nicht, während Merecot sie angriff und zugleich die Geister auf sie zugeschossen kamen. Im Wirbel der Geister gefangen, hatte sie Hamon und Garnah aus den Augen verloren.

»Merecot, hör auf!« Sie schlug fest zu, traf Merecot, schleuderte sie zurück.

Ein Geist schlang seine rankenartigen Arme um Merecot.

Auf der anderen Seite des Hains hörte Daleina Hamon aufschreien, und sie lief zu ihm hin – gerade rechtzeitig, um zu sehen, wie ein Feuergeist die Faust in seine Schulter rammte.

Sie rannte noch schneller und wusste zugleich, dass sie zu spät kommen würde. Ebenso, wie sie wusste, dass nun überall sowohl in Aratay als auch in Semo die Geister angriffen und in beiden Ländern mit Sicherheit Menschen starben. »Hamon!«, schrie sie gellend. Und ein Gedanke zuckte ihr durch den Kopf: der Gedanke an Arin und ihre Eltern, für deren Sicherheit sie hatte sorgen wollen und die nun in höchster Gefahr waren, weil Daleina und Merecot getan hatten, was sie getan hatten.

Das ist das Ende …

In Semo starben Menschen.

Die Erdgeister erschütterten die Berge, und die Wassergeister ließen die Flüsse über die Ufer treten. Ganze Städte rutschten die Hänge hinab und stürzten in Flüsse aus Wasser, Feuer, Schlamm und Eis, während die Luftgeister sich Männer, Frauen und Kinder von den Felsen schnappten, die zu fliehen versuchten.

Im Inneren der Burg rollte Botschafterin Hanna über die Flure, während ihre vier Wachen Erdgeister abwehrten, die sich sowohl hinter wie auch vor ihnen durch den Boden bohrten. Evenna hatte die Führung übernommen, Serk war hinter Hanna, und die beiden anderen links und rechts von ihr. Ihre Schwerter waren klebrig von Blut, Baumsaft und Dreck. Sie kämpften wacker, aber allmählich machte sich bei ihnen auch Erschöpfung breit. Hanna konnte es sehen. Aber was ihr am meisten Sorgen machte, war dennoch die Frage, *warum* sie überhaupt kämpften.

Was, bei allen Geistern, hat Merecot getan?

Hanna hatte Königin Daleinas Brief erhalten, und sie war von der Kühnheit des Plans beeindruckt gewesen. Dass Merecot glaubte, bewerkstelligen zu können, was der Großen Mutter, der Schöpferin aller Dinge, nicht gelungen war ... Ihre Arroganz war unfassbar, aber in die Theorie hatte das Vorhaben vernünftig geklungen. Das hatte Hanna Daleina in ihrer Antwort wissen lassen. Sie hatte ihr außerdem mitgeteilt, dass der wahrscheinlichste Ausgang der Sache vermutlich Daleinas Tod sei, während Merecot am Ende als Königin beider Länder dastehen und die Geister unverändert bleiben würden.

Und dennoch hatte Hanna Daleinas Bitte erfüllt. Daher hatte sie sich, unmittelbar bevor die Erdgeister die halbe Burg den Berg hatten hinunterrutschen lassen, gerade mit der Auswahl mehrerer möglicher Nachfolgerinnen beschäftigt. Jetzt aber wusste sie nicht, ob die Thronanwärterinnen überlebt hatten.

Hanna rief den Befehl, so laut sie konnte: *Wählt!* Und

hoffte, dass die Thronanwärterinnen und andere Frauen mit Macht über die Geister jetzt alle das Gleiche taten – hoffte, dass es genügend von ihnen gab, um sich bei den Geistern Gehör zu verschaffen. Sie wollte nicht daran denken, was geschehen würde, wenn das nicht der Fall war. »Bringt mich zu den anderen Besuchern aus Aratay«, befahl Hanna ihren Wachen.

Evenna lief voraus und riss zuerst eine Tür auf und dann eine weitere.

Meister Havtru, Cajara und Arin stürmten auf den Gang hinaus. Havtru hatte sein Schwert gezückt. »Es passiert schon wieder«, rief Arin mit schriller, fast panischer Stimme. »Wie damals, als Daleina …« Ihre Augen glänzten feucht, aber sie gab sich alle Mühe, ihre Tränen zurückzuhalten.

»Nicht Daleina«, stellte Hanna richtig. *Das hier sind die Geister aus Semo.* »Merecot.«

»Wir müssen uns irgendwo in Sicherheit bringen, im Herzen der Burg«, sagte Havtru. Er erteilte Hannas vier Wachen Befehle, hieß Coren vorausgehen und den Weg auskundschaften, und wies Serk an, ihnen Rückendeckung zu geben.

Arin lief zu Hannas Stuhl hin und rollte sie noch schneller als zuvor durch den Korridor. Havtru und Cajara liefen neben ihr her. Hanna faltete die Hände auf dem Schoß, über ihren Messern, und konzentrierte sich darauf, den Befehl auszusenden. *Wählt, wählt, wählt! Bitte … wählt.*

Ein Feuergeist kam durch den Flur auf sie zugestürmt. Er hatte Hundegestalt, bestand aber rein aus Flammen. Tobend stürzte er sich auf Evenna, doch Tipi riss sie zurück, erstickte die Flammen. Nun flog der Geist heulend auf Hanna zu. Havtru sprang vor sie hin, das Schwert in der Hand, aber es durchschnitt das Feuer, ohne irgendeinen Schaden anzurichten.

»Cajara!«, rief Arin. »Halte den Geist auf. Du kannst das!«

Cajara breitete die Hände aus und konzentrierte sich – und der Feuerhund jaulte auf, wirbelte herum und rannte in die entgegengesetzte Richtung davon.

»Großartig!«, jubilierte Arin. Sie umarmte Cajara.

Cajara wirkte verblüfft und dann erfreut – ein leises Lächeln umspielte ihre Lippen.

Ich hatte recht, dachte Hanna. *Sie besitzt tatsächlich Macht über die Geister.* Und ihr kam eine Idee. Es war entweder eine furchtbar schlechte Idee oder eine wirklich geniale.

»Rollt mich herum«, befahl Hanna. »Wir müssen hinaus.«

All ihre Wachen legten Protest ein.

Ungerührt setzte sich Hanna darüber hinweg. »Kandidatin Cajara, du verfügst über die Fähigkeit, mit allen Arten von Geistern Verbindung aufzunehmen, nicht wahr?«

»Ja.« Ihre Stimme war so leise, dass Hanna sie bei all dem Gekreisch der Menschen im Palast und den wütenden Schreien der Geister kaum hören konnte.

Diese Schüchternheit könnte ein Problem werden, dachte Hanna. Das Mädchen würde zusätzlich zu seiner Macht auch Stärke und Selbstbewusstsein brauchen. »Erzähl mir von dir, Mädchen.«

Havtru mischte sich ein. »Botschafterin Hanna, ich glaube nicht, dass jetzt der richtige Zeitpunkt ist, um …«

»Ich spreche nicht mit Euch, Meister Havtru«, erwiderte Hanna mit der gleichen Stimme, mit der sie auch eine Erstklässlerin, die ihre Hausaufgaben nicht abgegeben hatte, für ihre Ausreden rügen würde. Nein, sie hatte jetzt keine Zeit für irgendwelchen Unsinn – in diesem Moment war Cajara die Einzige, die zählte. Sie konzentrierte sich auf das Mädchen, fuhr aber zugleich auch fort, den Geistern den »Wählt!«-Befehl zu geben. Irgendwann würde ihr Befehl mit all den anderen verschmelzen, und er würde immer weiter vervielfacht werden, bis er sich ins Bewusstsein der tobenden Geister gegraben hatte. Bis dahin mussten sie sich darauf konzentrieren zu überleben. »Dort vorn über uns befindet sich ein Luftgeist. Tut etwas dagegen, Meister.«

»Cajara ist keine …«, begann er.

»Cajara ist im Moment nicht Eure Sorge. Kümmert Euch um den Geist.«

Arin lief voraus. »Ich schnapp ihn mir!« Während sie auf den Luftgeist zurannte, zog sie ein Amulett aus ihrer Tasche und warf es. Funken stoben hell auf. Das Amulett traf den Geist mitten an der Stirn. Der Luftgeist kreischte auf, dann fiel er reglos zu Boden.

»Helft ihr«, wies Hanna Meister Havtru an.

Havtru warf noch einmal einen Blick auf seine Kandidatin, dann eilte er los. Vor ihnen sah Hanna einen auf dem Boden zusammengesackten Körper in den Farben von Aratay: der junge Wachposten Coren. Ihn tot zu sehen schmerzte sie tief, doch konzentrierte sie sich unbeirrt weiter auf Cajara. *Wenn ich keine Möglichkeit finde, das Ganze zu beenden, wird er nicht der Einzige bleiben, der sterben muss.*

»Antworte mir, Mädchen! Warum willst du Königin werden?« Hanna war sich bewusst, dass sie brüllte, aber sie spürte, wie die Luftgeister von allen Seiten immer näher kamen. Und sie wusste, dass da auch noch Geister anderer Art sein mussten. Dass sie nicht über die Fähigkeit verfügte, auch sie zu spüren, hieß noch lange nicht, dass sie nicht da waren. Hanna zielte mit einem ihrer Messer und warf es nach einer Fackel an der Wand – ein Feuergeist kreischte auf.

Das Mädchen starrte den verwundeten Feuergeist an und antwortete nicht gleich. Hanna wollte sie gerade erneut anfahren, da sagte Cajara endlich: »Ich liebe den Wald.«

»Ja. Und weiter?«

»Meine Familie ... Wir lebten auf dem Waldboden. Wir waren Beerenpflücker. So haben wir Meister Havtru kennengelernt. Ich meine, wir haben von ihm erfahren.«

Hanna war über die Vergangenheit des Meisters im Bilde. Auch wenn er weiter oben, auf mittlerer Waldhöhe gelebt hatte, war doch auch er Beerenpflücker gewesen, bis die Geister seine Frau getötet hatten und Ven ihn dazu bewegt hatte, Meister zu werden. Sie zog das nächste Messer. »Du hast ›lebten‹ gesagt. Vergangenheitsform. Ist deine Familie jetzt tot?«

»Oh nein, Botschafterin. Sie sind wohlauf. Aber der Wald ... Er ist um uns herum gestorben. Ich habe gespürt, wie er starb. Ich habe den Geist gekannt, der an unser Land gebunden war. Wir haben immer miteinander gespielt, und ...« Sie brach ab.

»Du hast dich mit einem Geist angefreundet?« Das verhieß nichts Gutes. Oder doch? »Und der Geist hat nie versucht, dir oder deiner Familie etwas anzutun?«

»Ich habe es ihm nicht erlaubt, auch wenn meine Familie ... Ich habe dem Geist nicht erlaubt, ihnen wehzutun, was auch immer passiert«, antwortete Cajara. »Und als sie dann gestorben ist ... da bin ich zu Meister Havtru gegangen und habe ihm gesagt, dass ich seine Kandidatin sein will.«

Hanna bemerkte sofort, dass Cajara »sie« sagte statt »er«, wenn sie von dem Geist sprach, was ihr mehr verriet als alles andere, was Cajara sagte – und es war nichts Gutes. Zumindest war es nichts, was sich in der Vergangenheit als positiv erwiesen hätte. Hanna lehrte ihre Schülerinnen, die Geister auf Distanz zu halten, schärfte ihnen ein, nie zu vergessen, dass sie nicht menschlich, keine Frauen oder Männer waren und sie menschlichem Leben gegenüber grundsätzlich feindlich eingestellt waren. Aber die Art, wie

Cajara sprach … Auf gewisse Weise faszinierte es sie. Sie müsste sich jedoch erst sicher sein, dass …

»Königinnen freunden sich nicht mit Geistern an.«

»Aber trotzdem retten sie sie, wann immer sie können«, erwiderte Cajara.

Das musste als Antwort reichen.

Hanna erteilte in scharfem Ton neue Anweisungen, als Renet keuchend auf sie zugelaufen kam. Er hielt das Messer eines Waldbewohners in der Hand und trug einen Köcher mit Pfeilen auf dem Rücken. »Die Geister greifen an!«, rief er. »Und Eure Wache …«

»Ja, darüber sind wir im Bilde, Waldmann Renet«, versetzte Hanna energisch. *Was hat Naelin nur je an diesem Idioten finden können?* Ein Stück vor ihnen kämpften Havtru, Evenna, Serk und Tipi gegen die Geister, und Arin bewarf sie mit Phiolen und Bündeln von Amuletten. Ihre Abwehrmittel waren mindestens so wirksam wie Havtrus Schwert – sämtliche Geister, die von einem ihrer Elixiere benetzt oder von einem ihrer Kräuterbündel getroffen wurden, erstarrten, verbrannten, fielen um oder rannten weg.

»Königin Merecot ist tot?«, fragte Renet.

»Offenbar, ja«, antwortete Hanna.

Arin kam atemlos zurückgelaufen. Ihre Stimme klang aufgeregt. »Dann hat Daleina also gewonnen?«

Wie Hanna Daleina kannte, würde sie es niemals als Sieg bezeichnen. »Ich wäre dir dankbar, so etwas nicht zu sagen, solange wir die Einzigen aus Aratay hier in der Burg von Semo sind.« *Auch Merecot ist meine Schülerin gewesen. Ich habe sie im Stich gelassen.* Sie hätte nicht erwartet, dass Daleina zu einem solchen Mittel greifen würde. Hanna hatte darauf vertraut, dass Daleina, wenn sie Frieden sagte, auch Frieden meinte. *Vielleicht hat sie sich verändert.* Sie hatte durch Merecot viel erleiden müssen. *Vielleicht habe ich sie falsch eingeschätzt.*

Doch vielleicht spielt all das jetzt nicht die geringste Rolle. Es zählt nur, dass wir unseren Kampf fortsetzen.

Hanna führte sie durch die Flure, während Havtru, Renet und ihre Wachen die Geister mit ihren Schwertern und sonstigen Waffen zurückschlugen, Arin sie mit ihren Präparaten bekämpfte und Cajara sie mit ihrer mentalen Macht abwehrte. Die Geister drängten in Scharen durch den Gang – kieselsteinartige Erdgeister wühlten sich durch den Boden oder krochen über die Wände und die Decke. Ein Eisgeist mit der Gestalt einer geflügelten Schlange glitt durch die Luft auf sie zu und wurde von einem von Arins Abwehrmitteln getroffen. Hanna schleuderte zwei weitere ihrer Messer durch den Raum, und Havtru hob sie für sie auf.

Endlich erreichten sie den Innenhof … den alten, vernachlässigten, mit dem Unkraut und den zerbrochenen Pflastersteinen. *Der Weg zum Hain.*

»Du sagst, du liebst den Wald«, wandte sich Hanna an Cajara. »Kannst du auch lernen, die Berge zu lieben?« Neben ihr wehrte Renet einen winzigen Erdgeist ab, der sich ihm an den Knöchel gehängt hatte. Havtru lief zu ihm hin, zerrte den Erdgeist weg und schleuderte ihn gegen eine Säule.

»Mein Zuhause ist Aratay«, antwortete Cajara.

»Ganz Renthia ist dein Zuhause«, gab Hanna zurück. Energisch griff sie nach dem nächsten Messer – und fand keines mehr. Sie hatte sie alle aufgebraucht. »Und Renthia braucht dich. Wirst du seinem Ruf gehorchen?«

»Ich verstehe nicht«, sagte Cajara.

Arin griff nach ihren Händen. »Sie will, dass du Königin wirst, Cajara.«

»Aber ich kann doch nicht ...«

»Natürlich kannst du! Wenn du selbst nicht an dich glauben willst, dann werde ich es für dich tun. Das habe ich auch bei Daleina so gehalten. Ich habe immer gewusst, dass sie dazu fähig war, Königin zu werden. Und ich weiß, dass du es ebenfalls bist.«

Hanna rollte ihren Stuhl weiter vor. »Ruf einen Erdgeist, einen großen, du findest ihn direkt unter diesem Innenhof. Du, meine Liebe, musst die neue Königin von Semo werden, sobald es uns gelungen ist, den Hain zu erreichen.« Sie erwartete weitere Proteste von Cajara – das Mädchen war noch nicht bereit. Hanna wusste es, Havtru wusste es, Cajara selbst wusste es. Sie konnte noch nicht länger als höchstens einige wenige Monate in der Ausbildung sein und hatte nicht jene Naturgewalt über die Geister, über die Naelin verfügte. Aber Hanna hatte keine Ahnung, wie sie in der halb zerstörten Burg an die echten Thronanwärterinnen Semos herankommen könnte – Cajara war jetzt hier bei ihr, und Hanna war die Einzige, die wusste, wie der Hain zu finden war.

Flüchtig fragte sie sich, ob Merecot einen solchen Ausgang wohl beabsichtigt hatte, für den Notfall, aber dann ließ sie den Gedanken wieder fallen. Merecot war zu arrogant, um eine Niederlage überhaupt in Erwägung zu ziehen, und zu selbstsüchtig, um an das Schicksal des Volkes von Semo zu denken, sollte sie scheitern.

Wie auch immer, Hanna hatte keine Zeit, irgendwelche weiteren Gedanken an Merecot zu verschwenden, denn nun kam der Erdgeist durch den Innenhof gebrochen. »Bring ihn in deine Gewalt«, befahl Hanna.

»Er ist stark!«, schrie Cajara. *Aber sie macht keinen Rückzieher. Sie kann es wirklich schaffen.*

Schweißperlen traten auf Cajaras Stirn, während sie

darum kämpfte, den riesigen Geist unter ihre Kontrolle zu bringen. Von oben strömten andere Geister in Schwärmen auf sie zu, angelockt vom Willenskampf zwischen der Kandidatin und dem Erdgeist.

Arin hatte hinter Cajaras Rücken Stellung bezogen und warf mit tödlicher Zielgenauigkeit ihre Pulver und Essenzen nach den Geistern, um sie von Cajara fernzuhalten, solange sich die Kandidatin ganz auf den Erdgeist konzentrierte.

»Wir müssen auf ihm reiten!«, rief Hanna. »Wachen, verteidigt uns. Havtru, helft mir.« Havtru eilte zu ihr hin und hob sie aus ihrem Stuhl. Dann rannte er mit ihr zu dem Geist hinüber, während Cajara weiter darum kämpfte, ihn unter Kontrolle zu bringen.

Hanna sah Serk fallen. Ein Eisgeist schlitzte ihm das Brustbein auf. Brüllend sprang Tipi vorwärts und hieb auf den Geist ein, zerschmetterte ihn mit ihrer Klinge.

Cajara redete laut auf den bauchigen Erdgeist ein, um ihn zu besänftigen, und endlich senkte er den Kopf. Havtru warf Hanna auf den Rücken des Geistes, um dann hinter ihr ebenfalls hinaufzuklettern.

Weitere Geister stürmten auf den Innenhof. Größere Geister: Steinungeheuer, die halb wie Bären und halb wie Menschen aussahen, ein stierartiges Ungetüm mit einer Schlangenzunge und Reißzähnen sowie drei Schlangen mit diamantenen Schuppen.

Wir schaffen das nie, dachte Hanna.

Cajara kletterte auf den Rücken des Erdgeistes und nahm hinter Havtru und Hanna Platz. Sie streckte die Hand aus, und Arin ergriff sie und zog sich ebenfalls hoch.

»Evenna, Tipi! Zieht euch zurück!«, kommandierte Hanna. Aber sie konnte bereits sehen, dass sie zu weit weg waren, zu sehr in den Kampf verstrickt. Beide waren verletzt – Evennas Schulter war schwarz verkohlt, und Tipi liefen die Blutstropfen wie Tränen über die Wangen.

»Geht, wir halten sie auf!«, rief Evenna im Befehlston zurück.

Hanna hätte am liebsten die Augen geschlossen. Sie hatte dergleichen schon zu oft miterlebt. Aber dies erschien ihr sogar noch schlimmer, weil die beiden nicht einfach nur starben. *Sie sterben für mich.*

Ich werde dafür sorgen, dass ihr Opfer nicht umsonst ist.

»Renet, beeilt Euch!«, rief Havtru.

»Ich werde sie ebenfalls aufhalten«, gab Renet zurück. »Geht!« Er stürmte vorwärts, um sich den beiden letzten verbliebenen Wachen aus Aratay anzuschließen, und dabei kämpfte er gegen die Geister, drosch auf sie ein, als wären es Bäume, die er zu fällen versuchte, und verschaffte ihnen dadurch kostbare Zeit. »Sagt meinen Kindern, sie können stolz auf mich sein. Ich habe endlich etwas Nützliches getan!« Und dann bohrte ein Geist Renet die Klauen in den Bauch. Er krümmte sich zusammen.

Er ist ein Narr gewesen … aber ein tapferer. Ich werde es ihnen sagen, gelobte sie sich. *Man wird ihn ehren. Falls wir überleben.*

»Sag dem Geist, dass er sich auf den Weg machen soll«, befahl Hanna. »Sofort.«

Und der Erdgeist bohrte sich mit ihnen tief in den Untergrund.

Im Hain der Königin von Aratay verspürte Hamon einen durchdringenden Schmerz, als ihm ein Feuergeist die Faust in die Schulter rammte. Er hörte sich schreien, aber das Geräusch verlor sich im Gebrüll von Dutzenden Geistern überall um sie herum. Sein Blick traf sich für einen flüchtigen Moment mit dem von Daleina. Dann wurde sie weggerissen, setzte ihren Kampf sowohl gegen Merecot als auch gegen die Geister fort.

Er fiel auf die Knie. Hart prallte er auf dem Boden auf, doch er spürte es kaum.

Die Laute ringsum drangen nur gedämpft zu ihm durch, als hätte ihm jemand Baumwolle in die Ohren gestopft. Schmerz durchzuckte ihn, und da er außerstande war zu fliehen, wartete er auf den Todesstoß.

Doch der kam nicht.

Stattdessen löste sich der Feuergeist vor seinen Augen auf und fiel zu einem Häufchen Asche zusammen. Seine Mutter drückte ihm einen kühlen Blätterklumpen auf die Schulter. »Halt das fest«, wies sie ihn an.

Mit zitternden Händen drückte er den Heilumschlag auf seine Wunde. Kühle ging von ihm aus und strömte durch seinen Körper. Seine Finger wurden von der Berührung ganz kalt. Das Denken fiel ihm schwer, und nur allmählich fanden sich die einzelnen Bruchstücke zu klaren Gedanken zusammen. Er sah seine Mutter vor ihm stehen, die Beine weit auseinandergestemmt, Amulette in beiden Händen. Sie schrie den Geistern Beleidigungen zu, während sie sie mit Amuletten bewarf.

Überall um sie herum explodierten die Amulette und schufen einen Kreis um Garnah und Hamon.

»Siehst du, mein Junge«, rief Garnah lachend, »ich passe schon auf, dass dir nichts passiert! Die Aufgabe einer Mutter, heißt es. Das Glück einer Mutter. Meinen kleinen Jungen zu beschützen. Das ist alles, was ich je wollte. Ich wusste nur nicht, wie. Habe es nie gewusst. Stattdessen habe ich dich verängstigt und verscheucht. Aber ich verstehe jetzt, warum. Weil ich eben nun mal beängstigend bin. Ha! Willst du sehen, wie beängstigend ich sein kann? Kommt und kämpft mit mir, Geister!«

Während sich Hamon unter Mühen hochrappelte, schleuderte seine Mutter Amulett um Amulett nach den Geistern, die sie umringten, und trieb sie mit tödlicher Treffsicherheit zurück. Mit zittrigen Fingern griff er in seine Tasche und zog ein Kraut hervor, stopfte es sich in den Mund und drückte es sich gegen die Wange – der Schmerz ebbte ab, und er zog sein Messer. Er stach nach jedem Schatten, jedem leisesten Hauch eines Geistes, nach allem, was sich vor und neben ihm bewegte, während seine Mutter hinter ihm stand und ihre Amulette warf.

»Wir kriegen sie klein, mein Junge. Mach weiter so! Du darfst nicht zulassen, dass sie …« Sie verstummte, und er spürte, dass sie hinter ihm zusammensank. Hastig drehte er sich um, gerade noch rechtzeitig, um sie im Fallen aufzufangen, als sie nun gegen ihn sackte. Er spürte Blut auf den Fingern, heiß und feucht, das ihr aus der Seite floss.

»Mutter?«

»Nun ja, das hätte jetzt eigentlich nicht passieren sollen«, flüsterte sie. Er ließ sie zu Boden sinken. Sie hatte eine tiefe Schnittwunde davongetragen. Ihr Atem ging schnell und stoßweise. »Sieht ganz so aus, als würdest du jetzt bekommen, was du gewollt hast.«

Um ihn herum wirbelten die Geister.

Kapitel 34

Daleina versetzte Merecots Knie einen kräftigen Tritt, dann rammte sie ihr die Faust in die Seite. Japsend schnappte ihre Freundin nach Luft. Daleina wirbelte herum, riss ihr Messer nach oben und stach in den glitschigen Schenkel eines Wassergeistes. »Genug!«, schrie sie den Geistern zu. »Wählt! Verdammt noch mal, wählt!«

»Wählt«, hörte sie auch Merecot sagen. Sie lag keuchend auf dem Boden und schaute zum Himmel hinauf. Daleina folgte ihrem Blick. Der Himmel war voller wirbelnder Geister, die den freien Raum zwischen den Bäumen besetzten und keinen Sonnenstrahl mehr durchließen.

Wählt! Wählt!

Und plötzlich hielten die Geister inne.

Sie blieben in der Luft hängen und trieben schließlich nur noch ziellos zwischen den Bäumen umher. Die Erdgeister auf dem Boden sackten einfach zusammen oder irrten teilnahmslos zwischen Wurzeln und Felsen umher. Von den Flammen der Feuergeister blieb nur ein schwaches Glühen. Daleina sank neben Merecot auf die Knie. Sie hielt den Blick auf die andere Königin gerichtet. *Nein – nicht die andere. Denn ich bin keine Königin mehr.*

»Ich kann sie nicht spüren«, sagte Merecot.

»Was?« Ihre Beine? Ihre Arme? *Wie schwer habe ich sie verletzt?* Ven hatte ihr nicht beigebracht, behutsam und schonend zu kämpfen. Er war davon ausgegangen, dass es sich bei ihren Feinden um Geister handeln würde. Daher hatte er sie gelehrt, hart zu kämpfen, um ihr Leben zu retten, und das hatte sie auch getan. Daleina merkte erst jetzt, dass ihr alles wehtat an den Stellen, wo die Geister sie verbrannt oder mit ihrem Frost überzogen oder in sie hineingestochen hatten. Sie berührte ihre Wange und spürte etwas Feuchtes. Rasch zog sie die Finger zurück. Sie waren an den Spitzen rot. Während sie gegen Merecot gekämpft hatte, hatten die Geister sie beide angegriffen. Es erstaunte sie, dass sie immer noch am Leben und nicht schwerer verletzt war. *Könnte ich mich jetzt nur bei Ven bedanken!*

Merecot, die reglos auf den goldenen Blättern lag, hatte viele Wunden davongetragen. Blut benetzte ihre Seidenärmel, und ein sich rasch verdunkelnder Bluterguss färbte ihre Wange. Aber keine ihrer Verletzungen schien tief genug, um tödlich zu sein. »Die Geister«, keuchte sie, »sie sind fort. Ich kann sie sehen, aber nur mit den Augen. Ich kann sie nicht *spüren*! Was hast du mir angetan?«

Daleina schüttelte den Kopf. Ja, sie hatte die Verbindungen durchtrennt. Doch dieses Durchtrennen musste für Merecot schwerwiegender gewesen sein, als Daleina beabsichtigt hatte. Aber sie hatte jetzt keine Energie übrig, um zu sprechen. Stattdessen sandte sie ihre Sinne aus und nahm Kontakt zu den Geistern im Hain und außerhalb auf.

Wählt mich.

Noch einmal: Lasst mich eure Königin sein.

Sie spürte, wie die Geister Aratays reagierten, wie sie sich mit ihr verbanden, sie akzeptierten, sie verabscheuten und sie liebten. Dann versuchte sie, mit ihren Sinnen noch weitere Teile des Landes zu erreichen – aber ihre Macht war nie so gewaltig gewesen wie diejenige Merecots. Sie konnte nicht über die nördlichsten Birken hinausgelangen.

Über sich spürte sie eine Handvoll winziger Geister, die eine Krone aus Blättern anfertigten, um sie ihr erneut auf den Kopf zu setzen, und sie dachte an Naelin, die sich irgendwo weit jenseits der Grenzen von Aratay aufhielt.

»Du kannst sie wirklich nicht spüren?«, fragte Daleina.

Merecot warf ihr einen vernichtenden Blick zu. »Ich würde bei einer so wichtigen Sache nicht lügen.«

Wenn das stimmte, dann bedeutete es, dass Daleina einen Weg gefunden hatte, jede Verbindung mit den Geistern aufzuheben – das, was sich Naelin für sich selbst so verzweifelt gewünscht hatte. *Wenn ich eher gewusst hätte, wie das geht, hätte ich ihr ihren Wunsch erfüllen können.* Naelin hätte mit ihren Kindern in ihr Walddorf zurückkehren können, ohne jemals die Macht einer Königin und die damit verbundene Qual kennenzulernen. Sie hätte ihr Zuhause nicht aufzugeben brauchen. Ihre Kinder wären niemals in Gefahr geraten. *Sollte sie jemals aus den ungebändigten Landen zurückkehren, kann ich ihr sagen, wie es ...* Aber nein, sie würde nicht wiederkommen, das wusste Daleina. Die ungebändigten Lande bedeuteten den Tod. Sowohl Naelin als auch Ven mussten kurz nach dem Überqueren der Grenze ums Leben gekommen sein.

»Semo?«, fragte Merecot.

Daleina schüttelte den Kopf. *Auch die Bewohner von Semo habe ich nicht retten können.*

»Dann stirbt also mein Volk, weil du nicht stark genug bist.«

»Nein, die Menschen sind gestorben, weil du geglaubt hast, du wärest stark genug«, gab Daleina zurück. »Aber das warst du nicht.«

Merecot verstummte.

Um sie herum spürte Daleina, wie das Leben wieder nach Aratay zurückkehrte. Der Wind wehte, die Bäume wiegten sich, und der Wald hatte auch weiter Bestand. Es war alles, was sie tun konnte.

Sie hoffte, dass es genug war.

Merecot lag in den goldenen Blättern in der Mitte des Hains und starrte zu den umherwirbelnden Geistern empor. Sie hatte sich noch nie so allein gefühlt. »Du hättest mich töten sollen.«

»Ich konnte nicht noch eine weitere Freundin verlieren«, antwortete Daleina.

Merecot drehte den Kopf, schaute sie an, sah, wie die Geister sie krönten, und schloss die Augen. »Ich werde dich auf ewig hassen.« Sie meinte jedes Wort ernst.

»Das spielt keine Rolle«, antwortete Daleina auf eine Weise, die sie wütend machte. »Ich habe meine Wahl getroffen.«

Auf der anderen Seite des Hains kniete Hamon neben seiner Mutter. »Du verdienst es zu sterben«, erklärte er. »Du hast so viele Menschen getötet, und es hat dir nichts ausgemacht.«

»Ja, aber dich habe ich gerettet«, gab Garnah zurück. »Letzten Endes habe ich zumindest das getan. Ich kann zufrieden sterben.«

»Diese Art von Frieden werde ich dir nicht geben«, entgegnete Hamon und öffnete seine Heilertasche. Zum ersten Mal, seit er den Hain betreten hatte, waren seine Hände ruhig, als er sich nun daranmachte, die Wunden seiner Mutter zu nähen.

Im Norden, in Semo, machte Arin ein weiteres Päckchen Kräuter bereit, das sie mit einer Mischung aus giftiger Rinde und Pfefferstaub versetzt hatte. Sie wusste nicht, warum sich die Geister noch nicht beruhigt hatten – die Dorfhexen von Semo mussten sich momentan doch alle Mühe geben, den »Wählt«-Befehl in Kraft zu setzen. *Vielleicht sind die hiesigen Geister einfach zu stark.*

Arin warf einen Blick über ihre Schulter zu Havtru und Hanna hinüber – sie wehrten gerade einen Luftgeist ab, der wie eine gläserne Fledermaus aussah. Dann betrachtete sie den Steinkreis vor ihnen, den Hain. »Du musst es tun«, wandte sie sich an Cajara. »Geh!«

Cajara schien genauso unbeweglich wie die Steine vor ihr.

Sie kann es schaffen. Ich weiß, dass sie es kann. Und ich werde ihr dabei helfen. Daleina hatte immer wieder gesagt, sie sei wegen Arin Königin geworden – um Arin zu beschützen. *Ich bin Daleinas Beweggrund gewesen. Das kann ich auch für Cajara sein.*

»Du brauchst sie nicht aufzuhalten«, sagte Arin zu Cajara. »Sorge einfach nur dafür, dass ich nicht in Gefahr gerate.«

Und dann, ehe sie es sich anders überlegen konnte, stürmte sie in den Hain hinein.

Sie hörte Cajara ihren Namen rufen, blieb aber nicht stehen, bis sie im Inneren des Steinkreises war. Anders als der Hain von Aratay war der Hain in Semo ein Kessel aus glattem schwarzem Stein. Granitsäulen säumten ihn, und darüber ragten die Berge auf.

Arin hob den Blick und sah Hunderte von Geistern.

Einer von ihnen entdeckte sie und kreischte: »Eindringling!« Andere griffen den Ruf auf. »Verräterin! Schänderin!« Sie peitschten immer schneller im Kreis, bewegten die Luft um den Steinkreis, bis daraus ein Wirbelsturm wurde. Kiesel wurden in die Höhe gerissen. Arin bedeckte das Gesicht mit den Händen, während Staubkörner und Steinchen auf sie einprasselten.

Vielleicht war die Idee doch nicht so gut. »Cajara?«

»Es sind so viele«, antwortete Cajara. Wie sie so in der Mitte des Steinkreises stand, im windstillen Auge des Wirbelsturms, sah sie ziemlich verloren aus. »Und sie … Ich kann sie hören … Sie wollen dich nicht hier haben. Du bist keine Thronanwärterin. Sie …«

Arin stemmte sich gegen den erstickenden staubgeschwängerten Wind und lief zu ihr hin. Sie griff nach Cajaras Händen. »Denk nicht an sie. Schau mich an. Konzentrier dich auf mich.«

Cajara wandte den Blick von den Geistern über ihr ab und sah Arin in die Augen.

»Gut.« Ein Schauder ging durch Arin hindurch, als nun ein Eisgeist ihren Arm streifte und ihr die Kälte bis in die Fingerspitzen schoss. Sie sprach mit ruhiger Stimme, als wäre es ein angenehmer Sommertag. Hinter Cajara sah sie einen Erdgeist, einen Steinriesen, der sich aus dem Boden erhob. Er hielt Felsblöcke in den Fäusten. »Komm schon, du brauchst ihnen nur zu sagen, dass sie dich wählen sollen.«

Cajara schüttelte den Kopf. »Ich bin ein Niemand. Warum sollten sie mich wählen?«

»*Ich* wähle dich«, antwortete Arin, und dann beugte sie sich vor und küsste Cajara. Cajaras Lippen schmeckten süß, wie in der Sommerhitze frisch gereifte Erdbeeren. Sie löste sich wieder von ihr, aber nur ein Stückchen. Während ihre Stirn noch immer die von Cajara berührte, flüsterte sie: »Sag den Geistern, sie sollen dich ebenfalls wählen.«

Cajaras Lider schlossen sich flatternd. Während sie immer noch eine von Cajaras Händen umklammerte, griff Arin mit der anderen in ihre Tasche, suchte nach einem ihrer mit Abwehrmitteln getränkten Amulette … und fand nichts. Ihre Vorräte waren aufgebraucht. Sie schaute zu dem Meer aus Geistern auf, die den Himmel füllten, und zu den Ungeheuern aus Stein, die immer näher kamen.

»Ich wähle dich«, wiederholte Arin.

Weit entfernt im Westen, in den ungebändigten Landen, schlug und hackte sich Ven seinen Weg durch die wilden Geister. Es waren so viele, ein Wirbelwind von Klauen und Krallen, die herabstürzten, angriffen, Tunnel gruben, bissen, kämpften. Ven blutete aus Dutzenden von Wunden.

Ich werde nicht aufgeben, gelobte er sich. Er hielt die Menschen dicht aneinandergedrängt, während sie sich weiter vorwärtsbewegten, Stück für Stück. Er konnte die Höhle nicht sehen, noch nicht einmal die Felsformation, in der sie sich befand, aber er wusste, dass sie irgendwo vor ihnen war.

Naelin hielt einen Weg für sie frei, zwar nur schmal, doch Ven konnte sich hindurchfädeln. Er lief an der Reihe von Menschen auf und ab, beschützte die Kinder, die Männer und die Frauen, die Alten und die Jungen. Er nahm die Gesichter nicht wahr. Aber er sah die Augen, voller Angst. Und voller Vertrauen.

Er kämpfte für sie, verbreiterte ihren Tunnel durch den Nebel, während sie ihren Weg zu der Höhle fortsetzten, wo der Leichnam der Großen Mutter der Geister lag. Zentimeter für Zentimeter gewann er an Boden. Bis er sie endlich erreicht hatte: Naelin mit Bayn und den Kindern, draußen vor dem Höhleneingang.

»Hier hinein«, befahl er den Menschen hinter ihm.

Sie berührten ihn, als sie vorbeigingen – sein Gesicht, seine Hand, seinen Arm, als segneten sie ihn oder suchten seinen Segen. Er hielt den Blick unverwandt auf die Geister gerichtet, aber er spürte die Berührung.

»Kannst du uns auch einen Weg nach Aratay frei machen?«, fragte er Naelin.

»Ich kann es versuchen«, sagte sie. »Aber ...«

»Aber was?«

»Meine Geister werden sterben.«

Naelin spürte das Leiden der Geister.

Verlass uns nicht, wisperten die Geister. *Lass uns nicht sterben.*

Die ungebändigten Geister drängten heran und gewannen mit jeder neuen Attacke an Boden. Naelin musste nur genug Geister rufen, die sie selbst, Ven, ihre Kinder und die Dörfler ebenso wie Bayn tragen konnten, falls er mitkommen wollte. Sie konnten auf dem Rücken einer Handvoll von Geistern zur Grenze von Aratay fliegen, während der Rest zurückblieb und ihren Rückzug sicherte. Ihre Geister waren stark genug, um die ungebändigten Geister zumindest für eine Weile in Schach zu halten. *Lang genug, damit wir ihnen entkommen können.*

Die Menschen würden überleben.

Aber ihre Geister würden sterben.

Das kümmert mich nicht, redete sie sich ein.

Aber es kümmerte sie sehr wohl. Ja, sie hasste die Geister ebenso sehr, wie diese sie hassten. Ja, sie erfüllten die Welt mit Furcht. Sie zwangen die ganze Menschheit, ein kurzes, angstvolles Leben zu leben, immer in der Erwartung, der Laune eines Geistes zum Opfer zu fallen und einen willkürlichen Tod zu erleiden. Brücken stürzten ein. Leitern zerbrachen. Bäume fielen um. Heftige Windböen wehten im falschen Moment. Feuer brachen aus, während die Menschen schliefen. Und dann waren da die direkten Angriffe jener Geister, die ein solches Wagnis eingingen.

Aber die Geister empfanden ebenfalls Furcht. Sie

empfanden Hoffnung und Ärger und Glück. Sie hatten Gefühle, daher hatten sie es verdient, dass man sich um sie kümmerte. Sie musste sie nicht lieben. Sie konnte ruhig weiter vor ihnen Angst haben. Aber sie musste sie beschützen. Ihnen dienen, so wie sie ihr dienten. Weil sie es ihnen versprochen hatte. Wenn sie ihr halfen, ihre Kinder zu finden, so hatte sie ihnen versichert, dann würde sie sie nicht im Stich lassen.

Während Ven die Menschen in die relative Sicherheit der Höhle hineintrieb, ließ Naelin ihren Blick auf Erian und Llor ruhen. Sie waren ihre vorrangige Verantwortung. Ihre Kinder.

Wir gehören ebenfalls zu dir, flüsterten die Geister. *Und du gehörst zu uns. Unsere Schicksale sind miteinander verbunden.*

Die Große Mutter ist tot, sandte sie ihnen ihre Gedanken zurück. *Es gibt keine Bestimmung. Es gibt nur Entscheidungen, die wir treffen.*

Erians Gesicht war tränenüberströmt. Llor wischte sich mit dem Handrücken über Wangen und Nase. Naelin zog ihre Kinder eng an sich, während ihre Sinne weiterhin inmitten des Wirbels von Geistern verblieben. Neben ihr verfolgte der Wolf mit gelben Augen das Geschehen.

»Ich weiß, was du von mir willst«, sagte sie zu Bayn.

Er schwieg wie immer.

Es war ihre Entscheidung. Musste es sein. Und es war in der Tat eine Entscheidung. Sie konnte fliehen und zu ihrem Leben in Aratay zurückkehren. Sie konnte die ihr verbleibenden Geister an der Grenze von sich abstoßen und wieder werden, was sie zuvor gewesen war: eine Waldbewohnerin mit Kindern. Sie konnte ein neues Leben anfangen, vielleicht in Rotblatt. Ven würde in die Hauptstadt zurückkehren – er hatte seine Pflichten, und sie kannte ihn gut genug, um zu wissen, dass er diese Pflichten nicht vernachlässigen würde, nicht einmal ihr zuliebe – aber er würde zu ihr zurückkommen, wann immer er konnte. Daran zweifelte sie nicht. Er liebte sie, und er liebte Erian und Llor. Er war hierhergekommen und hatte für sie drei sein Leben riskiert.

Weil man nun mal für jene, die man liebt, sein Leben aufs Spiel setzt, dachte sie. *Man entscheidet sich dafür, das zu tun.*

Sie stand auf, schlang die Arme um ihre Kinder und führte sie in die Höhle hinein. Um sie herum all die Menschen, sie redeten und tuschelten, aber sie sprach nicht mit ihnen. Sie ging direkt zwischen ihnen hindurch und hin zu dem moosbewachsenen Leib der Großen Mutter – die Menge teilte sich, um sie durchzulassen.

Sie wusste nicht, was damals vor langer Zeit geschehen war, ob die Große Mutter ermordet worden, ob sie durch einen Unfall ums Leben gekommen oder einen Opfertod gestorben war. Es tat nichts zur Sache. Jetzt zählte nur, was sie unternahmen, die Menschen und die Geister.

Wir leben. Zusammen.

»Wir gehen nicht fort«, verkündete sie.

Und dann sandte sie ihren Gedanken aus: *Lebt. Mit mir. Ich bin eure Königin, ihr seid meine Geister, und das hier ist unser Land.* Sie durchdrang ihre eigenen Geister mit ihrem Bewusstsein, und dann tauchte sie hinein in das Land, band die Geister mit Fäden daran, die sie als leuchtende Linien vor sich sah. Eifrig gruben sie sich in das Land, dankten ihr auf ihre eigene Weise, während sie bereits begannen, das Land um sie herum zu gestalten.

Dann sandte sie ihr Bewusstsein weiter aus, hinein in das Gewirr der ungebändigten Geister.

Sie beanspruchte so viele für sich, wie sie konnte. Und sie beanspruchte auch das Land.

In dem Wissen, dass es auch einen anderen Weg gegeben hätte, im Wissen, dass sie sich hätte retten, im Wissen, dass sie nach Aratay hätte zurückkehren und glücklich bis ans Ende ihrer Tage im Kreise ihrer Familie hätte leben können – wäre sie nur bereit gewesen, die Geister sterben zu lassen –, entschied sich Naelin dafür, Königin der ungebändigten Lande zu werden.

Kapitel 35

In Semo, außerhalb des Hains, schloss Hanna Meister Havtrus blicklose Augen. »Ihr wart ein hervorragender Meister«, sagte sie zu ihm. »Grüßt Eure Frau, Ihr könnt stolz auf Euch sein.«

Lange Zeit saß sie in sich zusammengesunken neben dem Toten, bis sie die Kraft fand, sich kriechend hin zum Erdgeist zu schleppen. Er hatte sich nicht bewegt, seit Arin und Cajara den Hain betreten hatten, und Hanna bezweifelte, dass sie die Fähigkeit besaß, ihn zu kontrollieren. Sie konnte einzig und allein mit Luftgeistern in Verbindung treten. Aber sie bettete ihren erschöpften Leib an den Geist und befahl ihm kraft ihres Willens zu bleiben, während sie den Steinkreis des Hains von Semo im Auge behielt.

Schließlich sah sie zwei Menschen heraustreten, Hand in Hand: Arin und Cajara ... *Königin* Cajara, mit einer Krone aus Diamanten und anderen Edelsteinen, die in den Bergen Semos geschürft worden waren. Das Mädchen stolperte beim Gehen und taumelte zwischen den Steinen auf dem Pfad entlang, aber sie schien unverletzt. Arin half ihr, verhinderte, dass sie stürzte. Hanna wünschte, sie hätte ihnen entgegengehen können, aber sie konnte nur warten, bis die beiden Mädchen sie erreicht hatten.

»Euer Majestät«, sagte Hanna.

»Die Geister wollen ...«

»Ich weiß«, antwortete Hanna, so freundlich sie konnte.

Das Ganze musste ein Schock für das arme Mädchen sein.

»Ihr müsst sie unter Eure Kontrolle bringen. Es liegt jetzt an Euch. Befehlt ihnen, dass sie nichts Böses tun sollen.«

»Das ist alles?«

»Für den Moment ist es genug.«

Cajara schloss die Augen. Hanna war nicht mächtig genug, um zu spüren, wie groß die Reichweite der neuen Königin war, aber bald darauf entspannten sich Cajaras Züge, und sie öffnete die Augen wieder.

»Sie hassen mich«, sagte das Mädchen.

»Natürlich tun sie das. Sie hassen uns alle.«

»Aber sie wollen mich auch.«

»Ihr seid miteinander verbunden, auf Gedeih und Verderb«, erklärte Hanna. »Betrachtet es als eine Ehe.« *Eine verderbliche Ehe, in der man nur der Kinder wegen zusammenbleibt.*

Arin verzog das Gesicht. »Oder auch nicht.«

Cajara lachte kurz auf, dann runzelte sie die Stirn, als würde ihr eigenes Lachen sie überraschen, und dann lachte sie erneut. Doch sie wurde schnell wieder ernst. »Ich war noch nicht bereit.«

»Das ist keiner je, wenn die Zukunft kommt.« Hanna streckte die Arme aus und fand es ganz furchtbar, dass sie um Hilfe bitten musste. Um sie herum eine Welt, die von so viel Macht erfüllt war, und sie selbst konnte nicht einmal stehen. *Hör auf damit*, ermahnte sie sich. *Du bist am Leben. Das ist mehr als genug.* »Helft Ihr mir beim Aufsitzen? Wir können nicht hierbleiben. Die Bewohner von Semo müssen ihre neue Königin kennenlernen.«

Hinter ihr fragte Cajara: »Meister Havtru, könntet Ihr vielleicht …« Und verstummte, als sie den leblosen Körper ihres Meisters entdeckte.

Armes Mädchen. Zuerst verliert sie ihr Heimatland und

dann ihren Mentor. Mit sanfter Stimme wandte sich Hanna an sie: »Er hat sie vom Hain ferngehalten, bis Ihr die Krone für Euch beanspruchen konntet. Und er hat mir das Leben gerettet.« Sie fragte sich, ob das Mädchen je zuvor aus nächster Nähe mit dem Tod konfrontiert worden war. Allerdings gab es in Renthia nur wenige, die noch keine entsprechenden Erfahrungen gesammelt hatten. Dennoch war es ein Schock, vor allem wenn der Tote jemand war, dessen Leben man eigentlich hätte retten sollen. Sie bereitete sich auf heftige Reaktionen vor – nach all den anderen Schrecken des Tages könnte sich dieser Schock für die junge Königin womöglich als zu viel erweisen.

Aber Cajara sagte nur: »Wir können ihn hier nicht liegen lassen. Nicht so.« Da waren Tränen auf ihren Wangen, doch sie gehörte zu den Menschen, die im Stillen weinten. Und, wichtiger noch, sie brach nicht zusammen oder verfiel in haltlose Panik. *Vielleicht wird sie mit ihrem Amt doch ganz gut fertig,* ging es Hanna durch den Kopf.

»Du hast die Macht«, schaltete sich Arin ein. Wieder hatte sie nach Cajaras Hand gegriffen. Das fand Hannas Billigung – die neue Königin von Semo würde so viel Unterstützung benötigen, wie sie irgend bekommen konnte. »Er kann hier beerdigt werden.«

Cajara schüttelte den Kopf. »Nein, er hätte nach Hause gewollt.«

»Dann lasst ihn dorthin bringen«, schlug Hanna vor. »Bis zur Grenze. Ab dort werden sich die Grenzwachen Aratays um ihn kümmern. Und wenn wir von hier fortgehen, könntet Ihr vielleicht auch meine vier Wachen an die Grenze bringen lassen. Und den Waldmann Renet. Sie alle verdienen es, daheim und in Ehren beerdigt zu werden.« Hanna durchsuchte ihre Röcke und fand ein Stück Pergament. Sie hatte es für ihre nächste Nachricht an Daleina aufbewahrt, aber jetzt fand es einen noch besseren Verwendungszweck. Noch während sie eine Nachricht an die Grenzwachen von Aratay verfasste, in der sie erklärte, um wen es sich bei dem Toten handelte, wie er gestorben war, und dass sie zu einem späteren Zeitpunkt noch fünf weitere Leichname schicken würden, kam ein Luftgeist zwischen den steinernen Gipfeln herabgeglitten. Es war ein Geist in Vogelgestalt, mit einem Körper so flauschig und weich wie die Wolken. Ein Baumgeist huschte von einem Baum und hob Havtrus Leichnam auf den Rücken des Geistes. Hanna reichte Cajara die Nachricht, und Cajara befestigte sie an den Riemen von Havtrus Lederrüstung. Dann legte sie ihm die Arme verschränkt auf der Brust zusammen und flüsterte ihm etwas zu.

Hanna hörte nicht, was sie sagte, aber das brauchte sie auch nicht. Sie senkte respektvoll den Kopf, bis der Luftgeist abhob und Havtru himmelwärts trug. Sie sahen ihm nach, bis der Vogelgeist nicht mehr von den Wolken zu unterscheiden war.

Minutenlang herrschte Schweigen, dann ergriff Cajara erneut das Wort. »Ich kenne dieses Land nicht, und ich kenne die Menschen nicht. Was ist, wenn die Bewohner von Semo nicht damit einverstanden sind, nun schon wieder ein Mädchen aus Aratay zur Königin zu haben?« Hanna hörte das Beben in ihrer leisen Stimme. Ihre Angst.

Hanna lächelte. »Wir werden sie schon dazu bringen, dass es ihnen gefällt.« Das klang nun ganz nach einer Herausforderung, die Hannas Fähigkeiten würdig war. Ihr war keine derartige Herausforderung mehr begegnet, seit … nun ja, nicht seit sie die Leitung der Nordost-Akademie übernommen hatte.

»Ihr wollt bei mir bleiben?«, fragte Cajara, und ihre jungen Augen leuchteten auf.

»Natürlich bleiben wir bei dir«, erklärte Arin bestimmt.

»Aber was ist mit deiner Familie, deinem Zuhause, deiner Bäckerei ... deinen Träumen! Und Ihr, Botschafterin Hanna, Eure Akademie – sie ist Euer Lebenswerk!«

Arin zuckte die Achseln, als wäre das eine Entscheidung, die nicht sonderlich ins Gewicht fiel. »Ich darf schließlich auch neue Träume haben.«

»Und mein wahres Lebenswerk ist es nun mal, Königinnen zu machen«, erklärte Hanna. »Wir werden beide bleiben.«

Naelin begrub Renet in den ungebändigten Landen, neben der Höhle der Großen Mutter. Schweigend halfen ihr die Dorfbewohner beim Graben – bei dem Geisterangriff hatten auch sie zwei der ihren verloren, und sie legten die drei Gräber in einer Reihe an.

Rechts und links klammerten sich Erian und Llor an ihre Hände. Beide sagten kein Wort.

Ven verteilte Schaufeln und ließ sie abwechselnd unter allen, die graben wollten, die Runde machen. Dann trat er neben Naelin und die Kinder. Llor ließ Naelin los, schlang die Arme um Ven und vergrub das Gesicht an dessen Bauch. Ven strich ihm übers Haar.

Leise sagte er: »Sie haben bisher noch nie Gräber gehabt. Jedenfalls keine, die Bestand gehabt hätten.«

Sie nickte. Einige der Dorfbewohner hatten ihr bereits das Gleiche berichtet. Sie hatten stets versucht, ihre Toten in Würde zu bestatten, aber die Grabsteine waren rasch von der Erde verschluckt worden. Oder der von ihnen ausgewählte Hügel hatte sich auf einmal in einen See verwandelt. »Diese Gräber werden nun bleiben«, versprach Naelin. »Und wir werden auch bleiben.«

Bringt mir Steine, forderte sie die Erdgeister auf. *Die schönsten, die ihr finden könnt.*

Sie spürte, wie sich die Geister tief in die Erde und in den Fels der Berge gruben, während sie zusah, wie die Dorfbewohner die drei in weißes Tuch gehüllten Toten in die frischen Gräber hinabließen. Sie hätte die Geister die Gräber auch wieder mit Erde auffüllen lassen können, aber das tat sie nicht – die Menschen wollten es selbst übernehmen. *Nicht »wollen«,* korrigierte sie sich. *Sie müssen das einfach selbst tun. Um ihretwillen.*

Als die erste Schaufelvoll Erde leise in das Loch fiel, wandte Erian sich ab. Naelin kniete sich hin und nahm sie in die Arme. Erian weinte an ihrer Schulter.

Naelin drückte ihrer Tochter die Lippen aufs Haar und wünschte von ganzem Herzen, sie hätte ihr den Schmerz nehmen können. Sie spürte, dass sich die Geister um sie scharten. Leiser Regen setzte ein, und sie machte keinerlei Anstalten, ihn zu stoppen. Luftgeister verdichteten sich um sie herum – sie fühlte ihre Neugier und auch, wie sich ihre eigene Traurigkeit in ihnen spiegelte.

Es war wie mit dem Regen – sie wusste, dass sie es jetzt kontrollieren konnte. Wenn sie wollte, konnte sie ihre Traurigkeit abschirmen, verhindern, dass sie auf die Geister übergriff, doch das tat sie nicht. *Nicht heute. Heute trauern wir alle.*

Um jene, die gestorben sind. Um jene, die ihrer Lieben beraubt zurückgeblieben sind. Um zukünftiges Leben, das uns hätte beschieden sein können.

Als die letzten Schaufeln Erde auf die Gräber fielen, spürte Naelin die Rückkehr der Erdgeister. Sie rief nach ihnen, und die Erde spie Juwelen aus:

Opale, die in hundert Farben glitzerten.

Rubine mit feuerroten Herzen.

Diamanten, trüb und ungeschliffen.

Außerdem wunderschöne Splitter von Steinen, die wie

Tiger gestreift waren, dazu Granit mit rosa glitzernden Einlagen, weißen Marmor und Basalt mit Einsprengseln von Glimmer. Ein ganzer Schwarm von Erdgeistern breitete die Juwelen und die Steine über die drei Gräber.

»Wirst du die weißen Blumen aufblühen lassen?«, fragte Erian mit gedämpfter Stimme an ihrer Schulter. »Wie im Wald?«

»Ja«, antwortete Naelin und strich ihr erneut über das Haar. »Und ich kann sie jedes Mal neu aufblühen lassen, wenn du ihn vermisst.«

»Ich werde ihn immer vermissen«, antwortete Erian.

»Dann werden sie immer blühen«, versprach sie.

Naelin rief nach den Baumgeistern, und weiße Blumen breiteten sich über die Gräber und über die Höhle der Großen Mutter aus. Sie blühten überall zu Füßen der Menschen, zu Füßen von Naelin, ihrer Familie und der Dorfbewohner.

Im Palast von Mittriel wechselte Hamon die Verbände seiner Mutter. Sie waren nun weniger blutdurchtränkt, was eine erfreuliche Verbesserung war. Ihre Verletzungen verheilten allmählich. Garnahs Hand schloss sich um sein Handgelenk.

»Du weigerst dich, mich anzusehen, Hamon. Warum denn?«

Er schaute sie an, dann wandte er den Blick ab, richtete ihn auf die Verbandsrollen und die Salbentöpfe. Er hatte sie gerettet. Seine Peinigerin. Die Mörderin. Sie würde frei sein und gesund und in der Lage, weiteren unschuldigen Menschen ein Leid anzutun, wann immer ihr danach war. »Ich will, dass du von hier verschwindest, sobald es dir wieder gut genug geht.«

Er erwartete Widerspruch, erwartete, dass sie sagte, er sei

ihr geliebter Sohn, und natürlich müsse sie bei ihm bleiben, um all die gemeinsame Zeit nachzuholen, die sie verloren hatten, oder sonst irgendeinen Unfug, den er ohnehin nie geglaubt hatte. Sie war nicht seinetwegen hiergeblieben; sie war nur um ihrer selbst willen gekommen und geblieben.

Aber sie begann nicht mit ihm zu streiten, was ein kleines Wunder war. »Ich habe mir überlegt, dass es vielleicht ganz nett wäre, mal eine Reise zu machen. Die Welt kennenzulernen, solange ich das noch kann. Erst nach deiner Hochzeit natürlich. Vielleicht reise ich nach Semo; ich habe so viel von dem Land gehört. Oder nach Belene. Es gibt da ein paar faszinierende Elixiere und Substanzen, die von diesen Inseln kommen, wie ich mir habe sagen lassen.«

Jetzt sah er sie dann doch an, schaute ihr direkt ins Gesicht, um festzustellen, ob sie vielleicht log. Es hätte ihr ähnlich gesehen, ihm Hoffnung zu machen und ihn dann auszulachen, während sie sie wieder zunichtemachte. Aber sie hatte einen nachdenklichen Ausdruck im Gesicht. *Vielleicht hat es sie verändert, dass sie nur so knapp dem Tod entronnen ist.* Doch dann tat er den Gedanken als unmöglich ab. Seine Mutter würde sich niemals ändern.

Sie tätschelte seine Hand. »Es reicht, dass ich weiß, dass du mich doch liebst.«

»Tue ich nicht«, widersprach er.

»Du hast mir das Leben gerettet, nachdem ich deins gerettet hatte.«

»Es war nur recht und billig«, antwortete Hamon. »Und ich bin Heiler. Es ist meine Pflicht, auf die ich einen Eid geschworen habe.«

»Niemand hätte es je erfahren. Und wenn doch, hätten sie dir keinen Vorwurf daraus gemacht. Königin Daleina jedenfalls nicht, und ich weiß, dass dir das am allermeisten bedeutet. Keine Sorge, Hamon. Ich werde dieses Thema nicht wieder ansprechen. Mir genügt es zu wissen, dass du tief in deinem Inneren deine Mutter wirklich liebst.«

Er wollte erneut widersprechen, aber sie hatte die Augen geschlossen und begann leise zu schnarchen.

Und … er war sich nicht sicher, ob sie tatsächlich so vollkommen falschlag.

Merecot nippte an ihrem Kiefernnadeltee und war überrascht, dass Honig darin war und kein Gift. Sie wusste nicht, ob sie selbst so großmütig gewesen wäre, wäre sie an Daleinas Stelle gewesen. »Ich entschuldige mich dafür, dass ich schon wieder versucht habe, dich zu töten. Ich war ziemlich aufgebracht.« Die Worte fühlten sich plump und schwer an, wie sie da aus ihrem Mund kamen, als hätte man ihr Kieselsteine in die Wangen gestopft. Und »aufgebracht« deckte ihre Gefühle auch nicht einmal ansatzweise ab.

Daleina schwieg, und Merecot war nicht sicher, ob sie ihre Entschuldigung überhaupt gehört hatte. Sie hatte diesen entrückten Ausdruck im Gesicht, den sie immer trug, wenn sie sich mit den Geistern unterhielt. *Ich hatte früher auch diesen Gesichtsausdruck.*

»Ich weiß es zu schätzen, dass du mich nicht ins Gefängnis hast werfen lassen«, fuhr Merecot fort. Sie verstand wirklich nicht, warum sie noch immer in Freiheit war. Sie mochte keine Macht mehr haben, aber trotzdem sollte sie eigentlich immer noch als eine mögliche Gefahr gelten. *Daleina ist alles in allem viel zu vertrauensvoll. Vielleicht weiß sie aber auch einfach, dass sie jetzt die Mächtigere von uns beiden ist.* »Ich werde dann wohl nach Semo zurückkehren.«

»Das brauchst du nicht«, sagte Daleina und rührte in ihrem Tee. Sie hatte Ringe unter den Augen, saß aber immer noch so steif und korrekt da, wie auch Direktorin

Hanna immer dagesessen hatte. »Königin Cajara findet sich immer besser dort zurecht, höre ich. Du könntest in Aratay bleiben, es ist einmal dein Zuhause gewesen.«

»Das geht auf keinen Fall.« Sie würde die ständige Erinnerung an das, was sie verloren hatte, unmöglich ertragen können. Und genauso wenig die Erinnerung an das, was ihr um ein Haar gelungen wäre. Merecot stellte ihre Teetasse ab und trat an das offene Fenster. Eine leichte Brise wehte herein, unterlegt mit einem frostigen Hauch, ein Vorbote von kommendem Winter und Schnee. »Ich habe wirklich geglaubt, dass es klappen würde.«

»Ich ja genauso. Wir teilen uns die Schuld.«

Merecot verdrehte die Augen. »Ich denke, ich verdiene es, zur Hauptverantwortlichen gemacht zu werden. Lass mich diese Schuld tragen, Daleina. Du hast mir schon alles andere genommen.«

Sie hörte Daleina hinter sich seufzen. »Das war nicht meine Absicht.«

»Absicht hin, Absicht her, es ist passiert, und jetzt muss ich damit leben.« *Aber wie soll das gehen?* Sie hatte immer ihre Macht gehabt. Erst ihre Macht hatte sie zu dem Menschen gemacht, der sie jetzt war. Jede Entscheidung, die sie je getroffen hatte, war von dieser Macht maßgeblich bestimmt worden. Wenn sie jetzt danach zu greifen versuchte, war es, als griffe sie nach einem Gespenst. Was einst ihre Macht gewesen war, schlüpfte ihr durch die Finger und hinterließ nichts als verblasste Erinnerungen. Es fiel ihr sogar schwer, auch nur das Gefühl wieder heraufzubeschwören, *wie* sie es gemacht hatte, wie sie ihre Gedanken ausgesandt, auf andere übertragen hatte. Sosehr sie es jetzt auch versuchen mochte … Sie vernahm nur Schweigen, es war, als stieße sie die Hand in ein prall gefülltes Daunenkissen.

Merecot lehnte sich ans Fenster und blickte über die Stadt hinweg, die sie beinahe beherrscht hätte – sie fragte sich, ob irgendeiner von ihren Bewohnern die genauen Einzelheiten dessen kannte, was im Hain geschehen war, und wie sehr sie sie wohl hassen würden, wenn sie davon wüssten.

Sie hassen mich wahrscheinlich jetzt schon, überlegte sie. *Ich habe schließlich versucht, ihre Königin zu töten – zweimal. Und ich habe die Kinder ihrer anderen Königin entführt. Und bin in ihr Land eingefallen, woraufhin ein Großteil ihres Waldes gestorben ist. Und dann ist es mir nicht gelungen, die Geister, so wie ich es geplant hatte, unter Kontrolle zu bringen, so dass noch viele weitere gestorben sind …*

Der Gedanke brachte sie beinahe zum Lachen. *Natürlich hassen sie mich.* Doch am meisten beschäftigte sie die Frage, ob sie Merecot wohl ebenso sehr hassten, wie sie sich selbst hasste.

Daleina hinter ihr war ganz still, und Merecot verspürte ein Kribbeln im Nacken, als säßen da Dutzende von Hummeln und starrten sie an. Es war definitiv unangenehm. »Was denn?«

»Ich habe nichts gesagt.«

»Aber du wolltest etwas sagen. Nur zu, sag, was immer du zu sagen hast.«

»Deine Fähigkeit, eine Verbindung zu den Geistern aufzunehmen, muss nicht für immer verloren sein. Deine Macht könnte immer noch zurückkehren.«

Vielleicht, vielleicht aber auch nicht. Merecot war jetzt nicht in Stimmung für Daleinas unangebrachten Optimismus. *Hat sie es denn niemals satt, immer so munter und positiv zu sein?*

»Aber selbst wenn nicht … Du könntest dir eine neue Bestimmung suchen, eine, die überhaupt nichts mit Geistern zu tun hat. Dein Leben ist noch nicht vorüber, was bedeutet, dass du immer noch verschiedene Möglichkeiten hast, ganz gleich, ob du sie jetzt erkennen kannst oder nicht.«

Merecot schnaubte. Mehr brachte sie als Antwort nicht zustande, und mehr verdienten diese Gefühlsduseleien auch nicht. Hinter sich hörte sie Stoff rascheln und wusste, dass Daleina aufgestanden war.

»Viel Glück, Merecot. Du bist eine schreckliche Freundin gewesen, aber ich bin trotzdem froh, dass ich dich gerettet habe.«

Sie wusste nicht, was sie darauf sagen sollte. Ohne sich umzudrehen, lauschte sie auf Daleinas sich entfernende Schritte, hörte, wie die Tür sich öffnete und dann wieder schloss, während sie immer noch aus dem Fenster schaute. Sie sah einen hermelinartigen Geist mit Flügeln wie eine Fledermaus durch die Äste fliegen und sich dann in den blauen Himmel über ihnen erheben.

»Vielleicht werde auch ich eines Tages froh darüber sein«, sagte Merecot laut, auch wenn Daleina bereits fort war.

Daleina wollte kein Festmahl zu ihrer Hochzeit – sie wollte auch nicht das geringste bisschen von den Speisen verschwenden, die stattdessen an ihre Untertanen verteilt werden sollten. Obwohl sie die Geister unermüdlich an der Instandsetzung der Obstgärten, Nussbäume und Beerenbüsche arbeiten ließ, reichten die Vorräte noch immer nicht aus, und die Wintermonate würden für viele im Land karge Kost bedeuten. Und so erschien es ihr falsch, ihre Hochzeit mit Hamon mit einem verschwenderischen Bankett zu feiern.

Aber sie wollte Musik. Und Tanz.

Es war Belsowik, der ihren Wunsch im Land verkünden

ließ, und als sie am Morgen ihrer Hochzeit erwachte, hörte sie Musik: Gesang von den Baumwipfeln, Trommeln und Hörner aus den Ästen und ein Klang wie von tausend Glocken.

Sie setzte sich im Bett auf und sah, dass Hamon bereits wach war und auf dem Balkon stand. Lächelnd stand sie auf, trat zu ihm hin und schlang ihm die Arme um die Hüfte. »Sie singen für dich«, sagte Hamon.

»Für uns«, korrigierte sie.

»Und für sich selbst. Sie sind glücklich darüber, am Leben zu sein. Dank dir.«

Sie sah, dass die Bewohner von Mittriel bereits angefangen hatten zu feiern. Draußen auf den Bäumen, auf den Brücken tanzten Männer und Frauen. Kinder rannten über die Äste und zogen Bänder hinter sich her. Allerlei leuchtend bunte Stoffe hatten sich bereits in den Bäumen verwickelt und sahen aus wie Nester aus Regenbogen. Sie sah, wie Geister sie aus den Bäumen rissen und in der Luft mit ihnen spielten.

Langsam trat sie weiter auf den Balkon hinaus, und die Musik umhüllte sie, schwang sich in die Höhe – Sopran- und Baritonstimmen vermischten sich zu einem herrlichen Chor, der sich über dem Lachen der Kinder und den Trommeln der Tänzer erhob. Und dann sah sie sie: die Wipfelsänger, Hunderte von ihnen, die ganz hoch oben über ihrer Stadt thronten.

Sie müssen alle gekommen sein. Oder zumindest waren es mehr Wipfelsänger, als sie je zuvor an einem Ort gesehen hatte. Die meisten von ihnen waren Einzelgänger. Sie hatte noch nie davon gehört, dass sie sich zu einer derartigen Versammlung zusammengefunden hätten.

Eine der Sängerinnen, eine Frau mit Haaren, die um ihr Gesicht schwebten wie Pusteblumen, kam über eine Seilrutsche auf den Palast zu. Sie winkte der Königin und rief etwas, das Daleina nicht richtig verstehen konnte. Schnell bedeutete Daleina ihren Wachen, sie nicht aufzuhalten. Und dann sandte sie ihre Sinne nach einem Hermelin-Luftgeist aus. Er sollte die Frau von der Seilrutsche zu Daleinas Balkon hinauftragen.

Ich hoffe, das jagt ihr keine Angst ein. Aber sie scheint mit mir reden zu wollen.

Die Sängerin lachte, als der Geist sie auf dem Balkon absetzte. Ihre Wangen waren gerötet. »Und jetzt lerne ich noch eine zweite Königin kennen!«, meinte sie fröhlich.

»Danke für die wunderschöne Musik«, sagte Daleina und fragte sich, welcher Königin die Frau zuvor wohl schon begegnet war. Naelin? Fara?

»Ach, wir mussten einfach für Euch singen. Es soll Euch Glück bringen!« Sie strahlte Daleina an. »Mein Bruder hat gleich zweimal eine gute Wahl getroffen. Mein Bruder, das ist Ven. Ich bin gekommen, um Euch zu fragen: Die Sänger haben Gerüchte gehört und komponieren Lieder ... Ist es wahr? Ist er wirklich in die ungebändigten Lande gegangen? Und hat er tatsächlich überlebt?«

Diese Frau war Vens Schwester! Daleina hatte vergessen, dass sie eine Wipfelsängerin war, falls sie es überhaupt je gewusst hatte. Ven hatte nie viel über seine Familie oder über seine Kindheit geredet. »Ich freue mich so, Euch kennenzulernen.« Sie hätte ihr gern hundert Fragen über Ven gestellt: Wie war er als Kind gewesen, gab es irgendwelche witzigen und peinlichen Anekdoten, mit denen man ihn aufziehen konnte, war er schon mit einem Schwert in der Hand geboren worden? Aber die Fragen der Sängerin waren jetzt wichtiger. »Ja, das stimmt. Und, ja, er lebt zusammen mit Königin Naelin in den ungebändigten Landen ... die man inzwischen vermutlich nicht mehr ›ungebändigt‹ nennen kann, zumindest den Teil, in dem sie leben.« Es gab natürlich immer noch gewaltige Bereiche ungebändigten Landes – niemand wusste, wie weit es sich erstreckte –, aber Renthia war nun größer geworden.

Vens Schwester klatschte in die Hände. »Oh, all die Geschichten, die er mir da erzählen kann. Ich danke Euch!« Dann trat sie mit ausgestreckten Armen vor, als wollte sie Daleina in ihre Arme schließen, bis sie sich jäh daran erinnerte, dass sie es hier mit der Königin zu tun hatte, und stattdessen einen tiefen Knicks machte.

Lachend umarmte Daleina sie trotzdem.

Dann rief sie nach dem Luftgeist, damit er Vens Schwester zurück in die Baumwipfel trug. Daleina hörte, wie sie noch im Fliegen zu singen anfing. »Es ist schön, wenn man gute Neuigkeiten weitergeben kann«, bemerkte Daleina, an Hamon gewandt.

Hamon streckte die Hand aus. »Sollen wir für noch mehr gute Neuigkeiten sorgen? Bist du bereit, mich zu heiraten?«

Daleina blickte auf ihr Nachthemd hinab, und wieder lachte sie. »Noch nicht ganz.« Dann scheuchte sie ihn aus dem Raum und rief nach den Palastdienerinnen, damit sie ihr halfen, sich anzukleiden.

Sie wählte ein Gewand aus Seidenspitze, das ihr ein Gefühl gab, als wäre sie von Wolken umhüllt, und dann bat sie die Geister, sie mit Blumen zu schmücken. Ranken umhüllten ihre Arme, und um die Handgelenke hatte sie Sträußchen aus frisch erblühten rosa Blüten. Um den Hals trug sie die Kette mit den fein geschnitzten Blättern aus Holz, die ihr ihre Familie geschenkt hatte, als sie Königin geworden war. Ihre Krone bestand aus geflochtenen Zweigen mit weißen Blumen, in Erinnerung an all jene Menschen, die sie verloren hatten.

Sobald sie fertig angezogen war, öffnete Belsowik die

Türen ihres Gemachs, und ihre Eltern und ihre Schwester kamen hereingeeilt. Sie umarmte sie alle. »Ach, mein kleines Mädchen«, murmelte ihr Vater. »Du bist jetzt groß geworden.«

»Wir sind so stolz auf dich«, sagte ihre Mutter. Sie küsste Daleina auf beide Wangen.

»Bist du bereit?«, fragte ihr Vater.

Bin ich das?

Daleina erinnerte sich daran, dass sie einmal Königin Fara gefragt hatte, ob sie denn bereit gewesen sei für ihr Amt, als sie Königin geworden war. Aber wie konnte auch irgendwer wahrhaft bereit sein, wenn man doch nie wusste, welchen Weg das Leben einschlagen würde! »Ich bin glücklich«, erwiderte sie.

Es war keine Antwort auf seine Frage, aber vielleicht war das eine sogar noch bessere Auskunft.

Dann hakte sie sich bei Arin unter und folgte ihren Eltern und Belsowik. »Bist du denn ebenfalls glücklich?«, wandte sich Daleina an Arin, als sie nun gemeinsam den Saal des Sonnenaufgangs ansteuerten.

»Ja, ich glaube schon«, antwortete Arin, und eine leichte Röte überzog ihre Wangen. »Du wirst mich besuchen kommen müssen, sobald du kannst. Mama und Papa kommen nach deiner Hochzeit auch mit mir. Sie wollen Cajara kennenlernen. Und ich will ihnen Semo zeigen.«

»Du solltest sie bitten, ganz dorthin zu ziehen, damit du nicht allein bist«, ermunterte Daleina ihre Schwester. Sie wusste, dass ihre Eltern Aratay immer wieder besuchen kommen würden, und Arin brauchte sie mehr als Daleina.

Arin lächelte. »Ich bin dort nicht allein. Aber ich glaube ... Vielleicht werde ich es wirklich tun.«

Und dann erreichten sie den Saal des Sonnenaufgangs, und die Palastwachen rissen die Türen auf. Strahlen der

Morgensonne fielen durch die Fenster und tauchten den Raum in bernsteinfarbenes Licht. Hamon erwartete sie neben dem offenen Fenster.

Die Hochzeit selbst fand im Kreis der Familie statt ... aber ganz Aratay sollte davon Zeugnis ablegen.

Draußen drängten sich so viele Bewohner Aratays auf den Ästen der übervollen Bäume, wie irgend darauf passten. Ein angenehmer Herbstwind trug die Lieder der Wipfelsänger in den Saal. Daleinas Eltern und ihre Schwester geleiteten sie zu Hamon hinüber, und Daleina und Hamon stellten sich einander gegenüber am Fenster auf, so dass auch alle draußen es sehen konnten.

Daleina schaute Hamon in die Augen, und unwillkürlich kam ihr in den Sinn, dass sie nie im Leben glücklicher gewesen war.

Und als sie ihren Ehebund mit einem Kuss besiegelten, freute sich ganz Aratay mit ihnen.

Naelin hatte ihnen allen gegenüber beteuert, dass sie keine Burg wolle. »So etwas ist lächerlich und frivol«, hatte sie jedem erklärt, der danach fragte – und es fragte ausnahmslos jeder. Ihr neues Volk hatte so lange auf eine Königin gewartet, dass sie sie nun mit allem Drumherum haben wollten, einschließlich einer prachtvollen Stadt. Naelin gab ihnen allen die gleiche Antwort: Nein, nein und abermals nein. Sie wollte lediglich ein schlichtes Haus, nur einen Spaziergang von der Höhle der Großen Mutter entfernt, nicht größer als die Häuser all der anderen in ihrem neuen Land.

Doch es war schwerer, auch den Geistern gegenüber Nein zu sagen. Sie *wollten* unbedingt bauen. Draußen in den ungebändigten Landen war zuvor alles, was sie erschaffen hatten, so schnell wieder zerstört worden, dass sie sich jetzt inständig danach sehnten, etwas Dauerhaftes zu schaffen. Sie spürte diese Sehnsucht wie einen Juckreiz, bis sie schließlich nachgab.

Sie zog Erian und Llor an sich. »Kommt, sagt mal: Was sollen wir sie bauen lassen?«

»Bäume«, antwortete Erian prompt. »Wie zu Hause.«

»Schlammburgen«, schlug Llor vor. »Wie die hier.« Und er patschte in eine Schlammpfütze, so dass um ihn herum eine Welle von Schlamm aufspritzte und seine Hose besudelte. Naelin fuhr zusammen, sagte jedoch nichts, als er nun den Dreck mit den Händen aus der Pfütze schaufelte und Schlamm auf den Boden tropfen ließ, um Türme zu formen.

»Llor, du bist jetzt ganz dreckig«, ließ Erian ihn wissen.

»Wenn du dich hinsetzt, kannst du auch dreckig werden.« Er klopfte einladend auf die Pfütze neben ihm. »Mama wird mich jetzt sowieso zwingen, ein Bad zu nehmen.« Er warf Naelin einen Blick zu, der sehr deutlich machte, was er von dieser Idee hielt. »Bayn zwingt uns niemals zu baden.«

»Das liegt daran, dass Bayn keine Hände hat, um euch zu waschen«, versetzte Naelin. »Trotzdem wird er sich freuen, wenn du besser riechst. Wölfe haben einen ausgezeichneten Geruchssinn.« Sie wusste, dass sie Llor eigentlich dafür schelten sollte, dass er sich mit Schlamm vollgemacht hatte, aber sie konnte das Lächeln, das um ihre Lippen zuckte, nicht unterdrücken. Sie kniete sich hin und schöpfte selbst eine Handvoll Schlamm, den sie in ihrer Faust ausdrückte, um nun ebenfalls einen Turm aus Dreck auf den Boden zu tröpfeln. »In Ordnung, aber wir bauen die Türme lieber aus Stein, damit man nicht so schmutzig wird, wenn man in ihnen wohnt, und dann lassen wir Bäume drum herum wachsen.«

Llor jubilierte, klatschte in die Hände und besprritzte Naelin und Erian mit Schlamm.

»Mama!«, kreischte Erian.

Naelin blickte Erian in die Augen. Sie zuckte mit den Augenbrauen und warf einen vielsagenden Blick auf die Pfütze und auf Llor.

»Echt?«, fragte Erian.

Mit einem Grinsen nickte Naelin.

Erian stieß einen Jubelschrei aus, tauchte ihre Hände in den Schlamm und bewarf ihren Bruder damit. Er kreischte auf und schleuderte ihr nun seinerseits Schlamm entgegen. Dann stürzte sich auch Naelin ins Gefecht und bewarf sie beide mit Schlamm, bis sie sich gegen sie zusammentaten und sie von den Haaren bis zu den Füßen vollspritzten.

Lachend sackten sie alle drei in der Pfütze zusammen, und Naelin sandte ihr Bewusstsein aus und berührte die Geister. Sie ließ in ihren Gedanken ein Bild von Türmen aus Stein entstehen, und die Erde begann zu vibrieren, genauso wie nun auch die Geister vor Aufregung vibrierten. Erdgeister huschten über das Land und durch sein Inneres, hoben es an, und Naelin spürte, wie der Boden erbebte, als nun Steine aus der Erde hervorbrachen: Rote Steine mit schwarzen Streifen wanden sich zu Spiralen, die höher und höher gen Himmel wuchsen. Dann rief sie nach den Baumgeistern und gab ihnen freie Hand, um einen Wald um die Burg herum wachsen zu lassen. Mit je einem schlammverschmierten Kind auf jeder Seite sah sie zu, wie Bäume aus der Erde sprossen und ihre Stämme immer dicker wurden.

Unter ihrem Kommando leiteten die Wassergeister Flüsse um und lenkten sie in einen See, der sich über einen Wüstenstreifen ausbreitete. Sie wies andere Erdgeister an, steile Felshänge entstehen zu lassen, und die Wassergeister ließen das Wasser voller Freude in donnernden Wasserfällen herabströmen.

»Oh, Mama, es ist wunderschön!«, rief Erian.

Naelin spürte das ungeduldige Zappeln der Feuergeister in ihrem Bewusstsein, und so sandte sie sie in die Burg hinein: Sie entfachten Feuer in den Kaminen der Zimmer all ihrer neuen Untertanen. Kontrollierte, gut gesicherte Feuer, aber so viele davon, dass die neuen Palasttürme und alle steinernen Häuser hell erleuchtet waren.

Dann gab sie auch den Eisgeistern zu tun: Sie sollten einen der Wasserfälle gefrieren lassen. Er knisterte und knackte, als sich das Wasser zu Eis verfestigte, jeder Sturzbach des strömenden Wassers mitten in der Luft erstarrte. Wie es so in der Sonne glitzerte, sah das Ganze wie ein Kunstwerk aus.

Während die anderen Geister arbeiteten, sandte Naelin die Luftgeister weit über ihr Land hinaus aus und bis über die Grenzen, hinein in die wilden Gebiete, die immer noch ungebändigt waren, damit sie aus allen Ländern, die sie erreichen konnten, Blumensamen mitbrachten. Sie verteilten die Samen über das Land, und Naelin leitete die Baumgeister an, sie zu pflanzen, unter tatkräftiger Hilfe der Wassergeister, bis meilenweit in alle Richtungen eine ungeheure Pracht von Blumen aufblühte – in Rot und Lila, in Blau und Gelb, und das Land förmlich in Farbe badete.

Die Arme um Erian und Llor gelegt, sah Naelin zu, wie ihre Geister durch das Land tanzten und es in Schönheit tränkten. Sie beschloss, ihnen zu gestatten, mit ihrer Schaffensorgie fortzufahren, sobald sie fertig waren, aber sie würde sie außerhalb der Grenzen der Hauptstadt schicken, damit die Menschen hier ihr Leben leben konnten und die Geister dort das ihre.

Es mag kein wirklicher Frieden sein, aber es kommt einem Frieden doch nah.

»Ich glaube, es wird mir hier gefallen«, verkündete Erian.

Naelin küsste sie auf ihr schlammbespritztes Haar und antwortete: »Mir auch.«

Ihre Kinder schmiegten sich an sie und sahen zu, wie das Land wiedergeboren wurde.

Ven hielt sein Schwert stets scharf und seinen Bogen bereit – es gab immer Geister, die nicht gebändigt werden, die lieber zerstören als erschaffen wollten und die die Grenzen von Naelins Macht austesteten. Königin Naelin hatte eine einfache und elegante Lösung für solche wild werdenden Geister: Sie löste deren Verbindung mit ihr und verbannte sie aus ihrem Land, so dass sie sich in die endlosen Landstriche der immer noch ungebändigten Regionen jenseits ihrer Grenzen begeben mussten. Aber manchmal ging ihr der eine oder andere durch die Lappen. Manchmal war sie mit anderen Problemen beschäftigt. Oder sie schlief. Selbst Königinnen brauchten Schlaf. Also hatte Ven den Oberbefehl über die Wachen übernommen, die nach diesen gelegentlich abtrünnigen Geistern Ausschau hielten.

Es war eine durchaus angenehme und sinnvolle Aufgabe: Auf diese Weise sorgte er auch noch für die Sicherheit des gesamten Landes.

Er hatte Naelin erklärt, dass er nicht ihr Meister sein wollte. Ein anderer würde die Ausbildung ihrer zukünftigen Nachfolgerin übernehmen müssen. Er war entschlossen, sie so lange auf dem Thron zu halten, wie sie es wünschte. Die Wahrheit war, dass es ihn überraschte, dass sie in diesem Punkt keinen Streit mit ihm angezettelt hatte, aber er würde sich deswegen mit Sicherheit nicht bei ihr beschweren.

Als Ven eines Nachmittags, nachdem er einen Eisgeist vom See verjagt hatte, gerade sein Schwert schärfte und dabei vor sich hin pfiff, kam ein barfüßiger Junge auf das Übungsgelände gelaufen. »Besuch für Euch, Herr. Aus Aratay!«

Er schob sein Schwert in die Scheide und stand auf. *Wer sollte denn mich besuchen kommen?*

Neuankömmlinge waren hier so selten, dass bereits das halbe Dorf aus den Fenstern gaffte oder jetzt herauskam, um Ven direkt nachzustarren, wie er nun zwischen den Häusern hindurchstapfte, um seine Besucherin zu empfangen. Sie ging direkt auf ihn zu und sang dabei – das Singen war nicht überraschend, wenn man bedachte, um wen es sich da handelte, aber das Gehen war es dafür umso mehr. »Sira!«, rief er. »Du bist unten auf dem Boden!«

»Ja«, antwortete seine Schwester. »Ich habe immer gesagt, dass ich wieder unten auf dem Boden gehen werde, sobald er eine interessante Geschichte für mich bereithalten würde, von der es sich zu singen lohnt.«

Er eilte auf sie zu, um sie zu umarmen. »Aber wie bist du hierhergekommen?«

»Freust du dich nicht, mich zu sehen? Ich jedenfalls freue mich, dich zu sehen.«

»Natürlich freue ich mich«, erwiderte er. »Aber ich bin eben auch einfach überrascht.« Sira war nicht der Typ, der durch ganz Aratay wanderte und es freiwillig mit all den mit der Reise verbundenen Gefahren aufnahm. Sie war es zufrieden gewesen, sich hoch oben in ihren Baumkronen aufzuhalten und in der Morgendämmerung zu singen. »Ist mit Mutter alles in Ordnung?« Mutter hätte Sira nie allein losziehen lassen. *Sie ist tot,* schoss es ihm durch den Kopf. Er versuchte seine Reaktion unter Kontrolle zu halten und gleichmäßig zu atmen, ohne dass sich ihm das Herz in der Brust verkrampfte und seine Hände zitterten. *Ich hätte es wissen müssen.* Aber es waren eben nur sehr wenige Neuigkeiten aus Aratay bis hierher durchgesickert …

»Es geht ihr gut. Nur verdrießlich ist sie.«

Er stieß die Luft aus und hatte das Gefühl, erst jetzt wieder atmen zu können. »Warum bist du dann …«

»Weil mir Königin Daleina mitgeteilt hat, dass du am Leben bist. Und dass die Lieder wahr sind, die man über dich singt! Sie hat gesagt, du seist jetzt Prinz eines neuen Landes, und da war mir sofort klar, dass du noch keine Sänger hast, um die Morgendämmerung zu begrüßen oder der Sonne Gute Nacht zu sagen, und so bin ich hergekommen. Weil ich wusste, dass du mich brauchen würdest.«

Er musste grinsen. »Prinz?«

»Prinz Ven! Darauf lassen sich alle möglichen Reime bilden.«

»Du hast den ganzen weiten Weg allein unternommen? Zu Fuß?«

Sira strahlte ihn an und schüttelte dann den Kopf.

»Nicht ganz. Sie wollte dich überraschen.«

Er schaute über Siras Schulter und sah nun seine Mutter über die blumenübersäten Felder stapfen. Sie hielt ein blankes Schwert in jeder Hand und warf ihm finstere Blicke zu, als wäre das alles irgendwie seine Schuld. Flüchtig wünschte er sich, er wäre auf dem Übungsgelände geblieben. »Mutter? Das ist aber wirklich eine Überraschung.«

Seine Mutter erreichte ihn, steckte ihre beiden Schwerter in ihre Scheiden und umarmte ihn dann. »Du hast eine Königin geheiratet und eine neue Nation gegründet, und du hast uns weder zu dem einen noch zu dem anderen eingeladen.«

»Nun ja, ähm, ihr wart beide beschäftigt.« Er umarmte sie unbeholfen, und ihre Lederrüstung drückte sich gegen seine, so dass sich sein Brustpanzer schmerzhaft in seine Haut bohrte. Als sie ihn losließ, musste er sich zwingen, nicht zurückzuweichen.

»Und womit beschäftigst du dich? Bist du der Meister deiner neuen Königin? Wo ist deine Kandidatin?« Sie spähte über seine Schulter, als erwartete sie, dass dort gleich eine zum Vorschein kommen würde. Ven warf einen Blick hinter die beiden Frauen und entdeckte mehrere Dorfkinder, die sich tuschelnd zusammendrängten. Auch einige der Erwachsenen beobachteten das Ganze, während sie so taten, als würden sie ihren täglichen Pflichten nachgehen. Zwei Neuankömmlinge, das waren aufregende Neuigkeiten.

»Ich bin das Oberhaupt ihrer Wache.«

Sie schnaubte verächtlich. »Hast du denn überhaupt Meister? Thronanwärterinnen? Hast du hier überhaupt irgendetwas Vernünftiges gemacht?«

»Ich bin nicht gestorben«, sagte er trocken. »Und Königin Naelin ebenso wenig.«

Sie tat diese Feststellung nur mit einem weiteren Schnauben ab.

»Mutter, du musst ihm sagen, wie stolz du auf ihn bist«, meldete sich Sira zu Wort. »Mir hat sie es gesagt. Und sie freut sich, dich zu sehen.« Ihre Mutter warf ihr einen finsteren Blick zu, verschränkte die Arme vor der Brust und konzentrierte ihren Ärger dann wieder auf Ven. Ven fragte sich, über welche seiner Unternehmungen sie sich wohl am meisten ärgerte, beschloss dann jedoch, dass es nicht wirklich eine Rolle spielte.

»Ja, das sehe ich.« An seine Mutter gewandt, fügte er hinzu: »Würde dir eine pauschale Entschuldigung ausreichen?«

Seine Mutter schnaubte erneut. »Du hast meine Frage nicht beantwortet: Hat deine Königin irgendwelche Meister?«

»Noch nicht.« Er fuhr sich mit den Fingern durchs Haar. »Ganz ehrlich, es hat da so ein paar Dinge gegeben, die wir erst einmal haben erledigen müssen. Die Unterbringung der Menschen. Ihre Ernährung. Der Bau von schicken Burgen.«

Sira warf einen bewundernden Blick auf die Türme aus rotem Stein, die ihre Aussicht umrahmten. »Sie gefallen mir gut.«

»Dann bin ich ihre erste Meisterin«, verkündete Vens Mutter entschieden. »Du hattest recht, Sira. Er braucht uns wirklich. Komm mit, Junge. Zeig uns unsere Quartiere. Deine Königin hat doch bestimmt auch Gästequartiere, oder? Sie kann uns später ein dauerhaftes Zuhause einrichten. Zuerst gibt es eine Menge anderer Dinge zu tun.«

Ven wusste auf das alles keine Antwort und brachte lediglich ein Nicken zustande.

»Und, Ven …«

»Ja, Mutter?«

»Ich bin in der Tat stolz auf dich.«

Nach ihrer Rückkehr nach Semo begab sich Arin direkt in den Thronsaal. Sie wurde angemeldet, und die Burgwachen öffneten ihr die großen Türen, um sie dann hinter ihr wieder zu schließen.

»Euer Majestät«, grüßte Arin.

Königin Cajara lächelte. »Ich hatte Angst, dass du nicht zurückkommen würdest.«

Arin grinste sie an und sonnte sich in ihrem Lächeln. »Als könntest du mich von dir fernhalten.« Sie eilte so schnell durch den Thronsaal auf sie zu, dass es fast schon ein Rennen war. Lachend sprang Cajara von ihrem Thron auf und umarmte sie.

»Weißt du was? Meine Eltern sind mit mir mitgekommen!«, verkündete Arin. »Sie richten sich gerade in ihren Zimmern ein, aber sie würden sich gerne mit dir treffen.«

Sie sah, wie sich Cajaras helle Augen besorgt verdunkelten. »Sie werden dich bestimmt lieben«, versicherte Arin.

»Die Menschen von Semo lieben mich nicht«, gab Cajara zurück, dann ließ sie sich wieder auf ihren Thron sinken. Sie wirkte darauf ganz klein. Der aus Marmor gemeißelte Thron hätte mühelos zwei oder drei Königinnen Platz geboten. Arin sah sich um, ob nicht irgendwelche überpeniblen Höflinge irgendwo in den Winkeln lauerten, dann ließ sie sich neben Cajara auf den Thron fallen. Sie passten bequem zusammen darauf.

»Erzähl mir alles«, bat Arin.

Cajara verzog das Gesicht. »Es sind die Herzöge. Oder die Barone. Oder ich weiß nicht wer. Ich kann nicht unterscheiden, wer nun was ist, und ich glaube, die Burgtruchsessin hat mich in diesem Punkt belogen, weil sie möchte, dass ich mich blamiere.«

»Dann werden wir eben einen neuen Truchsess für dich finden«, schlug Arin vor. »Was meint Botschafterin Hanna dazu?«

»Sie sagt, ich muss den Dingen etwas Zeit lassen, damit sie sich entwickeln können.« Cajara seufzte. »Aber ich glaube nicht, dass Zeit allein etwas ändert. Ich kann das nicht, Arin! Sie schauen mich an und sehen ein kleines Mädchen vor sich. Schlimmer noch, ein kleines Mädchen aus Aratay, das hier weder Land, Volk noch Sitten kennt.«

Es war die längste Ansprache, die Arin je von Cajara gehört hatte, was eine Menge darüber aussagte, wie groß die Sorgen waren, die sich die neue Königin machte. Sie griff nach Cajaras Hand und drückte sie. »Dann ändern wir ihre Sitten. Fang mit Folgendem an: Du brauchst ihre Liebe nicht. Es ist nicht einmal nötig, dass sie dich gernhaben. Du brauchst nur ihre Königin zu sein, und das bedeutet, sie vor Geistern zu beschützen, richtig?«

Cajara nickte zögerlich.

»Also kümmerst du dich um die Geister. Lass Botschafterin Hanna alles Notwendige mit den Herzögen und Baronen und so weiter regeln. Du brauchst dich nicht ständig mit allen zu treffen. Bitte sie um ihre Hilfe.«

»Meinst du … Meinst du, sie wird es tun?«

»Ich meine, dass sie …«

Aber Arin bekam keine Gelegenheit, ihren Satz zu beenden. Die Türen des Thronsaals wurden aufgerissen, und Arin sprang rasch vom Thron herunter. Sie huschte zur Seite, während sich Cajara steif aufrichtete – Arin beugte sich schnell vor und schob Cajaras Krone zurecht, die verrutscht war.

Ein Wachmann donnerte: »Der Herzog von Pellian!«

Ein Mann in einem fellbesetzten Gewand kam in den Thronsaal gestapft. »Euer Majestät, ich verlange zu erfahren, warum Eure Geister die Nordbrücke nicht instand gesetzt haben, ehe sie mit der südlichen Kreuzung begonnen haben. Es ist unentschuldbar, dass die Brücke in meine Region vernachlässigt wird, wo doch der über die Berge von Pellian verlaufende Handel die Hälfte des gesamten Handelsaufkommens von Arkon ausmacht, eine Tatsache, die Ihr inzwischen eigentlich wissen solltet, wenn Euch auch nur das Geringste an unserem Land gelegen wäre …«

Während Cajara auf ihrem Thron immer kleiner zu werden schien, hätte Arin den Mann am liebsten angebrüllt, dass er aufhören solle, die Königin anzuschreien. Aber dann hatte sie eine bessere Idee.

Sie griff in ihre Tasche und trat einen Schritt vor. Und dann blies sie dem Mann eine Pulverwolke ins Gesicht.

Er brach auf dem Boden zusammen und sank sofort in tiefen Schlaf.

»Arin!« Cajaras Ausruf war halb Jaulen, halb Flüstern.

»Sag den Geistern, sie sollen die Brücke in Ordnung bringen«, riet ihr Arin. »Wir wecken ihn wieder, sobald sie fertig ist.« Sie durchquerte den Thronsaal und streckte den Kopf zur Tür hinaus. »Könntet Ihr bitte Botschafterin Hanna in den Thronsaal kommen lassen? Und lasst niemanden sonst ein, erst recht nicht die Truchsessin. Das ist ein Befehl Eurer Königin.« Dann kehrte sie zu Cajara zurück, die aussah, als könnte sie sich nicht entscheiden, ob sie die Hände ringen oder in lautes Lachen ausbrechen sollte.

»Wenn wir einfach nur Zeit brauchen«, sagte Arin in dem festen und bestimmten Tonfall, den sie von Daleina gelernt hatte, »dann werden wir eben Zeit schinden.«

Cajara entschied sich fürs Lachen, ganz leise, während in ihren Augen Tränen brannten. Arin warf einen Blick auf den schnarchenden Mann, der auf dem prunkvoll gestalteten Mosaikboden des Thronsaals lag, und begann nun ebenfalls zu lachen.

Sie kicherten immer noch, als Botschafterin Hanna in den Thronsaal gerollt kam und direkt vor den Füßen des schlafenden Herzogs stehen blieb. »Will ich denn überhaupt wissen, was da passiert ist?«, fragte sie mit milder Stimme.

Cajara wurde wieder ernst und wischte sich die Augen trocken. »Arin hat mich gerade daran erinnert, dass ich hier bin, um Königin zu sein.« Besorgnis schlich sich in ihre Stimme, und wieder wirkte sie bleich und verschreckt. Arin beugte sich zu ihr und nahm ihre Hand. »Habe ich … Glaubt Ihr, wir haben die Lage dadurch nur noch verschlimmert?«

Hanna gab ein abschätziges Schnauben von sich, dann blickte sie auf den Mann hinab. »Das ist doch der, der allen damit in den Ohren gelegen hat, dass Ihr die Nordbrücke noch nicht repariert habt, nicht wahr? Ich nehme an, er ist hier hereingekommen, um eine Schimpfkanonade auf Euch loszulassen?«

Cajara nickte.

»Dann geschieht es ihm ganz recht«, entschied Hanna. »Er hätte freundlich fragen sollen. Nur Schwachköpfe beleidigen Königinnen, selbst wenn diese erst neu im Amt sind.«

Arin spürte, wie sich Cajara neben ihr entspannte. Erneut drückte sie Cajaras Hand, um ihr Mut zu machen. »Wenn er aufwacht«, fragte Cajara zögerlich, »könntet Ihr ihm dann sagen, dass die Nordbrücke repariert ist?«

»Wird sie das denn sein?«

»Die Geister sind bereits am Werk.«

Ein Lächeln breitete sich auf Hannas Zügen aus. »Ganz schön schlau, Mädchen. Wirklich sehr schlau. Wenn er aufwacht, werde ich ihm sagen, dass seine Königin Wunder wirkt. Soll er stattdessen lieber diese Geschichte verbreiten. Vielleicht werde ich auch erwähnen, dass er mal ein wenig an seinen höfischen Manieren arbeiten soll.«

»Wollt Ihr … Wollt Ihr Euch vielleicht an meiner Stelle mit Leuten wie ihm treffen? Herausfinden, was sie benötigen?«, fragte Cajara. Ihre Stimme klang immer noch zittrig und dünn.

»Gute Idee. Es ist wirklich nicht nötig, dass all Eure Zeit von solchen Treffen verschlungen wird«, stimmte Hanna zu. »Ich stehe gern als Eure Vermittlerin zur Verfügung.«

»Und ich möchte auch einen neuen Truchsess haben«, setzte Cajara noch hinzu. Jetzt klang sie schon mutiger.

»Glänzend.« Hanna schien sehr zufrieden. »Ich habe diese Frau noch nie leiden können. Sie hat Euch von viel zu vielen Leuten belästigen lassen. Das ist nun ein Schritt nach vorn. Ihr braucht niemanden zu dulden, der Euch keinen Respekt zollt. Und Ihr braucht auch nicht mit jedermann zu sprechen, der irgendwelche Missstände zu beklagen hat. Ihr seid nicht Königin Daleina. Ihr seid Königin Cajara, und Ihr könnt die Dinge auf Eure Weise regeln.«

Hanna warf einen Blick zu dem Herzog hinab und fügte mit leicht gequälter Stimme hinzu: »Nur dass Ihr vielleicht versuchen solltet, nicht jedermann in Tiefschlaf zu versetzen, der irgendwelche Beschwerden vorzubringen hat.«

Arin und Cajara wechselten Blicke und waren beide sehr stolz darauf, dass es ihnen gelang, einen Lachanfall zu unterdrücken.

Auf der anderen Seite von Renthia, im eisigen Königreich Elhim, machten nach ersten Meldungen bald zahlreiche Gerüchte die Runde: Die Königinnen von Aratay und von Semo hätten erfolglos versucht, ihre Geister zu töten, und eine neue Königin, die man die Mutter der Wildnis nannte, habe ein Stück der wilden Lande gebändigt, die jenseits der Grenzen der Welt lagen.

Königin Xiya von Elhim hörte sich alles mit ihrer geliebten Tochter an ihrer Seite an.

»Mutter, ist das denn möglich? Kann das Ungebändigte gebändigt werden?«, fragte ihre Tochter.

»Natürlich nicht, Kaeda. Es ist nur eine Geschichte, eine Fabel, um zu belehren oder zu unterhalten. Du solltest dich lieber auf deine Studien konzentrieren. Derlei Unfug sollte dich nicht vom Lernen ablenken.« Dann schenkte sie ihrer Tochter ein Lächeln. »Und jetzt zeig mir, was du gemacht hast.«

Kaeda legte die Hände zusammen und hielt eine Rose aus Eis hoch.

In ihrer Mitte war ein winziger Geist gefangen.

»Sehr hübsch«, lobte Xiya.

Kaeda strahlte ihre Schöpfung an und schien die unsinnigen Gerüchte schon wieder gänzlich vergessen zu haben. Aber Xiya konnte nicht vergessen. Sie wachte mitten in der Nacht auf und fragte sich, wie viel an diesen Geschichten wohl der Wahrheit entsprach.

Die Königin von Elhim erhob sich, warf sich einen Morgenmantel um die Schultern und trat in einen Erker mit einer Reihe von Fenstern. Sie sah durch die von Eisblumen überzogenen Fensterscheiben ihres Eispalastes hinaus und fragte sich, was wohl jenseits ihrer eigenen Grenzen lag, jenseits der Gletscher. Sie fragte sich, ob sie es nicht vielleicht herausfinden sollte.

In Chell hörte Königin Gada die Gerüchte, und sie schenkte ihnen Glauben, vor allem, was die Sache mit der Königin von Aratay betraf, die sich mit der Königin von Semo zusammengetan hatte, wenn auch nur für kurze Zeit. Das war genau die Art von Gerüchten, die ihr Sorgen bereiteten.

Nachdem sie den hochnervösen Boten entlassen hatte, wog sie ihre Möglichkeiten ab.

Gar nichts tun.

Einen Gesandten entsenden.

Eine Armee entsenden.

Oder vielleicht ein klein wenig von allem. Gada stellte mehrere Gesandte bereit. Der eine sollte der gegenwärtigen Königin von Aratay gratulieren, dass sie ihren Thron behalten hatte, ein anderer der neuen Königin von Semo ihre Glückwünsche zur Thronbesteigung überbringen und ein Dritter der neuen Königin von ... wie auch immer das neue Land genannt wurde ... zu dem gratulieren, was auch immer sie dort machte.

Dann versetzte sie in aller Heimlichkeit ihre Armee in Kampfbereitschaft.

Nur für den Fall des Falles.

Und dann wartete sie ab.

Die Inseln von Belene erreichten die neuen Nachrichten dagegen überhaupt nicht.

Und so sollte es auch bleiben, bis Garnah jene sturmumpeitschten Gestade erreichte. Aber das würde noch viele Monate dauern, und Garnah würde sehr vorsichtig abwägen, wem sie was erzählte.

Keuchend und mit hochgezogenem Rock kletterte Daleina die Treppe zum Saal der Meister der Königin hinauf. Oben angekommen blieb sie stehen, strich ihren Rock glatt und nahm sich vor, einen zweiten Meistersaal viel weiter unten im Palast einzurichten, sobald all die notwendigen Wiederherstellungsmaßnahmen anderswo in Aratay abgeschlossen waren. *Was womöglich nie der Fall sein wird*, dachte Daleina gutgelaunt. Es gab stets immer noch irgendeine Brücke, die instand zu setzen war, eine Schule, die gebaut werden musste, und ein Dorf, das wachsen wollte – und das war eigentlich schon für sich allein genommen etwas Außerordentliches.

Es war schön, für Aufgaben gebraucht zu werden, bei denen es nicht darum ging, den unmittelbar drohenden Tod zu verhindern.

Nach allem, was passiert war, war es wahrhaft erstaunlich, dass es überhaupt noch Menschen in Aratay gab, die Brücken und Schulen und Dörfer wollten, sowie Geister, die sie bauen konnten. *Es hätte so leicht ganz anders kommen können*, überlegte Daleina. Ihr Versuch, Merecot aufzuhalten, hätte misslingen können, und ausnahmslos alle im Land hätten sterben können, jeder Mann, jede Frau und jedes Kind. Sie wäre die letzte Königin von Aratay gewesen, und ihre Heimat wäre erloschen.

Daleina würde sich auf ewig daran erinnern, wie nahe sie alle dem Tode und der vollständigen Auslöschung gewesen waren. Sie hob den Kopf, spürte den Wind auf ihrem Gesicht und atmete die beißende Luft ein, die bereits einen Hauch der bevorstehenden Kälte mit sich brachte. Schon bald würde der Winter kommen, und sie hatte die Geister mächtig angetrieben und in hektische Aktivität versetzt, damit sie Beeren und Nüsse wachsen ließen, die die Menschen einlagern konnten. Auch hatte sie sie wärmere Schutzräume für all die bauen lassen, die ihr Zuhause verloren hatten. Sie hatte sie derart beschäftigt gehalten, dass sie keinen Moment lang Zeit gehabt hatten, sich ihrem üblichen Zorn und Hass hinzugeben. *Wir haben überlebt, Geister wie Menschen, und das ist wirklich sehr erstaunlich.*

Nachdem sie und Merecot wieder aus dem Hain hervorgekommen waren, hatte sie eine ganze Weile unter Schuldgefühlen gelitten – schließlich hatte sie sich mit Merecots Plan einverstanden erklärt. Sie hatte abgedankt und dadurch ihr Volk in Gefahr gebracht. All die Menschen, die gestorben waren, bis es ihr gelungen war, die Krone wieder für sich zu beanspruchen, gingen auf ihr Konto, und vor ihrer Hochzeit hatte sie eine spezielle Beerdigungszeremonie zu Ehren aller Gefallener abgehalten.

Aber der Kummer war inzwischen ein alter Freund, den sie bereitwillig akzeptierte und willkommen hieß, um sich dann wieder ihren Aufgaben zu widmen – immerhin war sie nicht nur die Königin, sondern auch frisch verheiratet. Welche Fehler sie auch gemacht haben mochte, Aratay brauchte sie noch immer. *Das Leben geht weiter, und wir leben mit unseren Entscheidungen*, dachte sie. Dann musste sie über sich selbst lächeln und fragte sich, wann sie eigentlich angefangen hatte, sich selbst etwas vorzumachen. *Für meine nächsten Großtaten werde ich vielleicht eine weise Königin werden.*

Sie setzte sich auf den Thron und wartete, bis ihre Meister die Treppe hinaufgekeucht waren und in den Raum getreten kamen, um ihre in einem Halbkreis um den Saal herum angeordneten Plätze einzunehmen. Mehrere von ihnen hatten zuvor ihre Rüstung abgelegt und trugen jetzt Gewänder aus silberner Seide, die so gar nicht zu ihren vernarbten Gesichtern und den muskulösen Armen passten, aber dennoch war es schön, sie einmal weniger erschöpft und abgekämpft zu erleben. Alle waren sie natürlich immer noch bewaffnet – sich sicher zu fühlen, hieß nicht, sich leichtsinnig und dumm zu verhalten. »Meine Meister«, richtete sie das Wort an sie, als endlich alle eingetroffen waren, »bitte bringt mich hinsichtlich Eurer Fortschritte mit meinen zukünftigen Thronanwärterinnen auf den neuesten Stand.«

Sie lehnte sich auf ihrem Thron zurück und hörte sich an, wie sie einer nach dem anderen Bericht erstatteten. Mehrere Kandidatinnen hörten sich sehr vielversprechend an, und sie bat darum, sich mit ihnen treffen zu können – Belsowik würde mit ihnen Audienzen vereinbaren, die sie zwischen ihre anderen Verpflichtungen einschieben konnte. Nachdem sie ihre Berichte beendet hatten, gingen die Meister dazu über, die gegenwärtige Lage Aratays und seiner Geister zu besprechen und auszutauschen, welche Beobachtungen sie angestellt hatten und was sie glaubten, dass die Leute im Land benötigten. Sie hörte sich alles aufmerksam an, nickte, wo es angebracht war, und dankte ihnen allen.

Nach allem, was geschehen ist, vertrauen sie mir immer noch, dachte Daleina.

Auf einmal kam ihr jenes alte Kinderlied in den Sinn:

Vertrau nicht dem Feuer, denn es wird dich verbrennen.
Vertrau nicht dem Eis, denn es wird dich erfrieren.
Vertrau nicht dem Wasser, denn es wird dich ertränken.
Vertrau nicht der Luft, denn sie wird dich ersticken.
Vertrau nicht der Erde, denn sie wird dich begraben.
Vertrau nicht den Bäumen, denn sie werden dich zerfetzen,
   zerreißen, zerfleischen, bis du tot bist.

Aber sie vertrauen mir, dachte Daleina. *Sowohl die Geister als auch die Menschen. Ich bin immer noch ihre Königin. Und ich bin noch nicht tot.*

Königin Daleina von Aratay lächelte ihre Meister an, und als sie dann ihr Bewusstsein aussandte und Kontakt zu ihren Geistern aufnahm, erlaubte sie ihnen, die ersten Schneeflocken in diesem Winter fallen zu lassen.

Der Wolf hörte die Menschen reden und fand, dass sie doch sehr dumm waren. Sie wollten einen Namen für Naelins neues Land, und alle schienen den Namen zu mögen, den der Knabe Llor vorgeschlagen hatte: Renetayn, eine Mischung aus Bayns Namen und dem von Llors Vater.

Es war ja nicht so, dass Bayn besonders eigen gewesen wäre, was seinen Namen anging. Er fand nur die Vorstellung ein wenig lächerlich, einem Land einen Namen zu geben, als wäre es ein Welpe. Stattdessen zog er es vor, ein Land als ein *Zuhause* zu betrachten. Er nahm an, dass er die Menschen wohl nie ganz verstehen würde.

Bayn trabte weg von dem aufstrebenden neuen Dorf und stieg den felsigen Weg zur Höhle der Großen Mutter hinauf. Er trat in ihr Inneres.

Die Dorfbewohner achteten darauf, dass die Fackeln immer brannten, aber er hätte auch im Dunkeln den Weg gefunden. Er lief durch den Tunnel, bis er das Gewölbe mit der Bahre erreicht hatte. Dann setzte er sich neben den moosbewachsenen Leichnam. Er hing nicht oft seinen Erinnerungen nach – Wölfe lebten im Augenblick, und er war jetzt mehr Wolf als alles, was er zuvor gewesen war, was auch immer das war. Aber er erinnerte sich an den Tod der Großen Mutter. Er hatte sie bis zum Ende beschützt. Genauso, wie er dann die Mädchen beschützt hatte, die zu den ersten Königinnen herangewachsen waren. Genauso, wie er die neue Königin Naelin beschützen würde.

Ihm war bewusst, dass er für einen Wolf ungewöhnlich alt war. Ihm war außerdem bewusst, dass er seine Sache gut gemacht hatte. Zufrieden rollte er sich neben dem moosbewachsenen Leib seiner toten Göttin zusammen.

Sie wäre zufrieden gewesen mit mir, dachte er.

Selbst ohne sie lebte ihre Welt weiter.

Danksagung

Als Schriftstellerin verbringt man viel Zeit damit, sich in imaginäre Leute zu verlieben. (Oder auch in Wölfe. Zumindest in einen ganz bestimmten Wolf. Ich liebe dich, Bayn.) Und wenn man sein Buch dann beendet hat, muss man diesen Leuten (und Wölfen), die über Monate hinweg im eigenen Herzen gelebt haben, Lebewohl sagen.

Im Fall einer Trilogie ist dieses Lebewohlsagen dreimal so schwer.

Drei* Dinge jedoch machen diesen Abschied erträglich:

1. Eine nicht imaginäre Familie sowie Freunde, die einen lieben.
2. Jede Menge Schokolade.
3. Leser, die deine Figuren in ihre Herzen, ihre Seelen und in ihre Gedanken aufnehmen.

Deshalb möchte ich meiner Familie und meinen Freunden danken, die es tolerieren, dass ich immer wieder in andere

---

* Im Übrigen gibt es da noch einen vierten Punkt: Ich werde gar nicht erst Lebewohl sagen! Sobald ich diese Zeilen zu Ende getippt habe, werde ich wieder in die Welt von Renthia eintauchen, um einen eigenständigen Roman zu schreiben, der auf den Inseln von Belene spielt. Tut mir leid, liebe Familie, aber ihr werdet mir wohl neue Schokolade besorgen müssen …

Welten verschwinde. Und ein Danke an meine wundervollen Leser (an dich!), weil ihr mich in diese Welten begleitet.

Die Schokolade braucht keinen Dank. Ich habe sie bereits gegessen.

Aber da gibt es noch mehr Menschen, denen ich unbedingt Dankeschön sagen möchte: Ich danke meiner unglaublichen Agentin Andrea Somberg, meinem fantastischen Lektor David Pomerico und meiner umwerfenden Presseagentin Caro Perny; des Weiteren Jennifer Brehl, Priyanka Krishnan, Pam Jaffee, Angela Craft, Shawn Nicholls, Amanda Rountree, Virginia Stanley, Chris Connolly und all den anderen fabelhaften Menschen bei HarperCollins, die mir dabei geholfen haben, Renthia zum Leben zu erwecken.

Und ich danke meinem Mann und meinen Kindern. Ihr macht auch diese Welt für mich magisch. Ich liebe euch.